LA PORTE DES LARMES

Abraham VERGHESE

LA PORTE DES LARMES

Traduit de l'anglais (États-Unis)
par Michel Marny

Flammarion

Titre original : *Cutting for Stone*
Éditeur original : Knopf

ISBN : 978-2-0812-2601-2

Pour George et Mariam Verghese
Scribere jussit amor

Et parce que j'aime cette vie
Je sais que j'aimerai aussi la mort.
À peine l'enfant a-t-il commencé à pleurer
Quand sa mère lui a retiré son sein droit
Qu'il trouve dans le gauche
Sa consolation.

Rabindranath Tagore, *L'Offrande lyrique*

Prologue

L'ARRIVÉE

Après huit mois passés dans l'obscurité du ventre de notre mère, mon frère Shiva et moi vînmes au monde à la fin de l'après-midi du 20 septembre de l'an de grâce 1954. Nous aspirâmes nos premières gorgées d'air pur à l'altitude de deux mille cinq cents mètres à Addis-Abeba, capitale de l'Éthiopie.

Le miracle de notre naissance eut lieu dans la salle d'opération n° 3 de l'hôpital Missing, cette même salle où notre mère, sœur Mary Joseph Praise, passait la plupart de ses heures de travail, et dans laquelle elle avait connu ses plus grandes satisfactions.

Quand notre mère, une religieuse de l'ordre diocésain des carmélites de Madras, fut surprise par les premières douleurs ce matin de septembre, la grande pluie avait pris fin en Éthiopie, son crépitement sur les toits en tôle ondulée de Missing cessant abruptement comme un moulin à paroles interrompu au milieu d'une phrase. Du jour au lendemain, dans ce silence feutré, les fleurs du *Meskel* s'ouvrirent, dorant les collines d'Addis-Abeba. Dans les prés entourant l'hôpital, la sauge gagna sa bataille sur la boue, et un tapis coloré s'étendait maintenant jusqu'aux pavés du seuil du bâtiment, apportant la promesse de quelque chose de plus substantiel que le criquet, le croquet ou le volant.

Bâti sur une hauteur verdoyante, Missing présentait l'aspect d'un groupe irrégulier d'édifices de plain-pied ou à un étage, blanchis à la chaux, qui semblaient être sortis de terre en même temps que le mont Entoto. Des massifs de fleurs en forme d'auges, arrosés par le trop-plein des gouttières, cernaient, telles des douves, les constructions basses. Les roses de l'infirmière en chef Hirst avaient pris d'assaut les murs, leurs fleurs écarlates encadrant chaque fenêtre et montant jusqu'au toit. Ce sol riche en terreau était si fertile que l'infirmière en chef – sage et prudente directrice de l'hôpital – nous enjoignait de ne pas nous aventurer pieds nus, de crainte qu'il ne nous pousse de nouveaux orteils.

Cinq allées bordées de buissons à hauteur d'épaule partaient des bâtiments principaux, comme les rayons d'une roue, menant à cinq bungalows au toit de chaume pratiquement enfouis sous des taillis, des haies, des eucalyptus sauvages et des pins. L'infirmière en chef avait voulu que Missing ressemblât à un arboretum ou à un coin des jardins de Kensington (où elle se promenait lorsqu'elle était novice avant de venir en Afrique), ou à l'Éden d'avant la Chute.

Missing s'appelait en réalité l'hôpital de la *Mission*, un mot que les Éthiopiens prononçaient avec un sifflement qui le rapprochait de « Missing ». Un fonctionnaire du ministère de la Santé frais émoulu du lycée avait dactylographié sur le formulaire HÔPITAL MISSING, qui était pour lui une orthographe phonétiquement correcte. Un journaliste de l'*Ethiopian Herald* avait perpétué la faute. Quand l'infirmière en chef Hirst était allée voir le fonctionnaire au ministère afin de la faire corriger, il avait produit le document original. « Voyez vous-même, madame. *Quod erat demonstrandum*, c'est Missing », avait-il déclaré, comme s'il avait prouvé le théorème de Pythagore, la position centrale du Soleil dans le Système solaire, la rotondité de la Terre, et la place précise que l'hôpital y occupait. Ainsi donc, Missing serait toujours Missing.

Sœur Mary Joseph ne laissa échapper ni un cri ni un gémissement dans les douleurs de son accouchement cataclysmique. Mais juste derrière la porte battante, dans la pièce jouxtant la salle d'opération n° 3, l'autoclave gigantesque (offert par l'Église luthérienne de Zurich) soufflait et pleurait pour ma mère, tandis que sa vapeur brûlante stérilisait les instruments chirurgicaux et les serviettes qui lui étaient destinés. Après tout, c'était dans le coin de la pièce où se trouvait l'autoclave, juste à côté de ce monstre en inox, que ma mère avait conservé un sanctuaire privé durant les sept années qu'elle avait passées à Missing avant notre arrivée incongrue. Son bureau et sa chaise d'un seul tenant, rescapée d'une école religieuse aujourd'hui disparue, et témoignant de la frustration gravée de maint élève, faisaient face au mur. Son cardigan blanc, dont, paraît-il, elle se couvrait les épaules entre deux opérations, était posé sur le dos de la chaise.

Sur le mur au-dessus du bureau, ma mère avait punaisé une gravure de la fameuse sculpture de sainte Thérèse d'Avila par le Bernin découpée dans un calendrier. La sainte, comme évanouie, est dans une position d'abandon, les lèvres ouvertes en extase, l'œil vague, les paupières à demi fermées. De part et d'autre, un chœur de voyeurs la regarde depuis leurs loges. Avec un léger sourire et un corps dont les muscles détonnent avec son visage enfantin, un ange se tient au-dessus de la sainte et voluptueuse carmélite. Du bout des doigts de sa main gauche il soulève un coin du voile qui couvre son sein. Dans sa main droite il brandit une flèche avec la délicatesse d'un violoniste tenant un archet.

Pourquoi cette image. Pourquoi sainte Thérèse, Mère ?

Lorsque j'avais quatre ans, j'entrais dans cette pièce sans fenêtre pour contempler l'image. Le courage n'aurait pas suffi à passer cette lourde porte, mais l'idée qu'elle avait été là, mon obsession de vouloir connaître la religieuse qu'avait été ma mère, m'en donnaient la force. Je m'asseyais à côté de l'autoclave qui grondait et sifflait tel un dragon en train de s'éveiller, comme si les battements de mon cœur avaient tiré la bête de son sommeil. Peu à peu, assis au bureau de ma mère, j'étais envahi par une paix, un sentiment de communion avec elle.

J'appris plus tard que personne n'avait osé enlever le cardigan du dossier de la chaise. C'était un objet sacré. Mais pour un enfant de quatre ans, tout est à la fois sacré et ordinaire. Je mettais le vêtement imprégné de l'odeur du Cuticura sur mes épaules. Je suivais de l'ongle sur le bord de l'encrier asséché le trajet emprunté par ses doigts. Je fixais la reproduction du calendrier tout comme elle avait dû le faire assise ici dans cette pièce sans fenêtre, transpercé par l'image. Plus tard, j'appris que la vision récurrente de l'ange qu'avait sainte Thérèse s'appelait la transverbération – manifestation au cours de laquelle, selon le dictionnaire, l'âme était « enflammée » par l'amour de Dieu, et le cœur « percé » par l'amour divin ; les métaphores de sa foi étaient également les métaphores de la médecine. À quatre ans, je n'avais pas besoin de mots tels que « transverbération » pour vénérer cette image. N'ayant aucune photographie d'elle, je ne pouvais m'empêcher d'imaginer que la femme représentée là était ma mère, menacée et sur le point d'être ravie par le petit ange armé d'une flèche. « Quand est-ce que tu viens, maman ? » demandais-je d'une petite voix que renvoyait le carrelage glacé. *Quand est-ce que tu viens ?*

Je murmurai ma réponse : « Bon Dieu ! » C'est tout ce que j'avais en ma possession : la déclaration du docteur Ghosh la première fois que j'étais entré et qu'il était venu me chercher et avait regardé l'image de Sainte Thérèse par-dessus mon épaule. Il m'avait soulevé dans ses bras puissants et avait dit de cette voix qui était de taille à lutter contre l'autoclave : « Elle est en train de VENIR, bon Dieu ! »

Quarante-six années ont passé depuis ma naissance, et, miraculeusement, j'ai l'occasion de revenir dans cette pièce. Cette chaise est trop petite pour moi à présent, et le cardigan me couvre les épaules comme l'amict en dentelle celles d'un prêtre. Mais la chaise, le cardigan et la gravure de la transverbération sont toujours là. À part moi, Marion Stone, peu de choses ont changé. Le fait de me trouver dans cette pièce telle qu'elle était jadis me projette dans le passé. L'image de la sainte Thérèse du Bernin (aujourd'hui encadrée et mise sous verre pour préserver ce que ma mère avait punaisé) semble l'exiger. Je suis obligé de mettre de l'ordre dans les événements de ma vie, de dire qu'elle a commencé ici et ensuite, à cause de cela, ce qui s'est passé, et c'est ainsi que la fin rejoint le commencement, et me voilà donc.

Nous entrons dans cette vie sans y avoir été invités, et si nous avons de la chance nous trouvons un but au-delà de la faim, de la misère et de la mort, ce qui, au cas où nous l'aurions oublié, est le lot commun. Je grandis et je trouvai mon but, qui était de devenir médecin. Mon intention était moins de sauver le monde que de me sauver moi-même. Peu de médecins l'admettront, certainement pas les jeunes, mais inconsciemment, lorsque nous embrassons la profession, nous devons croire qu'en soignant les autres nous guérirons nos blessures. Et c'est possible. Mais cela peut aussi aggraver la blessure.

J'ai choisi la chirurgie à cause de l'infirmière en chef, soutien de mon enfance et de mon adolescence. « Quelle est la chose la plus difficile que tu puisses faire ? » me demanda-t-elle quand je vins lui demander conseil, le jour le plus sombre de la première moitié de ma vie.

J'étais au supplice. Avec quelle facilité elle sondait l'abîme qui sépare l'ambition de la convenance personnelle ! « Pourquoi dois-je faire ce qui est le plus difficile ?

— Parce que, Marion, tu es un instrument du Seigneur. Ne laisse pas l'instrument dans son étui, mon fils. Joue ! Tires-en le meilleur parti. Pourquoi te contenter de *Frère Jacques* quand tu peux jouer le *Gloria* ? »

Comme il était injuste de sa part d'évoquer ce choral sublime qui me donnait toujours l'impression d'adresser au Ciel, en compagnie de tous les mortels, un regard sidéré par l'émerveillement ! Elle avait compris mon caractère – pas encore formé.

« Mais je ne pourrai jamais jouer Bach, le *Gloria*... » murmurai-je. Je n'avais jamais joué d'un instrument. Je ne savais pas le solfège.

« Non, Marion, dit-elle avec un doux regard en prenant mon visage dans ses mains noueuses. Non, pas le *Gloria* de Bach. Le tien ! Ton "Gloria" vit en toi. Le plus grand des péchés est de ne pas le trouver, d'ignorer ce que Dieu a rendu possible en toi. »

J'étais plus fait pour un domaine introspectif tel que la médecine interne ou peut-être la psychiatrie. La seule vue d'une salle d'opération me donnait des sueurs. L'idée de tenir un scalpel me nouait l'estomac. (C'est encore le cas aujourd'hui.) La chirurgie était la chose la plus difficile que je puisse imaginer.

C'est ainsi que je devins chirurgien.

Trente ans plus tard, je ne suis pas renommé pour ma célérité, mon audace ni ma technique. Si on disait que je suis sûr, bûcheur, que j'ai la manière et la technique qui conviennent au patient et à la situation, je considérerais cela comme un grand compliment. Je me sens encouragé par les confrères qui viennent se faire opérer par moi. Ils savent que Marion Stone ne se désintéressera pas de leur cas – pas plus avant, pendant, qu'après l'opération. Ils savent que je n'emploie pas des aphorismes tels que « Dans le doute, coupons » ou « Pourquoi attendre quand on peut opérer », sinon pour dénoncer les travers de la profession. Mon père, pour le talent duquel j'ai le plus grand respect, dit : « L'opération la plus réussie est celle qu'on décide de ne pas faire. » Savoir quand ne pas opérer, savoir quand je suis dépassé, savoir comment appeler à l'aide un chirurgien du calibre de mon père – ce genre de talent, ce genre de brio, passe inaperçu.

Un jour qu'un de mes patients était en grand danger, je suppliai mon père d'opérer. Il demeura sans rien dire au chevet du malade, ses doigts s'attardant sur son pouls longtemps après qu'il le lui ait pris, comme s'il avait besoin du toucher de la peau, du signal dans l'artère radiale, pour catalyser sa décision. Une concentration totale se lisait dans son expression tendue. Je m'imaginais voir les rouages tourner dans sa tête, les larmes briller dans ses yeux. Il soupesait les deux solutions avec le plus grand soin. Puis il secoua la tête et se détourna.

Je le suivis. « Docteur Stone, dis-je, bien que j'eusse envie de crier "*Père* !", l'opération est sa seule chance. » Dans mon cœur je savais que cette chance était infinitésimale, et que la moindre anesthésie pourrait lui être fatale. Mon père posa la main sur mon épaule. Il me parla avec douceur, comme s'il s'adressait à un jeune collègue plutôt qu'à son fils. « Marion, rappelez-vous le Onzième Commandement, dit-il. Tu n'opéreras pas le jour de la mort d'un patient. »

Je me souviens de ses mots, les nuits de pleine lune à Addis-Abeba, quand les couteaux brillent et que les pierres et les balles volent, et quand j'ai plus l'impression d'être dans un abattoir que dans la salle d'opération n° 3, la peau tachetée de la chair et du sang d'inconnus. Je me souviens. Mais on ne connaît pas toujours la réponse avant d'opérer. On opère dans l'instant présent. Plus tard, le rétroscope, cet instrument pratique utilisé par les rigolos et les pontes, ceux qui président à la farce que nous nommons « conférence d'analyse et de prévention des erreurs et incidents médicaux », jugera si vous avez pris ou non la bonne décision. La vie, elle aussi, est ainsi. Vous la vivez en avant, mais la comprenez en arrière. Ce n'est que quand vous vous arrêtez pour regarder derrière vous que vous apercevez le cadavre pris sous la roue.

Aujourd'hui, je vénère la vue de l'abdomen ou de la poitrine ouverte. J'ai honte de l'humaine capacité qui nous est donnée de nous faire du mal et de nous mutiler les uns les autres, de profaner le corps. Pourtant elle me permet d'observer l'harmonie cabalistique du cœur qui pointe son nez sous le poumon, du foie et de la rate qui délibèrent sous le dôme du diaphragme – ces choses me laissent sans voix. Mes doigts parcourent l'intestin à la recherche des trous qu'une lame ou une balle peuvent avoir faits, repli après repli des sept mètres resserrés dans un si petit espace. Le boyau qui a ainsi glissé entre mes doigts dans la nuit africaine aurait atteint le cap de Bonne-Espérance que je n'aurais pas encore vu la tête du serpent. Mais je décèle les miracles ordinaires sous la peau, les côtes et les muscles, visions cachées à leur propriétaire. Y a-t-il plus grand privilège sur terre ?

À pareils moments, je pense à remercier mon frère Shiva – le docteur Shiva Praise Stone –, à chercher des yeux son reflet dans la baie vitrée qui sépare les deux salles d'opération, et à lui adresser un signe de tête, parce qu'il me permet d'être ce que je suis aujourd'hui. Un chirurgien.

D'après Shiva, au fond, la vie consiste à boucher des trous. Shiva ne parle pas par métaphores. Boucher des trous est précisément ce qu'il fait. Cependant c'est une bonne métaphore pour définir notre profession. Mais il existe un autre genre de trou, et c'est la blessure qui divise les familles. Parfois cette blessure se fait à la naissance, parfois elle advient plus tard. Nous réparons tous ce qui est cassé. C'est la tâche d'une vie. La prochaine génération aura beaucoup à faire.

Né en Afrique, parti en exil en Amérique, puis de retour en Afrique, je suis la preuve vivante que la géographie est le destin. Le destin m'a ramené à l'endroit précis de ma naissance, dans la salle d'opération où je suis né. Mes mains gantées occupent l'espace au-dessus de la table d'opération jadis occupé par celles de ma mère et de mon père.

Certains soirs, des milliers de criquets noient sous leurs stridulations les toux et les grognements des hyènes qui vivent dans les collines. Soudain, la nature se tait. C'est comme si l'appel avait pris fin et qu'il était temps de se retirer dans l'obscurité avec sa compagne ou son compagnon. Dans le vide du silence qui s'ensuit, j'entends le bourdonnement aigu des étoiles et j'exulte, heureux de la place insignifiante que j'occupe dans la galaxie. C'est à pareils moments que je sens tout ce que je dois à Shiva.

Jumeaux, nous dormîmes dans le même lit jusqu'à l'adolescence, nos têtes se touchant, nos jambes et nos torses séparés. Nous n'avons plus l'âge de cette intimité, mais elle continue à me manquer – comme me manque la proximité de son crâne. Quand je m'ouvre le matin au don d'un nouveau lever de soleil, ma première pensée est de le réveiller pour lui dire : *Je te dois la vision du matin.*

Ce que je dois le plus à Shiva est ceci : de raconter cette histoire. C'est une histoire que ma mère, sœur Mary Joseph Praise, n'a pas révélée, celle que mon père, Thomas Stone, tout courageux qu'il soit, a fui, et qu'il me revient de reconstituer. Seule sa narration pourra refermer la faille qui me sépare de mon frère. Oui, j'ai une foi infinie en l'art de la chirurgie, mais il n'y a pas de chirurgien qui puisse guérir la plaie qui divise deux frères. Là où fil et acier échouent, l'histoire doit réussir. Pour commencer par le commencement…

Première partie

... pour bien soigner le patient il faut s'y intéresser.

Francis W. Peabody, 21 octobre 1925.

Chapitre 1

Retour au stade de la typhoïde

Sœur Mary Joseph Praise était arrivée à l'hôpital Missing sept ans avant notre naissance. Elle et sœur Anjali étaient les premières novices des carmélites de Madras à avoir obtenu leurs diplômes d'infirmières à la dure école de l'Hôpital général de Madras. Elles reçurent leur diplôme d'infirmière et, le même jour, prononcèrent leurs vœux de pauvreté, de chasteté et d'obéissance. Au couvent comme à l'hôpital, plutôt que d'avoir le titre de stagiaire dans l'un et de novice dans l'autre, chacune serait dorénavant appelée « sœur ». Leur vieille et sainte abbesse, Shessy Geevarughese, affectueusement surnommée Sainte Amma, n'avait pas perdu de temps pour donner aux jeunes religieuses infirmières sa bénédiction et leur surprenante affectation : l'Afrique.

Le jour de leur départ, toutes les novices formèrent une caravane de rickshaws pour accompagner leurs deux sœurs jusqu'au bateau. Je les vois alignées sur le quai, bavardant et tremblant d'excitation et d'émotion, leurs habits blancs battant dans la brise, les mouettes sautillant autour de leurs sandales.

Je me suis bien souvent demandé ce que ma mère pensait tandis qu'elle et sœur Anjali, qui venaient toutes deux d'avoir dix-neuf ans, faisaient leurs derniers pas sur le sol indien et montaient à bord du *Calangute*. Elle avait probablement entendu les sanglots réprimés et les « Dieu soit avec vous » qui les avaient suivies sur la passerelle. Avait-elle peur ? Avait-elle des regrets ? Une fois déjà, quand elle était entrée au couvent, elle s'était arrachée pour toujours à sa famille biologique et avait quitté Cochin pour Madras, qui était à une journée et une nuit de train de chez elle. Pour ses parents, ç'aurait pu tout aussi bien être à l'autre bout du monde, puisqu'ils ne devaient plus jamais la revoir. Et maintenant, après trois années passées à Madras, elle s'arrachait à sa famille spirituelle, cette fois-ci pour traverser un océan. De nouveau, il n'était pas question de faire demi-tour.

Quelques années avant d'écrire ces lignes, j'allai à Madras à la recherche de l'histoire de ma mère. Dans les archives des carmélites, si je ne trouvai rien lui appartenant, je tombai en revanche sur les journaux de Sainte Amma, dans lesquels l'abbesse consignait le passage du temps. Quand le *Calangute* quitta le quai, Sainte Amma leva la main tel un agent de la circulation et, écrit-elle, « avec la voix que j'utilise pour mes sermons, dont on me dit qu'elle me fait paraître plus jeune », elle prononça ces mots : « Quitte ton pays pour l'amour de moi », parce que la Genèse était son livre préféré. Sainte Amma avait beaucoup réfléchi à cette mission. Certes, les besoins de l'Inde étaient sans fin. Mais cela ne changerait jamais et ne pouvait pas être une excuse. Les deux jeunes religieuses – les deux plus intelligentes et plus belles qu'elle eût – seraient les porteuses de flambeau : Les Indiens apportant l'amour du Christ au cœur de l'Afrique noire, telle était sa grande ambition. Dans son journal, elle révèle ses pensées : ainsi que l'avaient découvert les missionnaires anglais quand ils étaient arrivés en Inde, il n'y avait pas meilleure façon d'apporter l'amour du Christ qu'au moyen de compresses et de cataplasmes, de liniments et de pansements, de la purification et du réconfort. Quel meilleur ministère que celui de la guérison ? Ses deux jeunes religieuses allaient traverser l'océan et alors la mission des « carmélites déchaussées » de Madras en Afrique commencerait.

Tandis que la bonne abbesse regardait les deux silhouettes qui faisaient des signes de la main appuyées au bastingage devenir des points blancs, elle fut prise d'appréhension. Et si, par obéissance aveugle à son grand projet, elles devaient être condamnées à un affreux destin ? « Les missionnaires anglais ont l'Empire tout-puissant derrière eux… mais mes filles ? » Elle écrivit que les criailleries des mouettes et les éclaboussures de leur fiente avaient gâché les beaux adieux qu'elle avait imaginés. Elle était distraite par l'odeur suffocante de poisson et de bois pourri, et par les débardeurs nus jusqu'à la taille dont les bouches tachées de bétel bavaient avec lubricité à la vue de sa couvée de vierges.

« Père, nous confions nos sœurs à Ta sainte garde », dit l'abbesse, se déchargeant ainsi sur Ses épaules du poids qu'elle avait porté jusque-là. Elle cessa de faire des signes d'adieu et ses mains trouvèrent refuge dans ses manches. « Nous Te demandons d'avoir pitié de nous et de nous protéger dans cet avant-poste des carmélites déchaussées… »

Nous étions en 1947, et les Anglais quittaient enfin l'Inde, le mouvement Quit India avait fait s'accomplir l'impossible. Sainte Amma laissa l'air s'enfuir lentement de ses poumons. C'était un monde nouveau, et il s'agissait d'agir avec audace, du moins le croyait-elle.

Le misérable bric-à-brac flottant peint en rouge et noir – auquel on donnait le nom de bateau – traversa l'océan Indien vers sa destination, Aden. Dans sa cale, le *Calangute* transportait d'innombrables caisses de coton filé, de riz, de soie, de serrures Godrej, de classeurs Tata, ainsi que trente et une motocyclettes Bullet Royal Enfield dont les moteurs étaient enveloppés de toile cirée. Le navire n'avait pas été conçu pour transporter des passagers, mais le capitaine grec ne se gênait pas pour héberger des « hôtes payants ». Nombreux étaient ceux qui préféraient économiser sur le prix du billet en voyageant sur un cargo, et il les aidait en les déclarant comme membres d'équipage. C'est ainsi que sur cette traversée il transportait deux religieuses de Madras, trois juifs de Cochin, une famille du Gujarat, trois Malais à l'air suspect et quelques Européens, dont deux marins français qui ralliaient leur navire à Aden.

Le *Calangute* avait un très grand pont – plus d'espace qu'on ne s'attendrait à en trouver en mer. À une extrémité, tel un moucheron sur le cul d'un éléphant, se dressait la structure à deux étages qui abritait l'équipage et les passagers avec la passerelle à son sommet.

Ma mère, sœur Mary Joseph Praise, était une Malayali de Cochin, dans l'État du Kerala. Les chrétiens malayali font remonter leur foi à l'arrivée en Inde de saint Thomas, venu de Damas en l'an 52 de notre ère. Thomas « l'incrédule » bâtit ses premières églises au Kerala bien avant que saint Pierre n'arrive à Rome. Ma mère était aussi croyante que pratiquante. Au lycée, elle avait subi l'influence d'une carmélite charismatique qui travaillait avec les pauvres. Cochin est composé de cinq îles disposées telles des pierres précieuses sur un anneau, face à l'océan Indien. Depuis des siècles les marchands d'épices – dont un certain Vasco de Gama en 1498 – venaient y chercher la cardamome et le clou de girofle. Les Portugais s'étaient taillés une colonie à Goa, convertissant les hindous par la torture. Les prêtres et les religieuses catholiques finirent par atteindre le Kerala, comme s'ils ne savaient pas que saint Thomas y avait apporté la vision non corrompue du Christ mille ans avant eux. Au grand dam de ses parents, ma mère devint carmélite, abandonnant l'ancienne tradition syrienne de saint Thomas pour entrer (selon eux) dans cette récente secte d'adorateurs du pape. Ils n'auraient pas pu être plus déçus si elle était devenue musulmane ou hindoue. Il était heureux que ses parents aient ignoré qu'en plus elle était infirmière, ce qui pour eux eût signifié qu'elle se souillait les mains comme une intouchable.

Ma mère avait grandi au bord de la mer, en vue des anciens carrelets chinois suspendus à de longs bambous et se balançant au-dessus de l'eau à la façon de géantes toiles d'araignée. La mer était le « grenier » de son peuple, qu'elle nourrissait de crustacés et de poissons. Mais sur le pont du *Calangute*, sans le rivage de Cochin pour encadrer sa vue, elle ne reconnaissait pas le grenier. Elle se demandait si, en son centre, l'océan avait toujours été ainsi : fumant, malveillant et agité. Il tourmentait le

Calangute, le faisant tanguer, décrire des embardées et craquer, comme s'il n'avait d'autre désir que de l'avaler tout entier.

Elle et sœur Anjali se réfugièrent dans leur cabine, fermant leur porte aux hommes et à l'océan. Les prières jaculatoires d'Anjali avaient surpris ma mère. La lecture rituelle de l'évangile de Luc était l'idée de sœur Anjali ; d'après celle-ci, elle donnait des ailes à l'âme et disciplinait le corps. Les deux religieuses soumettaient chaque lettre, chaque mot, ligne et phrase à la *dilatatio*, *elevatio* et *excessus* – la contemplation, l'élévation et l'extase. L'ancienne pratique monastique de Richard de Saint-Victor se révéla utile pour cette interminable traversée. Le deuxième soir, après dix heures d'une telle lecture aussi attentive que méditative, sœur Mary Joseph sentit soudain les mots et la page se dissoudre. Les limites entre Dieu et son moi se désintégrèrent. Tel avait été le résultat de l'exercice : la soumission bienheureuse de son corps au sacré, à l'éternel, à l'infini.

À vêpres, le sixième soir (car elles tenaient à conserver avec elles la routine du couvent, quoi qu'il advienne), après un cantique, deux psaumes, leurs antiphonaires et la doxologie, un son perçant et strident les fit redescendre sur terre. Elles saisirent leurs gilets de sauvetage et se précipitèrent hors de la cabine. Elles furent accueillies par la vue d'une partie du pont qui s'était déformée et dressée telle une pyramide, donnant à sœur Mary l'impression que le *Calangute* était en carton ondulé. Le capitaine avait gardé sa pipe allumée et son sourire narquois suggérait que ses passagers avaient réagi de manière excessive.

Le neuvième soir, quatre des seize passagers et un membre de l'équipage furent pris d'une fièvre qui fut suivie le lendemain par l'éclosion de boutons roses dessinant un casse-tête chinois sur leur poitrine et leur abdomen. Sœur Anjali était brûlante et souffrait beaucoup. Au deuxième jour de la manifestation de cette maladie elle délirait.

Parmi les passagers du *Calangute* se trouvait un jeune chirurgien – un Anglais au regard d'aigle qui quittait le Service de santé indien pour des pratiques plus rémunératrices. Il était grand et fort, et ses traits irréguliers lui donnaient l'air d'avoir toujours faim, bien qu'il ne parût jamais à la salle à manger. Sœur Mary Joseph Praise était littéralement tombée sur lui le lendemain du départ du bateau, quand elle avait glissé sur les marches humides de la passerelle qui menait de sa cabine à la salle commune. L'Anglais, qui se tenait derrière elle, l'avait saisie où il avait pu, dans la région du coccyx et au niveau gauche de la cage thoracique. Il l'avait remise sur pieds comme si elle avait été une petite enfant. Quand elle avait bégayé des remerciements il était devenu rouge comme une pivoine ; il était plus troublé qu'elle par cette intimité inattendue. Elle sentait venir un bleu là où ses mains l'avaient saisie, mais la gêne de l'Anglais avait quelque chose qui ne lui avait pas déplu. Elle ne l'avait plus revu.

Sœur Mary Joseph Praise rassembla donc tout son courage pour aller frapper à sa porte. Une voix faible l'invita à entrer. Elle fut accueillie par une odeur bilieuse d'acétone. « C'est moi, annonça-t-elle. Sœur Mary Joseph Praise. » Le médecin était allongé sur sa couchette, sur le flanc, la peau de la même couleur que son short kaki, les paupières hermétiquement closes. « Docteur, demanda-t-elle d'une voix hésitante, vous aussi vous avez de la fièvre ? »

Quand il essaya de la regarder, ses globes oculaires roulèrent comme des billes sur un plateau incliné. Il se tourna et vomit à côté d'un seau, ce qui était sans importance, car il était déjà plein à ras bord. Sœur Mary Joseph Praise se précipita pour tâter son front. Il était froid et moite, pas du tout fiévreux. Ses joues étaient creusées, et on aurait dit que son corps avait rapetissé à l'échelle de la minuscule cabine. Tous les passagers avaient eu le mal de mer, mais l'Anglais était particulièrement touché.

« Docteur, je voulais vous dire que cinq personnes sont atteintes de fièvre. Elle s'accompagne de démangeaisons, de frissons, de suées, d'un ralentissement du pouls et de perte de l'appétit. L'état des malades est stable, sauf celui de sœur Anjali. Docteur, je suis très inquiète pour elle… »

Cela énoncé, elle se sentit mieux, même si, pour toute réponse, l'Anglais se contenta de pousser un gémissement. Les yeux de sœur Mary Joseph tombèrent sur une ligature en catgut nouée autour d'un des barreaux du lit près de la main du médecin et qui présentait des nœuds les uns sur les autres par série de dix. Il y en avait tant que le fil était raide comme un mât noueux. C'est ainsi qu'il tenait le compte des heures, ou de ses accès de vomissement.

Elle vida le seau et le remit à sa portée. Elle essuya le plancher avec une serviette qu'elle rinça et mit à sécher. Elle lui apporta un verre d'eau. Elle se retira, se demandant depuis combien de jours il n'avait rien mangé.

Le soir, son état avait empiré. Sœur Mary Joseph Praise apporta des draps, des serviettes et du bouillon. Elle s'agenouilla à son chevet et essaya de le faire manger, mais l'odeur de la nourriture lui provoqua des nausées. Ses globes oculaires s'étaient enfoncés dans leurs orbites. Sa langue racornie ressemblait à celle d'un perroquet. À l'odeur fruitée de la cabine elle reconnut les signes de l'inanition. Quand elle relâcha le pli de peau qu'elle avait pincé à l'arrière du bras de l'homme, il demeura dressé, comme une tente, ou comme le pont voilé du bateau. Le seau était à moitié plein d'un liquide clair. Inconscient de sa présence, il délirait, parlant de prés verts. Elle se demanda si le mal de mer pouvait être fatal. Ou pouvait-il souffrir d'une forme fruste de la fièvre qui affectait sœur Anjali ? Elle en savait si peu en médecine… Au milieu de cet océan, entourée de malades, elle sentait le poids de son ignorance.

Mais elle savait s'occuper des malades. Et elle savait prier. Donc, tout en priant, elle retira la chemise de l'Anglais, qui était raide de bile et de salive, et elle fit glisser son caleçon. Elle éprouvait de la gêne, n'ayant jamais lavé un Blanc, et encore moins un médecin. La peau de ce dernier se hérissait de chair de poule sous la serviette de sœur Mary Joseph mais ne présentait pas les taches rouges qu'elle avait vues sur les quatre passagers et le garçon de cabine qui souffraient de fièvre. Les muscles tendineux de ses bras se rejoignaient brutalement sur ses épaules. Ce n'est qu'alors qu'elle s'aperçut que la partie gauche de sa poitrine était plus petite que la droite. Le creux derrière sa clavicule gauche aurait pu contenir un demi-verre d'eau, tandis que le droit n'aurait même pas pu contenir une cuillère à café. Et juste au-dessus de son téton gauche, elle vit une dépression profonde qui s'étendait jusqu'à l'aisselle. L'épiderme qui recouvrait le cratère était brillant et plissé. Elle ne put retenir un hoquet de surprise quand ses doigts s'enfoncèrent sans rencontrer la résistance de l'os. De fait, il semblait que deux ou trois côtes adjacentes manquaient. Dans cette dépression, son cœur cognait fermement contre ses doigts derrière la fine couche de chair. Quand elle les retira, elle vit la poussée de son ventricule contre sa peau.

La fine couche translucide de poils qui recouvrait sa poitrine et son abdomen paraissait provenir de la veine mère des poils de son pubis. Avec des gestes calmes et mesurés, elle nettoya son membre non circoncis puis le laissa tomber de côté pour s'occuper du sac ridé et lui semblait-t-il sans force qui était en dessous. Elle lava ses pieds en pleurant, ne pouvant s'empêcher de penser à son Doux Seigneur et à Sa dernière nuit terrestre en compagnie de Ses disciples.

Dans les malles, elle trouva des livres de chirurgie. Il avait inscrit des noms et des dates dans les marges, et ce n'est que plus tard qu'il lui vint à l'esprit que c'étaient les noms de patients, indiens et anglais, souvenirs d'une maladie qu'il avait découverte dans un Peabody ou un Krishnan. Elle supputa que la croix tracée à côté de certains noms signifiait qu'ils avaient succombé. Elle trouva aussi onze carnets remplis d'une écriture sobre aux pleins bien dessinés qui dansait sur les lignes et ne respectait pas les marges, sinon en haut des pages. Pour un homme apparemment silencieux, son écriture reflétait une volubilité inattendue.

Elle finit par dénicher un maillot de corps et un caleçon. Que cela signifiait-il quand un homme avait moins de vêtements que de livres ? Le tournant d'un côté puis de l'autre, elle changea le drap de dessous avant de l'habiller.

Elle savait que son nom était Thomas Stone parce qu'il était écrit à l'intérieur du manuel de chirurgie qu'il avait placé à son chevet. Elle n'y trouva que peu de choses à propos de la fièvre accompagnée d'éruptions et rien à propos du mal de mer.

Ce soir-là, sœur Mary Joseph Praise négocia les coursives houleuses, allant en hâte d'un chevet à l'autre. Le monticule qui déformait le pont faisait penser à un corps recouvert d'un linceul et elle évitait de le regarder. À un moment, elle vit une vague semblable à une montagne noire, haute de plusieurs étages, sur laquelle le *Calangute* parut comme suspendu au bord d'un gouffre. Des trombes d'eau s'écrasèrent sur le pont avec un bruit encore plus terrifiant que leur aspect.

Au milieu de la mer déchaînée, hébétée qu'elle était par le manque de sommeil, aux prises avec la maladie, son monde s'était simplifié. Il était divisé entre ceux qui étaient atteints de fièvre, ceux qui avaient le mal de mer, et les autres. Et il était possible que ces différences fussent sans importance, puisque tous seraient peut-être bientôt noyés.

Elle se réveilla aux côtés d'Anjali. Puis – presque immédiatement, lui sembla-t-il – elle se réveilla de nouveau, mais cette fois-ci dans la cabine de l'Anglais, où elle s'était endormie agenouillée à son chevet, la tête dodelinant sur sa poitrine, le bras du médecin posé sur son épaule. Le temps qu'il lui fallut pour en prendre conscience, elle s'était de nouveau endormie. Elle se réveilla à l'aube au bord de la couchette, pressée contre Thomas Stone. Elle se dépêcha d'aller rejoindre Anjali, dont l'état avait empiré. Sa respiration était sifflante et oppressée. Sa peau était couverte de taches violettes qui se rejoignaient.

Les visages anxieux des membres impuissants de l'équipage et le fait que l'un d'eux se fût agenouillé devant elle en implorant : « Ma sœur, pardonnez-moi mes péchés ! » lui apprirent que le navire n'était pas hors de danger. L'équipage ignora ses appels au secours.

Elle alla chercher un hamac dans la salle commune, qu'elle tendit dans la cabine de l'Anglais entre le hublot et le montant du lit.

Le Dr Stone était un poids mort, et seule l'intercession de sainte Catherine lui permit de le tirer de sa couchette et de le hisser peu à peu dans le hamac. Plus soumis à la gravité qu'au roulement du navire, le hamac se mit à l'horizontale. Elle s'agenouilla à côté de lui et pria, déversant son cœur, achevant le magnificat qui avait été interrompu la nuit où le pont s'était voilé.

Le cou, puis les joues du docteur Stone retrouvèrent un peu de couleur. Elle lui fit boire de l'eau à la cuillère, et une heure plus tard il gardait le bouillon. Ses yeux étaient ouverts maintenant, la lumière y était revenue ; ses globes oculaires suivaient ses moindres mouvements ; puis, quand elle leva la cuillère, des doigts vigoureux encerclèrent son poignet pour guider la nourriture jusqu'à sa bouche ; elle se rappela les paroles qu'elle chantait quelques instants auparavant. « Il a nourri les affamés de bonnes choses, et Il a renvoyé les riches le ventre vide. »

Dieu avait entendu ses prières.

Un Thomas Stone pâle et chancelant se rendit en compagnie de sœur Mary Joseph Praise au chevet de sœur Anjali. Il sursauta à la vue de la religieuse qui délirait : ses yeux étaient grands ouverts, son visage pincé et angoissé, les narines de son nez effilé comme un crayon se dilataient à chaque respiration, et, même si elle semblait éveillée, elle était totalement inconsciente de la présence de ses visiteurs.

Il s'agenouilla au-dessus d'elle, mais le regard vitreux d'Anjali le traversa. Sœur Mary Joseph Praise constata avec quelle maîtrise il abaissait les paupières d'Anjali pour examiner sa conjonctivite tout en promenant le rayon de la torche devant ses pupilles. Ses gestes étaient assurés et fluides à la fois tandis qu'il abaissait la tête d'Anjali sur sa poitrine pour déterminer la raideur de son cou, qu'il la palpait à la recherche de ganglions, faisait bouger ses membres et tapotait son tendon rotulien à l'aide d'un doigt recourbé en guise de marteau. La gaucherie qu'elle avait sentie chez le passager – puis le patient – avait disparu.

Il déshabilla Anjali, inconscient de l'aide que lui apportait sœur Mary Joseph Praise tandis qu'il étudiait d'un œil froid le dos, les cuisses et les fesses de la malade. Les longs doigts sculptés qui tâtaient le ventre d'Anjali à la recherche de la rate et du foie semblaient avoir été créés dans ce but – elle ne pouvait les imaginer faisant autre chose. N'ayant pas de stéthoscope, il appliqua l'oreille contre le cœur puis le ventre d'Anjali, et, l'ayant ensuite tournée de côté, contre ses côtes, afin d'écouter les poumons. Après un instant de réflexion, il murmura : « Les bruits de respiration sont plus faibles dans le droit... la parotide est gonflée... elle a des ganglions – pourquoi ? ... le pouls est faible et rapide... »

« Il était lent quand la fièvre a commencé, avança sœur Mary Joseph Praise.

— Vous l'avez déjà dit, fit-il d'un ton sec, sans lever les yeux. Lent comment ?

— Quarante-cinq à cinquante, docteur. »

Elle sentait qu'il avait oublié sa propre maladie, oublié même qu'il était à bord d'un bateau. Il ne faisait plus qu'un avec le corps de sœur Anjali, c'était son texte, et il le sondait à la recherche de l'ennemi qui s'y cachait. Elle éprouvait une telle confiance en lui que sa peur pour Anjali disparut. Agenouillée à côté de lui, elle était euphorique, comme si, en rencontrant un médecin tel que lui, elle devenait enfin véritablement infirmière. Elle se mordit la langue pour refréner l'envie qu'elle avait de lui dire tout cela et plus encore.

« *Coma vigile*, déclara-t-il, et sœur Mary Joseph Praise comprit qu'il parlait à son intention. Vous voyez comme les yeux n'arrêtent pas de bouger dans tous les sens comme si elle attendait quelque chose ? C'est un signe alarmant. Et regardez comme elle tire sur ses draps – on appelle ça la carphologie, et ces petits tressaillements musculaires, des *subtultus tendinum*. On a affaire à une typhoïde. Vous observerez ces signes dans les phases avancées de nombreux cas d'empoisonnement du sang, pas seulement avec la typhoïde... mais attention... (et il la regarda avec un petit sourire qui contredisait ce qu'il dit ensuite) ... je suis chirurgien, je ne suis pas médecin. Que sais-je des choses de la médecine ? Je sais seulement que ceci n'est pas une maladie qui relève de la chirurgie. »

Sa présence avait fait plus que rassurer sœur Mary Joseph Praise ; elle avait calmé la mer. Le soleil, qui se cachait, était soudainement apparu dans leur dos. La joie et les libations de l'équipage étaient révélatrices de la gravité de la situation passée.

Mais bien que sœur Mary Joseph Praise ne voulût pas le croire, Stone ne pouvait pas faire grand-chose pour sœur Anjali, et de toute façon il n'avait rien pour le faire. La trousse de secours qui se trouvait dans la coquerie contenait un cafard desséché – son contenu avait été mis en gage par un membre de l'équipage à la dernière escale. L'armoire à pharmacie, qui faisait office de siège dans la cabine du capitaine, avait l'air d'une véritable antiquité. Une paire de ciseaux, une scie à os et des forceps grossiers constituaient les seuls instruments utilisables que contenait ce coffre à trésors. Que pouvait faire un chirurgien tel que Stone avec des cataplasmes ou de petites boîtes d'armoise, de thym et de sauge ? En voyant l'étiquette marquée *oleum philosphorum,* Stone se mit à rire (c'était la première fois que sœur Mary Joseph Praise entendait ce joyeux son sortir de sa bouche, même s'il se termina de manière quelque peu sarcastique). « Écoutez ça », dit-il.

Et il lut : « *contient de la poussière de vieilles tuiles et de brique contre la constipation chronique !* » Sur ces mots, il balança l'armoire à pharmacie par-dessus bord. Il n'avait gardé que les instruments émoussés et une bouteille couleur ambre de *laudanum opiatum paracelsi.* Une cuillerée de cette antique potion parut assouvir l'irrépressible fringale d'oxygène dont souffrait sœur Anjali – « pour déconnecter ses poumons de son cerveau », ainsi que Thomas Stone l'expliqua à sœur Mary Joseph Praise.

Le capitaine arriva, endormi, quasi apoplectique, et demanda en postillonnant un mélange de salive et d'eau-de-vie : « Comment osez-vous disposer d'un bien appartenant au navire ? »

Stone sauta sur ses pieds, rappelant à sœur Mary Joseph Praise un écolier qui cherche la bagarre. Il fixa le capitaine d'un regard furieux qui lui fit avaler sa salive et reculer d'un pas. « En jetant cette boîte à la mer j'ai rendu service à l'humanité mais pas aux poissons. Un mot de plus et je vous dénonce pour embarquer des passagers à bord sans rien pour les soigner.

— Marché conclu.

— Vous avez fait une bonne affaire », répliqua Stone en désignant Anjali.

Le visage du capitaine perdit son armature, sourcils, paupières, nez et lèvres coulant d'un coup comme une cascade.

Dès lors, Thomas Stone prit les choses en main. Il établit son camp au chevet d'Anjali, faisant des sorties pour examiner tous ceux qui étaient à bord, consentants ou pas. Il sépara ceux qui avaient la fièvre de ceux qui ne l'avaient pas. Il prit de nombreuses notes, dressa une carte des quartiers du *Calangute,* marquant d'un X chaque endroit où s'était déclarée la fièvre. Il exigea que toutes les cabines fussent désinfectées par fumigation. La manière dont il donnait des ordres aux bien portants mettait le capitaine en fureur, mais si Thomas Stone en était conscient il n'y prêta pas attention. Durant les vingt-quatre heures qui suivirent il ne ferma pas l'œil, examinant régulièrement sœur Anjali, vérifiant l'état de tous : il montait la garde. Il y avait également un couple de gens âgés sévèrement atteints. Sœur Mary Joseph Praise ne le quitta pas un instant.

Deux semaines après avoir quitté Cochin, le *Calangute* atteignit tant bien que mal le port d'Aden. Le capitaine grec fit hisser aux matelots malgaches le pavillon portugais sous lequel le navire était enregistré officiellement, mais, à cause de la fièvre, le *Calangute* fut promptement mis en quarantaine, pavillon portugais ou pas. Ancré à distance, il lui fallut se contenter de contempler la ville de loin, tel un lépreux banni. Stone avertit le capitaine du port qui était venu s'arrimer à couple que s'il ne lui apportait pas une trousse, des bouteilles de solution pour intraveineuses ainsi que des sulfamides, il le tiendrait pour responsable de la mort de tous les citoyens du Commonwealth qui étaient à bord. Sœur Mary Joseph Praise fut étonnée par son aplomb – et pourtant il parlait pour elle. Elle songea que Stone remplaçait soudain Anjali, sa seule alliée et amie, au cœur de cette malheureuse traversée.

Quand les médicaments arrivèrent, Stone s'occupa tout d'abord d'Anjali. Utilisant des antiseptiques de fortune, il découvrit d'un coup de scalpel la grande saphène sur la face interne de la cheville d'Anjali. Il introduisit une aiguille dans la veine rétrécie, qui aurait dû avoir la largeur d'un crayon, la maintint en place par des ligatures, faisant les nœuds à une telle vitesse qu'on ne pouvait distinguer les mouvements de ses mains. Malgré la solution et les sulfamides, Anjali n'urina pas une goutte et ne montra aucun signe de réanimation. Au soir, elle mourut dans un ultime et affreux paroxysme, ainsi que deux autres malades, un homme et une femme âgés, tous les trois à quelques heures d'intervalle. Ces morts inattendues firent chavirer sœur Mary Joseph Praise. Elle avait été aveuglée par l'euphorie que Stone avait fait naître en elle lorsqu'il s'était levé pour venir au chevet d'Anjali. Elle fut alors prise de tremblements incontrôlables.

À l'aube, sœur Mary Joseph Praise et Thomas Stone immergèrent les corps revêtus de linceuls – sans l'aide des marins, qui, superstitieux, détournèrent le regard.

Sœur Mary Joseph Praise était inconsolable, et l'effort qu'elle fit pour se contenir lorsque la mer engloutit le corps de son amie acheva de la briser. Stone se tenait à ses côtés, le visage assombri par la colère et la honte de n'avoir pas été capable de sauver Anjali.

« Comme je l'envie », finit par dire sœur Mary Joseph Praise à travers ses larmes, la fatigue et le manque de sommeil se conjuguant pour délier sa langue. « Elle est bien mieux avec notre Seigneur qu'ici-bas. »

Stone réprima un rire. Pour lui une pareille idée était le symptôme d'un délire imminent. Il la prit par le bras et la ramena à sa cabine, l'allongea sur sa couchette et lui dit de se reposer, ordre de la faculté. Il s'assit dans le hamac et attendit que l'unique grâce dont on pouvait être sûr dans la vie – le sommeil – lui fût accordée, avant de se hâter d'aller examiner de nouveau les occupants du navire. Le docteur Thomas Stone n'avait pas besoin de sommeil.

Deux jours plus tard, aucun cas de fièvre ne s'étant déclaré, ils furent enfin autorisés à quitter le *Calangute*. Thomas Stone alla voir sœur Mary Joseph Praise avant de débarquer. Il la trouva, les yeux rouges, dans la cabine qu'elle avait partagée avec Anjali. Son visage et le rosaire qu'elle serrait entre ses doigts étaient baignés de larmes. Avec un sursaut de surprise, il constata ce qu'il n'avait pas vu jusqu'alors : qu'elle était extraordinairement belle, avec ses grands yeux éloquents et plus expressifs qu'il n'était permis. Son visage devint brûlant et sa langue refusa de se décoller de son palais. Il fixa son grand sac de voyage posé par terre. Quand il parla enfin, ce fut pour articuler : « Typhus. » Il avait consulté ses livres et avait beaucoup réfléchi à la question. Voyant sa surprise, il déclara : « Le typhus, indubitablement. » Il s'était attendu à ce que ce mot, le diagnostic, la réconforte, mais il sembla plutôt faire monter de nouvelles larmes à ses yeux. « Très probablement le typhus – bien sûr une analyse de sérum l'aurait confirmé », bégaya-t-il.

Il passa d'un pied sur l'autre, croisa et décroisa les bras. « Je ne sais pas où vous allez, ma sœur, mais je vais à Addis-Abeba... en Éthiopie, marmonna-t-il. Dans un hôpital... qui apprécierait vos services. » Il la regarda et rougit de nouveau, pour la bonne raison qu'il ne savait rien de cet hôpital, pas plus qu'il ne savait s'il pouvait l'employer, mais aussi parce qu'il sentit que ces yeux sombres baignés de larmes lisaient chacune de ses pensées.

Mais c'étaient ses propres pensées qui rendaient sœur Mary Joseph Praise silencieuse. Elle se rappelait qu'elle avait prié pour lui et pour Anjali et que Dieu n'avait exaucé qu'une prière. Stone, ressuscité tel Lazare, s'était entièrement voué à combattre la fièvre. Il avait fait irruption dans les quartiers de l'équipage, traité le capitaine avec rudesse, malmené et menacé tous ceux qui s'opposaient à ses vues. Il avait mal agi, aux yeux de sœur Mary Joseph Praise, mais pour faire le bien. Sa passion furieuse avait été pour elle une révélation. À l'hôpital de Madras où elle avait appris son métier d'infirmière, les chirurgiens (anglais pour la plupart, à cette époque) passaient au loin d'un air serein, entraînant dans leur sillage, tels des canetons, les assistants et les internes (tous indiens). Parfois il lui semblait qu'ils se focalisaient à tel point sur la maladie que les patients et leurs souffrances passaient au second plan. Thomas Stone était différent.

Elle sentit que son invitation à le suivre en Éthiopie n'avait pas été préparée. Les mots étaient sortis de sa bouche avant qu'il ait pu les arrêter. Que devait-elle faire ? Sainte Amma connaissait une religieuse belge qui avait quitté son ordre et pris pied à Aden, au Yémen, mais dont la position était en péril du fait de sa mauvaise santé. Et Sainte Amma désirait que sœur Anjali et sœur Mary Joseph Praise commencent là-bas, perchées au-dessus du continent africain, afin d'apprendre tout ce qu'elles pourraient de la chirurgie en climat hostile. De là, après avoir correspondu avec Amma, les deux sœurs iraient vers le sud, non pas au Congo (couvert par les Français et les Belges), ni au Kenya, ni au Tanganyika, ni en Ouganda, ni au Nigeria (les Anglicans avaient mis la main sur ces âmes et n'aimaient pas la concurrence), mais peut-être au Ghana ou au Cameroun. Sœur Mary Joseph Praise se demanda ce que Sainte Amma dirait de l'Éthiopie.

Le projet de Sainte Amma lui paraissait à présent une chimère, un évangélisme par procuration, dénué à ce point de tout fondement que sœur Mary Joseph Praise était gênée d'en parler à Thomas Stone. Elle se contenta de dire d'une voix brisée par le désespoir : « J'ai ordre d'aller à Aden, docteur. Mais je vous remercie. Merci pour tout ce que vous avez fait pour sœur Anjali. » Il protesta qu'il n'avait rien fait.

« Vous avez fait plus qu'aucun être au monde ne pouvait faire », dit-elle en prenant ses mains dans les siennes. Elle le regarda dans les yeux. « Que Dieu soit avec vous et qu'il vous bénisse. »

Il sentit le rosaire qu'elle tenait encore entre les doigts, et la douceur de sa peau et l'humidité de ses larmes. Il se rappela ses mains sur lui, lavant son corps, l'habillant, tenant même sa tête pendant qu'il vomissait. Il se souvint de son visage tourné vers le ciel, chantant, priant pour sa guérison. Son cou le brûla et il sut que sa rougeur le trahissait pour la troisième fois. Les yeux de sœur Mary Joseph Praise, eux, exprimaient la douleur, et un cri sortit de ses lèvres. Ce n'est qu'alors qu'il s'aperçut qu'il lui pressait les mains, broyant ses doigts contre le rosaire. Il les lâcha sur-le-champ. Ses lèvres s'ouvrirent, mais il ne dit rien. Il s'éloigna brusquement.

Sœur Mary Joseph Praise ne parvenait pas à bouger. Elle voyait que ses mains étaient rouges et qu'elles commençaient à l'élancer. La douleur, tel un cadeau, une grâce palpable, montait dans ses bras et jusqu'à sa poitrine. Ce qu'elle ne pouvait supporter, c'était le sentiment que quelque chose de vital avait été arraché, déraciné de sa poitrine quand il était parti. Elle aurait voulu s'accrocher à lui, lui crier de ne pas s'en aller. Elle avait pensé que sa vie au service de Dieu était complète. Il y avait, elle s'en rendait compte à présent, un vide dans sa vie dont elle avait ignoré l'existence.

À l'instant où elle posa le pied sur le sol du Yémen, sœur Mary Joseph Praise regretta d'avoir débarqué. Comme il avait été absurde de sa part de tant désirer descendre à terre pendant tous ces jours qu'avait duré la quarantaine. Aden, Aden, Aden… Elle n'en connaissait rien avant cette traversée, et même maintenant ce n'était rien d'autre qu'un nom exotique. Mais à en croire les marins du *Calangute*, personne ne pouvait aller où que ce soit dans le monde sans faire escale à Aden. La position stratégique du port avait été utile à l'armée britannique. Aujourd'hui, c'était un port franc où les marins faisaient leurs achats et trouvaient à embarquer. Aden était la porte d'entrée de l'Afrique ; et depuis l'Afrique, la porte d'entrée de l'Europe. Aux yeux de sœur Mary Joseph Praise, Aden ressemblait aux portes de l'enfer.

La ville était à la fois morte et en mouvement perpétuel, semblable à une couverture de vers animant un cadavre en putréfaction. Sœur Mary Joseph Praise fuit la rue principale et la chaleur étouffante pour l'ombre des ruelles. Les bâtiments paraissaient avoir été taillés dans de la roche volcanique. Des voitures à bras, chargées jusqu'à des hauteurs impossibles de bananes, de briques, de melons, et même de deux lépreux pour l'une d'elles, se frayaient un passage parmi les piétons. Une vieille femme voilée, toute courbée, avançait avec un brasero fumant sur la tête. Personne ne faisait attention à cet étrange spectacle, réservant ses regards pour la religieuse à la peau sombre qui avançait parmi eux. Son visage découvert lui donnait l'impression d'être nue.

Après une heure de marche où elle sentit sa peau gonfler comme de la pâte dans un four, après avoir cent fois demandé son chemin, sœur Mary Joseph Praise arriva devant une petite porte au bout d'un passage très étroit. Sur le mur de pierre se dessinait le contour plus clair d'une plaque récemment enlevée. Elle pria en silence, prit une grande inspiration, et frappa. Un homme poussa un cri rauque que sœur Mary Joseph Praise interpréta comme une invitation à entrer.

Assis par terre à côté d'une balance étincelante, elle vit un Arabe torse nu. Tout autour de lui, d'immenses ballots de feuilles étaient entassés jusqu'au plafond.

Une odeur de serre la prit à la gorge. C'était une odeur nouvelle pour elle que celle du khat : une odeur d'herbe coupée, avec quelque chose de plus épicé.

La barbe de l'Arabe était si rougie de henné qu'elle crut qu'il avait saigné. Ses yeux étaient soulignés comme ceux d'une femme, lui rappelant des descriptions de Saladin – qui avait empêché les Croisés de prendre la Terre sainte. Il considéra le jeune visage emprisonné dans la guimpe blanche puis ses yeux descendirent sur le sac Gladstone qu'elle tenait à la main. Son corps se souleva pour produire un rire grossier qui sortit d'entre ses dents cerclées d'or, un rire qui s'arrêta quand il vit que la religieuse était sur le point de s'évanouir. Il la fit asseoir, envoya chercher de l'eau et du thé. Plus tard, dans un mélange de langage par signes et d'anglais approximatif, il lui fit savoir que la religieuse belge qui habitait ici était morte subitement. À l'annonce de cette nouvelle, sœur Mary Joseph Praise se remit à trembler, elle eut un pressentiment, comme si elle entendait les pas de sa mort bruisser dans les feuilles de cette serre. Elle avait une photographie de sœur Béatrice dans sa Bible, et elle vit ce visage prendre les traits d'un masque mortuaire, puis ceux d'Anjali. Elle s'obligea à affronter le regard de l'homme, à contester ses dires. *De quoi ? Qui demande "de quoi" à Aden ? Un jour vous êtes en bonne santé, vous n'avez plus de dettes, vos femmes sont contentes, grâce à Allah, et le lendemain la fièvre vous prend, et si elle livre votre peau à la chaleur qu'elle a combattue pendant toutes ces années, vous mourez. De quoi ? Peu importe de quoi. De mauvaise peau ! De pestilence ! De malchance, si vous voulez. De chance, même.*

La maison lui appartenait. En parlant, il laissait voir les tiges vertes de khat qu'il avait dans la bouche. Le Dieu de la vieille religieuse n'avait pas pu la sauver, dit-il, levant les yeux au plafond et le désignant du doigt, comme s'il était toujours tapi là. Mary Joseph Praise suivit involontairement son regard, avant qu'elle ne se reprenne. Puis les yeux chassieux de l'homme redescendirent vers son visage, ses lèvres, et sa poitrine.

Si je connais tous ces détails sur le voyage de ma mère, c'est parce qu'ils sont passés de sa bouche aux oreilles d'autres personnes, pour parvenir jusqu'à moi. Mais son récit s'arrêta à Aden. Il s'interrompit brusquement dans cette serre.

Ce qui est clair, c'est qu'elle s'était embarquée dans ce voyage avec la certitude que Dieu approuvait sa mission, pourvoirait à ses besoins et lui accorderait sa protection. Or, à Aden, quelque chose lui arriva. Personne ne sut exactement quoi. Mais c'est là qu'elle comprit que son Dieu était aussi un dieu vindicatif et dur, et qu'il pouvait l'être aussi envers Ses fidèles. Le diable s'était montré dans le masque mortuaire violacé et déformé de sœur Anjali, et Dieu avait permis cela. Pour elle, Aden était une ville mauvaise, où Dieu utilisait Satan pour lui montrer combien fragile et fragmenté était le monde, combien délicat l'équilibre entre le mal et le bien, et combien elle se montrait naïve dans sa foi. Son père disait : « Si tu veux faire rire Dieu, confie-lui tes projets. » Elle éprouva de la pitié pour Sainte Amma, dont le rêve futile d'édifier l'Afrique avait coûté la vie à Anjali.

Pendant bien longtemps je ne sus que cela : après une période de quelques mois, voire une année, ma mère, âgée alors de dix-neuf ans, réussit à s'enfuir du Yémen, traversa le golfe d'Aden pour se rendre dans l'ancienne ville de Harrar en Éthiopie, ou peut-être à Djibouti, puis de là, par le train, elle entra en Éthiopie *via* Dire Dawa pour arriver à Addis-Abeba.

Je connais l'histoire une fois qu'elle parvint à l'hôpital Missing. On frappa trois coups à la porte du bureau de l'infirmière en chef. « Entrez », dit-elle, et avec ce mot l'histoire de Missing prit un cours tout différent de ce que quiconque aurait pu imaginer. C'était au début de la saison des petites pluies, quand Addis vivait sous le joug de l'eau, et quand après des heures et des jours à n'entendre et voir que la pluie, on commençait à percevoir des choses étranges. L'infirmière en chef se demanda si cela expliquait cette vision d'une magnifique religieuse à la peau sombre sur le seuil de son bureau.

Les profonds yeux bruns de sœur Mary Joseph Praise se posèrent sur l'infirmière en chef telles deux mains chaudes sur ses joues, mais cette dernière se dirait plus tard qu'on lisait toutefois encore l'horreur du voyage dans ses pupilles dilatées. Il lui sembla que la lèvre inférieure de la jeune femme était si charnue qu'elle pouvait éclater au moindre contact. Sa guimpe, fermée au menton, emprisonnait ses traits en un strict ovale, mais nul tissu ne pouvait atténuer la ferveur de ce visage, ni cacher sa douleur et sa confusion. Son habit gris-brun devait naguère avoir été blanc. Mais, alors que les yeux de l'infirmière en chef descendaient le long de son corps, elle vit une tache de sang fraîche là où les cuisses se rejoignaient.

L'apparition, extraordinairement maigre et vacillante sur ses jambes, paraissait pourtant résolue, et il sembla miraculeux qu'elle fût douée de parole, tandis que d'une voix chargée de fatigue et de tristesse elle prononçait ces mots : « Je désire jouir du discernement et de l'écoute de Dieu qui parle dans et à travers cette communauté. Je vous demande de prier afin que je puisse passer le reste de ma vie dans Sa présence eucharistique dans le but de préparer mon âme pour le grand jour d'union entre la mariée et le Marié. »

L'infirmière en chef reconnut la litanie de la postulante qui prononce ses vœux, mots qu'elle avait elle-même prononcés bien des années auparavant. L'infirmière en chef répondit automatiquement, tout comme la mère supérieure l'avait fait : « Entrez dans la joie du Seigneur. »

Ce n'est que lorsque l'inconnue s'affaissa contre le chambranle que l'infirmière en chef fut tirée de sa transe et se leva précipitamment de son bureau pour la saisir. Faim ? Épuisement ? Perte de sang menstruel ? Qu'était cela ? Sœur Mary Joseph Praise ne pesait rien entre les bras de l'infirmière en chef. On coucha l'inconnue. Sous le voile, la guimpe et l'habit, on découvrit des côtes saillantes et un ventre creux. Une fille ! Pas une femme. Oui, une fille qui venait à peine de dire adieu à l'enfance. Une fille avec des cheveux qui n'étaient pas coupés court comme ceux de la plupart des religieuses mais longs et épais. Une fille avec (et comment ne pas le remarquer) une poitrine déjà opulente.

L'instinct maternel de l'infirmière en chef s'éveilla, et elle s'installa au chevet de l'inconnue. Elle s'y trouvait quand la jeune religieuse se réveilla au milieu de la nuit, terrifiée, délirante, et s'accrocha à l'infirmière en chef une fois qu'elle comprit qu'elle était en sécurité. « Mon enfant, mon enfant, que vous est-il arrivé ? Tout va bien. Vous êtes en sécurité maintenant. » Les paroles de l'infirmière en chef la réconfortèrent, mais il fallut une semaine avant que la jeune femme puisse dormir seule et une autre semaine avant que la couleur ne revienne sur ses joues.

Quand les petites pluies prirent fin, quand le soleil montra son visage à la ville comme pour lui donner un baiser de réconciliation, et lui dire qu'après tout c'était sa ville préférée, celle qui méritait sa lumière la plus pure, l'infirmière en chef emmena sœur Mary Joseph Praise au dehors. Elle alla la présenter au personnel de Missing. Toutes deux entrèrent dans la salle d'opération n° 3 pour la première fois, et, sous les yeux ébahis de l'infirmière en chef, l'expression sévère du nouveau chirurgien, Thomas Stone, laissa place à quelque chose qui ressemblait à de la joie lorsqu'il aperçut sœur Mary Joseph Praise. Il rougit, prenant sa main dans la sienne et l'écrasant jusqu'à ce que les larmes viennent aux yeux de la jeune religieuse.

Ma mère devait savoir alors qu'elle resterait toujours à Addis-Abeba, qu'elle resterait à l'hôpital Missing et aux côtés de ce chirurgien. Travailler pour lui, pour ses patients, être son assistante, était une ambition suffisante, une ambition dénuée d'orgueil et, si Dieu le voulait, c'était quelque chose qu'elle pouvait raisonnablement faire. Il était trop difficile de songer à retourner en Inde *via* Aden.

Au cours des sept années suivantes où elle vécut et travailla à Missing, sœur Mary Joseph Praise parla rarement de son voyage et jamais de son séjour à Aden. « Chaque fois que je faisais mention d'Aden, disait l'infirmière en chef, ta mère regardait derrière son épaule, comme si Aden ou ce qu'elle avait laissé derrière elle la rattrapait. L'inquiétude et la terreur qui se peignaient sur son visage ne m'encourageaient pas à recommencer. Cela me faisait peur, crois-moi. Elle disait seulement : "C'était la volonté de Dieu que j'y aille. Ses voies sont impénétrables." Cette réponse n'avait rien d'irrespectueux, remarque. Elle croyait que son travail consistait à faire de sa vie quelque chose de beau pour Dieu. C'est Lui qui l'avait menée à Missing. »

Un tel blanc dans l'histoire, particulièrement celle d'une courte vie, attire l'attention. Un biographe, ou un fils, doit creuser profond. Peut-être que l'effet secondaire de pareille quête serait que j'étudie la médecine, ou que je trouve Thomas Stone.

Sœur Mary Joseph Praise commença à remplir la tâche qu'elle assumerait jusqu'à la fin de ses jours lorsqu'elle entra dans la salle d'opération n° 3. Elle fournit en instruments, ganta et vêtit le docteur Stone, se tenant de l'autre côté de la table, lui tendant le petit rétracteur quand il avait besoin de voir, coupant la suture quand il lui en présentait les extrémités et anticipant ses besoins en irrigation ou en aspiration. Quelques semaines plus tard, les jours où l'instrumentiste n'était pas là, ma mère faisait à la fois office d'infirmière et de première assistante. Qui savait mieux qu'une première assistante quand Stone avait besoin d'un bistouri pour faire une incision fine ou s'il suffisait qu'on lui entoure le doigt de gaze ? C'était comme si son esprit était divisé en deux compartiments, l'un lui permettant de faire passer les instruments du plateau à sa main, tandis que l'autre faisait office de troisième bras pour Stone, soulevant le foie, ou tenant de côté l'épiploon, cet épais tablier qui protège les intestins, ou maintenant du bout d'un doigt un tissu œdémateux pour que Stone voie où piquer son aiguille.

L'infirmière en chef passait la tête à la porte. « De la danse, mon cher Marion. Une équipe de rêve. Totalement silencieuse, me disait-elle. Pas besoin de demander des instruments ni de dire : "Essuyez", "Coupez" ou "Aspirez". Elle et Stone… on n'a jamais rien vu de plus efficace. Je soupçonne que nous les ralentissions parce que nous n'étions pas assez rapides pour leur amener et leur enlever les patients. »

Pendant sept ans Stone et sœur Mary Joseph Praise observèrent le même emploi du temps. Quand ils opéraient tard dans la nuit et jusqu'au matin, elle se tenait face à lui, plus fidèle que son ombre, consciencieuse, compétente, sans une plainte, sans une absence. Jusqu'au jour où mon frère et moi annonçâmes notre présence dans ses entrailles, et notre irrépressible désir de remplacer le placenta par le lait de ses seins.

Chapitre 2

Le doigt manquant

À Missing, Thomas Stone avait la réputation d'être, sous un calme apparent, passionné et même mystérieux, bien que le docteur Ghosh, interne et homme à tout faire de l'hôpital, contestât ce qualificatif, disant : « Quand un homme est un mystère pour lui-même on ne peut pas dire qu'il est mystérieux. » Ceux qui le fréquentaient avaient appris à ne pas trop se fier à l'attitude de Stone, qu'un étranger eût trouvée renfrognée, quand en fait il était maladivement timide. Empoté et maladroit à l'extérieur de la salle d'opération n° 3, à l'intérieur, il était concentré et fluide ; on avait l'impression que là seulement son corps et son âme ne pouvaient faire qu'un, que son activité cérébrale était enfin adaptée à son milieu.

En tant que chirurgien, Stone était célèbre pour sa rapidité, son courage, sa hardiesse, sa décision, son inventivité, l'économie de ses mouvements et son calme sous la pression. C'étaient les compétences qu'il avait aiguisées sur des patients confiants et soumis, brièvement en Inde, puis en Éthiopie. Mais quand sœur Mary Joseph Praise, son assistante pendant sept ans, ressentit les premières douleurs, toutes ces qualités disparurent.

Le jour de notre naissance, Thomas Stone se tenait au-dessus d'un jeune ventre qu'il s'apprêtait à ouvrir. Il tendit la main, paume vers le haut, pour recevoir le bistouri dans ce geste éternel qui rythmerait à jamais ses heures en tant que chirurgien. Mais pour la première fois en sept ans, l'acier n'avait pas claqué dans la paume à l'instant où ses doigts s'étaient ouverts ; en effet, le tapotement timide lui signala que quelqu'un d'autre que sœur Mary Joseph Praise se tenait en face de lui. « Impossible », dit-il quand une voix contrite lui expliqua que sœur Mary Joseph Praise était indisposée. Durant les sept années passées jamais il ne s'était trouvé là sans elle. Son absence était aussi dérangeante et exaspérante qu'une goutte de sueur prête à lui tomber dans l'œil pendant qu'il opérait.

Stone ne leva pas les yeux tandis qu'il pratiquait son incision préparatoire. Peau. Graisse. Fascia. Fendre le muscle. Puis, séparant les tissus sans les couper, il exposa le péritoine scintillant, qu'il incisa. Son doigt se glissa dans la cavité abdominale, à travers cette ouverture, et creusa à la recherche de l'appendice. Mais, à chaque étape, il lui fallut attendre une fraction de seconde, ou refuser d'un geste l'instrument proposé pour un autre. Il était inquiet au sujet de sœur Mary Joseph Praise, même s'il n'en avait pas conscience ou ne voulait pas l'admettre.

Il fit appeler la stagiaire, une jeune Érythréenne nerveuse. Il la pria d'aller trouver sœur Mary Joseph Praise et de lui rappeler que les médecins et les infirmières ne pouvaient pas s'offrir le luxe de tomber malades. « Demandez-lui… » Les lèvres de la stagiaire terrifiée bougeaient tandis qu'elle tâchait d'apprendre par cœur son message. « … Soyez aimable de lui demander si elle se rappelle que je suis retourné en salle d'opération le lendemain du jour où je me suis amputé le doigt. »

Cet événement déterminant dans la vie de Stone avait eu lieu cinq ans auparavant. Son aiguille avait percé la pulpe de son index droit tandis qu'il travaillait sur un ventre plein de pus. Il avait immédiatement arraché son gant et, avec une aiguille hypodermique, il avait injecté de l'acriflavine, précisément un millilitre d'une solution diluée à 1/500, dans le minuscule tracé suivi par l'aiguille. Puis il avait également infiltré le tissu environnant. La teinture orange avait métamorphosé le doigt en une énorme sucette. Mais en dépit de ces mesures, une vague rouge s'était en quelques heures étendue du bout du doigt dans la gaine du tendon jusque dans la paume. Malgré des comprimés de sulfatriade et, plus tard, à l'insistance de Ghosh, une injection de précieuse pénicilline dans la fesse, des zébrures écarlates (indices d'une infection streptoccique) étaient apparues sur son poignet, et le nœud lymphatique épitrochléen derrière le coude avait atteint la taille d'une balle de golf. Les frissons le faisaient claquer des dents et secouer son lit. (Ce qui devait donner lieu à un aphorisme dans son fameux manuel, un stonisme, comme l'appelaient ses lecteurs : « Si les dents claquent, c'est un refroidissement, mais si le lit tremble, c'est un vrai frisson. ») Il avait pris une décision rapide : amputer son doigt avant que l'infection ne se propage, et opérer lui-même.

La stagiaire attendit le reste du message pendant que Stone tirait de l'incision l'appendice pareil à un ver et le déroulait, tel un pêcheur présentant sa prise au bout de sa ligne. Il arrêta net les quelques saignements à coups de pinces hémostatiques – comme on tire des canards qui surgissent les uns après les autres dans un stand de foire –, tout en clampant les vaisseaux de l'appendice. Il les ligatura avec du catgut, à une vitesse telle qu'on ne pouvait distinguer les mouvements de ses mains, jusqu'à ce que les pinces soient enlevées.

Stone montra sa main à la stagiaire. Cinq ans après l'amputation, elle semblait normale, bien qu'en y regardant de plus près l'index manquât. Le secret de ce résultat esthétique était que la tête du métacarpien – la jointure du doigt manquant – avait été également coupée, de sorte qu'il n'y avait pas de moignon dans le V entre le pouce et le majeur. C'était comme si les doigts s'étaient déplacés d'un rang. Des gants sur mesure ajoutaient à l'illusion. Loin d'être un désavantage, sa main pouvait pénétrer des crevasses et des agencements de tissu interdits aux autres, et son majeur avait développé la dextérité d'un index. Cela, joint au fait que son majeur était plus long que son ancien index, signifiait qu'il pouvait déloger un appendice de sa cachette derrière un cæcum (le début du colon) mieux qu'aucun chirurgien au monde. Il pouvait faire un nœud au fin fond du lit de la vésicule biliaire rien qu'avec ses doigts alors que les autres chirurgiens devaient recourir à un porte-aiguille. Plus tard, à Boston, il serait connu pour ponctuer son cours sur l'examen rectal (« *Semper per rectum, par anum salutem*, si vous n'y mettez pas le doigt, vous vous le fourrez dans l'œil ») en levant le majeur, promu maintenant au statut d'index.

Les élèves de Stone ne négligeaient jamais cette opération, non pas seulement parce que Stone leur avait mis dans la tête que la plupart des cancers du colon se trouvent dans le rectum ou le sigmoïde, mais parce qu'ils savaient qu'ils seraient virés s'ils omettaient de le faire. Une histoire circulait sur un des élèves de Stone qui, après avoir examiné un ivrogne aux urgences et l'avoir soigné, retourna dans sa chambre. Au moment de s'endormir, il se rappela qu'il avait oublié de lui faire un examen rectal. Mû par le remords et la crainte que son patron ne découvre sa faute, il s'était relevé et avait quitté l'hôpital. Il finit par dénicher le patient dans un bar où, en échange d'une bière, l'homme avait accepté de baisser son pantalon et de se laisser examiner, soulageant ainsi la conscience du jeune médecin.

La stagiaire qui se trouvait dans la salle d'opération n° 3 le jour où sœur Mary Joseph Praise nous mit au monde était une jeune et jolie – non, *belle* – Érythréenne. Malheureusement, son sérieux et son application faisaient oublier sa jeunesse et son apparence.

Elle se mit vite à la recherche de ma mère, sans prendre le temps de s'interroger sur le bien-fondé du message dont elle était chargée. De toute évidence, Stone n'aurait jamais imaginé qu'il pût causer de la peine à sœur Mary Joseph Praise. Comme c'est souvent le cas avec les gens talentueux mais timides, on pardonnait généralement à Stone ce que le docteur Ghosh appelait sa débilité sociale. Ces défauts étaient sans importance dans une telle personnalité : ils ne constituaient pas une gêne pour lui, seulement un sujet d'irritation pour autrui.

À l'époque de notre naissance, la stagiaire, qui n'avait pas encore dix-huit ans, avait tendance à confondre la calligraphie et les dossiers médicaux impeccables – choses à laquelle l'infirmière en chef tenait beaucoup – avec l'attention portée aux patients.

Elle était fière d'être considérée comme meilleure que les cinq autres stagiaires de l'école d'infirmières de Missing, et la plupart du temps elle parvenait à oublier que sa qualité n'était due qu'au fait qu'elle redoublait.

Rendue orpheline par la variole, qui avait aussi déposé sur ses joues un léger paysage lunaire, elle avait compensé dès le plus jeune âge la gêne que lui causait ce handicap en étant excessivement studieuse, tendance encouragée par les sœurs de la Nigrizia (Afrique) qui l'avaient élevée dans leur orphelinat d'Asmara. Elle faisait étalage de son application comme si ce n'était pas seulement une qualité mais un don du ciel, à l'instar d'un grain de beauté ou d'un orteil en trop. Elle avait tenu ses promesses en sautant des classes à l'école religieuse d'Asmara, en parlant couramment l'italien officiel (contrairement à la version allégée des prépositions et des pronoms apprise dans les bars et les cinémas par de nombreux Éthiopiens), et en étant capable de réciter sa table de dix-neuf.

On pourrait dire que la présence de la stagiaire à Missing était un accident de l'histoire. Asmara, où elle était née, était la capitale de l'Érythrée, colonie italienne depuis 1885. Sous Mussolini, les Italiens avaient envahi l'Éthiopie en 1935, sans que les grandes puissances n'interviennent. En s'alliant avec Hitler, Mussolini scella son destin, et en 1941, le corps expéditionnaire du colonel Gideon Wingate avait défait les Italiens et libéré l'Éthiopie. Les Alliés firent à l'empereur Hailé Sélassié un cadeau très inhabituel : ils donnèrent en protectorat la très ancienne colonie de l'Érythrée à l'Éthiopie nouvellement libérée. L'empereur s'y était activement employé afin d'obtenir pour son pays enclavé une ouverture sur la mer avec le port de Massawa, sans parler de la belle ville d'Asmara. Les Anglais avaient peut-être voulu punir les Érythréens d'avoir longuement collaboré avec les Italiens. Des milliers d'*askaris* érythréens s'étaient enrôlés dans l'armée italienne, avaient combattu leurs voisins noirs et étaient morts aux côtés de leurs maîtres blancs.

Pour les Érythréens, le don de leurs terres à l'Éthiopie avait été une blessure inimaginable : c'était comme donner la France libérée à l'Angleterre sous le seul prétexte que leurs deux peuples étaient blancs et mangeaient du chou-fleur. Quand, quelques années plus tard, l'empereur annexa le pays, les Érythréens se soulevèrent.

Mais le fait d'appartenir à l'Éthiopie avait certains avantages : la stagiaire fut la première Érythréenne à obtenir une bourse pour entrer dans l'unique école d'infirmières d'Addis-Abeba, à l'hôpital Missing. Jusqu'alors sa trajectoire avait été aussi spectaculaire que sans précédent, un modèle pour toute la jeunesse. C'était aussi pousser le destin à lui faire un croc-en-jambe.

Ce n'est pourtant pas le destin qui se mit en travers du chemin de la stagiaire quand elle entra à l'hôpital, et ce ne furent pas ses difficultés en amharique, ni en anglais, car elle franchit bientôt ces obstacles et les maîtrisa. Elle découvrit que la mémorisation (le « par cœur » comme l'appelait l'infirmière en chef) ne l'aidait pas au chevet des malades, quand elle peinait pour distinguer l'insignifiant du potentiellement mortel. Bien sûr, elle pouvait réciter, et récitait effectivement la liste des nerfs crâniens comme un mantra pour calmer ses propres nerfs. Elle pouvait débiter la composition de *mistura carminativa* (1 mg de bicarbonate de soude, 2 ml d'esprit d'ammoniaque et de teinture de cardamome, 0,6 ml de teinture de gingembre, 1 ml d'esprit de chloroforme, le tout arrosé de 30 ml d'eau de menthe) contre la dyspepsie. Mais ce qu'elle ne pouvait pas faire, et elle enrageait de voir avec quelle facilité le faisaient ses condisciples, c'était de cultiver la seule capacité qui lui manquait : le bon sens médical. La seule référence qui y était faite dans son manuel était si mystérieuse, et ce d'autant plus après qu'elle l'eut mémorisée, qu'elle avait commencé à croire que ces lignes avaient été placées là uniquement pour l'embêter :

> Le bon sens médical est plus important que le savoir, bien que celui-ci ne fasse que le renforcer. Le bon sens médical est une qualité qui ne peut être définie et pourtant elle est inestimable quand on la possède et remarquable quand on ne la possède pas. Pour paraphraser Osler, une infirmière dotée d'un savoir théorique mais privée du bon sens médical est pareille à un navigateur embarqué sur un navire capable de tenir la mer, mais sans boussole, ni carte ni sextant. (Évidemment l'infirmière dépourvue de connaissances théoriques n'a pas pris la mer !)

La stagiaire avait pris la mer – de cela elle était sûre. Elle était décidée à prouver qu'elle avait bien une carte et une boussole, aussi considérait-elle toute tâche comme une mise à l'épreuve de ses capacités, une occasion de faire montre de bon sens médical (ou de cacher qu'elle en était dépourvue).

Elle courut, comme si des djinns étaient à ses trousses, dans le passage couvert reliant la salle d'opération au reste de l'hôpital. Les malades et les parents des opérés du jour étaient accroupis ou assis en tailleur de chaque côté de son trajet. Un homme pieds nus, sa femme et deux petits enfants partageaient un repas, plongeant les doigts dans un bol bordé d'*injerra* qui contenait un curry de lentilles, tandis qu'un bébé, caché dans le *shama* de sa mère, tétait. À son passage, ils tournèrent vers elle des regards inquiets, ce qui lui fit sentir son importance. De l'autre côté de la cour, elle voyait les femmes en *shamas* blancs et coiffées de turbans rouges et orange vif entassées sur les bancs réservés aux patients en consultation externe – de loin, celles-ci lui faisaient penser à des poules dans un poulailler.

Elle monta quatre à quatre l'escalier menant à la chambre de ma mère. Elle frappa, mais ne reçut pas de réponse. Toutefois, comme la porte n'était pas verrouillée, elle put apercevoir sœur Mary Joseph Praise allongée dans son lit, la tête tournée vers le mur. « Ma sœur… » appela-t-elle tout bas, et quand ma mère gémit, la stagiaire comprit qu'elle était réveillée. « Le docteur Stone m'envoie vous dire… » Elle se sentit soulagée d'avoir retenu le message en son entier. Elle attendit la réponse, et n'en obtenant pas, pensa que ma mère était peut-être fâchée contre elle. « Je ne suis venue que parce que le docteur Stone m'a envoyée. Je suis désolée de vous déranger. J'espère que vous vous sentez mieux. Avez-vous besoin de quelque chose ? » Elle attendit consciencieusement et, après un moment, quitta discrètement la pièce. Puisqu'il n'y avait pas de message pour le docteur Stone et que son cours de pédiatrie allait commencer, elle ne retourna pas à la salle d'opération n° 3.

On était au début de l'après-midi quand le docteur Stone se rendit au pavillon des infirmières. Il avait terminé l'appendicectomie, puis deux gastro-jéjunostomies sur des patients souffrant d'ulcères de l'estomac, trois opérations de la hernie, une hydrocèle, une thyroïdectomie subtotale et une greffe de la peau, mais, selon ses critères, tout cela avait été terriblement long. Une épreuve. Les sourcils froncés, il monta les marches. Il comprenait que sa rapidité dépendait dans une large mesure – plus qu'il ne l'avait jamais imaginé – de sœur Mary Joseph Praise… Pourquoi était-il obligé de penser à pareilles choses ? Où était-elle ? Voilà ce qu'il devait savoir. Et quand serait-elle de retour ?

Il n'obtint pas de réponse quand il frappa. C'était la chambre du coin au premier étage. La femme du concierge surgit pour se plaindre de cette intrusion indue. Bien que l'infirmière en chef et sœur Mary Joseph Praise fussent les seules religieuses à Missing, la femme du concierge agissait comme si l'accès à sa vocation lui avait été refusé. Avec un foulard qui lui couvrait le front et un crucifix de la taille d'un revolver, elle ressemblait à une religieuse. Elle se considérait plus ou moins comme la gardienne du foyer des infirmières, la protectrice des vierges de Missing. Elle avait la sensibilité d'une araignée au pas du mâle tentant une incursion dans son territoire. Mais, voyant de qui il s'agissait, elle recula.

Stone n'était jamais entré dans la chambre de sœur Mary Joseph Praise. Quand elle dactylographiait ses manuscrits ou travaillait à leur illustration, elle venait dans sa chambre ou dans son bureau, qui jouxtait la clinique.

Il tourna la poignée, appelant : « Ma sœur ? Ma sœur ! » Il fut accueilli par un miasme à la fois familier et alarmant, mais il ne put l'identifier.

Il tâtonna à la recherche de l'interrupteur et, ne le trouvant pas, poussa un juron. Il alla à tâtons jusqu'à la fenêtre, se cognant contre une commode. Il ouvrit le châssis vitré et poussa les persiennes. La lumière du jour envahit la pièce étroite.

Sur la commode était posé un gros bocal qui attirait les rayons du soleil. Le fluide ambré qu'il contenait l'emplissait jusqu'à l'épais couvercle scellé à la cire. Il pensa tout d'abord que le bocal contenait peut-être une relique, une icône. Ses bras se couvrirent de chair de poule, son corps réagissant avant son cerveau : là, suspendu dans le liquide, l'ongle pivotant délicatement sur le fond telle une ballerine sur les pointes, se mouvait son index. La peau sous l'ongle avait la texture d'un vieux parchemin, tandis que la base de son doigt arborait la décoloration violette de l'infection. Il sentit une envie, un vide et une démangeaison dans sa paume droite que seul ce doigt manquant aurait pu soulager.

« Je ne savais pas... » dit-il en se tournant vers le lit, mais ce qu'il y vit lui fit oublier ce qu'il était sur le point de dire.

Sœur Mary Joseph Praise était étendue sur son étroite couche, les lèvres bleues. Ses yeux ternes regardaient au-delà de son visage. Elle était d'une pâleur mortelle. Il prit son pouls : rapide et faible. Il fut envahi par un souvenir involontaire : sœur Anjali dans le coma à bord du *Calangute*, sept ans auparavant. Une sensation de froid se propagea de son ventre à sa poitrine. Il se trouvait soudain submergé par une émotion qu'il avait rarement ressentie en tant que chirurgien : la peur.

Ses jambes ne le supportaient plus.

Il tomba à genoux à côté de son lit. « Mary ? » dit-il. Il ne pouvait faire autre chose que répéter son prénom. Sur ses lèvres, il sonna comme une interrogation, puis un terme d'affection, puis une déclaration d'amour résumée en un seul mot. *Mary ? Mary, Mary !...* Elle fut incapable de répondre.

Ses mains furent prises de paralysie comme celles d'un vieillard tandis qu'elles se tendaient vers son visage. Il embrassa son front. Cet acte extraordinaire et incontrôlable lui fit prendre conscience, non sans quelque fierté, qu'il l'aimait et que non seulement il n'était pas incapable d'aimer, mais qu'il l'aimait depuis sept ans. S'il avait été aveugle à son amour, c'était peut-être parce qu'il avait pris naissance dès qu'il l'avait rencontrée sur ces marches glissantes, dès qu'elle l'avait soigné, lavé, ramené à la vie, à bord du *Calangute*. Il avait pris naissance dès qu'elle l'avait tenu dans ses bras et l'avait tiré jusqu'au hamac avant de le nourrir à la cuillère. Il avait pris naissance dès qu'ils s'étaient penchés sur le corps de sœur Anjali. Mais l'amour avait atteint son apogée quand sœur Mary Joseph Praise était venue travailler à ses côtés en Éthiopie, et depuis il n'avait jamais faibli. Un amour si fort – sans flux ni reflux, ni hauts ni bas, en vérité immuable – qu'il lui était demeuré invisible pendant ces sept ans : il faisait partie de l'ordre des choses, il l'avait considéré comme allant de soi.

Mary l'aimait-elle ? Oui. Bien sûr. De cela il était certain. Elle l'avait aimé, mais, calquant son attitude sur la sienne – calquant toujours son attitude sur la sienne –, elle n'avait rien dit. Et qu'avait-il fait pendant toutes ces années ? Il l'avait considérée comme allant de soi. *Mary, Mary, Mary.* Même son nom était une révélation pour lui, qui ne l'avait jamais appelée que « ma sœur ». Il sanglotait, terrifié à l'idée de la perdre, mais cela, aussi, il comprenait que c'était de l'égoïsme – le besoin qu'il avait d'elle se manifestait de nouveau. Aurait-il l'occasion de se racheter ? Comme un homme pouvait être stupide !

Sœur Mary Joseph Praise sentit à peine qu'il la touchait. Sa joue était de nouveau brûlante. Il souleva le drap, découvrant un ventre généreusement gonflé.

Pour lui, le gonflement de l'abdomen chez une femme était signe d'une grossesse, jusqu'à preuve du contraire. Mais son esprit écarta cette pensée, refusant de la considérer – il s'agissait d'une religieuse, après tout. Au lieu de quoi il diagnostiqua immédiatement une occlusion intestinale... ou un épanchement dans la cavité péritonéale... ou une hémorragie du pancréas... enfin, une catastrophe abdominale...

Ses sanglots se muant en ahanements, il la porta hors de sa chambre, négociant le passage de la porte, puis tâchant de ne pas lui cogner les pieds contre la balustrade, puis le long du chemin menant à la salle d'opération. Son corps lui paraissait invraisemblablement lourd.

La réponse à la question que l'examinateur en chef lui avait posée (« Quel traitement d'urgence administre-t-on par l'oreille ? ») quand il s'était présenté à l'oral de l'école royale de chirurgie d'Édimbourg après avoir passé l'écrit – à savoir : « Des paroles de réconfort ! » – lui avait valu son diplôme. Mais aujourd'hui, au lieu de prononcer les mots rassurants et apaisants qui eussent été à la fois compatissants et thérapeutiques, Stone cria au secours à pleins poumons.

Ses cris, relayés par la gardienne des vierges, ameutèrent tout le monde, y compris Gebrew le concierge, qui arriva en courant accompagné de Koochooloo, avec deux chiens anonymes sur les talons.

L'infirmière en chef fut aussi choquée par l'état d'impuissance et de panique où se trouvait Stone que par la vision de sœur Mary Joseph Praise.

Seigneur, il a remis ça ! pensa-t-elle tout d'abord.

C'était un secret bien gardé que Stone avait pris trois ou quatre cuites phénoménales depuis son arrivée à Missing. Chez un homme qui buvait rarement, qui adorait son métier, qui jugeait que le sommeil était du temps perdu, à qui il fallait rappeler d'aller se coucher, ces écarts de conduite laissaient perplexe. Ces accès le prenaient avec la soudaineté de la grippe et le plongeaient dans un état de terreur proche de la possession. Le premier patient sur la liste du matin était sur la table, prêt à être anesthésié – il n'y avait cependant aucun signe de Stone. Quand on alla à sa recherche la première fois, on tomba sur un Blanc échevelé qui faisait les cent pas dans sa chambre en bredouillant des paroles incompréhensibles. En ces occasions, il ne dormait ni ne mangeait, se glissant au dehors en pleine nuit pour refaire provision de rhum. La dernière fois, il avait grimpé à l'arbre qui se dressait devant sa fenêtre et y était resté perché pendant des heures, marmonnant comme une poule en colère. Une chute de pareille hauteur lui aurait fracassé le crâne. L'infirmière en chef, à la vue de ces yeux de mangouste injectés de sang qui la fixaient, avait fui, laissant sœur Mary Joseph Praise et Ghosh monter la garde et tâcher de le persuader de descendre, de manger et de cesser de boire.

Aussi brusquement qu'elle avait commencé, en deux jours, jamais plus de trois, la crise passait, et après un très long sommeil Stone était de retour au travail comme si rien n'était arrivé, ne faisant aucune allusion aux désagréments qu'il avait causés, n'en ayant aucun souvenir. Personne ne lui en parlait car l'autre Stone, celui qui buvait rarement, aurait été blessé et insulté par toute question ou accusation. L'autre Stone travaillait comme trois chirurgiens à temps plein, et ces cuites étaient le prix – modeste – à payer.

L'infirmière en chef s'approcha. Les yeux de Stone n'étaient pas injectés de sang et il ne sentait pas l'alcool. Non, c'était l'état de sœur Mary Joseph Praise qui le mettait sens dessus dessous, et à juste raison. Tandis que l'infirmière en chef reportait son attention sur sœur Mary Joseph Praise, elle n'en éprouva pas moins un soupçon de satisfaction : enfin il avait dévoilé son âme, manifesté ses sentiments pour son assistante.

L'infirmière en chef ignora les paroles décousues de Stone à propos de volvulus, ou d'iléus, ou de pancréatite ou encore de péritonite tuberculeuse. « Allons dans la salle d'opération », dit-elle, et, quand ils furent arrivés, elle déclara : « Posez-la sur la table. »

Alors l'infirmière en chef vit ce qu'elle avait vu sept ans auparavant : l'habit de sœur Mary Joseph Praise imbibé de sang dans la région du pubis. Elle se rappela l'arrivée de sœur Mary Joseph Praise : la vue du sang sur ses vêtements lui avait causé la même inquiétude. Elle ne lui avait jamais demandé quelle était la cause de ce saignement, même si la forme de la tache l'avait invitée à lui donner un sens. Elle avait élaboré bien des hypothèses pour expliquer ce mystère. Avec les années, elle avait conclu à des causes surnaturelles.

C'était la raison pour laquelle l'infirmière en chef regardait maintenant les paumes et la poitrine de sœur Mary Joseph Praise tandis que Stone l'allongeait, comme si elle s'attendait à y voir des stigmates, comme si ce premier mystère en avait engendré un second. Mais non, il n'y avait de sang que sur la vulve. Beaucoup de sang. Avec des caillots noirs. Et de petits ruisseaux rouge vif qui coulaient le long des cuisses. L'infirmière en chef n'eut plus de doute, tandis que le sang dégouttait par terre ; cette fois-ci c'était un sang profane.

Elle s'assit entre les jambes de sœur Mary Joseph Praise, ignorant volontairement l'estomac enflé. Les lèvres étaient gonflées et bleues, et quand elle introduisit sa main gantée, elle rencontra le col de l'utérus complètement dilaté.

Il y avait beaucoup trop de sang. Quand sa patiente émit un gémissement pitoyable, elle faillit lâcher son spéculum. Le cœur de l'infirmière en chef cognait, ses mains tremblaient. Elle se pencha, inclina de nouveau la tête pour inspecter l'intérieur. Là se trouvait la tête d'un bébé.

« Seigneur, elle est… dit l'infirmière en chef, quand elle put enfin parler, le souffle coupé par le mot sacrilège qui menaçait de l'étouffer et que sa bouche ne pouvait plus contenir … enceinte ! »

Tous ceux qui étaient présents et à qui j'ai pu parler se rappellent cet instant où l'atmosphère se figea, où le bruyant tic-tac de la pendule s'arrêta et où un long silence s'ensuivit.

« Impossible ! » s'écria Stone, pour la deuxième fois ce jour-là. Et bien que cet adjectif fût aussi erroné que déplacé, il permit à tous de respirer de nouveau.

Mais l'infirmière en chef savait qu'elle avait raison.

Elle allait devoir mettre ce bébé au monde. Le docteur Kalpana Hemlatha – que tous appelaient Hema – était absent.

L'infirmière en chef avait mis au monde des centaines de bébés. Elle se le répéta afin de s'empêcher de paniquer.

Mais comment faire pour repousser non seulement ses appréhensions mais aussi son désarroi ? Une des leurs, une épouse du Christ – enceinte ! C'était impensable. Son esprit refusait de le digérer. Et pourtant la preuve était là, devant ses yeux.

La même pensée empêchait l'instrumentiste, le garçon de salle aux pieds nus et Mlle Asqual, l'anesthésiste, de se concentrer. Et en s'activant pour préparer la patiente, ils se heurtèrent les uns aux autres et renversèrent un goutte-à-goutte. Seule la stagiaire, mortifiée de n'avoir rien remarqué le matin en allant voir sœur Mary Joseph Praise, ne prit pas le temps de se demander comment celle-ci était tombée enceinte.

L'infirmière en chef avait l'impression que le cœur allait lui sortir de la poitrine tant il cognait. « Seigneur, quelles pires circonstances pouvez-vous inventer pour un accouchement ? Une grossesse qui est un péché mortel. Une mère qui est comme ma fille. Un saignement aussi abondant, une pâleur de fantôme… » Et tout cela alors qu'Hema, l'unique gynécologue de Missing, pas la meilleure du pays, mais la meilleure que l'infirmière en chef eût jamais vue, était absente.

Bachelli, qui habitait la Piazza, était un obstétricien plus ou moins compétent, mais on ne pouvait compter sur lui après deux heures de l'après-midi, et sa maîtresse érythréenne ne le laissait pas sortir en « visite ». Jean Tran, le franco-vietnamien de la Casa Popolare, faisait un peu de tout et souriait beaucoup. Cependant, même si on arrivait à les joindre, il faudrait encore un certain temps avant que l'un ou l'autre arrive.

Non, l'infirmière en chef devait le faire elle-même. Elle devait oublier les implications de cette grossesse. Elle devait respirer, se concentrer. Elle devait procéder à un accouchement normal.

Mais cet après-midi et ce soir-là, la normalité n'allait pas être au rendez-vous.

Stone, la bouche ouverte, attendait les instructions de l'infirmière en chef tandis que celle-ci faisait face à la vulve, guettant la descente du bébé. Stone croisait les mains sur son ventre pour les laisser retomber l'une après l'autre. Il voyait sœur Mary Joseph Praise devenir de plus en plus pâle. Et quand Mlle Asqual, d'une voix paniquée, annonça la pression artérielle – systolique à quatre-vingts, palpable – Stone chancela comme s'il allait s'évanouir.

Malgré les contractions de l'utérus que l'infirmière en chef sentait à travers le ventre et voyait sur le visage déformé de sœur Mary Joseph Praise, et en dépit du fait que le col était grand ouvert, rien ne se passa. La tête du bébé tout en haut du canal utérin, avec le col de l'utérus aplati comme un joint métalloplastique autour, faisait toujours penser à une tête d'évêque chauve. Un évêque qui refusait de bouger. Et entre-temps, quel flot de sang ! Une flaque sombre s'était formée sur la table et le liquide rouge sortait par vagues du canal utérin. Même si le sang est habituel en salle de travail et d'opération, il semblait tout de même à l'infirmière en chef qu'il y en avait beaucoup.

« Docteur Stone… » dit-elle, les lèvres tremblantes.

Un Stone perplexe se demanda pourquoi elle s'adressait à lui. « Docteur Stone… » répéta-t-elle.

Pour l'infirmière en chef, le bon sens médical voulait qu'elle connût ses limites. « Pour l'amour de Dieu, elle a besoin d'une césarienne ! » Mais elle ne prononça pas ces mots parce qu'avec Stone ils pouvaient avoir l'effet opposé. Au lieu de quoi, à voix basse, penchant la tête, l'infirmière en chef poussa sur ses cuisses pour se relever afin de libérer la place entre les jambes de sœur Mary Joseph Praise.

« Docteur Stone, la patiente est à vous », dit-elle à l'homme dont tout le monde pensait qu'il était le père, mettant entre ses mains non seulement la vie d'une femme qu'il avait choisi d'aimer, mais nos deux vies – la mienne et celle de mon frère – qu'il choisit de haïr.

Chapitre 3

La porte des Larmes

Quand sœur Mary Joseph Praise ressentit les premières douleurs, le docteur Kalpana Hemlatha, la femme que je devais plus tard considérer comme ma mère, était à huit cents kilomètres de là et trois mille mètres dans les airs. Au-delà de l'aile tribord de l'avion, Hema avait une magnifique vue sur Bab el Mandab – la Porte des Larmes – ainsi nommée à cause des innombrables navires qui avaient coulé dans ce détroit resserré séparant le Yémen et le reste de l'Arabie de l'Afrique. À cette latitude, l'Afrique était réduite à sa corne : l'Éthiopie, Djibouti et la Somalie. Hema reconnut la Porte des Larmes alors qu'elle s'élargissait presque insensiblement pour devenir la mer Rouge, se déroulant en direction du nord jusqu'à l'horizon.

En classe de géographie, à Madras, Hema devait marquer les lieux de production de la laine et du charbon sur une carte des îles britanniques. L'Afrique figurait dans le programme comme un terrain de jeu pour le Portugal, l'Angleterre et la France, un endroit où Livingstone avait découvert des chutes spectaculaires auxquelles il donna le nom de la reine Victoria, et où Stanley trouva Livingstone. Plus tard, lorsque mon frère Shiva et moi-même fîmes le voyage avec Hema, elle nous enseigna la géographie pratique qu'elle s'était enseignée elle-même. Elle désigna la mer Rouge et dit : « Imaginez ce ruban d'eau qui monte comme une déchirure dans une jupe, séparant l'Arabie saoudite du Soudan, et plus haut la Jordanie de l'Égypte. Je pense que Dieu a voulu détacher la péninsule arabique de l'Afrique. Et pourquoi pas ? Qu'est-ce que les gens de ce côté ont de commun avec les gens de l'autre ? »

Tout en haut de la déchirure, un isthme étroit, le Sinaï, contrecarrait les plans divins et reliait l'Égypte et Israël. Le canal de Suez fait de main d'homme achevait la déchirure et permettait à la mer Rouge de rejoindre la Méditerranée, évitant aux navires le long détour par le cap de Bonne-Espérance. Hema nous disait toujours que c'était au-dessus de la Porte des Larmes qu'elle avait eu la révélation qui avait changé sa vie. « J'ai entendu un appel quand j'étais dans l'avion. Quand j'y repense, je sais que c'était vous. » Cette boîte de conserve bringuebalante m'a toujours paru un endroit improbable pour son épiphanie.

Hema était assise sur le banc en bois qui longeait des deux côtés le fuselage nervuré du DC-3. Elle ignorait à quel point on avait besoin de ses services à Missing, l'hôpital où elle travaillait depuis huit ans. Le grondement continu des deux moteurs était si assourdissant, qu'une demi-heure après le décollage il lui semblait que le bruit avait pris possession de son corps. Elle avait des ampoules aux fesses à cause de la dureté du banc et des secousses de l'appareil. Chaque fois qu'elle fermait les yeux, elle avait l'impression de voyager dans un char à bœufs sur un chemin plein d'ornières.

Avec elle se trouvaient des Gujaratis, des Malayalis, des Français, des Arméniens, des Grecs, des Yéménites et quelques autres dont le costume et la langue ne révélaient pas aussi clairement les origines. Quant à elle, elle portait un sari en coton blanc, une blouse sans manches blanc cassé, et un diamant à la narine gauche. Ses cheveux, partagés par une raie médiane, étaient retenus par une barrette sur la nuque pour descendre ensuite en une natte lâchement tressée.

Elle se tourna pour regarder à l'extérieur. Elle vit une flèche grise à ses pieds – l'ombre de l'avion sur l'océan. Elle imagina qu'un poisson géant nageait juste sous la surface de la mer, la suivant. L'eau avait l'air fraîche et tentante, contrairement à la cabine, qui était moins humide mais toujours chargée des odeurs mêlées de la cargaison humaine. Les Arabes dégageaient l'odeur sèche et musquée d'un grenier à grain ; les Asiatiques apportaient leur note de gingembre et d'ail ; et des Blancs s'élevait l'odeur d'un bavoir imbibé de lait.

Le rideau du cockpit à moitié tiré lui laissait voir le profil du pilote. Chaque fois qu'il tournait la tête pour jeter un coup d'œil à sa cargaison, ses lunettes vert bouteille semblaient avaler son visage, ne laissant plus visible que son nez. Les lunettes étaient perchées sur son front quand elle était entrée, et Hema avait remarqué que ses yeux étaient aussi rouges que ceux d'un rongeur. L'odeur de genièvre que dégageait son haleine indiquait son goût pour le gin. Elle l'avait pris en aversion avant même qu'il eût ouvert la bouche pour hâter la montée des passagers, leur lançant un : « *Allez !* [1] » comme s'ils étaient des bêtes. Elle s'était mordu la langue, parce que c'était lui qui devait les transporter dans les airs.

---

1. En français dans le texte.

Son visage et ses oreilles décollées paraissaient avoir été dessinés par un enfant sur du papier kraft. Mais les détails n'étaient pas à la portée d'un enfant : la fine arborescence des vaisseaux capillaires sur ses joues ; les favoris en côtelettes teints en noir, le cercle blanc d'*arcus senilis* autour de ses pupilles ; les sourcils gris qui trahissaient sa prétention à la jeunesse. Elle se demanda comment un homme pouvait se regarder dans un miroir sans voir l'absurdité de son apparence.

Elle observa son propre reflet dans le hublot. Elle aussi avait un visage rond, avec des yeux très espacés de part et d'autre d'un nez de poupée. Le *pottu* était bien visible au centre de son front. L'eau de la mer – d'un bleu cobalt – teintait ses joues d'une nuance martienne, accentuant le soupçon de vert dans ses yeux – inhabituel pour une Indienne. « Ton regard contient tous les hommes, il rend intime, charnel, ton coup d'œil le plus ordinaire, lui avait dit le docteur Ghosh, comme si tu me ravissais avec tes yeux ! » Ghosh était un taquin et il oubliait ce qu'il avait dit dès que les mots avaient quitté ses lèvres. Mais elle s'était souvenue de cette phrase. Elle pensa aux membres couverts de poils de Ghosh et frissonna. Les poils comptaient parmi les choses qui la dégoûtaient le plus, du moins le croyait-elle. Elle savait que c'était un préjugé fatal pour une Indienne. Ceux de Ghosh rappelaient la fourrure d'un gorille, avec, sur sa poitrine, leurs vrilles qui sortaient de sa blouse et dépassaient du col de sa chemise. « Comme si je te ravissais ? Tu aimerais bien, espèce de débauché », dit-elle tout haut, souriant comme s'il était assis en face d'elle.

Il fallait lui reconnaître ça ; si elle regardait un homme un peu trop longtemps, elle attirait son attention plus qu'elle n'en avait l'intention. C'était en partie parce qu'elle portait des lunettes à large monture, dans l'idée qu'elles réduisaient l'espace entre ses yeux. Elle aimait l'arc exagéré de sa lèvre supérieure, mais pas ses joues, qu'elle jugeait trop rondes. Que faire ? Elle était bien en chair. Pas grosse, mais bien en chair... Enfin, un peu grosse peut-être, et elle avait sans doute pris un ou deux kilos en Inde, mais comment faire avec la cuisine fabuleuse de sa mère ? « Grâce à ma taille, je m'en tire », se disait-elle. Porter un sari aide, en plus, évidemment.

Elle grogna, se souvenant du terme inventé par Ghosh spécialement pour elle : « magnifiée ». Plus tard, quand les films hindi avec leurs chansons et leurs danses firent fureur en Afrique, les garçons de salle l'appelèrent Mother India, pas pour se moquer d'elle, mais par admiration pour le film éponyme. *Mother India* avait tenu trois mois à l'Empire Theater avant de passer au cinéma Adowa, et ce sans sous-titres. Les garçons de salle chantaient « *Duniya Mein Hum Aaye Hain* » – « Nous sommes arrivés dans ce monde » –, même s'ils ne comprenaient pas un mot d'hindoustani.

« Et si je suis *magnifiée*, comment dois-je te qualifier, dit-elle, poursuivant son dialogue imaginaire, toisant son vieil ami des pieds à la tête. Ce n'était pas un homme à la beauté conventionnelle. Pourquoi pas « extraterrestre » ? Je le dis comme un compliment. Je dis « extraterrestre » Ghosh, parce que tu es si peu conscient de toi, de ton apparence. C'est séduisant. C'est un genre de beauté. Je te dis ça parce que tu n'es pas là. C'est séduisant, quelqu'un qui est plus sûr de soi qu'on ne pourrait le croire au premier regard. »

Mystérieusement, pendant ses vacances, le nom de Ghosh n'avait cessé d'apparaître dans ses conversations avec sa mère. Bien qu'Hema ne fût pas intéressée par le mariage, sa mère avait une peur bleue que sa fille finît par épouser un non-brahmane, comme Ghosh. Et cependant, comme Hema allait sur ses trente ans, sa mère avait commencé à penser que n'importe quel mari valait mieux que pas de mari du tout.

« Tu dis qu'il n'est pas beau ? Est-ce qu'il a une belle couleur ?

— Ma, il est clair... plus clair que moi, et il a des yeux bruns. Il y a du Bengali, du Parsi, et Dieu sait quoi encore dans ces yeux.

— Qu'est-ce qu'il est ?

— Il dit être un bâtard de haute caste de Madras », répondit-elle en pouffant. Sa mère fronça les sourcils si fort qu'ils paraissaient vouloir aspirer son nez, aussi Hema changea-t-elle de sujet.

De plus, il était impossible de décrire Ghosh à quelqu'un qui ne l'avait jamais vu. Elle pouvait dire que ses cheveux étaient plaqués avec une raie au milieu, impeccables pendant environ dix minutes le matin, mais qu'après cela ils s'égaillaient dans tous les sens tels des enfants turbulents. Elle pouvait dire que même s'il venait de se raser ses mâchoires demeuraient bleues de barbe. Elle pouvait dire qu'il n'avait pas de cou, écrasé par une tête semblable à une pomme de jacquier. Elle pouvait dire aussi qu'il paraissait petit parce qu'il avait un léger ventre dont l'importance était exagérée du fait qu'il se tenait en arrière et se dandinait en marchant, ce qui détournait le regard de sa taille. Puis il y avait sa voix, dépourvue de modulation et qui vous faisait sursauter, comme si le bouton du volume s'était coincé au maximum. Comment faire comprendre à sa mère que la somme de tout cela ne le rendait pas laid, mais étrangement beau.

En dépit des traces de brûlure sur ses mains causées par la vieille machine à rayons X, une Kelley-Koett, ses doigts étaient sensuels. La seule pensée de la « Koot » faisait bouillir le sang d'Hema. En 1909, l'empereur Ménélik avait importé une chaise électrique, ayant entendu dire que l'invention le débarrasserait efficacement de ses ennemis. Quand il découvrit qu'elle fonctionnait à l'électricité, il l'utilisa comme trône. De même, la grosse Kelley-Koett était arrivée dans les années trente avec un groupe de missionnaires américains pleins de bonnes intentions qui réalisèrent rapidement que, même s'il y avait l'électricité à Addis-Abeba, elle était intermittente et le voltage insuffisant pour un animal aussi capricieux. Quand la mission repartit, la précieuse machine fut simplement abandonnée dans son emballage. Missing avait besoin d'une machine à rayons X, et Ghosh la modifia pour l'adapter à un transformateur.

Seul Ghosh osait toucher la Koot. Des câbles partaient de son redresseur géant en direction du tube de Coolidge, monté sur un rail pour pouvoir être déplacé. Il manipulait boutons et leviers jusqu'à ce qu'une étincelle traverse les deux conducteurs en cuivre, produisant un coup de tonnerre. À la vue de cette terrifiante machinerie, un patient paralysé avait bondi de sa civière et s'était enfui, miracle que Ghosh avait qualifié de « cure *Sturm und Drang* ». Il était le gardien de la Koot, la réparant, la chouchoutant tant et si bien que trente ans après la faillite du fabricant, la Koot fonctionnait toujours. Sur l'écran fluorescent, il observait la danse du cœur ou situait une cavité dans les poumons. En poussant sur le ventre, il pouvait déterminer si une tumeur était située dans l'intestin ou sur la rate. Au début, il n'avait pas pris soin de mettre des gants, pas plus qu'un tablier de plomb. La peau de ses mains intelligentes et agiles en avait payé le prix.

Hema essaya d'imaginer Ghosh parlant d'elle à sa famille. *Elle a vingt-neuf ans. Oui, nous étions condisciples à la faculté de médecine de Madras, mais elle est plus jeune de quelques années. Je ne sais pas pourquoi elle ne s'est pas mariée. Je ne l'ai pas connue avant que nous soyons internes au service des infections. Elle est obstétricienne. Brahmanee. Oui, de Madras. Une expatriée qui vit et travaille en Éthiopie depuis huit ans.* Telles étaient les étiquettes qui définissaient Hema et cependant elles ne révélaient que peu de choses, n'expliquaient rien. « Le passé quitte peu à peu celui qui s'en va », pensa-t-elle.

Hema ferma les yeux et se vit en écolière avec ses deux couettes, sa longue jupe et sa blouse blanches sous le demi-sari violet. Toutes les élèves de l'école de filles de Mrs. Hood à Mylapore devaient porter ce demi-sari, en réalité rien de plus qu'un rectangle de tissu à enrouler une fois autour de la jupe et à épingler sur l'épaule. Elle le détestait, parce qu'il faisait de celle qui le portait ni une enfant ni une adulte, mais une demi-femme. Ses professeurs portaient le sari entier tandis que la vénérable directrice, Mrs. Hood, portait une jupe. Aux protestations d'Hema son père répondit par ces mots : *Tu ne te rends pas compte de la chance que tu as d'être dans une école dirigée par une Anglaise ? Tu ne sais pas combien de centaines de parents ont essayé d'inscrire leurs filles en proposant dix fois le prix, et ont été refusés par Miz-Iz-Ood ? Pour elle, seul le mérite compte. Tu préférerais l'école publique de Madras ?* Aussi mettait-elle chaque jour l'uniforme détesté, se sentant à moitié vêtue, avec l'impression de vendre une partie de son âme.

Velu, le fils du voisin qui avait jadis été son meilleur ami, mais qui à dix ans était devenu insupportable, aimait se percher sur le mur de séparation pour la taquiner :

Les filles qui sortent de chez Miz-Iz-Ood parlent le français
Les filles qui sortent de chez Miz-Iz-Ood parlent le français
Mais elles ne trouveront jamais de fiancés !

Elle l'ignorait. Velu, qui était aussi sombre de peau qu'elle était claire, disait : « Comme tu es fière d'être claire ! Les singes vont grignoter ta chair tendre en te prenant pour une pomme de jacquier, tu verras ! » Elle était là, petite fille de onze ans pas plus haute que son vélo Raleigh, partant à l'école, échangeant des piques avec Velu. Ses livres étaient logés dans un *sanji* à glands qu'elle portait à l'épaule, et dont la sangle passait entre ses seins. Déjà dans sa manière de se tenir et dans son coup de pédale régulier on pouvait voir les signes d'une certaine immutabilité.

Le vélo, naguère si haut et périlleux, devint bientôt plus petit qu'elle. Ses seins se développèrent de part et d'autre de cette sangle de *sanji*, et des poils lui poussèrent entre les cuisses. Elle était une bonne écolière, capitaine d'une équipe de netball, surveillante, et elle montrait des dispositions pour le bharatnatyam car elle était capable d'enregistrer du premier coup des pas et des postures compliqués.

Elle ne se sentait ni obligée de rejoindre le troupeau ni encline à s'en tenir éloignée. Quand une amie proche lui dit qu'elle avait toujours l'air fâché, elle fut surprise et assez satisfaite de paraître ce qu'elle n'était pas. À la faculté (elle portait alors le sari et se déplaçait en bus) son indépendance et cette capacité à paraître ce qu'elle n'était pas se développèrent. Elle attirait les autres à son insu. Les hommes attendaient de leurs amies femmes qu'elles fussent malléables, mais elle n'avait pas l'intention de s'abaisser à jouer les saintes-nitouches ou les cruches pour leurs beaux yeux. Les couples qui flirtaient dans la bibliothèque à l'abri d'atlas d'anatomie géants et se persuadaient qu'ils vivaient le grand amour l'amusaient. *Je n'avais pas le temps pour de tels enfantillages.* Toutefois elle avait du temps pour les romans de gare dont l'action se déroulait dans des châteaux et dont les héroïnes se prénommaient Bernadette. Elle fantasmait sur les fringants châtelains de Chillinforst, de Lockinwood et de Knottypine. Tel était alors son problème : elle rêvait d'un genre d'amour supérieur à celui qui se jouait dans la bibliothèque. Mais elle était également animée d'une ambition sans nom qui n'avait rien à voir avec l'amour. Que voulait-elle exactement ? Son ambition l'empêchait de rechercher les mêmes choses que les autres – elle n'était pas en rivalité avec eux.

Quand Hema découvrit qu'elle admirait son professeur de thérapeutique (unique Indien de la faculté où, bien que l'Indépendance fût proche, la plupart des professeurs étaient anglais), qu'elle était touchée par son humanité, sa maîtrise (*Regarde les choses en face, Hema : tu étais amoureuse*), et qu'elle espérait qu'il soit son directeur de thèse – et qu'il ne la décourageât pas –, elle choisit délibérément une autre voie. Elle choisit l'obstétrique et la gynécologie au lieu de sa spécialité, la médecine interne. Elle ne voulait pas donner à qui que ce soit un quelconque pouvoir sur elle. Si le champ de son professeur était illimité, exigeant un savoir qui allait de l'infarctus à la poliomyélite avec des myriades d'autres maladies entre les deux, elle avait choisi une activité qui possédait ses limites et un aspect mécanique : les opérations. Leur nombre était restreint : césariennes, hystérectomies, opérations du prolapsus.

Elle avait découvert en elle un talent pour la manipulation, et était devenue experte pour deviner la position du bébé dans le bassin. Ce qu'il arrivait à d'autres obstétriciens de redouter, elle en faisait ses choux gras. Elle était capable de distinguer à l'aveugle le forceps gauche du droit et de les appliquer dans son sommeil. De même qu'elle pouvait visualiser la courbe pelvienne de chaque patiente et l'adapter à celle du crâne du bébé tandis qu'elle introduisait les forceps, articulant les deux poignées et extrayant le bébé sans hésitation.

Si elle partit pour l'étranger sur un coup de tête, elle n'en eut pas moins le cœur brisé de quitter Madras. Elle pleurait encore certains soirs, imaginant ses parents en train de sortir leurs chaises à l'extérieur de la maison pour attendre la brise marine qui, même par le temps le plus étouffant, se levait à la tombée de la nuit. Elle était partie parce que la gynécologie, du moins à Madras, était encore le domaine des hommes et, même à la veille de l'indépendance, celui des Anglais, et qu'elle n'avait aucune chance d'entrer au centre hospitalier universitaire. C'était étrange et satisfaisant de penser qu'elle, Ghosh, Stone et sœur Mary Joseph Praise étaient tous passés à un moment par l'hôpital général de Madras. Mille cinq cents lits et deux fois plus sous les lits, entre les lits – c'était une ville à lui tout seul. Là, sœur Mary Joseph Praise avait été novice et stagiaire, peut-être s'étaient-elles croisées. Et, chose incroyable, Thomas Stone avait lui aussi officié à l'hôpital général, bien qu'il n'y eût pas de raison pour que leurs chemins se soient croisés, du fait que la maternité était à part.

Elle avait laissé Madras derrière elle, avec les étiquettes des castes, pour aller dans un lieu si éloigné que le mot « brahmin » n'y signifiait rien. Elle essayait de rentrer chez elle tous les trois ou quatre ans. Elle revenait de sa deuxième visite, et, assise dans l'avion bruyant, elle se mit à repenser aux choix qu'elle avait faits. Au cours des années précédentes, elle était presque arrivée à définir l'ambition sans nom qui l'avait poussée si loin : éviter à tout prix la vie moutonnière.

Missing lui avait semblé familier à son arrivée. Il n'était pas si différent de l'hôpital général de Madras, tout y était simplement plus petit : les gens qui faisaient la queue, les familles qui campaient sous les arbres, attendant avec la patience infinie de ceux qui n'ont pas d'autre choix. Elle n'avait pas arrêté depuis son premier jour. À dire vrai, elle avait un goût secret pour les urgences, les situations où on a le cœur qui bat, où chaque seconde compte, quand la vie d'une mère est dans la balance, ou encore quand un bébé encore dans la matrice, privé d'oxygène, attend un sauvetage héroïque. Dans ces moments, elle n'avait pas de doutes existentiels. La vie se concentrait dans l'instant et prenait tout son sens du fait qu'elle n'en cherchait aucun. Une mère, une épouse, une fille n'étaient soudain plus rien d'autre qu'un être humain en grand danger. Hema elle-même n'était plus que l'instrument nécessaire pour les soigner.

Mais, dernièrement, elle avait senti la largeur du fossé qui séparait ce qu'elle faisait en Afrique de la médecine scientifique pratiquée en Angleterre et en Amérique. À Minneapolis C. Walton Lillehei venait d'inaugurer une nouvelle ère dans la chirurgie cardiaque en découvrant un moyen de pomper le sang pendant que le cœur était arrêté. Un vaccin contre la polio avait été développé, bien qu'il ne fût pas encore introduit en Afrique. À Harvard, dans le Massachusetts, le Dr Murray avait réaliser une première mondiale : transplanter le rein d'un jumeau à l'autre. Sa photo, publiée dans *Time*, montrant un homme d'apparence ordinaire et sans prétention, avait surpris Hema : elle lui avait fait penser que de telles découvertes étaient à la portée de tout médecin, à sa portée.

Elle avait toujours adoré l'histoire de la découverte des microbes par Pasteur, ou des expériences de Lister avec les antiseptiques. Toutes les écolières indiennes rêvaient d'être comme Sir C.V. Raman, dont les expériences simples avec la lumière lui avaient valu le prix Nobel. Mais elle vivait à présent dans un pays que peu de gens étaient capables de trouver sur la carte. (« La corne de l'Afrique, dans le coin supérieur droit, sur la côte est – la partie qui ressemble à une tête de rhinocéros et pointe vers l'Inde », expliquait-elle.) Et il y en avait encore moins qui connaissaient l'empereur Hailé Sélassié, ou, s'ils se rappelaient qu'il avait été choisi pour être l'« homme de l'année 1935 » par le magazine *Time*, ils ne se souvenaient pas de quel pays il plaidait la cause à la Société des Nations.

Si on le lui avait demandé, Hema aurait dit : « Oui, je fais ce que j'avais l'intention de faire, je suis satisfaite. » Mais qu'aurait-elle pu dire d'autre ? Quand elle ouvrait son *Surgery, Gynecology & Obstetrics* (le mensuel arrivait par bateau des semaines après sa publication, froissé et taché dans son emballage brun), elle prenait connaissance des nouvelles innovations comme on lit un roman. C'était excitant et décourageant à la fois, parce que c'était déjà du passé. Elle se disait que son travail, sa contribution inestimable à l'Afrique, étaient d'une certaine façon liés aux avances décrites dans *SG&O*. Mais, dans son cœur, elle savait que ce n'était pas vrai.

Hema entendit un nouveau son : le bruit du bois qui frotte et cogne contre le métal. La queue de l'avion était bourrée de deux caisses de thé géantes et de tas de plus petites, cerclées de bandes d'étain frappées LONGLEITH ESTATES, S. INDIA. Des filets crochetés aux traverses empêchaient la cargaison de tomber sur les passagers, mais pas de glisser. Ses pieds et ceux de ses compagnons de voyage reposaient sur de gros sacs de jute. Des emblèmes militaires décolorés étaient peints au pochoir sur le plancher et le fuselage argenté. Des soldats américains qui se battaient en Afrique du Nord s'étaient jadis assis ici et avaient songé à leur destin. Patton lui-même avait peut-être été dans cet avion. Ou peut-être s'agissait-il d'une relique des colonies françaises de Somalie et de Djibouti. Cette compagnie ne semblait avoir choisi de faire du transport de passagers avec ses avions de rebut et ses vieux pilotes que depuis peu. Hema vit le pilote qui criait dans le micro, gesticulant, s'arrêtant pour écouter, puis se remettant à aboyer. Les passagers qui se trouvaient près du cockpit firent la grimace.

De nouveau Hema se dévissa le cou pour voir sa caisse contenant le Grundig, mais sans succès. Chaque fois qu'elle pensait à son achat extravagant, elle se sentait coupable. Pourtant l'achat de ce meuble radio-électrophone avait rendu presque supportable la nuit qu'elle avait passée à Aden. Une ville bâtie au sommet d'un volcan en sommeil, l'enfer sur terre, tel était Aden, mais au moins on n'y payait pas de droits de douane. Oh oui, et Rimbaud y avait habité jadis et n'avait plus jamais écrit une ligne de poésie...

Elle avait déjà choisi l'endroit où elle mettrait le Grunding dans son living : sous la photo en noir et blanc de Gandhi filant du coton. Il faudrait d'ailleurs qu'elle trouve une place plus tranquille pour le Mahatma.

Elle imagina Ghosh faisant tourner son cognac dans son verre, ainsi que l'infirmière en chef, Thomas Stone, et sœur Mary Joseph Praise buvant du sherry ou du café. Elle vit Ghosh sautant sur ses pieds alors que les premiers accords éblouissants de *Take the 'A' Train* sortaient du Grunding. Puis venait l'insolente mélodie – à laquelle il était pourtant si difficile de s'attendre. Ces accords d'ouverture, néanmoins... comme ils la hantaient ! Et comme elle y résistait ! Elle en voulait aux Indiens d'être incapables de pouvoir admirer quoi que ce soit venant de l'étranger, elle qui entendait ces accords dans son sommeil, se surprenait à les chantonner pendant ses ablutions. Elle les entendait, là, dans l'avion. D'étranges notes dissonantes assemblées, qui donnaient une impression d'inachevé, et qui pourtant capturaient et l'Amérique et la Science et tout ce qui était hardi, fougueux, audacieux et excitant dans ce pays (ou du moins est-ce ainsi qu'elle l'imaginait). Des notes qui étaient sorties du crâne d'un Noir qui s'appelait Billy Strayhorn.

Ghosh l'avait initiée au jazz et à *Take the 'A' Train*. « Attends... regarde ! Tu vois ? avait-il dit, la première fois qu'elle avait entendu la mélodie après les accords. Tu es obligée de sourire. Tu ne peux pas t'en empêcher ! » Et il avait raison, l'air était si prenant et enlevé... Quelle chance elle avait eue que d'avoir été introduite à la musique occidentale par ce morceau ! Mais elle en était venue à le considérer comme *son* air, *sa* découverte, et elle était contrariée que ce fût lui qui le lui eût fait connaître. Elle rit : comme il était étrange qu'elle aimât autant Ghosh, alors qu'elle voulait tant le détester...

Juste à l'instant où elle pensait cela, anticipant son arrivée à Addis-Abeba… elle se trouva soudain en train d'invoquer le nom du seigneur Shiva : l'avion, le DC-3, le fidèle chameau du ciel, était soudain pris de frissons, comme s'il était mortellement blessé.

Elle regarda par le hublot. L'hélice de son côté s'arrêta, et une bouffée de fumée sortit du gros capuchon du moteur.

L'avion pencha à tribord, Hema se retrouva collée au hublot, tout autour d'elle les passagers hurlaient, elle vit un thermos aller rebondir sur la paroi de la cabine, répandant son thé. Tandis qu'elle cherchait une prise l'avion se redressa, sembla s'arrêter, puis entama une descente rapide. « Non, pas une descente, la corrigea son estomac, une chute ! » l'inexorable loi de la gravité promettait maintenant un amerrissage inévitable. Ou un plongeon plus exactement, puisque l'avion avait des roues et non des flotteurs. Le pilote criait, non de panique, mais de colère, et Hema n'eut pas le temps de penser que c'était étrange.

Quand, des années plus tard, elle considérerait ce moment d'un regard clinique (« Il faut sonder l'histoire ! Quand et comment cela a-t-il exactement commencé ? Le début est primordial ! Le diagnostic se trouve dans l'anamnèse ! » comme disait son professeur), elle comprendrait que sa transformation s'était faite sur une durée de plusieurs mois. Mais ce n'est qu'en tombant du ciel au-dessus de Bab al-Mandab qu'elle avait compris qu'un changement s'était opéré.

Un petit Indien bascula sur sa poitrine. C'était le fils de l'unique couple de Malayalis à bord – des professeurs travaillant en Éthiopie, certainement ; ça se voyait tout de suite. Depuis qu'il était monté à bord, le garçonnet aux genoux cagneux, âgé de cinq ou six ans, vêtu d'un short trop grand, tenait dans son poing un avion en bois, le protégeant comme s'il était en or. Son pied était pris entre deux sacs de jute, et quand l'avion se redressa, il tomba sur Hema.

Elle le retint. La perplexité qui se peignait sur le visage de l'enfant se mua en peur et en douleur. Hema remarqua la courbure de son tibia – l'os, trop jeune pour casser net, s'était courbé comme du bois vert –, tout cela alors même que son corps enregistrait qu'ils étaient en train de plonger, perdant de l'altitude.

Un jeune Arménien, loué soit son esprit pratique, vint libérer la jambe. Chose incroyable, il souriait. Il essaya de lui dire quelque chose – pour la rassurer sans doute. Elle était stupéfaite de voir quelqu'un demeurer plus calme qu'elle alors que tout autour les cris des passagers ne faisaient qu'aggraver la situation.

Hema posa le petit garçon sur ses genoux. Ses pensées étaient à la fois claires et déconnectées. La jambe se redressait déjà, mais il ne faisait pas de doute qu'elle était fracturée et que l'avion était en train de tomber. Elle arrêta ses parents abasourdis d'une paume tendue et de l'autre bâillonna la mère hurlante. Elle ressentit le calme familier d'une urgence, tout en comprenant la fausseté de ce sentiment, maintenant que c'était sa vie qui était en jeu.

« Laissez-le avec moi, dit-elle, retirant sa main. Faites-moi confiance, je suis médecin.

— Oui, nous savons », répondit le père.

Ils s'assirent à côté d'elle sur le banc. Le garçon ne pleurait pas, tout au plus pleurnichait-il. Son visage était pâle – il était en état de choc – et il s'accrochait à elle, la joue contre sa poitrine.

Faites-moi confiance, je suis médecin. Elle pensa à quel point il était ironique que telles soient ses dernières paroles.

Par le hublot, Hema vit les crêtes blanches qui se rapprochaient, ressemblant de moins en moins à de la dentelle sur un tissu blanc. Elle avait toujours pensé qu'elle bénéficierait de nombreuses années pour découvrir le sens de la vie. Et à présent, elle se disait qu'elle n'avait plus que quelques secondes, et c'est dans cette prise de conscience qu'eut lieu sa grande révélation.

Comme elle se penchait sur l'enfant, elle réalisa que la tragédie de la mort avait entièrement à voir avec ce qui restait inaccompli. Elle avait honte de ne pas avoir compris une chose aussi simple durant toutes ces années. *Fais quelque chose de beau de ta vie.* N'était-ce pas l'adage qui guidait sœur Mary Joseph Praise ? Puis Hema comprit qu'elle, accoucheuse de tant d'enfants, elle qui n'avait pas voulu du genre de mariage que ses parents espéraient pour elle, elle qui pensait qu'il y avait trop d'enfants au monde et ne sentait pas la nécessité d'en faire croître le nombre, comprenait pour la première fois qu'avoir un enfant, c'était tromper la mort. Les enfants étaient la lueur d'espoir qu'une fois réincarné il y avait une maison où aller, même si on revenait dans la peau d'un chien ou d'une souris, ou encore sous la forme d'une puce vivant sur les corps des hommes.

Fais quelque chose de beau de ta vie – ce petit gars pleurnichant, avec ses yeux brillants et ses longs cils, sa tête trop grosse et l'odeur de chiot de ses cheveux ébouriffés... c'était à peu près la plus belle chose qu'on puisse faire.

Ses compagnons de voyage paraissaient aussi terrifiés qu'elle l'était intérieurement. Seul l'Arménien lui faisait des signes de tête et souriait comme pour dire : *Ça n'est pas ce que vous croyez.*

« Quel idiot ! » pensa Hema.

Un Arménien plus âgé – son père peut-être – fixait le vide devant lui, impassible. Il avait l'air morose à l'embarquement et son humeur n'avait guère changé semblait-il, ni en mieux ni en pire. Hema s'étonnait de remarquer des détails de si peu d'importance dans un moment pareil, un moment où, au lieu de dévisager les gens, elle aurait dû se préparer au crash.

Alors que la mer se précipitait à la rencontre de l'appareil, elle pensa à Ghosh. Elle fut interloquée quand un flot de tendres sentiments pour lui la submergea, comme si c'était lui qui était sur le point de mourir, comme si c'était sa grande aventure à lui dans le domaine de la médecine et ses jours d'insouciance qui prenaient fin, et avec eux toute possibilité de faire ce qu'il désirait le plus au monde : épouser Hema.

Chapitre 4

La règle des « quatre F »

« La patiente est à vous, docteur Stone », répéta l'infirmière en chef, quittant le tabouret entre les jambes de sœur Mary Joseph Praise. À voir son visage, elle se demanda s'il n'était pas sur le point de jeter quelque chose.

Il arrivait à Thomas Stone de jeter des instruments, bien que jamais devant l'infirmière en chef. Il était rare que sœur Mary Joseph Praise lui tendît le mauvais instrument, mais de temps à autre un clamp refusait d'exercer une légère contre-pression, ou une paire de Metzenbaum ne coupait pas à l'extrémité. Il avait un œil excellent, et ratait rarement sa cible, placée juste au-dessus de l'interrupteur sur le mur de salle d'opération n° 3, et dangereusement proche de l'armoire en verre où on rangeait les instruments.

Personne ne se sentait visé, sinon sœur Mary Joseph Praise. Elle était déconfite, elle qui testait chaque instrument avant de le mettre dans l'autoclave… L'infirmière en chef trouvait que c'était une bonne chose que de jeter les instruments. « Donnez-lui un clamp sans rochet de temps à autre, dit-elle à sœur Mary Joseph Praise. Sinon la pression finira par lui sortir par les oreilles, et là nous aurons des problèmes. »

Le plâtre au-dessus de l'interrupteur était étoilé de stries et d'égratignures comme si un pétard y avait explosé. L'impact avait lieu précisément entre deux mots : « COMPLÈTEMENT » venait de quitter ses lèvres et « INUTILE ! » allait en sortir. Il s'emportait très rarement contre Mlle Asqual, l'anesthésiste, seulement lorsque le patient n'avait pas été suffisamment endormi ou s'il avait reçu une trop faible dose de curare, de sorte que les muscles du ventre lui enserraient les poignets comme un écrou quand il fouillait dans l'abdomen. Plus d'un patient sous éther s'était réveillé, terrorisé, en entendant Stone beugler : « Il va me falloir une pioche si vous ne pouvez pas me donner plus de relâchement là-dedans ! »

Mais à cet instant – les lèvres de sœur Mary Joseph Praise étaient grises, son souffle faible, ses yeux vides, elle ne cessait de saigner –, alors que l'infirmière en chef venait de lui passer le relais, Stone se trouvait sans voix. Il ressentait l'impuissance des familles des patients, et cela ne lui plaisait pas du tout. Ses lèvres tremblaient et il avait honte que son visage couvert de sueur trahisse ses émotions. Mais plus encore il ressentait la peur, et une surprenante paralysie de l'esprit qui ne faisait qu'augmenter sa honte.

Quand il finit par parler, ce fut pour dire d'une voix chevrotante : « Où est Hemlatha ? Pourquoi n'est-elle pas de retour ? Nous avons besoin d'elle », ce qui était un acte d'humilité rare chez lui.

Il s'essuya les yeux du revers de son avant-bras, un geste enfantin. L'infirmière en chef était sidérée : au lieu de prendre le tabouret qu'elle lui avait offert, il battait en retraite. Stone alla jusqu'au mur qui portait les marques de sa colère et y donna un coup de tête digne d'un mouflon. Ses jambes fléchirent. Il s'accrocha à l'armoire en verre. L'infirmière en chef se sentit obligée de murmurer « Complètement inutile », se disant que si sa violence avait un sens, il ne fallait pas perdre son efficacité en la laissant manquer du mantra qui l'accompagnait habituellement.

Certes, Stone aurait pu pratiquer une césarienne, bien que, curieusement pour un chirurgien qui exerçait sous les tropiques, ce fût une des rares opérations qu'il n'eût jamais faite. « En voir une, en faire une, en enseigner une », tel était le titre du premier chapitre de son livre : *Petit manuel pratique de chirurgie tropicale*. Mais ce que ses lecteurs ignoraient, et que je n'appris que bien plus tard, c'est qu'il avait une aversion pour tout ce qui touchait à la gynécologie (sans parler de l'obstétrique). Elle venait de sa dernière année de faculté, où il avait fait une chose inouïe : acheter un cadavre pour pouvoir maîtriser l'anatomie qu'il avait déjà si bien apprise sur un cadavre partagé en commun au cours de la première année. Les spécimens masculins habituellement fournis par les hospices étaient âgés et racornis, pourvus de muscles et de tendons fantomatiques – c'était le cas des cadavres des amphithéâtres d'anatomie d'Édimbourg. Celui de sa première année, il l'avait partagé avec cinq autres étudiants. Mais il avait eu de la chance avec son acquisition : une femme dans la force de l'âge, bien nourrie, du genre de celles qui travaillaient dans les fabriques de linoléum de Fife. La dissection qu'il avait faite de la main était si élégante (avec juste la gaine des tendons du médium exposée, tandis qu'il avait ouvert celle de l'annuaire pour mettre à jour les tendons du *flexus sublimis* pareils aux filins d'un pont suspendu, avec le tendon *profundus* courant au milieu) que le professeur d'anatomie l'avait gardée pour la montrer aux étudiants de première année. Pendant des semaines Thomas Stone avait peiné sur la morte, passant avec elle plus de temps qu'il n'avait fait avec aucune autre femme, sa mère exceptée. En sa compagnie, il avait ressenti l'aisance que procure la connaissance intime. D'un côté, il avait découpé sa joue en filets jusqu'à l'oreille, suturant la peau pour exposer la glande parotide et le nerf facial qui la traversait, et dont les branches se déplient en patte-d'oie, d'où son nom latin de *pes anserinus*. De l'autre côté de la face, il avait enlevé tout le tissu et la graisse sous-cutanés pour révéler la myriade des muscles de l'expression dont les mouvements combinés avaient figuré tristesse, joie et toutes les émotions intermédiaires. Il ne considérait pas cette morte comme une personne. Elle était seulement le savoir incarné, embaumé, et personnifié. Tous les soirs, il rabattait les muscles puis les lambeaux de peau retenus par de minces charnières avant d'étendre sur elle les chiffons imprégnés de formol qui l'enveloppaient. Parfois, quand il la bordait dans le drap en caoutchouc, il revoyait sa mère le mettant au lit. De retour dans sa chambre, sa solitude et son esseulement n'en étaient que plus sensibles.

Le jour où il enleva les intestins pour exposer l'aorte et les reins, il vit sa matrice. Ce n'était pas la bourse flétrie qu'il s'attendait à trouver gisante au fond du bassin : elle dépassait encore gaillarde par-dessus son bord. Quelques jours plus tard il s'attaqua au bassin, le manuel de dissection de Cunningham devant lui. Il procéda par étapes, s'émerveillant du talent du pédagogue qui épluchait, découvrait et enseignait au fur à mesure. Le manuel prescrivait une ligne verticale sur la partie antérieure de l'utérus, après quoi il s'agissait de l'ouvrir avec précaution. Quand il le fit, un fœtus en tomba, la tête pas plus grosse qu'un grain de raisin, les yeux hermétiquement clos, les membres repliés comme un insecte. Il pendait au bout du cordon ombilical tel un talisman obscène à la ceinture d'un chasseur de têtes. Le col de l'utérus était noir d'infection ou de gangrène. La catastrophe dont cette femme avait été victime était conservée dans le formol.

Stone eut à peine le temps de courir au lavabo avant de rendre son déjeuner. Il se sentit trahi, comme si quelqu'un l'avait espionné. Tout ce temps, il s'était imaginé qu'elle et lui étaient seuls. Il ne put continuer. Il ne fut même pas capable de la regarder, ni de la retourner ou de la couvrir. Le lendemain il demanda au garçon de salle éberlué de se débarrasser du cadavre bien que la dissection du bassin fût incomplète et que les membres inférieurs fussent intacts. Mais Thomas Stone en avait terminé.

À l'hôpital Missing, grâce à Hema, Stone n'eut jamais à s'aventurer sur le terrain des organes reproducteurs de la femme. Il lui concédait (et il n'était pas dans son habitude de rien concéder) ce domaine.

Lui et Hema avaient des relations cordiales, confraternelles, et même amicales en dehors de la salle d'opération. Après tout, il n'y avait que trois médecins à Missing – Hema, Stone et Ghosh – et il eût été peu commode de faire autrement. Mais dans la salle d'opération n° 3, Hema et Stone parvenaient à se provoquer mutuellement. Le style d'Hema était précis et consciencieux – exemple vivant, pensait l'infirmière en chef, des raisons pour lesquelles il fallait qu'il y ait plus de chirurgiens femmes. L'infirmière en chef croyait parfois voir Hemlatha écouter un patient et ensuite penser, plutôt que d'essayer de faire les deux en même temps. Hema était un chirurgien qui faisait quatre points de suture là où d'autres se seraient contentés de trois. Elle ne quittait pas la salle d'opération avant que le patient ne se fût réveillé de l'anesthésie. Son champ opératoire était aussi net et ordonné qu'une démonstration d'anatomie, avec les structures vulnérables soigneusement identifiées et mises hors de portée et le saignement méticuleusement contrôlé. Aux yeux de l'infirmière, ce champ semblait fixe et cependant vivant, comme un tableau de Titien ou de Vinci. « Comment un chirurgien peut-il savoir où il est, aimait dire Hema, s'il ne sait pas où il a été ? »

Pour Stone, la préservation du tissu était ce qui comptait le plus, et il n'avait pas de temps à perdre avec l'esthétique ou le champ chirurgical. « Hema, si vous voulez faire joli, disséquez des cadavres », lui avait-il déclaré un jour. « Stone, si vous voulez du sang, devenez boucher », avait-elle répondu. L'expérience et la pratique de Stone étaient si vastes que ses neuf doigts étaient capables de trouver leur chemin dans un champ ensanglanté où nul autre que lui n'aurait pu trouver ses repères ; il était économe en gestes et précis, et ses résultats s'avéraient excellents.

En ces rares occasions où l'on apportait une femme dont les pieds étaient encore boueux avec un coup de corne de buffle dans le bassin, ou une entraîneuse avec une blessure par balle près de l'utérus, Hemlatha et Stone pénétraient *à deux* [1] dans l'abdomen, se chamaillant, se cognant la tête, et parfois les jointures avec la poignée des clamps. L'infirmière en chef disait qu'elle prenait note de qui des deux se tenait à droite lors de la dernière exploration en commun afin de s'assurer qu'ils inversent à la prochaine. Tandis qu'Hemlatha réséquait méticuleusement un utérus ou recousait une vessie, Stone, qui n'avait aucune oreille, sifflait *God Save the Queen*, pour la mettre en boule. Si c'était à Stone de passer le premier, Hemlatha dissertait sur les chirurgiens célèbres de jadis – Cooper, Halsted, Cushing – pour regretter que les chirurgiens tropicaux ne soient pas à la hauteur de leur aînés.

Stone ne mettait pas les chirurgiens sur un piédestal. Par principe il n'admirait pas plus un neurochirurgien qu'il ne méprisait un podologue. « Un bon chirurgien a besoin de courage, ce pour quoi une paire de couilles est un préalable nécessaire », avait-il même écrit dans son manuscrit, sachant parfaitement que son éditeur anglais le supprimerait, mais prenant plaisir à coucher ces mots sur le papier. Stone avait trouvé dans l'écriture une volubilité, une combativité et une vigueur qu'il ne manifestait

1. En français dans le texte.

pas en paroles. « Le courage ? Qu'est-ce que c'est que cette histoire de courage ? avait demandé Hema. C'est votre vie que vous risquez ? »

Techniquement, une césarienne entrait dans les compétences de Stone. Mais en ce jour fatal, la pensée d'opérer sœur Mary Joseph Praise – son assistante, sa confidente la plus proche, sa dactylographe, sa muse, et la femme qu'il aimait – le terrifiait. Elle était déjà dans un état épouvantable, pâle et glacée, avec un pouls si faible qu'il pensait que la moindre de ses tentatives allait la précipiter dans la mort. Sur une inconnue, il n'aurait peut-être pas hésité à risquer une césarienne. Mais que dire d'un médecin qui pratiquait une opération qu'il connaissait à peine sur un être cher ? Y avait-il un adage pour cela ?

Depuis la publication de son manuel, Stone avait pris l'habitude de le citer, comme si ses écrits avaient plus de légitimité que ses pensées – non publiées. Il avait écrit : « Le médecin qui se soigne a un idiot pour patient, *mais il existe des circonstances où il n'a pas le choix…* » Suivait la narration de sa propre amputation, le blocage du nerf du coude droit, puis, avec « l'aide » de sœur Mary Joseph Praise, l'incision qu'il avait pratiquée dans sa chair, sa main gauche faisant une partie du travail tandis que la sœur lui servait de main droite. Il avait réalisé en la voyant couper les os qu'elle était capable de faire beaucoup plus que de l'assister si elle le voulait. C'était l'anecdote de l'amputation ainsi que sa photo en frontispice, ses doigts – tous les neuf – formant barrière devant son menton, qui avaient fait le succès du manuel. Il y avait déjà tant de livres de chirurgie qu'il était surprenant que le sien ait bénéficié d'un tel engouement. Pour un manuel de chirurgie tropicale, la plupart de ses ventes se faisaient dans des pays non tropicaux. Peut-être cela était-il dû à son excentricité, son ton mordant et son humour souvent aussi acerbe qu'involontaire. Il ne se basait que sur son expérience ou sur l'interprétation prudente de l'expérience d'autres chirurgiens. Ses lecteurs avaient vu en lui un révolutionnaire, mais qui soignait les pauvres plutôt que de prêcher des réformes. Les étudiants lui écrivaient des lettres enflammées et quand, dans celles qu'il leur envoyait consciencieusement en réponse (et que sœur Mary Joseph Praise écrivait), ils ne trouvaient pas les effusions et les confessions qu'ils avaient mises dans les leurs, ils faisaient la moue.

Les illustrations (toutes réalisées et légendées par sœur Mary Joseph Praise) étaient simples, comme si elles avaient été dessinées sur une serviette ; elles n'obéissaient pas aux règles de la proportion et de la perspective, mais étaient un modèle de clarté. Le livre avait été traduit en portugais, en espagnol et en français.

Des opérations risquées pratiquées au plus profond de l'Afrique – c'est ainsi que l'éditeur décrivait le livre en quatrième page de couverture. Le lecteur, ignorant tout du « continent noir », imaginait le reste, se représentant Stone sous une tente, l'unique lumière étant fournie par une lampe au kérosène tenue par un Hottentot, tandis que les éléphants chargeaient au dehors et que le bon docteur citait Cicéron en s'amputant aussi allègrement que s'il pratiquait l'opération de la taille sur un patient. Ce que ni le lecteur ni Stone n'auraient admis, c'est que cette auto-amputation relevait autant de la vanité que de l'héroïsme.

« La patiente est à vous, docteur Stone », dit l'infirmière en chef pour la troisième fois.

Stone prit entre les jambes de sœur Mary Joseph Praise le poste laissé vacant par l'infirmière en chef, bien qu'après tout elle semblât hésiter à le laisser passer, comme si elle ne voulait pas plus que lui-même qu'il y prît place. C'était un point de vue auquel il n'était pas habitué, du moins pas souvent avec les femmes. Avec les hommes, il s'asseyait là pour réparer une fistule urinaire dans le scrotum, ou pour drainer des abcès rectaux des deux sexes, ou encore pour ligaturer et exciser des hémorroïdes ou des fistules anales. Mais sinon, c'était un chirurgien qui était rarement assis.

Quand Stone écarta les lèvres avec des gestes maladroits, le sang se déversa à l'extérieur. Il ajusta sa lampe frontale, puis son cou, pour examiner le canal utérin.

Il essaya de se rappeler la règle des agrumes de l'époque de ses études. Qu'est-ce que c'était ? Citron vert, citron, orange et pamplemousse correspondaient à quatre, six, huit et dix centimètres de dilatation du col de l'utérus. Ou était-ce deux, quatre, six, et huit ? Et n'était-ce pas un grain de raisin ou une prune ?

Ce qu'il vit le fit pâlir : le col de l'utérus était au-delà du pamplemousse, plus proche du melon. Et là, comme au fond d'un puits de sang, se trouvait une tête de bébé cernée de tissus aplatis. Les fins cheveux noirs plaqués sur le crâne reflétaient les lumières de la salle d'opération.

À ce moment, ce fut comme si quelqu'un qui était demeuré en lui à l'état de sommeil prenait soudain les commandes.

S'il y avait une relation entre lui et le pauvre enfant qui était à l'intérieur, c'était quelque chose que Stone ne vit pas. La vue de ce crâne le mit plutôt dans un état d'agitation. La peur était chassée par la colère, et la colère pervertissait son raisonnement. Quel culot ! Cet intrus mettait la vie de Mary en danger ! La vue de ce crâne luisant n'éveillait nulle tendresse en Thomas Stone, rien que de la révulsion. Et elle lui donna une idée.

« Trouvez l'ennemi et gagnez la lutte contre l'incendie » était un de ses adages. Il avait trouvé l'ennemi.

« Flatulences, Fluides, Fèces, Fœtus et corps étrangers, il vaut mieux les avoir à l'extérieur qu'à l'intérieur », dit-il tout haut, comme s'il venait d'inventer l'expression. Dans son livre, il l'avait appelée la règle des intrus. Il se conduisit lui-même à prendre sa terrible décision. Il valait bien mieux, décida-t-il, percer un trou dans le crâne de la taupe – ainsi qu'il dénommait à présent le bébé – que de pratiquer une expérience sur sœur Mary Joseph Praise en faisant une césarienne – opération à la fois mal connue de lui et dont il craignait en plus qu'elle ne lui fût fatale. L'ennemi constituait plus un corps étranger, un cancer, qu'un fœtus. Nul doute que la créature était morte. Oui, il allait ouvrir ce crâne, le vider de son contenu, l'écraser comme il le faisait avec un calcul rénal. Si c'était nécessaire, il lui découperait les clavicules aux ciseaux, les côtes au bistouri ; il saisirait, taillerait, fendrait et broierait ce qui en ce fœtus empêchait l'accouchement, parce que ce n'était qu'en le sortant qu'il mettrait fin à l'hémorragie de Mary, et par là à ses souffrances. Oui, oui – il serait mieux à l'extérieur qu'à l'intérieur.

Dans les limites de sa logique irrationnelle, c'était une décision rationnelle. « Mal agir pour faire le bien », comme aurait dit sœur Mary Joseph Praise.

Pour l'infirmière en chef, qui posait sur lui un regard horrifié, l'homme qui était assis entre les jambes de sœur Mary Joseph Praise ne ressemblait pas au Thomas Stone décidé, timide et extrêmement compétent qu'elle connaissait. Cet homme n'avait rien en commun avec Thomas Stone, docteur en médecine, auteur du *Petit manuel pratique de chirurgie tropicale*. Ce type désespéré et agité qui avait plus l'air d'un fou que d'un docteur en médecine venait de prendre sa place.

Maintenant animé, consumé par le sens de sa mission, Stone ouvrit *La Chirurgie gynécologique* de Munro Kerr, comme si c'était un livre de recettes, sur le versant du ventre protubérant de sœur Mary Joseph Praise. « Bon Dieu, Hemlatha, vous avez choisi votre moment pour vous absenter », dit-il tout haut, sentant son courage revenir.

Un blasphème, nota l'infirmière en chef. « Tenir sa langue », murmura-t-elle dans sa barbe. Elle se prit le pouls parce qu'en dépit de sa foi en son Seigneur elle s'inquiétait de la tachycardie qui avait fait son apparition l'année précédente telle une invitée surprise.

Les instruments bizarres que Stone avait demandés et que l'infirmière en chef était allée pêcher dans une vieille armoire refusaient de se laisser apprivoiser par ses mains. « Où diable est Ghosh ? » cria-t-il, parce que Ghosh venait souvent aider Hema quand elle pratiquait des avortements et des ligatures des trompes, et qu'en tant qu'homme à tout faire, il avait plus d'expérience que Stone de l'anatomie reproductive féminine. Une nouvelle fois, l'infirmière en chef envoya quelqu'un au bungalow de Ghosh, plus pour apaiser Stone que dans l'espoir que Ghosh serait de retour. Peut-être aurait-elle mieux fait d'envoyer la bonne au bar Blue Nile ou dans ses environs à la recherche du docteur *banya*. Mais même en état d'ébriété, Ghosh aurait pu dire à Stone que ce qu'il était sur le point de faire n'était pas l'acte d'un chirurgien digne de ce nom, que sa décision était erronée et sa logique illogique. L'infirmière en chef pensait que cette grossesse et cette naissance étaient en quelque sorte de sa faute – son inattention avait été la cause de tout cela. Cependant, elle pensait également que, vu l'importance de l'hémorragie, l'enfant était mort depuis longtemps. Si elle avait pensé un instant que l'enfant était vivant (elle ne se doutait en aucune façon qu'il y avait des jumeaux), elle serait intervenue.

Stone penchait la tête d'un côté et de l'autre, essayant de reconnaître dans les instruments qu'il tenait entre les mains ceux qui étaient illustrés dans l'ouvrage de Munro Kerr : ciseaux de Smellie, cranioclaste de Braun, céphalotribe de Jardine. Ses outils, lointains cousins de ceux décrits dans le livre, avaient toutefois été clairement conçus dans le même but sinistre.

Avec deux clamps de Jacob, il saisit l'ovale du cuir chevelu de mon frère. « Je te vois, animal fouisseur ! Sois damné pour avoir torturé Mary ! » murmura-t-il. Puis, à l'aide de ciseaux, il coupa la peau entre les deux clamps et fit connaître à l'intrus sa première douleur.

Il devait maintenant essayer de poser le céphalotribe – le briseur de crâne – sur la tête. L'instrument d'apparence médiévale était en trois parties. Le milieu était une pique conçue pour pénétrer profondément dans le cerveau après avoir percé le crâne. De chaque côté se trouvaient deux structures aux allures de forceps destinées à l'emprisonner. Une fois les trois parties assemblées, leurs extrémités s'imbriquaient pour former une unique poignée munie d'encoches pour les doigts. Stone pourrait à la fois écraser et immobiliser le crâne afin qu'il ne glisse pas. L'intrus allait être expulsé.

Il faisait froid dans la salle d'opération, mais la sueur coulait de son front dans ses yeux et sur son masque trempé.

Il essaya de faire pénétrer la pique.

(L'enfant, mon frère Shiva, qui avait été à l'abri pendant huit mois et souffrait de la coupure sur son cuir chevelu, se mit à pleurer. Je le tirai en sûreté et la pique glissa sur le crâne.)

Stone décida qu'il serait plus facile d'appliquer d'abord les deux lames du céphalotribe pour attirer la tête à portée avant d'enfoncer la pique. Ses gestes étaient maladroits dans cet espace confiné. L'infirmière en chef frissonna en pensant au dommage qu'il pourrait causer aux tissus de sœur Mary Joseph Praise et au bébé en insérant les pièces de chaque côté des oreilles jusqu'à ce qu'il parvienne enfin à tenir le crâne – si c'était possible.

L'infirmière en chef était près de s'évanouir. « C'est le devoir de l'infirmière d'assister le médecin et de prévoir chacun de ses besoins. » N'était-ce pas ce qu'elle-même apprenait à ses stagiaires ? Mais ça n'allait pas, pas du tout, et elle ne voyait pas comment inverser le cours des choses. Elle regrettait d'être allée pêcher ces instruments. Un obstétricien compatissant avait inventé ces instruments pour les mères qui se trouvaient dans des cas désespérés, pas pour des médecins désespérés. Dans les mains de Stone, les instruments avaient pris le pouvoir et pensaient pour lui. L'infirmière en chef savait que rien de bon ne pouvait advenir de tout cela.

Chapitre 5

LES DERNIERS INSTANTS

À l'ultime seconde, juste comme elle se préparait à l'impact, le docteur Hemlatha vit la mer céder la place à la terre.

Et avant qu'elle eût repris ses esprits, l'avion entra en contact avec l'asphalte miroitant, faisant crisser ses pneus, agitant la queue, et, quand il perdit de la vitesse, gambadant sur la piste comme un chien auquel on a retiré sa laisse.

Le soulagement des passagers se mua en stupéfaction et en gêne, car les moins croyants d'entre eux avaient prié Dieu de leur venir en aide.

L'avion s'arrêta, mais le pilote continuait de se disputer avec la tour de contrôle tout en tirant sur une cigarette, bien qu'il ait mis un point d'honneur à allumer le signal NO SMOKING après l'atterrissage.

Le petit garçon pleurnichait toujours, et Hema le berçait avec une compétence dont elle ne se serait pas crue capable. « Je vais mettre un tout tout petit pansement sur ta jambe, d'accord ? Et après tu n'auras plus mal. » Le jeune Arménien dénicha une canne et ensemble ils fabriquèrent une attelle.

Quand la vibration du moteur cessa, Hema sentit le silence peser sur ses tympans. Le pilote jeta un coup d'œil circulaire, un petit sourire satisfait aux lèvres, comme s'il était curieux de voir comment ses passagers avaient tenu le coup. Presque comme s'il allait oublier, il déclara : « Nous faisons un arrêt pour prendre des bagages et *des gens très importants*. Nous sommes à Djibouti ! » Il sourit, révélant des dents gâtées. « On ne nous avait pas permis d'atterrir sauf en cas d'urgence. Alors j'ai provoqué une panne de moteur. » Il haussa les épaules comme si la modestie l'empêchait d'accepter leurs félicitations.

Hemlatha fut surprise d'entendre sa propre voix briser le silence.

« Des bagages ? Espèce de foutu mercenaire ! Vous nous prenez pour quoi ? Des chèvres ? Vous avez coupé un moteur pour tomber comme ça du ciel et pour faire un arrêt à Djibouti ? Sans nous prévenir ? Sans rien nous dire ? »

Peut-être aurait-elle dû lui être reconnaissante, heureuse d'être en vie, mais dans la hiérarchie de ses émotions, la colère passait toujours en premier.

« Foutu ? » dit le pilote, virant au rouge. « Foutu ? » répéta-t-il, s'extirpant avec difficulté du cockpit, ses genoux blancs s'entrechoquant sous son short de safari.

Il se tint devant elle, tout essoufflé par l'effort. Il semblait bien plus offusqué par le « foutu » que par le « mercenaire ». Son mépris pour cette Indienne dépassait sa colère. Il leva tout de même la main. « Je vais vous débarquer ici, insolente, si vous n'êtes pas contente. » Plus tard il prétendrait qu'il l'avait levée sans intention de la frapper – à Dieu ne plaise, que lui, un gentleman, un Français, frappe une femme.

Mais il était trop tard, parce qu'Hemlatha, mue par la colère et l'indignation, sentit ses membres se mouvoir tout seuls. Elle avait soudain l'impression d'observer une étrangère, une Hemlatha qui n'avait jamais existé auparavant. La nouvelle Hemlatha, dont le permis de vivre venait d'être renouvelé en même temps que le but de son existence s'était vu défini, se dressa sur ses jambes. Elle était de la même taille que le pilote. Elle voyait distinctement le petit vaisseau capillaire qui avait éclaté sur sa joue gauche. Elle releva ses lunettes sur son front et fixa l'homme droit dans les yeux.

Il fut décontenancé. Il vit qu'elle était belle, et lui qui se prenait pour un séducteur se demanda s'il n'avait pas gâché sa chance de prendre un verre avec elle à l'hôtel Ghion dans la soirée. Ce n'est qu'alors qu'il remarqua les gens penchés au-dessus du garçon qui pleurnichait – et la colère du père, et les poings serrés de certains des passagers qui s'étaient alignés derrière Hema.

« Quel spécimen ! » pensa-t-elle tout en l'étudiant. Des angiomes araignée partout sur la peau. Des yeux jaunes d'hépathique. « Nul doute que ses seins sont gonflés, ses aisselles sans poils et ses testicules gros comme des noix – tout cela parce que son foie ne désintoxique pas les œstrogènes produits par le bonhomme. » Et l'haleine au genièvre… « Ah oui, se dit-elle, diagnostiquant la cause de la cirrhose : un colon imbibé de gin qui résiste à la réalité de l'Afrique postcoloniale. Si en Inde ils ont encore peur de vous tous, c'est à cause d'une longue habitude. Mais de telles règles n'ont pas cours dans un avion éthiopien. »

Elle sentit la rage qui montait, et elle n'était pas dirigée juste contre lui, mais contre tous les hommes, chacun des hommes de l'hôpital général en Inde qui l'avaient rudoyée, l'avaient punie d'être une femme, avaient joué avec ses horaires, l'avaient transférée ici et là sans même un s'il vous plaît.

L'homme était désarçonné par sa proximité, le fait qu'elle avait violé l'espace sacré, *bawana*. Mais sa main était toujours levée. Et maintenant, comme s'il venait juste de le remarquer, il la bougea, non pour la frapper, prétendrait-il, mais pour voir si c'était vraiment sa main et si elle obéissait encore à ses ordres.

La main levée était déjà une insulte, mais quand Hema la vit qui commençait à bouger, elle réagit d'une manière qui la ferait ensuite rougir, en se remémorant la scène.

Les doigts d'Hemlatha se glissèrent dans le short du pilote et se refermèrent autour de ses testicules, dont seul le tissu du sous-vêtement les séparait. L'aisance de son geste la surprit. Avec quelle facilité elle avait ménagé entre son index et son pouce l'espace nécessaire aux cordons spermatiques qui relient les couilles au corps ! Des années plus tard, elle penserait que ce qu'elle avait fait avait été influencé par cette pratique des *shiftas* et autres criminels d'Afrique de l'Est qui consistait à couper les testicules de leurs victimes. *À Rome...*

Ses yeux lançaient des éclairs. La sueur avait transformé le *pottu* sur son front en un point d'exclamation. Elle portait un sari en coton à cause de la chaleur et, quand elle s'était assise, elle l'avait remonté sur ses genoux – tant pis pour la pudeur – et maintenant qu'elle était debout, il restait là, moulant ses cuisses. La sueur brillait sur sa lèvre supérieure tandis qu'elle serrait pour extraire la même quantité de douleur et de peur que celle que le Français lui avait causée.

« Écoute, mon mignon », commença-t-elle (décidant qu'il souffrait effectivement d'atrophie testiculaire et tâchant également de se rappeler *tunica albugineae*, et *tunica* quelque chose, et *vas deferens*, bien sûr, et ce petit machin derrière, comment ça s'appelle... l'épididyme !). Elle vit les épaules de l'homme s'affaisser et la couleur se retirer de son visage comme si elle avait ouvert un robinet plus bas. Une moiteur très différente de la sueur apparut sur son front. « Au moins ta syphilis n'est pas trop avancée si tu as mal aux testicules, hein ? » La main levée s'abaissa et puis avec hésitation, presque avec amour, se posa sur l'avant-bras d'Hema, la suppliant de ne pas augmenter la pression. Un silence de cathédrale régnait à présent dans l'avion.

« Tu m'écoutes maintenant ? demanda-t-elle (pensant qu'elle n'avait aucune envie de découvrir l'anatomie masculine) Est-ce que nous parlons enfin sur un pied d'égalité ?... Ma vie dans ta main et maintenant tes bijoux de famille dans la mienne ? Tu crois que tu peux terrifier les gens comme ça ? Ce petit garçon s'est cassé la jambe à cause de tes acrobaties. »

Elle se tourna vers les autres passagers puis, gardant un œil sur le Français, ajouta : « Quelqu'un a un couteau bien effilé ? Ou une lame Gillette ? »

Le bruit qu'elle entendit aurait pu provenir des muscles crémaster de tous les hommes présents qui mettaient à l'abri leurs fabriques de sperme.

« Nous n'avions pas l'autorisation... J'ai été obligé de... ahana le pilote.

— Sors ton portefeuille et paye pour cet enfant », dit Hema, qui ne croyait pas aux reconnaissances de dettes.

Voyant le Français manier maladroitement les billets, le jeune Arménien attrapa le portefeuille qu'il tendit au père du garçon.

Un des Yéménites, retrouvant sa voix, déversa un torrent d'injures tout en agitant un doigt sous le nez du pilote.

Hema dit : « Maintenant, tu rembourses les billets du garçon et de ses parents. Et tu nous fais décoller rapidement... Sinon, non seulement tu seras transformé en eunuque, mais j'écrirai à l'empereur pour m'assurer que tu ne puisses postuler à un emploi de chamelier, sans parler de celui de convoyeur de khat. »

Ils entendirent la porte s'ouvrir et les exclamations des coolies attroupés tout autour.

Le Français, les yeux enfoncés dans les orbites, fit un signe de tête. La France avait colonisé Djibouti et des parties de la Somalie, et avait même rivalisé avec les Anglais, en Inde, avant de se contenter de Pondichéry. Mais en cet après-midi étouffant, une âme brune qui ne serait plus jamais la même, et qui était soutenue par des Mayalis, des Arméniens, des Grecs et des Yéménites, lui montra qu'elle était libre.

« Eh bien, comment ne pas perdre la tête par une chaleur pareille ? » dit Hemlatha à la cantonade, lâchant sa prise et sortant se laver les mains en réprimant un fou rire.

Chapitre 6

Mon Abyssinie

Hema fixa le sol sous elle, attendant que les broussailles brunes et le désert fissent place à l'escarpement annonçant le luxuriant plateau montagneux de l'Éthiopie. « Oui, pensa-t-elle. C'est chez moi maintenant. Mon Abyssinie », qui sonnait pour elle tellement plus romantique qu'« Éthiopie ».

Le pays était pour l'essentiel un massif montagneux prenant naissance sur trois déserts : le Somaliland, le Danakil et le désert du Soudan. Même aujourd'hui, Hema avait un peu l'impression d'être un David Livingstone ou un Evelyn Waugh explorant cette civilisation ancienne, ce bastion de la chrétienté qui, jusqu'à l'invasion de Mussolini en 1935, était la seule nation africaine à n'avoir jamais été colonisée. Waugh, dans ses dépêches au *Times* et dans son livre, surnommait Sa Majesté Hailé Sélassié Ier « *Highly Salacious* », jugeant qu'il avait fait preuve de lâcheté en fuyant le pays devant les troupes de Mussolini. Pour Hema, cela signifiait que Waugh ne pouvait pas se faire à l'idée qu'il y avait des familles royales en Afrique. Il ne pouvait accepter que les Windsor et des Romanov fissent figure de parvenus à côté de l'empereur Hailé Sélassié dont la lignée remontait à la reine de Saba et au roi Salomon. Elle ne faisait pas grand cas de Waugh ni de son livre.

Les nouveaux passagers qui avaient embarqué à Djibouti étaient des Somalis ou des Djiboutiens (et vraiment, pensait-elle, quelle différence y avait-il entre les deux, sinon la ligne tracée sur une carte par un cartographe occidental). Ils chiquaient du khat et fumaient des 555, et en dépit de leurs yeux mornes et ternes ils étaient heureux. L'avion, à présent bien familier à Hema, était bourré de khat, dont on avait embarqué de grandes balles à destination d'Addis-Abeba. C'était étrange, du fait que généralement le khat voyageait dans l'autre sens : cultivé en Éthiopie, autour d'Harrar, il était exporté par chemin de fer à Djibouti et par air jusqu'à Aden. Cette route commerciale lucrative était à l'origine de la naissance des Ethiopian Airlines. Elle entendit dire qu'un problème de chemin de fer et de transport routier ainsi que le besoin urgent de grandes quantités de khat pour un mariage étaient les causes de cette exportation inversée et de l'arrêt imprévu. Le khat ne doit pas être consommé plus de deux jours après avoir été cueilli, faute de quoi il perd de sa force. Hema s'imaginait les marchands somalis, yéménites et soudanais dans les petits souks qui encombraient chaque rue et chaque passage, et les propriétaires des boutiques du Merkato d'Addis-Abeba, surveillant leurs montres Tissot, gourmandant leurs commis tandis qu'ils attendaient l'arrivée de la cargaison. Elle imagina les invités, la bouche trop desséchée pour cracher, mais ne crachant et ne jurant pas moins pour autant, se confiant les uns les autres qu'ils trouvaient la mariée plus laide que dans leur souvenir, et que le gros grain de beauté dont elle était affublée dans le cou devait signifier qu'elle avait également hérité l'avarice de son père.

Hema s'imagina en train de raconter à sa mère l'affaire du pilote. Cela la fit rire, et par la même occasion sourire le Somali assis face en elle, un nouvel arrivant.

Madras avait été chaud et humide durant les trois semaines du séjour d'Hema, mais c'était le paradis comparé à Addis-Abeba. La maison de trois pièces de ses parents dans le quartier de Mylapore, tout près du temple, lui avait semblé spacieuse quand elle était enfant, mais cette fois-ci elle y avait souffert d'une sorte de claustrophobie. Bien qu'elle envoyât régulièrement de l'argent à ses parents, elle avait été consternée de voir qu'il n'y avait eu aucune amélioration depuis sa dernière visite. À l'intérieur, la peinture s'était écaillée pour finir par former des motifs abstraits, tandis que la cuisine enfumée prenait des airs de chambre noire. L'étroite rue qui naguère voyait rarement passer une voiture était dorénavant une voie bruyante, et le mur d'enceinte, loin d'avoir été chaulé, était à présent de la même couleur que la terre sur laquelle il s'élevait. Seul le jardin avait bénéficié du passage du temps, et les bougainvillées cachaient maintenant la maison de la rue. Les deux manguiers, chargés de fruits, étaient devenus énormes. L'un était un alphoso et l'autre un hybride qui donnait des fruits dont la chair semblait d'abord caoutchouteuse mais qui ensuite fondait dans la bouche comme de la crème glacée.

Le calendrier publicitaire du lait en poudre Glaxo accroché à un clou constituait, et cela depuis toujours, l'unique décoration du living. Il y était écrit : *Glaxo fait de beaux bébés*. C'était suffisant pour qu'une mère qui allaitait pense qu'elle laissait son bébé mourir de faim. Petite, Hema voyait à peine le bébé Glaxo. À présent, le calendrier attirait son attention et sa colère. Quelle insidieuse présence avait représenté ce mouchard dans sa vie ! Un intrus porteur d'un message mensonger. Hema avait décroché le calendrier, mais le rectangle plus clair sur le mur attirait encore plus l'attention que ne l'avait jamais fait le bébé. Nul doute qu'après le départ d'Hema un autre bébé Glaxo prendrait sa place...

Au cours de ses brèves vacances, Hema avait fait peindre les murs et installer des ventilateurs au plafond. Sathyamurthy, le père de Velu, son vieil ennemi d'enfance, avait regardé par-dessus la barrière tandis qu'on livrait le siège qui allait être installé dans les cabinets à la turque. Il ricana et secoua la tête. « Ce n'est pas pour moi, vieux singe, dit Hema en anglais. Ma mère a mal aux hanches. » Et Sathyamurthy répondit par la seule phrase d'anglais qu'il connaissait : « *Goddamn China, kiss me Eisenhower !* » Il sourit en lui faisant un signe de la main auquel elle répondit.

Le Somali assis en face d'elle portait une chemise brillante en polyester bleu et une montre en or qui pendait à son poignet décharné. Dans ses sandales, ses orteils luisaient comme de l'ébène cirée. Hema avait l'impression de l'avoir déjà vu. Il s'inclina, se fendit d'un grand sourire et leva trois doigts en l'air, comme s'il enchérissait, et déclara : « Trois gosses, deux coups, une nuit ! »

Elle se souvint. Il s'appelait Adid. « Vous faites toujours double travail ? »

Ses dents d'ivoire éclairèrent la pénombre de la carlingue. Il dit quelque chose à ses amis. Ils sourirent et hochèrent la tête d'un air plein de sagesse. « Quelles belles dents ils ont ! » songea Hemlatha. Elle admirait sa noirceur, une couleur si pure qu'elle tirait sur le violet. La directrice de son école, Mrs. Hoods, était d'un blanc porcelaine, et les écolières croyaient que si elles la touchaient, leurs doigts deviendraient tout blancs ; avec Adid, elle imagina qu'ils deviendraient tout noirs. Les manières royales d'Adid, la lenteur de ses expressions, chaque pensée accompagnée d'un mouvement combiné des lèvres et des sourcils, donnaient à Hema l'idée bizarre qu'elle aimerait lui sucer l'index.

La dernière fois qu'elle avait vu Adid, c'était dans la salle d'attente des urgences de Missing. Il portait un turban et une tunique flottante, et demeurait impassible, même si sa femme était en train de se tordre de douleur. Quand Hemlatha avait défait les voiles de coton, elle avait découvert une jeune fille pâle et anémique. Sa tension était extrêmement élevée. Elle souffrait d'éclampsie. Tandis qu'Hemlatha délivrait sa femme de son premier-né par césarienne, Adid avait disparu. Puis il était revenu avec une autre épouse plus âgée, qui s'était mise à accoucher dans la charrette, au pied des marches des admissions. Hemlatha s'était précipité à temps pour couper le cordon. Elle lui avait poussé sur le ventre, mais au lieu du placenta c'était un jumeau qui était sorti. Le sourire d'Adid quand il avait vu le deuxième enfant, le troisième de la journée, allait d'une oreille à l'autre. Hema lui avait suggéré d'arborer sur la poitrine un cordon proclamant UNE NUIT, DEUX COUPS, TROIS GOSSES. Adid avait ri comme un homme qui ignore le sens du mot « souci ».

« Oui, oui, dit-il, élevant la voix pour se faire entendre au-dessus du bruit des moteurs. Un homme n'est riche que du nombre de ses enfants. Après tout, qu'est-ce que nous laissons d'autre derrière nous dans ce monde, docteur ? »

Hema, qui nourrissait des pensées similaires quelques minutes auparavant, se fit la réflexion qu'à cette aune elle était pauvre. Elle dit : « Amen. Alors vous devriez être plusieurs fois millionnaire. »

Une expression espiègle passa sur son visage, et, en remuant les sourcils et à l'aide de ses seuls yeux, il désigna plus loin sur le banc une femme voilée et enveloppée dans des tuniques de coton rouge et orange. Un pied très pâle peint au henné dépassait. Hemlatha supposa que c'était une Yéménite. Ou une musulmane pakistanaise, ou peut-être indienne.

« Et elle est… » demanda Hema, espérant qu'il n'était pas impoli de s'enquérir de sa nationalité.

Adid hocha vigoureusement la tête. « De trois mois au moins. Et j'en ai une autre enceinte à la maison ! »

« Je vais vous dire quelque chose, fit Hema, fixant délibérément l'entrejambe d'Adid. Je vais demander au docteur Ghosh de vous faire une remise exceptionnelle sur les vasectomi   deux pour le prix d'une. Ça sera moins cher que de ligaturer les trompes de toutes les bégums. »

Le couple gujarati assis en face d'elle fronça les sourcils tandis qu'Adid riait en se tapant sur les cuisses.

« Pourquoi vous n'amenez pas vos femmes à la clinique prénatale ? demanda Hema. Un homme intelligent comme vous ne devrait pas attendre qu'elles aient des ennuis. Vous ne voulez pas qu'elles souffrent.

— Ce n'est pas ma faute. Vous savez comme sont ces femmes. Elles refusent de venir avant de tomber dans les pommes », dit-il avec simplicité.

C'était vrai, pensa Hemlatha. Des années auparavant, une Arabe du Merkato était restée en travail pendant des jours, et le mari, un riche marchand, avait fait venir le docteur Bachelli. Mais plutôt que de laisser un homme la voir, elle s'était glissée derrière la porte de la chambre, de sorte qu'elle aurait été écrasée s'il avait tenté d'ouvrir. La femme mourut seule, derrière cette porte, ce qui fit l'admiration de ses semblables.

Hema ayant faim, et pour agacer encore plus les Gurajatis, elle accepta quelques feuilles de khat offertes par Adid et se les fourra dans la joue. C'était quelque chose qu'elle n'avait jamais pensé faire auparavant, toutefois les événements des dernières heures avaient changé les choses.

Le khat était amer au début, mais ensuite la masse pulpeuse devenait presque sucrée et pas si désagréable que ça. « Merveille des merveilles », songea-t-elle, tandis qu'elle se mettait à ressembler à un écureuil et que sa mâchoire épousait le rythme paresseux de va-et-vient des milliers de chiqueurs de khat qu'elle avait vus dans sa vie. Comme une habituée, elle posa le coude sur son sac à main et les pieds sur le banc, un genou à plat, l'autre sous son menton. Elle se pencha vers Adid qui, chose surprenante, était enclin à bavarder.

« ... et nous avons passé la plus grande partie de la saison des pluies loin d'Addis, à Aweyde, près d'Harar.

— Je connais bien Aweyde », dit Hema, ce qui n'était pas vrai. Il y a des années de cela elle était allée visiter la vieille ville d'Harrar. Tout ce dont elle se souvenait concernant Aweyde, c'est que la ville tout entière semblait être un marché au khat. Les maisons étaient désespérément nues, sans une trace de chaux. « Je connais bien Aweyde », répéta-t-elle, et le khat lui donna l'impression que c'était vrai. « Les gens sont assez riches pour rouler en Mercedes mais ils ne dépensent pas un centime pour peindre leur porte. Pas vrai ?

— Docteur, comment pouvez-vous savoir ça ? » demanda Adid, tout étonné.

Hema sourit, comme pour dire : *Il y a peu de choses qui m'échappent, mon cher.* Et en même temps, elle pensait aux couilles du Français, aux plissements en forme de replis muqueux, au raphé médian qui séparait une couille de l'autre, au dartos, aux cellules de Sertoli. Son esprit filait à toute allure, hyperéveillé.

Il ne faisait plus chaud dans la cabine, et elle était contente de rentrer chez elle. « Quand j'étais à la faculté, aurait-elle eu envie de raconter à Adid, il fallait faire cet examen pour tester la douleur viscérale. La douleur viscérale est différente de celle que vous ressentez quand vous vous cognez le genou, par exemple. La douleur viscérale vient de l'intérieur, des organes, c'est une douleur difficile à caractériser, mal localisable, mais quand même douloureuse. Bref, il fallait presser les testicules pour chercher une douleur viscérale intacte, parce que certaines maladies comme la syphilis peuvent causer la perte de la sensation de la douleur viscérale. Un jour, au chevet d'un patient atteint de syphilis, le professeur m'a demandé de démontrer la douleur viscérale. Les garçons ricanaient. J'ai fait preuve de courage, je n'ai pas hésité : j'ai découvert les couilles, pardon, les testicules du patient. Il était atteint d'une syphilis qui était à un stade avancé. Quand j'ai pressé, l'homme s'est contenté de me sourire. Rien. Pas de douleur. Pas de réaction. Alors j'ai pressé plus fort – vraiment fort. Toujours rien. Mais un des étudiants est tombé dans les pommes ! »

Adid sourit, comme si elle lui avait vraiment raconté l'histoire.

L'avion descendit, entrant puis ressortant des nuages dispersés au-dessus d'Addis-Abeba. Les forêts denses d'eucalyptus cachèrent d'abord la ville. L'empereur Ménélik avait importé les eucalyptus de Madagascar, pas pour l'huile, mais pour le bois de chauffe, dont le manque lui avait presque fait abandonner sa capitale. L'eucalyptus avait prospéré sur le sol éthiopien, et il poussait rapidement – de douze mètres tous les cinq ans, et vingt tous les douze ans. Ménélik en avait planté des hectares. Il était indestructible, remontant chaque fois qu'il était coupé, et idéal pour les charpentes.

Les arbres révélaient des clairières occupées par des *tukul* circulaires au toit de chaume et des enclos en épines pour garder les animaux. Puis, à l'orée de la ville, elle vit des maisons au toit de tôle ondulée, nombreuses et proches les unes des autres. Une église avec une courte flèche apparut, puis la ville elle-même. Il y avait Churchill Road qui commençait à la gare et montait brutalement vers la Piazza, avec une poignée de voitures et des bus qui négociaient sa pente. Cet aperçu du centre, qui paraissait si moderne, lui fit penser à l'empereur Hailé Sélassié. Il avait introduit plus de changement au cours de son règne que le pays n'en avait connu pendant trois siècles. Dans chaque maison on pouvait voir son portrait : le nez en bec d'aigle, les lèvres minces, le front large. Le père d'Hema était un grand admirateur de l'empereur car juste avant la Seconde Guerre mondiale, alors que Mussolini se préparait à envahir l'Éthiopie, l'empereur avait averti le monde qu'il allait payer cher le fait d'avoir laissé l'Italie envahir un pays souverain tel que l'Éthiopie, une telle inertie allant encourager les ambitions hégémoniques non seulement de l'Italie mais également de l'Allemagne. « Dieu et l'histoire se souviendront de votre décision », avait-il dit devant la Société des Nations, et tel avait été le cas. Cela avait fait de lui le symbole du petit osant se dresser contre le tyran (et qui avait perdu).

Près de l'aéroport, le meskel en fleur avait couvert une colline tout entière d'un orange flamboyant qui fit savoir à hema que la saison des pluies avait pris fin. Une autre colline était couverte d'appentis et de cabanes en tôle ondulée d'un brun rouille. Chaque cabane partageait un mur avec sa voisine : on aurait dit des wagons serpentant au flanc de la colline, se multipliant et se ramifiant dans toutes les directions.

Le Français fit un passage en rase-mottes au-dessus de la piste pour que le douanier puisse enfourcher sa bicyclette et aller chasser les vaches qui s'y trouvaient. Il décrivit un cercle et se posa.

Voitures et camionnettes aux couleurs du vert bilieux de la police éthiopienne se précipitèrent vers l'avion, de même que tous les fonctionnaires d'Ethiopian Airlines. La porte fut ouverte et des manœuvres se précipitèrent pour décharger le khat. On jeta les balles dans un minibus VW, puis dans une camionnette à trois roues, et, une fois ceux-ci pleins, on bourra les voitures de police, et tous repartirent à toute allure en actionnant les sirènes. Ce n'est qu'ensuite que les passagers purent descendre.

La Fiat 600 bleu et blanc gémissait tandis que le moteur de six cents centimètres cubes qui lui donnait son nom peinait à porter Hemlatha et son Grundig. Elle avait supervisé elle-même le chargement de la grande caisse sur la galerie.

C'était un après-midi parfait à Addis, et cela lui faisait oublier qu'elle était en retard de deux jours. À cette altitude, la lumière était différente de celle de Madras, baignant ce qu'elle embellissait plutôt que de rebondir violemment sur toutes les surfaces. Il n'y avait pas la moindre trace de pluie dans la brise, bien que cela pût changer en un instant. Elle huma l'odeur boisée et médicinale de l'eucalyptus, une fragrance qui ne ferait jamais un parfum, mais qui était revigorante lorsqu'elle flottait dans l'air. Elle sentit le frangipanier, qu'on jetait dans le poêle à charbon de chaque maison. Elle était heureuse d'être en vie, et heureuse d'être de retour à Addis, mais elle ne savait que faire de la vague de nostalgie qui la submergeait, un désir insatisfait qu'elle n'arrivait pas à définir.

Avec la fin des pluies, les étals avaient poussé au bord des routes, proposant des poivrons rouges et verts, des citrons et du maïs grillé. Un homme portant telle une écharpe un mouton bêlant autour du cou avait du mal à voir où il posait les pieds. Une femme vendait des bottes de feuilles d'eucalyptus qui servirait de combustible pour la cuisine, par exemple pour faire cuire l'*injera*, la crêpe à base de farine de *tef*. Plus loin, Hema vit une petite fille verser de la pâte à frire sur un immense gril plat posé sur trois briques au-dessus d'un feu. Une fois l'*injera* prête, l'enfant la soulèverait comme une nappe, la plierait en deux, puis en quatre, puis en huit et la rangerait dans un panier.

Une vieille femme en vêtements de deuil noirs s'arrêta pour aider une mère à charger son bébé sur son dos dans son *shama* – le tissu en coton blanc que les hommes comme les femmes portent sur les épaules.

Un homme dont les jambes atrophiées étaient repliées dans sa petite voiture balançait des bras raides le long du trottoir en terre. Il portait dans chaque main des blocs de bois munis de poignées, qu'il plantait dans le sol avant de balancer ses fesses en avant. Il se déplaçait étonnamment bien, formant une sorte de M mobile. La brève absence d'Hema redonnait à ces spectacles le caractère de la nouveauté.

Un troupeau de mules chargées de bois de chauffe passa en trottant avec une expression docile et angélique malgré les coups de fouet que lui distribuait l'homme qui courait à leurs côtés. Le chauffeur de taxi klaxonna à tout rompre. Malgré la plainte aiguë du moteur, le taxi n'avançait lui-même pas plus vite qu'une bête trop lourdement chargée.

Un camion transportant des moutons si serrés les uns contre les autres qu'ils pouvaient à peine cligner de l'œil les dépassa. Ces animaux-là avaient la chance d'être transportés jusqu'à l'abattoir. Avant Meskel, la fête célébrant la découverte de la croix du Christ, d'immenses troupeaux de moutons arrivaient dans la capitale, titubant d'épuisement, survivant à peine à la marche qui les menait à la table du festin. Puis, les jours suivant Meskel, on ne voyait ni n'entendait plus un seul mouton. En revanche, les marchands de peau parcouraient rues et ruelles en criant : « *Ye beg koda alle* ! » – « Qui vend des peaux de mouton ! » Une ménagère le hélait, et après marchandage, il ajoutait une peau à celles qu'il portait déjà sur l'épaule et reprenait son cri.

Hemlatha remarqua tout à coup qu'il y avait des enfants partout, comme s'ils avaient été invisibles pendant toutes ces années. À l'aide d'un bâton, deux garçons faisaient rouler leurs cerceaux grossiers en métal tout en zigzaguant et en faisant des bruits de voiture. Un tout petit avec des traînées de morve qui lui descendait des narines aux lèvres les regardait avec envie. On lui avait rasé la tête en laissant une touffe de cheveux sur le devant. Quand elle était arrivée en Éthiopie, Hema avait appris que cette touffe servait de poignée à Dieu lorsqu'Il voulait emporter ces enfants (et Il en emportait beaucoup) au Ciel.

La mère se tenait devant le rideau de perles d'un café – il s'agissait là plutôt d'un *buna-bet*, un bar, car on y servait des boissons bien plus fortes que le café… La nuit, ce bar resplendissait du vert, du jaune et du rouge des néons, et la femme, méconnaissable, proposait sa compagnie en plus des alcools. Une machine à expressos sur un bar en zinc signalait le genre de cet établissement. Les yeux mornes de la femme tombèrent sur le taxi, puis sur Hema, et son expression se durcit, laissant imaginer qu'elle avait vu une concurrente. Elle leva le regard sur l'étrange caisse fixée sur la galerie puis elle le détourna avec nonchalance comme pour dire : *Je ne suis pas du tout impressionnée.* C'était peut-être une Amhara, pensa Hema, avec cette peau couleur de noyer, ces pommettes hautes. Elle était si jolie. Probablement une amie de Ghosh. Un peigne était planté dans ses cheveux comme si elle s'était interrompue dans sa tâche. Ses jambes étaient brillantes de Nivea. Elle en avalait même peut-être de temps en temps, dans l'espoir d'éclaircir son teint. « Apparemment, ça marche », dit Hema, bien que cette idée la fît frissonner.

Entre les immeubles en parpaings récents se dressaient des huttes, dont les murs laissaient voir la boue et la paille entre les clayonnages. Il suffisait d'un bâton fiché au sol surmonté d'une boîte de conserve vide pour signifier : Ceci, aussi, est un *buna-bet*, et bien que nous n'ayons pas de machine à expressos et que nous vendions du *tej* et de la *talla* faits à la maison au lieu de bière Saint-George en bouteille, nous proposons les mêmes services.

Le plus vieux métier du monde n'offusquait personne, pas même Hema. Elle avait appris qu'il était vain de s'y opposer – ç'eût été comme de trouver à redire à l'oxygène. Mais les conséquences d'une telle tolérance étaient évidentes à ses yeux : abcès des trompes et des ovaires, infertilité causée par la blennorragie, fausses couches, et bébés souffrant de syphilis congénitale.

Sur la grand-route, Hema vit une équipe de Gurages souriants, à la peau sombre et à l'ossature épaisse, surveillée par un Italien rieur. Les Gurages étaient des gens du Sud qui avaient la réputation – bien méritée – d'être travailleurs, faisant effectivement le boulot que refusaient les gens d'ici. Gebrew, quand il avait besoin d'extras à Missing, se contentait de sortir dans la rue et de crier : « Gurages ! » bien que ces derniers temps cela pouvait être considéré comme une insulte et qu'il fût plus prudent de crier : « Coolies ! »

À part le surveillant, tous étaient pieds nus – si ce n'est un homme qui avait réussi à glisser ses pieds dans des chaussures en plastique trop petites après avoir ménagé des trous pour ses gros orteils. Hema aurait dû être révoltée par la vue d'ouvriers noirs et d'un contremaître blanc, et elle se demanda pourquoi elle ne l'était pas. Peut-être parce que les Italiens qui étaient restés en Éthiopie après la libération étaient si faciles à vivre, si prêts à se moquer d'eux-mêmes, qu'il était difficile de leur en vouloir de quoi que ce soit. La vie pour les Italiens était ce qu'elle était, ni plus ni moins, un interlude entre les repas. Il se peut aussi que ce fût juste la façon d'être qu'ils avaient jugée la mieux adaptée à pareilles circonstances. Hema vit les ouvriers s'arrêter dès que le surveillant eut tourné le dos. Lentement, très lentement, mais quand même, des écoles, des bureaux, une magnifique poste, une banque nationale surgissaient de terre pour égaler la magnificence de la cathédrale de la Trinité, du Parlement, et du palais du Jubilé. La vision que l'empereur avait eue d'une capitale africaine de style européen prenait forme.

Peut-être parce que l'empereur était toujours dans son esprit, et parce que son taxi traversait un carrefour où, à la place d'une ribambelle de boutiques, il y avait eu un jour un gibet, soudain Hema pensa à une scène qui la hantait.

C'est à cet endroit exactement, en 1946, qu'elle et Ghosh, dont c'étaient les premiers mois à Addis, étaient tombés sur une foule qui bloquait la route. Debout sur le marchepied de la Volkswagen de Ghosh, Hema avait aperçu la structure sommaire avec ses trois nœuds coulants qui se balançaient. Un Tentra Quatro militaire était arrivé. On avait fait lever les trois Éthiopiens menottés assis à l'arrière sur la plate-forme. Les hommes ne portaient pas de vestes, et, avec leurs chemises, leurs chaussures et leurs pantalons, on aurait dit qu'ils avaient été interrompus en plein repas.

Un officier éthiopien en uniforme de la garde impériale lut un papier qu'il jeta ensuite. Hema regarda, fascinée, tandis qu'il passait le nœud coulant par-dessus chaque tête, le positionnant de côté, derrière l'oreille. Les condamnés semblaient résignés à leur sort, ce qui était en soi une forme de courage extrême. La manière dont se tenait un homme, grand, d'un certain âge, persuada Hema que c'étaient des militaires. Ce prisonnier grisonnant, droit comme un I, parla à l'officier de la garde, qui inclina la tête pour écouter. Il hocha la tête et enleva le nœud. Le prisonnier se pencha alors par-dessus la ridelle et tendit ses poignets menottés à une femme en pleurs. Elle retira un anneau qu'il portait au doigt et lui baisa la main. Le prisonnier recula, tel un acteur cherchant sa marque sur scène, puis s'inclina devant son bourreau, qui lui rendit son salut et replaça le nœud avec une délicatesse d'époux passant une guirlande de fleurs au cou de sa jeune épouse.

Hema ne comprenait pas ce qu'elle voyait, du moins pas sur le moment. Elle se demandait si ce n'était pas une sorte de pièce de théâtre. La violence de ce qui suivit – le camion qui démarrait en faisant rugir son moteur, les corps qui gesticulaient, l'angle bizarre et impossible de la tête sur la poitrine, la vue des spectateurs se précipitant pour s'emparer des chaussures des morts – fut moins dérangeante que l'idée qu'elle vivait dans un pays où de telles choses pouvaient arriver. Certes, à Madras, elle avait été témoin de la brutalité et de la cruauté, mais elles prenaient la forme de la négligence et de l'indifférence à la souffrance, ou encore celle de la corruption.

Hema fut malade pendant plusieurs jours. Elle songea à quitter l'Éthiopie. Il n'y avait eu aucun article dans l'*Ethiopian Herald*, aucun commentaire du gouvernement. Une révolution se préparait, disait-on, et l'empereur avait réagi de cette façon. Il gouvernait un pays fragile.

Hema n'avait jamais oublié le bourreau, un bel homme dont les tempes formaient un angle aigu avec son front, de telle façon que sa tête était en forme de lame de couteau. Son nez était aplati à la base comme par une ancienne fracture. Elle se rappelait comment il s'était cérémonieusement incliné devant le condamné avant d'exécuter les ordres qu'il avait reçus. Elle avait ressenti de la pitié et même du respect pour lui. Le conflit entre son devoir et sa compassion avait été révélé par ce geste. S'il avait refusé de suivre les ordres, lui aussi aurait été pendu. Hema était certaine qu'il avait agi contre sa conscience.

« Peut-être est-ce cela qui m'a retenue à Addis pendant toutes ces années, songea Hema, la juxtaposition de culture et de brutalité, la nouveauté moulée dans le creuset de la boue primitive. La ville évolue, et je me sens faire partie de cette évolution, contrairement à Madras, où la ville semble avoir été achevée des siècles avant ma naissance. Est-ce que quiconque à part mes parents a remarqué que j'étais partie ? »

« Pourquoi tu ne restes pas en Inde ? Il y a tant de pauvres femmes qui meurent inutilement ici, à Madras », lui avait demandé son père, sans conviction, lors de son dernier séjour. « Tu veux que je soigne gratuitement les pauvres ici, dans votre maison ? avait-elle répondu. Sinon, trouve-moi un travail. Fais-moi embaucher par la municipalité ou le gouvernement. Si mon pays a besoin de moi, pourquoi est-ce qu'ils ne me prennent pas ? » Tous deux connaissaient la réponse : les emplois allaient à ceux qui graissaient les pattes. Elle soupira, ce qui fit tourner la tête au taxi. Elle vivait à nouveau la douleur des adieux à ses parents.

La vue de paysans nu-pieds portant des fardeaux impossibles sur leurs têtes, celle des charrettes à cheval aussi, faisait perdurer l'aura mystique de cet ancien royaume et justifiaient presque les contes fabuleux du prêtre Jean, qui avait décrit au Moyen Âge un royaume chrétien magique entouré de pays arabes. Oui, on était peut-être à l'ère de la greffe du rein en Amérique et du vaccin contre la polio qui devait bientôt arriver en Inde, mais ici, Hema avait l'impression d'avoir trompé le temps ; munie de son savoir du vingtième siècle elle avait reculé jusqu'à une époque antérieure. Le pouvoir descendait de Sa Majesté aux ras, aux dejazmachs, et à la noblesse inférieure, puis aux vassaux et aux ouvriers agricoles. Ses compétences étaient si rares, si utiles aux plus pauvres des pauvres, et même parfois au palais royal, qu'elle se sentait appréciée. N'était-ce pas cela la définition du foyer ? Pas là d'où l'on vient, mais là où l'on est désiré ?

À environ deux heures de l'après-midi, son taxi s'arrêta devant les portes de Missing, d'un brun tirant sur le gris et le jaune, un monde en soi.

La propriété était ceinte d'un mur en pierre qui cachait les bâtiments à la rue. Les eucalyptus surplombaient le mur, et là où il faisaient défaut, il y avait des sapins, des jacarandas et des acacias. Des tessons de bouteille verts sortaient du mortier au faîte de l'enceinte pour dissuader les intrus – le vol et les petits larcins sévissaient à Addis. Toutefois, la vue des roses qui débordaient par-dessus le mur adoucissait l'effet de dissuasion. La grille en fer forgé recouverte de plaques de métal était généralement fermée, et les piétons entraient par la petite porte pratiquée dedans. Mais dans l'immédiat la grande porte était grande ouverte, tout comme la petite.

À l'intérieur, Hema vit que la porte et les volets du pavillon de gardien de Gebrew étaient également ouverts, et quand elle parvint en haut de la colline, elle vit que toutes les fenêtres et portes du bâtiment de consultation externe de Missing étaient ouvertes aussi ; en fait, elle voyait Gebrew, le gardien (qui se trouvait être prêtre), en train de forcer la porte du bûcher à l'aide d'une pierre.

À la vue du taxi, il se précipita, les pans de son manteau de surplus militaire battant derrière lui, son petit visage perdu dans son turban blanc de prêtre, son chasse-mouches, sa croix et son chapelet serrés dans une main. Il semblait vouloir chasser le taxi. Gebrew était un nerveux, au débit rapide et aux mouvements saccadés, mais il paraissait bien plus agité que d'habitude. Il sembla stupéfait de la voir, comme s'il ne s'attendait pas à ce qu'elle revînt.

« Dieu-soit-loué-de-vous-avoir-ramenée-saine-et-sauve, bienvenue-madame, comment-allez-vous-bien ? Dieu-a-exaucé-nos-prières », dit-il en amharique. Elle lui rendit ses saluts de son mieux, mais il ne cessa pas avant qu'elle finisse par lancer : « Gebrew ! »

Elle lui tendit un billet de cinq birr. « Apporte un bol à Sheba Bar et va chercher du *doro-vot* », dit-elle, nommant le délectable curry de poulet cuit dans *berbere*, ces poivrons éthiopiens. Son amharique était grossier, et elle n'utilisait que le présent, mais *doro-wot* était un terme qu'elle avait maîtrisé dès le début. Et le *doro-wot* avait peuplé ses rêves des dernières nuits à Madras, après des semaines de régime végétarien. Le *wot* était versé sur l'*injera*, la crêpe qui servait à saisir la viande. Lorsque Gebrew l'apporterait, le curry aurait eu le temps d'imprégner l'*injera* qui tapissait le bol. Elle avait l'eau à la bouche rien que d'y penser.

« Très-bien-madame, Seha-est-le-meilleur, béni-soit-leur-cuisinier, Sheba-est…

— Dis-moi, Gebrew, pourquoi portes et fenêtres ouvertes ? » Maintenant elle remarquait que ses ongles et ses doigts étaient couverts de sang, et que des plumes étaient collées à ses manches ainsi que sur son chasse-mouches.

C'est alors que Gebrew déclara : « Oh, madame ! C'est ce que j'ai essayé de vous dire. Bébé est coincé ! Le bébé. Et Sœur ! Et le bébé ! »

Elle ne comprenait pas. Elle ne l'avait jamais vu bouleversé à ce point. Elle sourit et attendit.

« Madame ! Sœur est en train de coucher ! Elle ne couche pas bien !

— Quoi ? Qu'est-ce que tu dis ? » Le fait de ne plus être habituée à entendre parler l'amharique lui avait peut-être fait comprendre de travers.

« Sœur », à Missing, signifiait sœur Mary Joseph Praise, car l'unique autre religieuse était l'infirmière en chef Hirst, qui était appelée par son titre, tandis que les autres infirmières étaient appelées « mademoiselle ».

Au grand étonnement d'Hema, Gebrew pleurait, et sa voix monta dans les aigus. « Passage est fermé ! J'ai essayé tout. J'ai ouvert toutes les portes et fenêtres. J'ai ouvert un poulet en deux ! »

Il se saisit le ventre et entreprit une étrange imitation de la parturition. Il essaya l'anglais. « Bébé ! Bébé ? Madame, bébé ? »

Mais ce qu'il essayait de communiquer était suffisamment clair ; impossible de se tromper. Il était toutefois difficile à Hema de croire ces paroles dans quelque langue que ce fût.

Chapitre 7

FETOR TERRIBILIS

Les portes de la salle d'opération s'ouvrirent brutalement. La stagiaire poussa un hurlement. L'infirmière en chef porta les mains à sa poitrine à la vue de la femme en sari qui se tenait devant elle, mains sur les hanches, haletante, les narines dilatées.

Tous se figèrent. Comment savoir si c'était leur Hema à eux, ou une apparition ? Elle semblait plus grande et plus corpulente qu'Hema, et ses yeux injectés de sang étaient ceux d'un dragon. Ce n'est que lorsqu'elle ouvrit la bouche et dit : « Qu'est-ce que Gebrew raconte ? Pour l'amour de Dieu, qu'est-ce qui se passe ? » que leurs doutes disparurent.

« C'est un miracle », déclara l'infirmière en chef, qualifiant ainsi l'apparition d'Hema, ce qui ne fit qu'ajouter à la confusion de cette dernière. La stagiaire, le visage écarlate, ses boutons luisants comme des têtes de clou, ajouta : « Amen. »

Stone se leva et son visage se détendit à la vue d'Hema. Bien qu'il ne dît pas un mot, son expression était celle d'un homme qui, du fond d'une crevasse, voit une corde descendre du ciel.

Bien des années plus tard Hema me raconta : « Ma salive se transforma en ciment, fils. La sueur envahit mon visage et mon cou, alors qu'il faisait un froid de gueux. Vois-tu, avant même d'avoir enregistré les faits médicaux, j'avais déjà compris l'odeur.

— Quelle odeur ?

— Tu ne la trouveras dans aucun manuel, Marion, alors ne perds pas de temps à chercher. Mais elle est gravée là, dit-elle en se tapotant le crâne. Si je voulais écrire un traité, bien que je ne m'intéresse pas du tout à ce genre de choses, je ferais un chapitre sur les odeurs en obstétrique. » Cette odeur était à la fois astringente et douceâtre, ces deux contraires s'unissant pour former ce qu'elle appelait *fetor terribilis.* « Elle signifie toujours une catastrophe dans une salle de travail. Mort de mères, mort de bébés, ou maris homicides. Ou le tout à la fois. »

Il y avait tant de sang par terre que c'en était incroyable. La vue des instruments éparpillés – sur la patiente, à côté de la patiente, sur la table d'opération – fit injure à ses sens. Mais plus que tout – et elle se le reprochait – elle ne pouvait accepter le fait que sœur Mary Joseph Praise, la douce sœur qui aurait dû se trouver en habit, récurée et masquée, phare dans la tempête de cette calamité, à côté de la table, se trouvât étendue dessus sans vie, la peau d'un blanc de porcelaine et les lèvres vidées de toute couleur.

Soudain, Hema eut l'impression que ses pensées lui échappaient, qu'elles ne lui appartenaient plus ; elles lui apparaissaient comme dans un rêve, telles d'élégantes planches défilant devant ses yeux. La main gauche de sœur Mary Joseph Praise, posée paume en l'air sur la table, attira son attention. Les doigts étaient recourbés, l'index moins que les autres, comme si elle avait désigné quelque chose quand elle avait été saisie par le sommeil ou le coma. C'était un geste paisible – étonnant chez sœur Mary Joseph Praise. Au cours de l'heure qui suivit, les yeux d'Hema se poseraient souvent sur cette main.

La vue de Thomas Stone la rappela à la réalité et la galvanisa. Hema était ulcérée de voir Stone à l'endroit sacré réservé à l'obstétricienne. C'était sa place, son domaine. Elle le poussa, et, déséquilibré, il fit tomber le tabouret. Il essaya d'expliquer ce qui s'était passé : la découverte de la sœur, puis de sa grossesse et ensuite les difficultés d'accouchement, le choc, l'hémorragie qui ne cessait pas…

« *Aoyah*, qu'est-ce que c'est que ça ? » demanda-t-elle en l'interrompant, les yeux ronds d'inquiétude, les sourcils en accent circonflexe et la bouche formant un O parfait. Elle désignait le trépan sanglant et le manuel ouvert posé sur le ventre de sœur Mary Joseph Praise. « Des livres ? et puis quoi encore ? » Elle les balaya de côté et ils tombèrent sur le sol avec un bruit qui se répercuta sur les murs.

Le cœur de la stagiaire se remit à cogner contre sa poitrine comme une phalène dans une lampe. Ne sachant où poser les mains, elle les fourra dans ses poches. Elle était rassurée de n'avoir rien à voir avec les livres et le reste. Son échec (et elle commençait à s'en apercevoir) était un échec du bon sens médical. Elle avait été incapable de se rendre compte de la gravité de l'état de sœur Mary Joseph Praise quand elle était allée délivrer le message de Stone. Elle avait pensé que d'autres viendraient lui rendre visite. Or personne ne savait que sœur Mary Joseph Praise était si malade, et personne ne l'avait dit à l'infirmière en chef.

Sœur Mary Joseph Praise bougea la tête, et l'infirmière en chef pensa qu'elle avait conscience, au moins de manière passagère, qu'elle lui tenait la main. Mais sa douleur était si accaparante que la sœur ne pouvait répondre au geste de bonté de l'infirmière en chef.

Dans ses mains je vis un long dard en or avec, au bout de la lance, me semblait-il, un peu de feu.

L'infirmière en chef supposa que, d'après ce qu'elle comprenait de ce que murmurait sœur Mary Joseph Praise, c'étaient là les paroles de sainte Thérèse, que toutes deux connaissaient si bien.

Je croyais sentir qu'il l'enfonçait dans mon cœur à plusieurs reprises, il m'atteignait jusqu'aux entrailles, on eût dit qu'il me les arrachait en le retirant, me laissant tout embrasée d'un grand amour de Dieu. La douleur était si vive que j'exhalais ces gémissements dont j'ai parlé, et la suavité de cette douleur est si excessive qu'on ne peut désirer qu'elle s'apaise et que l'âme ne peut se contenter de rien de moins que de Dieu.

Mais, contrairement à sainte Thérèse, il était sûr que sœur Mary Joseph Praise voulait que la douleur s'apaise, et alors, ajouta l'infirmière en chef, la douleur sembla desserrer son étreinte sur son ventre, et la sœur soupira et dit clairement : « Seigneur, Ta compassion me surprend. Je ne l'ai pas méritée. »

Suivit une brève période de lucidité avec des mouvements désordonnés des globes oculaires, avec d'autres tentatives de parler, mais son discours était inintelligible. La lumière entra violemment dans la pièce et l'infirmière en chef dit que c'était comme si le voile qui s'était formé devant son visage s'effaçait. À cet instant, pendant que sœur Mary Joseph Praise promenait un regard circulaire sur la salle où elle avait travaillé durant toutes ces années, l'infirmière en chef songea que la jeune femme prenait conscience qu'elle était elle-même à présent la patiente qui attend d'être opérée, et qu'il y avait peu de chances pour qu'elle s'en sorte.

« Peut-être qu'elle pensait mériter de mourir, dit l'infirmière en chef. Si la foi et la grâce sont destinées à faire contrepoids à la nature pécheresse de l'homme, la sienne n'avait pas suffi, et elle en éprouvait du remords. Mais elle a dû juger que Dieu l'aimait, même avec tous ses défauts, et que le pardon l'attendait dans Sa demeure, si ce n'était sur terre. »

L'infirmière en chef se demandait si ma mère avait eu peur de mourir en Afrique, si loin de son lieu de naissance. Peut-être que profondément en elle – de même qu'en chaque être probablement – se trouvait le désir de refermer le cercle de la vie en le ramenant à son point de départ, qui dans son cas était à Cochin.

Alors l'infirmière en chef entendit ma mère murmurer clairement : « *Misere mei, Deus* » avant que la voix lui fasse défaut. L'infirmière poursuivit pour elle le psaume, lui prêtant sa voix tandis que les lèvres de sœur Mary Joseph Praise remuaient : « … Je suis née dans la faute, j'étais pécheresse dès le sein de ma mère… Purifie-moi avec de l'hysope, et je serai pure ; lave-moi et je serai plus blanche que neige… »

Lorsqu'elle eut terminé, l'infirmière en chef dit que le voile était redevenu noir. La lumière était en train de quitter son monde.

« Ramassez le tabouret, Stone, aboya Hema. Et vous, poursuivit-elle en claquant des doigts en direction de la stagiaire, sortez vos mains de vos poches. »

Stone redressa le tabouret juste comme Hema s'y asseyait, faisant tinter le trousseau de clés qu'elle avait utilisé pour ouvrir sa maison et qui était maintenant attaché à la taille de son sari. Sous les lampes de la salle d'opération, le diamant incrusté dans son nez jetait tous ses feux. Elle souffla de côté les mèches de cheveux qui lui tombaient sur les oreilles et sur les yeux. Elle contracta ses épaules, se préparant ainsi à affronter l'horreur et la laideur qui lui faisaient face. Ce faisant, elle laissa glisser le manteau de la voyageuse et enfila la blouse de l'obstétricienne. La tâche qui l'attendait, aussi difficile, dangereuse ou désagréable qu'elle fût, était sienne, et uniquement sienne.

Hema sentit qu'elle manquait d'air ; ses poumons auraient besoin d'une semaine pour s'acclimater. Elle avait décollé au niveau de la mer et elle se trouvait désormais dans une salle d'opération à deux mille cinq cents kilomètres d'altitude, sans compter le tabouret sur lequel elle était assise. Ses narines se dilataient à chaque inhalation comme celles d'un pur-sang en pleine course.

Mais son manque de souffle provenait aussi de ce qu'elle avait devant les yeux. Gebrew n'avait pas perdu la tête ni bu trop de *talla* : il avait dit la vérité. Le miracle quotidien de la conception avait eu lieu dans le seul endroit où il n'aurait pas dû : dans les entrailles de sœur Mary Joseph Praise. Oui, sœur Mary Joseph Praise était enceinte, et cela depuis des mois, bien avant qu'Hema ne parte pour l'Inde ! Elle n'était pas seulement enceinte, elle était en danger de mort.

Le père ? Qui d'autre ? Elle jeta un coup d'œil au visage gris de Stone.

« Mais pourquoi pas ? pensa-t-elle. Pourquoi devrais-je être surprise ? »

« Le taux de cancer du col de l'utérus… (elle se rappelait soudain les paroles de son professeur) … est le plus élevé chez les prostituées, et presque nul chez les religieuses. Pourquoi presque nul et pas nul ? Parce que les religieuses ne naissent pas religieuses ! Parce que toutes les religieuses n'ont pas toujours été chastes avant de devenir religieuses ! Parce que toutes les religieuses ne sont pas célibataires ! » Cessons de divaguer, s'admonesta Hema tandis qu'elle enfilait les gants que lui tendait l'infirmière en chef.

La stagiaire inscrivit dans le registre l'arrivée du docteur Hemlatha. Elle s'en voulut de ne pas avoir pensé aux gants.

Hemlatha étendit les jambes. Ses pieds étaient gonflés par le long voyage. Elle fit jouer ses orteils contre les lanières de ses sandales et tâta le sol pour trouver une bonne prise sur le plancher sanglant. Des doigts de sa main gauche elle ouvrit les lèvres. Puis, avec un geste rendu simple par d'innombrables répétitions, sa main droite poussa sur le bord postérieur, rendant visible le canal utérin.

« Rama, Rama, c'est un outil du Moyen Âge ! » cria Hemlatha tout en dégageant avec soin d'abord une moitié du « briseur de crâne », puis l'autre, les faisant glisser sur les oreilles du bébé avant de les en libérer. Elle considéra avec dégoût l'instrument ensanglanté et le jeta de côté.

L'infirmière en chef fut soulagée. Quoi qu'il arrive, au moins, il y avait désormais une véritable obstétricienne aux commandes. Elle ne pouvait s'empêcher de noter qu'Hemlatha et Stone avaient inversé les rôles : c'était à présent Hema qui criait et balançait les objets.

L'infirmière en chef raconta alors que sœur Mary Joseph Praise avait beaucoup souffert, avec beaucoup de spasmes, que la douleur avait soudain cessé et qu'elle avait presque semblé lucide et avait parlé... mais qu'alors son état s'était de nouveau détérioré.

« Mon Dieu, dit Hema – sachant que les douleurs ne cessent normalement pas avant que le bébé ne soit sorti – on dirait une rupture utérine ! » Ce qui aurait expliqué tout ce sang par terre. Le placenta praevia – situé au-dessus de l'orifice interne du col de l'utérus – était une autre possibilité. Or ni l'une ni l'autre n'étaient bonnes. « Quand est-ce que vous avez cessé d'entendre les battements de cœur du fœtus ? » Personne ne répondit.

« La tension ?

— Soixante par palpation », dit l'anesthésiste, après un silence, comme si elle s'attendait à ce que quelqu'un d'autre donne le chiffre dont elle était responsable.

Hema pencha la tête d'un côté du ventre gonflé de sœur Mary Joseph Praise pour fixer Mlle Asqual d'un regard glacial. « Vous attendez qu'elle arrive à zéro avant de l'aider à respirer ? Intubez-la et branchez le tube sur les soufflets manuels. Si elle tremble, faites-lui une injection intraveineuse de phétidine. Dites-moi quand vous aurez terminé. Où est Ghosh ? Vous avez envoyé quelqu'un le chercher ? » Mlle Asqual s'affaira, heureuse de se voir guider pas à pas, son esprit s'étant figé.

« Et qui est allé chercher du sang ? Quoi ? Personne ? Est-ce que j'ai affaire à des idiots, ici ? Allez ! Courez ! Courez ! » Deux personnes se précipitèrent vers la porte. « Rassemblez tout le monde pour que tous donnent leur sang. Nous avons besoin de beaucoup de sang ! »

Hema insinua deux doigts de sa main droite autour du crâne du fœtus. De l'autre, elle poussa sur le ventre de sœur Mary Joseph Praise. Elle jeta un coup d'œil à son visage par-dessus son abdomen. Il était devenu gris, plus gris que celui de Stone.

Mlle Asqual, tremblante, parvint à insérer le tube dans la trachée. À chaque poussée du sac à air, les seins engorgés de la sœur se soulevaient.

Les mains d'Hema devenaient des extensions de ses yeux tandis qu'elle explorait l'espace qu'elle considérait comme le portail de son domaine. Les doigts d'une main sondaient l'intérieur, aidés par ceux de la main restée à l'extérieur. Elle ferma les yeux afin de mieux percevoir les informations transmises par l'extrémité de ses doigts sur la largeur du bassin, la position du bébé. « Qu'est-ce que nous avons ici… » dit-elle tout haut. Effectivement, le bébé était tête en bas, mais qu'est-ce que c'était que ça ? Un autre crâne ?

« Dieu tout puissant, Stone ? » dit Hemlatha, ressortant sa main comme si elle avait touché un charbon incandescent.

Stone la regarda, sans comprendre, mais craignant de la questionner. Elle le fixa du regard, le visage tendu, attendant une réponse, n'importe quelle réponse, déjà prête à la couvrir de sa voix quand elle sortirait.

« Il vaut mieux les avoir à l'extérieur qu'à l'intérieur ? » murmura Stone, pensant qu'elle faisait allusion à sa tentative d'écraser le crâne.

« Bon Dieu, Thomas Stone, ne me citez pas votre stupide bouquin. Vous pensez que ce qui se passe ici est une plaisanterie ? » Stone, qui était on ne peut plus sérieux, qui en fait voyait que tout ce que faisait Hema, il aurait pu et dû le faire, vira au cramoisi. Hema se retourna pour explorer une nouvelle fois cet espace dévasté dans le corps de sœur Mary Joseph Praise, où deux vies étaient en danger. Ses mots avaient fait sur Stone l'effet d'un coup de poing.

« Une visite prénatale ? Vous auriez pu me laisser la voir au moins une fois ! J'aurais annulé mon voyage. Regardez dans quel merdier nous sommes ! Un miracle, mon cul. Totalement évitable… *Totalement évitable.* » Les deux derniers mots claquèrent comme la lanière d'un fouet.

Stone avait l'impression de se tenir devant une maîtresse d'école. Elle semblait s'attendre à ce qu'il parle, aussi bafouilla-t-il : « Je ne savais pas ! »

La mâchoire d'Hema tomba. Elle le regarda avec des yeux ronds. Une partie d'elle ne pouvait pas croire que Stone avait engrossé sœur Mary Joseph Praise – qui aurait pu imaginer ça ? Mais le cynisme de l'obstétricienne qui a tout vu reprit le dessus. « Vous croyez à une immaculée conception, docteur Stone ? » Elle fit le tour de la table. « Dans ce cas, devinez quoi, monsieur le grand chirurgien tropical ? C'est mieux que la crèche à Bethléem. Cette vierge a des jumeaux ! » Elle fit une pause pour lui laisser de temps de digérer le coup. « Pour l'amour de Dieu, vous n'auriez pas pu faire une césarienne ? » Son intonation chantante s'éleva à la fin, laissant le mot « césarienne » en suspens dans la tête de Stone.

« Gants et blouse, vite ! cria Hemlatha. Un plateau pour une césarienne, ici. Réveillez-vous, tout le monde ! Vous ne voulez pas la sauver ? Vite ! Vite ! Vite ! »

Elle répéta ces derniers mots en amharique : « *Tolo, tolo, tolo !* » au cas où l'anglais n'aurait pas eu suffisamment d'effet.

Son autorité empêcha les autres de retomber dans l'état de choc qui les avait paralysés. « Et vous, les infirmières qui restez plantées là toutes amidonnées et inutiles, dit Hemlatha alors qu'elle passait une tunique stérile et enfilait de nouveaux gants (elle n'avait pas le temps de se laver), vous n'auriez pas pu lui parler ? Infirmière en chef ? » Celle-ci fixa le sol.

« Depuis combien de temps les battements de cœur des fœtus ont cessé ? Quel était le rythme cardiaque ?

— C'est arrivé trop vite. Nous...

— Oh, taisez-vous, Stone ! Que quelqu'un me donne une réponse claire. Sinon taisez-vous tous. La tension ?

— À peine soixante.

— Où est le sang ? Est-ce que j'ai affaire à des sourds-muets ? Répondez-moi ! »

L'hôpital n'avait pas de banque de sang, rien qu'un litre ou deux avec un peu de chance, conservés dans un réfrigérateur. Les parents des patients hésitaient à donner leur sang. Hema avait demandé un jour à un mari de donner son sang pour sa femme – celui-ci avait refusé tout net. Quand elle avait suggéré que sa femme aurait sûrement donné son sang pour lui dans le cas inverse, il avait répondu : « Vous ne connaissez pas ma femme. Elle attend ma mort pour prendre mes vaches et mon bien. » C'est donc elle, Ghosh, Stone et l'infirmière en chef qui donnaient habituellement le leur, tentant de persuader certaines infirmières de suivre leur exemple. Au moins une fois par an, Ghosh faisait la tournée des membres de son équipe de cricket pour qu'ils fassent don du précieux liquide.

« Personne n'a pensé au sang ? dit de nouveau Hema. Tous ceux qui n'ont rien à faire ici, allez immédiatement donner votre sang. C'est une des nôtres, pour l'amour de Dieu. Rendez-vous utiles. Quel était le rythme cardiaque des fœtus ? »

La stagiaire gardait les yeux fixés sur la courbe, terrifiée à l'idée de devoir donner son sang et n'osant pas lever les yeux. Et elle savait que personne n'avait ausculté le cœur du fœtus. Ils avaient tous été bien trop préoccupés par la mère. La stagiaire barra les mots « césarienne indiquée » qu'elle avait tracés, sentant que cela ferait tort à l'infirmière en chef. Ce n'était toutefois pas une consolation de voir le docteur Stone figé, les yeux baissés. Il avait l'air d'un chien qui a désobéi à son maître et que son instinct pousse à s'esquiver alors qu'il sait par ailleurs que le moindre mouvement risque de lui attirer une nouvelle punition.

Hema vit que le visage de sœur Mary Joseph Praise était en train de perdre toutes ses couleurs. Et ses paupières quasi fermées ainsi que son regard vague laissaient entrevoir les signes avant-coureurs de la mort.

« Tension ?

— La trouve pas...

— Pas grave, transfusez, versez de la teinture d'iode ici, allons-y ! » à ces mots, elle déchira la protection du plateau stérile, attrapa le bistouri et entailla la peau – pas même le temps de stériliser – à la verticale sous le nombril. Hema n'en revenait toujours pas de ce qu'elle était en train de faire – ni de qui elle était en train d'inciser.

Elle s'attendait à moitié à ce que sœur Mary Joseph Praise se mette sur son séant pour protester.

Au lieu de quoi elle entendit le bruit d'une chute et se tourna à temps pour voir l'infirmière en chef affaissée par terre.

Chapitre 8

Les gens de Missing

« Contrôler le corps » furent les premiers mots de l'infirmière en chef quand elle retrouva ses esprits. Elle ne s'était probablement pas évanouie plus de cinq secondes ; personne n'avait changé de place, mais tous étaient en train de la regarder. La stagiaire se précipita à son secours. En dépit des protestations d'Hema, l'infirmière en chef se dirigea à quatre pattes jusqu'au tabouret de l'anesthésiste en criant : « Je reste ! » Ils étaient trop occupés pour protester.

Elle s'assit à côté de la planche à laquelle était attaché le bras transfusé de sœur Mary Joseph Praise, lui prit la main et se pencha pour observer ses doigts. Elle ne voulait pas regarder ce que les médecins étaient en train de faire, et surtout pas leurs gants rouges plongeant dans le ventre de la sœur.

Tandis qu'elle massait les doigts de sœur Mary Joseph Praise pour calmer le tremblement des siens, les mots sortirent involontairement de sa bouche : « Instruments de Dieu. » Les doigts de la sœur étaient magnifiques, aussi doux et effilés que de délicates sculptures. Même immobiles, ils respiraient l'agilité. En contraste, ceux de l'infirmière en chef étaient d'un blanc terreux avec de grosses jointures rouges comme si elle venait de recevoir des coups de règle, chacune des excroissances noueuses témoignant de son âge, du labeur, et de l'usage des savons caustiques qui étaient les auxiliaires de sa profession. Les rides qui étoilaient ses paumes témoignaient de son amour du sol éthiopien et du plaisir qu'elle prenait à planter, sarcler et bêcher aux côtés de Gebrew. Celui-ci – gardien, jardinier, homme à tout faire et prêtre – trouvait cependant que ce n'était pas le rôle de l'infirmière en chef de se salir les mains.

Elle sentit son corps qui tremblait. « Seigneur, vous pouvez me prendre ! pensa-t-elle. Mais attendez qu'ils aient fini parce que je ne veux pas les distraire une seconde fois. » Elle avait grande envie de boire une tasse de café – de ce café qu'elle faisait pousser elle-même sur le sol de Missing. Elle adorait sentir craquer sous ses dents les grains broyés à la meule et la façon dont ils roulaient dans sa gorge comme de la grenaille de plomb. Les Italiens avaient laissé derrière eux la passion du *macchiato* et de l'*espresso*, et on en servait d'ailleurs dans tous les cafés d'Addis. Mais l'infirmière en chef dédaignait ces boissons-là, ce dont elle avait besoin à présent c'était du café de Missing, préparé de manière traditionnelle, c'est ce café qui la soutenait tout au long de la journée.

Les larmes coulaient dans les sillons de la commissure de ses lèvres. « L'une de mes bien-aimées, pensait-elle, la fille que je n'ai pas eue », et voilà qu'aujourd'hui elle accouchait… Combien de fois l'infirmière en chef avait-elle découvert à Missing des secrets inavouables révélés par des maladies catastrophiques. L'approche de la mort avait sa façon à elle de déterrer le passé de façon inattendue, afin qu'il se marie de façon tout aussi inattendue avec le présent. « *Mais Seigneur*, s'écria-t-elle dans son for intérieur, *Vous auriez pu nous épargner cela* ! »

Tout en caressant la peau de la jeune femme, l'infirmière en chef pensait au soin que sœur Mary Joseph Praise avait toujours pris pour cacher son corps sous l'habit religieux ou sous la blouse et le masque. En vain, ses efforts pour le couvrir mettaient en valeur le peu de chair demeurant exposé. Quand un visage était si joli, les lèvres si pleines, même un voile ne pouvait empêcher leur sensualité d'éclater au grand jour.

Quelques années après l'arrivée de sœur Mary Joseph Praise, l'infirmière en chef avait pensé qu'elles devraient quitter l'habit blanc. Le gouvernement éthiopien avait fermé une école de missionnaires à Debre Ezit pour cause de prosélytisme. Le métier de l'infirmière en chef consistait à diriger un hôpital, pas à convertir les âmes. Elle décida qu'il serait habile de renoncer à la tenue des religieuses. Mais quand elle avait vu sœur Mary Joseph Praise quitter la salle d'opération n° 3 vêtue d'une jupe et d'un chemisier, elle avait eu envie de la couvrir en toute hâte à l'aide d'un drap. W.W. Gonafer, le technicien de laboratoire de Missing, qui était à côté d'elle, avait lui aussi vu sœur Mary Joseph Praise ainsi vêtue. Il s'était figé tel un setter en arrêt devant une caille, le rouge l'envahissant du col à la racine des cheveux, comme si le désir allait de pair avec le sang. L'infirmière en chef avait alors décidé que les religieuses de Missing garderaient leur habit.

Une exclamation soudaine qui ne pouvait venir d'Hema ni de Stone fit sursauter l'infirmière en chef et la ramena au présent. Elle leva vivement la tête, et avant d'avoir pu s'en empêcher, elle regarda… Ce qu'elle vit la fit frissonner comme si elle allait de nouveau défaillir. Elle rentra la tête dans les épaules, ferma les yeux, et força son esprit à se concentrer sur autre chose…

L'infirmière en chef n'avait pas de sainte modèle, quelqu'un à invoquer en pareils moments. Penser à sainte Catherine de Sienne buvant le pus des malades – oh ! comme cela la dégoûtait. Elle considérait de tels étalages de foi comme des faiblesses continentales, et les *roucoulements célestes*, les paumes saignantes et les stigmates l'énervaient. Quant à sainte Thérèse d'Avila… eh bien, elle n'avait rien contre elle, elle ne reprochait pas à sœur Mary Joseph Praise son adulation pour Thérèse. Mais elle était secrètement d'accord avec le docteur Ghosh, le spécialiste de médecine interne de Missing – les fameuses visions et extases de sainte Thérèse n'étaient probablement rien d'autre que des formes d'hystérie. Ghosh lui avait montré des photographies que Charcot, le célèbre neurologue français, avait prises de ses patientes souffrant d'hystérie à l'hôpital de la Salpêtrière à Paris. Charcot pensait que ces délires avaient leur source dans l'utérus – *hystera* en grec. Ses malades, qui étaient toutes des femmes, prenaient des poses souriantes – des poses provocantes, pensait l'infirmière en chef – auxquelles Charcot avait donné le nom de « crucifixion » ou « béatitude ». Comment pouvait-on sourire devant la paralysie et la cécité ? *La belle indifférence*[1], c'était ainsi que Charcot appelait ce phénomène.

Si sœur Mary Joseph Praise avait des visions, elle n'était pas du genre à en parler. Certains matins, elle paraissait n'avoir pas dormi, et ses joues vermeilles, sa démarche ondoyante, suggéraient que ses pieds avaient du mal à rester sur terre. Peut-être cela expliquait-il avec quelle bonne grâce elle travaillait à côté de Stone, un homme qui, malgré tous ses talents, encourageait peu ceux qui peinaient à ses côtés.

La foi de l'infirmière en chef était plus pragmatique. Elle avait trouvé en elle la vocation d'aider son prochain. Qui avait plus besoin d'aide que les malades et ceux qui souffraient, plus ici que dans le Yorkshire ? C'est la raison pour laquelle elle était venue en Éthiopie – il y a longtemps de cela, toute une vie… Les quelques photographies, souvenirs, livres et certificats que l'infirmière en chef avait apportés avec elle avaient été chapardés ou égarés avec le temps. Cela ne l'avait jamais chagrinée – après tout, une bible en vaut une autre. L'essentiel était toujours aisément remplaçable : son nécessaire à couture, ses aquarelles, ses vêtements.

Mais elle en était venue à apprécier l'immatériel : la position qu'elle avait acquise en ville, où elle était « l'infirmière en chef » pour tout le monde, elle-même y compris. Les ressources qu'elle s'était découvertes et qui lui avaient permis d'édifier un gentil petit hôpital – un éden africain, comme elle le qualifiait – à partir d'un fouillis de bâtiments rudimentaires ; et le noyau dur de médecins qu'elle avait recrutés et qui à la longue étaient devenus ses bien-aimés. Le cordon ombilical qui l'avait reliée à la Société de l'Ordre du Divin Enfant, à la Mission du Soudan Intérieur,

1. En français dans le texte.

s'était flétri et était tombé. Et à présent, elle et ses bien-aimés étaient tous des prisonniers – en exil à Missing de leur propre volonté.

Missing n'était pas son nom, bien sûr, et, de temps à autre, l'infirmière en chef essayait de corriger les gens, de leur apprendre à dire « Mission » au lieu de « Missing ». Mais en vérité cette année ce n'était même pas Missing ; c'était devenu soit Bâle Memorial soit Baden Memorial – il lui fallait consulter le papier collé sur son bureau pour s'en assurer –, du nom d'une église généreuse de Suisse ou encore d'Allemagne. Si les baptistes de Houston étaient de grands donateurs, le nom de l'hôpital ne leur importait pas. Le docteur Ghosh aimait dire que l'hôpital avait autant de formes qu'un dieu hindou. « Seule l'infirmière en chef sait dans quel hôpital nous travaillons chaque jour, et si nous entrons au service des consultations externes des baptistes du Tennessee, ou des méthodistes du Texas, alors comment pouvez-vous m'en vouloir d'être en retard, il faut qu'une fois levé j'aille trouver l'endroit où je travaille. Oh, infirmière en chef, vous voilà ! » Tous étaient prisonniers, pensait-elle, souriant malgré elle, les gens de Missing qui pouvaient à peine choisir leurs compagnons de cellule. Mais même pour Ghosh, qui était sans aucun doute l'une des plus étranges créations de Dieu, l'infirmière en chef éprouvait une affection maternelle et l'inquiétude qui l'accompagne, s'agissant d'un enfant aussi espiègle.

L'infirmière en chef soupira et fut surprise d'entendre des mots sortir de sa bouche, et sentit que tout le monde dans la salle d'opération la regardait. Ce n'est qu'alors qu'elle réalisa que ses lèvres avaient été occupées à former des prières. Depuis qu'elle avait cinquante ans, l'infirmière en chef avait remarqué de telles dissonances et déconnexions entre ses pensées et ses actions. Elles devenaient habituelles. Par exemple, à des moments inopportuns son esprit s'occupait à coller des images dans un album mental. Pourquoi ? Quand aurait-elle l'occasion de se rappeler ces souvenirs ? À un dîner commémoratif ? Sur son lit de mort ? Aux portes du paradis ? Cela faisait longtemps qu'elle avait, à proprement parler, cessé de penser à de tels sujets.

Cependant, l'infirmière en chef était sûre d'une chose : l'image qu'elle avait vue quand elle avait levé les yeux par inadvertance peu auparavant était de celles qu'elle n'oublierait jamais. Voici ce qui s'était passé : le soleil était soudain sorti de derrière un nuage, et par un accident dû à l'altitude et à la saison, s'était présenté directement sur la fenêtre en verre dépoli de la salle d'opération n° 3. Chatoyant et blanc, il avait rebondi sur les murs, s'était réfléchi sur le verre, le métal et les carreaux, et cela juste au moment où Hema ou Stone, ou elle ne savait qui, avait laissé échapper une exclamation qui lui avait fait lever la tête. C'est alors qu'elle les avait vus tous penchés comme des hyènes sur une charogne, regardant l'intérieur de l'abdomen de sœur Mary Joseph Praise et son contenu scandaleux. Elle avait vu la lumière se frayer un chemin entre les coudes et les hanches. Puis le rayon de soleil était tombé directement sur l'utérus gravide de sœur Mary Joseph Praise, qui dépassait de la plaie sanglante comme une obscénité sur la langue d'une sainte. Un amas de sang bleu-noir – un hématome – étirait le ligament large de l'utérus qui resplendissait dans la lumière telle l'hostie. Pour l'infirmière en chef, le soleil avait cherché ceux qui allaient naître. *Nous nous sommes vus comme pour la première fois. Nous sommes démasqués.* Oui, c'était le genre d'événement qui pourrait être qualifié de miracle – sauf que rien n'était arrivé ; les lois de la nature n'avaient pas été suspendues (condition *sine qua non* des miracles selon elle). Mais c'était comme si la place des jumeaux dans le firmament tout autant que dans l'ordre terrestre des choses leur avait été réservée avant leur naissance. Elle sut que rien – pas même l'apparence des feuilles d'eucalyptus, ni leur odeur familière quand on les porte aux narines, ni le tambourinement de la pluie sur le toit de tôle ondulée, ni l'odeur viscérale d'un abdomen fraîchement ouvert – ne pourrait plus jamais être pareil.

Chapitre 9

Une question de devoir

Hema maniait le bistouri comme s'il y avait le feu. Pas le temps de ligaturer les vaisseaux qui saignaient, et de toute façon il n'y en avait pas beaucoup – ce qui n'était pas bon signe. Elle ouvrit le péritoine luisant et posa rapidement des écarteurs pour maintenir en place les lèvres de la blessure dont émergea l'utérus. Puis, devant ses yeux, il sembla gonfler et devenir lumineux… Elle demeura figée, jusqu'à ce qu'elle réalise que c'était parce que le soleil venait de frapper soudain la fenêtre en verre dépoli et éclairer la table. Elle ne se rappelait pas avoir jamais vu ça depuis le temps qu'elle opérait à Missing.

Juste comme le craignait Hema, il y avait une déchirure latérale dans l'utérus. Le sang avait empli le ligament large d'un côté. Cela signifiait qu'une fois qu'elle aurait sorti les bébés, il fallait qu'elle pratique d'urgence une hystérectomie, pas facile sur une femme qui venait d'accoucher, d'autant que les artères utérines étaient sinueuses, gonflées, et qu'il y passait un demi-litre de sang par minute. Sans parler du caillot massif qui scintillait dans la lumière, grossissant devant ses yeux et jubilant tel un bouddha, comme pour dire : « Hema, j'ai complètement distordu l'anatomie, la dissection va être foutrement difficile, et tes marques auront toutes disparu. Mais vas-y de toute façon, qu'est-ce que tu attends ? »

Hema croyait à la numérologie ; après le nom, il n'y avait rien de plus important que les nombres. Qu'en était-il de ce jour ? se demanda-t-elle. Nous sommes le vingt du neuvième mois. Pas de quatre ni de sept… L'avion a failli tomber, un enfant se casse une jambe… Je broie les noix du Français… Quoi de plus, quoi de plus…

Elle frappa les jointures de Stone avec une paire de ciseaux. « Stop ! » Il s'occupait d'une hémorragie alors qu'elle avait besoin qu'il écarte.

Elle incisa l'utérus et essaya de sortir le jumeau qui était le plus haut dans l'utérus mais néanmoins la tête en bas, à l'envers. Ç'aurait été le second à sortir si l'accouchement s'était fait par le canal utérin, mais maintenant ce serait le premier-né. Mais étrangement, ce jumeau, une main contre la joue, refusait de bouger.

Elle élargit la plaie de l'utérus.

Elle aspira la bouche du bébé.

Elle laissa échapper une brève inspiration, collant son masque contre ses lèvres : elle voyait le problème.

Les bébés étaient réunis par la tête. Un tube court et charnu passait du sommet de la tête de l'un à celui de l'autre, un tube qui était plus étroit et plus sombre que le cordon ombilical. Ils étaient attachés l'un à l'autre, mais il y avait une déchirure fatale dans cette tige, une ouverture dentelée causée sans nul doute par le basiotribe de Stone. Et par cette déchirure, le peu de sang que possédaient les deux enfants était en train de sortir.

« Mon Dieu, songea-t-elle, je vous en prie, faites que ce soit seulement un vaisseau sanguin, et un petit en plus. Faites qu'il n'y ait pas de cerveau ou de méninge ou de ventricule ou d'artère cérébrale dedans, ni de liquide cérébrospinal ou je ne sais quoi encore ! » Puis elle se mit à parler tout haut, à Stone, à la salle, à Dieu, et aux jumeaux dont les vies, s'ils survivaient, pourraient être irrévocablement affectées par cette décision : « Ils peuvent avoir une attaque à l'instant où je coupe ceci. L'un peut se vider de son sang et l'autre en déborder. Ils peuvent attraper une méningite... »

C'était une technique que les chirurgiens utilisaient quand ils avaient des décisions difficiles à prendre : penser tout haut pour votre assistant au cas où cela puisse aider à clarifier les choses pour soi-même. Et, théoriquement, cela donnait à l'assistant le temps de réaliser ses erreurs de raisonnement, bien qu'Hema ne fût pas prête à écouter l'homme responsable de cette bourde. Il fallait prendre la bonne décision pour ne pas faire une nouvelle erreur. C'était souvent cette deuxième erreur, faite dans la panique pour corriger la première, qui était fatale au patient.

« Pas le choix, dit-elle. Il faut que je coupe. » Elle clampa la tige à l'endroit où elle émergeait du cuir chevelu des enfants. Elle invoqua le nom de Shiva, retint son souffle, et coupa au-dessus de chaque clamp, s'attendant au pire.

Il ne se passa rien.

Elle ligatura les tiges, coupa le cordon ombilical et sortit facilement le premier enfant, un garçon. Elle le tendit à la stagiaire, qui se tenait prête, blouse et gants enfilés. Ce bébé avait été épargné par les sondages de son père. Puis elle sortit l'autre – de nouveau un garçon, un vrai jumeau, dont le bistouri de Stone avait fait saigner le cuir chevelu et dont le crâne aurait été écrasé si elle n'était pas arrivée à temps.

Tous deux étaient minuscules, un kilo cinq cents tout au plus. Clairement prématurés d'un mois, plus peut-être. Aucun des deux ne pleurait.

Distraite maintenant par le suintement important qui sortait de l'utérus détrempé et friable de sœur Mary Joseph Praise, Hema passa des enfants à la mère.

« Quelle est sa tension ? » demanda Hema, regardant d'abord Asqual puis le visage de sœur Mary Joseph Praise. L'anesthésiste, les yeux comme des soucoupes, secoua la tête. Le beau visage de sœur Mary Joseph Praise était maintenant gonflé et sans vie. « Plus de sang ! Pour l'amour de Dieu, transfusez ! » cria Hema.

Tandis qu'elle travaillait dans la cavité maintenant dégonflée du ventre, Hemlatha se rappela que quand elle avait tendu le second bébé à la stagiaire, elle avait été surprise de la trouver à la même place, le premier bébé dans les bras, l'air interdit. Mais Hema n'avait pas le temps de s'inquiéter de ça. Une fois les bébés sortis, son devoir d'obstétricienne était de se vouer entièrement à sœur Mary Joseph Praise ; son devoir était de s'occuper de la mère.

Chapitre 10

La danse de Shiva

Les deux bébés anonymes, nouvellement arrivés, étaient sans souffle. Si la plupart des nouveau-nés accueillent la vie hors de la matrice par un vagissement perçant, notre chant était le plus triste de tous ; le chant de silence des mort-nés. Nos bras n'étaient pas collés contre nos poitrines, nos poings n'étaient pas serrés. Nous étions mous et avachis comme deux flets blessés.

Voici la légende de notre naissance : jumeaux identiques mis au monde par une religieuse qui mourut pendant l'accouchement, père inconnu, possiblement et cependant inconcevablement Thomas Stone. La légende grandit, mûrit avec le temps, et, à mesure, des détails se firent jour. Mais, cinquante ans après, je vois qu'il en manque toujours.

Quand les difficultés commencèrent, je ramenai mon frère en sécurité dans la matrice car lances et piques le menaçaient par notre issue naturelle. Les attaques cessèrent. Puis je me rappelle – je le crois fermement – les voix étouffées, les bruits de coups et de scie à l'extérieur. Tandis que les sauveteurs se rapprochaient, je me rappelle aussi la lumière aveuglante et les doigts puissants qui me tiraient. Le boucan assourdissant – qui mettait fin au silence en même temps que l'obscurité disparaissait – était tel que je faillis rater le moment où nous fûmes physiquement séparés, quand le cordon reliant ma tête à celle de Shiva tomba. Le choc de cette séparation demeure. Même aujourd'hui, ce à quoi je pense le plus souvent n'est pas que je ne respirais pas, immobile dans la bassine en cuivre, mis au monde et cependant pas en vie – ce à quoi je pense le plus souvent c'est la séparation d'avec Shiva. Mais pour retourner à la légende :

La stagiaire posa les deux mort-nés dans une bassine en cuivre destinée à recevoir le placenta. Elle porta la bassine à la fenêtre. Elle nota dans le cahier : *Frères siamois soudés par la tête mais maintenant libérés.* Dans son désir d'être utile, elle oublia totalement de dégager les voies respiratoires, de nous faire respirer et de stimuler notre circulation. Elle pensa plutôt à ce qu'elle avait lu le soir précédent sur la jaunisse du nouveau-né et le rôle bienfaisant du soleil. Elle avait mémorisé le passage. Elle aurait bien voulu tomber sur le passage concernant les frères siamois ou les bébés asphyxiés, mais tel n'était pas le cas. Elle avait étudié la jaunisse. Puis, tout en posant la bassine, elle réalisa que pour que le soleil fasse de l'effet, il fallait que les bébés soient vivants, alors que ceux-ci ne l'étaient pas. Sa douleur et sa honte ne firent qu'augmenter sa confusion. Elle se détourna.

Les jumeaux étaient face à face, sentant le contact galvanisant de la bassine contre leur peau. Dans le cahier, la stagiaire avait utilisé les termes « asphyxie blanche » pour décrire leur pâleur mortelle.

Le soleil, qui avait éclairé la salle quelques instants auparavant, se concentra maintenant sur la bassine.

Le cuivre vira à l'orange. Ses molécules s'agitèrent. Son *prana* s'infiltra dans la peau translucide des enfants et passa dans leur chair terreuse.

Hemlatha disséqua les ligaments larges, puis clampa les artères utérines, priant pour ne pas clamper accidentellement les uretères et emprisonner les reins dans ce fouillis sanglant. « Vite, vite, vite ! » Elle fut tentée de frapper Stone sur le crâne plutôt que sur ses jointures. « Faites attention, mon vieux ! »

Elle suivit son regard jusqu'à la tête de sœur Mary Joseph Praise, remuée comme celle d'une poupée de chiffon tandis que l'anesthésiste lui tirait sur le bras à la recherche d'une nouvelle veine. L'infirmière en chef, en larmes et perdue dans sa douleur, caressait l'autre main de sœur Mary Joseph Praise.

Quand Hema déposa enfin l'utérus, clamps et le reste, dans une bassine, elle ne vit pas de pulsations dans l'aorte abdominale. Ses mains, fermes jusqu'alors, se mirent à trembler alors qu'elle emplissait une seringue d'adrénaline et y fixait une aiguille de neuf centimètres. Elle souleva le sein gauche de sœur Mary Joseph Praise, hésita un instant, invoqua de nouveau le nom de Dieu, puis plongea l'aiguille entre les côtes et dans le cœur. Elle tira le piston, et un champignon de sang monta dans la seringue. « Chaque fois que j'ai dû me résoudre à injecter de l'adrénaline dans le cœur, ça n'a jamais fonctionné, se dit Hema. Pas une seule fois. Peut-être que je le fais pour me signaler à moi-même que le patient est mort. Mais pourtant ça a bien dû fonctionner un jour, quelque part, avec quelqu'un. Sinon pourquoi nous l'avoir enseigné ? »

Si Hemlatha s'enorgueillissait de toujours garder son calme dans les situations désespérées, elle ne put s'empêcher de réprimer un sanglot tandis qu'elle attendait, la main droite plongée dans l'abdomen de sœur Mary Joseph Praise, paume en bas, juste au-dessus de la colonne vertébrale, attendant un battement dans l'aorte, que ses doigts sentent comme une gifle. Elle ne pouvait oublier que c'était le cœur de sa chère sœur qu'elle essayait de faire repartir, et dont la vie était en train de s'esquiver. Elles avaient partagé le lien qui unit deux femmes dans un pays étranger. Il datait de l'hôpital général de Madras, même si elles ne s'y étaient pas connues. Partager une géographie et un paysage de souvenirs avait fait d'elles des sœurs. Et Hema voyait les mains de sa sœur devenir bleues, les lunules bistres, et la peau virer au gris. C'était la main d'un cadavre que tenait l'infirmière en chef, la tête baissée comme si elle dormait.

Hema attendit plus longtemps qu'elle ne l'aurait fait dans d'autres circonstances. Il lui fallut du temps avant de se décider à dire, d'une voix brisée : « Plus rien. Nous l'avons perdue. »

C'est dans ce hiatus dans l'activité que le premier né, celui qui n'avait pas eu à subir une ponction crânienne, signala sa présence. Il frappa de ses petites mains le flanc de la bassine en cuivre et produisit un bruit de gong étouffé à l'aide de son talon gauche. Maintenant qu'il était sorti entier d'une matrice de mourante, il tendit les deux bras au ciel, puis à droite, en direction de son frère. *Me voici*, annonça-t-il. *Oubliez ce qui aurait pu et dû être et les comment et les pourquoi. Je compatis à la situation et aux circonstances, et le moment venu nous pourrons entrer dans les détails – par exemple, ceux de la Naissance, de la Copulation et de la Mort – qui sont les seuls faits qui comptent… Je suis né, et une fois suffit. Aidez mon frère. Regardez ! Ici ! Venez tout de suite ! Aidez-le !*

Hemlatha se précipita, répétant : « Shiva, Shiva… » Elle invoquait le nom de son dieu particulier, celui qu'on considérait comme le destructeur, mais qui pour elle était aussi le transformateur, celui qui pouvait faire sortir quelque chose de bon de quelque chose de terrible. Plus tard elle dirait qu'elle n'avait eu aucun espoir pour les jumeaux : l'un avait la tête en sang, elle avait coupé le tube charnu qui les unissait, et Dieu sait ce qu'ils avaient souffert avant qu'elle ne les libère de l'utérus. Mais elle avait aussi pensé que l'infirmière en chef ou la stagiaire ou les deux ensemble étaient en train de s'occuper des enfants tandis qu'elle travaillait sur la mère, bien qu'elle se rappelât avoir vu l'infirmière en chef assise et immobile.

La stagiaire fut mortifiée d'entendre dans son dos le bruit produit par un bébé vivant, infirmant ses certitudes les plus élémentaires. L'enfant n'était plus blanc, mais rose, et pas jaune. L'autre était d'un bleu d'œuf de merle, et il ne bougeait toujours pas ; on eût dit qu'il était la chrysalide de laquelle celui qui pleurait avait émergé. L'infirmière en chef, entendant le nouveau-né pleurer, bondit de son tabouret. Elle signifia d'un regard à la stagiaire que son cas était désespéré. Hemlatha s'affaira sur le jumeau qui ne bougeait pas tandis que l'infirmière en chef se dépêchait de laver celui qui vivait.

Le jumeau qui respirait jeta un œil hors du récipient en cuivre. Ses yeux bouffis de nouveau-né embrassèrent la pièce, tâchant de comprendre où il se trouvait.

Là se tenait l'homme que tout le monde pensait être le père, un homme blanc, grand et nerveux, qui semblait perdu dans son propre bloc opératoire. Les mains du père étaient d'une pâleur surnaturelle due au talc qui y demeurait après qu'il eut retiré ses gants. Ses doigts étaient entrelacés dans une position commune aux chirurgiens, aux prêtres et aux pénitents. Ses yeux bleus étaient profondément enfoncés dans les orbites, sous la saillie d'un sourcil qui pouvait lui donner un regard intense mais qui aujourd'hui le rendait terne. De l'obscurité surgissait un grand nez en fer de hache, mince, comme souvent les nez de ceux qui exerçaient sa profession. Ses lèvres, minces et droites, semblaient avoir été tracées à la règle. De fait, ce visage était tout en droites et angles droits, se terminant par un menton en forme de bistouri qu'on eût dit taillé dans un seul bloc de granit. Il portait une raie à droite et cela depuis l'enfance, le moindre des follicules soumis par le peigne savait exactement de quel côté pencher. Le dessus était coupé de manière inégale, comme si après avoir dit : « Court sur les côtés et la nuque », il s'était levé du fauteuil une fois cela fait, en dépit des protestations du coiffeur. C'était le genre de visage obstiné et déterminé qui, avec une lorgnette et un catogan, n'aurait pas été déplacé sur le pont d'un vaisseau de guerre anglais. Hormis, bien sûr, les larmes qui coulaient à présent librement sur ses joues.

Et de ce visage baigné de larmes, une voix émergea : « Et Mary ? » surprenant tout le monde du fait qu'il était resté si longtemps silencieux. Les syllabes mesurées avaient la qualité d'une mèche de détonateur qui se consume lentement.

« Je suis désolée, Thomas. C'est trop tard », dit Hemlatha tout en aspirant le larynx de l'enfant, puis insufflant de l'air dans les poumons avec des mouvements si rapides qu'ils en étaient presque frénétiques. L'irritation que lui avait causée Stone avait quitté sa voix, et la pitié avait pris sa place. Elle lui lança un regard par-dessus son épaule.

Un son déchirant sortit des lèvres de Stone, le cri d'un esprit dérangé. Depuis l'arrivée d'Hema, il avait été un observateur passif et un assistant inefficace, et voilà qu'il se précipitait pour saisir un bistouri sur le plateau. Il posa une main sur la poitrine de sœur Mary Joseph Praise. La première pensée d'Hemlatha avait été de l'arrêter, mais elle décida qu'il était plus prudent de ne pas s'approcher d'un homme armé.

Stone souleva le sein de sœur Mary Joseph Praise. La devise de ces pionniers de réanimation, la Royal Humane Society, résonnait dans ses oreilles : *Lateat scintillula forsan* – une petite étincelle peut parfois être cachée.

Il souleva le sein et le poussa de côté, et sous sa lame une entaille rouge apparut entre la quatrième et la cinquième côte. Il repassa le bistouri sur la plaie, puis de nouveau jusqu'à ce qu'il se soit frayé un chemin à travers le muscle. S'il avait été maladroit jusqu'alors, ses mouvements étaient maintenant ceux d'un homme incapable d'hésitation. Il coupa le cartilage qui reliait les deux côtes au sternum. Il écarta les côtes et son regard se fit incrédule tandis que sa main nue disparaissait dans la cavité encore chaude de la poitrine. Il poussa le poumon spongieux. Et là, sous ses doigts, tel un poisson mort dans un panier en osier, se trouvait le cœur de sœur Mary Joseph Praise. Il le pressa, surpris par sa taille : sa main le contenait à peine. Entre-temps il exhortait l'anesthésiste à continuer à insuffler de l'air dans ses poumons, sans s'arrêter.

Sa main droite était enfouie dans son thorax, mais ses yeux étaient sur son sein gauche gonflé, qu'il tenait écarté de sa main gauche. Le sein était ferme, contrairement au cœur, mou et glissant. Il vit des ombres bleues et marbrées qui envahissaient son visage, teinte que sa peau brune n'aurait pu produire. Son abdomen s'était effondré, chiffonné comme un ballon dégonflé, ses deux moitiés ouvertes tel un livre dont le dos a lâché.

« Dieu ? Dieu ? Dieu ? » criait Stone à chaque pression, appelant un Dieu qu'il avait jadis abjuré et auquel il ne croyait pas. Mais sœur Mary croyait, se levant avant l'aube pour prier, et restant longtemps en oraison avant de se coucher. Dieu avait empli chaque mesure de sa vie et chaque jour de son calendrier, et pas une bouchée ne pénétrait dans sa bouche sans qu'elle n'ait béni le nom du seigneur. *Rends ta vie belle pour Dieu.* Si Thomas Stone n'avait jamais compris cela, il le respectait, parce que c'était avec cette dévotion qu'elle le secondait. C'est pourquoi il prononçait maintenant le nom de Dieu, parce que s'il y avait un dieu, Dieu devait à sa servante dévouée, sœur Mary Joseph Praise, un foutu miracle. Sinon, Dieu était bien l'imposture éhontée qu'il avait toujours pensé qu'il était. « Si tu veux que je croie en toi, Dieu, voilà ta chance. »

Les portes de la salle d'opération s'ouvrirent.

Tous les yeux se tournèrent vers celles-ci.

Mais ce n'était que Gebrew, prêtre, serviteur de Dieu, et gardien. Le bol couvert qu'il portait contenait l'*injera* et le *wot*, et leur odeur s'ajouta à celle du placenta, du sang, du liquide amniotique, et du méconium. Gebrew avait hésité à entrer dans le saint des saints. Il tenait le bol devant lui, pensant que peut-être il contenait les ingrédients qui allaient sauver la situation. Ses yeux faillirent lui sortir de la tête quand il vit, sur l'autel de ce lieu saint, sœur Mary Joseph Praise ouverte comme un agneau du sacrifice avec la main de Stone dans sa poitrine. Il se mit à trembler. Il posa le bol par terre, s'accroupit contre le mur, sortit son chapelet, et se mit à prier en se balançant.

Stone redoubla d'efforts. « J'exige un miracle et je le veux maintenant », dit-il, son corps oscillant d'arrière en avant. Il continua même après que le cœur fut devenu spongieux dans sa main, et il criait maintenant. « La multiplication des pains… Lazare… les lépreux… Moïse et la mer Rouge… » Les psalmodies en guèze ancien de Gebrew faisaient office de répons aux antiennes de Stone, comme si Gebrew traduisait ses paroles parce que dans cet hémisphère Dieu ne parlait pas l'anglais.

Stone leva les yeux au plafond, attendant que les carreaux fassent place à un ange venu intercéder à la place des chirurgiens et des prêtres. Il ne vit qu'une araignée noire qui pendait au bout de son fil, considérant de haut la misère humaine. Les épaules de Stone s'affaissèrent, et bien que sa main fût toujours dans le thorax de Mary, il ne faisait plus que lui caresser le cœur. Sa poitrine se souleva, ses larmes coulèrent à l'intérieur du corps de sœur Mary Joseph Praise. Sa tête tomba en avant, sur ses bras posés sur la poitrine de la sœur. Personne n'osa approcher. Tous étaient paralysés d'horreur à la vue de leur chirurgien à ce point défait, détruit.

Enfin il leva la tête, voyant comme pour la première fois les carreaux verts qui montaient jusqu'à mi-hauteur du mur, les portes battantes menant à la pièce de l'autoclave, l'armoire en verre qui contenait les instruments, l'utérus sanglant avec son collier de clamps sur le drap vert, le placenta bleu-noir à côté sur la table, et les fenêtres en verre dépoli couleur de jade à travers lesquelles filtrait la lumière. Comment ces choses osaient-elles exister si Mary ne vivait pas ?

C'est alors que son regard se posa sur les jumeaux, qui n'étaient plus dans leur trône de cuivre, et qu'il vit le halo de lumière orange qui entourait les deux garçons. De manière inexplicable, les deux enfants étaient vivants, l'œil vif, l'un d'eux semblant le regarder avec attention, le second maintenant aussi rose que le premier.

« Oh non, non, non… dit-il d'une voix pitoyable. Non. Ce n'est pas le miracle que j'ai demandé ! » Sa main produisit un bruit de gargouillement en se retirant du corps de Mary. Il quitta la salle d'opération.

Il revint avec un long balai. Il fit tomber l'araignée du plafond et l'écrasa sous son talon.

L'infirmière en chef comprit qu'il était en train de commettre un blasphème : au cas ou l'araignée eût été Dieu, il tuait Dieu.

« Thomas », dit Hemlatha, et son prénom résonna étrangement dans cette salle d'opération n° 3 où l'on était toujours très formel. Maintenant les deux bébés se trouvaient dans les bras d'Hema, essuyés, aspirés et emmitouflés dans des couvertures. Celui dans le crâne duquel Stone avait essayé de percer un trou avait avalé du liquide amniotique mais semblait aller mieux. On avait mis une grosse compresse sur sa blessure. Sur l'autre enfant, on ne voyait que la racine du pont de chair qui l'avait relié à son frère, maintenant suturée.

Hemlatha avait vérifié que les garçons bougeaient les membres, aucun ne louchait, et ils semblaient entendre et voir. « Thomas », dit-elle en s'approchant, ce qui produisit chez lui un mouvement de recul. Il se détourna. Il refusait de regarder.

Cet homme, qu'elle croyait bien connaître depuis sept ans qu'ils travaillaient ensemble, se tenait à présent courbé comme s'il avait été étripé.

« Voilà, se dit-elle, une douleur viscérale. » Même si elle lui en avait voulu, elle était émue par la profondeur de sa douleur et de sa honte. « Depuis le début, pensait-elle, nous aurions tous dû voir que lui et la sœur allaient parfaitement ensemble ; peut-être que si nous les avions encouragés, ç'aurait pu aller plus loin. Combien de fois ai-je vu la sœur l'assister, travailler sur ses manuscrits, prendre des notes pour lui au chevet des opérés ? Pourquoi ai-je pensé qu'il n'y avait rien de plus ? J'aurais dû l'inviter à dîner pour lui donner une tape sur le crâne. J'aurais dû lui crier : "Ne soyez pas aveugle. Voyez ce que vous avez avec cette femme ! Voyez comme elle vous aime. Demandez-lui de vous épouser ! Épousez-la. Faites-lui quitter l'habit, abjurer ses vœux. Il est clair que son premier vœu est de vous servir." Mais non, Thomas, je ne l'ai pas fait parce que nous pensions tous que vous étiez incapable de plus. Qui savait qu'il y avait tant d'amour dans votre cœur ? Maintenant je le vois. Oui, maintenant nous avons ces deux-là comme preuve de ce qui était dans vos cœurs. »

Les deux paquets qu'elle avait dans les bras l'avaient poussée vers lui, parce qu'après tout c'étaient ses enfants, et alors même qu'elle pensait cela, elle combattait sa propre incrédulité. Il n'essaierait certainement pas de nier les faits. Elle ne pouvait pas reculer ; il lui fallait agir – qui d'autre pourrait parler pour ces enfants ? Stone était un imbécile qui avait perdu la seule femme au monde qui lui était destinée. Mais maintenant il avait gagné deux fils. Et Missing ferait corps autour de ces enfants. Stone recevrait toute l'aide qu'il voudrait.

Elle s'approcha encore.

« Comment allons-nous les appeler ? » Elle entendit l'hésitation dans sa voix.

Il parut ne pas entendre. Après un silence, elle répéta la question.

Stone la désigna du menton, comme pour dire qu'elle pouvait les appeler comme elle voulait. « Je vous en prie, éloignez-les de ma vue », dit-il tout bas.

Il restait le dos tourné aux enfants pour pouvoir regarder de nouveau sœur Mary Joseph Praise. Raison pour laquelle il ne vit pas que ses mots tombaient telle de l'huile bouillante sur Hema ; il ne vit pas les flammes de colère qui sortaient de ses yeux. Hema allait se tromper sur ses intentions, et lui sur les siennes.

Stone avait envie de fuir, mais non pas les enfants ou ses responsabilités. C'est le mystère, l'impossibilité de leur existence qui lui faisait leur tourner le dos. Il ne pouvait penser qu'à sœur Mary Joseph Praise. Il ne pouvait penser qu'à la manière dont elle avait caché sa grossesse en attendant qui sait quoi. En réponse à la question d'Hema, il eût été facile à Stone de dire : « Pourquoi me demander à moi ? Je n'en sais pas plus que vous. » Sauf que la certitude lui taraudait les entrailles que c'était lui le responsable, même s'il n'avait aucun souvenir de comment, ni où, ni quand.

Sœur Mary Joseph Praise gisait sans vie et délivrée des deux vies qu'elle avait portées, comme si tel avait été son unique but dans l'existence. L'infirmière en chef avait fermé ses paupières, et pourtant elles refusaient de demeurer closes. Ces paupières à demi ouvertes et ce regard aveugle proclamaient définitivement sa mort.

Stone la regarda une dernière fois. Il voulait s'en souvenir non pas comme d'une religieuse, non pas comme de son assistante, mais comme de la femme à qui il aurait dû déclarer son amour, la femme qu'il aurait dû protéger, la femme qu'il aurait dû épouser. Il voulait que l'image macabre de son cadavre brûle dans son esprit. Il avait fait son chemin dans la vie à force de travail, de travail encore, et de toujours plus de travail. C'était le seul aspect de l'existence dans lequel il se sentait complet et la seule chose qu'il avait eue à donner à sœur Mary Joseph Praise. Mais à cet instant le travail lui avait fait défaut.

La vue de ses blessures lui faisait honte. Il n'y aurait pas de guérison, pas de cicatrices pour se former, durcir, et disparaître sur son corps. C'est lui qui allait porter ces cicatrices, pour toujours. Il n'avait connu qu'une seule façon d'être, et elle lui avait coûté. Mais il aurait été prêt à changer pour elle si elle le lui avait demandé. Il l'aurait fait. Si seulement elle avait pu savoir. Quelle importance à présent ?

Il tourna les talons pour sortir, jetant un coup d'œil circulaire comme pour sceller dans sa mémoire cet endroit dans lequel il avait poli et élevé son art, cet endroit qu'il avait meublé selon ses besoins et qu'il avait considéré comme son véritable foyer. Il le regardait avec attention car il savait qu'il n'y reviendrait plus jamais. Il fut surpris de trouver Hema derrière lui, et de nouveau la vue des paquets qu'elle portait le fit reculer.

« Stone, pensez à ceci, dit Hema. Abandonnez-moi si vous le voulez, parce que je n'aurai pas besoin de vous. Mais n'abandonnez pas ces enfants. Je ne vous le demanderai pas une deuxième fois. »

Hema tenait ses fardeaux vivants et attendait. Il était sur le point de lui parler avec sincérité, de tout lui dire. Elle vit dans ses yeux la douleur et la perplexité. Ce qu'elle ne vit pas, c'est qu'il reconnaissait ces enfants. Il parla comme un homme qui vient de recevoir un coup sur la tête. « Hema, je ne comprends pas pourquoi... pourquoi ils sont ici... pourquoi Mary est morte. »

Elle attendit. Il tournait autour d'une vérité qui pourrait émerger à force de patience. Elle aurait voulu lui attraper les oreilles et la lui faire sortir en le secouant.

Enfin il la fixa, refusant de regarder les enfants, et ce qu'il dit n'était pas ce qu'elle voulait entendre : « Hema, je ne veux plus les voir, jamais. »

Hema ne put se contenir. Blanche de colère à l'idée qu'il puisse penser qu'ils n'étaient pour lui qu'une épreuve, elle cria :

« Qu'est-ce que vous avez dit, Thomas ? »

Il devait avoir compris qu'il venait d'atteindre un point de non-retour.

« Ils l'ont tuée, dit-il. Je ne veux pas les voir. »

« Voilà donc comment ça va se passer, se dit alors Hema, c'est comme ça que nous allons nous séparer. » Les jumeaux miaulèrent dans ses bras.

« À qui sont-ils alors ? Ce ne sont pas les vôtres ? Vous ne l'avez pas tuée vous aussi ? »

La douleur lui fit ouvrir la bouche. N'ayant pas de réponse, il tourna de nouveau les talons.

« Vous m'avez entendue, Stone, c'est vous qui l'avez tuée », dit Hema, d'une voix si forte qu'elle couvrit tous les bruits environnants. Il tressaillit tandis que les mots le cinglaient. Hema en ressentit du plaisir, elle n'éprouvait plus aucune pitié – pour cet homme qui refusait de reconnaître ses enfants. Il poussa les portes battantes si fort qu'elles émirent des cris de protestation.

« Stone, vous l'avez tuée ! cria-t-elle après lui. Ce sont vos enfants. »

La stagiaire rompit le silence qui s'ensuivit. Elle essaya d'anticiper, sortant un plateau de circoncision et des gants. L'unique chose que l'infirmière en chef la laissa faire sans supervision fut d'utiliser la guillotine à prépuce.

Mais au lieu de la féliciter, Hema lui sauta dessus : « Bon Dieu, ma fille, vous ne pensez pas que ces enfants en ont eu assez ? Ce sont des prématurés ! Ils sont hors de danger ! Vous voulez leur couper le bout de la queue en plus de tout ?... Et vous ? Qu'est-ce que vous avez fait tout ce temps, hein ? À part penser à leurs braquemarts ? »

Hema berçait les jumeaux, ravie par leur respiration, leur être, par leurs sourires paisibles, à l'opposé du visage anxieux et paniqué du nouveau-né habituel. Le cadavre de leur mère gisait dans la pièce, leur père s'était enfui, mais ils ne savaient rien de tout cela.

L'infirmière en chef, Gebrew, l'anesthésiste et d'autres nouveaux venus pleuraient autour de sœur Mary Joseph Praise. Les bonnes et les gouvernantes avaient appris la nouvelle. À cette heure, une plainte funèbre, un *lulululululu* perçant déchirait le cœur de Missing. Les ululements dureraient encore plusieurs heures.

Même la stagiaire commença à faire preuve d'un vague soupçon de bon sens médical. Au lieu d'essayer de paraître ce qu'elle n'était pas, elle pleura pour la sœur, qui était l'unique infirmière qui la comprenait vraiment. Pour la première fois, la stagiaire vit les enfants non comme des « fœtus » ou des « nouveau-nés » mais comme des orphelins, comme elle, des enfants à plaindre. Et elle se mit à pleurer. Son corps s'affaissa comme si l'amidon avait disparu non seulement de ses vêtements mais de ses os. À sa grande surprise, l'infirmière en chef vint lui mettre un bras autour des épaules. Et la jeune fille ne vit pas que de la tristesse dans le visage de l'infirmière en chef, elle vit aussi de la peur. Comment Missing allait-il faire sans la sœur ? Et sans Stone ? Car il était sûr qu'il ne reviendrait pas, cela elle le voyait clairement.

Hemlatha fit taire ceux qui pleuraient autour – elle berçait les bébés et elle se mit à fredonner, ses bracelets de chevilles produisant un léger tintement de castagnettes tandis qu'elle passait d'un pied sur l'autre. Elle ressentait la perte de sœur Mary Joseph Praise aussi durement que quiconque, mais en même temps elle devinait – peut-être guidée par la sœur elle-même – qu'elle se devait de se consacrer entièrement aux deux enfants. Ils respiraient calmement, leurs doigts posés en éventail sur leurs joues. Ils étaient chez eux dans ses bras.

Hema pensa à Shiva et se dit que la seule réponse sensée à la folie de la vie, en sa trentième année, était justement de cultiver une sorte de folie dans cette folie, de danser la folle danse de Shiva, d'imiter son masque souriant, d'agiter, de balancer et de battre six bras et six jambes sur un rythme intérieur de tabla : *thim-thaga-thaga, thim-thaga-thaga, thim-thaga*... Hema bougeait doucement, accompagnant des talons et des orteils la musique qu'elle avait dans la tête.

Les subalternes présents dans la salle d'opération n° 3 la regardaient comme si elle était devenue folle, mais elle continua de danser tandis qu'ils préparaient le cadavre, elle continua de danser comme si ses gestes minimalistes étaient la sténo d'une danse bien plus grande, complète, téméraire, d'une danse qui permettait au monde de continuer à tenir, qui l'empêchait de s'éteindre.

Ridicules, ces pensées qui lui venaient à l'esprit alors qu'elle dansait : son nouveau Grundig, les lèvres et les longs doigts d'Adid, le bruit qu'avait fait la chute de l'infirmière en chef, l'horrible sensation des couilles du Français accompagnée de la satisfaction de voir la couleur fuir son visage, Gebrew avec des plumes de poulet partout. Quel voyage ! Quelle journée ! Quelle folie ! Tout était bien pire que tragique ! Que faire sinon danser, danser, seulement danser...

Elle était étonnamment gracieuse et légère sur ses pieds, elle exécutait automatiquement les gestes du cou, de la tête et des épaules du *bharatanatyam,* haussant et abaissant les sourcils, roulant des yeux, un sourire figé sur le visage, et tout cela en tenant les bébés dans ses bras.

Alors que la lumière baissait, les lions en cage près du monument Sidis Kilo rugissaient de faim et d'impatience dans l'attente de la viande que leurs gardiens allaient leur donner ; au pied des monts Entoto, en les entendant, les hyènes s'arrêtèrent à la limite de la ville, trois pas en avant et un en arrière, peureuses et opportunistes ; l'empereur dans son palais préparait son voyage en Bulgarie et peut-être à la Jamaïque, où il avait des adeptes – rastas – qui avaient pris pour nom le sien avant qu'il ne soit couronné, Ras Tafari, et qui croyaient qu'il était Dieu (croyance qu'il n'était pas fâché de voir son peuple partager, mais qui, venue de si loin et pour des raisons qu'ils ne comprenaient pas, l'inquiétait).

Les dernières quarante-huit heures avaient irrévocablement changé la vie d'Hema ; elle avait deux enfants qui la regardaient en louchant de temps à autre comme pour confirmer leur arrivée, leur bonne fortune.

Hema avait la tête qui tournait. « J'ai gagné à la loterie sans avoir acheté de billet ! Les deux bébés ont comblé dans mon cœur un trou dont je ne savais pas qu'il s'y trouvait. »

Mais l'analogie avec l'histoire de ce porteur de la gare centrale de Madras qui avait gagné des millions et des millions de roupies évoquait un danger : ces millions avaient gâché la vie du porteur, et il avait fini par reprendre son métier. « Quand on gagne, on perd souvent, c'est évident. Il n'y a pas de gain qui remette en place un esprit perverti, ni qui ouvre un cœur fermé, un cœur égoïste », songea-t-elle en pensant à Stone.

Stone avait prié pour un miracle. Cet imbécile n'avait pas vu que ces nouveau-nés étaient des miracles – des miracles obstétriques qui avaient survécu à son assaut. Hema décida de nommer le premier des jumeaux qui avait respiré Marion. Marion Sims, me raconterait-elle par la suite, était un simple médecin de campagne en Alabama qui avait révolutionné la chirurgie féminine. Il était considéré comme l'inventeur de l'obstétrique et de la gynécologie, son saint patron. En me donnant son prénom elle l'honorait et le remerciait à la fois.

« Et Shiva pour Shiva », dit-elle nommant l'enfant avec le trou dans le cuir chevelu, le dernier à respirer, l'enfant qui lui avait donné du travail, un enfant mort jusqu'à ce qu'elle ait invoqué le nom de Shiva, et qu'il inspire alors l'air pour la première fois.

« Oui, Marion et Shiva. »

Elle nous donna à tous eux le second prénom de Praise.

Et enfin, après un moment de réflexion et à contrecœur, mais parce qu'on ne peut pas échapper à son destin, et afin que nous ne puissions renier nos origines écossaises, elle ajouta notre nom de famille, le nom de l'homme qui avait quitté la pièce : Stone.

Deuxième partie

Chapitre 11

PROPOS DE CHEVET ET DE CHAMBRE À COUCHER

Le matin du jour où naquirent les jumeaux, le docteur Abhi Ghosh se réveilla au bruit du roucoulement des pigeons sur le rebord de la fenêtre. Les oiseaux avaient figuré dans son dernier rêve, dans lequel il se balançait sous le banian géant qui se dressait devant la maison de ses parents en Inde. Il essayait de voir le mariage qui se déroulait à l'intérieur, mais même avec l'aide des oiseaux qui essuyaient les fenêtres de leurs ailes, il ne voyait rien.

Maintenant que Ghosh était réveillé, seul le vieux banian était encore présent. Ses branches étaient supportées par des racines aériennes semblables à des piliers qui, à ses yeux d'enfant, paraissaient surgir directement du sol. Immuable sous la mousson comme pendant les jours étouffants de l'été, cet arbre avait été son protecteur et son guide. Le cantonnement près du mont Saint-Thomas, dans la banlieue de Madras, fourmillait de gosses de militaires et d'employés des chemins de fer ; c'était parfait pour un enfant sans père, et dont la mère était trop abattue par la mort de son mari pour être de quelque secours pour ses enfants. Anand Ghoshe, Bengali originaire de Calcutta, avait été envoyé à Madras par les chemins de fer indiens. Il avait rencontré sa future femme, la fille anglo-indienne du chef de gare de Perambur, à un bal des employés des chemins de fer où il était allé pour passer du bon temps. Aucune des familles n'avait approuvé le mariage. Ils eurent deux enfants, d'abord une fille, puis un garçon. Le petit Abhi Ghoshe avait un mois quand son père mourut d'une hépatite. Il devint un enfant indépendant et gai, qui ne craignait pas d'affronter le monde. Lorsqu'il atteignit la majorité, il abandonna le e final de son nom, parce qu'il le trouvait aussi redondant qu'un acrochordon. La première année de ses études de médecine, sa mère mourut. Sa sœur et son mari s'en allèrent, furieux que la maison du cantonnement lui revienne.

Sa sœur lui déclara tout net qu'il venait de cesser d'exister pour elle, et il comprit plus tard que c'était vrai.

C'est le matin que l'absence d'Hema se faisait le plus sentir pour Ghosh. Son bungalow, caché par les haies, était à portée de voix du sien, mais il était à présent fermé et silencieux. Chaque fois qu'elle partait en vacances en Inde, sa vie devenait insupportable parce qu'il était terrifié qu'elle revienne mariée.

À l'aéroport, juste avant le départ d'Hema, il avait eu une envie folle de bafouiller : « Hema, marions-nous. » Mais il savait qu'elle aurait rejeté la tête en arrière et serait partie d'un grand éclat de rire. Il adorait son rire, mais pas à ses dépens ; il avait ravalé sa demande en mariage.

« Imbécile ! » lui avait-elle déclaré avant de s'embarquer, quand il lui avait demandé une nouvelle fois si elle avait l'intention de voir des prétendants. « Depuis combien de temps tu me connais ? Pourquoi tu penses toujours que j'ai besoin d'un mari ? Moi, je vais te trouver une femme, c'est toi qui es obsédé par le mariage. »

Hema pensait que sa jalousie était juste une petite plaisanterie : Ghosh jouait à lui faire la cour, et elle tenait son rôle en le repoussant.

Si seulement elle avait su à quel point il était tourmenté par les images qui l'assaillaient : Hema en sari de mariée alourdie par un collier de pièces d'or ; Hema assise à côté d'un vilain mari, des guirlandes empilées autour de leur cou à la façon d'un joug sur un buffle d'eau… « Vas-y ! Qu'est-ce que ça peut me faire ? dit-il tout haut, comme si elle était dans la pièce. Mais demande-toi s'il peut t'aimer comme je t'aime. À quoi sert de faire des études si tu laisses ton père te mener comme une vache au taureau ? » Sur quoi il s'imagina un pénis de bovin ; il gémit.

Mais cette fois-ci, alors que le départ d'Hema semblait inévitable, Ghosh fit autre chose : il envoya une demande pour entrer comme interne dans un hôpital en Amérique. Certes, il avait trente-deux ans, il n'était cependant pas trop tard pour recommencer. Le fait de mettre l'enveloppe dans la boîte aux lettres lui donna l'impression de contrôler son destin, et d'autant plus quand l'hôpital de Cook County à Chicago lui répondit qu'ils lui envoyaient un billet d'avion. Quand la lettre et le contrat arrivèrent, ils ne diminuèrent pas son anxiété concernant Hema, il se sentit toutefois moins impuissant.

Dans la cuisine, il entendit le bruit que faisait Almaz en tirant de l'eau de Mussolini (le four bedonnant de sa cuisinière à trois feux, muni sur le côté d'une cavité métallique permettant d'y faire chauffer de l'eau, évoquait un certain dictateur déchu…). « Pour l'amour de Dieu, un peu de douceur ! » s'écria-t-il comme il le faisait presque chaque jour. Almaz n'aimait pas fendre du bois et allumer le feu dans Mussolini – tout ça pour quoi ? Pour faire une tasse de cet horrible café en poudre pour le getta ? (Le matin, Ghosh préférait en effet prendre du café soluble plutôt que la décoction éthiopienne semi-solide). Mais le café importait moins que l'eau chaude pour son bain.

Il tira la couverture sur sa tête tandis qu'Almaz se dirigeait à pas chancelants vers la salle de bains, chargée de la bassine bouillante. « Peau banya ! » marmonna-t-elle en amharique. C'était l'unique langue qu'elle parlait, bien que Ghosh soupçonnât qu'elle comprenait plus d'anglais qu'elle ne le laissait paraître. Après avoir vidé la bassine dans la baignoire, elle conclut sa pensée : « Il doit être bien malade pour devoir se laver tous les jours. Quel malheur que le getta n'ait pas une peau habesha. Elle pourrait rester propre sans avoir à la frotter. »

Nul doute qu'Almaz était allée à l'église ce matin. Dans les premiers temps où Ghosh habitait l'Éthiopie, alors qu'il marchait dans Menelik Street, une femme qui se trouvait sur le trottoir opposé s'était arrêtée pour s'incliner et il lui avait répondu d'un signe de la main. Ce n'est que plus tard qu'il avait compris que son geste était destiné à l'église. Devant les églises, les passants saluaient de la tête, puis embrassaient deux fois le mur et se signaient avant de repartir. Les jours où ils avaient été chastes, ils pouvaient entrer, sinon ils restaient de l'autre côté de la rue.

Almaz était grande avec une peau couleur de chêne et un visage en forme de bouclier. Ses yeux ovales s'inclinaient vers l'arête de son nez, ce qui lui donnait un regard provocant. Son menton carré contredisait ce message, et une petite touche d'androgynie lui valait des regards admiratifs. Elle avait de grandes mains bien proportionnées, de larges hanches, et des fesses formant une saillie si impressionnante que Gosh pensait qu'il aurait pu y faire tenir une tasse et sa soucoupe.

Elle avait vingt-six ans quand elle était arrivée enceinte de neuf mois à Missing, les joues rouges de fierté d'avoir porté ce bébé à terme, contrairement aux autres qui n'avaient pas pu prendre racine dans son ventre. Au cours des visites prénatales, les élèves infirmières avaient noté par deux fois dans son dossier avoir entendu battre le cœur du fœtus. Mais le jour de son accouchement supposé, Hema n'entendit rien. Son examen révéla que le « bébé » était un fibrome géant de l'utérus et le battement de cœur un bruit de ferraille dans le cerveau d'une stagiaire.

Almaz refusa d'accepter le diagnostic. « Regarde, dit-elle, produisant une mamelle gonflée d'où elle fit gicler du lait. Est-ce qu'un néné ferait ça s'il n'avait pas d'enfant à nourrir ? » Oui, un néné pouvait faire ça, et même plus que ne croyait sa propriétaire. Il fallut encore trois mois sans signe réel d'accouchement et une radiographie qui ne montrait aucun crâne ni aucune colonne vertébrale pour qu'Almaz se rende à l'évidence. Au cours de l'opération, à laquelle la jeune fille s'était finalement résolue, Hema dut enlever le fibrome et l'utérus qu'il avait avalé. À Sabatha, on attendait toujours le retour d'Almaz avec le bébé. Mais Almaz n'eut pas le courage d'y retourner. Elle resta travailler à Missing.

Ghosh entendit le tintement d'une tasse sur une soucoupe. L'odeur de café le fit sortir un œil de sous sa tente improvisée.

« Il y a quelque chose d'autre ? » demanda-t-elle en le scrutant.

Oui, il faut que je te dise que je quitte Missing. Ce n'est pas une blague ! Je ne peux pas laisser Hema jouer de moi comme d'un harmonium. Mais il ne dit pas cela ; il se contenta de secouer la tête. Il sentait qu'Almaz comprenait intuitivement l'effet que lui faisait l'absence d'Hema.

« Yésus Christos, s'il te plaît pardonne au pécheur, mais il est allé boire hier soir », dit-elle comme elle se baissait pour ramasser une bouteille de bière sous le lit. Hélas, Almaz était d'humeur prosélyte. Ghosh eut l'impression de surprendre sa conversation avec Dieu. Quelle mauvaise idée ç'avait été de donner la Bible à lire à tout le monde ! pensa Ghosh. Cela transformait tout un chacun en prêcheur.

« Bénis soient saint Gabriel, saint Michel et tous les autres saints, poursuivit-elle en amharique, sûre qu'il comprenait, j'ai prié pour que le maître devienne un nouvel homme, qu'il finisse par abandonner ses habitudes dooryie, mais j'avais tort, vénérables saints. »

Le mot dooriye – qui le désignait comme un rustre, un débauché, un réprouvé – piqua Ghosh au vif.

« De quel droit me parles-tu comme ça ? » répliqua-t-il, bien qu'il n'éprouvât pas la colère que faisait entendre sa voix. Il était sur le point d'ajouter : Tu es ma femme ? – mais il se retint. À sa honte perpétuelle, lui et Almaz avaient été intimes par deux fois, alors qu'il était soûl. Elle s'était allongée, avait soulevé et écarté ce qu'il fallait, puis grommelé tandis que ses hanches bougeaient en rythme avec les siennes, mais pas plus qu'elle ne grommelait à propos du café ou de l'eau chaude. Il avait alors décidé que le grommellement était chez Almaz le langage du plaisir tout autant que celui de la douleur. Une fois qu'ils en avaient eu fini, elle avait soupiré, baissé sa jupe et demandé : « Il y a quelque chose d'autre ? » avant de le laisser à sa culpabilité.

Il lui était reconnaissant de n'avoir jamais utilisé ces deux épisodes contre lui. Cela dit, depuis, elle ne cessait de lui faire des remarques continuelles, de grommeler en permanence. C'était sa prérogative, mais les saints aidaient quiconque s'adressait ainsi à eux ; elle le défendait, lui, ses biens et sa réputation, de la langue, des pieds et des poings si nécessaire. Parfois, il avait l'impression qu'elle le possédait.

« Pourquoi tu me harcèles comme ça ? » dit-il, d'une voix où tout feu s'était éteint. Il savait qu'il n'aurait jamais le courage de lui dire qu'il partait.

« Qui a dit que je te parlais ? » répondit Almaz.

Mais, après son départ, il vit les deux aspirines dans la soucoupe de son café, et son cœur fondit. « Ma plus grande consolation, pensa Ghosh, au moins pour la centième fois depuis son arrivée en Éthiopie, ont été les femmes de ce pays ». Il avait été singulièrement surpris par l'Éthiopie. En dépit des photos qu'ils avaient vues dans le National Geographic, il n'avait pas été préparé à cet empire montagnard enveloppé de brumes. Le froid, l'altitude, les roses sauvages, les arbres immenses, lui rappelaient Coonoor, une station de ski en Inde où il était allé enfant. Sa Majesté impériale, l'empereur d'Éthiopie, était incontestablement d'un maintien et d'une dignité exceptionnels, mais Ghosh découvrit que le peuple de Sa Majesté lui ressemblait étonnamment. Les Éthipiens étaient dotés d'un nez fin, comme sculpté, d'yeux éloquents, qui les plaçaient entre les Perses et les Africains, avec les cheveux crépus des derniers et la peau plus claire des premiers. Réservés, excessivement cérémonieux et souvent moroses, ils étaient prompts à la colère, à se sentir insultés dans leur fierté. En ce qui concerne la croyance à la conspiration sous toutes ses formes, ils étaient sans doute les rois du monde – de même pour le pessimisme. Mais au-delà de ces attributs superficiels, on trouvait des gens qui étaient suprêmement intelligents, aimants, hospitaliers, et généreux.

« Merci, Almaz ! » cria-t-il. Elle fit mine de ne pas avoir entendu.

Saisi par une vive douleur, Ghosh dut s'interrompre de pisser. « C'est comme de glisser sur le fil d'un rasoir en utilisant mes couilles pour freiner », marmonna-t-il, les larmes aux yeux. Comment les Français appelaient-ils ça ? Chaude pisse, mais c'était loin de décrire les symptômes.

Cette mystérieuse irritation était-elle provoquée par un défaut d'utilisation ? Par un calcul rénal ? Ou était-ce, ainsi qu'il le soupçonnait, une légère inflammation endémique le long du passage qui transportait l'urine ? La pénicilline ne faisait rien contre cette affection intermittente. Il avait passé des heures au microscope à étudier son urine et celle de ceux qui avaient des symptômes similaires, tel un prophète du pot de chambre des temps anciens.

Après sa première liaison en Éthiopie (et la seule fois où il n'avait pas mis de préservatif), il s'était fié à la méthode des armées Alliées – dite de « prophylaxie après exposition » : « se laver au savon et au calomel, puis faire pénétrer dans l'urètre une noix de pommade à l'argent et aux protéines et la faire descendre le long du fût », préconisait leur manuel. On aurait dit une pénitence inventée par les Jésuites. Il pensait que cette « prophylaxie » était en partie cause des sensations de brûlure qu'il éprouvait parfois avec une intensité particulière certains matins. Combien d'autres méthodes consacrées par l'usage étaient-elles aussi inefficaces ? Dire que les armées du monde avaient dépensé des millions pour des « nécessaires » comme celui-ci ! Ou encore qu'avant Pasteur les médecins se battaient en duel pour défendre les mérites du baume du Pérou contre ceux de l'huile de goudron pour les infections causées par les blessures... L'ignorance était aussi dynamique que le savoir, et elle croissait dans les mêmes proportions. Ce qui n'empêchait pas chaque génération de médecins de penser que l'ignorance était le privilège de leurs aînés.

Il n'y avait rien de comparable à l'expérience pour diriger un homme vers une spécialité, et Ghosh était devenu de facto syphilographe, le vénérologue, l'autorité incontestée en maladies vénériennes. Depuis le palais jusqu'aux ambassades, chaque personnalité atteinte d'une maladie vénérienne venait consulter Ghosh. Peut-être qu'en Amérique, dans le comté de Cook, cette expérience les intéresserait...

Après avoir pris son bain et s'être habillé, il fit en voiture les deux cents mètres qui le séparaient du bâtiment des consultations externes. Il se mit à la recherche d'Adam, le préparateur en pharmacie qui, sous sa houlette, était devenu un diagnosticien expérimenté. Mais, Adam demeurant introuvable, il alla voir W.W. Gonad, un homme aux nombreux titres –technicien de laboratoire, technicien de la banque du sang, secrétaire administratif –, titres qu'on pouvait lire sur la barrette d'identification épinglée sur sa blouse trop grande. Son nom était Wonde Wossen Gnafer, qu'il avait occidentalisé en W.W. Gonad. Ghosh et l'infirmière en chef lui avaient immédiatement fait remarquer la signification de son nouveau nom, mais il se révéla que W.W. n'avait pas besoin d'être éclairé. « Les Anglais ont des noms comme Strong, Wright, Head, ou comme Carpenter, Mason, Moneypenny, ou encore Rich ? Je serai Mr. W.W. Gonad ! »

C'était un des premiers Éthiopiens que Ghosh avait bien connu. Sous ces airs mélancoliques, W.W. était en fait plutôt d'un caractère gai et ambitieux. La vie en ville et son éducation avaient introduit en W.W. une gravité, une courtoisie exagérée. Il avait toujours le cou et le corps fléchis, prêts à s'incliner profondément, et sa conversation était émaillée des soupirs d'un homme qui a eu le cœur brisé. L'alcool pouvait empirer ou supprimer totalement ce comportement.

Ghosh demanda à W.W. de lui faire une injection de B12 ; ça valait la peine d'essayer – même les placebos pouvaient avoir leur effet...

W.W. gloussait tout en préparant la seringue. « Il faut faire attention d'utiliser toujours des prophylactiques, docteur Ghosh, dit-il avant de se rappeler qu'il était mal placé pour donner un tel avis.

— Mais je le fais. À part ma première liaison, je n'ai jamais eu un rapport non protégé. Vous ne me croyez pas ? C'est pour ça que je ne comprends pas cette brûlure qui me prend certains matins. Et vous, monsieur ? Pourquoi n'utilisez-vous pas de préservatif, W.W. ? »

Gonad portait des talonnettes qui lui donnaient une démarche d'autruche. Ses cheveux étaient ébouriffés en une sorte de halo qu'on appellerait plus tard coiffure afro. Il se dressa de toute la hauteur de son mètre cinquante-cinq et dit sur un ton hautain : « Si je voulais faire l'amour avec un gant en caoutchouc je n'aurais jamais besoin de quitter l'hôpital. »

Si Ghosh avait su qu'au même instant sœur Mary Joseph Praise souffrait dans sa chambre, il se serait précipité à son secours. Cela lui aurait peut-être sauvé la vie. Mais à ce moment personne n'était au courant. La stagiaire n'avait pas encore délivré son message, et, lorsqu'elle le fit, elle ne dit à personne à quel point la sœur était malade.

Ghosh fit sa tournée avec l'infirmière de salle et les stagiaires. Il fit remarquer une éruption due à une allergie aux sulfamides, ponctionna le liquide sacitique présent dans le ventre d'un homme souffrant d'une cirrhose. Les consultations lui prirent ensuite presque toute la journée – journée pendant laquelle il trouva aussi le temps de donner un cours sur la tuberculose aux élèves infirmières. L'activité l'aidait à oublier Hema, qui aurait dû revenir il y avait déjà deux jours de cela. Il ne voyait qu'une seule explication à son retard, et cela le déprimait.

À la fin de l'après-midi, Ghosh quitta Missing quelques minutes avant que Thomas Stone ne sorte du pavillon des infirmières avec sœur Mary Joseph Praise dans les bras.

Il se gara près de l'immense Lion de Juda qui dominait le quartier de la gare. Sculpté dans une pierre gris et noir, coiffé d'une couronne carrée, cet animal cubiste ressemblait à une pièce de jeu d'échecs. La fente des yeux sous le front bas fixait la place. L'œuvre donnait à cette partie de la ville une touche avant-gardiste.

Ghosh pénétra dans l'univers laqué et chromé de Ferraro, où une coupe de cheveux coûtait dix fois plus cher que chez Jai Hind, le coiffeur indien. Mais Ferraro, avec sa vitrine en verre dépoli et les bandes blanches et rouges de son enseigne, vous procurait une cure de jeunesse. Et ces murs couverts de miroirs, ce collier de globes lumineux, ce fauteuil en cuir sang de bœuf muni de plus de boutons et de leviers en chrome que la table d'opération de Missing… il n'y avait que les Italiens pour vous offrir ça.

Ferraro, éblouissant dans sa blouse blanche sans col, était partout ; derrière Ghosh pour lui enlever son manteau, à ses côtés pour le conduire au fauteuil, et soudain devant lui pour lui passer sa blouse. Ferraro parlait l'italien et il était sans importance que Ghosh n'en connût que quelques mots ; la conversation était une sorte de musique de fond qui n'attendait pas de réponse. Il se sentait à l'aise avec ce vieil homme. « Ne faites pas confiance à un jeune médecin et à un vieux coiffeur », dit-on, mais Ghosh pensait que lui et Ferraro étaient tous deux en de bonnes mains.

Ferraro avait fait la guerre en Érythrée avant de devenir coiffeur à Addis. S'ils avaient partagé une langue commune, il y avait bien des choses que Ghosh aurait pu lui demander. Il aurait adoré en apprendre plus sur l'épidémie de typhus durant laquelle un ingénieux responsable avait décidé d'asperger la ville de DDT, ce qui l'avait débarrassée des poux et du typhus. Quelles mesures les Italiens avaient-ils prises pour protéger la troupe des maladies vénériennes, attendu que les soldats n'avaient pas pu se suffire des six Italiennes qui étaient les puttanas officielles de la garnison ?

Il avait envie de se confier à Ferraro, lui dire à quel point la jalousie lui brûlait la poitrine, qu'il quittait le pays à cause d'une femme qui ne prenait pas son amour au sérieux. Ferraro émit un gloussement discret, comme s'il avait deviné le problème et qu'en inclinant le fauteuil il se préparait à trouver la solution. Ni lui ni son client n'auraient pu se douter qu'à cet instant le cœur de sœur Mary Joseph Praise avait cessé de battre.

Ferraro entoura avec précaution le cou de Ghosh de la première serviette chaude. Une fois placée la dernière serviette qui l'aveuglait entièrement, Ferraro conserva un silence plein de tact. Ghosh l'entendit qui allait chercher ses cigarettes sur la pointe des pieds puis le bruit qu'il fit en inhalant la fumée.

« Si je pouvais m'offrir un valet de chambre, Ferraro aurait été parfait », pensa Ghosh. On n'aurait jamais pu penser que Ferraro était fait pour être coiffeur ; ses manières étaient impeccables, sa calvitie sans importance.

Ghosh émergea dans un nuage d'after-shave. Derrière son volant c'était comme s'il découvrait le paysage. Il monta la côte raide de Churchill Road et passa devant Jai Hind puis arriva au feu où il fallait jouer avec l'accélérateur et l'embrayage avant qu'il ne passe au vert. Il prit à gauche, longea l'épicerie de Vanilal, le magasin de tissu de Vartanian, et s'arrêta à la poste.

La petite lépreuse qui s'était approprié ce territoire où abondaient les étrangers semblait s'être épanouie du jour au lendemain. Ses seins effrontés pointaient sous son shama et le cartilage de son nez s'était effondré, donnant à son nez une allure de lorgnette. Il fourra un billet d'un birr dans sa main déformée.

Le bruit de castagnettes le fit se retourner. Un listiro, avec ses capsules de bouteille enfilées sur un clou fiché dans sa boîte à chaussures, leva les yeux vers lui. Ghosh se tint adossé contre le mur de la poste avec une demi-douzaine d'autres hommes qui fumaient ou lisaient le journal pendant que les listiros s'affairaient à leurs pieds ; de ça aussi les Italiens sont responsables, pensa Ghosh : c'est à cause d'eux que les gens se font cirer les chaussures plus souvent qu'ils ne se lavent.

Il commençait à bruiner, et les coudes du listiro s'agitaient comme des pistons. Sur la nuque du garçon, Ghosh remarqua une tache de peau d'un blanc albinos. Certainement pas le collier de Vénus ? Si jeune, et déjà avec des séquelles d'une ancienne syphilis ? Venereum insontium – une syphilis « innocemment acquise » – se trouvait encore dans les manuels, bien que Ghosh n'y crût pas. Excepté la syphilis congénitale contractée in utero, il pensait que toutes les syphilis étaient sexuellement acquises. Il avait vu des enfants de cinq ans jouer à mimer l'acte de copulation et s'en tirer fort bien.

Une brusque averse précipita Ghosh vers sa voiture ; la pluie lava le manteau d'ennui qui avait enveloppé la Piazza ; les réverbères s'allumèrent et réfléchirent leur lumière sur le chrome des voitures qui passaient là. Les bus Ambassa virèrent au rouge vif. Sur le toit de l'immeuble Olivetti à deux étages (qui abritait également la Pan Am, le Venezia Ristorante et Motilal Import-Export) la chope de bière en néon s'emplissait d'un liquide jaune puis débordait de bulles blanches avant de s'éteindre et que le cycle ne reprenne. Cette enseigne avait été une source d'émerveillement dans les premiers temps ; les hommes pieds nus qui conduisaient leurs moutons en ville pour la fête de Meskel s'arrêtaient pour admirer le spectacle, laissant s'éparpiller leurs troupeaux – qui bloquaient la circulation.

Au bar Saint-George, la pluie dégouttait des parapluies Campari sur le patio. Le bar était bourré d'étrangers et de locaux qui trouvaient que l'ambiance valait les prix. Les portes en verre retenaient à l'intérieur un riche mélange de cannoli, biscotti, cassata au chocolat, de café moulu et de parfums. Un gramophone fondait sa musique dans le bruit des voix, des soucoupes et des tasses, le raclement des pieds de chaise sur le sol et le choc du verre sur le formica des tables.

Il venait de s'asseoir au bar quand il vit le reflet d'Helen dans le miroir – elle était assise loin à une table d'angle. Elle était myope et ne l'avait probablement pas vu. Ses cheveux d'un noir de jais faisaient ressortir ses traits clairs. Elle ignorait son compagnon, qui n'était autre que le docteur Bachelli. La première idée de Ghosh fut de partir immédiatement, mais le barman attendait debout devant lui et il commanda une bière.

« Mon Dieu, Helen, que tu es belle ! » murmura Ghosh. Le Saint-George n'employait pas d'hôtesses, mais il ne refusait pas l'entrée aux élégantes professionnelles. Helen avait les jambes croisées sous sa jupe, et, en apercevant ses cuisses blanches comme de la crème, il se rappela ses généreux muscles fessiers qui pouvaient se passer de coussin. Un grain de beauté sur son menton ajoutait à sa distinction. Mais pourquoi les plus jolies métisses – les killis, comme on les appelait souvent, bien que le terme fût péjoratif – affichaient-elles toujours cet air supérieur et ennuyé ?

Bachelli, avec sa pochette en soie assortie à sa cravate qui dépassait généreusement de la poche de poitrine de sa veste beige, faisait plus vieux ce soir-là que ses cinquante et quelques années. Avec sa fine moustache soigneusement taillée, son air serein et sa cigarette à la main, il énervait Ghosh, qui voyait en lui sa propre inertie – qui l'avait retenu si longtemps en Afrique. Ghosh aimait bien Bachelli, ce n'était pas un grand médecin, mais ce dernier, s'il ne connaissait pas toujours ses limites quand il s'agissait de l'alcool, connaissait bien ses limites en médecine.

Une semaine auparavant, Ghosh avait été choqué de voir Bachelli ivre parader au pas de l'oie au milieu de la rue qui traversait la Piazza en chantant Giovinezza. Il était presque minuit, et Ghosh s'était arrêté pour essayer de le faire monter dans sa voiture. Bachelli s'était mis à déblatérer à grands cris à propos d'Adowa, ce qui pouvait lui valoir une raclée. L'homme se croyait en train d'embarquer à Naples en 1934, jeune officier de la 230e légion de la milice fasciste qui partait combattre pour le Duce, afin de conquérir l'Abyssinie et d'effacer la honte de la défaite d'Adowa infligée en 1896 par l'empereur Ménélik. À Adowa, dix mille soldats italiens, et autant d'askaris éthiopiens, avaient franchi la frontière de leur colonie pour envahir l'Éthiopie. Ils avaient été vaincus par les va-nu-pieds de Ménélik armés de lances et de Remington qui leur avaient été vendus par Rimbaud en personne. Aucune armée européenne n'avait jamais été si sérieusement étrillée en Afrique. Cette défaite était restée en travers de la gorge des Italiens, si bien que même ceux qui n'étaient pas nés à l'époque, comme Bachelli, avaient grandi avec l'espoir de prendre leur revanche.

Ghosh ne savait rien de tout cela avant d'arriver en Afrique. Il n'avait pas compris que la victoire de Ménélik avait inspiré le « Retour en Afrique » de Marcus Garvey, et qu'elle avait éveillé la conscience panafricaine au Kenya, au Soudan et au Congo. C'étaient des choses qu'on ne pouvait savoir qu'en vivant en Afrique.

Les Italiens n'avaient jamais oublié leur humiliation, et à leur seconde tentative, quelque quarante années plus tard, Mussolini ne prit pas de risques. Son mot d'ordre était Qualsiasi mezzo !, « Vaincre par tous les moyens ». Les cavaliers éthiopiens montés sur des ânes et armés de lances et de fusils à un coup se trouvèrent confrontés à un nuage de gaz phosgène qui les asphyxia, et au diable la convention de Genève… Bachelli était présent. Et à le voir, le visage empourpré par l'alcool et la fierté, en train de parader sur la Piazza, Ghosh avait compris que ç'avait dû être son heure de gloire.

Assis au bar, tâchant de se faire remarquer le moins possible, Ghosh observait le couple dans le miroir. La première fois que Ghosh avait rencontré Helen, il était tombé follement amoureux d'elle – pendant quelques jours. Chaque fois qu'Helen le voyait elle disait : « Donne-moi de l'argent, s'il te plaît. » Quand il lui demandait pour quoi, elle fermait à moitié les yeux et faisait la moue comme si la question était déplacée. Elle répondait : « Ma mère est morte », ou « Il faut que je me fasse avorter », enfin tout ce qui lui passait par la tête. La plupart des entraîneuses avaient un cœur d'or et finissaient par faire un bon mariage, mais le cœur d'Helen était d'un métal plus vil.

Le pauvre Bachelli était amoureux d'Helen depuis des années, bien qu'il eût une épouse érythréenne. Il lui donnait de l'argent, tolérait son égoïsme, et l'appelait sa donna deliquente, arguant du grain de beauté qu'elle avait sur la joue. Ghosh avait toujours voulu demander à Bachelli s'il croyait vraiment aux théories avancées par Lombroso dans son abominable ouvrage La Donna delinquente, théories selon lesquelles les prostituées et les criminelles présentaient des « signes de dégénérescence » tels qu'une implantation « primitive » de poils pubiens, des traits du visage « ataviques » ou encore une quantité anormale de grains de beauté... C'était là de la pseudo-science, de pures inepties !

Ghosh s'éclipsa brusquement sans terminer son verre, car soudain l'idée de bavarder avec eux ce soir-là lui parut intolérable.

Les Avakian fermaient leur dépôt de bonbonnes de gaz et au-delà de leur échoppe les lumières de la Piazza, illusion passagère de Rome, disparurent. Maintenant l'obscurité régnait, et la rue longeait la muraille lugubre pareille à celle d'une forteresse qui soutenait le versant de la colline. Une brèche dans les pierres moussues donnait accès à un raccourci menant au carrefour de Sidist Kilo, appelé Säba Derja, les Soixante-dix Marches – et ces dernières étaient tellement usées qu'elles formaient à présent plus une rampe qu'un escalier, devenant très dangereuses les jours de pluie. Il longea l'église arménienne, puis contourna l'obélisque d'Arat Kilo – autre monument guerrier à un autre carrefour –, les flèches gothiques de la cathédrale de la Trinité puis le Parlement, inspiré de celui qui trônait sur les quais de la Tamise. À l'ancien palais, parce qu'il n'avait pas envie de rentrer tout de suite, il prit la direction de Casa INCES, un quartier de belles villas.

Ce soir, il n'était pas d'humeur à avoir recours aux services des habituées de l'Ibis ou de l'un des grands bars de la Piazza qui employaient tous une trentaine d'hôtesses. Devant lui s'élevait un bâtiment en parpaings qui abritait trois ou quatre bars. Il y avait des centaines d'endroits pareils dans Addis. Une planche franchissait le caniveau. Des deux entrées qui laissaient passer une faible lumière au néon, il choisit la porte sur sa droite, écartant le rideau de perles. Une seule femme se tenait là, ainsi qu'il s'y était attendu, vu la taille de l'établissement. Le tube luminescent peint en orange conférait à la pièce une atmosphère spectrale à laquelle contribuait aussi l'encens qui fumait sur le brasero au charbon de bois. Deux tabourets de bar capitonnés étaient placés devant un comptoir en bois derrière lequel les bouteilles alignées sur l'étagère fixée au mur noir de fumée, si elles portaient des étiquettes aux noms ronflants : Pinch, Johnny Walker, Bombay gin, ne contenaient en fait que le tej fait maison. Au mur une photographie de Sa Majesté Hailé Selassié Ier, en uniforme de la garde impériale, surveillait la scène. Sur un calendrier Michelin une femme aux longues jambes vêtue d'un maillot de bain souriait à Sa Majesté.

L'espace restant contenait à peine une table et deux chaises. C'est là que la barmaid était assise en compagnie d'un client qui lui tenait la main, et qui paraissait résolu à conserver son attention. Juste au moment où Ghosh décida qu'il était inutile de rester, elle se dégagea, repoussa sa chaise, se leva et s'inclina. Ses talons hauts mettaient ses mollets en relief. Elle portait du vernis rouge sombre aux ongles des pieds. « Très jolie », pensa-t-il. Le sourire semblait sincère et suggérait qu'elle était mieux disposée qu'Helen. L'homme sortit sans un mot en bousculant Ghosh.

« Me voilà au pays de cocagne ! pensa Ghosh. Et de l'amour tarifé... »

Ils échangèrent des comment allez-vous bien et vous-même accompagnés de profonds saluts, qui allèrent en diminuant jusqu'à n'être plus que de simples inclinaisons de la tête. Ghosh s'installa sur un des tabourets tandis qu'elle passait derrière le bar. Elle avait peut-être vingt ans, une ossature épaisse, et sa blouse opulente suggérait qu'elle avait déjà eu au moins un enfant.

« Min the tetaleh ? demanda-t-elle en portant un doigt à ses lèvres, au cas où il ne comprendrait pas l'amharique.

— Je suis désolé d'avoir fait fuir ton admirateur. Si j'avais su qu'il était ici, ou à quel point il t'aimait, je ne me serais pas permis d'interrompre un tel tête-à-tête amoureux. »

Elle eut un hoquet de surprise.

« Lui ! Il voulait faire durer sa bière jusqu'à demain sans m'en offrir une. Il est du Tigré. Ton amharique est meilleur que le sien », dit-elle, ravie de voir qu'elle n'aurait pas à passer la nuit à parler avec les mains.

Sa jupe en coton blanc vaporeux lui descendait juste sous les genoux. Les motifs de l'ourlet étaient répétés sur la ganse de la blouse et sur la ruche du shama qu'elle portait sur les épaules. Ses cheveux étaient défrisés et permanentés à la mode occidentale. Un collier de tatouages en forme de lignes ondulées rapprochées allongeait son cou. « Jolis yeux », pensa Ghosh.

Elle s'appelait Turunesh, mais il décida de l'appeler comme il appelait toutes les femmes à Addis : Konjit, autrement dit, « Belle ».

« Je prendrai un Saint-George. Et verse-t'en un. Il faut fêter ça. »

Elle s'inclina en signe de remerciement. « C'est ton anniversaire ?

— Non, Konjit, mieux que ça. » Il allait dire : C'est le jour où je me suis libéré des chaînes d'une femme qui m'a fait tourner en bourrique pendant plus de dix ans. C'est le jour où j'ai décidé que mon séjour en Afrique prend fin et que l'Amérique m'attend.

« C'est le jour où j'ai vu la plus belle femme d'Addis Abeba. »

Ses dents étaient saines et régulières. Son rire laissa voir un peu de ses gencives supérieures. Elle s'en aperçut car elle porta la main à sa bouche.

Quelque chose en lui fondit au son de son rire heureux, et pour la première fois depuis qu'il s'était réveillé ce matin, il se sentit presque normal.

Lorsqu'il était arrivé à Addis Abeba, il avait sombré dans une profonde dépression. Il avait pensé repartir aussitôt car il avait découvert qu'il s'était complètement mépris sur les raisons qui avaient poussé Hema à le faire venir. Ce qu'il avait imaginé être la conclusion triomphante d'une cour commencée lorsqu'ils étaient internes en Inde se révéla n'être que dans sa tête. Hema pensait rendre un service à Ghosh (et à Missing). Ghosh cacha sa gêne et son humiliation. C'était la saison des longues pluies, ce qui était suffisant pour avoir envie de se tuer. L'Ibis sur la Piazza le sauva. Il cherchait un endroit où prendre un verre et il avait été attiré par une entrée surmontée d'une arcade de lierre festonnée de lumières de Noël. Il avait entendu de la musique à l'intérieur et des rires de femmes. En entrant, il avait cru qu'il était mort et qu'il s'était réincarné en Nabuchodonosor. L'immense bar de l'Ibis, avec son restaurant qui occupait deux étages et trois vérandas, allait lui donner une famille : Lulu, Marta, Tsahai, Meskel, Sheba, Mebrat. Ces filles allaient le recevoir comme un ami perdu de longue date, puis lui rendre sa bonne humeur, encourageant le plaisantin en lui, toujours heureuses de s'asseoir à ses côtés. Dans ce lieu, la beauté féminine était toujours au rendez-vous – comme la pluie qui tombait dehors. Les couleurs de peau allaient du café au lait au charbon. Les quelques métisses avaient la peau blanche ou olivâtre et des yeux d'un brun tirant sur le bleu, ou le vert. Le mélange des races produisait généralement les fruits les plus beaux et les plus exotiques, même si leur cœur était souvent imprévisible ou amer.

Mais de toutes les qualités des femmes d'Addis, la plus importante était leur disponibilité. Pendant des mois après son arrivée, bien après la découverte de l'Ibis puis de tant d'autres bars similaires, Ghosh était demeuré célibataire. L'ironie de cette période était que la seule femme qu'il désirait rejetait ses avances, quand il était entouré de femmes qui ne disaient jamais non. Il avait vingt-quatre ans, et il n'était pas totalement sans expérience à son arrivée en Éthiopie : il avait eu une relation intime avec une jeune novice du nom de Vierge Madeleine Kumar. Peu après la fin de leur liaison de trois mois, elle avait quitté son ordre et épousé un type qu'il connaissait (écourtant alors probablement son nom en Madeleine Kumar).

« Hema, je ne suis qu'un homme », murmura-t-il ainsi qu'il le faisait chaque fois qu'il pensait lui être infidèle.

Il tendit la main et tâta la chair sous les côtes de Konjit, pinçant un pli de peau.

« Ah, ma belle, si nous commandions le dîner ? Il faut te rembourrer. Et prendre des forces pour ce que nous allons faire ce soir. C'est, je te le confesse, ma toute, toute première fois. »

Si elle avait été plus âgée (de nombreux bars de ce type étaient tenus par des femmes qui avaient travaillé dans un établissement luxueux tel l'Ibis et avaient économisé pour monter leur affaire en solo), il aurait utilisé un ton différent, moins direct, plus courtois –une forme plus douce de flatterie. Mais avec elle, il avait décidé qu'il jouerait les mauvais garnements.

Quand elle tendit la main pour lui toucher les cheveux et lui gratter le cuir chevelu, Ghosh ronronna de plaisir. À la radio, le nasillement étouffé d'un krar répétait une mélodie de six notes d'une gamme pentatonique qui semblait commune à toutes les musiques éthiopiennes, rapides ou lentes. Ghosh reconnut la chanson, un gros succès. Son titre était *Tizita*, ce qui signifiait « souvenir teinté de regret ». « Y en a-t-il d'autres ? » se demanda Ghosh.

« Tu as une peau magnifique. Qu'est-ce que tu es ? Banya ? demanda-t-elle.

— Oui, ma jolie, je suis indien. Et comme je n'ai rien d'autre que ma peau qui soit beau, c'est très aimable de ta part de le signaler.

— Non, non, pourquoi dis-tu ça ? Je te jure sur tous les saints que j'aimerais avoir tes cheveux. Mais c'est incroyable ce que tu parles bien amharique. Tu es sûr que ta mère n'est pas une Habesha ?

— Tu me flattes », dit-il. Il avait appris un peu d'amharique à l'hôpital, mais c'était sûrement grâce à des tête-à-tête comme celui-ci qu'il l'avait maîtrisé. Selon lui l'amharique qu'on parlait au lit et celui qu'on parlait au chevet du lit d'un malade étaient identiques : « Allongez-vous. Enlevez votre chemise. Ouvrez la bouche. Respirez fort… » le langage de l'amour était le même que celui de la médecine. « En fait, je ne connais que l'amharique de l'amour. Si tu m'envoies acheter un crayon, j'en serais incapable, je n'ai pas les mots pour ça. »

Elle rit et essaya de nouveau de se couvrir les lèvres. Comme Ghosh lui tenait les mains, elle remonta la lèvre inférieure comme pour cacher ses dents, un geste qu'il trouva enfantin et touchant. « Mais pourquoi cacher ton sourire ?… Là, comme il est beau ! »

Beaucoup, beaucoup plus tard, ils se retirèrent dans la pièce de derrière ; il ferma les yeux et imagina, comme il le faisait toujours, qu'il était avec Hema. Une Hema très consentante.

Le brouillard planait à plusieurs centimètres au-dessus du sol lorsque Gosh sortit, dans un silence de mort et un froid glacial. Il pissa au bord de la route. Une hyène rit, soit de ce qu'il faisait, soit de son équipement, il n'était pas sûr. Il se retourna et vit des pupilles de loup qui luisaient derrière les arbres, au-delà des premières maisons. Il tâcha de remonter sa fermeture éclair tout en courant, déverrouilla sa portière et sauta sur son siège. Il démarra rapidement. Quand on pissait il ne fallait pas se méfier que des hyènes. Shiftas, lebas, madjiratmachi et toutes sortes de malfaiteurs opéraient passé minuit, même au cœur de la ville et près des routes pavées. Rien que le mois précédent, deux hommes avaient volé, violé et coupé la langue d'une Anglaise, pensant ainsi l'empêcher de les dénoncer. Une autre victime de vol avait eu les testicules coupés – pratique courante – dans l'idée qu'il n'aurait plus le courage de se venger. C'étaient ceux qui avaient de la chance. Les autres étaient simplement tués.

Les portes de Missing étaient grandes ouvertes à son retour, ce qui était étrange. Il alla jusqu'à sa maison et mit sa voiture au garage. Lorsque ses phares éclairèrent les pierres du mur il pila, terrifié par ce qu'il vit : une silhouette fantomatique qui était accroupie se dressa, ses yeux réfléchissant une lueur d'un rouge étincelant, tout comme ceux de l'hyène. Ce n'était pas une hyène, mais Almaz, en pleurs, qui l'attendait.

« Hema, Hema, qu'as-tu fait », murmura-t-il, certain que le pire était arrivé et qu'Hema était revenue mariée. Pourquoi sinon Almaz aurait-elle veillé si tard ? Elle et le monde entier connaissaient ses sentiments pour Hema. La seule personne à ne pas les connaître étant Hema.

La silhouette fantomatique se précipita à la portière du passager, l'ouvrit et entra. Inclinant la tête, d'un ton des plus cérémonieux, et en évitant son regard, elle annonça : « Je suis désolée de t'apporter de mauvaises nouvelles.

— C'est Hema, c'est ça ?

— Hema ? Non. C'est sœur Mary Joseph Praise.

— La sœur ? Que lui est-il arrivé ?

— Elle est avec le Seigneur, qu'il bénisse son âme.

— Quoi ?

— Que le Seigneur nous vienne en aide, mais elle est morte. » Almaz sanglotait. « Elle est morte en donnant naissance à des jumeaux. Le docteur Hema est arrivée mais n'a pas pu la sauver. Le docteur Hema a sauvé les jumeaux. »

Ghosh avait cessé d'écouter après avoir appris la mort de la sœur. Il dut faire répéter à Almaz ce qu'elle avait dit, puis de nouveau répéter ce qu'elle savait, mais chaque fois la conclusion était la même : la sœur était morte et il y avait des jumeaux.

« Et maintenant on ne trouve pas le docteur Stone, déclara-t-elle enfin. Il est parti. Il faut qu'on le trouve. L'infirmière en chef l'a dit.

— Pourquoi ? » parvint à demander Ghosh une fois qu'il eut retrouvé sa langue. Mais alors même qu'il posait la question il sut la réponse. Il avait en commun avec Stone d'être le seul médecin homme à Missing.

Ghosh connaissait Stone aussi bien qu'il était possible, si on excepte, peut-être, sœur Mary Joseph Praise.

« Pourquoi ? Parce que c'est lui qui souffre le plus, répondit Almaz. C'est ce que dit l'infirmière en chef. Il faut qu'on le trouve avant qu'il ne fasse quelque chose de stupide. »

Il est un peu tard pour ça, pensa Ghosh.

Chapitre 12

LA FIN DU CHEMIN

Le matin du lendemain des naissances et de la mort, l'infirmière en chef Hirst arriva très tôt à son bureau, comme si c'était un jour comme les autres. Elle n'avait dormi que quelques heures. Elle et Ghosh avaient cherché Thomas Stone jusque tard dans la nuit. La servante de Stone, Rosina, avait veillé elle aussi, mais il n'y avait eu aucun signe de lui.

L'infirmière en chef repoussa les papiers empilés sur son bureau. Par sa fenêtre elle voyait les patients qui faisaient la queue aux consultations, ou plus exactement elle voyait leurs ombrelles colorées. Les gens croyant que le soleil exacerbait toutes les maladies, il y avait autant d'ombrelles que de patients. Elle décrocha le téléphone pour appeler Adam, le préparateur en pharmacie. « S'il vous plaît, lui demanda-t-elle, faites dire à Gebrew de fermer les portes et d'envoyer les patients à l'hôpital russe. » Son amharique, bien qu'elle le parlât avec un accent, était excellent. « Et Adam, s'il vous plaît, débrouillez-vous pour les patients qui sont déjà aux consultations. Je vais demander aux infirmières de faire elles-mêmes les tournées. Dites aux stagiaires que tous les cours sont annulés. »

« Je remercie Dieu de m'avoir donné Adam », pensa l'infirmière en chef. Il n'était pas allé au-delà de la sixième, ce qui était dommage, parce qu'il aurait pu facilement être médecin. Non seulement il préparait avec adresse les quinze mixtures, onguents et mélanges que Missing donnait aux malades, mais il avait également un sens clinique exceptionnel. Avec un seul œil (l'autre était blanc à cause d'une infection attrapée dans l'enfance), il était capable de repérer ceux qui étaient sérieusement malades parmi ceux qui venaient faire remplir les bouteilles graduées bleu sarcelle de Missing. Malheureusement la plainte la plus courante au service des consultations était : « Rasehn… libehn… hodehn », littéralement : « Ma tête… mon cœur… mon ventre », le malade touchant la partie nommée. Ghosh appelait ça le syndrome du RLH. Les malades du RLH étaient souvent de jeunes femmes ou des vieux. Si on leur demandait d'être plus précis, ils disaient qu'ils avaient la tête qui tournait (rash yazoregnal) ou les brûlait (yakatelegnal) ou qu'ils avaient le cœur fatigué (lib dekan), ou qu'ils avaient des douleurs abdominales ou des crampes (hod kurteh), mais ces symptômes étaient rapportés comme en aparté et de mauvaise grâce, parce que raseh-libehn-hodehn aurait dû suffire à un médecin digne de ce nom. Il avait fallu un an à l'infirmière en chef pour comprendre que c'était ainsi que le stress, l'anxiété, les déboires conjugaux et la dépression étaient exprimés en Éthiopie – Ghosh disait que les experts appelaient cela la somatisation. La détresse psychique était projetée sur une partie du corps, parce que culturellement c'était la façon d'exprimer ce genre de souffrance. Les malades ne voyaient pas de rapport entre un mari violent et leur tournis ou leurs palpitations, mais tous connaissaient le remède à leurs maux : une piqûre. Ils se contenteraient peut-être de mistura craminativa ou encore d'un mélange de trisilicate de magnésium et de belladone, ou quelque autre mixture qui venait à l'esprit du médecin, mais rien ne guérissait comme la marfey, l'« aiguille ». Ghosh était absolument contre les injections de vitamine B pour soigner le syndrome du RLH, mais l'infirmière en chef l'avait convaincu qu'il valait mieux que Missing le fasse plutôt que d'envoyer les malades se faire piquer avec une seringue non stérilisée par un charlatan du Merkato. L'injection de B-complex n'était pas chère et son effet était instantané sur les patients, qui descendaient la colline en gambadant, un grand sourire aux lèvres.

Le téléphone sonna, et pour une fois l'infirmière en chef en fut contente. Généralement elle détestait le bruit de la sonnerie parce qu'il lui donnait toujours l'impression d'une interruption grossière. Le petit standard de Missing était encore une nouveauté. L'infirmière en chef n'avait pas voulu avoir un poste dans sa cellule, mais elle pensait qu'il était important que les médecins en aient un chez eux et aux urgences. Elle trouvait même que ce poste dans son bureau était un luxe, mais cette fois-ci elle décrocha dans l'espoir d'avoir de bonnes nouvelle – des nouvelles de Stone.

« Ne quittez pas, Son Excellence le ministre de la Plume désire vous parler », dit une voix de femme. L'infirmière en chef entendit de faibles cliquètements, et imagina un petit chien en train de marcher sur le plancher du palais. Elle fixa les piles de bibles entassées contre le mur. Elles étaient si nombreuses qu'on aurait dit des barricades de pavés de similicuir brillant.

Après s'être enquis de la santé de l'infirmière en chef, le ministre poursuivit : « Sa Majesté est attristée par votre perte. Je vous prie d'accepter ses condoléances les plus sincères. » L'infirmière en chef s'imagina le ministre debout et s'inclinant. « Sa Majesté m'a demandé elle-même de vous appeler.

— C'est très aimable, très aimable à Sa Majesté de penser à nous… en ce moment difficile », dit l'infirmière en chef. C'était un des talents de l'empereur et une des clés de son pouvoir de savoir tout ce qui se passait dans son empire. Elle se demanda comment le palais avait appris si vite la nouvelle. Le docteur Thomas Stone, assisté de sœur Mary Joseph Praise, avait opéré deux appendices royaux, et Hema avait pratiqué en urgence une césarienne sur une petite-fille qui n'avait pas eu le temps d'aller en Suisse. Dès lors, quelques autres femmes de la famille royale étaient venues se faire accoucher par Hema.

L'infirmière en chef n'avait qu'à demander, poursuivit le ministre, s'il y avait quelque chose que pouvait faire le palais. Il n'évoqua pas la mort de la sœur ni le sort des deux bébés.

« À propos, ma Mère… dit-il. (Elle dressa l'oreille, sentant que là était la vraie raison de l'appel.) Si par hasard un soldat… un officier supérieur venait se faire opérer à Missing dans les jours qui viennent, l'empereur aimerait en être informé. Vous pouvez m'appeler personnellement. » Il lui donna un numéro.

« Quel genre d'officier ? »

Elle comprit au silence qui suivit que le ministre réfléchissait à ce qu'il allait répondre.

« Un officier de la garde impériale. Un officier qui n'a, disons, rien à faire à Missing.

— Se faire opérer, dites-vous ? Oh, non. Nous sommes fermés. Nous n'avons pas de chirurgien, monsieur le ministre. Voyez-vous, le docteur Thomas Stone… est indisposé. Ils faisaient équipe, voyez-vous…

— Merci, ma Mère. Tenez-nous au courant je vous prie. »

Cet appel la laissa songeuse. L'empereur Hailé Sélassié avait bâti une puissante armée moderne comprenant une armée de terre, une marine, une armée de l'air, et une garde impériale. La garde était forte d'autant de soldats que les autres armées, c'était l'équivalent de la garde royale qui montait la garde devant le palais de Buckingham. Mais tout comme la garde royale, la garde impériale n'était pas seulement une unité de parade ; à l'instar des autres forces armées, elle était entraînée au combat. Les élèves officiers les plus brillants étaient envoyés à Sandhurst, West Point ou Poona. Or, au cours de ces séjours, ils acquéraient une conscience politique. L'empereur craignait que ces jeunes officiers ne préparent un coup d'État. Si le fait de posséder la deuxième ou troisième armée du continent était une source de fierté pour l'empereur, cela constituait aussi un danger potentiel pour son règne. Il entretenait donc la rivalité entre les quatre armées, tenant leurs quartiers généraux éloignés les uns des autres, et transférant les généraux qui devenaient trop puissants.

L'infirmière en chef sentit que quelque chose s'était passé, sinon, pourquoi le ministre de la Plume aurait-il téléphoné en personne ?

L'infirmière en chef songea que le ministre n'avait aucune idée de ce que signifiait pour Missing de ne plus avoir de chirurgien. Avant l'arrivée de Thomas Stone, Missing pouvait traiter la plupart des patients en médecine interne et en pédiatrie grâce à Ghosh et résolvait les problèmes d'obstétrique et de gynécologie compliqués grâce à Hema. Au cours des années un certain nombre de médecins étaient venus et repartis, dont certains avaient quelques notions de chirurgie. Mais Missing n'avait jamais disposé d'un véritable chirurgien compétent jusqu'à Stone. Un chirurgien permettait à Missing de réduire des fractures complexes, d'opérer des goitres et autres tumeurs, de faire des greffes de peau aux brûlés, de réparer des hernies étranglées, de supprimer des prostates hypertrophiées ou des seins cancéreux, ou encore de faire un trou dans un crâne pour enlever un caillot de sang qui fait pression contre le cerveau... La présence de Stone (avec une assistante telle que sœur Mary Joseph Praise) avait haussé Missing à un niveau supérieur. Son absence changeait tout.

Le téléphone sonna de nouveau quelques minutes plus tard, et cette fois-ci le bruit n'était pas de bon augure. L'infirmière en chef porta le combiné à son oreille avec précaution. « Mon Dieu, faites que Stone soit vivant ! »

« Allô ? Eli Harris à l'appareil. De la congrégation baptiste d'Houston... Allô ? »

Pour un appel venant d'Amérique, la communication était parfaitement claire. L'infirmière en chef fut si surprise qu'elle ne répondit pas.

« Allô ? redit la voix.

— Oui ? fit l'infirmière en chef avec brusquerie.

— Je suis à l'hôtel Gion à Addis-Abeba. Pourrais-je parler à l'infirmière en chef Hirst ? »

Elle tint le combiné à distance, couvrant le microphone de sa main. Elle était paniquée. Et déroutée. Que diable Harris faisait-il ici ? Elle était habituée à avoir avec les donateurs et les organisations charitables des relations épistolaires. Il lui fallait réfléchir rapidement, mais son esprit refusait de coopérer. Enfin, elle enleva la main du microphone et rapprocha le combiné. « Je vais lui faire la commission, Mr. Harris. Elle vous rappellera...

— Puis-je savoir à qui j'ai l'honneur de parler... ?

— Voyez-vous, nous avons eu un décès parmi le personnel. Il lui faudra peut-être quelques jours avant de vous rappeler. » Il se mit à répondre, mais l'infirmière en chef raccrocha brusquement. Puis elle décrocha de nouveau le combiné en fixant l'appareil d'un regard furieux, le défiant de sonner.

Les baptistes d'Houston étaient dernièrement les donateurs les plus généreux et les plus fidèles. L'infirmière en chef écrivait chaque semaine des lettres à des congrégations en Amérique et en Europe, leur demandant de les faire suivre si elles ne pouvaient pas l'aider. Au cas où le correspondant signifiait son intérêt, elle envoyait immédiatement l'ouvrage de Thomas Stone, le *Petit manuel pratique de chirurgie tropicale*. Bien qu'il fût cher à envoyer, il était préférable à n'importe quel prospectus. Elle avait découvert que les donateurs éprouvaient un intérêt lascif pour tous les malheurs du corps, et les photographies et illustrations (de sœur Mary Joseph Praise) qu'il contenait satisfaisaient ce désir. La photo d'une créature à tête de cochon, poils de chien et petits yeux myopes accompagnait le chapitre sur l'appendicite, et l'infirmière en chef y mettait toujours sa lettre en guise de marque-page. La légende disait : « Le wombat est un marsupial fouisseur et nocturne qui ne vit qu'en Australie et s'il est mentionné ici, c'est qu'il est le seul à partager un appendice avec l'homme et le singe. » Le livre, plus qu'un échange de lettres, lui avait valu le soutien des baptistes d'Houston.

Ghosh arriva une demi-heure plus tard en secouant la tête. « Je suis allé à l'ambassade de Grande-Bretagne. J'ai fait le tour de la ville. Je suis retourné chez lui. Rosina n'a pas bougé et elle ne l'a pas vu. J'ai cherché partout dans Missing…

— Allons faire un tour », déclara l'infirmière en chef.

Comme ils passaient les portes de Missing, ils virent un taxi qui montait la colline avec un Blanc à bord. « Ça doit être Eli Harris », dit l'infirmière en chef, disparaissant avec une célérité qui surprit Ghosh. Elle lui avait parlé de son coup de téléphone. « Si je me souviens bien j'ai obtenu d'Harris qu'il finance un projet qui était votre idée : une campagne dans toute la ville contre la gonorrhée et la syphilis. Harris est venu voir comment nous nous débrouillons. »

Ghosh faillit les faire verser dans le fossé. « Mais nous n'avons pas de projet pareil !

— Bien sûr que non. » Elle soupira.

Ghosh n'était pas à son mieux le matin, même après avoir pris un bain et s'être rasé. Et ce matin, justement, il n'avait eu le temps de faire ni l'un ni l'autre. Une barbe noire recouvrait son cou, contournait ses lèvres et lui montait pratiquement jusqu'aux yeux, lesquels étaient injectés de sang.

« Où allons-nous ? demanda-t-il.

— À Gulele. Il faut préparer l'enterrement. »

Ils roulèrent en silence.

Le cimetière de Gulele était à l'extérieur de la ville. La route traversait une forêt où régnait, sous le faîte dense des arbres, une lumière crépusculaire. Soudain, les grilles en fer forgé se dressèrent devant eux, se détachant sur les murs de calcaire. À l'intérieur, un sentier en gravier menait à un plateau planté d'eucalyptus et de pins en grand nombre. Il n'y avait pas d'arbres plus hauts à Addis que ceux de Gulele.

Ils se frayèrent péniblement un chemin à travers les tombes, leurs pas écrasant le tapis de feuilles et de brindilles. Ici, on n'entendait nul bruit, nulle voix, rien que le silence de la forêt et de la mort. Une pluie fine mouillait les feuilles et les branches, d'où elle finissait par dégouliner en grosses gouttes qui leur tombaient – floc ! – sur la tête et les bras. L'infirmière en chef avait l'impression d'avoir pénétré là par effraction. Elle s'arrêta devant une tombe pas plus large qu'une Bible d'autel. « Un enfant, Ghosh, dit-elle, désirant entendre une voix, même si ce n'était que la sienne. Arménien à en juger par le nom. Seigneur, elle est morte seulement l'année dernière. » Les fleurs qui ornaient la pierre tombale étaient fraîches. L'infirmière en chef se mit à murmurer un Je vous salue Marie.

Plus loin se trouvaient les tombes de jeunes soldats italiens : NATO A ROMA, ou NATO A NAPOLI, mais où qu'ils fussent nés, ils étaient DECEDUTO AD ADDIS ABABA. Les yeux de l'infirmière en chef s'embuèrent à l'idée qu'ils étaient morts si loin de chez eux.

Le visage de John Melly lui apparut et elle entendit le cantique de Bunyan qu'on avait joué à son enterrement. De temps à autre la musique lui venait toute seule et les paroles montaient spontanément à ses lèvres.

Elle se tourna vers Ghosh. « Vous savez que j'ai été amoureuse ? »

Ghosh, qui avait déjà l'air mal en point, se figea sur place.

« Vous voulez dire… d'un homme ? finit-il par articuler, une fois qu'il eut retrouvé la parole.

— Bien sûr d'un homme ! » Elle renifla.

Après un long silence Ghosh dit enfin : « Nous imaginons tout savoir sur nos collègues, mais en fait nous ignorons presque tout.

— Je n'ai pas su que j'aimais Melly, jusqu'à ce qu'il soit mourant. J'étais si jeune. C'est la chose la plus simple du monde d'aimer un mourant.

— Est-ce qu'il vous aimait ?

— Sans doute. Voyez-vous, il est mort en essayant de me sauver. » Ses yeux s'emplirent de larmes. « C'était en 1935. Je venais d'arriver dans le pays, et je n'aurais pas pu choisir un pire moment. L'empereur avait quitté la ville devant l'avancée des troupes italiennes. On pillait, on violait. John Melly avait réquisitionné un camion de la légation britannique pour venir me chercher. Il s'est arrêté pour aider un blessé dans la rue et un pillard lui a tiré dessus. Sans aucune raison. » Elle frissonna. « Je l'ai soigné pendant dix jours, puis il est mort. Un jour je vous raconterai. » Puis, incapable de se contenir, elle dut s'asseoir, la tête dans les mains, sanglotant. « Ça ira, Ghosh. Laissez-moi juste une minute. »

C'est plus le passage des années que John Melly qu'elle pleurait. Elle était venue à Addis-Abeba parce qu'elle en avait assez d'enseigner dans un couvent et de s'occuper de l'infirmerie des élèves. Elle avait accepté un poste à la Mission du Soudan Intérieur pour travailler à Harrar, en Éthiopie. À Addis, elle avait découvert que son affectation avait été annulée à cause de la guerre, elle se retrouvait attachée à un petit hôpital que les protestants américains avaient abandonné. Pendant la première année elle avait vu arriver autant de soldats – dont certains étaient enterrés ici – que de civils italiens pour peupler la nouvelle colonie : charpentiers, maçons, techniciens… Le paysan Florino devenait Don Florino en traversant le canal de Suez. Le conducteur d'ambulance se proclamait médecin. Elle avait continué à vivre et à travailler, tout comme les commerçants indiens, les marchands arméniens, les hôteliers grecs ou les intermédiaires levantins l'avaient fait pendant l'occupation. Elle était toujours là en 1941, quand la chance avait tourné pour les forces de l'Axe en Afrique du Nord et en Europe. Depuis le balcon de l'hôtel Bella Napoli, elle avait vu Wingate entrer, à la tête de ses troupes, en compagnie de l'empereur Hailé Sélassié qui revenait de six années d'exil. C'était la première fois qu'elle voyait l'empereur. Le petit homme semblait étonné par la transformation de sa capitale, tournant la tête de droite et de gauche pour regarder les cinémas, les hôtels, les boutiques, les néons, les immeubles d'habitation à plusieurs étages, les avenues pavées bordées d'arbres… L'infirmière en chef avait déclaré au correspondant de l'agence Reuters qui était à côté d'elle que l'empereur aurait peut-être voulu demeurer un peu plus longtemps en exil. À sa consternation, elle fut citée verbatim (mais heureusement comme un « observateur anonyme ») dans tous les journaux étrangers. Elle sourit à ce souvenir.

Elle se leva, essuya ses larmes. Ils reprirent leur chemin.

Ils descendirent une allée, puis en remontèrent une autre.

« Non, fit brusquement l'infirmière en chef. Ça n'est pas possible. Je ne peux pas imaginer laisser notre enfant chérie dans cet endroit. »

Ce n'est qu'une fois au soleil que l'infirmière en chef se sentit respirer.

« Ghosh, si vous m'enterrez à Gulele, je ne vous le pardonnerai jamais », dit-elle. Ghosh décida que le silence était la meilleure stratégie. « Nous autres chrétiens, nous croyons que lorsque le Christ reviendra sur terre les morts ressusciteront. »

Elle ne semblait jamais se rappeler que Ghosh avait reçu une éducation chrétienne.

« Ma mère, est-ce qu'il vous arrive de douter ? »

Elle remarqua que sa voix était rauque. Il avait les paupières tombantes. Cela lui rappela de nouveau qu'elle n'était pas seule à souffrir.

« Le doute est le cousin germain de la foi, Ghosh. Pour avoir la foi, il faut suspendre son incrédulité. Notre sœur bien-aimée était croyante…

Je crains que dans un endroit aussi humide et désolé que Gulele, même la sœur ait du mal à se relever le moment venu.

— Alors quoi ? La crémation ? »

Un coiffeur indien qui faisait également office de pujari s'occupait d'incinérer les hindous morts à Addis-Abeba.

« Bien sûr que non ! » Elle se demanda si Ghosh ne jouait pas les imbéciles. « L'enterrement. Je crois que je connais l'endroit qu'il nous faut », dit-elle.

Ils se garèrent devant le bungalow de Ghosh et allèrent à pied à l'extrémité du terrain, où poussait un goupillon, celui-ci était si chargé de fleurs qu'on aurait dit qu'il avait pris feu. La limite de la propriété était marquée par les acacias dont le faîte plat dessinait une ligne brisée contre le ciel. L'angle ouest de Missing était formé par un promontoire dominant une grande vallée appartenant aussi loin que portait le regard à un ras – un duc – parent de Sa Majesté Hailé Sélassié.

Un ruisseau, caché par de gros rochers, gargouillait. Des moutons paissaient sous la garde d'un garçon qui se frottait les dents à l'aide d'une brindille, sa houlette à portée de main. Il salua l'infirmière en chef et Ghosh d'un signe de la main. Tout comme au temps de David, il était armé d'une fronde. C'était un berger tel que celui qui, plusieurs siècles auparavant, avait remarqué que ses bêtes étaient plus fringantes lorsqu'elles avaient mangé une certaine baie rouge. Depuis cette découverte fortuite, la vogue et le commerce du café s'étaient étendus au Yémen, aux Caraïbes, puis à l'Amérique du Sud et jusqu'au reste du monde, mais tout avait commencé en Éthiopie, dans un champ comme celui-ci.

Il y avait là un puits de forage inutilisé. Cinq ans plus tôt, une des chiennes de Missing était tombée dedans. Les jappements désespérés de Koochooloo avaient alerté Gebrew. Il l'avait remontée en lui passant un nœud coulant autour du cou qui avait failli l'étrangler. En supervisant les travaux destinés à condamner le puits, l'infirmière en chef avait trouvé des préservatifs et des mégots autour de la margelle et, décidant que l'endroit avait besoin de rédemption, elle avait fait débroussailler le terrain et semer du gazon. Deux mois plus tard un magnifique tapis vert entourait le puits. Gebrew entretenait la pelouse, accroupi, se déplaçant en crabe, attrapant une touffe de la main gauche avant de glisser sous la faucille qu'il tenait dans sa main droite.

C'est sœur Mary Joseph Praise qui avait identifié près du puits le buisson de café sauvage que Gebrew rabattait régulièrement. Quelques vieux bancs apportés du service des consultations en avaient fait un lieu où même Thomas Stone venait oublier ses soucis. Une cigarette à sa main, il laissait son esprit vagabonder en regardant sœur Mary Joseph Praise et l'infirmière en chef faire du jardinage. Mais bientôt il écrasait sa cigarette sur le gazon (une habitude jugée vulgaire par l'infirmière en chef) et s'éloignait d'un pas rapide, comme appelé par quelque devoir urgent.

L'infirmière en chef pria silencieusement. « Dieu, Vous seul savez ce qui va advenir de Missing maintenant. Deux des nôtres sont partis. Un enfant est un miracle et nous en avons deux. Mais Mr. Harris et les siens ne verront pas la chose du même œil. Pour eux ce serait une honte, un scandale, une raison de retirer leur soutien... » Missing ne tirait aucun revenu de ses patients. Il dépendait des dons. La modeste expansion qu'il avait connue ces dernières années était due à Harris et quelques autres donateurs. L'infirmière en chef n'avait pas d'argent de côté. Pas question pour elle de garder de l'argent quand celui-ci lui permettait de guérir des trachomes et de prévenir la cécité, ou de donner de la pénicilline pour soigner la syphilis... la liste était infinie. Que devait-elle faire ?

Elle fixait le paysage sans le voir, perdue dans ses pensées. Mais peu à peu, la vallée, l'odeur du laurier, les verts vifs, la brise, la lumière sur le versant lointain, le sillon creusé par le ruisseau et au-dessus de tout cela la vaste étendue du ciel bordée d'un côté par les nuages produisirent leur effet sur elle. Pour la première fois depuis la mort de sœur Mary Joseph Praise, l'infirmière en chef ressentit la paix et l'assurance qui lui avaient fait défaut. Elle était sûre que c'était là – là que le long voyage de Sœur Mary Joseph Praise prendrait fin. Elle se rappelait aussi qu'au moment où elle était arrivée à Addis, alors que tout était si noir, terrifiant et tragique après la mort de Melly, la grâce divine était alors venue, et les voies du Seigneur lui avaient été révélées, bien que ce fût à Son heure. « Je ne vois rien, mon Dieu, mais je sais que Vous voyez », dit-elle.

Chapitre 13

Praise dans les bras de Jésus

Les coolies, même s'ils ne possédaient pas de chaussures, étaient pleins de jovialité. Lorsque Ghosh leur eut désigné leur tâche, ils émirent des gloussements de condoléances. Le grand type prognathe quitta sa veste effrangée, son compagnon plus petit enleva son chandail déchiré. Ils crachèrent dans leurs paumes, saisirent leurs pioches et se mirent au travail. Ce qui a été a été et ce qui sera sera ; ils ne voyaient pas plus loin que cela, et bien que ce fût une tombe qu'ils creusaient, ce travail leur garantissait pour la nuit à venir une bouteille de taj ou de talla et peut-être un lit et une femme accommodante. La sueur huilait leurs épaules et leurs fronts et mouillait leurs chemises rapiécées.

Le ciel avait commencé par se faire menaçant, avec des convois de nuages gris qui détalaient comme des moutons menés au marché. Mais, l'après-midi venu, un baldaquin d'un bleu parfait s'étendait d'un horizon à l'autre.

Comme il se rendait aux urgences à la demande de l'infirmière en chef, Ghosh vit un homme maigre et très pâle qui attendait près d'une colonne. Il garda la tête baissée, certain que ce devait être Eli Harris, et soulagé qu'il lui tournât le dos.

Derrière le rideau que lui désigna Adam à son arrivée, Ghosh perçut un grognement régulier qui sortait d'une poitrine à un rythme de locomotive. Quatre Éthiopiens se tenaient là ; trois étaient vêtus de vestes, le quatrième portait un duvet. Ils étaient groupés autour d'une civière, de telle façon qu'on aurait dit qu'ils priaient. Leurs chaussures marron étaient parfaitement cirées. Comme ils se poussaient pour faire de la place à Ghosh, celui-ci aperçut sous une veste un étui de revolver bordeaux.

« Docteur, dit l'homme allongé sur la table, tendant la main, essayant de se redresser tout en grimaçant sous l'effort, je m'appelle Mebratu. Merci de me recevoir. » Il avait la trentaine, son anglais était excellent. Une mince moustache s'arquait au-dessus d'une bouche puissante. Malgré la douleur qui lui tirait les traits, il n'en avait pas moins un visage extraordinaire et magnifique, auquel le nez cassé ajoutait du caractère. Ghosh pensait l'avoir déjà vu, mais il n'aurait su dire où. Contrairement à ses compagnons, il paraissait stoïque, sans peur, bien que ce fût lui qui souffrît.

« Je vais vous dire, je n'ai jamais eu mal comme ça. » Il fit un large sourire, comme pour dire qu'il avait été victime d'une bonne blague, genre peau de banane glissée inopinément sous vos pieds lors d'une tranquille balade et où vous vous retrouvez les quatre fers en l'air et tordu de douleur… Une vague de douleur l'inonda.

Gosh n'avait qu'une envie, lui dire : « Je ne peux pas vous examiner aujourd'hui. Notre sœur bien-aimée est morte et j'attends d'une minute à l'autre qu'on m'annonce qu'on a trouvé le cadavre du docteur Thomas Stone. Pour l'amour de Dieu essayez l'hôpital militaire. » Mais devant une telle souffrance, il se retint.

Il saisit la main qui lui était tendue et, tout en la soutenant, tâta l'artère radiale. Le pouls était à cent douze. Le grand truc de Ghosh, c'est qu'il était capable de prendre le rythme cardiaque sans l'aide d'une trotteuse.

« Quand est-ce que ça a commencé ? s'entendit-il dire en regardant l'abdomen gonflé qui jurait avec ce corps maigre et musclé. Commencez par le commencement…

— Hier matin. J'essayais de… de faire mes besoins. » Le malade parut gêné, mais reprit : « Et soudain j'ai eu mal ici. » Il désigna le bas de son ventre.

« Pendant que vous étiez toujours assis sur les toilettes ?

— Accroupi, oui. En quelques secondes je me suis senti gonfler… et durcir. C'est arrivé en moins de temps qu'il ne faut pour le dire. »

Le rythme fit dresser l'oreille à Ghosh. Il se représenta le petit ouvrage de sir Zachary Cope, *Le Diagnostique rimé des douleurs aiguës de l'abdomen*. Il avait découvert ce trésor sur les étagères poussérieuses d'une libraire de livres d'occasion à Madras. Ce livre avait été une révélation. Qui aurait pensé qu'un ouvrage médical pût être rempli d'illustrations humoristiques, être amusant tout en donnant des informations sérieuses ? Les vers de Cope sur le blocage soudain du passage à travers l'intestin lui revinrent à l'esprit :

L'apparition rapide de la dilatation
Attirera certainement votre attention

Il posa la question suivante, bien qu'il connût la réponse. Il y avait des moments comme celui-ci où le diagnostic était écrit sur le front du patient. Il arrivait parfois qu'il faille attendre la première phrase pour qu'il se révèle, mais il pouvait aussi être annoncé par une odeur avant même qu'on n'ait vu le patient.

« Hier matin, répondit Mebratu. Juste avant que la douleur ait commencé. Depuis pas de selle, pas de gaz, rien. »

Parfois une anse intestinale se déplace
En s'enroulant sur une base étroite…

« Et combien de lavements avez-vous faits ? »

Mebratu émit un rire bref. « Vous saviez, hein ? Deux. Mais ils n'ont rien donné. »

Il n'était pas seulement constipé, mais obstipé, même les gaz ne passaient pas. L'intestin était complètement obstrué.

À l'extérieur du box, les hommes semblaient se disputer.

La langue de Mebratu était sèche, brune et chargée. Il était déshydraté mais pas anémié. Ghosh découvrit l'abdomen grotesquement distendu. Le ventre ne se gonflait pas quand Mebratu respirait. En fait il bougeait à peine. « C'est mon travail, pensa Ghosh tandis qu'il sortait son stéthoscope. Je fais ça comme eux creusent des tombes. Jour après jour. Ventres, poitrines, chair… »

Au lieu des gargouillements habituels, il entendit à travers son stéthoscope une cascade de notes aiguës, comme de l'eau dégouttant sur une plaque de zinc. En fond sonore il perçut le tambourinement régulier du cœur. Étonnant comme les boucles de l'intestin pleines de liquide transmettaient les bruits du cœur. C'est une observation qu'il n'avait jamais lue nulle part.

« Vous avez un volvulus », dit Ghosh en enlevant son stéthoscope. Sa voix lui parvenait de loin, comme si elle ne lui appartenait pas. « Une anse du gros intestin, le côlon, se tord sur elle-même comme ceci… » Il utilisa le caoutchouc de son stéthoscope pour démontrer d'abord la formation d'une boucle, puis la torsion se faisant à la base. « C'est commun ici. Les Éthiopiens ont des côlons longs et mobiles. Nous pensons que cela, associé au régime alimentaire, prédispose au volvulus. »

Mebratu tâcha de réconcilier ses symptômes avec l'explication de Ghosh. Ses lèvres se distendirent. Il riait.

« Vous l'avez su dès que je vous ai parlé, non, docteur ?

— Je suppose que oui.

— Alors… est-ce qu'il se va détordre tout seul ?

— Non. Il doit être "détordu". Par une opération.

— C'est commun, dites-vous. Mes concitoyens qui en sont victimes… qu'est-ce qui leur arrive ? »

À cet instant, Ghosh associa le visage à une scène qu'il aurait voulu pouvoir oublier.

« Sans opération ? Ils meurent. Voyez-vous, les vaisseaux sanguins qui se trouvent à la base de la boucle sont aussi tordus. C'est doublement dangereux. Le sang ne peut plus ni entrer ni sortir. La gangrène va s'installer dans le côlon.

— Écoutez, docteur. C'est un très mauvais moment.

— Oui, c'est un très mauvais moment ! s'exclama Ghosh, surprenant Mebratu. Pourquoi ici, si je peux me permettre ? Pourquoi Missing ? Pourquoi pas l'hôpital militaire ?

— Qu'est-ce que vous avez compris d'autre à mon sujet ?

— Je sais que vous êtes un officier.

— Ces clowns, dit Mebratu en désignant du menton ses amis qui l'attendaient à l'extérieur.

— On ne sait pas se déguiser en civils, ajouta-t-il avec une ironie désabusée. Si leurs chaussures ne brillent pas ils se sentent nus.

— C'est plus que ça, en fait. Il y des années, peu après mon arrivée ici, je vous ai vu commander une exécution. Je ne l'oublierai jamais.

— Il y a huit ans et deux mois. Le 5 juillet. Moi aussi je me rappelle. Vous étiez là ?

— Pas exprès. » La foule les avait obligés, lui et Hema, en bloquant leur voiture, à y assister.

« Je vous supplie de comprendre, c'est l'ordre le plus terrible que j'ai dû exécuter, dit Mebratu. C'étaient mes amis.

— J'ai senti ça », dit Ghosh, se rappelant l'étrange dignité du bourreau et des condamnés.

Une nouvelle vague de douleur passa sur le visage de Mebratu et tous deux attendirent sa disparition. « Ça c'est un autre genre de douleur, dit-il en tâchant de sourire.

Il faut que vous sachiez, dit Ghosh, que ce matin le palais a appelé. Ils ont demandé à l'infirmière en chef de les prévenir si un militaire venait se faire soigner ici.

— Quoi ? » Mebratu laissa échapper un juron et tenta de s'asseoir, mais le mouvement le fit hurler de douleur. Ses compagnons se précipitèrent. « Est-ce qu'elle a prévenu le palais ? parvint-il à demander.

— Non. Elle m'a dit qu'elle ne vous renverrait pas, sachant que vous n'aviez nulle part où aller. »

Le patient se calma. Ses amis conférèrent brièvement avant de demeurer dans la pièce.

« Merci. Remerciez pour moi l'infirmière en chef. Je suis le colonel Mebratu, de la garde impériale. Voyez-vous, nous voulions nous réunir, quelques-uns d'entre nous, à cette date à Addis. Je suis venu de Gondar. À mon arrivée, j'ai appris que la réunion avait dû être annulée. Nous craignions d'être… compromis. Mais je n'ai pas eu le message avant d'être arrivé au rendez-vous. Avant mon départ de Gondar, hier, mes douleurs ont commencé. Là-bas, j'ai été voir un médecin. Comme vous, il a dû savoir ce que j'avais, mais il ne m'a rien dit. Il m'a demandé de revenir le voir le lendemain matin parce qu'il voulait m'ausculter de nouveau. Il doit avoir averti le palais, sinon pourquoi auraient-ils appelé les hôpitaux d'Addis ? Moi aussi je serai pendu si on me trouve à Addis. Il faut que vous me soigniez. Je ne peux pas aller aujourd'hui à l'hôpital militaire.

— Il y a un autre problème, dit Ghosh. Notre chirurgien est… est parti.

— Nous sommes au courant de votre… perte. Je suis désolé. Si le docteur Stone ne peut pas le faire, c'est vous qui devrez le faire.

— Mais je ne sais pas…

— Docteur, je n'ai pas d'autre choix. Si vous ne le faites pas, je meurs. »

Un des hommes s'avança. Avec sa barbe légère, il avait plus l'air d'un universitaire que d'un militaire. « Et si votre vie en dépendait ? Vous pourriez le faire ? »

Le colonel Mebratu posa la main sur la manche de Ghosh. « Pardonnez mon frère », dit-il avant de lui sourire comme pour signifier : Vous voyez ce que je dois faire pour avoir la paix ? « Si quelque chose devait arriver, vous pourrez dire en toute bonne foi que vous ne saviez rien de moi. C'est vrai. Tout ce que vous savez de moi, vous l'avez deviné. »

Ghosh composa le numéro d'Hema. Il pensait que le colonel Mebratu et ses hommes devaient avoir préparé une sorte de coup d'État. Sinon pourquoi cette réunion secrète à Addis ? Ghosh était confronté à un dilemme : comment traiter un soldat, un bourreau, qui était maintenant en train de trahir l'empereur ? Mais évidemment, en tant que médecin, il avait un devoir envers le patient. Il n'avait pas d'antipathie pour le colonel, bien qu'il eût pu se passer de son frère. Il était difficile d'avoir de l'antipathie pour un homme qui supportait bravement la souffrance et parvenait à garder ses manières.

Par-dessus le bourdonnement de l'appareil, Ghosh entendait le sang qui refluait dans son oreille à chaque battement.

Le brusque « Allô ? » d'Hema lui apprit qu'elle était de mauvais poil. « C'est moi, dit-il. Tu sais qui nous avons ici ce soir ? » Il lui dit tout. Elle l'interrompit avant qu'il eut terminé. « Pourquoi tu me racontes ça ?

— Hema, tu as entendu ce que j'ai dit ? Il faut qu'on opère. C'est notre devoir. »

Cela ne l'impressionna pas.

Il ajouta : « Ils sont désespérés. Ils n'ont nulle part où aller. Ils sont armés.

— S'ils sont désespérés, ils peuvent s'ouvrir eux-mêmes le ventre. Je suis obstétricienne gynécologue. Dis-lui que je viens d'avoir des jumeaux et que je ne suis pas en état d'opérer.

— Hema ! » Il était tellement furieux que les mots refusaient de sortir. Au moins en ce qui concernait les soins aux malades, elle était censée être de son côté.

« Es-tu en train de minimiser ce que j'ai sur les bras ? demanda-t-elle. Ce que j'ai vécu hier ? Tu n'étais pas là, Ghosh. Maintenant, je suis responsable du moindre souffle de ces enfants.

— Hema, je ne suis pas en train de dire…

— À toi d'opérer ! Tu l'as assisté dans des opérations du volvulus, non ? Moi je n'ai jamais opéré un volvulus. »

Le silence n'était ponctué que par le bruit de sa respiration. « Est-ce qu'elle se fout que je sois tué ? Pourquoi avoir cette attitude avec moi ? Comme si c'était moi l'ennemi. Comme si c'était moi qui avais causé le désastre qu'elle a trouvé à son retour. Est-ce que c'est moi qui ai invité le colonel ? »

« Et si je dois réséquer et anastomoser un gros intestin, Hema ? Ou faire une colostomie ?…

— Je viens d'accoucher. Je suis indisposée. Pas en poste. Pas ici aujourd'hui !

— Hema, nous avons une obligation, envers le malade… le serment d'Hippocrate… »

Elle émit un rire amer et tranchant. « Le serment d'Hippocrate est valable si tu es à Londres en train de boire une tasse de thé. Il n'y a pas de tels serments ici dans la jungle. Je connais mes obligations. Le malade a de la chance de t'avoir, c'est tout ce que je peux dire. C'est mieux que rien. » Elle raccrocha.

Ghosh était un spécialiste de médecine interne jusqu'au bout des ongles. Troubles cardiaques, pneumonie, étranges maladies neurologiques, fièvres bizarres, éruptions, symptômes inexpliqués – tel était son domaine. Il était capable de diagnostiquer des affections à opérer, mais il n'avait pas appris à les opérer.

À la belle époque de Missing, quand Ghosh passait la tête à la porte de la salle d'opération, Stone lui demandait de faire l'instrumentiste et l'assistant. Cela permettait à sœur Mary Joseph Praise de se reposer, et pour Ghosh, être l'assistant de Stone le changeait agréablement de sa routine. La présence de Ghosh transformait le silence de cathédrale qui régnait généralement dans la salle d'opération n° 3 en un vacarme digne d'un carnaval, ce qui bizarrement ne semblait pas gêner Stone. Ghosh posait des questions tous azimuts, poussant Stone à parler, à lui donner des instructions et même à évoquer des souvenirs, à force de cajoleries. La nuit, Ghosh assistait parfois Hema quand elle faisait une césarienne d'urgence. Il était rare qu'Hema fasse appel à lui quand elle opérait un cancer de l'ovaire ou de l'utérus.

Mais aujourd'hui il se trouvait seul à la place de Stone, à la droite du patient, bistouri en main. C'était une place qu'il n'avait pas occupée depuis de nombreuses années. La dernière fois qu'il s'y était trouvé remontait à son internat quand, pour le récompenser de ses bons services, on l'avait laissé opérer une hydrocèle sous la surveillance d'un chirurgien.

Sur son instruction, l'infirmière introduisit un tube rectal dans l'anus, le guidant jusqu'à ce qu'il refuse d'aller plus loin.

« On ferait bien de commencer », dit-il à la stagiaire qui se tenait, récurée, vêtue et gantée de l'autre côté de la table, prête à l'assister. Ses légères marques de petite vérole étaient cachées par sa calotte et sa blouse. Bien que ses paupières fussent gonflées, elle avait de beaux yeux. « On ne peut pas terminer si on ne commence pas, donc nous ferions bien de commencer si nous voulons terminer, non ? »

Une très grande incision doit être pratiquée
– des petites en tels cas tu dois te méfier
La boucle sortie, défaite d'un tour
– dans le sens des aiguilles d'une montre le tour –
Puis un tube rectal introduisons
En attendant des gaz l'explosion

Vu les proportions zeppelinesques dans lesquelles le côlon avait enflé, le danger était grand d'entailler l'intestin, qui allait déverser les fèces dans la cavité abdominale. Il pratiqua une incision centrale qu'il approfondit soigneusement, comme un démineur désamorce une bombe. Juste au moment où il commençait à paniquer, la surface brillante du péritoine – cette délicate membrane qui tapisse la cavité abdominale – apparut. Quand il ouvrit le péritoine, un liquide jaune paille s'écoula. Insérant son doigt dans le trou par mesure de précaution, il coupa le péritoine le long de l'incision.

Immédiatement, le côlon se fraya brutalement un passage tel l'Hindenburg s'échappant de son hangar. Il couvrit les bords de la plaie avec des compresses humides, inséra un grand rétracteur Balfour pour tenir les lèvres ouvertes, et sortit complètement l'anse tordue, qu'il déposa sur les compresses. Elle avait la largeur d'une chambre à air de pneu de voiture, bourbeuse et alourdie de liquide, très différente des replis roses et flasques du reste de l'intestin. Il voyait l'endroit de la torsion, au fond du ventre. En manipulant avec douceur les deux jambages de la boucle il la détordit, dans le sens des aiguilles d'une montre, tout comme prescrit par Cope. Il entendit un gargouillement et immédiatement le segment ballonné se mit à perdre sa couleur bleue et à rosir sur les bords.

Il chercha dans la paroi intestinale le tube rectal inséré par Mlle Asqual, qu'il introduisit comme une tringle dans un anneau de rideau. Quand le tube atteignit l'intestin distendu, ils furent récompensés par un souffle bruyant et le bruit du liquide et du gaz se déversant dans le bassin. « Et lorsque la boucle se sera contractée vous verrez les parties arrangées dans l'ordre désiré », articula Ghosh, et la stagiaire, qui n'avait aucune idée de ce qu'il racontait, acquiesça : « Oui, docteur Ghosh. »

Ghosh fit jouer ses doigts gantés. Ils avaient l'air habiles et puissants – des doigts de chirurgien. « C'est une chose qu'on ne peut pas ressentir, pensa-t-il, tant qu'on n'a pas eu la responsabilité finale. »

Après avoir recousu, comme il enlevait ses gants, il vit le visage d'Hema dans le verre des portes battantes. Elle disparut. Il se lança à sa poursuite. Elle courait mais il eut vite fait de la rattraper dans le couloir. Elle s'appuya, le souffle court, contre la colonne. « Alors ? dit-elle quand elle put parler. Ça s'est bien passé ? »

Tous deux souriaient. « Oui… je viens de défaire le nœud. » Il ne pouvait cacher la fierté et l'excitation qui perçaient dans sa voix.

« Il pourrait se refaire.

— Eh bien, c'était moi ou rien, puisque l'autre médecin présent n'a pas voulu venir.

— C'est vrai. Bien joué ! Il faut que j'y aille. Almaz et Rosina gardent les bébés.

— Hema ?

— Quoi ?

— Tu m'aurais aidé si j'avais eu des problèmes ?

— Non, je me dégourdissais juste les jambes… » Malgré elle, une lueur s'alluma dans ses yeux. « Idiot ! Qu'est-ce que tu crois ? »

Avec Hema, même le sarcasme était un cadeau. Il se retint de bondir tel un chiot trop prêt à pardonner la correction qu'il avait reçue quelques minutes auparavant.

« Hier, je suis passée devant l'endroit où on a vu cette pendaison, et j'y ai pensé… » Elle semblait l'examiner. « Tu as mangé quelque chose aujourd'hui ? »

C'est alors qu'il le remarqua : sa bien-aimée, sa beauté toujours célibataire retour de Madras, était encore plus magnifiée qu'avant. De succulents bourrelets étaient visibles sous son sari et sa blouse. La peau sous son menton bombait légèrement, semblable à un second mont de Vénus.

« Je n'ai pas mangé depuis que tu es partie », dit-il, ce qui était presque vrai.

« Tu as maigri. Ça ne te va pas bien. Viens manger. Il y a de quoi. On ne cesse de m'apporter de la nourriture. »

Elle tourna les talons. Il regarda la manière dont la chair de ses fesses se balançait de droite et de gauche, dansant presque autour de ses hanches. Elle avait rapporté encore plus d'elle à aimer. Même si ce n'était pas le moment, il était excité.

En s'habillant, il repassa l'intervention dans sa tête. « Est-ce que j'aurais dû fixer le sigmoïde à la paroi abdominale pour l'empêcher de se tordre de nouveau ? Est-ce que je n'ai pas vu Stone le faire ? La colopexie, je crois qu'il appelait ça. Est-ce que Stone m'a averti de ses dangers, ou est-ce qu'il me l'a conseillée ? J'espère qu'on a enlevé toutes les éponges. J'aurais dû recompter. J'aurais dû mieux regarder. Vérifier qu'il n'y avait pas de saignement tant que j'y étais... » Il se rappela que Stone avait dit : « Quand l'abdomen est ouvert, tu le contrôles. Mais une fois que tu l'as refermé, c'est lui qui te contrôle.

— Je comprends parfaitement ce que tu veux dire, Thomas », prononça Ghosh en quittant la salle d'opération.

Il était tard dans la soirée quand le personnel de l'hôpital se rassembla autour de la fosse, maintenant étayée par des planches. Il n'y avait pas de temps à perdre, car selon la tradition, en Éthiopie, on ne doit pas manger avant que le corps ne soit enterré, aussi les infirmières et les stagiaires mouraient-elles de faim. Le cercueil arriva sur les épaules des garçons de salle, qui empruntaient le même chemin que sœur Mary Joseph Praise quand elle venait s'asseoir dans le bosquet. Hema suivait en compagnie de la servante de Stone, Rosina, et de celle de Ghosh, Almaz, toutes trois se relayant pour porter les bébés enveloppés dans des couvertures.

On posa le cercueil au bord de la fosse et on enleva le couvercle. Ceux qui n'avaient pas encore vu le corps se pressèrent avec des sanglots et des pleurs étouffés.

Les infirmières avaient revêtu sœur Mary Joseph Praise des habits qu'elle portait le jour où elle s'était donnée au Christ corps et âme – ses vêtements de « mariée ». Le voile montrait que son esprit n'était pas occupé par les choses terrestres mais par le royaume du Ciel ; c'était le symbole de sa mort au monde, mais dans le brouillard qui commençait à monter, ça ne semblait plus un symbole. La guimpe empesée qui lui enserrait le cou pendait comme un bavoir, son habit blanc était ceinturé par un cordon tressé de même couleur, et ses mains reposaient sur une Bible et un rosaire. À l'origine, les carmélites déchaussées ne portaient pas de chaussures – d'où le terme de « déchaussées ». Bien que l'ordre de sœur Mary Joseph Praise autorisât le port des sandales, l'infirmière en chef avait laissé ses pieds nus.

Si elle n'avait pas appelé le père de la Rosa de l'église Saint-Joseph, c'est qu'il avait toujours l'air réprobateur, même quand il n'y avait rien à désapprouver ; or ici, il y avait amplement matière à désapprobation. Elle avait failli appeler Andy McGuire de l'Église anglicane, qui eût bien volontiers apporté son réconfort. Mais en fin de compte, elle pensa que sœur Mary Joseph Praise aurait préféré que seuls les membres de la famille de Missing lui fassent leurs adieux. C'était ce même sentiment qui l'avait inspirée à demander à Gebrew de préparer une courte prière. La sœur avait toujours respecté Gebrew, même s'il était plus gardien et jardinier que prêtre. Elle aurait apprécié de voir combien il se sentait ainsi honoré et consolé d'être appelé à ce titre au bord de sa tombe.

Dans l'air frais et immobile, l'infirmière en chef leva la main. « Sœur Mary Joseph Praise aurait dit : "Ne me pleurez pas. Le Christ est mon salut." Que ces paroles soient également notre consolation. » Elle perdit le fil de sa pensée. Qu'y avait-il d'autre à dire ? Elle fit un signe de tête à Gebrew, lequel était coiffé d'un turban et portait sur son pantalon une tunique blanche qui lui descendait aux genoux. C'était la tenue de cérémonie qu'il ne revêtait que pour Timkat, le jour de l'Épiphanie. Il fit de gros efforts pour écourter sa litanie psalmodiée en guèze, la langue officielle de l'Église orthodoxe d'Éthiopie. Puis les infirmières et les stagiaires entonnèrent le cantique favori de sœur Mary Joseph Praise, qu'elle leur avait enseigné et qu'elles chantaient à la prière du matin dans la chapelle du quartier des infirmières.

Jésus est vivant !
Mort tu ne peux plus nous effrayer.
Jésus est vivant !
Ô tombe, tu ne peux pas nous emprisonner.
Alléluia !

Tous se rapprochèrent, tâchant de l'apercevoir une dernière fois avant que le couvercle ne fût remis en place. Gebrew dirait par la suite que le visage de sœur Mary Joseph Praise était radieux, et qu'on voyait à son expression paisible qu'elle savait que son épreuve sur Terre avait pris fin. Et Almaz affirmerait avec conviction qu'au moment où le couvercle était retombé il s'était élevé une odeur de lilas.

Ghosh sentit qu'un message lui était délivré. La sœur semblait dire : « Utilise bien ton temps. Ne gâche pas encore des années à poursuivre un amour qui ne te sera jamais rendu. Quitte ce pays pour l'amour de moi. »

Hema, toute proche, promit silencieusement à sœur Mary Joseph Praise qu'elle s'occuperait de nous comme si nous étions ses propres enfants.

Les coolies descendirent le cercueil dans la fosse à l'aide de cordes. On passa les lourdes pierres exigées par la tradition au coolie le plus grand, qui enjambait le cercueil, un pied de chaque côté. Elles tiendraient les hyènes à distance.

Enfin les deux hommes remplirent de nouveau la fosse, le service étant presque terminé. Ne manquaient plus que les ululements.

Shiva et moi fûmes surpris par ce son sinistre. Nous ouvrîmes les yeux pour contempler un monde dans lequel tant de choses allaient déjà de travers.

Chapitre 14

La connaissance du Rédempteur

Le lendemain de l'enterrement, Ghosh se leva tôt. Pour une fois ses premières pensées ne furent pas pour Hema mais pour Stone. Dès qu'il fut habillé, il alla directement chez Stone, où il ne trouva aucun signe du retour de l'occupant. Dépité, il se rendit au bureau de l'infirmière en chef, qui leva sur lui un regard chargé d'attente. Il secoua la tête.

Il avait hâte de voir comment se portait son opéré et de vérifier son travail. S'il avait opéré à contrecœur, l'espoir qu'il ressentait à présent était une révélation pour lui. Stone devait probablement souvent éprouver un tel sentiment. « Ça pourrait être une drogue », dit-il à la cantonade.

Il trouva le colonel Mebratu assis au bord de son lit tandis que son frère l'aidait à s'habiller. « Docteur Ghosh ! » s'exclama Mebratu, souriant comme un homme qu'aucun souci ne tourmente, et bien que sa souffrance fût parfaitement visible. « Mon état de santé : hier soir j'ai fait un gaz et j'ai été à la selle aujourd'hui. Demain je ferai de l'or ! » C'était un charmeur dont le charisme continuait à opérer quel que fût son état. Pour quelqu'un qui avait été opéré moins de vingt-quatre heures auparavant, il avait l'air en pleine forme. Ghosh examina la plaie : elle était propre et intacte.

« Docteur, dit le colonel, je dois rejoindre mon régiment à Gondar aujourd'hui. Je ne peux pas être absent plus longtemps. Je sais qu'il est trop tôt, mais je n'ai pas le choix. Si je ne me montre pas j'attirerai encore plus les soupçons. Vous ne voudriez pas m'avoir sauvé pour me voir pendu ? Je pourrai me faire faire des intraveineuses ou tout ce que vous voudrez là-bas. »

Ghosh avait ouvert la bouche pour protester, mais il comprit qu'il était inutile d'insister.

« Très bien. Mais écoutez, il y a de fortes chances pour que la plaie s'ouvre si vous faites des efforts. Nous allons vous donner de la morphine. Vous devrez voyager couché. Je vais vous faire une intraveineuse, demain vous pourrez boire un peu d'eau et après-demain des liquides légers. Je vais vous écrire tout ça. Dans dix jours, il faudra faire enlever les points de suture. » Le colonel acquiesça d'un hochement de la tête.

Le frère du colonel Mebratu serra la main de Ghosh et s'inclina profondément, lui murmurant ses remerciements.

« Vous allez l'accompagner ? demanda Ghosh.

— Bien sûr. Une camionnette va arriver. Une fois qu'il sera installé, je rejoindrai mon poste en Sibérie. » Ghosh parut surpris. « Je suis banni.

— Vous aussi vous êtes militaire ?

— Non, en ce moment, je ne suis rien, docteur. Je ne suis personne. »

Le colonel posa la main sur l'épaule de son frère. « Mon frère est modeste. Savez-vous qu'il a obtenu une maîtrise de sociologie à l'université de Colombia ? Oui, Sa Majesté impériale l'a envoyé en Amérique. Le vieux n'a pas été content d'apprendre que mon frère était membre de l'organisation de Marcus Garvey. Il ne l'a pas laissé poursuivre jusqu'au doctorat. Il l'a rappelé et l'a nommé administrateur d'une province. Il aurait dû le laisser terminer.

— Non, je suis revenu de mon plein gré, l'interrompit son frère. Je voulais aider mon peuple. Mais pour cela on m'envoie en Sibérie. »

Ghosh attendit qu'il poursuive.

« Explique-lui pourquoi, dit le colonel. C'est une affaire de santé, après tout. »

Le frère soupira. « Le ministère de la Santé a construit un dispensaire dans notre province. Sa Majesté impériale est venue l'inaugurer. La moitié de mon budget a été dépensée pour faire des embellissements sur le trajet de Sa Majesté. De la peinture, des barrières… On a même utilisé un bulldozer pour détruire les cabanes. Une fois le ruban coupé, juste après son départ, on a fermé le dispensaire.

— Pourquoi ?

— Parce que le budget avait été dépensé !

— Vous avez protesté ?

— Bien sûr ! Mais je n'ai reçu aucune réponse à mes messages parce que le ministère de la Santé les a interceptés. Alors j'ai rouvert le dispensaire tout seul. Ça m'a coûté environ dix mille birrs. J'ai fait appel à un médecin d'une mission située à quatre-vingts kilomètres de là, il vient une fois par semaine. Une ancienne infirmière militaire fait les pansements et une sage-femme est venue s'installer. J'ai trouvé des médicaments. Le bootlegger local m'a donné un générateur. Les gens m'adoraient, mais le ministère de la Santé voulait ma peau. L'empereur m'a convoqué à Addis.

— Comment avez-vous trouvé l'argent ? demanda Ghosh.

— Les pots-de-vin ! On m'apportait des paniers d'injera qui contenaient plus d'argent que d'injera. J'ai utilisé ces pots-de-vin à de bonnes fins, mais les gens me graissaient alors encore plus la patte... de peur que je les dénonce.

— Vous l'avez dit à Sa Majesté ?

— Ah ! Mais c'est compliqué. Tout le monde lui murmure à l'oreille. "Sire, ai-je dit quand j'ai eu mon audience, le centre de soins a besoin d'un budget pour continuer." Il a feint la surprise.

— Il savait, interrompit le colonel.

— Il m'a écouté jusqu'au bout. Ses yeux ne trahissaient rien. Quand j'ai eu terminé, Sa Majesté a murmuré quelque chose au ministre des Finances. Abba Hanna a alors écrit je ne sais quoi dans son registre. Et les autres ministres, vous les connaissez ? Ils vivent constamment dans la terreur. Ils ne savent jamais s'ils ont ou non la faveur de Sa Majesté.

— Puis Sa Majesté m'a remercié pour mes services, etc., etc., alors j'ai fait mille courbettes et je suis parti à reculons. Près de la porte, le ministre des Finances m'a remis deux cents birrs ! Il m'en faudrait trente mille, trois cent mille, même ! Pour moi, l'empereur a dû dire cent mille, mais Abba Hanna a décidé que ça ne valait pas plus de trois cents. Ou est-ce que les trois cents étaient vraiment l'idée de l'empereur ? Comment savoir ? Mais c'était déjà au tour du solliciteur suivant, et le ministre s'est hâté d'aller rejoindre son poste auprès de l'empereur. J'ai essayé de crier : Sire, est-ce que le ministre a fait une erreur ? Mes amis m'ont entraîné...

— Sinon tu ne serais pas ici pour nous raconter ton histoire, dit le colonel. Mon téméraire de frère... »

Le colonel reprit son sérieux et fixa Ghosh dans les yeux en prenant sa main entre les siennes. « Docteur Ghosh. Vous êtes meilleur chirurgien que Stone. Un chirurgien présent vaut deux absents.

— Non, j'ai eu de la chance. Stone est le meilleur.

— Je dois vous remercier aussi pour autre chose. Voyez-vous, j'ai terriblement souffert depuis Gondar jusqu'à ici. Le voyage de retour va être facile en comparaison. La douleur était... je savais que si elle avait empiré j'en serais mort. Mais j'avais le choix. Je suis venu vous voir. Quand vous m'avez dit que mes compatriotes meurent tout simplement quand ils doivent endurer la même chose... » Le visage du colonel se durcit, et Ghosh ne sut si c'était de colère ou s'il retenait ses larmes. Il s'éclaircit la gorge. « C'était un crime de fermer le dispensaire de mon frère. Quand je suis venu à Addis-Abeba pour retrouver mes... collègues, j'étais prêt à les écouter. Mais je n'étais pas sûr. Vous pourriez penser que mes motivations étaient suspectes. Si je voulais participer au changement, était-ce pour les bonnes raisons, ou juste pour m'emparer du pouvoir ? Je vous dis des choses que vous ne pourrez pas répéter, docteur, vous comprenez ? »

Ghosh hocha la tête.

« Ce voyage, cette douleur, cette opération… poursuivit le colonel. Dieu me montrait la souffrance de mon peuple. C'était un message. La façon dont nous traitons le dernier de nos frères, la façon dont nous traitons le paysan qui souffre d'un volvulus, voilà la mesure de notre pays. Pas nos avions de chasse ou nos tanks, ou la taille du palais de l'empereur. Je crois que Dieu vous a mis sur mon chemin. »

Après son départ, Ghosh réalisa à quel point tout l'avait prédisposé à éprouver de l'aversion pour le colonel Mebratu, et c'était pourtant le contraire qui s'était passé. En tant qu'expatrié, il était facile de prêter des qualités de bienveillance à Sa Majesté. À présent, il commençait à douter.

Mr. Elihu Harris était vêtu tout de travers. C'est la première chose que remarqua l'infirmière en chef quand il ferma la porte derrière lui et s'avança jusqu'au bureau pour se présenter. Il avait tous les droits d'être contrarié, étant venu les deux jours précédents sans avoir pu la voir. Au lieu de quoi il paraissait reconnaissant qu'elle le reçoive et gêné de lui prendre son temps.

« Je ne savais pas que vous veniez, Mr. Harris, dit l'infirmière en chef. En toute autre circonstance, çeût été un plaisir. Mais voyez-vous, hier, nous avons enterré sœur Mary Joseph Praise.

— Vous voulez dire… » La gorge de Mr. Harris se serra. Sa bouche s'ouvrit et se ferma. Il voyait la tristesse dans les yeux de l'infirmière en chef et était gêné de n'en avoir pas tenu compte. « Vous voulez dire… la jeune religieuse indienne ?… L'assistante de Thomas Stone ?

— C'est cela. Et quant à Thomas Stone, il est parti. Disparu. Je suis inquiète à son sujet. C'est un homme perturbé. »

Le visage d'Harris était agréable à voir, mais sa lèvre supérieure trop importante et ses dents de devant, inégales, l'empêchaient d'être beau. Il remua sans son fauteuil. Il était évident qu'il voulait demander comment tout cela était arrivé, mais il s'abstint. L'infirmière en chef comprit que c'était le genre d'homme qui, même quand il avait l'avantage, ne savait pas faire valoir ses droits. Cela, et son regard noisette qui hésitait à rencontrer le sien, inclina son cœur en sa faveur.

Ainsi donc l'infirmière en chef raconta tout à Harris de façon lapidaire, chaque phrase cependant lourde des informations qu'elles communiquaient. Elle termina par ces mots : « Votre visite arrive au pire moment pour nous. » Puis elle se moucha, et finit par ajouter : « Tant des choses que nous avons réalisées à Missing dépendaient de Thomas Stone. C'était le meilleur chirurgien de la ville. Il n'a jamais su que c'était grâce aux membres de la famille royale et du gouvernement qu'il a opérés qu'on nous a laissés continuer. Le gouvernement nous fait payer une lourde taxe annuelle pour le privilège de servir ici, vous pouvez croire cela ? Ils pourraient nous fermer purement et simplement si ça leur chantait. C'est grâce à son livre également que vous nous donnez de l'argent, Mr. Harris... Aujourd'hui, cela pourrait bien être la fin de Missing. »

Tandis que l'infirmière en chef parlait, Harris se recroquevillait de plus en plus dans son fauteuil – on aurait dit qu'un être invisible lui enfonçait son pied sur la poitrine –, lissant nerveusement sa mèche, comme si elle risquait de glisser sur ses yeux.

L'infirmière en chef pensa qu'il y avait des gens qui avaient vraiment la poisse : leur voiture tombe bien entendu en panne le jour de leur mariage, ou leurs vacances au bord de la mer sont invariablement gâchées par la pluie, quand ce n'est pas leur jour de gloire qui est passé à la trappe car gravé à jamais dans les mémoires comme le jour de la mort du roi George VI. De telles personnes étaient exaspérantes, et pourtant on ne pouvait s'empêcher de les plaindre : elles n'y pouvaient rien ! Ce n'était pas la faute d'Harris si la sœur était morte ou si Stone avait disparu. Mais il était là.

Si Harris voulait voir les comptes, elle n'avait rien à lui montrer. L'infirmière en chef envoyait des rapports quand elle ne pouvait pas faire autrement, et comme ce à quoi les donateurs destinaient leur argent ne correspondait jamais à l'affectation que Missing comptait en faire, ses rapports étaient fictifs, en quelque sorte. L'infirmière en chef avait pourtant toujours su qu'un jour tel que celui-ci arriverait...

Harris s'éclaircit la gorge, toussa, manipula son mouchoir en tous sens, puis en vint à ce qui l'amenait. Ce n'était pas du tout ce qu'elle avait imaginé.

« Vous avez eu raison à propos de notre intention de financer une mission pour les Oromo, ma mère », dit Harris. Elle se rappela vaguement avoir abordé le sujet dans une lettre. « Le médecin qui est à Wolo m'a envoyé un télégramme. La police a occupé le bâtiment. Le gouverneur a refusé de leur donner l'ordre d'évacuer. Ils vendent les vivres et les médicaments. L'église locale a monté la population contre nous en disant que nous étions des diables ! Il a fallu que je vienne pour m'occuper de tout ça.

— Pardonnez-moi ma franchise, Mr. Harris, mais comment avez-vous pu financer cette mission sans l'avoir vue ? » Elle ressentit une certaine culpabilité en disant cela, du fait que c'était aussi la première fois qu'Harris voyait Missing. « Si je me souviens bien, je vous avais écrit que ce n'était pas raisonnable.

— C'est ma faute, dit Harris en se tordant les mains. C'est moi qui ai eu le dernier mot contre le comité de direction de notre église... Je ne leur en ai pas encore parlé », fit-il, murmurant presque. Après s'être de nouveau éclairci la gorge il ajouta : « Mes intentions... j'espère que le comité le comprendra, étaient bonnes. Nous... j'ai voulu apporter la connaissance de notre Sauveur à ceux qui ne l'ont pas. »

L'infirmière en chef poussa un soupir d'exaspération. « Vous pensiez que c'étaient tous des adorateurs du feu ? Des adorateurs des arbres ? Mr. Harris, ce sont des chrétiens. Ils n'ont pas plus besoin de rédemption que vous d'une crème pour défriser les cheveux.

— Mais pour moi ce n'est pas la foi chrétienne. C'en est une version païenne... dit-il en se tapotant le front.

— Païenne ! Mr. Harris, quand dans le Yorkshire et la Saxe vos ancêtres païens mangeaient dans les crânes de leurs ennemis, ici ces chrétiens chantaient déjà des psaumes. Ils croient que l'arche de l'Alliance est dans une église à Axum. Pas un doigt de saint ou un orteil de pape, mais l'Arche ! Il y en avait qui enfilaient la chemise d'hommes qui venaient de mourir de la peste, parce qu'ils voyaient dans cette maladie un moyen sûr et envoyé par Dieu pour gagner la vie éternelle, pour trouver le salut. Voilà, dit-elle en tapotant la table, à quel point ils avaient soif de l'au-delà. » Elle ne put s'empêcher de conclure par ces mots : « Dites-moi, à Dallas, est-ce que vos paroissiens sont à ce point affamés de salut ? »

Harris était devenu rouge. Il regarda autour de lui comme s'il cherchait où se cacher. Mais elle n'avait pas tout à fait terminé. Les hommes tels que lui se laissaient difficilement convaincre.

« C'est Houston, pas Dallas, dit-il avec douceur. Mais, ma mère, les prêtres sont presque illettrés. Gebrew, votre jardinier, ne comprend pas la litanie qu'il récite parce qu'elle est en guèze, que personne ne parle. S'il croit à la doctrine monophysite selon laquelle le Christ n'avait qu'une nature, divine, et non humaine, alors...

— Arrêtez ! Mr. Harris, je vous en prie, arrêtez, dit l'infirmière en chef en se couvrant les oreilles. Oh, comme vous êtes énervant ! » Elle fit le tour du bureau et Harris se recula comme s'il craignait qu'elle ne vînt lui tirer les oreilles. Mais elle alla à la fenêtre.

« Quand vous marchez dans Addis et que vous voyez des enfants pieds nus grelottant sous la pluie, quand vous voyez les lépreux mendier leur nourriture, qu'importe cette ineptie de monophysisme ? »

Elle appuya le front à la vitre.

« Dieu nous jugera, Mr. Harris, sur... (sa voix se brisa tandis qu'elle pensait à sœur Mary Joseph Praise)... sur ce que nous aurons fait pour soulager les souffrances de nos frères humains. Je ne pense pas que Dieu s'intéresse aux doctrines que nous embrassons. »

La vue de ce visage ingrat et ridé pressé contre le verre, les joues mouillées, les doigts joints... fut pour Harris plus éloquent que tout ce qu'elle avait à dire. Voilà une femme qui pouvait abandonner les restrictions de son ordre quand celles-ci l'embarrassaient. De sa bouche était sorti le genre de vérité fondamentale qui, à cause de sa simplicité, n'était pas exprimée dans une église comme celle d'Harris – où les querelles intestines semblaient être autant le but de l'existence de son comité qu'une manifestation de foi. C'était une bénédiction qu'un océan séparât ceux qui faisaient le bien, telle l'infirmière en chef, de leurs mécènes, parce s'ils avaient dû se côtoyer les choses n'auraient pas été simples…

Harris regarda les piles de bibles contre le mur. Il ne les avait pas vues en entrant.

« Nous avons plus de bibles en anglais qu'il n'y a de personnes qui parlent l'anglais dans ce pays. » L'infirmière en chef s'était détournée de la fenêtre et avait suivi son regard. « Des bibles en polonais, en tchèque, en italien, en français, en suédois… Je crois qu'il y en a qui nous ont été envoyées par vos catéchumènes. Nous avons besoin de médicaments et de nourriture. Mais on nous envoie des bibles. » Elle sourit. « Je me suis toujours demandé si les bonnes gens qui nous envoient des bibles croient vraiment que les Écritures soignent l'ankylostome et la faim ? Nos malades sont illettrés.

— Je suis gêné, dit Harris.

— Non, non, non ! Je vous en prie. Les gens adorent ces bibles. C'est la chose la plus précieuse que puisse posséder une famille. Savez-vous ce que l'empereur Ménélik, qui a précédé Hailé Sélassié, faisait quand il tombait malade ? Il mangeait des pages de la Bible. Je ne crois pas que c'était d'une grande efficacité. C'est un pays où le papier – worketu – est très prisé. Savez-vous que chez les pauvres, le mariage consiste simplement à écrire deux noms sur un bout de papier ? Et pour divorcer, eh bien il suffit de le déchirer. Les prêtres donnent des bouts de papier où sont écrits des versets. On les plie jusqu'à ce qu'ils ne fassent plus qu'un tout petit carré qu'on enveloppe dans du cuir pour le porter au cou.

« J'étais très contente de distribuer des bibles. Mais le ministre de l'Intérieur considérait que c'était du prosélytisme. "Comment puis-je faire du prosélytisme alors que personne ne lit ? De plus, c'est la même foi que la vôtre", je lui ai répondu. Mais il n'était pas d'accord. Et maintenant les bibles s'entassent, Mr. Harris. Elles se reproduisent comme des lapins dans la cabane à outils. Elles débordent de nos magasins jusque dans mon bureau. Nous les utilisons pour en faire des supports pour nos rayonnages. Ou pour tapisser les murs des huttes chikka. Pour tout, en fait ! »

Elle alla à la porte et lui fit signe de la suivre. « Allons faire un tour », dit-elle. « Regardez », fit-elle une fois qu'ils se trouvèrent dans le couloir, désignant un écriteau au-dessus d'une porte : SALLE D'OPÉRATION N°1. C'était un réduit plein de bibles. Sans un mot, elle désigna une autre pièce de l'autre côté du couloir. Harris vit qu'il s'agissait d'une réserve pleine de balais et de seaux. Au-dessus, il était écrit SALLE D'OPÉRATION N°2. « Nous n'avons qu'une salle d'opération. Nous l'appelons la « salle d'opération n° 3 ». Pensez-en ce que vous voudrez, Mr. Harris, mais je prends ce qu'on me donne au nom de Dieu pour servir ces gens. Et si mes donateurs veulent me donner une autre salle d'opération pour le célèbre Thomas Stone, quand j'ai besoin de cathéters, de seringues, de pénicilline et d'argent pour des bonbonnes d'oxygène afin de pouvoir continuer à faire fonctionner l'unique salle d'opération, alors je leur donne leur salle d'opération. »

Devant le service des consultations, la bougainvillée était en fleur, cachant les colonnes du garage – de sorte qu'on aurait dit que son toit était suspendu.

Un homme passa à pas rapides, vêtu d'une vieille capote sur laquelle il avait jeté un lourd châle blanc. Son turban blanc et le chasse-mouche en poil de singe qu'il tenait à la main le désignaient aux regards.

« C'est le Gebrew dont nous parlions, dit l'infirmière en chef alors que celui-ci, les voyant, s'arrêtait pour s'incliner. Serviteur de Dieu. Et gardien. Et… un de ceux qui partagent notre peine. »

Harris fut surpris de le voir relativement jeune. Dans une de ses lettres, l'infirmière en chef avait parlé d'une jeune Harrari de douze ou treize ans qu'on avait amenée, moribonde, un cordon ombilical sortant d'entre ses cuisses. Elle avait accouché quelques jours auparavant, mais le placenta avait refusé de sortir. La famille avait fait un voyage de deux jours en mule et en bus pour arriver à Missing. Et quand Gebrew l'avait soulevée de la calèche, elle avait hurlé. Gebrew, instrument de Dieu, avait marché sur le cordon ombilical qui traînait par terre, provoquant la libération du placenta. La petite fille était guérie avant même d'avoir franchi le seuil des urgences.

Harris frissonnait dans sa chemisette en coton, ses globes oculaires commençaient à osciller dans leurs orbites ; il tira sur son col avant de coiffer un casque colonial que l'infirmière en chef n'avait pas encore remarqué.

Ils pénétrèrent dans le service de pédiatrie, qui n'était autre qu'une pièce peinte en lavande vif pleine d'enfants dans des lits pourvus de barreaux de métal. Les mères étaient assises par terre près des lits. Elles se levèrent précipitamment à la vue de l'infirmière en chef et s'inclinèrent. « Cet enfant a le tétanos et va mourir. Celui-ci a une méningite, et, s'il survit, il est possible qu'il reste sourd ou aveugle. Et sa mère, ajouta-t-elle en posant affectueusement le bras sur les épaules d'une femme à l'air misérable, en restant à Missing nuit et jour néglige ses trois autres enfants. Seigneur ! Nous avons aussi eu un enfant qui est tombé dans un puits, un autre qui s'est fait encorner par un taureau et un autre kidnappé pendant l'absence de la mère. La seule chose à faire serait de lui dire de rentrer chez elle avec son enfant. »

« Alors pourquoi la garde-t-on ici ? »

« Regardez comme elle est anémiée. Nous la nourrissons. Nous lui donnons la portion de nourriture destinée à l'enfant qu'il ne peut pas manger, en plus de la sienne. J'ai demandé qu'on lui donne un œuf par jour, et on lui fait des injections de fer en plus d'un traitement contre l'ankylostome. Dans quelques jours, nous lui donnerons de quoi prendre le bus et nous la renverrons chez elle avec l'enfant s'il est vivant. Mais au moins elle sera en meilleure santé et pourra mieux s'occuper des autres enfants… celui-ci doit être opéré… »

Dans le service des hommes, étroit, tout en longueur, abritant quarante malades, elle poursuivit ses explications. Ceux qui le pouvaient se mettaient sur leur séant pour les saluer. Il y avait un malade dans le coma, la bouche ouverte, les yeux aveugles. Un autre était assis, penché en avant sur un oreiller destiné à cet usage, luttant pour respirer. Deux autres, côte à côte, arboraient des ventres de femmes enceintes.

« Cardite rhumatismale, rien à faire… et ces deux-là souffrent de cirrhose », expliqua-t-elle.

Harris était surpris du peu qui suffisait pour nourrir un malade et soutenir une vie. Un gros morceau de pain dans un bol ébréché et une grande tasse en fer-blanc cabossé remplie de thé sucré – voilà pour le petit déjeuner et le déjeuner. Très souvent, ainsi qu'il pouvait le remarquer, ce festin était partagé par les membres de la famille accroupis près du lit.

Quand ils sortirent, l'infirmière en chef s'arrêta pour reprendre son souffle. « Savez-vous qu'en ce moment nous avons de l'argent pour trois jours, pas plus ? Certains soirs, je m'endors sans savoir comment ouvrir le lendemain.

— Qu'allez-vous faire ? » demanda-t-il avant de réaliser qu'il connaissait la réponse.

L'infirmière en chef sourit, ses yeux disparaissant presque sous ses joues, ce qui lui donna l'air d'une enfant. « Exactement, Mr. Harris. Je prie. Puis je prends de l'argent dans la caisse destinée à la construction ou dans celle qui vient d'être provisionnée. Le Seigneur connaît mes problèmes, ou du moins c'est ce que je me dis. Il doit approuver le transfert. Notre ennemi n'est pas l'impiété – c'est le pays le plus pieux qui soit sur terre. Notre ennemi n'est même pas la maladie. C'est la pauvreté. De l'argent pour la nourriture, les médicaments… voilà qui est utile. Être nourri et soigné devrait être un droit imprescriptible. »

Maintenant Harris ne pensait plus au comité directorial.

« Je dois vous avouer, Mr. Harris, qu'avec l'âge je ne prie plus pour obtenir le pardon. Je prie pour avoir l'argent nécessaire à réaliser Son œuvre. » Elle saisit une de ses mains dans les siennes et la tapota. « Savez-vous, mon cher, que, dans mes plus sombres moments, vous avez bien souvent été la réponse à mes prières ? »

Elle sentit qu'elle en avait assez dit. À ce jeu, elle n'avait rien d'autre à mettre sur la table que la vérité.

Chapitre 15

LE SERPENT EST ENCORE ASSEZ RETORS

Pour Ghosh, les nouveau-nés étaient irréels, tout nez et rides, comme s'ils avaient été installés dans la maison d'Hema à cause d'une expérience de laboratoire qui aurait mal tourné. Ghosh tâchait de faire les bruits appropriés et d'avoir l'air intéressé, mais il était jaloux de l'attention qu'on leur portait.

Cela faisait cinq jours que sœur Mary Joseph Praise était morte. Il était passé chez Hema au début de la soirée avant de se mettre à la recherche de Stone. Il y avait là son Almaz, très à l'aise, immergée dans la tâche qui consistait à s'occuper des bébés, à peine consciente de sa présence. Les derniers jours, il avait dû se préparer son café et faire chauffer l'eau de son bain. L'infirmière en chef, Mlle Asqual, Rosina et plusieurs élèves infirmières étaient également présentes, tout occupées par les nouveau-nés ; Rosina, qui n'avait plus rien à faire depuis le départ de Stone, s'était elle aussi installée chez Hema. Personne ne remarqua le départ de Gosh.

Il alla d'abord aux hôtels Gion et Ras, puis au quartier général de la police, où il rendit visite à un sergent de ses connaissances. Celui-ci n'avait rien de nouveau à lui apprendre. Il traversa la Piazza de part en part et but une bière au Saint-George avant de décider qu'il était temps de rentrer. Ses projets de départ s'étaient concrétisés. Dans quatre semaines, il s'envolerait pour Rome, puis Chicago. Peut-être qu'alors les choses se seraient arrangées à Missing. Il ne se voyait pas rester, pas maintenant, pas après le départ de Stone et la mort de la sœur. Mais il lui fallait encore trouver le courage de l'annoncer à l'infirmière en chef ou à Almaz. Et à Hema.

Il faisait nuit quand il s'arrêta au garage. Il vit Almaz accroupie contre le mur du fond, si emmitouflée qu'on ne voyait plus que ses yeux. Elle l'attendait, tout comme elle l'avait fait le soir où sœur Mary Joseph Praise était morte.

« Oh, mon Dieu ! Quoi encore ? »

Elle ouvrit la portière passager et s'assit sur le siège.

« C'est Stone ? demanda-t-il. Que s'est-il passé ?

— Où étiez-vous ? Non, ce n'est pas Stone. Un de nos bébés a cessé de respirer. Allons chez le docteur Hema. »

La lumière bleue de la nuit donnait à la chambre d'Hema l'apparence irréelle d'un décor de cinéma. Elle était en chemise de nuit, les cheveux tombant sur les épaules. Il eut du mal à détourner le regard.

Les deux nouveau-nés étaient sur le lit, leurs poitrines animées de mouvements réguliers, les yeux clos, le visage paisible.

En se tournant de nouveau vers Hema, il vit qu'elle tremblait et que ses lèvres frémissaient. Il tendit les mains, paumes en l'air, pour demander ce qui s'était passé. Pour toute réponse, elle se jeta dans ses bras.

Il la tint serrée contre lui.

Depuis qu'il la connaissait, il l'avait toujours vue ou heureuse, ou irritée, ou triste, voire déprimée, mais, au fond, toujours pleine de vie. Il ne l'avait jamais vue apeurée, elle était méconnaissable.

Il essaya de l'entraîner hors de la chambre, le bras toujours sur son épaule, mais elle résista. « Non, murmura-t-elle. On ne peut pas s'en aller.

— Que se passe-t-il ? »

— Je les regardais, juste après les avoir mis au lit. J'ai vu Marion qui respirait régulièrement. Mais Shiva... » Elle sanglotait maintenant tout en désignant l'enfant qui avait un pansement sur la tête. « J'ai vu son estomac se soulever, puis, sur l'expiration, il est retombé... et puis plus rien. J'ai regardé tant que j'ai pu. "Hema, tu te fais des idées", je me suis dit. Mais je le voyais devenir bleu, même dans cette lumière, surtout quand je comparais sa couleur à celle de Marion. Je l'ai touché, et il a tendu les bras comme s'il était en train de tomber, et il a pris une grande inspiration. Ses doigts se sont serrés autour de mon index. Il me disait : Ne me quitte pas. Il respirait de nouveau. Oh, mon Shiva ! Si je n'avais pas été là... il serait mort à l'heure qu'il est. »

Elle sanglota dans ses mains, qui étaient posées sur la poitrine de Ghosh. Ses larmes mouillaient sa chemise. Il ne savait que dire. Il espérait qu'il ne sentait pas la bière. Bientôt elle se dégagea et ils demeurèrent dans les bras l'un de l'autre tandis qu'Almaz, juste derrière eux, observait Shiva.

Pourquoi Hema avait-elle pris sur elle de nommer les bébés ? Cela paraissait prématuré. Il n'arrivait pas à prononcer leurs noms. Étaient-ils définitifs ? Et si Thomas refaisait son apparition ? Et pourquoi donner à l'enfant d'une religieuse et d'un Anglais le nom d'un dieu hindou ? Et pour l'autre jumeau, également un garçon, pourquoi Marion ? C'était sûrement temporaire, jusqu'à ce que Stone recouvre ses esprits ou que l'ambassade de Grande-Bretagne ou quelqu'un prenne les mesures nécessaires. Hema agissait comme si c'étaient ses enfants.

« Est-ce que ça s'est produit de nouveau ? demanda-t-il.

— Oui. Une fois. Environ trente minutes plus tard. Juste comme j'allais me détourner. Il a inspiré, expiré… et s'est arrêté. Je me suis forcée à attendre. Il fallait bien qu'il respire. Je me suis retenue jusqu'à ce que je n'en puisse plus. Quand je l'ai touché, il s'est remis à respirer. C'était comme s'il avait attendu cette petite poussée, comme s'il avait oublié comment respirer. Cela fait trois heures que je suis ici, j'ai tellement peur que je n'ose même pas aller aux toilettes. Je ne fais confiance à personne pour les surveiller et, de toute façon, comment leur aurais-je expliqué ?… Dieu merci, Almaz a décidé de rester pour leur donner leur biberon. Je l'ai envoyée te chercher, dit Hema.

— Vas-y, fit-il. Je vais les surveiller. »

Elle était de retour quelques instants plus tard. « Qu'est-ce que tu en penses ? dit-elle, s'appuyant sur son bras tandis qu'elle se tamponnait les yeux à l'aide d'un mouchoir. Tu ne devrais pas l'ausculter ? Il n'a pas toussé et ne s'est pas débattu. »

Ghosh, l'index sur le menton, les yeux mi-clos, considéra l'enfant en silence. Après un long moment, il déclara : « Je l'examinerai minutieusement à son réveil. Mais je pense savoir ce que c'est. »

Le regard qu'elle lui lança fit déborder son cœur. Ce n'était pas l'Hema qui réagissait avec scepticisme à tout ce qu'il disait. « En fait je suis sûr. Apnée du prématuré. C'est bien documenté. Vois-tu, son cerveau est encore immature, et le centre de la respiration, qui déclenche chaque souffle, n'est pas complètement développé. Il "oublie" de respirer de temps à autre.

— Tu es certain que ce n'est pas quelque chose d'autre ? » Elle ne cherchait pas là à le provoquer : comme n'importe quelle mère, elle voulait être sûre de l'avis du médecin.

Il hocha la tête. « Je suis certain. Tu as eu de la chance. Généralement, l'apnée est fatale – tout se passe avant qu'on ait pu s'en rendre compte.

— Ne dis pas ça. Oh, mon Dieu ! Qu'est-ce qu'on peut faire, Ghosh ? »

Il allait lui dire qu'il n'y avait rien à faire. Rien du tout. Si cet enfant avait de la chance, l'apnée disparaîtrait dans quelques semaines. La seule chose à faire était de mettre ces prématurés sous respirateur artificiel jusqu'à ce que leurs poumons soient matures. En Angleterre et en Amérique, la chose était toutefois rarement pratiquée. À Missing, c'était hors de question.

Elle attendait sa réponse en retenant sa respiration.

« Voilà ce qu'on va faire », dit-il, et elle soupira. Il improvisait. Il ne savait pas si son plan marcherait. Mais il savait en revanche qu'il n'avait pas le courage de dire qu'il n'y avait rien à faire.

« Apporte-moi un fauteuil. Un de ceux du living. Apporte-moi aussi quelques-uns de tes bracelets de cheville et une paire de pinces. Et du fil ou de la ficelle. Un clipboard ou un carnet, si tu en as un. Et dis à Almaz de me faire un thermos de café. Le plus fort possible.

Cette nouvelle Hema, mère adoptive des jumeaux, se leva sur-le-champ pour faire ce qu'il demandait, sans demander pourquoi ni comment. Il la regarda qui s'éloignait de son pas dansant.

« Si j'avais su que tu étais si accommodante, je t'aurais demandé un cognac et un massage des pieds en plus, murmura-t-il. Et si ça ne marche pas... au moins mes valises sont prêtes. »

Ghosh était assis dans le fauteuil, sirotant du café, une ficelle autour de l'index, dans le silence de la maison. Il était deux heures du matin. L'autre extrémité de la ficelle était liée à un des anneaux de cheville d'Hema, qu'il avait coupé en deux et passé autour du pied de Shiva. Les petites clochettes d'argent de l'anneau produisaient un joli bruit de cymbales quand le pied bougeait.

Il avait attaché sa montre autour du bras du fauteuil. Sur la première page d'un carnet, il avait fait deux colonnes, l'une pour la date, l'autre pour les heures. Shiva bougeait dans son sommeil et les clochettes faisaient entendre leur tintement rassurant. Quand ils avaient donné le biberon aux jumeaux, ils avaient mis une goutte de café dans celui de Shiva. Ghosh espérait que la caféine, un stimulant et un irritant du système nerveux, assurerait le fonctionnement du centre de la respiration. L'enfant était visiblement plus agité que son jumeau.

Hema dormait sur le canapé du living, juste à l'autre bout de la chambre. Un lampadaire à large abat-jour qu'ils avaient apporté de la chambre d'Hema procurait à Gosh juste assez de lumière pour voir sa page.

Il promena son regard sur les murs. Une petite fille portant des nattes et vêtue d'un demi-sari se tenait entre deux adultes. Face à lui une photo de Nehru, avec son beau visage pensif, un doigt sur la joue, était encadrée au mur. Il avait imaginé la chambre d'Hema parfaitement rangée alors qu'il y avait des vêtements pendus aux barreaux du lit, une valise ouverte par terre, d'autres vêtements entassés dans un coin, et des livres et des papiers empilés sur un fauteuil. À côté de la porte, il remarqua une caisse de la taille d'un buffet. « Elle l'a fait ! » se dit-il, et il se pencha pour voir ce qui était écrit. « Un Grundig, pas moins. Ce qu'il y a de mieux... » Le gramophone et la radio de Ghosh avaient flanché quelques mois auparavant.

Il jetait régulièrement un coup d'œil à l'enfant pour s'assurer que la petite poitrine bougeait. Au bout d'une heure – ou ce qui lui parut aussi long – il bâilla, regarda sa montre, et fut étonné de voir que sept minutes seulement avaient passé. « Mon Dieu, pensa-t-il, ça va être difficile ! » Il termina sa tasse de café et s'en versa une deuxième.

Il se leva et fit le tour de la pièce. Sur une étagère se trouvait une série de volumes reliés sur le dos desquels était gravé à l'or fin : LES GRANDS CLASSIQUES DE LA LITTÉRATURE MONDIALE. Il saisit un volume et s'assit. Le livre, magnifiquement relié en cuir et doré sur tranche, ne semblait pas avoir été ouvert.

À quatre heures du matin, il alla réveiller Hema. Dans son sommeil, elle ressemblait à une petite fille, les deux mains jointes sous une joue. Il la secoua doucement. Elle ouvrit les yeux, le vit, et sourit. Il lui tendit une tasse de café.

« Mon tour ? » Il hocha la tête. Elle se mit sur son séant. « Est-ce qu'il a arrêté de respirer ?

— Deux fois. Sans aucun doute.

— Oh mon Dieu ! Je ne l'ai pas imaginé alors ? On a vraiment eu de la chance que je m'en aperçoive la première fois.

— Bois ça, lave-toi la figure et viens dans la chambre. »

À son retour, il lui passa le fil attaché au bracelet de cheville, le carnet et le stylo. « Quoi que tu fasses, ne t'étends pas sur le lit, reste dans le fauteuil, c'est la seule façon de ne pas s'endormir. J'ai lu pour me tenir éveillé. Je lève les yeux à la fin de chaque page, et si j'entends le bracelet bouger, je reprends ma lecture. Au moment où il a arrêté de respirer, j'ai tiré sur le bracelet et il s'est immédiatement remis à respirer. Ce petit bonhomme oublie juste de respirer !

— Pourquoi faudrait-il qu'il s'en souvienne ? Pauvre bébé. »

Hema s'était à peine assise dans le fauteuil qu'elle entendit un bruit étrange. Il lui fallut une seconde pour réaliser que c'était le ronflement de Ghosh. Elle alla jusqu'au canapé où il était étendu tel un gros ours en peluche. Elle le recouvrit de la couverture qui avait glissé par terre et elle retourna à son poste. Le ronflement la rassurait. Il lui disait qu'elle n'était pas seule. Elle prit le livre que lisait Ghosh.

Elle avait acheté la série de douze volumes à un employé de l'ambassade de Grande-Bretagne qui retournait chez lui. Elle avait honte de n'en avoir pas lu un seul. Ghosh avait mis un signet à la page quatre-vingt-douze. Était-il allé si loin ? Pourquoi avait-il choisi ce livre ? Elle alla à la première page :

> Celui qui s'intéresse à l'histoire des hommes, et à la façon dont le mélange mystérieux se comporte selon les diverses expériences du Temps, n'a-t-il pas songé, au moins brièvement, à la vie de sainte Thérèse, n'a-t-il pas souri avec quelque tendresse à l'idée de la petite fille sortant un beau

matin avec son frère encore plus petit qu'elle, pour aller chercher le martyre au pays des Maures ?

Elle lut trois fois cette première phrase avant de comprendre de quoi il s'agissait. Elle regarda le titre : *Middlemarch*. Pourquoi l'auteur ne pouvait-il être clair ? Elle poursuivit sa lecture, seulement parce que Ghosh avait continué de lire. Peu à peu, elle se trouva immergée dans l'histoire.

Le lendemain matin, comme Ghosh faisait sa tournée, il se demanda si le colonel avait pu regagner sans problème sa garnison à Gondar. Si le colonel avait été arrêté, ou pendu, le saurait-on jamais à Missing ? L'*Ethiopian Herald* ne parlait jamais d'affaires de trahison, comme si parler de trahison constituait, en soi, une trahison.

Après avoir vu ses patients, Ghosh dénicha un incubateur dans l'un des débarras derrière le bungalow de l'infirmière en chef. Ghosh était de facto le pédiatre de Missing. Les premières années, il avait construit un incubateur pour les prématurés. Après que la Suède eut ouvert un hôpital pour enfants à Addis-Abeba, Missing y avait envoyé tous les prématurés et donc remisé l'incubateur.

En dépit de sa construction délicate, du verre des quatre côtés et une base en fer-blanc, il était toujours intact. Gebrew le passa au jet, le débarrassa de ses mouches, le mit au soleil pendant quelques heures, avant de le rincer de nouveau à l'eau chaude. Puis Ghosh le frotta à l'alcool avant de l'installer dans la chambre d'Hema. À peine s'était-il reculé pour l'admirer qu'Almaz en fit trois fois le tour en poussant des sortes de phouou-phouou presque comme si elle crachait dessus. « Pour éloigner le mauvais œil », expliqua-t-elle en amharique, s'essuyant les lèvres du dos de l'avant-bras.

« Rappelle-moi de ne jamais t'inviter dans la salle d'opération, lui dit Ghosh en anglais. Hema ? (il s'adressait à elle en espérant qu'elle prendrait sa défense) L'antisepsie ? Lister ? Pasteur ? Tu ne crois plus à tout ça ?

— Tu oublies que je viens d'accoucher et qu'il est beaucoup plus important pour moi d'éloigner les mauvais esprits. »

Les jumeaux étaient allongés côte à côte, emmaillotés comme des larves, partageant l'incubateur, coiffés de bonnets montrant seulement leurs petits visages ratatinés. De quelque manière qu'Hema les plaçat, quand elle revenait, ils formaient un V, tête l'une contre l'autre, face à face, tout comme ils l'avaient été dans la matrice.

Certaines nuits, quand il prenait son tour au chevet des bébés endormis, épuisé, combattant le sommeil, Ghosh se parlait. « Pourquoi es-tu ici ? Est-ce qu'elle ferait ça pour toi ? » Les vieux ressentiments durcissaient sa mâchoire. « Espèce d'imbécile, tu t'es laissé prendre à son charme encore une fois ? » Pourquoi n'avait-il pas la volonté de dire ce qui devait être dit ?

Il se jura qu'une fois ce Shiva hors de danger, il partirait. Connaissant Hema, quand elle ne serait plus obligée de compter sur lui, les choses reprendraient leur cours habituel. Depuis la visite d'Harris, il n'était pas sûr que les baptistes de Houston continuent à les financer. L'infirmière en chef refusait de donner son opinion à ce propos.

Pendant deux semaines Hema et lui continuèrent de veiller Shiva, se faisant aider le jour mais se réservant les nuits. Ils avaient terminé *Middlemarch* en une semaine, ce qui leur avait fourni ample matière à discussion. Ensuite il choisit *Paris* de Zola, qu'ils apprécièrent tous deux. Les crises d'apnée de Shiva s'estompèrent, passant de plus de vingt par jour à deux, avant de cesser complètement. Ils poursuivirent leur veille une semaine de plus, par sécurité.

Le canapé d'Hema était trop petit pour un homme de la taille de Ghosh, et quand elle le voyait recroquevillé, elle prenait conscience de son sacrifice et lui en était reconnaissante. Elle aurait été surprise de savoir à quel point occuper l'espace qu'elle venait de quitter et se glisser sous la couverture encore imprégnée du parfum de ses rêves lui procurait du plaisir. Le tintement du bracelet de Shiva parvenait dans son sommeil, et, une nuit, il rêva que c'était Hema qui dansait pour lui. Nue. Ce rêve était si impressionnant, si réel, que le lendemain matin il se rendit chez Cook, attendit l'ouverture, et annula son billet pour l'Amérique. Il le fit avant d'avoir pris son café – avant d'avoir pu prendre le temps de réfléchir.

L'infirmière en chef se tenait de plus en plus courbée ; son visage portait les stigmates de la perte de sœur Mary Joseph Praise. Elle passait ses soirées chez Hema – comme tout le monde – mais elle ne protestait pas quand Ghosh et Hema la renvoyaient chez elle à huit heures, accompagnée de Koochooloo. Cette chienne s'était instituée protectrice de l'infirmière en chef, et, comme les deux chiens sans nom la suivaient souvent, cette dernière avait une véritable cour.

Deux semaines après l'enterrement de la sœur, Gebrew vit un coolie arriver à Missing avec le bras droit dans un long plâtre, le coude raide, paraissant si ensommeillé qu'il titubait, risquant de se casser la tête, sans parler de l'autre bras. Gebrew se sentit honteux parce que c'était lui qui l'avait envoyé à l'hôpital russe quand il était arrivé la première fois avec une fracture à Missing. Les médecins russes adoraient injecter des barbituriques, de quelque maladie dont souffrît le patient, et comme leurs malades adoraient les piqûres, personne ne quittait l'hôpital russe sans avoir eu son injection de sédatifs. Gebrew avait appris d'expérience qu'un avant-bras cassé devait être plâtré dans une position neutre et fonctionnelle, avec le coude à quatre-vingts degrés, l'avant-bras à mi-chemin entre pronation et supination, bien qu'il ne connût aucun de ces deux termes. Il escorta le coolie jusqu'aux urgences où, après que Ghosh eut regardé la radio, les garçons de salle refirent un plâtre. À ce moment, bien qu'aucun d'eux n'en eût eu réellement conscience, Missing rouvrait officiellement.

Hema refusa de quitter les enfants. Elle déclara qu'elle n'était plus médecin, mais mère. Elle était le genre de femme qui craignait toujours pour ses enfants, qui adorait être en leur compagnie et détestait les quitter. Les deux mamithus – la Rosita de Stone et l'Almaz de Ghosh – venaient coucher à tour de rôle sur un matelas dans la cuisine.

Stone mort ou absent, Hema mère à temps complet, une fois les portes rouvertes, Ghosh se retrouva avec un poids colossal sur les épaules. L'infirmière en chef engagea Bachelli pour s'occuper des consultations externes du matin, où l'on recevait la grande majorité des patients de Missing. Cela permit à Ghosh d'opérer quand il en était capable, et de se concentrer sur les patients admis à l'hôpital.

Six semaines après la mort de sœur Mary Joseph Praise, la pierre tombale arriva sur une charrette à âne. Hema et Ghosh vinrent assister à sa pose. Le maçon avait gravé une croix copte. En dessous, il avait reproduit ce que l'infirmière en chef lui avait écrit :

> ΣŒUR ΜΑΡΨJΟΣΕΠΗ PRAIΣE
> NÉE 1928 MORTE 1954
> EN ΣÉCURITÉ DANS LEΣ BRAΣ DE JEΣUΣ

L'infirmière en chef arriva, toute essoufflée et agitée. Tous trois regardèrent les étranges caractères. Le maçon les observait, attendant d'être complimenté. L'infirmière en chef poussa un soupir d'exaspération.

« Je présume qu'il n'y a pas grand-chose à faire maintenant », dit-elle avant de gratifier l'homme d'un hochement de tête. Il rassembla ses leviers et ses toiles de jute et emmena son âne.

« J'étais en train de penser, dit Hema d'une voix rauque, qu'il devrait être inscrit : “Morte dans les mains d'un chirurgien. Aujourd'hui en sécurité dans les bras de Jésus”.

— Hema ! protesta l'infirmière en chef. Gardez votre langue.

— Non, sincèrement, dit Hema. L'argent couvre les fautes du riche. Mais c'est la terre qui couvre les fautes du chirurgien.

— Sœur Mary Joseph Praise est recouverte par la terre du pays qu'elle est venue aimer, dit l'infirmière en chef, dans l'espoir de mettre fin à ce genre de discours.

— Mise ici par un chirurgien, dit Hema qui aimait avoir le dernier mot.

— Qui a quitté le pays », dit l'infirmière en chef.

Ils se tournèrent vers elle, bouche bée.

L'infirmière en chef déclara, en manière d'excuse : « Je viens de recevoir un appel du consulat d'Angleterre. C'est ce qui m'a mise en retard. D'après ce que j'ai pu comprendre, Stone est allé à Nairobi, ne me demandez pas comment. Il est en mauvais état. L'alcool je suppose. Il était devenu fou.

— Il n'est pas blessé ou je ne sais quoi ? demanda Ghosh.

— Pour autant que je sache il est entier. Je viens d'appeler Mr. Elihu Harris. Oui, je l'ai mis dans le coup. Ils ont une importante mission au Kenya. S'il dessoûle, Harris pense qu'il pourrait y travailler. Ou s'il ne veut pas, Eli peut l'envoyer en Amérique.

— Mais ses livres, ses affaires ? demanda Ghosh. On ne devrait pas les lui faire parvenir ?

— J'imagine qu'il les demandera une fois installé », dit l'infirmière en chef.

La nouvelle était pour Hema à la fois un sujet de satisfaction et de préoccupation. Elle signifiait que Stone avait abandonné les enfants et par la même occasion tout droit sur eux. Elle aurait préféré qu'il signe un document à cet effet. Elle continuait d'être inquiète. Il était bien possible qu'un homme qui s'était fait un nom à Missing, dont la maîtresse était enterrée à Missing, et dont les enfants étaient élevés à Missing, ne puisse pas couper le cordon si facilement. « Le serpent est encore assez retors pour se faufiler dans le trou, dit Hema.

— Ce n'est pas un serpent », dit sèchement Ghosh, surprenant Hema au point qu'elle ne répondit pas. « C'est mon ami, poursuivit-il d'un ton défiant quiconque de s'opposer à lui. N'oublions pas quel collègue de valeur il a été pendant toutes ces années, les grands services qu'il a rendus à Missing, les vies qu'il a sauvées. Ce n'est pas un serpent. » Il pivota sur ses talons et s'éloigna.

Les paroles de Ghosh suscitèrent le remords dans la conscience d'Hema. Elle ne pouvait pas s'attendre à ce qu'il ressente tout comme elle. Pas si elle s'intéressait à lui. Ghosh était son propre maître et l'avait toujours été.

Comme elle le regardait qui s'éloignait, elle fut prise de peur. Elle ne s'était jamais vraiment inquiétée des sentiments de Ghosh, mais aujourd'hui, devant la tombe, elle avait l'impression d'être une jeune fille qui, alors qu'elle tire de l'eau du puits, rencontre un bel inconnu – une chance qui ne se représentera plus mais qu'elle gâche aussitôt en disant les mots qu'il ne fallait pas.

Chapitre 16

Mariée pour un an

Le lait de vache était le péché mignon d'Hema, et une fois que la première gorgée crèmeuse avait coulé dans sa gorge, elle ne pouvait plus s'en passer, même si pour Ghosh elle n'avait aucune raison d'avoir une vache.

« Tu plaisantes ? Tu ne peux pas donner du lait de vache à des nouveau-nés !

— Et qui prétend ça ? demanda-t-elle, sans conviction.

— Moi, répondit-il. De plus, cela fait des semaines qu'ils sont nourris au lait en poudre. Ils doivent continuer au lait en poudre. »

Après sa sortie devant la tombe de la sœur, Hema avait eu la terrible prémonition que Ghosh allait quitter Missing, toutefois, les jours suivants, il était revenu dormir sur le canapé. La manière calme et méthodique dont il avait abordé le problème de Shiva constituait un aspect de sa personnalité qui lui était resté caché jusqu'alors. Sur le mur à côté de la porte, il avait punaisé un graphique marquant la disparition progressive de ces terrifiants épisodes d'apnée. Hema n'aurait jamais eu le courage de dire ce qu'il dit un beau soir, à savoir que les nuits de veille étaient terminées.

Il avait dormi sur le canapé depuis le jour où elle l'avait appelé et maintenant elle ne voulait pas qu'il parte ; elle en était venue à avoir besoin d'entendre son ronflement. Mais elle ne pouvait pas s'empêcher de se quereller avec lui de temps à autre – c'était un vieux réflexe. Pour elle, c'était une manière de témoigner son affection.

Ils n'enlevèrent pas le bracelet de cheville du pied de Shiva, même s'il n'en avait plus besoin. Ce bruit faisait partie de Shiva, et l'enlever eut été comme lui prendre sa voix.

Tôt le matin, une cloche en pierre annonçait l'arrivée de la vache, du veau et d'Asrat, le laitier. Le son de la cloche était dans la même tonalité que celui du bracelet de cheville de Shiva. Asrat faisait payer un supplément pour apporter l'usine à lait à domicile, mais le fait qu'il trayait la vache sous le regard attentif de Rosina et Almaz était la garantie que le lait n'était pas coupé d'eau.

Le matin, lorsque Hema entendait la cloche de la vache, réflexe pavlovien oblige, elle se mettait à saliver. À son réveil, la maison sentait bon le lait bouilli. Elle prit l'habitude de mettre de plus en plus de lait dans son café du matin. Elle en buvait désormais deux verres le matin, plus deux autres pendant la journée. Elle aimait la persistance de sa saveur beurrée sur sa langue. Contrairement au lait de buffle de son enfance, celui-ci avait le goût de l'herbe des pâturages d'altitude dont la vache se nourrissait.

Quand Asrat, dont Hema pensait que la sérénité bovine provenait du fait qu'il dormait avec ses vaches dans sa hutte, dit un matin : « Si Madame voulait bien acheter du maïs, le lait serait si épais qu'une cuillère y tiendrait debout », elle n'hésita pas. Bientôt un coolie apporta sur sa charrette à bras dix sacs marqués ROCKFELLER FONDATION et INTERDIT À LA REVENTE. « Le meilleur investissement que j'aie jamais fait, dit Hema quelques jours plus tard, faisant claquer ses lèvres comme une écolière. Le maïs fait toute la différence. »

— On ne peut pas dire que l'expérience soit fiable attendu que tu l'as biaisée en payant le maïs », déclara Ghosh.

Asrat attachait les animaux derrière la cuisine, le veau juste hors de portée des pis de sa mère, pendant qu'il livrait le restant du lait. Les appels que s'échangeaient la vache et le veau étaient apaisants. Hema se rappelait que sa mère disait : « La vache porte l'univers en elle, Brahma dans les cornes, Agni dans le front, Indra dans la tête… »

L'appel du veau n'avait rien à voir avec les pleurs de ses jumeaux, mais l'émotion était la même. Toutes les années où elle avait pratiqué l'obstétrique, Hema n'avait jamais vraiment fait attention aux pleurs du nouveau-né, ni réfléchi à la fréquence qui faisait vibrer la langue et les lèvres du bébé comme une herbe. C'était pourtant un son si éperdu, vibrant d'urgence, mais jusqu'ici son importance résidait uniquement dans ce qu'il signalait : un accouchement réussi, une naissance. Seule son absence le rendait digne d'attention. Et voilà que le son produit par ses nouveau-nés, son Shiva et son Marion, quand ils pleuraient, était comme nul autre au monde. Il la tirait des catacombes de son sommeil pour se précipiter vers l'incubateur avec des chut, chut… sur les lèvres. C'était un appel personnel – ses bébés avaient besoin d'elle.

Elle se rappelait que pendant des années elle avait eu l'impression, juste au moment de sombrer dans le sommeil, que quelqu'un l'appelait par son nom. Aujourd'hui elle se disait que c'étaient ses jumeaux qui lui annonçaient leur arrivée.

Il y avait d'autres bruits auxquels elle s'était habituée en tant que jeune mère. Le claquement du tissu mouillé sur la pierre du lavoir. Le battement des langes sur la corde à linge (bannière de fécondité) annonçant l'ondée et précipitant Alma et Rosina au dehors. Les notes de harpe de verre des biberons qui s'entrechoquaient dans l'eau bouillante. Le chant et le bavardage incessant de Rosina. Le heurt des ustensiles de cuisine brutalement maniés par Almaz… ces sons formaient le choral du bonheur d'Hema.

Malgré les objections de Ghosh, un astrologue marathi qui faisait une tournée en Afrique de l'Est, vint prédire l'avenir des enfants. Avec ses lunettes et ses stylos dans la poche de sa chemise, on aurait dit un jeune employé des chemins de fer. Après avoir noté l'heure exacte de la naissance des jumeaux, il voulut connaître la date de naissance des parents. Hema donna la sienne, puis celle de Ghosh tout en lui jetant un regard d'avertissement. L'astrologue consulta ses tables et ses calculs remplirent une feuille entière de papier ministre. Enfin il déclara : « Impossible. » Il jeta un regard nerveux à Hema, mais évita Ghosh. Il ferma son stylo, rangea ses papiers, et sous le regard ébahi d'Hema il se dirigea vers la porte. « Quel que soit leur destin, dit-il, vous pouvez être sûre qu'il est lié au père. »

Ghosh le rattrapa au portail. Il refusa son argent. D'un air triste il déclara : « Docteur saab, je crains que vous puissiez ne pas être le père. » Ghosh fit semblant d'être extrêmement troublé par cette nouvelle. Quand il raconta la chose à Hema, celle-ci s'en amusa beaucoup moins que lui. Elle lui fit plutôt peur, comme si l'homme avait prédit le retour de Thomas Stone.

Le lendemain, Ghosh trouva Hema accroupie, de la farine de riz dans le poing, occupée à exécuter un rangoli – un motif décoratif compliqué – devant la porte de sa chambre, prenant soin que les lignes ne s'interrompent pas afin d'empêcher le mauvais esprit de passer. Au-dessus du chambranle de la porte, elle accrocha le masque d'un diable barbu aux yeux injectés de sang qui tirait la langue – autre moyen d'éloigner le mauvais œil. La confection du rangoli fit désormais partie de son rituel matinal, comme d'écouter Suprabahtam dans la version interprétée par M.S. Subbaulakshmi, sur son Grundig. Les syncopes hoquetées de l'hymne évoquaient pour Ghosh le bruit que faisaient les femmes en balayant la cour autour du banyan à Madras, tôt le matin, et la sonnette de la bicyclette du dhobi. Suprabahtam inaugurait les émissions de toutes les radios et, étudiant, Ghosh en avait entendu les paroles sur les lèvres des mourants. Cela l'amusait d'avoir attendu d'être en Éthiopie pour apprendre ce que c'était exactement : une invocation destinée à réveiller le Seigneur Venkateswara.

Ghosh remarqua que le placard de la chambre d'Hema avait été transformé en autel dominé par le symbole de Shiva : un grand lingam. Aux petites statues en cuivre de Ganesh, de Lakshmi et de Muruga, s'était ajoutée une effigie en ébène d'aspect lugubre de l'indéchiffrable Venkateswara, de même qu'un « cœur immaculé de la Vierge Marie » en porcelaine et un christ en croix, en porcelaine également, avec le sang qui ruisselait des trous faits par les clous. Ghosh tint sa langue.

Sans fanfare et de manière tout à fait inattendue, Ghosh était devenu le chirurgien de Missing. Même si ce n'était pas Thomas Stone, il s'était déjà acquitté de plusieurs abdomens (certes avec des papillons dans l'estomac, mais la première fois seulement), de plusieurs blessures par lame ainsi que de grosses fractures, et avait même inséré un cathéter intercostal. Une femme qui se trouvait dans la salle de travail avait souffert d'une soudaine obstruction des voies respiratoires. Ghosh s'était précipité et avait incisé la peau en haut du cou, ouvrant la membrane crico-thyroïdienne ; il avait été soulagé d'entendre le bruit de l'air aspiré et de voir les lèvres de la patiente virer du bleu sombre au rose. Puis, ce même jour, sous le meilleur éclairage de la salle d'opération, il avait pratiqué sa première thyroïdectomie. La salle d'opération n° 3 était maintenant un endroit qui lui était familier, mais toujours gros de dangers. Rien n'était routinier pour lui.

Le jour où les jumeaux eurent deux mois, Ghosh était en pleine opération quand la stagiaire passa la tête à la porte pour dire qu'Hema avait un besoin urgent de le voir. Ghosh était en train de couper un pied tellement détruit par l'infection qu'il n'était plus qu'un moignon dégoulinant. Le garçon était venu tout seul de son village proche d'Axum, un voyage de plusieurs jours, pour supplier Ghosh de le débarrasser de l'extrémité douloureuse. « Ça fait trois ans qu'il est comme ça », dit-il en désignant le pied qui était quatre fois gros comme l'autre, informe, les orteils à peine visibles.

On rencontrait des « pieds de Madura » partout où les gens avaient l'habitude de marcher pieds nus, et c'est à la ville de Madurai, non loin de Madras, que revenait le douteux honneur d'avoir donné son nom à cette maladie. Le pied de Madura est provoqué par une grosse épine ou un clou sur lequel une personne – un ouvrier agricole en général – a marché. Comme la personne n'a d'autre choix que de continuer à marcher, un champignon gagne lentement le pied, puis l'os, le tendon et le muscle. Il ne reste plus qu'à amputer.

Encouragé par le vieil adage : « Même un idiot peut amputer une jambe », Ghosh avait décidé d'agir. S'il avait hésité, c'est seulement parce que la maxime avait une suite : « Mais seul un chirurgien habile peut en sauver une. » En l'occurrence, il n'était pas question de sauver le pied…

Le garçon était le premier patient que Ghosh voyait se rendre à la salle d'opération en chantant et en battant des mains, ravi d'être opéré. Ghosh incisa la peau au-dessus de la cheville, laissant un lambeau à l'arrière pour couvrir le moignon. Il ligatura les vaisseaux sanguins, scia l'os et entendit le bruit du pied qui tombait dans le seau. C'est à ce moment que la stagiaire lui fit le message.

Ghosh couvrit la plaie d'une serviette stérile humide et il se précipita, arrachant son masque et son calot, imaginant le pire.

Hema, vêtue d'un sari en soie, avait étalé du riz par terre. Elle avait écrit les noms des garçons en sanskrit dans les grains. Shiva était dans ses bras, et Rosina tenait Marion. Hema avait rassemblé quelques Indiennes qui dardaient sur lui des regards de désapprobation.

« Je viens de recevoir une lettre de ma mère, dit Hema. Nous avons oublié de faire le nama-karanum, Ghosh. On doit donner les noms le onzième ou le seizième jour après la naissance. Ma mère me dit que si on le fait dès réception de son aérogramme tout ira bien.

— Tu m'as fait interrompre une opération pour ça ? » Il était furieux. Il avait du mal à se retenir de lui demander comment elle pouvait croire à toutes ces foutaises.

« Écoute, siffla Hema, gênée par son attitude, le père est censé murmurer le nom de l'enfant dans son oreille. Si tu ne veux pas le faire, j'appellerai quelqu'un d'autre. »

Ce mot – « père » – changea tout. Il l'avait électrisé. Il murmura rapidement « Marion » puis « Shiva » dans chaque petite oreille, embrassa chacun, puis Hema sur la joue avant de pouvoir se retirer, avec un : « Au revoir, maman » qui scandalisa les invitées d'Hema, et de retourner en hâte dans la salle d'opération afin de rabattre le lambeau sur le moignon.

Il n'était pas facile de distinguer les jumeaux si ce n'est par le bracelet de cheville qu'Hema continuait à faire porter à Shiva en guise de talisman. Tandis que Shiva était calme et silencieux, Marion avait tendance à froncer les sourcils quand Ghosh le portait, comme s'il essayait de faire la relation entre cet homme étrange et les bruits bizarres qu'il produisait. Shiva était légèrement plus petit, et son crâne portait encore les traces des tentatives d'extraction de Stone. Il ne s'agitait que lorsque Marion pleurait, comme par solidarité.

En douze semaines les jumeaux avaient pris du poids, leurs cris étaient vifs, leurs mouvements vigoureux. Ils serraient le poing contre leurs poitrines et de temps à autre tendaient les bras pour loucher avec émerveillement sur leurs mains.

S'ils semblaient indifférents l'un à l'autre, Hema pensait que c'était parce qu'ils sentaient qu'ils ne faisaient qu'un. Quand on leur donnait le biberon, l'un dans les bras de Rosina, l'autre dans ceux d'Hema ou de Ghosh, ils l'acceptaient mieux s'ils étaient à portée d'oreille et que leurs têtes ou leurs membres se touchaient ; s'ils étaient dans des pièces séparées, ils devenaient difficiles.

À cinq mois, ils avaient d'abondantes boucles noires. Leurs yeux étaient rapprochés, comme ceux de Stone, ce qui leur donnait un air hyper vigilant, comme s'ils portaient sur leur entourage le regard d'un clinicien. La couleur de leurs iris, selon la lumière, allait du brun très clair au bleu foncé. Le front, rond et généreux, ainsi que l'arc parfait de la lèvre étaient ceux de sœur Mary Joseph Praise. Aux yeux d'Hema ils étaient bien plus beaux que le bébé Glaxo, et en plus ils étaient deux. Et ils étaient à elle.

Pour sa plus grande joie, Ghosh avait le talent de les endormir. Il les posait chacun sur un avant-bras, leurs joues contre son épaule tandis que leurs pieds reposaient sur l'étagère de son ventre. Il faisait le tour du salon d'Hema en tressautant et en tanguant. Ne connaissant pas de berceuses, il leur chantait des chansons de corps de garde. Un soir, l'infirmière en chef prit Ghosh à part et lui dit : « Vos chansons font concurrence à mes prières. » Ghosh se la représenta en train de réciter à genoux :

De profundis morpionibus
Et secatis roupettibus
Et excita verolabus

« Je suis désolé, ma mère.

— Ce ne peut pas être bon pour eux d'entendre pareilles choses à un âge aussi tendre. »

Ghosh avait peine à se souvenir à quoi ressemblait sa vie avant l'arrivée des jumeaux. Quand ils se pelotonnaient dans ses bras, souriaient ou pressaient leurs mentons baveux contre lui, il avait l'impression que son cœur allait éclater de fierté. Marion et Shiva : aujourd'hui, il n'aurait pas pu imaginer meilleurs prénoms. Il avait désormais tout le temps mal aux épaules et il ne pouvait plus fermer les mains quand les mamithus lui enlevaient les garçons endormis. Mais, depuis qu'il avait commencé à dormir sur le canapé dans le salon d'Hema, il n'avait plus de mal à pisser.

Hema reprit un certain nombre de ses anciennes manières. Parfois leurs disputes lui manquaient. L'avait-il poursuivie durant toutes ces années précisément parce qu'elle était inatteignable ? Et si elle avait accepté de l'épouser dès qu'il était arrivé en Éthiopie ? Sa passion aurait-elle survécu ? Tout le monde a besoin d'une obsession – ce qu'elle lui avait donné ces huit dernières années. Peut-être devait-il lui en être reconnaissant.

Il arrivait souvent qu'après avoir mis les garçons au lit, le soir, il dût aller finir son travail à hôpital. Pas une goutte de bière n'avait touché ses lèvres depuis sa première nuit sur le canapé d'Hema. Là, il dormait paisiblement et se réveillait en pleine forme.

Ghosh découvrit qu'Hema chiquait du khat. Elle avait commencé pendant ses nuits de veille et cela l'avait aidée à tenir. Son signet devança bientôt celui de Ghosh dans *Middlemarch* et elle était dans Zola avant qu'il eût terminé. Elle essaya de lui cacher le khat, et, quand il en parla, il fut ému par le trouble qui s'empara d'elle. « Je ne sais pas de quoi tu parles », dit-elle.

Il n'en parla donc plus, bien qu'il sût, quand il la voyait tricoter tard dans la nuit, ou quand à son arrivée elle se montrait plus bavarde que Rosina, qu'elle avait probablement chiqué. C'est Adid, le marchant au sourire inaltérable qu'elle avait rencontré dans l'avion d'Aden et dont tous deux appréciaient la compagnie, qui lui apportait les feuilles.

Quant à Ghosh, sa drogue, c'était d'être près d'Hema. Il la frôlait quand elle couchait les bébés dans le berceau qui avait remplacé l'incubateur – encouragé par le fait qu'elle ne se fût jamais retournée pour le gifler. Il la regardait en sirotant son café du matin tandis qu'elle faisait la liste des courses pour lui, ou parlait avec Almaz des choses à faire dans la journée. Un jour, elle le surprit.

« Quoi ? Je suis affreuse au réveil, c'est ça ?

— Non. Tu es tout sauf affreuse. »

Elle rougit. « Tais-toi », rétorqua-t-elle, mais la couleur ne disparut pas de son visage.

Un soir au dîner, il dit, plus pour lui-même que pour elle : « Je me demande ce qu'a pu bien devenir Thomas Stone. »

Hema repoussa sa chaise et se leva. « S'il te plaît, ne prononce jamais plus le nom de cet homme dans cette maison. »

Il y avait des larmes dans ses yeux. Et de la peur. Il s'approcha. Il pouvait supporter sa colère, l'endurer, mais il ne pouvait pas souffrir qu'elle eût de la peine. Il lui prit les mains, l'attira à lui ; elle se débattit, mais finit par céder, tandis qu'il murmurait : « Tout va bien. Je n'ai pas voulu te contrarier. Tout va bien. » *Je tuerais père et mère pour pouvoir te tenir comme ça.*

« Et s'il venait les réclamer ? Tu as entendu l'astrologue. » Elle tremblait. « Tu as pensé à ça ?

— Il ne le fera pas », dit Ghosh.

Mais elle sentit l'incertitude dans sa voix. Elle se dirigea d'un pas décidé vers sa chambre. « Eh bien, s'il essaie, il faudra d'abord qu'il me passe sur le corps, tu m'entends ? Sur le corps ! »

Une nuit très froide, alors que les jumeaux avaient déjà neuf mois, les mamithus et l'infirmière en chef étant retournées chez elles, tout changea. Ghosh n'avait plus de raison de dormir sur le canapé, mais aucun des deux n'avait soulevé le sujet de son départ.

Ghosh arriva juste avant minuit et il trouva Hema assise à la table de la salle à manger. Il s'approcha pour qu'elle puisse inspecter ses yeux et vérifier qu'il ne sentait pas l'alcool – c'était ce qu'il faisait toujours pour la taquiner quand il rentrait à pareille heure. Elle le repoussa.

Il alla voir les jumeaux. Quand il ressortit de la chambre, il déclara : « Ça sent l'encens. » Il lui avait déjà reproché de laisser les jumeaux respirer de la fumée. « C'est une hallucination. Peut-être que les dieux essaient d'entrer en contact avec toi », répondit-elle tout en faisant semblant d'être absorbée par la tâche qui consistait à poser son dîner sur la table.

« Des macaronis faits par Rosina, annonça-t-elle en découvrant un bol. Et Almaz t'a laissé du poulet au curry. Elles rivalisent pour te faire la cuisine. Dieu sait pourquoi... »

Ghosh rentra sa serviette dans le col de sa chemise. « Tu me traites d'impie ? Si tu as lu tes Védas ou ta Gita, tu te rappelleras qu'un homme est venu voir le sage, Ramakrishna et lui a dit : « Ô Maître, je ne sais pas comment aimer Dieu. » Hema fronça les sourcils. « Et le sage lui a demandé s'il y avait quelque chose qu'il aimait. Il a répondu : « J'aime mon petit garçon. » Et Ramakrishna dit : « Voilà comment aimer et servir Dieu. Dans l'amour et le service à cet enfant.

— Alors où étais-tu à pareille heure, monsieur le dévôt ?

— Je faisais une césarienne. Le tout a duré quinze minutes », dit-il. Hema avait fait trois césariennes la semaine qui avait suivi la naissance des jumeaux : une fois pour apprendre à Ghosh comment on s'y prenait, une fois pour l'assister, et la troisième pour le regarder faire. Aucune femme ne mourrait à Missing ou ne serait dirigée vers un autre hôpital parce qu'on ne pouvait pas lui faire une césarienne. « Le bébé avait le cordon autour du cou. Il va bien. La mère demande déjà son œuf à la coque. »

Regarder Ghosh dîner était devenu le passe-temps nocturne d'Hema. Son appétit en toute chose, d'ailleurs, l'intéressait : il vivait au centre d'un tourbillon d'idées et de projets qui s'entassaient autour de son canapé.

Comme elle avait eu l'esprit ailleurs, elle lui demanda de répéter.

« J'ai dit que j'aurais déjà fait la moitié de mon internat à Cook County maintenant, si j'étais parti. J'étais prêt à quitter l'Éthiopie, tu sais.

— Pourquoi ? À cause du départ de Stone ?

— Non. Avant ça. Avant la naissance des bébés et la mort de la sœur. Vois-tu, j'étais convaincu qu'un jour tu reviendrais d'Inde mariée. »

Pour Hema c'était si absurde, si inattendu, cela lui rappelait une époque d'innocence si éloignée, qu'elle éclata de rire.

La consternation visible sur le visage de Ghosh rendit la chose encore plus drôle, et l'épingle de nourrice qui fermait le haut de la blouse d'Hema s'envola dans les airs et atterrit dans son assiette. C'en était trop pour elle. Elle se prit la poitrine à deux mains et se leva, courbée en deux.

Depuis son retour d'Inde et la tragédie de la mort de sœur Mary Joseph Praise, les occasions de rire avaient été rares. Une fois qu'elle eut repris son souffle, elle dit : « C'est ce que j'aime chez toi, Ghosh. J'avais oublié. Tu peux me faire rire comme personne au monde. » Elle se rassit.

Ghosh avait cessé de manger. Il repoussa son assiette. Il était clair qu'il était contrarié et elle ne savait pourquoi. Il s'essuya les lèvres de sa serviette, avec des gestes précis et délibérés. Sa voix tremblait.

« Qu'est-ce qui te fait rire ? demanda-t-il. Le fait que je veuille t'épouser depuis toutes ces années ? »

Elle eut du mal à le regarder dans les yeux. Elle ne lui avait jamais dit ce qui lui était venu à l'esprit quand elle avait cru que l'avion s'écrasait, et que sa dernière pensée en ce bas monde avait été pour lui. Son sourire semblait faux et elle dut l'abandonner. Elle détourna le regard, mais ses yeux tombèrent sur le masque menaçant cloué au-dessus de la porte de la chambre.

Ghosh laissa tomber sa tête dans ses mains. Il était passé de l'exubérance au désespoir. Elle l'avait fait craquer. Et tout ça parce qu'elle avait ri ? Une fois de plus elle ne savait que penser, comme le jour devant la tombe de sœur Mary Joseph Praise.

« Il est temps que je retourne chez moi, dit-il.

— Non ! » s'exclama Hema si fort qu'ils en furent tous deux surpris.

Elle rapprocha sa chaise. Elle lui enleva les mains de la tête et les tint dans les siennes. Elle regarda l'étrange profil de son collègue, cet homme magnifique à défaut d'être beau, son ami depuis tant d'années, qui avait lié inextricablement son destin au sien. Il semblait décidé à partir. Il n'était pas en train de lui demander conseil.

Elle embrassa sa main. Il résista. Elle se rapprocha encore. Elle attira sa tête contre sa poitrine qui, sans l'épingle de nourrice, était plus découverte qu'elle ne l'avait jamais été devant un homme. Elle le tint comme il l'avait tenue quand il était accouru la nuit où Shiva avait cessé de respirer.

Puis elle tourna son visage vers le sien. Et avant qu'il ait pu se demander ce qu'elle faisait, ou pourquoi, et comment cela était arrivé, elle l'embrassa, trouvant du plaisir à sentir ses lèvres contre les siennes. Elle comprit alors avec quel égoïsme elle s'était servie de lui durant toutes ces années et elle en eut honte. Elle ne l'avait pas fait consciemment. Néanmoins, elle l'avait traité comme s'il ne vivait que pour son bon plaisir à elle.

C'était à elle de soupirer à présent, et elle mena un Ghosh abasourdi à la seconde chambre, qui servait de pièce de repassage et de rangement, une chambre qu'elle aurait pu lui donner depuis longtemps au lieu de le laisser dormir sur le canapé. Ils se déshabillèrent dans le noir, débarrassèrent le lit de la montagne de couches, serviettes, saris et autres vêtements. Ils s'étreignirent de nouveau sous les draps. « Hema, et si tu tombais enceinte ? demanda-t-il.

— Tu ne comprends pas, répondit-elle. J'ai trente ans. Il est peut-être déjà trop tard. »

À sa grande honte, maintenant que ces orbes magnifiques sur lesquels il avait fantasmé étaient dans ses mains, maintenant qu'elle était sienne depuis son double menton jusqu'aux fossettes au-dessus des fesses, le passage de l'état de chair flaccide à celle de bambou rigide de son membre ne s'opéra pas. Quand Hema prit conscience du problème, elle ne dit rien. Son silence ne fit qu'accroître la détresse de Ghosh. Il ignorait qu'Hema s'en voulait, qu'elle pensait avoir été trop gourmande, et s'être méprise sur ses intentions. Au loin une hyène poussa un ricanement qui semblait leur être destiné.

Elle ne bougea pas, comme si elle était allongée sur une mine. Puis elle s'endormit. Elle se réveilla avec la sensation de sortir de l'eau pour être ressuscitée et amendée. C'était parce que les lèvres de Ghosh étaient autour de son sein gauche, tâchant de l'avaler. Il dirigea ses mouvements, la poussant de-ci de-là, et cela lui fit penser que même quand il s'était montré le plus passif, c'était en réalité lui qui était aux commandes.

La vue de cette grosse tête et de ces lèvres posées là où aucun homme n'avait jamais été provoqua un afflux de sang dans ses joues, sa poitrine, et au plus profond de son bassin. D'une main il caressait l'autre sein, faisant monter en elle des vagues de plaisir, et de l'autre, ses cuisses. Elle comprit que ses propres mains répondaient de même, attirant sa tête vers elle, pressant son dos puissant, cherchant à se faire avaler par lui tout entière. Et, sans l'ombre d'un doute, elle sentit quelque chose de prometteur contre ses cuisses.

À cet instant, devant son désir animal, elle comprit qu'elle avait perdu pour toujours son jouet, son compagnon, le Ghosh qui existait uniquement en réaction à sa propre existence. Elle se sentit honteuse de ne pas l'avoir vu ainsi auparavant, honteuse d'avoir présumé de la nature de ce plaisir, se l'interdisant, à elle comme à lui, pendant toutes ces années. Elle l'attira en elle – collègue, confrère, inconnu, ami, et amant. Elle eut un furtif regret pour ces soirées qu'ils avaient passées assis face à face à s'agacer et se lancer des piques (bien qu'elle reconnût à ce moment qu'elle en était le principal acteur) quand ils auraient pu être occupés à cet étonnant rapport.

Tôt le matin, elle se réveilla, nourrit et changea les enfants, et une fois qu'ils se furent rendormis, elle revint auprès de Ghosh. Ils recommencèrent, et il alla de même que la première fois : sensations uniques, inimaginables, la tête de lit cognant contre le mur comme pour annoncer la nouvelle de leur passion à Almaz et Rosita qui venaient d'arriver dans la cuisine – ce qui lui était égal. Ils s'endormirent et ce n'est que lorsqu'elle entendit la cloche de la vache et le meuglement du veau qu'ils se levèrent.

Ghosh arrêta Hema alors qu'elle allait sortir de la chambre.

« Est-ce que l'idée de te marier avec moi te fait toujours rire ?

— Qu'est-ce que tu dis ?

— Hema, tu veux bien m'épouser ? »

Il n'était pas du tout préparé à ce qu'elle répondit, et, plus tard, il se demanda comment elle avait pu avoir une réponse si surprenante en réserve.

« Oui, mais seulement pour une année.

— Quoi ?

— Réfléchis. Les enfants nous ont rapprochés. Je ne veux pas que tu te sentes obligé. Je veux bien t'épouser pour un an. Et après ce sera fini.

— Mais c'est absurde, bafouilla Ghosh.

— Nous pourrons renouveler le contrat pour un an. Ou pas.

— Je sais ce que je veux, Hema. Je veux que ça dure toujours. J'ai toujours voulu que ça dure à jamais et pour toujours. Je sais qu'à la fin de l'année je vais vouloir renouveler.

— Eh bien, toi, tu le sais peut-être, mon cher, mais moi ? Tu dois opérer ce matin, non ? Tu peux dire à l'infirmière en chef que je me remets à faire des hystérectomies et autres opérations à froid. Et il est temps que tu apprennes à faire de la chirurgie gynécologique, en complément des césariennes. »

Elle le regarda par-dessus son épaule comme il s'en allait, et la coquetterie dans son sourire, l'espièglerie de son regard ainsi que le haussement de ses sourcils et la forte inclinaison de son cou étaient ceux d'une danseuse envoyant un signal muet. Il en resta coi. Au lieu d'une année ou d'une vie, il ne pouvait soudain plus penser qu'à la tombée de la nuit, et bien qu'elle ne fût éloignée que de douze heures, cela lui semblait une éternité.

Troisième partie

Je ne pratiquerai pas l'opération de la taille,
même sur des patients dont il est manifeste
qu'ils sont atteints de la maladie de la pierre
et je laisserai cela aux chirurgiens, spécialistes de cet art.
Serment d'Hippocrate

Ils goûtent le fruit sans noyau de l'amour
Ceux qui sont aimés en retour.
Tiruvalluvar, *Le Kural.*

Chapitre 17

TIZITA

Je me rappelle mon entrée à pas glissés dans la cuisine au petit matin dans les bras de Ghosh. Il compte tout bas : « Un… deux… un, deux, trois. » Nous tourbillonnons, plongeons, tanguons. Pendant très longtemps je le prendrai pour un danseur.

Nous exécutons un tour devant la cuisinière et arrivons devant la porte de service, où Ghosh tire le verrou et repousse le battant d'un grand geste théâtral.

Almaz et Rosina entrent, s'empressant de refermer la porte à cause du froid, et de Koochooloo qui bat de la queue, attendant le petit déjeuner. Les deux *mamithus* sont emmitouflées comme des momies, seule une fente en forme de croissant laisse apparaître leurs yeux. Elles se débarrassent de plusieurs couches de vêtements et l'odeur d'herbe coupée, puis de terre retournée, puis de feu de *berbere* et de charbon s'élèvent d'elles comme de la vapeur.

Je ris follement par anticipation et rentre le menton, car je sais que les doigts de Rosina, qui sont de véritables glaçons, vont bientôt me caresser la joue. La première fois qu'elle l'a fait, de surprise, au lieu de pleurer, je me suis mis à rire – erreur qui a encouragé ce rituel que je redoute et anticipe chaque jour.

Après le petit déjeuner, Hema et Ghosh nous gratifient Shiva et moi d'un baiser d'adieu. Pleurs. Désespoir. Cramponnements. Mais ils finissent quand même par partir pour l'hôpital.

Rosina nous couche dans le landau à deux places. Bientôt, tendant les mains, je demande à être porté. Je veux être en hauteur. Je veux avoir la même vue que les adultes. Elle cède. Shiva se contente toujours de l'endroit qui lui a été assigné, tant qu'on n'essaie pas de lui enlever son bracelet de cheville.

Le front de Rosina est une boule de chocolat. Ses cheveux nattés reculent en rangs bien ordonnés, puis s'échappent en une masse libre qui lui arrive jusqu'aux épaules. C'est un être rebondissant, roulant et chantonnant. Ses voltes et tours sont encore plus rapides que ceux de Ghosh. Depuis mon vertigineux perchoir, sa robe à plis crée de magnifiques fleurons, et ses chaussures en plastique rose apparaissent et disparaissent alternativement.

Rosina parle sans arrêt. Nous sommes silencieux, muets, mais pleins de pensées, d'impressions, toutes inexprimées. L'amharique de Rosina fait rire Almaz et Gebrew parce que ses syllabes gutturales et râpeuses n'existent pas vraiment dans cette langue. Cela ne la dissuade en rien. Parfois elle se met à parler italien, en particulier quand elle est résolue à se faire comprendre. L'*italinya* lui vient aisément, et curieusement elle se fait comprendre avec clarté, même si personne d'autre ne le parle, ce qui tient à la nature de cette langue. Quand elle se parle toute seule, ou chante, c'est dans sa langue érythréenne, le tigrinya, et alors sa voix est libérée, les mots coulent tout seuls.

Almaz, qui naguère travaillait chez Ghosh, est maintenant cuisinière dans la maison qu'il partage avec Hema, où elle se tient enracinée comme un baobab devant la cuisinière. Elle a le teint plus clair que Rosina, et ses cheveux sont pris dans un *shash* d'un orange criard qui lui fait une sorte de bonnet phrygien. C'est une géante par rapport à Rosina, et elle se montre peu loquace, si on excepte ses profonds et sonores soupirs, ou un *Ewunth !* (« Ça alors ! ») occasionnel pour relancer le bavardage de Rosina ou de Gebrew, bien qu'aucun des deux n'ait besoin d'être encouragé. Et tandis que les dents de Rosina brillent comme des phares, Almaz montre rarement les siennes.

Au milieu de la matinée, quand nous revenons de notre première excursion aux « Urgences – Pavillon des femmes – Entrée » avec Koochooloo comme garde du corps, la cuisine est en pleine effervescence. La vapeur s'élève en volutes tandis qu'Almaz soulève et repose bruyamment les couvercles. D'un geste sûr, Almaz coupe oignons, tomates et coriandre fraîche, les empilant en collines qui dominent les minuscules monticules de gingembre et d'ail placés à côté. Elle garde à portée de main une palette d'épices : feuilles de curry, curcuma, coriandre séchée, clous de girofle, cannelle, graines de moutarde, poudre de chili, dans de petits bols en inox regroupés sur un grand plateau. Tel un alchimiste pris de folie, elle jette une pincée de ceci, un poignée de cela, puis se mouille les doigts et les égoutte dans le mortier. Elle broie le tout au pilon, le *thunk, thunk* humide et craquant se mue bientôt en bruit de pierre contre pierre.

Les graines de moutarde explosent dans l'huile bouillante. Elle tient le couvercle au-dessus de la poêle pour contenir les missiles. *Rat-a-tat !* comme la grêle sur un toit de tôle. Elle ajoute les graines de cumin, qui grésillent, noircissent et crépitent. Une fumée sèche et odorante chasse l'odeur de moutarde. Alors seulement elle ajoute les oignons par poignées, et on perçoit le bruit de la vie qui surgit dans le feu primordial.

Rosina me passe brusquement à Almaz et se hâte vers la porte de service, ses jambes se croisant comme des lames de ciseaux. Nous l'ignorons, mais Rosina porte le germe de la révolution. Elle est enceinte d'une fille : Genet. Tous trois – Shiva, Genet et moi – sommes ensemble dès le départ, elle *in utero* tandis que Shiva et moi apprenons à composer avec le monde extérieur. Le passage de relais est inattendu.

Je geins sur l'épaule d'Almaz, dangereusement proche des chaudrons bouillonnants.

Almaz pose la cuillère et me transfère sur sa hanche. Ouvrant son chemisier, avec un grognement d'effort, elle sort son sein.

« Le voilà », dit-elle, me le confiant.

J'ai reçu beaucoup de cadeaux, mais celui-ci est le premier dont je me rappelle. Je suis surpris chaque fois qu'on me le donne. Mais le voici, chaud et vivant, débarrassé de son écrin de tissu, décerné comme une distinction imméritée. Almaz, qui ne parle presque pas, se remet à touiller en chantonnant. C'est comme si le sein ne lui appartenait pas plus que la cuillère.

Dans le berceau, Shiva pose son camion en bois, que sa salive a transformé en une bouillie pâteuse. Contrairement à son bracelet de cheville, il peut s'en séparer en cas de besoin. En présence de ce magnifique festin, Shiva laisse tomber le camion par terre. Bien qu'étant en possession du sein que je caresse et palpe, je suis également le secrétaire de mon frère.

Un Shiva en extase m'encourage et m'envoie des instructions muettes : *Jette-le-moi.* Et comme je m'en montre incapable, il dit : *Ouvre-le pour voir ce qu'il y a dedans.* Cela, aussi, est impossible. Je le modèle, le cabosse et le regarde rebondir.

Mets-le dans ta bouche, dit Shiva – parce que c'est le premier moyen qu'il a de connaître le monde. Je rejette cette idée absurde.

Le sein est tout ce qu'Almaz n'est pas : riant, vibrant, un membre chaleureux de notre foyer.

Quand j'essaie de le soulever, de l'examiner, mes mains ne peuvent contenir ce mamelon qui se répand entre mes doigts. Je voudrais voir comment toutes ses surfaces s'élèvent vers le sommet, le sombre téton par lequel il respire et voit le monde. Le sein m'arrive aux genoux. Ou peut-être est-ce aux genoux d'Almaz qu'il arrive. Je ne sais pas vraiment. Il tremble comme de la gelée. La vapeur se condense à sa surface, modérant sa brillance. Il sent le gingembre et la poudre de cumin qu'Almaz a sur les doigts. Aujourd'hui encore, quand je découvre un nouveau sein, je me jette dessus comme un affamé.

Un éclair et un courant d'air frais annoncent le retour de Rosina. Je me retrouve dans ses bras, enlevé au sein qui disparaît aussi mystérieusement qu'il est apparu, avalé par le chemisier d'Almaz.

À la fin de la matinée, le froid et le brouillard dissipés depuis longtemps, nous jouons sur la pelouse jusqu'à ce que nos joues soient rouges. Rosina nous donne à manger. La faim et la somnolence se mêlent parfaitement comme le riz et le curry, le yogourt et la banane, dans nos ventres. C'est un âge de perfection, d'appétits simples.

Après le déjeuner, Shiva et moi nous endormons, dans les bras l'un de l'autre, mêlant nos souffles, tête contre tête. Dans cet état fugace entre la veille et le rêve, la chanson que j'entends n'est pas celle que chante Rosina. C'est *Tizita,* que chantait Almaz quand je tenais son sein.

Tant que j'habiterai l'Éthiopie j'entendrai cette chanson. Quand, jeune homme, je quitterai Addis-Abeba, je l'emporterai sur une cassette avec *Aqualung.* Le départ ou la mort imminente vous obligent à définir vos goûts réels. Durant mes années d'exil, à mesure que la cassette deviendra de moins au moins audible, je rencontrerai des Éthiopiens. Mes premiers mots dans notre langue commune sont une étincelle, ils me relient à une communauté, un réseau : le numéro de téléphone de Mrs. Woizero Menen qui, pour un prix modeste, vous sert l'*injera* et le *wot* chez elle si vous l'appelez la veille ; le taxi Mr. Ato Girma, dont le cousin travaille aux Ethiopian Airlines et apporte le *kibe* – le beurre éthiopien – parce que sans le beurre des vaches paissant dans les pâturages de haute altitude, votre *wot* aura le goût de surgelé. Pour Meskel, si vous voulez abattre un agneau à Brooklyn, appelez Yohannes, et à Boston essayez le Queen of Sheba. Durant les années passées en Amérique, hors de mon pays natal, je comprendrai comment rencontrer très facilement ces Éthiopiens que les autres ne voient pas. Grâce à eux je trouverai facilement d'autres enregistrements de *Tizita.*

Ils ont envie de partager, de me faire cadeau de cette chanson, comme si seule *Tizita* pouvait expliquer l'étrange inertie qui les submerge. Elle explique qu'ils étaient brillants chez eux, les Jackson 5, les Temptations et *Tizita* aux lèvres, une parfaite Afro sur la tête, pattes d'eph battant leurs bottines, et comment, une fois le pied posé en Amérique – employés derrière le comptoir d'une supérette, ou à respirer les gaz d'échappement dans un parking souterrain, ou encore derrière le comptoir d'un kiosque à journaux ou de la boutique de souvenirs d'un aéroport – ils s'enracinent dans ce qui est devenu un refuge qu'ils craignent de quitter sous peine de connaître un destin pire que l'invisibilité, à savoir l'extinction.

C'est la version lente du *Tizita* interprétée par Getachew Kassa, une complainte sobre, brillante mais obsédante sur un fond d'arpèges mineurs, qui est la plus connue. Il a enregistré une autre version, au rythme latino rapide. Mahmoud Ahmed, Aster Aweke, Teddy Afro… tous les artistes éthiopiens ont enregistré une *Tizita.* Ils l'enregistrent à Addis-Abeba mais aussi en exil à Khartoum (oui, Khartoum ! ce qui prouve que même l'enfer possède un studio d'enregistrement), et bien sûr à Rome, Washington, Atlanta, Dallas, Boston, New York… *Tizita* est l'hymne du cœur, la complainte de la diaspora, qui se fait entendre tout du long de la dix-huitième rue dans le quartier d'Adams Morgan à Washington, où elle est diffusée par Fasika, Addis-Abeba, Meskrem, Red Sea, et autres restaurants éthiopiens, couvrant la salsa ou les ragas qui sortent d'El Rincon et de Queen of India.

Il y a une *Tizita* rapide, une *Tizita* lente, une *Tizita* instrumentale (que les Ashantis ont rendue célèbre), une *Tizita* courte et une *Tizita* longue… il y a autant de versions qu'il y a de chanteurs l'ayant enregistrée.

Ce premier vers… je l'entends.

Tizitash zeweter wode ene eye metah
Je ne peux pas m'empêcher de penser à toi.

Chapitre 18

LES PÉCHÉS DU PÈRE

À la maison, il fallait plonger dans le bruit ambiant et jouer des coudes si vous vouliez être entendu. La voix de corne de brume était celle de Gosh, retentissante et se terminant en rire ; Hema était l'oiseau chanteur, mais lorsqu'elle était en colère, sa voix se faisait aussi tranchante que le cimeterre de Saladin, qui, d'après mon *Richard Cœur de Lion et les croisades*, pouvait couper une écharpe de soie juste en effleurant le fil de la lame. Almaz, notre cuisinière, était peut-être silencieuse en apparence, mais ses lèvres bougeaient constamment, soit qu'elle priât ou chantât, personne ne savait. Rosina considérait le silence comme une offense personnelle, elle parlait dans les pièces vides et bavardait dans les placards. Genet, qui avait presque six ans, semblait prendre le chemin de sa mère, se racontant des histoires d'une voix chantante, créant sa propre mythologie.

Si Shiva/Marion était sorti par le vagin (impossible puisque nos têtes étaient attachées), Shiva, qui se présentait tête la première, aurait été le premier né, le jumeau le plus âgé. Mais comme la césarienne inversa l'ordre de naissance naturel, je devins le premier à respirer – aîné de quelques secondes. Je devins également porte-parole de Shiva/Marion.

Lorsque je suivais Hema et Ghosh sur la Piazza, ou que je louvoyais entre les charrettes et les camions pour entrer dans la boutique de Motilal dans le Merkato bondé d'Addis-Abeba, je n'entendais jamais Hema dire : « Cette chemise bleue ira bien à Shiva » ou « Ces sandales sont parfaites pour Marion ». L'arrivée du Dr Ghosh et du Dr Hema signifiait qu'on sortait les fauteuils pour les épousseter, qu'on envoyait un garçon chercher du Fanta ou du Coca-Cola avec des biscuits malgré toutes les protestations. On nous mesurait, des mains brutales nous pinçaient les joues, et une petite troupe de badauds s'assemblait, comme si Shiva/Marion était un lion en cage à Sidist Kilo. Le résultat de tout cela étant qu'Hema et

Ghosh achetaient en deux exemplaires le vêtement dont nous avions besoin. Même chose pour les battes de cricket, les stylos comme les bicyclettes. Quand les gens nous voyaient et disaient « Regardez comme ils sont mignons ! », pensaient-ils vraiment que c'est nous qui avions choisi nos uniformes ? Je dois avouer que la seule fois où j'ai essayé de m'habiller différemment de Shiva, je me suis senti mal à l'aise à côté de lui devant le miroir, comme si ma braguette avait été ouverte.

Nous – « Les Jumeaux » – étions célèbres non seulement pour nos tenues identiques mais pour courir comme des dératés, toujours ensemble, formant un être à quatre jambes qui ne connaissait qu'un moyen d'aller de A à B. Quand Shiva/Marion était obligé de marcher, c'était avec les bras passés sur les épaules l'un de l'autre, au petit trot. Nous partagions une même chaise, ne voyant pas l'intérêt d'en occuper deux. Nous allions même aux cabinets ensemble, dirigeant un double jet dans la cuvette en porcelaine. En y repensant, il y allait un peu de notre faute si les gens pensaient à nous comme à une collectivité.

Dites aux jumeaux de venir dîner.

Les garçons, ce n'est pas l'heure du bain ?

Shiva/Marion, vous voulez des spaghettis, l'*injera* ou du *wot* ce soir ?

On ne s'adressait jamais à nous comme à deux individus séparés. Quand nous répondions à une question, il était indifférent que ce soit l'un ou l'autre qui ait répondu ; une réponse de l'un était une réponse des Jumeaux.

Peut-être les adultes croyaient-ils que Shiva, étant très actif, était naturellement avare de paroles. Si le bruit du bracelet de cheville qu'il continuait à porter tenait lieu de discours, alors Shiva était un bavard terrifiant, qui ne devenait silencieux que lorsqu'il étouffait les clochettes sous sa chaussette pour aller à l'école. Peut-être les adultes croyaient-ils que je ne laissais pas beaucoup parler Shiva (ce qui était vrai), mais personne ne me disait de me taire. Quoi qu'il en soit, dans le boucan de notre bungalow, où on recevait deux fois par semaine, au son des 78-tours, et où le pas pesant de Ghosh faisait tinter la vaisselle tandis qu'il s'efforçait d'apprendre la rumba et le cha-cha-cha, deux ans passèrent avant que les adultes s'aperçoivent que Shiva avait cessé de parler.

Quand nous étions tout petits, Shiva était considéré comme le plus délicat ; c'était son crâne que Stone avait essayé de briser avant qu'Hema nous sauve. Mais Shiva franchit cependant les étapes habituelles du développement dans les temps, levant la tête comme moi et marchant à quatre pattes au moment convenu. Il dit « Amma » et « Ghosh » à l'heure dite, et nous décidâmes tous deux de marcher juste un mois avant notre premier anniversaire. Hema et Ghosh furent rassurés. D'après Hema, nous avions oublié comment marcher quelques jours après avoir fait nos premiers pas parce que nous avions alors découvert comment courir. Shiva parla autant qu'il en eut besoin jusqu'à quatre ans passés, puis il se mit à garder ses mots pour lui.

Je dois dire que Shiva riait ou pleurait aux moments appropriés ; il faisait souvent mine d'être sur le point de dire quelque chose juste comme je me mettais à parler. Il ponctuait mes mots par des exclamations tirées de son bracelet de cheville et dans le bain il chantait *la-la-la* d'une voix vigoureuse avec moi. Mais pour ce qui était des mots, il n'en avait pas l'usage. Il lisait couramment, mais refusait de le faire à voix haute, faisait les additions et les soustractions en un clin d'œil, griffonnant le résultat alors que j'étais encore à compter sur mes doigts. Il ne cessait de prendre des notes pour lui-même ou pour d'autres et dessinait magnifiquement, mais sur des surfaces étranges, en général des cartons ou des sacs en papier. Et ce qu'il aimait le plus dessiner à cette époque c'était Veronica. Nous avions un numéro d'*Archie* à la maison, que j'avais acheté chez Papadaki. Les trois dessins de la page seize représentaient Veronica et Betty. Shiva était capable de reproduire cette page à l'identique, y compris les bulles, les caractères et les ombres hachurées. C'était comme s'il avait une photo dans la tête qu'il pouvait calquer à volonté sur le papier. Il n'omettait rien, pas même le numéro de la page, ou la tache de la mouche qui avait trouvé la mort dans la marge de l'original. Je remarquai qu'il accentuait toujours beaucoup plus la courbe des seins de Veronica que ceux de Betty. Je comparai avec l'original et la ligne était bien là, mais celle de Shiva était plus épaisse et plus sombre. Parfois il improvisait et s'éloignait du modèle, dessinant les seins comme des missiles prêts à s'envoler, ou comme des ballons pendouillant jusqu'aux genoux.

Genet et moi couvrions le silence de Shiva. Je le faisais inconsciemment. Si je parlais trop, c'était parce que je pensais le faire pour Shiva/ Marion. Bien sûr, je n'avais aucun problème pour communiquer avec Shiva. Le matin, le tintement – *ching-ding* – de son bracelet signifiait : *Marion, tu es réveillé ? Dish-ching* signifiait *Il est temps de se lever.* En frottant son crâne contre le mien il intimait : *Debout, gros paresseux* ! Il suffisait que l'un de nous pense à une action pour que l'autre la réalise.

C'est Mrs. Garetty, la maîtresse d'école, qui découvrit le mutisme de Shiva. La Loomis Town & Country School recevait les enfants des commerçants, diplomates, conseillers militaires, médecins, professeurs, représentants de la Commission économique pour l'Afrique, de l'OMS, de l'Unesco, de la Croix-Rouge, de l'Unicef, et particulièrement de la toute nouvelle OUA, l'Organisation de l'Unité Africaine. L'empereur avait offert l'Africa Hall, un bâtiment impressionnant, à la jeune OUA, afin d'attirer son quartier général à Addis-Abeba – ce qui donnait du travail à tout le monde, depuis les hôtesses de bar jusqu'aux importateurs de Fiat, de Peugeot et de Mercedes. Les gosses de L'OUA auraient pu aller au lycée Gebremariam, un imposant bâtiment qui se dressait dans la partie la plus pentue de Churhill Road, mais les envoyés des pays francophones – le Mali, la Guinée, le Cameroun, la Côte d'Ivoire, le Sénégal et Madagascar – prévoyants, s'étaient arrangés pour que les voitures du corps diplomatique, bien qu'elles passent devant le lycée, aillent déposer leurs passagers plus loin, autrement dit devant la Loomis Town & Country. Certes il y avait Saint-Joseph, où, d'après l'infirmière en chef, les Jésuites, ces soldats du Christ, croyaient à Dieu et au fouet. Mais Saint-Joseph était une école de garçons, qui n'aurait pas accepté Genet.

Pourquoi pas la mêlée des écoles publiques ? Nous y aurions été les seuls étrangers, et nous aurions appartenu à une minorité qui possédait plus d'une paire de chaussures et un foyer doté d'eau courante. Pour Hema et Ghosh il n'y avait pas d'autre choix que de nous envoyer à la Loomis Town & Country, qui était dirigée par des Anglais.

Nos professeurs avaient le bac et le CAPES. Il est étonnant de voir qu'une toge en crêpe noir portée sur une veste ou une blouse prête à un Cockney ou à une marchande de fleurs de Covent Garden la gravité d'un professeur d'Oxford. Peu importe l'accent en Afrique, tant qu'il est étranger et que vous avez la bonne couleur de peau.

Le rituel, voilà le baume qui calmait l'inquiétude de nos parents quant à la qualité des prestations offertes par LT&C. Le gymkhana, le jour de l'athlétisme et des sports d'équipe, la fête de l'école, le spectacle de Noël, la pièce de l'école, la nuit des feux de joie, le jour des Fondateurs, et la remise des diplômes – nous rapportions à la maison une telle quantité de documents ronéotés qu'Hema ne savait plus où donner de la tête. Les élèves se répartissaient entre trois Maisons, chacune avec ses couleurs, ses équipes et ses maîtres. Le jour des compétitions, nous rivalisions pour la gloire de notre Maison et la coupe Loomis. Tous les matins dans la grande salle, Mr. Loomis dirigeait la prière avant de lire la Bible et d'entonner un cantique tandis qu'un professeur tapait les accords au piano.

Je suis convaincu qu'on peut acheter chez Harrods un nécessaire permettant à tout Anglais entreprenant de fonder une école anglaise n'importe où dans le tiers-monde. Il doit être livré avec les bulletins trimestriels préremplis ainsi que des livres de cantiques, des croix d'honneur et un programme.

Malheureusement, les résultats des écoliers de la LT&C à l'examen d'entrée du secondaire étaient abominables par rapport à ceux des écoles publiques gratuites. Leurs professeurs, recrutés par l'empereur dans l'État chrétien du Kerala, d'où sœur Mary Joseph Praise était originaire, possédaient tous des diplômes universitaires. Demandez à un Éthiopien à l'étranger si par hasard son professeur de mathématiques ou de physique s'appelait Kurien, Koshy, Thomas, George, Varugese, Ninan, Mathews, Jacob, Judas, Chandy, Eapen, Pathros ou Palos, et il est probable que ses yeux se mettront à briller. Ces professeurs ont été élevés dans le rite orthodoxe introduit par saint Thomas en Inde du Sud. Mais en tant que professeurs, le seul rite qui leur importait était celui qui consistait à faire entrer la table de multiplication, le tableau périodique des éléments ainsi que les lois de Newton dans la tête de leurs élèves éthiopiens, qui étaient tous intelligents et avaient une grande aptitude aux mathématiques.

Un jour où j'étais retenu à la maison par la fièvre, ma maîtresse, Mrs. Garretty, appela Hema et Ghosh. Elle leur parla des jumeaux Stone, ces adorables garçons bruns aux yeux clairs qui étaient habillés de la même façon, qui chantaient, couraient, dessinaient, sautaient, applaudissaient et bavardaient toujours joyeusement. Ce jour-là, Shiva courut, dessina, sauta et applaudit, mais ne dit pas un mot et, lorsqu'on l'en pria, ne voulut ou ne put pas le faire.

Hema refusa de croire Mrs. Garretty, allant même jusqu'à l'accuser. Pour finir par s'accuser elle-même. Elle annula les leçons de danse au club Juventus, juste au moment où Ghosh venait de maîtriser le fox-trot et était capable de faire le tour d'une pièce en dansant. Le gramophone se reposa pour la première fois depuis des années. Les joueurs de bridge déménagèrent dans le bungalow de Ghosh, qu'il avait transformé en bureau et en clinique pour sa clientèle privée.

Hema emprunta les œuvres de Kipling, Ruskin, C.S. Lewis, Edgar Allan Poe, R.K. Naryam et bien d'autres aux bibliothèques du British Council et du United States Information Service. Le soir, tous deux nous faisaient la lecture à tour de rôle dans l'idée que la grande littérature stimulerait et finirait par faire surgir la parole de Shiva. À cette époque d'avant la télévision, c'était divertissant, excepté C.S. Lewis, dont les armoires magiques ne me convainquaient pas, et Ruskin, que ni Ghosh ni Hema n'étaient capables de comprendre ou de lire très longtemps. Mais ils persistèrent, espérant qu'au moins Shiva leur crierait d'arrêter, comme je le faisais. Ils continuaient même alors que nous nous étions endormis, parce qu'Hema pensait qu'on pouvait gaver le subconscient. S'ils s'étaient inquiétés pour la vie de Shiva après sa naissance, maintenant ils s'inquiétaient des effets des archaïques instruments d'obstétrique qui avaient un jour enserré sa tête. Il n'y avait rien qu'ils ne fussent prêts à essayer pour lui rendre la parole.

Shiva garda le silence.

Un jour, peu après notre huitième anniversaire, nous découvrîmes au retour de l'école qu'Hema avait fait installer un tableau noir dans la salle à manger. Elle était là, craie en main, une lueur de folie dans l'œil, un exemplaire des exercices de calligraphie facile de Bickham nous attendant à nos places. Sur chaque volume était posé le nouveau modèle de Pelikan, le *Pelicano*, le rêve de tout écolier, accompagné de ses cartouches – une véritable révolution.

Un temps viendrait où je serais content d'avoir la réputation d'être un chirurgien à l'écriture lisible. Mes notes suggèrent peut-être que je maniais le bistouri et la plume avec une égale dextérité (bien que je doive reconnaître que ce n'est pas une règle : des pattes de mouche ne sont pas l'indice d'une mauvaise technique chirurgicale). Un jour j'allais remercier Hema – à contrecœur – de nous avoir fait copier en style rond et orné :

Les exercices fréquents profitent au savoir.
L'art affine et améliore la nature.
La fortune est une belle mais inconstante maîtresse.
Le temps gaspillé ne reviendra pas.
La vanité rend la beauté méprisable.
La sagesse est plus précieuse que toutes les richesses.

Shiva tripotait déjà son Pelicano. Genet ne dit rien. Sa position concernant ces choses-là était délicate.

Je tins bon. Je n'avais pas confiance dans les motifs d'Hema : si la culpabilité pousse à faire le bien, ce bien est rarement juste. De plus, j'avais prévu d'organiser un défilé spécial de mes Dinky Toys sur un parcours tortueux que j'avais creusé dans un talus proche de la maison. Elle avait choisi le mauvais moment.

« Pourquoi on ne peut pas aller jouer ? Je n'ai pas envie de faire ça », dis-je.

Hema serra les lèvres. Elle ne paraissait pas considérer ce que j'avais dit, mais ma personne, mon obstination. Inconsciemment, elle me tenait responsable du silence de Shiva. Elle pensait que Genet et moi l'avions camouflé sous la couverture de nos bavardages.

« Parle pour toi, Marion, répondit-elle.

— C'est ce que j'ai fait. Pourquoi est-ce qu'on… est-ce que *je* ne peux pas aller jouer ? »

Shiva avait déjà chargé sa cartouche.

« Pourquoi ? Je vais te dire pourquoi. Parce qu'à l'école vous ne faites que jouer. C'est moi qui dois m'occuper de vos études. Maintenant, assieds-toi, Marion. »

Genet s'assit sans un mot.

« Non, dis-je. Ce n'est pas juste. De plus, je n'aiderai pas Shiva.

— Marion, avant que je te tire l'oreille…

— Il parlera quand il sera prêt ! » criai-je.

Sur ces mots je sortis en courant. Je contournai l'angle de la maison, accélérant dans le tournant. Au deuxième coin, je me précipitai droit dans la large poitrine de Zemui. Ma première pensée fut qu'Hema avait lancé l'armée à mes trousses.

« Cousin, où est la guerre ? » dit Zemui en me relâchant avec un sourire. Son uniforme olive était aussi impeccable que d'habitude, le ceinturon, le baudrier et les bottines tout bruns et rutilants. Par réflexe, il frappa du pied droit et salua avec une vigueur qui eût pu lui coûter les doigts de la main.

Le sergent Zemui était le chauffeur d'un homme à présent colonel en chef de la garde impériale – le colonel Mebratu. Celui dont Ghosh avait sauvé la vie en l'opérant des années auparavant. S'il avait jadis été soupçonné d'insubordination, il jouissait aujourd'hui de la faveur de l'empereur. Il était à la fois commandant de la garde et chargé des relations avec les attachés militaires anglais, indiens, belges et américains. De ce fait, il assistait à de nombreuses réceptions dans les ambassades, sans parler des soirées bridge à la maison. Le pauvre Zemui ne pouvait regagner à pied sa maison où l'attendaient sa femme et ses enfants qu'une fois que la tête de son patron était sur l'oreiller et la voiture de fonction garée dans l'appentis. Le colonel avait alloué une moto à Zemui afin de rendre ses déplacements plus rapides. Comme Zemui, qui habitait non loin de Missing, ne voulait pas abîmer ses pneus sur les pierres et les galets de la piste qui menait à sa cabane, il avait obtenu de Ghosh la permission de garer sa moto sous notre auvent. Sa précieuse machine y était à l'abri des éléments et des vandales.

« C'est justement toi que j'espérais rencontrer, dit Zemui. Que se passe-t-il, petit maître ?

— Rien », dis-je, soudain gêné. Mes ennuis semblaient peu de chose quand je parlais à un soldat qui avait fait la guerre au Congo dans les troupes des Nations Unies. « Comment ça se fait que tu viens prendre ta moto si tard ? lui demandai-je.

— Le patron était à une réception jusqu'à quatre heures du matin. Je l'ai raccompagné à l'aube. Il m'a dit que je pouvais revenir ce soir. Écoute, viens, assieds-toi. Je voudrais que tu me relises cette lettre. »

Il s'assit au bord de la véranda, sortit l'aérogramme bleu et rouge de sa poche de poitrine et me le tendit. Il enleva son casque colonial pour en extraire une cigarette à moitié fumée soigneusement coincée sous l'attache de la jugulaire. Ce casque, pareil à celui que portaient jadis les explorateurs, était réservé à la garde impériale, et reconnaissable de loin.

« Zemui, dis-je, je ne peux pas te la lire plus tard ? Hema est après moi. Je lui ai répondu. Elle va me couper la langue si elle m'attrape.

— Oh, c'est sérieux. Bien sûr qu'on peut le faire plus tard », dit Zemui en se levant prestement. Il rangea la lettre, mais je voyais bien qu'il était déçu. « Tu crois que Darwin a reçu ma lettre ?

— Je suis sûr que sa réponse va arriver d'un jour à l'autre. »

Il me salua et se dirigea vers l'arrière de la maison.

Darwin était un soldat canadien qui avait été blessé au Katanga. J'avais lu sa lettre à Zemui si souvent que je la connaissais par cœur. Il disait qu'il faisait froid et qu'il neigeait à Toronto. Parfois il était découragé et il ne savait pas s'il s'habituerait jamais à sa jambe de bois. « Est-ce qu'il y a des femmes en Éthiopie qui ont un mari avec une jambe de bois et une gueule cassée ? Ha-ha ! » Il ne possédait pas grand-chose, mais si son pote Zemui avait besoin de quoi que ce soit, il pouvait compter sur lui parce qu'il n'oublierait jamais qu'il lui avait sauvé la vie. J'avais traduit de mon mieux la réponse de Zemui en anglais. Je me demandais comment ils communiquaient au Congo. Zemui m'avait montré la croix de sainte Brigitte en or qu'il portait autour du cou, que Darwin, blessé, l'avait forcé à accepter quand ils s'étaient séparés sur le champ de bataille.

La façon dont Rosina me regardait alors que je me dirigeais vers elle en compagnie de Zemui me fit prendre de nouveau la fuite. Je sentis un vide à l'endroit où mon frère aurait dû courir à côté de moi.

La tombe de ma mère, avec son auréole de fleurs médicinales fraîchement coupées et son inscription EN SÉCURITÉ DANS LES BRAS DE JÉSUS n'avait pour moi rien de fascinant. Mais dans la pièce de l'autoclave à côté de la salle d'opération n° 3, je sentais sa présence, un parfum, une proximité. C'est là que mes pas me portèrent. Ce n'était pas le meilleur endroit où se cacher.

Je n'ai jamais compris pourquoi Shiva n'aimait pas cette pièce. Peut-être voyait-il là une manière de trahison envers Hema, qui avait veillé sur chacun de ses souffles, qui s'était attachée par une corde à son bracelet de cheville. Venir là était une des rares choses que je faisais seul.

Assis dans le fauteuil de ma mère, humant l'odeur de Cuticura conservée dans son cardigan, je lui parlai, ou peut-être me parlai-je à moi-même. Je me plaignis de l'injustice dont j'étais victime ; je lui confessai ma pire crainte : qu'Hema et Ghosh disparaissent un beau jour, tout comme Stone et la sœur nous avaient quittés. C'était une des raisons pour lesquelles je traînais devant la porte de Missing – qui pouvait dire que Stone ne reviendrait pas ? Je fantasmais qu'un de ces matins ensoleillés où l'air est si frais qu'on l'entend craquer, Gebrew ouvrirait la porte et qu'au lieu de la ruée des patients, Thomas Stone serait là. Je ne savais absolument pas à quoi il ressemblait, pas plus que ma mère, mais cela n'avait aucune importance. Ses yeux tomberaient sur moi. Après quelques secondes, il aurait un sourire de fierté.

J'avais besoin d'y croire.

Je retournai à notre bungalow, m'attendant à me faire tancer. Au lieu de quoi je vis Hema qui faisait danser Genet et Shiva. Tous trois portaient des bracelets de cheville, mais pas comme celui de Shiva. C'étaient de grosses lanières de cuir ornées de clochettes en cuivre. Ils avaient poussé la table contre le mur. Un morceau de musique indienne classique au rythme de tabla enlevé marquait le tempo. Hema avait relevé son sari, en faisant une sorte de pantalon en le faisant passer entre ses jambes. Elle avait appris à Shiva et Genet une série compliquée de pas et de poses pendant mon absence. Bras tendus, bras pliés, bras croisés, pointant, plongeant, tirant à l'arc, les yeux allant de-ci de-là, ils glissaient sur le sol, le frappant de leurs talons au bruit de cymbale de leurs bracelets. À ce spectacle mon cœur se serra.

Shiva, Genet et moi étions venus au monde presque à l'unisson. (Genet était un pas derrière et à une matrice de nous, mais elle nous avait rattrapés.) Bébés, nous avions échangé biberons et tétines, au grand dam d'Hema. La propension de Shiva à sauter dans les seaux, les flaques ou les fossés pleins d'eau terrifiait les adultes, qui craignaient qu'il ne se noie. Afin de l'empêcher d'approcher des eaux plus profondes, l'infirmière en chef avait acheté un bassin gonflable. Là, tous trois, nous pataugions tout nus et posions pour des photos qui plus tard nous feraient honte. Notre premier cirque, notre premier cinéma, notre premier mort – nous franchîmes ensemble ces étapes. Dans notre cabane construite dans un arbre, nous nous étions arraché des croûtes jusqu'au sang pour faire le serment que nous, les trois mousquetaires, ne nous séparerions jamais et n'admettrions personne d'autre dans notre confrérie.

Et voilà que nous en arrivions à une nouvelle étape : une séparation. Je me tenais sur le seuil, regardant à l'intérieur. Hema me fit signe de les rejoindre. Elle n'était plus en colère. Son front était en sueur, des mèches de cheveux étaient collées à ses joues. Si elle avait eu l'intention de me punir, peut-être vit-elle à mon expression que c'était déjà fait.

Genet, avec son bracelet, paraissait plus féminine, plus fille que le garçon manqué que je connaissais. Je n'avais jamais beaucoup pensé à ce genre de choses. Dans nos jeux, elle était l'un de nous. En retard d'un pas, elle s'efforçait de rattraper la mesure mais elle n'en était pas moins extraordinairement gracieuse, comme si le bracelet avait libéré en elle cette qualité. Même quand elle était à contretemps, ou tournait à contresens, soudain elle était – ce que je ne pus que remarquer – une vraie fille.

Mon jumeau n'avait pas ces problèmes. Il était évident qu'il avait appris en un clin d'œil. Il levait le menton comme s'il craignait de faire tomber les boucles qu'il portait en équilibre sur la tête, ce qui le faisait paraître plus grand et plus droit que moi. Quand Shiva était excité, ses iris viraient du brun au bleu – c'était le cas à cet instant, où ses talons frappaient le sol à l'unisson de ceux d'Hema dont il reproduisait chacune des attitudes. On aurait dit qu'il suivait son bracelet, que ses mouvements étaient guidés par le bruit des clochettes. J'observai cet être mince et souple et j'eus l'impression de le voir pour la première fois.

Mon frère, qui était capable de dessiner n'importe quoi de mémoire, qui jonglait dans sa tête avec des chiffres colossaux, avait maintenant trouvé un nouveau moyen de locomotion et un nouveau langage pour s'exprimer, sans moi. Je ne voulais pas me joindre à eux. J'étais certain d'avoir l'air maladroit. Je ressentais de la jalousie, j'avais le sentiment que c'était par inaptitude plutôt que par mauvaise volonté que je n'entrais pas dans la danse – je me sentais comme handicapé.

« Traître », murmurai-je à l'adresse de Shiva.

Il m'entendit ; son ouïe était parfaite. De toute façon, il aurait su ce que je disais même si je ne l'avais dit qu'à moi-même.

Mon frère jumeau, la moitié du crâne que nous avions formé à deux, ce petit dieu danseur s'éloigna d'un pas glissé, évitant mon regard.

Chapitre 19

Ce qui est dû aux dieux

La semaine qui précéda le jour où Shiva abandonna son bracelet, nous nous rendions tous en ville quand un motard nous dépassa à toute vitesse, sirène hurlante, nous faisant signe de nous écarter.

« D'accord, d'accord, dit Ghosh en obtempérant. Laissons la place à Sa majesté impériale, Hailé Sélassié Ier, lion de Judah. »

Nous nous étions arrêtés sur l'avenue Ménélik II. Plus bas se trouvait Africa Hall, qui ressemblait à une boîte d'aquarelle posée sur la tranche. Ses panneaux pastel étaient censés représenter les franges multicolores du *shama* traditionnel. Devant le nouveau quartier général de l'Organisation de l'Unité Africaine flottaient les drapeaux de chacun des pays du continent. Malgré sa jeunesse, le bâtiment avait déjà eu l'honneur de recevoir Nasser, Nkrumah, Obote, Tubman et consorts.

Le palais du jubilé de l'empereur était de l'autre côté de l'avenue. Je voyais les deux cavaliers de la garde impériale qui flanquaient les grilles du palais. La résidence de l'empereur s'élevait au-delà de jardins luxuriants telle une vision hallucinée du palais de Buckingham. La nuit, sous les projecteurs, on aurait dit qu'il était en ivoire. Comme nous étions à la fin du mois de décembre, un des pins avait été transformé en gigantesque arbre de Noël.

Piétons, charrettes, voitures, tout s'arrêta. Un homme aux yeux laiteux, nu-pieds, enleva son chapeau en loques, révélant une couronne de cheveux gris frisés. Sous leurs parapluies, trois femmes en deuil attendaient également près de nous. La montée de la colline les avait fait transpirer. Une de ces dames s'assit au bord du trottoir. Elle enleva ses chaussures en plastique. Deux jeunes hommes se tenaient en retrait, apparemment mécontents d'avoir à interrompre leur marche.

La femme assise dit : « Peut-être que Son Altesse va nous faire profiter de sa voiture. Dis-lui que nous n'avons pas de quoi nous payer le bus. Mes pieds me font un mal de chien. »

Le vieil homme lui lança un regard furieux ; ses lèvres bougèrent comme s'il amassait de la salive pour châtier son blasphème.

Une Volkswagen verte munie d'une sirène et d'un haut-parleur passa à toute allure. Je n'aurais jamais cru qu'une Volkswagen pouvait aller aussi vite.

« Je te parie que Sa Majesté est dans la nouvelle Lincoln, dis-je à Ghosh.

— Il y a peu de chance. »

Nous étions en 1963, l'année de l'assassinat de Kennedy. D'après un camarade d'école dont le père était député, la Lincoln avait appartenu à Kennedy, mais ce n'était pas celle dans laquelle il avait été tué. Celle-ci était couverte et remarquable non par ses courbes mais par son incroyable longueur. On disait en ville que pour aller de l'ancien palais au sommet de la colline à sa résidence du palais du jubilé il lui suffisait de monter à l'arrière et de sortir par l'avant.

Sur les vingt-six voitures à la disposition de Sa Majesté, il y avait vingt Rolls dont une était un cadeau de Noël de la reine d'Angleterre. Je tâchais d'imaginer ce qu'il pouvait y avoir d'autre sous le sapin du monarque.

Une Land Rover passa – la garde impériale, pas la police – lentement, le hayon ouvert, transportant des hommes qui surveillaient les alentours, avec des mitraillettes sur les genoux. Nous entendîmes comme une sorte de roulement de tambour de guerre ; une phalange de huit motos émergea de l'éther, deux de front, l'air miroitant autour des ailerons des moteurs. Le soleil se reflétait sur les chromes des phares et des tubulures. En dépit de leur uniforme noir, de leurs casques et de leurs gants blancs, les motards me rappelèrent les guerriers aux yeux étincelants, vêtus de peau de singe, qui descendaient à cheval des collines le jour anniversaire de la chute de Mussolini, l'air féroce comme s'ils se préparaient à un nouveau massacre.

Le sol trembla au passage des Ducati, leur colossale réserve de puissance prête à être libérée d'une torsion du poignet.

La Rolls-Royce verte de Sa Majesté brillait comme un miroir. Assis sur un siège surélevé, l'empereur regardait par des fenêtres spécialement conçues pour les monarques afin de leur permettre de voir tout autant que d'être vus. Dans le sillage des motos, la voiture se déplaçait dans un silence que seul troublait le léger chuintement des soupapes.

Ghosh marmonna : « Pour le prix de cette voiture, on pourrait nourrir tous les enfants de l'Empire pendant un mois. »

Le vieillard à côté de nous était à genoux, et au passage de la Rolls il embrassa l'asphalte.

Je vis l'empereur comme je vous vois, avec sa petite chienne Lulu sur les genoux. Il nous fixa en souriant tandis que nous nous inclinions. Il joignit les paumes. Puis il disparut.

« Vous avez vu ça ? demanda Hema, tout excitée. Vous avez vu le *namaste* ?

— En ton honneur, dit Ghosh. Il te connaît.

— Ne sois pas bête. C'était le sari. Quand même c'était gentil !

— Alors un *namaste* suffit à te retourner ?

— Arrête, Ghosh. Je ne fais pas de politique. J'aime bien le vieux. »

La Rolls vira en direction des grilles du palais. Les motards et la Land Rover s'arrêtèrent juste avant. Les deux gardes à cheval, resplendissants dans leurs tuniques blanches et leurs pantalons verts, coiffés de leur casque colonial blanc, présentèrent les armes.

Un unique policier tenait à distance le groupe habituel de solliciteurs qui attendait d'un côté des grilles. Une vieille femme qui agitait un papier avait dû attirer le regard de l'empereur. La Rolls s'arrêta. Je voyais le petit chihuahua, la patte sur la vitre, qui avançait et reculait la tête : Lulu était en train d'aboyer. La vieille femme, inclinée, tendit brusquement le papier à deux mains en direction de la vitre.

Elle semblait parler. Il était évident que l'empereur écoutait. La vieille femme s'anima, faisant des gestes des mains, se balançant, et maintenant nous l'entendions clairement.

La voiture se remit à avancer, mais la vieille n'avait pas terminé. Elle tâcha de courir le long de la Rolls, les mains sur la vitre. Incapable de poursuivre, elle hurla : « *Leba, leba !* » – « Voleur, voleur ! » Elle chercha une pierre des yeux et, n'en trouvant pas, enleva sa chaussure, qu'elle lança contre le coffre avant que personne ait pu réagir.

Je vis le policier lever sa matraque puis la femme s'affaisser à terre, comme un sac. Les grilles se fermèrent. Les motards se mirent à matraquer tous ceux qui étaient près des grilles, malgré leurs hurlements. La vieille, immobile, n'en reçut pas moins un violent coup de pied dans les côtes. Les sentinelles juchées sur leurs montures disciplinées et immobiles, regardaient droit devant eux. Seule la peau des chevaux frissonnait.

Nous restions là, incapables de bouger. Les deux jeunes hommes derrière nous ricanèrent avant de s'éloigner rapidement.

La femme qui était à côté dit en portant les mains à sa tête : « Comment ont-ils pu faire ça à une grand-mère ? » Le vieil homme, chapeau en main, ne dit rien, mais il était clair qu'il était secoué.

Comme nous repartions, je vis que les motards étaient en train de tabasser le policier. Ils le punissaient de n'avoir pas assommé la vieille avant qu'elle puisse ouvrir la bouche, les mettant tous dans l'embarras.

Malgré toutes ces années, et bien que j'aie été témoin de tant de violences, cette image demeure vivace. Le matraquage inattendu de la vieille femme, quelques secondes après que l'empereur nous eut salués si chaleureusement, donnait l'impression d'une trahison, accompagnée par la révélation de l'impuissance d'Hema et de Ghosh.

Pour moi, ce chihuahua aux yeux à fleur de tête avait sa part dans la cruauté de la scène. C'était la seule créature qui avait le droit de précéder Sa Majesté. Cette chienne mangeait et dormait mieux que la plupart des sujets de son maître. À partir de ce jour je perçus autrement l'empereur et Lulu. Et n'éprouvai définitivement plus d'affection pour cette chienne trop choyée.

Si Lulu était l'impératrice canine d'Éthiopie, notre Koochooloo et les deux autres chiens sans nom en étaient les paysans. C'est un dentiste iranien venu brièvement travailler à Missing qui lui avait donné le nom de « Koochooloo ». En Éthiopie, donner un nom à un chien équivaut à le sauver. Le poil pelé des deux chiens anonymes de Missing était si taché de boue et de goudron qu'il était impossible de savoir quelle était sa couleur originelle. Pendant les longues pluies, quand tous les autres chiens se mettaient à l'abri, ces deux-là demeuraient sous la pluie plutôt que de risquer un coup de pied dans la tête. Il était fort possible qu'ils fussent en réalité une succession de chiens anonymes qui arrivaient par paire.

Sœur Mary Joseph Praise avait nourri Koochooloo après la disparition du dentiste iranien. Après sa mort, ce fut au tour d'Almaz.

Les yeux de Koochooloo étaient deux perles noires qui trahissaient un caractère joueur et taquin que les déceptions de la vie n'avaient pas réussi à étouffer totalement. Les chiens ne sont pas censés posséder des sourcils, je sais, mais je jure que cette chienne avait au-dessus des yeux des plis capables de se mouvoir de manière indépendante. Ils pouvaient exprimer l'appréhension, l'amusement et même la confusion – de la même façon que Laurel et Hardy dont nous allions voir les films au cinéma Adowa. Il n'était pas question que Koochooloo entre dans la maison. Les vaches étaient sacrées, pas les chiens.

Nous ignorâmes la grossesse de Koochooloo jusqu'au deuxième jour de la nouvelle année. Elle avait disparu pendant quarante-huit heures, et puis, juste avant notre départ pour l'école, nous la trouvâmes cachée dans un minuscule espace derrière la pile de bois. La lumière de notre lampe électrique révéla son épuisement. Elle avait du mal à lever la tête. Les boules de poil qui gigotaient contre son ventre expliquaient tout.

Nous courûmes annoncer la nouvelle à Hema et Ghosh puis à l'infirmière en chef. Nous cherchâmes des noms. Leur manque d'enthousiasme aurait dû nous mettre la puce à l'oreille…

Notre taxi nous déposa devant la porte de Missing après l'école. Nous venions de passer la colline quand nous fûmes témoins de la scène, bien qu'au début nous n'en ayons pas eu conscience. Les chiots se trouvaient dans un grand sac en plastique dont l'ouverture était attachée avec de la ficelle au pot d'échappement d'un taxi. Nous apprîmes plus tard que le chauffeur avait vu Gebrew les emporter et lui avait proposé un moyen plus expéditif que la noyade pour s'en débarrasser. Gebrew, à qui les machines faisaient peur, s'était facilement laissé convaincre.

Sous nos yeux, le taxi démarra, le sac gonfla, et quelques secondes plus tard, la voiture cala. Koochooloo, qui ce matin pouvait à peine marcher, contourna la voiture comme une flèche pour aller donner de petits coups de dents au sac plein de fumée. Dedans, les chiots, le museau déformé par le plastique, se pressaient à la recherche d'une sortie. Koochooloo était folle de désespoir, au grand amusement des patients et des passants qui formaient un petit groupe autour de la scène.

Je n'en croyais pas mes yeux. Était-ce une sorte de rituel nécessaire à l'éducation des chiots que j'ignorais ? Je calquai mon attitude sur celle des badauds – c'était une erreur. Mais en moi-même, je ressentais ce que ressentait Koochooloo.

Shiva ne se laissa pas intimider. Il se précipita pour essayer de détacher le sac en se brûlant les paumes au tuyau d'échappement. Puis il se mit à genoux et tâcha de déchirer l'épais plastique. Gebrew le tira en arrière tandis qu'il donnait des coups de pied et se débattait. Ce n'est que lorsqu'il constata que les chiots, petit monticule de poils, ne bougeaient plus qu'il s'arrêta.

Je jetai un coup d'œil à Genet et fus choqué de voir qu'elle demeurait de marbre, montrant qu'elle était bien consciente des courants sous-jacents au monde dans lequel nous vivions et cela depuis bien longtemps avant nous. Rien ne la surprenait.

Comment Koochooloo put nous pardonner et continuer de vivre à Missing, je ne l'ai jamais compris. Elle ne savait rien des quotas et règles établies par l'infirmière en chef concernant les chiens de Missing. Tout comme nous ignorions qu'à plusieurs reprises dans le passé, Gebrew, sur ordre, avait arraché les nouveau-nés aux tétines de Koochooloo pour aller les noyer.

Shiva s'était couronné les genoux et fait des ampoules aux mains. Hema, Ghosh et l'infirmière en chef nous rejoignirent en hâte aux urgences.

Ghosh mit de la pommade sur les brûlures de Shiva et pansa ses genoux. Les adultes n'avaient rien à dire à propos des chiots.

« Pourquoi vous avez laissé Gebrew faire ça ? » demandai-je. Ghosh ne leva pas les yeux de sa tâche. Il était incapable de nous mentir, mais en l'occurrence il nous avait caché ce qui allait arriver.

« Gebrew n'y est pour rien, dit l'infirmière en chef. C'étaient mes instructions. Je suis désolée, on ne peut pas avoir des bandes de chiens qui rôdent autour de Missing. »

Cela ne ressemblait pas à une excuse.

« Koochooloo oubliera, dit Hema pour nous consoler. Les animaux n'ont pas ce genre de mémoire, mes chéris.

— Et toi, tu oublieras si quelqu'un nous tue, Marion ou moi ? »

Les adultes me regardèrent. Mais je n'avais pas parlé. De plus, j'étais à plus de deux mètres de Shiva. Ses iris étaient passés du brun au bleu acier, ses pupilles étaient devenues des têtes d'épingle, son menton était plus haut que jamais, exposant son cou. Il regardait de tout son haut un monde peuplé de gens pour lesquels il semblait avoir beaucoup de dédain.

Et toi, tu oublieras si quelqu'un nous tue, Marion ou moi ?

Ces mots avaient été formés dans le larynx, modulés par les lèvres et la langue de mon frère jusqu'alors silencieux. Pour ses premiers mots depuis des années, il avait élaboré une phrase qu'aucun de nous n'oublierait.

Les adultes regardèrent Shiva avant de reporter les yeux sur moi. Je secouai la tête et désignai Shiva.

Enfin Hema murmura : « Shiva… qu'est-ce que tu as dit ?

— Tu nous oublieras demain si quelqu'un nous tue aujourd'hui ? »

Hema s'approcha de Shiva pour le serrer dans ses bras, des larmes de joie dans les yeux, mais Shiva s'éloigna d'elle, s'éloigna d'eux tous, comme si c'étaient des assassins. Il se pencha, roula sa chaussette et enleva l'anneau de cheville – qu'il posa sur la table. Cet anneau n'avait jamais été enlevé sinon pour être réparé, agrandi, et deux ou trois fois remplacé par un neuf. C'était comme s'il s'était coupé un doigt et l'avait posé sur la table.

« Shiva, dit l'infirmière en chef, si nous avions laissé ses petits à Koochooloo nous aurions une soixantaine de chiens autour de Missing à l'heure qu'il est.

— Qu'est-ce qui est arrivé aux autres chiots ? » demanda Shiva, me devançant.

L'infirmière en chef marmonna vaguement que Gebrew s'en était occupé sans les faire souffrir et que le gaz d'échappement était une mauvaise idée qui n'était pas d'elle, et que Gebrew aurait dû le faire bien avant que nous ne rentrions de l'école. J'étais maintenant au diapason de mon frère.

Shiva me toucha l'épaule et me murmura quelque chose à l'oreille.

« Qu'est-ce qu'il a dit ? demanda Hema.

— Il a dit : "Pourquoi devrais-je parler puisque vous êtes tous si cruels ?" Il dit qu'il ne pense pas que sœur Mary Joseph Praise ni Thomas Stone auraient fait une chose pareille. Peut-être que s'ils étaient ici cela ne serait jamais arrivé. »

Hema soupira, comme si elle s'était attendue à ce que l'un de nous les évoque de cette façon. « Mon chéri, dit-elle d'une voix râpeuse, tu ne sais pas ce qu'ils auraient fait. »

Shiva quitta la pièce. Ghosh et l'infirmière en chef avaient l'expression ébahie de ceux qui viennent de voir un fantôme. C'était à eux maintenant d'être muets. Comment, me demandai-je, ces adultes qu'inquiétait tant le mutisme de mon frère, qui s'occupaient des pauvres, des malades, des orphelins, qui avaient été choqués autant que nous par la cruauté dont avait été victime la vieille femme devant le palais, pouvaient-ils être indifférents à la cruauté dont ils venaient d'être témoins ?

Plus tard je demandai à l'infirmière en chef si elle pensait que la mort de ses petits affectait durablement Koochooloo. Elle répondit qu'elle ne savait pas, mais qu'elle savait que Missing ne pouvait pas se permettre d'élever des chiens et qu'on ne pouvait pas en avoir plus de trois. Et non, elle ne pensait pas qu'il y avait un paradis spécial pour les chiens, et franchement elle ignorait ce que Dieu pensait du nombre de chiens qui était bon pour Missing, mais Il lui avait laissé carte blanche en ce domaine et ce n'était pas un sujet qu'elle voulait aborder avec moi.

Dans les yeux de Koochooloo je voyais qu'elle était déçue par la race humaine. Elle nous évitait. Nous lui laissions de la nourriture, et si elle mangeait, ce n'était pas en notre présence.

Pendant des semaines, il n'y eut qu'une personne pour qui elle tenta de remuer la queue, et c'était Shiva.

Quand Shiva apprit à danser le bharatanatyam (et devint le *sishya* d'Hema qui parlait déjà d'organiser son *arangetram* – ses débuts), je commençai à nous considérer séparément. Maintenant qu'il s'exprimait, Shiva/Marion ne se déplaçait ni ne parlait plus systématiquement comme une seule entité. Au cours de nos premières années, nos différences s'étaient complétées ; mais après la mort des chiots, je sentis que nos identités se séparaient lentement. Mon frère, mon vrai jumeau, était sensible à la détresse des animaux. Quant aux affaires des hommes, il me les laissait ; du moins, pour le moment.

Chapitre 20

COLIN-MAILLARD

M. Loomis, directeur de Loomis Town & Country, faisait en sorte que nos longues vacances coïncident avec les longues pluies. Ainsi, il pouvait se reposer et dépenser nos frais de scolarité en Angleterre en juillet et en août pendant que nous étions coincés à Addis-Abeba. Pour les anciens expatriés, les mois de la mousson, c'était l'hiver, ce qui jetait la confusion dans l'esprit des nouveaux arrivants, pour qui juillet ne peut être que l'été.

Il pleuvait tant qu'il pleuvait même dans mes rêves. Je me réveillais heureux d'être en vacances, mais chaque matin cet incessant murmure du toit en tôle douchait immédiatement mon euphorie. Cette année-là, c'était l'hiver de ma onzième année, et quand je me mettais au lit, je priais pour que le ciel se déverse sur la tête de M. Loomis, qu'il fût à Brighton ou Bournemouth. J'espérais qu'un nuage d'orage fait tout spécialement pour lui le suive à chaque minute de la journée.

Si je devenais morose et pessimiste, Shiva, lui, n'était affecté ni par le froid, ni par le brouillard, ni par la brume, ni par l'humidité. Devant notre fenêtre il y avait maintenant un lac marron ponctué d'atolls de boue rouge. Je n'espérais plus qu'une pelouse et des parterres de fleurs puissent jamais y réapparaître.

Les mercredis, Hema nous emmenait aux bibliothèques du British Council et de l'USIS où nous rendions les livres empruntés et reprenions une nouvelle pile que nous chargions dans la voiture, après quoi elle nous déposait à l'Empire Theater ou au cinéma Dowa pour la séance de l'après-midi. Nous étions libres de lire ce que nous voulions, mais Hema exigeait que nous remplissions une demi-page de notre journal pour y consigner les mots nouveaux que nous avions appris et le nombre de pages que nous avions lues. Nous devions également copier une idée ou une phrase mémorables que nous devions restituer pendant le dîner.

Si ces études hivernales n'étaient pas de mon goût, elles me firent faire la connaissance du capitaine Horatio Hornblower. L'infirmière en chef, dont je n'avais pas encore complètement conscience de la capacité qu'elle avait à lire dans mon âme, me demanda d'emprunter pour elle *Un vaisseau de ligne*. Je l'ouvris par curiosité et découvris que j'étais entré dans un monde plus humide et misérable que le mien et, curieusement, j'étais content d'y être. Grâce à C.S. Forester, je me trouvais dans un bateau craquant de toutes parts, de l'autre côté du monde, et dans la tête d'Horatio Hornblower, un homme qui était comme Ghosh et Hema – héroïque dans son rôle professionnel. Mais il était aussi comme moi – « malheureux et seul ». Bien sûr, je n'étais pas vraiment malheureux et seul, mais pendant la mousson il semblait nécessaire de me considérer comme tel. Les mauvais procédés de l'Amirauté à Londres, l'ironie du mal de mer dont souffrait Hornblower, la tragédie qui l'avait frappé quand au retour d'un long voyage il avait trouvé ses enfants mortellement atteints de la petite vérole… J'avais mes équivalents, quelque dérisoires qu'ils fussent, à tous ces périls.

Après de longues heures de lecture, j'avais une terrible envie de me retrouver dehors ; je sais que Genet était dans mon cas. Shiva dessinait et griffonnait. Les exercices de calligraphie d'Hema étaient pour lui une occasion de déverser un flot d'encre incessant, mais c'était toujours sur les sacs en papier, les serviettes et les pages de garde des livres. Il adorait dessiner la BMW de Zemui et cela en toute saison. Quand il dessinait Veronica, c'était maintenant à cheval sur une moto.

Un vendredi, après le départ d'Hema et de Ghosh, la pluie se mit à tomber plus fort, accompagnée de tonnerre et de grêle. Le bruit sur le toit était assourdissant ; lorsque je passai la tête à la porte de la cuisine, je sentis une odeur de poil détrempé et vis trois ânes qui s'étaient réfugiés sous le surplomb du toit avec leur gardien. Si le bois que livraient les ânes était aussi mouillé qu'eux, il s'agissait d'une mauvaise nouvelle pour notre cuisinière. Les animaux demeuraient immobiles, résignés à leur sort, à moitié endormis, leur peau agitée de tressaillements involontaires.

Quand je revins dans le salon, Genet cria par-dessus le vacarme : « Jouons à colin-maillard !

— C'est un jeu de filles, dis-je. Un jeu d'idiotes. » Mais elle était déjà à la recherche d'un bandeau.

Je n'ai jamais compris pourquoi colin-maillard était si prisé à l'école, particulièrement dans la classe de Genet. Je voyais les enfants esquiver et bousculer l'aveugle jusqu'à ce qu'il ou elle capture un de ses bourreaux.

Nous modifiâmes la règle du jeu pour l'adapter à l'intérieur. Au lieu d'esquiver l'aveugle nous devions demeurer immobiles et silencieux. On pouvait se cacher partout sauf dans la cuisine, mais pas sous ou derrière un obstacle. Ce qui comptait, c'était la rapidité avec laquelle l'aveugle trouvait les deux autres.

Ce fut à Genet de commencer. Il lui fallut quinze minutes pour trouver Shiva, dix de plus pour moi.

J'aurais pu m'ennuyer à rester ainsi sans bouger. Mais ce ne fut pas le cas, cela m'intriguait. Je tâchais d'être parfaitement immobile, j'avais l'impression d'être l'Homme invisible, un de mes personnages de bande dessinée favoris – il demeurait immobile pendant que le monde tournait autour de lui et que son ennemi juré essayait de le trouver.

Les yeux bandés, en collants blancs, les bras tendus devant elle, avançant pas à pas, Genet paraissait impuissante, comme si elle subissait le supplice de la planche infligé par les pirates. Elle avait le port et l'équilibre de quelqu'un capable de faire la roue avec un bras dans le dos ; elle aurait pu marcher sur les mains avec plus de grâce que Ghosh sur ses deux pieds. Des barrettes en perles jaunes et argent retenaient ses cheveux séparés par une raie au milieu et remontés en couettes. Genet n'était pas coquette en ce qui concernait sa tenue, mais elle accordait la plus grande importance à ses bandeaux, ses épingles et ses pinces, sans doute à cause du fait qu'Hema, Rosina et Almaz ne cessaient de la peigner, de lui faire des queues-de-cheval ou des nattes. Parfois Hema soulignait la paupière inférieure de Genet d'un trait de khôl. Cette ligne noire mettait le feu à ses yeux, qui lançaient alors des éclairs tels des miroirs.

On disait que les filles grandissent plus vite que les garçons, et je le croyais, parce que Genet paraissait plus âgée que ses dix ans. Se méfiant du monde, elle était toujours prête à la contestation et au combat. Alors que j'étais trop enclin à faire confiance aux adultes et à penser qu'ils savaient ce qu'ils faisaient ; contrairement à moi, elle ne se privait pas de les juger faillibles. Mais avec ce bandeau, elle manifestait une vulnérabilité dont je n'avais jamais été conscient auparavant : toutes ses défenses semblaient résider dans le feu de son regard.

Par deux fois Genet faillit me rentrer dedans, m'évitant au dernier moment. La troisième fois, alors qu'elle était à quelques millimètres, l'Homme invisible réprima un rire. Ses mains, balayant l'air comme les bras d'un moulin, me trouvèrent, manquant de m'éborgner.

À partir de là les choses prirent un tour étrange.

Je trouvai Genet en trente secondes, et Shiva en moitié moins de temps. Comment ? Je suivais mon nez. Je n'avais aucune idée qu'une telle chose fût possible. Je « voyais » par olfaction. J'obéissais à un instinct que je venais de découvrir en étant privé de la vue.

Shiva nous trouva tout aussi rapidement. Soudain, nous avions oublié la pluie.

Il fallut encore plus de temps à Genet pour nous trouver la seconde fois qu'elle fit l'aveugle. Son nez ne lui était d'aucun secours. Pendant une demi-heure je la regardai aller de-ci de-là en traînant les pieds.

Frustrée, elle arracha son bandeau et nous accusa de bouger et d'être de mèche. Nous étions l'un et l'autre innocents.

Quand Ghosh rentra déjeuner, Genet et moi nous précipitâmes pour lui parler de notre jeu. « Attendez ! Attendez, dit-il. Je ne vous comprends pas quand vous parlez en même temps. Genet, commence. “Commencez au commencement et poursuivez jusqu'à ce que vous arriviez à la fin, alors arrêtez-vous.” Qui a dit ça ?

— Toi, répondit Genet.

— Le roi dans *Alice au pays des merveilles*, dit Shiva, page quatre-vingt-treize, chapitre douze. Et tu as oublié quatre mots et deux virgules.

— Certainement pas ! dit Ghosh, feignant d'être vexé, mais incapable de cacher sa surprise.

— Tu as oublié : “Le roi dit, virgule, gravement, virgule.”

— Tu as raison… répondit Ghosh. Maintenant, dis-moi ce qui s'est passé, Genet. »

Elle lui raconta tout et finit par lui demander d'arbitrer. Ghosh positionna Genet à plusieurs endroits et chaque fois, les yeux bandés et aveugle, je me dirigeai droit sur elle. Ghosh demanda à ce qu'on lui mît le bandeau, mais il ne fit pas mieux que Genet. Nous aurions « exploré le phénomène », selon l'expression de Ghosh, plus avant, mais il devait retourner à l'hôpital.

Le front de Genet demeura plissé tout l'après-midi, ses sourcils formant un V. Je sentais le venin de son regard sur mon visage.

« Qu'est-ce que tu regardes ? demanda-t-elle.

— C'est interdit par la loi de regarder ?

— Oui. »

Je lui tirai la langue. Elle bondit de sa chaise et se précipita sur moi. Je m'y attendais. Nous roulâmes par terre. Bientôt je l'immobilisai sur le dos, les bras au-dessus de la tête, à califourchon sur son ventre, mais ce n'avait pas été tâche facile.

« Lève-toi, ordonna-t-elle.

— Pourquoi ? pour que tu recommences ?

— Lève-toi, j'ai dit.

— D'accord. Mais si tu recommences, voilà ce que je ferai. » Je fourrai mon genou sous son aisselle et dans ses côtes. Sa colère fit place à des cris et un rire hystériques. Elle me supplia d'arrêter. La connaissant et sachant avec quelle rapidité le feu pouvait reprendre alors qu'on croyait l'avoir éteint, je lui en administrai une autre dose pour faire bonne mesure. Je me levai sans lui tourner le dos.

Genet courait plus vite que Shiva mais était incapable de me battre sur une courte distance. Sa foulée était si naturelle, ses pieds touchant à peine le sol, qu'elle pouvait courir toute la journée. Au-delà de cinquante mètres, elle était imbattable. Elle grimpait dans les arbres, jouait au foot, luttait et faisait de l'escrime à peu près aussi bien que nous.

Mais colin-maillard avait révélé une différence.

Pendant le dîner avec Hema et Ghosh, Genet garda le silence. Les barrettes jaunes et argent avaient fait place à une pince d'allure rébarbative traversée par une aiguille à tricoter. À la demande d'Hema, elle parla du livre du « Clan des sept » qu'elle était en train de lire. Assise en face de Shiva et moi, elle repoussait Almaz et Rosina qui tâchaient de remplir encore nos assiettes. Celles-ci dînaient toujours après, à la cuisine.

Le dîner fini, Genet dit bonne nuit à tout le monde et se rendit dans la chambre de Rosina derrière notre bungalow. Je vis que Ghosh feuilletait *Alice au pays des merveilles*. Je regardai par-dessus son épaule tandis qu'il trouvait la page quatre-vingt-treize. Shiva avait raison, aux virgules près.

La pluie cessa comme nous nous couchions, précisément quand il était trop tard pour profiter du silence. Ce répit était à la fois reposant et énervant du fait que la pluie pouvait reprendre à tout instant.

Hema vint nous faire la lecture, rituel quotidien qu'elle n'avait jamais interrompu une fois qu'elle avait eu commencé en réaction au silence de Shiva. Depuis quelques jours, elle nous lisait *Le Mangeur d'homme de Malgudi*, de R.K. Narayan. Assis de l'autre côté du lit, Ghosh écoutait, tête baissée. Le livre avait commencé lentement et n'avançait toujours pas. Mais peut-être cela était-il délibéré. À mesure que nous nous faisions au monde lent et « ennuyeux » de l'Inde rurale, il se révéla être intéressant et même drôle. Malgudi était peuplé de personnages qui ressemblaient à des gens que nous connaissions, prisonniers de leurs habitudes, de leur profession, et d'une croyance aussi stupide qu'irrationnelle qui les réduisait en esclavage sans qu'ils en aient conscience.

Le bruit de la sonnerie du téléphone était inconnu à Malgudi et il rompit le fil de notre histoire. Ghosh décrocha. « Tout de suite », dit-il en regardant Hema. Après avoir raccroché il expliqua : « La princesse Turunesh est en travail. Six centimètres. Douleurs toutes les cinq minutes. L'infirmière en chef est avec elle dans la chambre privée.

— Qu'est-ce que ça veut dire « six centimètres » ? demandai-je.

Ghosh allait répondre quand Hema, déjà occupée à se brosser les cheveux devant la commode, se hâta de dire : « Rien, mon chou. La princesse va bientôt avoir un bébé. Il faut que j'y aille.

— Je viens avec toi », dit Ghosh. Il pourrait l'assister au cas où Hema opterait pour une césarienne.

Je n'aimais pas quand ils sortaient la nuit. Ce n'est pas que je craignais les voleurs, mais j'avais peur pour Hema et Ghosh, je craignais qu'en dépit de leurs meilleures intentions, ils ne puissent pas revenir. Je n'éprouvais jamais cette crainte durant le jour. Mais la nuit, quand ils allaient danser au Juventus ou jouer au bridge chez Mrs. Reddy et Evangeline, j'attendais leur retour, imaginant le pire.

Après leur départ, j'allai dans le salon, pieds nus et en pyjama, et allumai la radio.

Par-delà le bruit des parasites, j'entendis la moto. Une fois arrivé à mi-chemin de notre allée, le sergent Zemui coupait toujours le moteur pour ne pas nous déranger. Puis, en silence, excepté le grincement des ressorts et le bruit de ferraille des garde-boue, il avançait jusqu'à l'auvent. Le *whump* métallique de l'engin calé sur sa béquille venait en coda.

J'adorais cette BMW dégingandée et la façon dont son moteur dépassait des deux côtés du cadre tels deux pis. Shiva lui aussi l'adorait. Du plus loin que je me souvienne, j'entendais son bruit sourd, une sorte de *lub-dub,* tôt le matin quand Zemui partait au travail, et à l'heure du coucher quand il en revenait. Chaque fois que le bruit de ses lourdes bottes décroissait, je le plaignais. Je me représentais son chemin solitaire jusqu'à chez lui, particulièrement pendant cette saison de boue et de pluie. En dépit du long imperméable et du capuchon en plastique qui protégeait son casque, il était impossible de ne pas être trempé.

Cinq minutes plus tard, j'entendis la porte de la cuisine qui s'ouvrait. Genet, vêtue d'un vieux pyjama à moi, entra.

Sa colère avait disparu, laissant place à quelque chose que j'avais rarement vu : de la tristesse. Ses cheveux étaient retenus par un bandeau bleu. Elle paraissait indifférente, renfermée, comme si des années, et non des minutes, avaient passé depuis que nous nous étions quittés.

« Où est Shiva ? demanda-t-elle en s'asseyant en face de moi.

— Dans notre chambre. Pourquoi ?

— Comme ça. Sans raison.

— Hema et Ghosh ont dû aller à l'hôpital, dis-je.

— Je sais. Je les ai entendus le dire à ma mère.

— Ça va ? »

Elle haussa les épaules. Ses yeux fixaient une planète lointaine au-delà du cadran rougeoyant du Grundig. On voyait une petite tache dans son iris gauche, entourée d'une bouffée de fumée là où une étincelle avait pénétré. Nous étions beaucoup plus jeunes et nous étions en train de faire exploser des bandes d'amorces sur le trottoir à l'aide d'une lourde pierre, quand l'accident s'était produit. On ne pouvait voir cette tache qu'en étant très près, et sous certains angles. De loin, la légère asymétrie qu'elle conférait à son regard lui donnait un air rêveur.

À la radio, une station chinoise grésillante diffusait une voix de femme dont aucune gorge n'aurait pu reproduire les sons, alternativement distante et proche. Je trouvais cela drôle, mais Genet ne sourit pas.

« Marion ? Tu veux bien jouer à colin-maillard avec moi ? demanda-t-elle avec douceur. Juste une fois ? »

Je grognai.

« S'il te plaît ? »

Je fus surpris par l'urgence dans sa voix. Comme si son avenir en dépendait.

« Tu es revenue juste pour ça ? Shiva est déjà couché. »

Elle réfléchit en silence puis déclara : « Pourquoi pas juste toi et moi ? S'il te plaît, Marion ? »

Je n'ai jamais su dire non à Genet. Je ne croyais pas qu'elle me trouverait plus facilement cette fois-ci – ce qui n'allait faire que la déprimer encore plus. Mais si c'était ce qu'elle voulait…

La pluie avait effacé les étoiles du ciel ; la nuit noire coulait à travers les volets dans la maison et sous mon bandeau.

« J'ai changé d'avis », dis-je dans le vide.

Elle m'ignora et fit un second nœud au bandeau. Pour faire bonne mesure, elle me mit un sac de farine sur la tête, relevant les bords pour laisser ma bouche libre.

« Tu m'as entendu ? dis-je. Je ne veux pas jouer, je n'ai jamais dit que je voulais.

— Tu as triché ? Tu le reconnais ? » La voix ne paraissait pas être la sienne. « Je ne reconnais pas ce qui n'est pas vrai », dis-je.

Un coup de vent secoua les fenêtres. C'était la façon qu'avait le bungalow de se racler la gorge pour nous prévenir de nous préparer à la pluie.

Elle disparut de nouveau, et quand elle revint je sentis que mes mains étaient liées à mes côtés par une bande de cuir – la ceinture de Ghosh. « C'est pour que tu n'enlèves pas le bandeau. »

Puis elle me saisit aux épaules et elle me fit tourner. Ses mains, telles des pagaies, giflaient ma poitrine, mes épaules, me faisaient tourbillonner comme une toupie. Quand je lui criai d'arrêter, elle ajouta quelques tours de plus.

« Compte jusqu'à vingt. Et ne regarde pas. »

Je continuai à tourner dans cette obscurité intérieure, me demandant pourquoi la nausée était un compagnon obligé du vertige. Je heurtai quelque chose. Un coin dur. Le canapé. Il me frappa aux côtes, mais il m'empêcha de tomber. Elle m'avait roulé en m'attachant les mains et en me faisant perdre mon équilibre. Si elle avait voulu me désorienter, elle avait réussi. « Tricheuse ! criai-je. Si tu as tellement envie de gagner, on n'a qu'à dire que tu as gagné, OK ? »

Un bruit soudain sur le toit me fit sursauter. Un gland ? J'attendis, mais il ne roula pas. Un voleur qui voulait voir s'il y avait quelqu'un à l'intérieur ? Avec les mains liées, j'étais doublement impuissant. J'éternuai. J'attendis le second éternuement – ils venaient toujours par deux... Mais pas ce soir. Je maudis le sac qui sentait le renfermé.

« Bande à fond ton courage ! » criai-je. Je n'avais aucune idée de ce que cela signifiait, mais Ghosh le disait souvent. Cela semblait vulgaire et provocant, tout à fait la chose à dire quand on avait besoin de courage. Mon cœur cognait dans ma poitrine. J'avais besoin de courage.

L'odeur que je devais suivre n'était pas aussi distincte qu'elle l'avait été le matin. Le fait de ne pas pouvoir tendre les mains en avant et d'être coiffé d'un sac constituait un énorme handicap. « Je te trouverai, hurlai-je, mais ce sera la dernière fois. »

Dans la salle à manger, je contournai le buffet en utilisant mon pied tout en répétant « Bande à fond ton courage » comme un mantra. De là je longeai le couloir menant aux chambres.

Je savais où les lames étroites du parquet craquaient. J'avais souvent écouté à la porte de Ghosh et Hema, surtout quand ils semblaient se disputer. Avec eux, ce qui paraissait être une querelle pouvait être le contraire. Un soir j'avais entendu Hema dire de moi : « C'est bien le fils de son père. Une vraie tête de mule ! » Après quoi elle avait ri. J'étais choqué. Je ne me trouvais pas têtu, et je ne pensais pas que je ressemblais en quoi que ce soit à l'homme dont je m'imaginais parfois qu'il allait faire son apparition. Hema ne prononçait jamais son nom, et le ton de sa voix quand elle m'avait comparé à lui avait quelque chose d'élogieux. Un autre soir je l'entendis dire : « Où ? Exactement où ? Dans quelles circonstances ? Tu ne crois pas qu'il nous aurait suffi de regarder le visage de sœur Mary Joseph ou le sien pour savoir ? Comment n'avons-nous pas su ? Ils auraient dû nous le dire. Qu'est-ce que tu en penses, Ghosh ? » Je ne comprenais pas. Ghosh était étrangement silencieux.

Maintenant, avec le bandeau sur les yeux, je me rappelais chacune de leurs paroles. Le fait de me couvrir les yeux avait ouvert de nouveaux canaux dans ma mémoire, tout comme il avait exalté mon odorat. Je me dis qu'il fallait que je questionne Hema et Ghosh à propos de cette conversation. De quoi parlaient-ils ? Mais comment faire ? Je ne pouvais pas leur dire que j'avais écouté aux portes.

Mon nez me guida à notre chambre. Avançant centimètre par centimètre, je parvins jusqu'à la commode où l'odeur était la plus forte. Je me penchai en avant et mon visage entra en contact avec de la flanelle. Son pyjama. Elle l'avait posé sur la commode. Tel un limier, j'enfouis le nez dans le tissu, secouai mon visage dans la flanelle et éparpillai le pyjama, aiguisant ainsi mon instrument.

« Très intelligent », dis-je. Je savais que Shiva était sur son lit. Il avait mis son grand bracelet de danse, qui était en train de produire une sorte de grognement n'engageant à rien.

Je revins sur mes pas. La cuisine était censée être interdite, mais c'était là que menait la piste. L'odeur de gingembre, d'oignon, de cardamome et de clous de girofle formait un rideau qu'il fallait que j'écarte.

Pris d'une impulsion soudaine, je m'agenouillai et posai mon nez sur les carreaux. Quelle chance avait le bipède, avec son nez en l'air, contre un limier à quatre pattes nez au sol ? Oui, elle était là. La piste virait à droite.

Tandis que je me dirigeais vers l'office je compris que ce jeu, né de l'ennui provoqué par la mousson, n'en était plus un. Plus de règles. Rien ne serait plus pareil après cela. Je le savais. Je n'avais peut-être que onze ans, mais ma conscience avait déjà atteint sa maturité. Mon corps grandirait et vieillirait, j'acquerrais bientôt plus de connaissances et d'expérience, mais tout ce qui était moi, tout ce qui était Marion – la partie qui voyait et enregistrait le monde et en faisait la chronique dans un journal intérieur pour la postérité – était bien établi dans mon corps, et jamais mieux qu'à cet instant, où j'étais dépourvu d'yeux et de mains.

Je me relevai en entrant dans l'office. « Je sais que tu es là », dis-je. L'écho me donna une idée claire de cette pièce longue et étroite. Je savais exactement où elle était et je me dirigeai vers elle.

Genet me faisait face. Si j'avais eu les mains libres, je l'aurais chatouillée ou pincée. J'entendis un bruit étouffé. C'était peut-être un rire, mais je ne le pensai pas. Elle pleurait.

J'avais envie de la consoler. J'en avais de plus en plus besoin. C'était un instinct animal, comparable à celui qui m'avait mené jusqu'à elle.

Je m'approchai.

Elle me repoussa, mais sans conviction. C'était une façon de me demander de ne pas m'en aller.

J'avais toujours pensé que Genet était satisfaite de sa vie. Elle prenait ses repas à notre table, allait avec nous à l'école et faisait partie de la famille. Elle n'avait pas de père, comme nous n'avions pas nos vrais parents, et je pensais que, tout comme nous, elle s'estimait heureuse d'avoir Hema et Ghosh. Je nous considérais comme des égaux, mais peut-être passais-je sur des choses qu'elle ne pouvait pas ignorer. Notre chambre était plus grande que son appartement qui consistait en une unique petite pièce pleine de courants d'air. La nuit, si elle voulait aller aux toilettes, elle devait sortir et passer devant la resserre à bois. Tandis que Ghosh et Hema nous couchaient, nous transportaient dans le monde imaginaire de Malgudi puis éteignaient la lumière, Genet lisait seule sous l'unique ampoule nue, tâchant de ne pas entendre la radio que Rosina écoutait jusque tard dans la nuit. Il n'y avait qu'un seul lit, et mère et fille le partageaient, or Genet aurait probablement aimé avoir un lit à elle. Un brasero chauffait la pièce, et elle devait être gênée que ses vêtements sentent la fumée et l'encens. Si nous trouvions sa chambre douillette, elle avait honte de là où elle vivait. Dans les premières années, nous étions aussi souvent dans cette chambre que dans la nôtre. Mais dernièrement, bien que Rosina nous accueillît volontiers, Genet ne nous encourageait pas à venir.

Sous mon bandeau je vis soudain tout cela très clairement. J'envisageai sous un nouvel angle sa compétitivité forcenée.

Un pas de plus. J'attendis. Ni poussée ni coup de poing. J'inclinai la tête, l'utilisant comme une sonde. Son oreille puis sa joue – mouillées – frôlèrent ma propre joue. Son souffle saccadé était brûlant contre mon cou. Lentement elle y posa son menton.

L'animal en moi faisait son devoir – qui était de la protéger. *Attends et apprends*, me disait-il. *Défends et console*. Je me sentais héroïque.

Mes pieds étaient presque joints. Je m'étais penché en avant pour contrebalancer son poids. Quand elle se redressa, je tombai contre elle, la coinçant contre l'étagère de l'office. Nos corps se touchaient aux cuisses, aux hanches et à la poitrine, nos joues toujours l'une contre l'autre. J'attendais qu'elle me repousse à la verticale, mais elle ne le fit pas.

Nous connaissions nos corps pour avoir lutté, nous être aidés mutuellement à monter à l'arbre où se trouvait notre cabane, et avoir barboté plus jeunes dans notre bassin. Dans les grandes caisses pleines de paille qui contenaient la verrerie destinée à Missing, nous avions joué à « la maison » et au docteur. Nous n'avions jamais été gênés par nos différences anatomiques. Mais à présent, alors que son visage m'était invisible et que le mien était obscurci par le tissu, tout était neuf et inconnu. Je n'étais pas l'Homme invisible. J'étais l'aveugle qui voit, dont la maladresse est compensée par les autres qualités que révèle la cécité.

Même si mes bras étaient immobilisés à mes côtés, je pouvais avancer les mains. Je touchai ses hanches. Sa peau était froide. Elle ne tressaillit pas. Elle avait besoin de mon toucher, de ma chaleur. Je l'attirai à moi.

Elle tremblait.

Elle était nue.

Je ne sais pas combien de minutes je restai là sans bouger. C'était précisément le réconfort dont elle semblait avoir besoin ce soir-là. Si seulement elle avait su demander, ou moi donner, nous aurions pu nous débarrasser du bandeau…

Elle inséra les mains dans l'étroit espace entre mes bras et mon tronc. Elle se serra contre moi. Ma position était aussi inconfortable que douloureuse. Mais je n'osai rien dire de crainte qu'elle me lâche.

La pluie murmurait doucement sur le toit en tôle.

Après une éternité, elle retira ses bras. Elle m'enleva le sac de riz.

Elle me libéra et j'entendis la boucle de ceinture tomber par terre. Mais elle me laissa mon bandeau. Si j'avais voulu, je l'aurais enlevé.

Son étreinte me manquait. J'avais envie de la sentir de nouveau, maintenant que mes bras étaient libres. Je tendis les mains. Nue, elle me semblait plus petite, plus délicate.

Quelque chose de doux et de charnu toucha mes lèvres. Je n'avais jamais été embrassé. Au cinéma, Genet et moi poussions des grognements et éclations de rire quand nous voyions les acteurs s'embrasser. Il y avait généralement un film italien parmi les trois projetés, surtout à l'Adowa. Il était doublé ou sous-titré. Il passait avant le court-métrage comique – le Chaplin ou le Laurel et Hardy – et on s'y embrassait toujours beaucoup. Shiva considérait ces bécots avec le plus grand sérieux, la tête penchée de côté, contrairement à Genet et moi pour qui il était idiot de s'embrasser. Les adultes ne se rendaient pas compte à quel point ils avaient l'air stupide.

Nos lèvres étaient sèches. Un grand rien, exactement comme je m'y attendais. Peut-être s'embrassait-on de la même manière qu'on s'enlaçait. Pour donner et consoler. Je penchai la tête de côté, dans le style cinématographique, me demandant si cela n'améliorerait pas la sensation. Je saisis sa lèvre inférieure entre les miennes. C'était une nouvelle découverte, que la bouche puisse être un instrument tactile si délicat, particulièrement quand on n'y voyait pas. Sa langue toucha mes lèvres et je me retins de reculer la tête. Je pensai à la sucette à vingt-cinq cents qui durait une heure et que nous sucions tous trois tour à tour. Lentement, nous deux bouches partagèrent la friandise sans friandise. Pas vraiment agréable. Pas dégoûtant non plus.

Les mains de Genet entouraient mon visage. Comme on fait au cinéma. Ma main droite se posa sur ses épaules puis glissa le long de sa poitrine. Je sentis les mamelons sur lesquels étaient posés ses tétons, pareils aux miens. Ses doigts touchèrent ma poitrine, là où cela aurait dû me chatouiller – ce qui ne se produisit pas. Ma main descendit sur son ventre, puis plus bas, entre ses jambes, passant sur une fissure douce – absence, espace vide plus fascinant que ce qui aurait pu être là. Sa main, hésitante comme la mienne, passa sous ma taille, prospectant. Quand elle me saisit, cela ne fut pas du tout comme quand je me touchais.

La porte de la cuisine s'ouvrit.

Ce devait être Rosina. Ou peut-être Ghosh et Hema. Les pas poursuivirent jusqu'au salon.

Je reculai. Je retirai le bandeau, clignant des yeux dans l'obscurité de l'office, comme un extraterrestre posant les pieds sur terre.

Dans la lumière qui venait de la cuisine, les yeux de Genet étaient humides, son visage bouffi, ses lèvres gonflées. Elle évita mon regard ; elle me préférait aveugle. Ses yeux étaient bridés, son nez se relevait au bout. Son front était fuyant, pas du tout comme celui de Rosina, qui était bombé. Elle ressemblait au buste de Néfertiti dans mon livre d'histoire.

Je n'avais plus mon bandeau mais j'avais toujours mon hyperacuité sensorielle. Je voyais l'avenir. Le visage de Genet dans cet office était celui qui la révélait le mieux. Il annonçait la femme qu'elle allait devenir. Je voyais que ces yeux demeureraient sereins, magnifiques, et sauraient dissimuler le genre d'agitation et de témérité qui se manifestaient ce soir avec tant d'évidence. Ses pommettes sailleraient, exprimant la puissance de sa volonté, allongeant encore son nez et ses yeux admirables. La lèvre inférieure dépasserait la supérieure, les bourgeons de sa poitrine deviendraient des fruits, et ses jambes pousseraient comme de hauts sarments de vigne. Dans un pays connu pour la beauté de ses habitants, elle serait encore plus belle et exotique. Les hommes – je savais cela avant que j'eusse dû le savoir – percevraient son dédain et la désireraient. Moi plus que tous les autres. Elle dresserait des obstacles. Il était possible que je ne puisse pas être assez fort pour elle ou jamais aussi proche d'elle que je l'étais ce soir-là. Malgré tout, je persisterais.

Je savais tout cela. Je le sentais, le voyais. Cela pénétra ma conscience en un éclair, mais la preuve était encore à venir.

Rosina appela Genet depuis l'extérieur.

Je ramassai la ceinture. Comment pouvions-nous être si calmes, je ne saurai jamais.

Je touchai les épaules de Genet avec douceur et précaution. Le moment du toucher magique était déjà loin. Ses yeux se tournèrent vers moi avec ce qui pouvait être de l'amour ou son contraire.

« Je te trouverai toujours, murmurai-je.

— Peut-être, dit-elle en approchant ses lèvres de mon oreille. Mais je me cacherai peut-être mieux. »

Rosina entra et s'arrêta en nous voyant.

« Qu'est-ce que vous faites ? » dit-elle en amharique. Elle souriait par habitude, mais ses sourcils trahissaient sa perplexité. « Je vous ai cherchés partout. Où sont tes habits ? Qu'est-ce que c'est que ça ?

— Un jeu », dis-je en agitant le bandeau et la ceinture comme si cela répondait à sa question, mais ma gorge était si sèche que je ne crois pas qu'il en sortit aucun son.

Genet passa devant moi, en direction du salon. Rosina l'attrapa par la main. « Où sont tes vêtements, ma fille ?

— Lâche-moi.

— Mais pourquoi es-tu nue ? »

Genet ne répondit pas, un air de défi sur le visage.

Rosina lui secoua le bras. « Pourquoi les as-tu enlevés ? »

Quand Genet répondit, ce fut d'une voix coupante, prête au combat. « Pourquoi est-ce que tu enlèves tes vêtements pour Zemui ? Quand tu me fais sortir, ce n'est pas pour te déshabiller ? »

La bouche de Rosina se figea en position ouverte. Quand elle put parler, elle dit : « C'est ton père. C'est mon mari. »

Le visage de Genet ne manifesta aucune surprise. Elle rit, d'un rire cruel et moqueur, comme si elle avait déjà entendu ces mots. J'avais honte pour ma gouvernante. « Ton mari ? Mon père ? Tu mens. Mon père resterait pour la nuit. Mon père nous aurait avec lui dans une vraie maison. » Elle était en colère, les larmes coulaient sur ses joues. « Ton mari n'aurait pas une autre femme et trois enfants. Ton mari ne m'enverrait pas jouer pour pouvoir jouer avec toi. » Elle se dégagea et alla chercher ses vêtements.

Rosina avait oublié ma présence.

L'innocence, les jours insouciants étaient suspendus au-dessus d'un précipice. Elle finit par se tourner vers moi.

Nous nous dévisageâmes comme si nous étions des inconnus. J'étais aveugle quand j'étais entré dans l'office. Maintenant le bandeau était tombé. Zemui était le père de Genet. Étais-je le seul à l'ignorer ? Comme j'étais stupide ! Pourquoi n'y avoir jamais pensé ? Shiva savait-il ? Toutes les longues heures que le colonel passait avec nous à jouer au bridge... Évidemment que Zemui était là lui aussi. Certes, dans une société matrilinéaire, ces choses étaient acceptables, et on ne posait pas de questions sur le père quand il n'y en avait pas. Mais j'aurais dû poser des questions. Je le comprenais aujourd'hui. Les signes étaient là. J'avais été aveugle, naïf et stupide. Toutes les lettres que j'avais écrites pour Zemui à Darwin en lui demandant des nouvelles de sa famille et lui envoyant ses meilleurs vœux ne m'avaient fourni aucun indice du fait que Genet était sa fille. Tous ces mots écrits, ces mots parlés, n'étaient que la surface scintillante d'une rivière profonde et rapide. Dire que toutes ces nuits, allongé dans mon lit, entendant cette moto, je plaignais Zemui de rentrer sous la pluie, dans l'obscurité. Il était clair que je n'étais pas le seul à éprouver de la compassion pour lui.

Rosina me connaissait si bien qu'elle lisait la progression de chacune de mes pensées. Je baissai la tête : j'étais tombé dans l'estime de ma bien-aimée gouvernante. Du coin de l'œil je vis qu'elle aussi avait la tête baissée, comme si elle m'avait déçu, comme si elle avait honte de ce qu'elle venait de me révéler. J'avais envie de dire : *Ce que tu as vu, c'était un jeu...*

Je ne dis rien.

Genet revint, vêtue du pyjama en flanelle. Elle s'en alla sans un regard en arrière et Rosina suivit.

Shiva était dans la salle à manger, juste derrière la porte de la cuisine.

Je restai dans l'office après avoir fermé la porte, et je me mis face aux étagères. Une odeur persistait, un ozone généré par moi et Genet, par nos deux volontés.

J'entendis des pas qui s'approchaient et s'arrêtaient, et je sus que Shiva était de l'autre côté de la porte, tout comme il savait que j'étais de ce côté. Shiva/Marion ne pouvait pas se cacher longtemps de Shiva ou Marion. Mais je fermai les yeux très fort, devins invisible et me transportai dans un endroit où j'étais complètement seul, où personne ne pouvait partager mes pensées.

Chapitre 21

Deux révélations d'importance

Les jours qui suivirent, quand Rosina passait les doigts dans mes boucles ou insistait pour repasser ma chemise avant que je sorte, c'était comme si rien ne s'était passé. Mais je considérais à présent cela d'un œil différent : ces gestes familiers étaient aussi destinés à me tenir près d'elle, c'est-à-dire éloigné de sa fille.

Quelque chose avait définitivement transpiré cette nuit dans l'office, ainsi que le craignait Rosina. Je m'étais appuyé sur un panneau pivotant et, comme dans les bandes dessinées, j'étais tombé dans le passage secret. Ma chute n'avait pas été intentionnelle, mais maintenant que j'étais de l'autre côté je voulais y rester. Je voulais plus que jamais être près de Genet, et Rosina le savait.

Une autre dimension de Rosina m'était apparue – appelons cela de la duplicité. Cette même duplicité se logeait également en moi, car je n'osais plus lui confier mes pensées. Mais mes pensées étaient difficiles à cacher. Quand je me trouvais avec Genet, je sentais le sang me monter au visage. J'avais oublié comment *être*.

Le restant des vacances, Genet gravita autour de Shiva. Sa présence ne générait aucune gêne, tandis qu'il n'en était clairement pas de même pour la mienne. Je les regardais mettre leur disque, débarrasser la salle à manger, enfiler leurs bracelets de cheville, et répéter les figures compliquées du bharatanatyam. Je n'étais pas jaloux. Shiva était mon mandataire tout comme j'avais été le sien quand Almaz m'avait donné le sein. Si je ne pouvais pas être avec Genet, la présence de Shiva à ses côtés n'était-elle pas la meilleure solution de remplacement ?

Peut-être mon instinct de chien de chasse, mon talent pour trouver Genet à l'odeur, n'était-il qu'un talent de société. Peut-être pas. Nous ne jouâmes plus jamais à colin-maillard. J'étais troublé rien que d'y penser.

J'évitais Zemui quand il venait déposer ou prendre sa moto ou quand le colonel Membratu venait jouer au bridge. Le colonel aimait conduire sa Peugeot, ou sa Jeep, ou sa Mercedes de fonction, et la dernière fois que Zemui m'aperçut, il était assis à la place du passager. Il m'adressa un signe de la main et un sourire.

Quand je finis par rencontrer Zemui, j'eus envie de lui en vouloir ; il avait quelque chose en commun avec Thomas Stone, bien qu'au moins il vît sa fille chaque jour. Mais quand il me serra la main et qu'il sortit, tout excité, une nouvelle lettre de Darwin, je me retrouvai assis à côté de lui sur les marches de la cuisine. J'étais tenté de dire : *Pourquoi est-ce que tu ne demandes pas à ta fille ?* Mais je me retins parce que j'avais compris quelque chose qui m'avait échappé jusqu'alors – que Genet ne facilitait pas les choses à son père. Je lisais et écrivais le courrier de Zemui parce que sa fille avait refusé de le faire.

Un vendredi après-midi, le colonel entra en coup de vent dans l'ancienne maison de Ghosh, débordant de vitalité – on eût dit que ce n'était pas un seul homme qui arrivait, mais tout un régiment en tenue d'apparat, précédé de sa musique. Une demi-heure plus tard, on jouait à deux tables. Les joueurs – Hema, Ghosh, Adid, Babu, Evangeline, Mrs. Reddy, et un nouveau venu qu'ils avaient amené – semblaient habités par le jeu, le visage empourpré par la concentration. Adidi, le marchand de khat et vieil ami d'Hema, avait sa boutique dans le Merkato à côté de celle de Babu et l'avait introduit dans leur cercle. Une vague de paroles montant tel un soupir collectif signala la fin d'une partie. J'adorais les regarder jouer.

Le colonel, qui arrivait de Londres, avait apporté une bonne bouteille de Glenfiddich à Ghosh, des chocolats pour nous et un flacon de Chanel n°5 pour Hema, sans compter Les Dunhill et les 555 qui remplissaient le cendrier. Bien qu'il portât un blazer et une chemise à col ouvert, avec son menton rentré et son dos raide il semblait être en uniforme. Je songeai que s'il devait quitter la table les autres allaient s'affaisser tels des jouets dont le ressort s'était détendu.

Evangeline, une habituée anglo-indienne, se tourna vers le colonel Membratu : « Mon petit doigt m'a dit que nous vous appellerions bientôt général. C'est vrai ? »

Le colonel fronça les sourcils. « Voilà de vilaines rumeurs issues d'une communauté incestueuse dont je crains, Evangeline, que vous ne soyez le centre. Mais en l'occurrence je dois vous contredire, ma chère. On ne m'appellera pas *bientôt* général. Je *suis* général, depuis hier. »

Après quoi, plus moyen de les arrêter. Zemui et Gebrew allèrent par deux fois chercher à manger à l'hôtel Ras.

Beaucoup plus tard ce soir-là, Membratu et Ghosh palabraient en buvant du cognac et en fumant le cigare. « En Corée, en 52, nous faisions partie des quinze pays qui constituaient les forces de l'ONU. Cela faisait longtemps que je n'avais pas commandé quand je suis arrivé là-bas. Les autres pays nous sous-estimaient. Vois-tu, ils ignoraient tout du courage des Éthiopiens, de la bataille d'Adowa et du reste. Mon Dieu, nous avons fait nos preuves en Corée ! Quand nous sommes arrivés au Congo, ils savaient à quoi s'attendre. Nous avons eu un commandant irlandais, puis un commandant suédois, et la troisième année, ils ont mis notre général Guebre à la tête de toutes les forces de l'ONU. Vois-tu, Ghosh, c'est le moment de ma carrière où je me suis senti le plus fier. Encore plus qu'avec cette promotion que j'ai reçue hier. »

Je n'ai jamais su comment, mais Ghosh avait compris ce qui se passait en moi après l'épisode de l'office. Peut-être s'aperçut-il que je n'avais plus le droit de fréquenter Genet, ce qui n'était pas le cas de Shiva. Peut-être vit-il que j'étais gêné par la présence de Zemui. Peut-être était-il écrit sur mon visage que j'avais pris conscience de la complexité des êtres humains – pour ne pas dire la « fausseté des êtres humains ». J'essayais de décider où cheviller ma propre vérité, et combien je pouvais révéler de moi-même. C'était une bonne chose d'avoir un père aussi présent que Ghosh, aussi constant, jamais indiscret, mais sachant toujours quand j'avais besoin de lui. Si Hema avait appris ce qui s'était passé dans l'office, j'en aurais entendu parler deux secondes plus tard. Mais Ghosh, lorsqu'il apprenait quelque chose, était capable de garder son calme, de patienter, d'écouter ce que j'avais à dire ; il pouvait même cacher à Hema ce qu'il savait s'il ne pensait pas qu'il était utile de le lui dire.

Par un après-midi pluvieux, tandis que Genet et Shiva prenaient leurs cours de danse avec Hema, Ghosh me téléphona pour me demander de le rejoindre aux Urgences. « Je veux que tu prennes le pouls le plus extraordinaire qui soit. » Ghosh était dorénavant avant tout chirurgien, il opérait trois jours par semaine en plus des urgences. Mais, comme il le disait souvent à table, il demeurait toujours au fond un spécialiste des maladies organiques et ne pouvait s'empêcher de venir aux Urgences pour voir les patients qui présentaient des problèmes de diagnostic que ni Adam ni Bachelli n'arrivaient à résoudre.

Je fus content que Ghosh m'appelle. La danse ne m'avait jamais intéressé, et j'étais énervé de voir Genet prendre plaisir à une activité à laquelle je ne participais pas. J'enfilai mes bottes et mon imperméable en caoutchouc et me précipitai au dehors avec mon parapluie.

Demisse, qui avait une vingtaine d'années, était assis sur la sellette devant Ghosh, seulement vêtu d'une paire de jodhpurs déchirés. Je remarquai immédiatement que sa tête oscillait, comme si un volant excentrique tournoyait à l'intérieur de lui. C'était la première fois que je me trouvais devant un patient et j'étais gêné. Qu'est-ce que cet ouvrier agricole aux pieds nus pouvait penser du fait qu'un petit garçon entre dans la salle d'examens ? Mais il fut ravi de me voir. Plus tard, je compris que les patients étaient fiers d'être ainsi distingués. Non seulement ils avaient passé le barrage représenté par Adam, non seulement ils avaient vu le docteur *tilik*, celui-là même que les membres de la famille royale venaient consulter, mais en plus ils recevaient une prime – moi.

Ghosh guida mes doigts jusqu'au pouls de Demisse. Il était impossible à rater : une vague puissante, houleuse, déferlait sous le bout de mes doigts. Je compris que les oscillations de sa tête correspondaient aux battements de son pouls.

« Maintenant, prends le mien », dit Ghosh en me tendant son poignet. Il était difficile à trouver, subtil.

Il me fit revenir au pouls de Demisse.

« Décris-le, me demanda Ghosh.

— Fort… puissant. Comme quelque chose de vivant sous la peau qui donnerait des claques, dis-je.

— Exactement ! C'est un cas classique de pouls bondissant ou marteau d'eau. On l'appelle le marteau d'eau de Corrigan. »

Il me tendit un tube en verre d'une trentaine de centimètres de long que j'avais vu posé sur sa table. « Tiens-le droit. À présent, renverse-le. » Le tube fermé aux deux extrémités contenait un peu d'eau. Quand je le retournai, l'eau tomba au fond du tube, produisant un claquement et un choc inattendus. « Il y a du vide à l'intérieur, tu vois. C'est un jouet utilisé par les enfants en Irlande, le marteau d'eau. La première fois que le docteur Corrigan a pris un pouls comme celui de Demisse, il s'est souvenu du jouet. »

Ghosh avait fabriqué le marteau d'eau pour moi. Il avait fermé l'extrémité d'un tube de verre avec un bec Bunsen, puis il avait introduit quelques gouttes d'eau par l'extrémité restée ouverte. Il avait chauffé le tube au-dessus du liquide pour faire sortir l'air avant de fermer prestement cette ouverture sous la flamme.

« Le cœur de Demisse envoie le sang dans l'aorte. C'est la grande autoroute qui sort du cœur, dit-il tout en me faisant un dessin. Une valve juste ici à la sortie du cœur est censée se fermer après que le cœur s'est contracté, pour empêcher le sang d'y retomber. La sienne ne ferme pas bien. Donc son cœur éjecte correctement le sang, mais la moitié de ce sang éjecté retombe dans le cœur entre les pulsations. C'est ça qui le fait bondir. » Comme il était excitant d'apprendre toutes ces choses d'un être humain rien qu'en le touchant du bout des doigts. Je fis part à Ghosh de ma réaction, et, à voir son expression, j'eus l'impression d'avoir dit là quelque chose de profond.

Il m'envoya chercher souvent pendant ces vacances. Shiva venait de temps en temps, mais pas s'il était question de prendre une leçon de danse ou de dessin. J'appris à reconnaître le pouls lent, houleux, en forme de plateau, d'une valve aortique étroite. C'était l'opposé d'un pouls bondissant. L'étroite ouverture de la valve rendait ce pouls à la fois faible et prolongé. *Pulsus parvus et tardus*, ainsi que Ghosh l'appelait.

J'aimais ces mots latins pour leur dignité, leur nature étrangère, et la façon dont ma langue devait s'envelopper autour d'eux. Je sentais qu'en apprenant la langue particulière d'un ordre érudit, j'amassais une sorte de force. C'était la face pure et noble du monde, qui n'était pas entachée de secrets et de tricherie. Comme il était extraordinaire qu'un mot puisse être utilisé comme sténographie du récit élaboré d'une maladie ! Cette idée suscita chez Ghosh une réponse animée.

« Oui ! Un trésor de mots ! C'est ce que tu trouves dans la médecine. Prends les métaphores alimentaires que nous utilisons pour décrire une maladie : le foie muscade, la rate de sagou, le crachat en sauce d'anchois ou en gelée de groseille. Quant aux fruits, tu as la langue rouge framboise de la scarlatine, qui le lendemain se mue en rouge fraise. Tu as encore l'angiome fraise, l'estomac pastèque, la lésion en trognon de pomme du cancer, l'apparence *peau d'orange* [1] du cancer du sein… et je ne parle que des fruits ! Ne me lance pas sur ce qui n'est pas végétarien ! »

Un jour je montrai à Ghosh le carnet dans lequel je consignais tout ce qu'il m'avait dit et tous les pouls que j'avais appris. Tel un amateur d'oiseaux j'avais dressé la liste de ceux que je ne connaissais pas encore : *pulsus paraoxus, pulsus alternans, pulsus bisfiriens*… accompagnés de schémas de ce que pouvait être leur apparence. Il écrivit sur la page de garde : *Nam et ipsa scientia potesta est* ! « Cela signifie : "Savoir est pouvoir !" Oh, je crois bien, Marion. »

Je ne m'arrêtai pas aux pouls. J'allais trouver Ghosh aussi souvent que possible. Ongles, langues, visages – bientôt mon carnet fut plein à craquer de dessins et de nouveaux mots. Enfin je trouvais comment utiliser mes talents de calligraphe : chaque dessin était soigneusement légendé.

Le vendredi soir de la dernière semaine avant la rentrée des classes, j'allai avec Ghosh voir Farinachi, l'outilleur. Ghosh lui donna deux vieux stéthoscopes et un dessin du stéthoscope pédagogique qu'il voulait faire réaliser. Farinachi, Sicilien austère et voûté, portait un gilet sous son tablier de cuir. Il étudia soigneusement le dessin à travers un halo de fumée de cigare, suivant le contour de son gros index. Il avait fabriqué plusieurs instruments pour Ghosh, dont le Rétracteur de Ghosh et la pince à clamper le cuir chevelu de Ghosh. Farinachi haussa les épaules, comme pour dire que si c'était là ce que désirait Ghosh, il le ferait.

Sur le chemin du retour, Ghosh me tendit un paquet. C'était un stéthoscope tout neuf, rien que pour moi. « Pas besoin d'attendre Farinachi. Maintenant que tu connais tes pouls, nous allons commencer à écouter

1. En français dans le texte.

les bruits du cœur. » J'étais ému. C'était le premier cadeau que je recevais qui n'était pas en double. Il était pour moi – pour moi seul.

Quand j'y repense, je réalise que Ghosh m'a sauvé quand il m'a appelé pour tâter le pouls de Demisse. Ma mère était morte, et mon père était un fantôme. Je sentais que je me détachais de plus en plus de Shiva et d'Hema et j'en éprouvais de la culpabilité. Ghosh, en me donnant le stéthoscope, me disait : Marion, tu as le droit d'être toi-même. Il m'invitait à pénétrer dans un monde qui n'était pas secret, mais qui était bien caché. Il fallait avoir un guide. Il fallait savoir quoi chercher, mais aussi comment. Il fallait s'exercer à voir ce monde. Mais si on le faisait, si on avait ce genre de curiosité, si on avait un intérêt inné pour le bien-être de ses congénères, et si on franchissait cette porte, il se passait une chose étrange : on abandonnait ses petits soucis sur le seuil. Cela pouvait devenir une drogue.

Chapitre 22

L'École de la souffrance

Un matin, vers la fin du premier trimestre tandis que Shiva, Genet et moi nous dirigions vers la porte de Missing, nos cartables en main, je vis un couple qui courait vers nous, un enfant ballottant sans vie dans les bras de l'homme. Ils étaient sur le point de s'écrouler, mais ils continuaient d'essayer de monter la colline en courant alors qu'ils n'avaient déjà plus assez de souffle pour marcher. Mais tandis qu'ils couraient avec l'enfant dans les bras, il était encore vivant pour eux, et il y avait de l'espoir.

Sans une seconde d'hésitation, Shiva/Marion se précipita vers eux. La détresse des parents nous poussait, ne nous donnait pas le temps de réfléchir, comme si un cerveau supérieur avait émergé, décidant pour nous et nous incitant à nous déplacer comme un seul organisme si nous savions que c'était le mieux à faire. Je me rappelle avoir pensé, au milieu de cette panique, combien cet état me manquait et comme il était exaltant d'être Shiva/Marion. Tout en prenant l'enfant des bras du père (qui maintenant traînait péniblement les pieds), je me mis à courir. La main de Shiva fermement posée sur mes reins faisait office de postcombustion, et il se calqua parfaitement sur ma foulée, prêt à me relayer. Je sentais la peau du bébé, la façon dont elle me gelait la main, la privant de sa chaleur tandis que je courais – je savais que jamais plus je ne considérerais le fait d'être un animal à sang chaud comme allant de soi, maintenant que j'avais ressenti l'inverse.

Nous confiâmes l'enfant aux urgences et attendîmes à l'extérieur, haletants. Quand les parents arrivèrent, nous leur ouvrîmes les portes. Quelques minutes plus tard nous entendîmes un hurlement, puis de bruyantes protestations, et enfin les pleurs qui signifient la même chose dans toutes les langues. Ce bruit n'était que trop familier.

Il y avait un autre bruit de Missing qui faisait monter mon adrénaline : c'était le grincement de la grande porte, lorsque Gebrew l'ouvrait du plus vite qu'il pouvait. Il signalait toujours une urgence extrême.

Passer son enfance à Missing, c'était apprendre à être résistant et courageux, et à accepter la fragilité de la vie. Je savais mieux que la plupart des enfants à quel point étaient proches le monde de la santé et celui de la maladie, la chair vivante et le contact glacé du cadavre, la terre ferme et le marais traître.

J'avais appris des choses sur la souffrance que Ghosh ne m'avait pas enseignées : d'abord, que le blanc était l'uniforme de la souffrance, le coton son tissu. Qu'il fût fin (un *shama* ou un *nettala*) ou épais comme une couverture (auquel cas c'était un *gabby*), il devait tenir la tête au chaud et la bouche couverte – protégées du soleil et du vent, porteurs du *mitch*, du *birrd*, et autres miasmes. Même le ministre à gilet et montre de gousset devait, quand il était malade, jeter un *mettala* sur sa veste, se fourrer une feuille d'eucalyptus dans le nez, prendre une dose supplémentaire de *kosso* contre le ténia, puis se hâter d'aller consulter.

Jour après jour, une masse vêtue de blanc affluait sur notre colline, nageant contre le courant de la pesanteur. Ceux à qui manquait le souffle ainsi que les infirmes et les éclopés s'arrêtaient à mi-chemin pour lever la tête, regarder au-delà des eucalyptus le vol des faucons africains dans le ciel bleu.

Une fois atteint le sommet de la colline, les patients allaient prendre leur carte au guichet des admissions. De là ils passaient à Adam, l'homme que Ghosh appelait le plus grand clinicien borgne au monde. « Vous êtes essoufflé ? demandait-il à un patient. Et pourtant vous êtes arrivé à monter la colline en courant pour obtenir la quatrième carte de la journée ! » Pour Adam, un numéro inférieur à dix identifiait un hypocondriaque plus sûrement qu'aucun des tests de Ghosh.

Depuis mon poste d'observation, je vis un jour une fière Érythréenne qui portait un lourd panier. Celui-ci contenait une sorte de grosse masse recouverte de pousses, à la surface rouge, à vif et suppurante. C'était son sein. Le cancer l'avait gonflé au point que c'était la seule façon pour elle et son sein de venir à Missing.

Je dessinais ce genre de choses dans mon carnet. Mes croquis n'égalaient en rien ceux de Shiva, mais ils m'étaient utiles. Il me suffisait d'y jeter un coup d'œil pour stimuler ma mémoire, même si elle n'était pas du genre photographique comme celle de mon frère.

Sur la page trente-quatre, j'avais dessiné un enfant de profil, aux joues rebondies, en pleine santé. Mais son autre profil montrait une partie de sa joue, une seule narine, et l'œil manquant – de sorte que les dents brillantes, les gencives roses et le renfoncement de l'orbite étaient visibles. Ghosh m'apprit que cet horrible spectacle avait pour nom *cancrum oris*. La maladie provenait d'une banale infection de la gencive ou de la dent qui se développait à cause de la malnutrition et du manque de soin, souvent à la faveur d'une rougeole ou d'une varicelle. Elle progressait rapidement, et tuait généralement le petit malade avant qu'il ne soit amené à Missing. Parfois la maladie se résorbait toute seule, ou les défenses naturelles parvenaient finalement à contenir sa progression, mais au prix de la moitié du visage. Il était peut-être préférable de mourir que de survivre ainsi défiguré. Je regardai Ghosh opérer cet enfant. Cette terrifiante expérience m'inspira un respect mêlé d'effroi pour cet homme avec qui nous dînions tous les soirs et qui était capable de retourner un lambeau de peau pour couvrir la joue et un autre pour le trou dans le nez. La suite serait pour une autre opération. Même alors il n'était pas question qu'un enfant à ce point mutilé recouvre une apparence, et encore moins une âme, normale. Après l'intervention, Ghosh me déclara : « Ne sois pas trop impressionné. Je suis devenu chirurgien par accident, fiston. Je fais tout ce que je peux. Mais ton père… il aurait pu faire sur ce visage aussi bien que le meilleur chirurgien esthétique qui soit. Vois-tu, ton père était un vrai chirurgien. Je ne crois pas en avoir connu de meilleur. » Qu'est-ce qui faisait un vrai chirurgien, demandai-je. Ghosh n'hésita pas : « La passion pour son art… et l'habileté, la dextérité. Ses mains étaient toujours "calmes". Je veux dire qu'il ne faisait pas de gestes inutiles, de mouvements théâtraux. Il paraissait agir avec lenteur, de manière routinière ; seulement, quand on regardait la pendule, on réalisait à quel point il avait été rapide. Le plus important, c'est la première incision, celle qui t'apprend à croire en toi, qui te permet d'obtenir de meilleurs résultats. Je suis content d'être capable de faire les choses simples, les opérations de base. Mais la moitié du temps j'ai une trouille de tous les diables. »

Il était modeste. Mais il faut dire que Ghosh était un autre homme quand il examinait, aux consultations, les patients que Vachelli et Adam lui réservaient. Le véritable talent de Ghosh se révélait avec ceux qui me semblaient « normaux ». Cachée aux observateurs non entraînés, la maladie avait laissé ses traces. Ainsi une femme qui fabriquait des paniers lui disait : « Le jour de la Saint-Stéphane j'ai uriné sur un fil de fer barbelé… » Ou un coolie à la mine triste affirmait : « Le lendemain matin du carême, j'ai enjambé une flaque d'eau du bain d'une prostituée… » Ghosh écoutait, tout en relevant sur le sternum du patient les marques de cloques qui révélaient qu'il avait consulté un guérisseur. Il remarquait les embarras de la parole et devinait que la luette avait probablement été récemment amputée au cours d'une seconde visite au même charlatan. Mais Ghosh avait une oreille pour ce qui se cachait sous ces paroles de surface, et une question bien dirigée faisait naître un récit, une histoire, qui avait son correspondant dans l'amas de contes figurant dans son répertoire. Puis le moment était venu de chercher les indices charnels, les signets de la maladie, de se livrer aux palpations et percussions, et d'écouter avec son stéthoscope les indications passées inaperçues. Il connaissait la fin de cette histoire, le patient n'en connaissait que le début.

Il y a encore un dernier spectacle mémorable que je dois relater. Il n'a rien à voir avec Ghosh mais il date de cette même période et explique le cours qu'a pris la vie de Shiva et pourquoi il s'est détourné du mien.

En fin de matinée, Shiva et moi étions assis dans le caniveau de la route qui montait à Missing quand nous vîmes une fille frêle, pieds nus, qui n'avait pas plus de douze ans, arriver en traînant la jambe. Prématurément courbée comme une vieille, elle s'appuyait lourdement sur son géant de père. Les jodhpurs boueux et rapiécés de ce dernier ballonnaient au-dessus de ses pieds nus aux ongles cornus. Cet homme qui aurait pu monter la colline en vingt enjambées marchait à petits pas au rythme de sa fille. Ils avançaient à une allure d'escargot, tandis que les autres patients accéléraient en passant près d'eux, comme s'ils créaient un champ magnétique. J'en compris la raison lorsqu'elle arriva à notre hauteur. Une odeur indescriptible de putréfaction, (et d'autre chose, mais il n'existe pas de mot pour décrire cette odeur-là) frappa nos narines. Il était inutile que je retienne mon souffle ou que je me bouche le nez : l'infection nous avait instantanément envahis, nous colorant intérieurement comme une goutte d'encre de Chine tombant dans une tasse d'eau.

Doté de cette faculté que les enfants ont de se comprendre tout de suite entre eux, je savais qu'elle n'était pas responsable de sa terrible odeur. Elle émanait d'elle mais elle n'était pas sienne. Il y avait pire que ces effluves (avec lesquels elle devait vivre probablement depuis plusieurs jours) : c'était de voir sur son visage la conscience de la répugnance qu'elle inspirait aux autres. Pas étonnant qu'elle eût perdu l'habitude de regarder les visages : le monde était perdu pour elle, et elle était perdue pour le monde.

Quand elle s'arrêta pour reprendre son souffle, une petite mare se forma à ses pieds nus. Je remarquai alors la trace qu'elle avait laissée derrière elle. Je n'oublierai jamais le visage de son père. Sous son chapeau de paille de paysan il était enflammé d'amour pour sa fille, et de rage contre le monde qui la fuyait. Ses yeux injectés soutenaient chaque regard et allaient jusqu'à chercher ceux qui essayaient de se détourner. Il maudissait leurs mères et les dieux qu'ils adoraient. Il était rendu fou par une odeur à laquelle il aurait pu échapper.

Ai-je dit qu'elle évitait tous les regards ? Tous sauf celui de Shiva. Un instant passa entre eux où leurs visages s'éclairèrent de manière à peine perceptible, comme si Shiva l'avait caressée, lui avait tendu la main pour la consoler. Pour elle il baissa le menton, ses yeux virèrent au bleu et ses lèvres se serrèrent. Les paupières de la petite brillèrent soudain de larmes ; le père qui avait blasphémé tout au long du chemin se tut.

Mon frère, qui avait jadis parlé avec des bracelets de cheville et dont la danse pouvait être aussi complexe que celle des abeilles, ne savait pas qu'il allait vouer sa vie à de telles femmes, les exclues de la société. Il irait à la recherche de celles qui arrivaient de province à l'Autobus Terra. Il paierait des racoleurs pour aller les dénicher dans les villages les plus éloignés où elles étaient cachées, rejetées par leurs maris et leurs familles. Il ferait distribuer des avis partout où allaient les camions de Coca-Cola, c'est-à-dire partout où il y avait des routes goudronnées, demandant à ces femmes – en réalité des filles – de sortir de leurs cachettes, de venir à lui, pour qu'il puisse les guérir. Il allait devenir l'expert mondial…

Mais je suis en avance sur mon histoire. C'est plus tard que Shiva découvrit ce qui se cachait sous cette odeur. Cet après-midi-là, un des nombreux que je passai à me questionner sur mon avenir, Shiva s'était déjà jeté dans l'action. Sans quitter des yeux la toute jeune fille, il alla vers eux et les mena à Hema. En y repensant je comprends que, dans cet acte, sa carrière était déjà prédéterminée, et qu'elle était destinée à être à l'opposé de la mienne.

Chapitre 23

DISPENSÉS D'ÉCOLE

Les pluies avaient pris fin et cela faisait moins de deux semaines que nous étions rentrés en classe quand Hema nous réveilla avec ce que je pris pour une bonne nouvelle. « Pas d'école ! On vous garde à la maison aujourd'hui », dit-elle. Il se passait quelque chose en ville. Il n'y aurait pas de taxis. J'avais cessé d'écouter après « pas d'école ».

C'était une journée idéale pour rester à la maison. Les fêtes du Meskel allaient commencer et les champs de Missing étaient déjà couverts d'un tapis jaune. Nous allions perdre le ballon de foot dans les pâquerettes, nous irions dans la maison suspendue… Puis je me rappelai : avec Rosina qui surveillait Genet, il n'en irait sûrement pas ainsi.

Je repoussai les volets en bois de la fenêtre de ma chambre et montai sur le rebord. Le soleil inonda la pièce. À midi il ferait vingt-cinq degrés, mais pour le moment j'étais pieds nus et je grelottais. Depuis mon perchoir, je voyais au-delà du mur est de Missing la route en lacets qui descendait tranquillement avant de disparaître avec les collines, comme si elle était passée sous terre avant de réapparaître au loin, pas plus large qu'un fil. Ce n'était pas une route que nous empruntions ni même que j'aurais su comment atteindre, et pourtant c'était une vue dont je me sentais propriétaire. Elle était flanquée sur sa gauche d'un mur digne d'une forteresse, qui s'éloignait avec elle, tâchant de demeurer à la verticale. Des bouquets géants de bougainvillées se déversaient de ce mur, effleurant les *shamas* blancs des rares passants. Il y avait dans ce mélange de lumière transparente et de couleurs vives quelque chose qui empêchait d'imaginer que les ennuis puissent exister.

Dans la salle à manger, je remarquai l'expression tendue et préoccupée de Ghosh. Il portait une cravate avec une veste. Cela faisait des heures qu'il était debout, semblait-il. Hema, en robe de chambre, était blottie contre lui, roulant et déroulant une boucle de cheveux. Je fus surpris de voir Genet. Elle leva brusquement la tête à mon entrée, comme si elle ignorait que j'habitais ici. Rosina, qui orchestrait généralement nos matinées, était invisible. Dans la cuisine, je trouvai Almaz figée devant la cuisinière. Ce n'est que quand l'œuf se mit à fumer qu'elle le sortit de la poêle pour le mettre dans mon assiette. Je remarquai qu'elle avait les larmes aux yeux.

« L'empereur, dit-elle, quand je la pressai. Comment osent-ils faire ça à Sa Majesté ? Quel peuple ingrat ! Ils ne se rappellent pas qu'il nous a sauvés des Italiens ? Qu'il est l'élu de Dieu ? »

Elle m'apprit ce qu'elle savait : tandis que l'empereur était en visite officielle au Liberia, un groupe d'officiers de la garde impériale s'était emparé du pouvoir pendant la nuit. Ils étaient conduits par notre général Membratu.

« Et Zemui ?

— Il est avec eux, évidemment ! dit-elle en chuchotant et en secouant la tête pour marquer sa déception.

— Où est Rosina ? »

Elle désigna du menton la chambre de bonne.

Genet entra dans la cuisine, se dirigeant vers la porte. Elle paraissait effrayée. Je l'arrêtai et lui pris la main.

« Ça va ? » Je remarquai une chaîne et une étrange croix en or autour de son cou.

Elle hocha la tête et sortit. Almaz l'ignora.

« C'est vrai », dit Ghosh, quand je retournai dans la salle à manger. Il jeta un regard à Hema, comme si tous deux essayaient de décider ce qu'ils pouvaient nous divulguer. Ce qu'ils étaient incapables de nous cacher, c'était leur anxiété.

Le soir précédent, le général Membratu était allé voir le prince impérial pour l'avertir qu'il se préparait un complot contre son père. Devant son insistance, le prince avait convoqué les ministres fidèles à l'empereur. Le général Membratu les avait tous arrêtés.

C'était un stratagème brillant, mais j'étais perturbé. Pas plus que quiconque je n'arrivais à imaginer l'Éthiopie sans Hailé Sélassié à la barre. Le pays et l'homme paraissaient aller ensemble. Le général Membratu était notre héros, un personnage plein de panache, incapable de faire le mal. L'empereur avait perdu une partie de son lustre à nos yeux. Mais je ne m'étais jamais attendu à cela de la part du général – était-ce une trahison, sa face sombre qui émergeait ? Ou faisait-il ce qu'il fallait ?

« Comment sais-tu tout cela ? » demandai-je.

Un des prisonniers, un vieux ministre à la santé délicate, avait eu une crise d'asthme et Ghosh avait été appelé à l'aube à la résidence du prince. « Le général veut éviter les morts autant que possible. Il veut que tout cela se fasse en douceur.

— Est-ce qu'il veut être empereur ? » demandai-je.

Ghosh secoua la tête. « Non, je ne crois pas que ça soit ça du tout. Ce qu'il veut, c'est que les pauvres aient à manger, aient de la terre. Ce qui signifie qu'il faut la prendre à la famille royale et à l'Église.

— Alors ce qu'il fait est bien ou mal ? » demanda Shiva, relevant les yeux du livre qu'il avait apporté à table. C'était tout Shiva : il détestait l'ambiguïté, il voulait que les choses soient bien nettes. « Est-ce que la garde impériale n'est pas censée défendre l'empereur ? » ajouta Shiva.

Ghosh fit la grimace, comme si la question lui faisait mal.

« Ce n'est pas mon pays, alors comment pourrais-je juger ? Membratu vit bien. Il n'était pas obligé de faire ça. Il y a longtemps, de lourds soupçons ont pesé sur lui, puis il est devenu le fils favori, et récemment il a de nouveau été dans le collimateur. Il pensait qu'il pouvait être arrêté du jour au lendemain, alors… »

Ghosh nous apprit que, alors qu'il quittait le palais du prince impérial, Zemui l'avait accompagné à sa voiture et lui avait donné quelque chose pour Genet. C'était le pendentif en or que Darwin Easton avait enlevé de son cou pour le donner à Zemui – la croix de sainte Brigitte. Il avait demandé à Ghosh de dire à Genet et à Rosina qu'il les aimait.

Après qu'Hema se fut habillée, elle et Ghosh allèrent à l'hôpital. « Ne vous éloignez pas, les garçons, compris ? » Quoi qu'il arrive, nous ne devions pas quitter Missing.

J'allai à la porte. Je ne croisai que trois malades qui montaient la colline. Il ne passait ni bus ni voitures. Je me tenais à côté de Gebrew dans un silence sinistre que même le bruit des sabots et le tintement des clochettes des harnais ne venaient troubler. « Quand les taxis à quatre pattes restent à l'écurie, on sait que les choses sont sérieuses », dit Gebrew.

Il n'y avait nul signe de vie dans les deux bâtiments en parpaing qui se trouvaient en face et abritaient des bars, l'échoppe d'un tailleur et un réparateur de radios. Ignorant les avertissements d'Hema et Ghosh, et malgré les protestations de Gebrew, je traversai la rue jusqu'au minuscule souk arabe, une structure en contreplaqué peinte en jaune canari coincée entre les deux bâtiments. La fenêtre qui servait habituellement de guichet avait ses volets fermés, mais un enfant émergea de la porte à peine entrebâillée, portant un paquet conique en papier journal entouré de ficelle. Probablement dix centimes de sucre pour le thé du matin. Je me glissai à l'intérieur. L'air était chargé d'encens. Si je me penchais sur le comptoir, je pouvais toucher le mur du fond. Tous les souks arabes d'Addis étaient pareils à celui-ci, comme s'ils étaient tous sortis de la même matrice. Au plafond, des sachets contenant une unique dose de Tide, d'aspirine Bayer et de paracétamol, tournoyaient comme des ornements festifs. D'un croc de boucher pendaient des carrés de papier journal prêts à empaqueter, d'un autre une bobine de ficelle. À côté d'un bocal contenant des cigarettes à l'unité étaient empilés des paquets de cigarettes. Les étagères abritaient des boîtes d'allumettes, des bouteilles de soda, des stylos Bic, des taille-crayons, des tubes de Vicks et de crème Nivea, des carnets, des gommes, des bouteilles d'encre, des bougies, des piles, des canettes de Coca-Cola, de Fanta ou de Pepsi, du sucre, du thé, du riz, du pain, de l'huile, et bien d'autres choses encore. Des bocaux pleins de *caramea* et de petits gâteaux se dressaient de part et d'autre du comptoir, laissant au milieu une ouverture par laquelle je me penchai. Je vis Ali Osman, sa calotte en dentelle rivée sur le crâne, assis sur le matelas avec sa femme, sa petite fille, et deux hommes. Il y avait à peine la place de dormir en cuillère, les genoux pliés, pour toute la famille, et voilà qu'ils avaient des visiteurs. Ils étaient tous assis autour d'un tas de khat.

Ali était inquiet. « Marion, c'est dans de tels moments que les étrangers comme nous peuvent souffrir », dit-il. Il était bizarre de l'entendre utiliser le mot *ferengi* pour nous décrire, alors que nous étions tous deux nés dans ce pays.

Je retournai voir Gebrew et partageai avec lui des bonbons collants que j'avais achetés.

Soudain, Rosina passa devant nous. « Occupe-toi de Genet », dit-elle par-dessus son épaule. Je ne sus pas auquel de nous deux elle s'adressait.

« Attends ! » s'exclama Gebrew, en vain.

Je lui courus après et lui pris la main. « Attends, Rosina. Où vas-tu ? S'il te plaît. »

Elle se retourna vivement comme pour se débarrasser de moi, puis soudain son visage s'adoucit. Elle était pâle, les yeux gonflés par les larmes. Elle avait la peau de la mâchoire tendue, mais je ne pus déceler si c'était de peur ou de détermination.

« Le petit a raison. N'y va pas, dit Gebrew.

— Que veux-tu que je fasse, curé ? Cela fait une semaine que je n'ai pas vu Zemui. C'est un type simple. Je m'inquiète pour lui. Il m'écoutera. Je lui dirai qu'il doit être fidèle à Dieu, et à l'empereur, avant tout. » J'eus soudain peur. Je m'accrochai à Rosina. Elle se dégagea, mais avec douceur. Par habitude, elle me pinça la joue et passa la main dans mes cheveux. Elle me donna un baiser sur le haut du crâne.

« Sois raisonnable, dit Gebrew. Le quartier général de la garde impériale est trop loin. S'il est avec le général, il est au palais. Il va falloir qui tu ailles au-delà du quartier général de l'armée et du commissariat n° 6. Ça va te prendre un temps fou. »

Elle disparut sur un signe de la main. J'eus l'impression que Gebrew, que son trachome faisait perpétuellement pleurer, allait se mettre à gueuler. Il percevait un danger bien plus grand que tout ce que je pouvais imaginer.

Dix minutes plus tard, une jeep équipée d'une mitrailleuse apparut, suivie d'un véhicule blindé transportant des soldats de la garde impériale à la mine sévère, coiffés de casques en acier au lieu de leurs couvre-chefs habituels. Des tenues de camouflage et des ceintures de munitions avaient remplacé l'uniforme vert olive. Du haut-parleur monté sur le véhicule blindé sortit une voix : « Que tout le monde reste calme ! Sa Majesté le prince impérial Asfa Wossen a pris la tête du gouvernement. Aujourd'hui à midi il fera une déclaration. Écoutez radio Addis-Abeba à midi. Radio Addis à midi. Que tout le monde... »

Je quittai l'entrée et me dirigeai vers l'hôpital. W.W. Gonad était assis dans le passage couvert devant la banque de sang, un transistor sur les genoux, entouré d'infirmières et de stagiaires. Il avait l'air excité et joyeux.

À midi, dans notre bungalow, nous nous réunîmes autour du Grundig et du transistor de Rosina, l'un réglé sur la BBC et l'autre sur radio Addis-Abeba. Almaz se tenait à côté. Genet partageait mon fauteuil. Hema prit la pendule sur la cheminée pour la remonter. Elle ne cachait pas son anxiété. C'est l'infirmière en chef qui semblait la moins inquiète. Elle me souriait en soufflant sur son café. Une voix de stentor annonça en anglais : « *This is the BBC World Service.* »

Enfin le speaker, après avoir donné des nouvelles d'une grève des mineurs en Angleterre, aborda le sujet qui nous intéressait. « À Addis-Abeba, capitale de l'Éthiopie, un coup d'État pacifique a eu lieu pendant l'absence de l'empereur Hailé Sélassié, en visite officielle au Libéria. L'empereur a écourté sa visite et remis à plus tard son voyage au Brésil. »

« Coup d'État » était pour moi un mot nouveau. Il suggérait quelque chose d'ancien et d'élégant, bien que le fait qu'il fût qualifié de « pacifique » suggérât qu'il devait en exister une variété meurtrière.

J'avoue qu'à ce moment je fus ravi d'entendre notre ville, et même la garde impériale, mentionnées à la BBC. Les Anglais ne savaient rien de Missing, ni de la vue depuis ma fenêtre. Mais voilà que nous les avions obligés à regarder dans notre direction. Des années plus tard, quand Idi Amin Dada proféra des choses monstrueuses, je compris que sa motivation était de réveiller les bonnes gens qui vivaient à l'heure du méridien de Greenwich, de leur faire lever le nez de leur thé et de leurs scones pour dire : *Oh, oui, l'Afrique...* Pendant un bref instant, ils auraient autant conscience de nous que nous en avions d'eux.

Mais comment se faisait-il que la BBC vît depuis Londres ce qui se passait ici ? Quand nous regardions par-dessus les murs de Missing, nous ne voyions rien.

Bien après midi, et bien après l'émission de la BBC, la musique militaire cessa de jouer sur Radio Addis-Abeba et, dans un bruit de froissement de papiers, un prince impérial bégayant se fit entendre. Le peu que nous avions vu du corpulent et pâle Asfa Wossen dans les journaux et au naturel suggérait un homme capable de hurler à la vue d'une souris. Il n'avait ni le charisme ni l'allure de l'empereur. Il lut une déclaration – et il était clair qu'il lisait – dans l'amharique officiel, difficile à comprendre sinon pour Gebrew et Almaz. À la fin, Almaz quitta la salle à manger, l'air triste. Quelques minutes plus tard – comment faisaient-ils ? – la BBC nous fournit la traduction.

« Le peuple éthiopien a attendu le jour où prendraient fin la pauvreté et le sous-développement, mais rien n'a été accompli… »

Le prince impérial dit que son père n'avait pas rempli son devoir envers le pays. Il était temps qu'une nouvelle direction succède à la tête du pays. Un nouveau jour se levait. Vive l'Éthiopie !

« Ce sont les mots du général Mebratu, dit Ghosh.

— Ils ressemblent plutôt à ceux de son frère, dit Hema.

— Ils doivent pointer un pistolet contre sa tempe, dit l'infirmière en chef. Je n'entends pas la moindre conviction dans sa voix.

— Eh bien, alors il devrait refuser de lire », dis-je. Tout le monde se tourna pour me regarder. Même Shiva leva la tête de son livre. « Il devrait dire : “Non, je refuse de lire. Je préférerais mourir que de trahir mon père.”

— Marion a raison, finit par dire l'infirmière en chef. Apparemment le prince n'a pas beaucoup de caractère.

— Ils utilisent le prince impérial, dit Ghosh. Ils ne veulent pas se débarrasser tout de suite de la monarchie. Ils veulent que le public se fasse à l'idée du changement. Vous avez vu combien Almaz était choquée que l'on dépose l'empereur ?

— Pourquoi s'inquiètent-ils du public ? C'est eux qui ont les armes, le pouvoir, dit Hema.

— Ils s'inquiètent d'une possible guerre civile, répondit Ghosh. Les paysans vénèrent l'empereur. N'oubliez pas l'armée territoriale, tous ces vieux combattants qui ont fait la guerre contre les Italiens. Même si ces irréguliers ne sont ni l'armée ni la garde impériale, ils sont plus nombreux ; ils peuvent envahir la ville.

— Ils pourraient bien, répliqua l'infirmière en chef.

— Mebratu n'a pas pu rallier à temps l'armée, la police ni l'aviation, ajouta alors Ghosh. Je suppose que plus il mettait de gens dans le coup, plus il risquait d'être trahi. Le général et son frère, Eskinder, étaient en train de se disputer quand je suis entré ce matin. Eskinder voulait prendre au piège tous les généraux de l'armée le soir précédent, en utilisant la même ruse que pour les autres loyalistes. Mais le général s'y était opposé.

— Tu as vu le général en entrant ? demandai-je.

— J'aurais préféré qu'il ne l'ait pas vu. Il n'a aucune raison de se mêler à tout ça », fit Hema, l'air contrarié.

Ghosh soupira. « J'y suis allé en tant que médecin, Hema, je te l'ai dit. Quand je suis arrivé, Tsigue Debou, le chef de la police, s'était rallié à Mebratu. Lui et Eskinder pressaient le général d'attaquer le quartier général de l'armée avant que celle-ci ne s'organise. Mais il a refusé. Il s'est montré… sentimental. C'étaient ses amis, ses pairs. Il était sûr que les hommes de qualité des autres armées le rejoindraient. Tu sais qu'il a pris le temps de me raccompagner, il m'a remercié. Il m'a dit qu'il était déterminé à éviter de verser le sang. »

Les rues demeurèrent silencieuses le restant de la journée. Très peu de malades vinrent à Missing, et parmi ceux qui étaient hospitalisés, ceux qui le purent rentrèrent en hâte chez eux. Nous restâmes collés à la radio.

Genet demeura seule dans sa chambre. En fin d'après-midi, Hema m'envoya la chercher. Je la ramenai par la main. Elle faisait bonne figure, mais je savais qu'elle était inquiète et apeurée. Cette nuit-là, elle dormit sur notre canapé : Rosina avait disparu.

Le lendemain, la ville était plongée dans le silence et il n'y avait que les rumeurs qui circulaient. Seuls les commerçants les plus courageux ouvrirent leurs boutiques. On disait que l'armée était toujours hésitante.

À midi Gebrew vint nous nous chercher. Nous arrivâmes à la porte à temps pour voir un immense cortège d'étudiants portant des drapeaux éthiopiens, le visage rouge de sueur et d'excitation. Ils étaient groupés sous des banderoles : UNIVERSITÉ DES ARTS ET DES SCIENCES, ÉCOLE D'INGÉNIEURS... et encadrés par un service d'ordre. À ma grande surprise je vis W.W. Gonad qui défilait sous la banderole de l'École de commerce. Il nous adressa un sourire timide, ajusta sa cravate, et poursuivit son chemin, tâchant de prendre l'air d'un étudiant. Il devait y avoir plusieurs milliers de manifestants qui scandaient d'une seule voix, en amharique :

> Mon pays, réveille-toi – l'histoire t'appelle
> Fini l'esclavage, la liberté commence son règne

Sur des banderoles on pouvait lire en anglais : POUR TOUT LE MONDE, UNE RÉVOLUTION PACIFIQUE et SOUTENONS LE NOUVEAU GOUVERNEMENT DU PEUPLE.

La rue était bordée de badauds inquiets qui, comme nous, étaient restés trop longtemps enfermés. Des chiens errants firent leur apparition, aboyant sur les manifestants et ajoutant au bruit. Une jolie étudiante en jeans nous mit des tracts dans la main. Almaz repoussa le papier comme s'il était contaminé. « Hé, mademoiselle ! C'est pour ça qu'on vous envoie à l'université ? » lui cria-t-elle.

Un vieil homme barbu agitait son chasse-mouches comme s'il essayait d'en frapper les étudiants. « Si vous étudiiez, vous n'auriez pas le temps de faire des choses pareilles, cria-t-il. N'oubliez pas qui a bâti votre université, qui vous a appris à lire ! »

Par la suite, W.W. Gonad nous dit que dans le Merkato les commerçants musulmans et érythréens avaient acclamé les étudiants. Mais partout ailleurs dans Addis, ils avaient été reçus froidement, et quand le cortège s'était dirigé vers le quartier général dans l'idée de convaincre l'armée de se joindre à la révolte, ils avaient été accueillis à un carrefour par un peloton en tenue de combat. Le jeune commandant avait déclaré aux manifestants qu'ils avaient une minute pour se disperser, après quoi ses soldats ouvriraient le feu. Les étudiants avaient essayé de parlementer, mais le bruit des culasses les avait convaincus de reculer. C'est alors que W.W. Gonad avait quitté la manifestation.

J'étais toujours content de ne pas aller à l'école, mais l'anxiété avait disparu sur le visage des adultes. Ghosh et l'infirmière en chef retournèrent à l'hôpital se préparer à recevoir d'éventuels blessés. Hema avait « clinique de version » cet après-midi-là. Shiva, qui jusqu'à présent avait été peu intéressé par ce qui se passait, était mal à l'aise, comme s'il était le seul à sentir quelque chose. Il demanda à Hema, ce qui était inhabituel chez lui, de rester à la maison et de ne pas aller au travail.

« Je n'ai pas envie de partir, mon amour, dit-elle, tiraillée entre l'envie et le devoir, mais j'ai clinique de version.

— Emmène-nous, dit Shiva. Puis il ajouta : « On a fait nos exercices. Tu as vu mon devoir ? Exactement comme tu nous as dit. » Sa calligraphie était meilleure que les exemples dans le style chargé et rond du livre. « D'accord ?

— Je ne peux pas... dit Hema. Il faut que j'aille en salle de travail avant la clinique.

— On t'accompagne, dit Shiva.

— Non. Je ne veux pas que vous entriez dans la salle de travail. » Elle vit la déception sur le visage de Shiva. « Je vais te dire : allez m'attendre à la clinique de version. Quoi que vous fassiez, restez ensemble. »

C'était une invitation des plus rares. Contrairement à Ghosh, si Hema portait un stéthoscope, elle ne le rapportait jamais à la maison. La blouse qu'elle endossait à l'hôpital n'en sortait pas. Je pensais rarement à Hema en tant que médecin, du fait qu'à la maison elle était entièrement mère. Ghosh ne cessait de parler médecine, ce qu'Hema ne faisait jamais. Nous savions qu'elle se rendait à la salle de travail et d'accouchement et qu'elle opérait les lundis et les mercredis. D'après ce que nous entendions dire, elle était excellente et très demandée, mais nous ignorions tout des détails. Elle voulait que nous sachions toujours qu'elle ne nous quittait pas des yeux, et que rien ne pouvait la distraire de sa vigilance. La « clinique de version » était un bon exemple. Cela faisait des années que nous en entendions parler, mais nous n'avions pas la moindre idée de ce qu'y passait. D'après le dictionnaire, le mot « version » venait du latin médieval *versio*, dérivé de *vertere*, « tourner, faire tourner ».

Les sorties nocturnes d'Hema étaient accompagnées de phrases sibyllines, de mots plus étranges que « version », qu'elle lançait par-dessus son épaule : des mots comme « éclampsie » ou « hémorragie postnatale ».

Le pavillon des femmes, derrière le bâtiment principal était peint en vert-jaune avec des rampes bleues, contrairement aux autres dont les murs étaient chaulés. Un flamboyant laissait tomber des bourgeons orange sur les marches. Le sol sous l'arbre était enflammé de lobélies bleues et de trèfles roses. Nous trouvâmes une troupe de patientes enceintes assises sur les marches, les cheveux couverts par des *shash*. Elles s'étaient glissé des bourgeons derrière les oreilles et avaient étendu leurs jambes devant elles. Leurs *shamas* blancs resplendissaient au soleil, et avec leurs gros ventres, leurs cartes de consultation roses en main, on aurait dit un troupeau d'oies animées. Certaines étaient pieds nus, et celles qui ne l'étaient pas avaient retiré leurs chaussures en plastique. À voir ces femmes et à les entendre rire, se plaindre de leurs chevilles gonflées, de leurs maris ou de brûlures d'estomac, on ne se serait pas douté du climat qui régnait en ville.

Nous voyant, elles nous appelèrent pour nous serrer la main, nous demander nos noms, notre âge, nous ébouriffer les cheveux et faire des remarques sur notre ressemblance. Elles voulurent que nous nous asseyions avec elles, et j'aurais décliné leur invitation si Shiva ne l'avait pas acceptée avec bonheur. Je restai là, gêné, comme un poussin coincé entre des poules. Shiva semblait être au paradis.

J'avoue que je ne pensais jamais à l'apparence de Shiva – c'était mon jumeau après tout. Mais à cet instant, je vis mon frère avec des yeux neufs : le grand front arrondi, les boucles qui s'emmêlaient sur sa tête, menaçant de basculer vers l'avant et de l'aveugler, ses yeux et ses sourcils d'une parfaite sérénité, et cette façon de poser le doigt le long de la joue exactement comme Nehru sur le portrait qui se trouvait à la maison. Ce qui était complètement nouveau, c'était ce sourire qui transformait mon compagnon de matrice en un étranger aux yeux bleus, et donnait à tout son être une légèreté telle que, sans les bras vigoureux posés sur ses épaules et caressant ses cheveux, il se serait envolé.

Une femme était en train de lire un tract rose qui avait été lancé d'un avion sur la Piazza et le Merkato. C'était la seule qui sût lire, même si c'était avec lenteur : « Message de Sa Sainteté, patriarche de l'Église, Abuna Basilios », déchiffra-t-elle, et les têtes s'inclinèrent immédiatement tandis que les mains faisaient le signe de croix, comme si Sa Sainteté était là sur les marches, avec elles. « À mes enfants, poursuivit-elle, les chrétiens d'Éthiopie et à tous les Éthiopiens. Hier, à environ dix heures du soir, les soldats de la garde impériale à qui étaient confiés la sécurité et le bien-être de la famille royale ont trahi leur pays… »

Assis parmi elles, transpirant sous le soleil, je frissonnai. Je voyais que les paroles du patriarche sonnaient juste aux oreilles de ces femmes. Il parlait pour Dieu. Cela n'augurait rien de bon pour l'homme que nous admirions tant, le général Mebratu.

Les femmes se mirent alors à se moquer en riant de la garde et des hommes en général comme si elles étaient à un mariage. Shiva était aux anges, souriant d'une oreille à l'autre. C'était comme s'il avait trouvé sa place idéale, au milieu des femmes enceintes. Il y avait beaucoup de choses de mon frère que je ne comprenais pas.

À l'apparition d'Hema, les femmes se levèrent péniblement en dépit des protestations de celle-ci. La fierté maternelle qu'elle ressentait à nous voir adoptés par ses patientes se lisait dans ses yeux.

Trois par trois, les femmes montaient sur les tables d'examen. Elles descendaient leurs jupes juste sous leurs ventres et remontaient leurs chemises pour exposer leurs formes rebondies. Quand l'une des patientes allongée sur la table fit signe à Shiva de venir lui tenir la main, il entra – je le suivis. Hema se mordit la langue.

« Toutes en retard à la fin du troisième trimestre », dit Hema après un moment, sans expliquer ce que cela signifiait. Elle se servit de ses deux mains pour confirmer que la position du bébé était « autre que tête en bas ». « Un bébé ne peut pas sortir facilement si sa tête n'est pas dirigée vers les pieds de la mère. C'est pourquoi la clinique prénatale les a envoyées à la clinique de version », dit-elle, mentionnant une autre clinique qui occupait cette même salle mais un jour différent.

Elle sortit une étrange version chétive du stéthoscope : un fœtoscope. Le pavillon du stéthoscope possédait un support métallique en forme d'U sur lequel elle pouvait poser le front, maintenant ainsi avec le poids de sa tête le pavillon sur la peau, et laissant ses mains libres pour stabiliser le ventre. Elle leva le doigt comme un chef d'orchestre demandant le silence. Les conversations s'arrêtèrent ; les patientes qui attendaient sur les civières et celles qui étaient massées à la porte retinrent leur souffle jusqu'à ce qu'Hema se redresse et dise : « Il galope comme un étalon ! », sur quoi un chœur de voix ajouta : « Loués soient les saints ! » Hema ne nous proposa pas d'écouter.

Elle se mit au travail. « Avec cette main, je prends la tête du bébé. Mon autre main, je la mets là où se trouvent les fesses – comment est-ce que je sais ? » Elle regarda Shiva, l'air de juger sa question impertinente. Puis elle rit. « Sais-tu combien de milliers de bébés j'ai palpés comme ça, mon fils ? Je n'ai pas besoin de réfléchir. La tête est dure comme une noix de coco. Les fesses sont plus douces, mais pas si différentes que ça… Ce sont mes mains qui me donnent l'image, précisa-t-elle, dessinant une forme dans l'air au-dessus du ventre. Le bébé a le dos tourné vers moi. Maintenant, regardez. » Elle se planta fermement sur ses pieds, puis d'une pression ferme et continue de ses mains en coupe, elle poussa la tête d'un côté, les fesses de l'autre, et également les mains l'une vers l'autre, comme pour conserver la position recroquevillée du bébé. Quelque chose dans la façon dont ses pouces étaient alignés avec le reste de ses doigts, tous pressés les uns contre les autres, me rappela ses gestes quand elle dansait le bharatanatyam. « Voilà ! Vous voyez ? Une résistance initiale qui finit par lâcher, et le bébé bascule. » Je n'avais rien vu. « Eh bien, évidemment vous n'avez pas vu. Le bébé flotte dans l'eau. Une fois que j'ai commencé à le faire tourner, le bébé termine le dernier quart de tour sur lui-même. Mais ce n'est pas un "siège". C'est une présentation par la tête. Normal. » Elle écouta de nouveau le cœur pour s'assurer qu'il battait toujours bien.

En un rien de temps, Hema, possédée par la même énergie trépidante avec laquelle elle donnait les cartes ou nous faisait apprendre notre orthographe, en avait terminé. Seul un bébé refusa de faire la galipette.

« Pour ce que j'en sais, cette clinique pourrait être une perte de temps colossale. Ghosh veut que je fasse une étude pour voir combien de bébés reprennent leur position initiale. Vous savez comment il parle… « La pratique qui n'a pas été examinée ne vaut pas d'être pratiquée. » Un autre souvenir lui fit lâcher un grognement. « J'avais un ami, quand j'étais enfant, un voisin qui s'appelait Velu. Il avait des poules. De temps à autre l'une d'elles caquetait d'une manière particulière, et Velu savait, ne me demandez pas comment, que cela signifiait qu'un œuf était coincé dans une position transversale. Il le remettait en position verticale. La poule cessait de caqueter et l'œuf sortait. Velu était odieux quand il avait votre âge. Mais aujourd'hui que je me rappelle son truc avec les poules, je me demande si je ne l'ai pas sous-estimé. »

Je ne dis pas un mot de peur de briser le charme. Il était si rare de l'entendre penser ainsi tout haut.

« Entre nous, les garçons, je n'ai aucune envie de publier un article qui pourrait me faire perdre ma place. J'adore la clinique de version.

— Moi aussi, dit Shiva.

— Que ce soit en Inde ou ici, les dames sont toutes pareilles », dit Hema, avec un regard pour celles qui nous entouraient. Aucune n'était partie. Elles attendaient le thé, le pain et la pilule de vitamines qui suivaient l'examen. Elles sourirent à Hema avec une affection fraternelle – non, avec adoration. « Regardez-les ! Toutes radieuses. Dans quelques semaines, quand le travail commencera, elles pousseront des cris et des hurlements en maudissant leurs maris. Elles deviendront de véritables démons. Nous ne les reconnaîtrons pas. Mais aujourd'hui ce sont des anges. » Elle soupira. « Une femme n'est jamais autant une femme que dans cet état. »

Les problèmes de la ville et du pays avaient disparu, du moins pour moi et Shiva. Quelle chance nous avions d'avoir Hema et Ghosh pour parents ! De quoi pouvions-nous avoir peur ?

« Ma, dit Shiva, Ghosh dit que la grossesse est une maladie sexuellement transmissible.

— Il dit ça en sachant que vous allez me le répéter, ce voyou ! Il ne devrait pas vous raconter des choses pareilles.

— Tu peux nous montrer par où sort le bébé ? » demanda Shiva. Je savais qu'il était parfaitement sérieux, et qu'également par ces mots il avait rompu le charme. J'étais furieux contre lui. Les relations avec les adultes demandent un peu de ruse aux enfants, et Shiva en était dépourvu. Un sentiment de gêne occulta soudain mon sentiment de culpabilité, et la honte prit racine dans mon corps pour prix de ma curiosité.

« OK. Ça suffit. Il est temps pour vous de rentrer à la maison, dit Hema.

— Ma, que veut dire le mot “sexuel” ? » demanda Shiva, tandis qu'elle nous poussait dehors. Je regardai mon jumeau. Pour une fois je n'étais pas sûr de son intention : la taquinait-il, ou était-ce seulement sa manière non conventionnelle de penser ? La réponse d'Hema ne fit qu'ajouter à ma confusion. « Il faut que je fasse un petit tour dans les salles. Ne quittez pas la maison. » Elle nous chassa. Son ton était contrarié et pourtant, si je ne me trompais pas, elle essayait très fort de cacher un sourire.

Chapitre 24

L'AMOUR DES MOURANTS

Dans un pays où on ne peut pas décrire la beauté de la terre sans utiliser le mot « ciel », la vue de trois avions à réaction montant en chandelle était à couper le souffle.

Je me trouvais sur la pelouse devant la maison. L'onde de choc traversa la terre jusqu'à mes pieds et s'éleva dans ma colonne vertébrale avant que j'entende l'explosion. Je demeurai enraciné là. De la fumée s'élevait au loin. Le silence abasourdi qui suivit fut brisé par le cri des centaines d'oiseaux qui s'envolèrent et par l'aboiement de tous les chiens de la ville.

Je tentai de croire que ceci – les avions, les bombes – faisait partie d'un grand plan, et de la suite attendue des événements, et qu'Hema et Ghosh comprenaient ce qui arrivait, même si ce n'était pas le cas pour moi. Quoi qu'il se passât, ils étaient capables de renverser la situation.

Quand Ghosh émergea de la maison, courant aussi vite qu'il pouvait, et qu'il m'attrapa, la peur et l'inquiétude dans les yeux, la dernière de mes illusions disparut. Les adultes n'étaient pas aux commandes. Il y avait déjà eu des indices, je suppose, mais même quand j'avais vu la vieille femme rouée de coups par les gardes de l'empereur, par commodité, j'avais continué à croire qu'Hema et Ghosh contrôlaient toujours l'univers.

Mais arranger ça était au-delà de leur capacité.

Ghosh, Hema et Almaz traînèrent des matelas dans le couloir. Nos murs chaulés en *chikka* – le torchis – offraient peu de protection. Dans le couloir, les balles devraient au moins traverser deux ou trois murs. Elles sifflaient au-dessus de nos têtes, proches, tandis que les bruits d'explosion semblaient lointains. On entendit un bruit de verre brisé dans la cuisine, et plus tard nous découvrîmes qu'une balle avait traversé une vitre. Je restai allongé sur le matelas, figé, incapable du moindre mouvement. J'attendais que quelqu'un dise : C'est une erreur colossale qui va bientôt être réparée et vous pourrez retourner jouer dehors.

« Je pense que nous pouvons en conclure que l'armée et l'aviation ont décidé de ne pas se joindre aux conjurés », dit Ghosh, regardant Hema pour voir si cette litote produirait une réaction chez elle. Ce fut le cas.

Les lèvres de Genet tremblaient. Je ne pouvais qu'imaginer à quel point elle était inquiète, moi qui déjà sentais des papillons glacés dans mon estomac chaque fois que je pensais à Rosina, partie depuis plus de vingt-quatre heures. Je tendis ma main à Genet, qui la prit.

Au crépuscule, les tirs s'intensifièrent et il se mit à faire un froid glacial. L'infirmière en chef, ignorant la peur, faisait des allers et retours entre la maison et l'hôpital, malgré nos supplications. J'allai aux toilettes en rampant. Je vis par la fenêtre les obus traçants qui zébraient le ciel.

Gebrew verrouilla et cadenassa la porte principale et quitta sa guérite pour s'installer dans l'hôpital. Les infirmières et les élèves couchèrent dans la salle à manger sous la surveillance de W.W. Gonad et d'Adam, le préparateur.

Aux alentours de minuit, on frappa à la porte de service et Ghosh ouvrit. C'était Rosina ! Genet, Shiva et moi lui sautâmes au cou. Pleurant à chaudes larmes, Genet reprocha en tigrinya à sa mère de l'avoir abandonnée et de lui avoir causé tant d'inquiétudes.

Un grand sourire aux lèvres, l'infirmière en chef se tenait juste derrière Rosina. Gebrew et elle-même avaient eu l'idée d'aller voir une dernière fois à la porte. « J'ai voulu aller en haut de la ville, mais il y avait un barrage. J'ai dû faire un grand détour, d'abord d'un côté, puis de l'autre. » Un échange de coups de feu aux alentours d'une villa l'avait forcée à se mettre à l'abri ; ensuite des tanks et des blindés lui avaient barré le chemin du retour. Elle avait passé la nuit sous l'auvent d'une boutique du Merkato avec d'autres personnes qui avaient été surprises par la nuit. Le matin venu, des patrouilles qui interdisaient toute circulation l'avaient empêchée de quitter le Merkato. Elle avait mis toute la journée à parcourir une distance de cinq kilomètres. Elle confirma nos pires inquiétudes : l'armée, l'aviation et la police attaquaient la garde impériale. Si on se battait partout, l'armée concentrait ses efforts sur la position du général Mebratu.

Rosina alla se laver et se changer dans sa chambre et elle revint avec son matelas et du *caramela* pour nous. Genet ne lui avait pas encore pardonné, et pourtant elle s'accrochait à elle.

L'infirmière en chef se laissa tomber sur le matelas et allongea ses jambes. Elle sortit de sous son chandail un revolver qu'elle coinça entre le matelas et le lit.

« Ma mère ! fit Hema.

— Je sais, Hema… Je ne l'ai pas acheté avec l'argent des baptistes, si c'est à ça que vous pensez.

— Ce n'était pas du tout à ça que je pensais, répondit Hema, regardant l'arme comme si elle allait exploser.

— Je vous jure que c'est un cadeau. Je l'avais bien caché. Mais voyez-vous, les pillards, c'est de ça qu'il faut nous méfier, dit-elle. Ceci pourrait les dissuader. Mais j'en ai acheté deux autres, que j'ai donnés à Gonad et à Adam. »

Almaz apporta un panier d'*injera* et de curry d'agneau. Nous mangeâmes avec nos doigts dans ce plat commun. Puis nous nous remîmes à attendre et à écouter les détonations dans le lointain. J'étais trop tendu pour lire ou rien faire d'autre que rester allongé.

Shiva était assis en tailleur. Il plia soigneusement une feuille de papier qu'il déchira en deux, puis de nouveau jusqu'à ce qu'il ait obtenu un grand nombre de minuscules carrés. Je savais qu'il était aussi secoué que moi par la tournure des événements. À regarder ses gestes méthodiques j'avais l'impression que j'occupais mon propre esprit et mes propres mains. Il mit un carré à part, puis en empila trois autres à côté, puis sept, puis onze. Je me sentis obligé de lui demander ce qu'il faisait.

« Nombres premiers », dit-il comme si cela expliquait quelque chose. Il se balançait d'avant en arrière en remuant les lèvres. Je m'émerveillais de ce don qu'il avait de se distancier en dansant, ou en dessinant sa moto, ou en jouant avec les nombres premiers. Il possédait d'innombrables manières de grimper dans sa cabane intérieure, perchée dans l'arbre de son esprit, pour échapper à la folie qui régnait au niveau du sol, et de tirer l'échelle derrière lui. Je l'enviais.

Mais ce soir-là Shiva ne parvenait pas à s'évader totalement. Je le savais, car le fait de l'observer ne m'apportait pas vraiment d'apaisement.

« N'essaie pas, lui dis-je. Dormons. »

Aussitôt il rangea ses papiers.

Rosina et Genet dormaient déjà à poings fermés, épuisées. Le retour de Rosina avait été un grand soulagement, mais ce soir-là je me sentis réellement rasséréné quand ma tête toucha celle de Shiva, m'apportant un sentiment de sécurité et de complétude, un foyer au bout du monde. Dieu merci, quoi qu'il arrive nous avions toujours le recours de Shiva/Marion, me dis-je. Nous pouvions toujours appeler Shiva/Marion à l'aide quand le besoin s'en faisait sentir, même si je me rappelais avec mauvaise conscience que cela faisait quelque temps que nous ne l'avions pas fait. Je lui donnai un petit coup de coude dans les côtes et il me répondit, et, les yeux fermés, je sentis qu'il souriait. Cela me rassura : si ce matin, sur les marches de la clinique de version, il avait été pour moi un étranger, il était de nouveau Shiva. Nous avions tous deux un avantage injuste sur le reste du monde.

Lorsque je me réveillai dans la nuit, tout le monde dormait, l'infirmière en chef et Ghosh exceptés. Les échanges de coups de feu étaient violents mais avec des moments de répit imprévisibles, de sorte que je pus entendre clairement l'infirmière en chef qui disait à Ghosh : « Quand l'empereur a fui en 36 juste avant l'arrivée des Italiens, ça a été le chaos… j'aurais dû aller à la légation britannique. Les soldats sikhs qui montaient la garde avec leurs turbans, leurs barbes et leurs baïonnettes ôtaient toute envie aux pillards de s'approcher ; la plus grande erreur que j'ai faite a été de ne pas y aller.

— Pourquoi ne l'avez-vous pas fait ?

— J'étais gênée. J'avais dîné une fois avec l'ambassadeur et sa femme. Je m'étais sentie déplacée. Dieu merci, il y avait John Melly. C'était un jeune médecin missionnaire. J'étais assise à côté de lui. Il m'a parlé de sa foi, et de ses espoirs de fonder une école de médecine… » Sa voix s'estompa.

« Vous m'en avez déjà parlé, dit Ghosh. Vous l'aimiez. Vous m'avez dit un jour que vous me raconteriez tout. »

Il y eut un long silence. J'étais tenté d'ouvrir les yeux, mais je savais que cela romprait le charme.

La voix de l'infirmière en chef se fit plus dure. « En restant ici, je me suis rendue responsable de la mort de John Melly. Ce n'était pas Missing, alors. J'étais sûre qu'on épargnerait un hôpital. Mais notre garçon de salle a fait entrer des pillards. Ils se sont emparés d'une jeune aide infirmière qu'ils ont violée. Je me suis enfuie à l'autre bout de l'infirmerie où j'ai trouvé le Dr Sorkis. Vous ne l'avez pas connu. Un Hongrois. Un très mauvais chirurgien, un type morose. Il opérait comme un technicien. Indifférent. Les médecins n'ont cessé de se succéder avant votre arrivée et celle d'Hema et de Stone… » Elle soupira de nouveau. « Mais cette nuit-là, Sorkis fit toute la différence. Il avait un fusil de chasse et un pistolet. Quand les pillards sont entrés dans l'infirmerie, à travers la porte j'ai supplié Tesfaye – c'était le nom du garçon de salle : "Pour l'amour de Dieu, ne prends pas part à cette mauvaise action." Oh, mais il s'est moqué de moi. "Il n'y a pas de Dieu, ma mère", a-t-il dit. Et bien d'autres horreurs.

« Quand ils ont cassé un panneau de la porte, le Dr Sorkis a tiré le premier coup au niveau des yeux et le deuxième au niveau du bassin. Je fus assourdie par le bruit. Quand j'ai retrouvé l'ouïe, j'ai entendu des cris de douleur. Sorkis a rechargé et est sorti, tirant au niveau des genoux.

« J'avoue que j'ai ressenti du plaisir à les voir s'enfuir en clopinant. La colère avait fait place à la peur. Tesfaye est revenu à la charge… je crois qu'il pensait que la populace était toujours avec lui. Sorkis a levé son pistolet – celui-ci même – et il a pressé la détente. Avant même d'entendre le son, j'ai vu les dents de Tesfaye gicler et l'arrière de sa tête éclater. Les autres n'ont pas demandé leur reste.

« Quand les Italiens sont entrés dans la ville le lendemain matin, traitez-moi de traître si vous voulez, Ghosh, mais j'ai été contente de les voir arriver parce que le pillage a cessé. C'est alors que j'ai découvert que John Melly avait essayé de me mettre à l'abri. Quand il avait arrêté son camion pour secourir un blessé, un pillard ivre lui avait tiré dans la poitrine. Sans aucune raison !

« Dès que j'ai appris la nouvelle je me suis précipitée à la légation. Je ne n'ai pas quitté son chevet. Il a souffert pendant deux semaines, mais sa foi n'a pas vacillé. C'est une des raisons pour lesquelles je n'ai jamais quitté l'Éthiopie. Je sentais que je le lui devais. Il me demandait de chanter le *Cantique de Bunyan* pendant que je lui tenais la main. J'ai dû le chanter un millier de fois avant qu'il ne meure. »

« Celui qui fait front avec vaillance
Devant tous les désastres
Qu'il suive le Maître
D'un cœur constant.
Jamais le découragement
Ne lui fera trahir
Le serment qu'il a fait d'être pèlerin. »

Quelles incroyables découvertes peut-on faire les yeux fermés ! Je n'avais jamais entendu l'infirmière en chef parler de son passé (et encore moins chanter). Dans mon esprit c'était comme si elle était arrivée au monde adulte dans son habit de religieuse, dirigeant Missing depuis toujours. Son récit chuchoté – cette confession qu'elle avait livrée de sa peur, de son amour, d'une tuerie – était plus effrayant que les lointains coups de feu. Dans ce couloir sombre qu'illuminait seulement la lueur intermittente des bombes éclairantes et des obus traçants qui faisaient danser des ombres sur le mur, je me pressai fort contre le crâne de Shiva. Y avait-il encore autre chose que j'ignorais ? J'avais envie de dormir, mais le cantique de l'infirmière en chef, chanté de sa voix chevrotante, résonnait toujours à mes oreilles.

Chapitre 25

LA COLÈRE COMME UNE FORME D'AMOUR

Le soir suivant tout était fini : le coup d'État avait échoué. En trois jours, des centaines de soldats de la garde impériale avaient été tués, et d'autres en plus grand nombre encore s'étaient rendus. Je vis un homme qu'on traînait hors du bâtiment en parpaing qui était en face de Missing. Il s'était débarrassé de son uniforme, mais le fait qu il ne portait qu'un gilet et un caleçon l'avait signalé comme rebelle.

À l'approche des tanks et des blindés, le général Mebratu et quelques-uns de ses hommes étaient sortis par l'arrière du vieux palais et s'étaient dirigés au nord vers les montagnes sous le couvert de l'obscurité.

Le lendemain matin, l'empereur Hailé Sélassié Ier, Lion de Judah conquérant, roi des rois, descendant de Salomon, atterrit à Addis-Abeba. La nouvelle de son retour se répandit comme une traînée de poudre, et la foule massée le long de la route dansait et ululait au passage de son cortège. Parmi elle se trouvaient Gebrew, W.W. Gonad et Almaz. Elle nous rapporta que le visage de Sa Majesté exprimait l'amour de ses sujets et la reconnaissance pour leur loyauté. « Je l'ai vu comme je vous vois, dit-elle. Je jure qu'il avait des larmes dans les yeux, que Dieu me frappe si je mens. » Les étudiants qui avaient défilé dans les rues quelques jours auparavant avaient disparu.

La ville était à la célébration. Les boutiques étaient ouvertes. Les taxis, qu'ils soient à traction animale ou motorisés, circulaient en tous sens. Le soleil brillait sur un jour magnifique à Addis-Abeba.

Dans notre bungalow, l'humeur était sombre. Pour moi, le général Mebratu et Zemui avaient toujours été les « bons », mes héros. L'empereur était loin d'être un « méchant » et les leaders du coup d'État n'avaient pas réussi à le faire paraître tel. Néanmoins j'aurais voulu que le général réussît ce qu'il avait entrepris. Le vent avait tourné, et le pire était arrivé : mes héros étaient devenus les « méchants », et personne n'osait dire le contraire.

Rosina et Genet étaient mortes d'inquiétude, attendant des nouvelles qui, quelles qu'elles fussent, ne pouvaient être bonnes.

Je me fis à l'idée que Zemui ne viendrait probablement plus jamais rechercher sa moto. Darwin ne recevrait plus de lettres de son ami. Les soirées de bridge animées par le général Mebratu étaient certainement terminées.

L'empereur offrit une récompense colossale pour la capture du général Mebratu et de son frère. La nuit suivant le retour de l'empereur, on tirait encore dans plusieurs quartiers tandis que les derniers rebelles étaient pourchassés. J'étais désolé pour les soldats du rang, tel que celui que j'avais vu emmené : son crime était d'être du côté des perdants, ou peut-être même du mauvais côté. Mais il n'avait fait que suivre les ordres. C'était le général Mebratu qui avait décidé de son sort.

Je ne savais plus quoi penser du général. L'homme que je connaissais et admirais semblait n'avoir rien de commun avec le rebelle qui avait dirigé le coup d'État et se retrouvait aujourd'hui pourchassé. Chaque fois que j'entendais des tirs d'armes légères, je me demandais si ce n'était pas le dernier combat du général et de Zemui.

Le lendemain, je fus réveillé par des gémissements bruyants qui provenaient de la chambre de Rosina. Je tombai sur Ghosh et Hema dans le couloir, et nous nous précipitâmes au dehors en pyjama.

Gebrew et deux hommes à la mine sombre se tenaient devant la porte de Rosina. Elle se lamentait en tigrinya, mais il n'était pas besoin de traduction pour la comprendre.

Nous apprîmes que le petit groupe du général Mebratu s'était échappé dans les monts Entoto pour redescendre près de la ville de Nazareth, en direction du mont Zuqula, un volcan éteint, où ils espéraient trouver refuge sur les terres de la famille Mojo. Mais des paysans avaient trahi le général en poussant de bruyant *lulululu* quand ils avaient croisé son groupe par hasard.

La police avait encerclé le général Mebratu. À court de munitions, celui-ci avait désarmé un policier blessé puis rampé jusqu'à un autre pour prendre son arme. Il avait appelé Eskinder, son frère, à l'aide, au lieu de quoi celui-ci s'était tiré une balle en plein visage avant de mettre le canon de l'arme dans sa bouche.

Je me demandai s'ils avaient à l'avance décidé qu'ils se suicideraient. Ou Eskinder avait-il pris la décision pour tous deux ? Quant à Zemui, le père de Genet, l'ami de Darwin, il avait refusé de se rendre ou de se tuer. Il était mort en chargeant les forces qui l'encerclaient.

La balle d'Eskinder avait touché le général à la joue et lui avait arraché l'œil droit, avant d'aller se loger sous l'œil gauche. Par miracle elle n'avait pas pénétré dans le crâne. Le général était inconscient mais vivant. On l'avait conduit en hâte à l'hôpital militaire d'Addis-Abeba, à une centaine de kilomètres de là.

Nous étions tous quatre assis à table, tâchant d'oublier les gémissements de Rosina. De temps à autre j'entendais les sanglots de Genet. Hema était allée voir Rosina, mais je ne pouvais me décider à le faire. Shiva avait les mains sur les oreilles, et ses yeux étaient humides.

Alors que nous étions à table, on appela du bureau de M. Loomis. « La vie continue », fit Ghosh en raccrochant. L'école reprenait et il ne fallait pas oublier d'apporter nos affaires de gym.

Malgré nos malheurs, Ghosh nous persuada qu'il valait mieux aller à l'école que d'écouter les lamentations de Rosina. Il nous conduisit en voiture, tous trois devant.

Près de la banque nationale, des gens quittèrent le trottoir pour s'engager dans la rue, marchant dans notre direction pleins d'une étrange énergie. Nous avançâmes au pas. Soudain je vis droit devant nous, aussi clairement que s'ils étaient sur une scène, trois corps pendus à des gibets de fortune. Ghosh nous dit de détourner le regard, mais il était trop tard. Dans leur immobilité, les cadavres semblaient se balancer là depuis des siècles. Leurs têtes étaient bizarrement penchées et leurs mains attachées dans le dos.

La foule entourait notre voiture. Apparemment, les festivités venaient juste de se terminer. Un jeune homme accompagné de deux autres frappa le capot du plat de la main, me faisant sursauter. Il fit un grand sourire, et quelles que fussent les paroles qu'il prononçât, il n'avait rien de rassurant. Quelqu'un cogna le toit, après quoi nous sentîmes la voiture qui tanguait.

J'étais sûr que la foule allait nous pendre, nous aussi. Je m'agrippai au tableau de bord, un hurlement au fond de la gorge. « Restez calmes, les garçons ! ordonna Gosh. Souriez, saluez, montrez vos dents ! Hochez la tête… faites semblant d'être venus voir le spectacle. » Shiva et moi nous mîmes alors à sourire comme des singes pour donner le change. Nous agitâmes même la main. Peut-être était-ce la vue de jumeaux identiques, ou l'idée que nous étions aussi fous à l'intérieur de la voiture qu'ils l'étaient à l'extérieur, mais nous entendîmes des rires, et les coups sur la voiture se firent plus bon enfant, moins violents.

Ghosh ne cessait de hocher la tête, un grand sourire aux lèvres, agitant la main, n'arrêtant pas de parler : « Je sais, espèce de pouilleux, bonjour à toi aussi, oui, bien sûr que je suis venu me régaler de ce spectacle barbare… Et si on te pendait, toi, crénom, c'est très aimable à toi, merci, merci », en avançant au pas. Je ne l'avais jamais vu ainsi, manifester une aussi violente colère et un mépris aussi profond, son visage grimaçant un sourire trompeur. Enfin nous nous retrouvâmes libres. En me retournant, je vis des mains qui tiraient sur les chaussures en cuir des cadavres.

Shiva et moi nous tenions par les épaules comme avant. Nous étions durement secoués. Arrivé au parking de l'école, Ghosh coupa le moteur et nous serra contre lui. Je pleurai sur Zemui, sur le général Mebratu, sur Genet et Rosina, et enfin sur moi. Être dans les bras de Ghosh et de nouveau contre sa poitrine, c'était retrouver le refuge le plus sûr au monde. Il essuya mon visage avec un bout de son mouchoir et utilisa l'autre pour Shiva. « C'était la chose la plus courageuse que vous aurez peut-être eu à faire de votre vie. Vous avez gardé la tête froide. Vous avez bandé à fond votre courage. Je suis fier de vous. Je vais vous dire, nous allons partir ce week-end. Pour les sources chaudes de Sodere, ou de Woliso. Nous nagerons et nous oublierons tout ça. »

Il nous serra contre lui encore une fois. « Si je trouve Mekonen, il sera là avec son taxi à l'heure habituelle. Si je ne le trouve pas, je serai là à quatre heures. » Au moment d'entrer en classe je me retournai et vis que Ghosh n'avait pas bougé et nous faisait signe.

Loomis & Country retentissait des récits de toutes les choses extraordinaires que mes condisciples avaient vues ou faites. Je n'avais aucune envie d'apporter ma contribution ni d'écouter.

Ce jour-là, tandis que nous étions à l'école, quatre hommes en jeep emmenèrent Ghosh comme un vulgaire criminel, lui tenant les mains dans le dos. Ils le giflèrent quand il essaya de protester. Ce fut W.W. Gonad qui apprit la nouvelle à Hema. Il avait dit aux hommes qu'ils faisaient sûrement une erreur en emmenant le chirurgien de Missing. Pour son impertinence, il avait eu droit à un coup de botte dans le ventre.

Hema refusa de croire que Ghosh avait disparu. Elle courut à la maison, certaine de le trouver en train de lire dans son fauteuil, ses pieds nus sur le tabouret. Elle était déjà furieuse après lui.

Elle entra en coup de vent. « Tu vois comme c'était dangereux pour nous de fréquenter le général ? Qu'est-ce que je te disais ? Tu aurais pu nous faire tuer ! » Chaque fois qu'elle se jetait ainsi sur lui, remontée à bloc, Ghosh avait l'habitude d'agiter une cape imaginaire, tel un matador faisant face à la charge d'un taureau. Nous trouvions cela drôle – ce qui n'était absolument pas le cas d'Hema.

Mais la maison était silencieuse. Pas de matador. Elle alla de pièce en pièce, les couloirs résonnant du tintement de ses bracelets de cheville. Elle imagina Ghosh les bras tordus dans le dos, recevant des coups de poing au visage, des coups de pied dans les parties… elle se précipita vers la commode en vomissant son déjeuner. Puis elle alluma de l'encens, agita la clochette, et fit le vœu d'aller en pèlerinage aux sanctuaires de Tirupati et de Velankanii si Ghosh avait la vie sauve.

Elle décrocha le téléphone pour appeler l'infirmière en chef mais il n'y avait pas de tonalité. Les téléphones avaient cessé de fonctionner quand les bombes étaient tombées et depuis ils ne marchaient que de temps à autre. Elle resta là à regarder par la fenêtre de la cuisine.

La voiture de Ghosh était à l'hôpital. Mais même si elle la prenait, où aller ? Où l'avaient-ils emmené ? Et s'ils venaient aussi l'arrêter, ses fils se retrouveraient seuls… Elle dut faire un colossal effort de volonté pour décider d'attendre notre retour.

Un monologue parvenait de la chambre de bonne – c'était la voix de Rosina, bien qu'elle fût rauque et ne lui ressemblât pas du tout. Elle s'adressait à Zemui, ou à Dieu, ou à ceux qui avaient tué son mari. Sa litanie commencée le matin n'avait pas encore atteint son zénith.

Hema vit apparaître Genet, les yeux rouges mais calme, tenant par la main une Rosina titubante. Elles se dirigeaient vers la remise. Elles n'avaient personne avec qui partager leur douleur, en dehors d'Almaz et Gebrew, qui étaient ailleurs. Hema sentit que Genet avait brusquement vieilli, qu'une dureté s'était immiscée dans les traits de la petite fille – le sucre et les épices, tout ce qui était doux en elle, s'en était allé…

Hema s'aspergea le visage. Elle prit une grande inspiration. Elle se rendit compte qu'il était indispensable qu'elle restât calme pour nous.

Elle but un verre d'eau – eau passée par le purificateur. Elle venait juste de le poser quand Alma arriva en courant. « Madame, ne buvez pas l'eau. On dit que les rebelles ont empoisonné les citernes. »

Mais il était trop tard, Hema sentit son visage la brûler, puis elle fut prise par les pires crampes d'estomac qu'elle eût jamais connues.

Chapitre 26

LE VISAGE DE LA SOUFFRANCE

Quand, à la porte, Gebrew nous dit que des hommes avaient emmené Ghosh, ce fut la fin de mon enfance.

J'avais douze ans et j'étais trop grand pour pleurer, mais je pleurai pour la seconde fois de la journée parce que c'était tout ce que je pouvais faire.

Je n'étais toutefois pas encore assez grand pour aller sauver Ghosh. Le seul talent que je possédais, c'était de continuer de vivre.

Shiva, pâle comme la mort, gardait le silence. Pendant un court moment, je me sentis immensément triste pour lui, mon magnifique frère qui avait la taille d'un adolescent sans avoir quitté les épaules rondes de l'enfance. Ses yeux reflétaient ma douleur, et pendant cet instant nous fûmes un seul organisme, sans différence de chair ni de conscience ; et nous courûmes comme un seul être. Les Jumeaux, gravissant la pente à toutes jambes pour retrouver au plus vite la maison.

Nous trouvâmes Hema sur le canapé, pâle, en sueur, des mèches collées au front. Almaz, les joues tachées de larmes, qui ne ressemblait pas du tout à l'Almaz stoïque que nous connaissions, se tenait à côté d'elle, une bassine à la main.

« Elle a bu l'eau, dit-elle avant que nous puissions la questionner. Ne buvez pas l'eau.

— Je vais bien », dit Hema, mais ses paroles sonnaient faux.

Comment pouvait-elle dire qu'elle allait bien ? Mon pire cauchemar s'était réalisé : Ghosh disparu, et maintenant Hema dangereusement malade…

J'enfouis mon visage dans l'obscurité de son sari, les narines pleines de son odeur. Je me sentais responsable de tout. La malheureuse rébellion du général, la mort de Zemui, l'arrestation d'un homme qui était pour moi plus père que ne pouvait l'être aucun homme, et, oui, même l'empoisonnement de l'eau...

Juste alors, la porte s'ouvrit brutalement et l'infirmière en chef et le Dr Bachelli entrèrent en courant. Bachelli, tout essoufflé, portait sa vieille trousse. L'infirmière en chef, elle aussi à bout de souffle, dit : « Hema ! Il n'y a pas de problème avec l'eau. C'était juste une rumeur. Elle est buvable. »

Hema parut gênée. « Mais... j'ai des crampes, la nausée. J'ai vomi.

— J'en ai bu, dit Bachelli. Elle est parfaitement potable. Vous vous sentirez mieux dans quelques minutes. »

Shiva me regarda.

Une lueur d'espoir.

Hema se leva alors, mettant ses membres et sa tête à l'épreuve. Plus tard nous découvrîmes que des scènes similaires avaient eu lieu partout dans la ville. C'était une première leçon de médecine. Parfois, lorsque vous vous croyez malade, vous le devenez vraiment.

S'il y avait un Dieu, il venait juste de nous accorder un immense sursis. J'en voulais un autre. « Ma, qu'est-ce qui se passe avec Ghosh ? Pourquoi on l'a emmené ? On va le pendre ? Qu'est-ce qu'il a fait ? Est-ce qu'il est blessé ? Où est-ce qu'on l'a emmené ? »

L'infirmière en chef nous fit asseoir sur le canapé. Son mouchoir coloré fit son apparition. « Là, là, mes petits amours... Nous allons arranger tout ça. Il faut que vous soyez forts, pour l'amour de Ghosh. La panique ne nous est d'aucune utilité. »

Almaz, qui observait jusque-là la scène en silence, les mains sur les hanches, déclara en amharique : « Qu'est-ce que nous attendons ? Il faut immédiatement aller à la prison de Kerchele. Laissez-moi préparer à manger. Et nous avons besoin de couvertures. De savon. Allez ! »

La Volkswagen devenait une étrange machine avec Hema au volant. Bachelli était assis devant, et Almaz et l'infirmière en chef occupaient la banquette arrière, nous portant sur leurs genoux. Nous progressâmes par saccades jusqu'à la ville.

Je voyais Addis-Abeba d'un nouvel œil. J'avais toujours trouvé que c'était une belle ville, avec ses larges avenues et ses nombreuses places ornées de monuments et de jardins clôturés que les voitures étaient obligées de contourner : la place de Mexico, la place des Patriotes, la place Ménélik... Les étrangers – pour qui l'unique image de l'Éthiopie était des gens mourant de faim assis dans des nuages de poussière – n'en croyaient pas leurs yeux quand ils atterrissaient de nuit dans le brouillard et les frimas d'Addis-Abeba et voyaient les boulevards et les réverbères bordant la ligne de tramway de Churchill Road. Ils se demandaient si l'avion n'avait pas fait demi-tour pendant la nuit et s'ils n'étaient pas plutôt à Bruxelles ou à Amsterdam.

Mais après le coup d'État, à la lumière de l'arrestation de Ghosh, la ville me semblait différente. Les places qui commémoraient le bain de sang d'Adowa et la libération de l'occupation italienne étaient à présent devenues des endroits idéaux pour les lynchages. Et ces villas que j'admirais naguère – dans les tons roses, mauves, ocres, cachées sous les bougainvillées –, je me rendais compte que c'était là que les gens tels que le général ou ses homologues de l'armée et de la police préparaient la révolution et sa trahison. La traîtrise était dans les rues, dans les villas. Je la sentais. Peut-être avait-elle toujours été là.

Bientôt, nous arrivâmes devant les portes vertes de la prison que tout le monde appelait Kerchele, une corruption de l'italien *carcere*, « emprisonner ». D'autres l'appelaient l'Alem Bekagne, une expression amharique qui signifiait « Adieu, monde cruel »... L'entrée se trouvait derrière un passage à niveau sur une route nationale très fréquentée. Il n'y avait pas de trottoir, pas d'accotement, rien que de l'asphalte tombant brutalement dans la poussière, une poussière piétinée par des centaines de parents inquiets, qui devinrent nos frères de souffrance. Ils s'étaient enracinés dans leur impuissance, mais ils nous laissèrent passer de façon que nous puissions atteindre le bureau de la sentinelle.

Avant que l'infirmière en chef ait pu parler, l'homme dit sans lever les yeux : « Je ne sais pas s'il ou elle est là, je ne sais pas quand je saurai s'il ou elle est là ou pas, si vous laissez de la nourriture ou des couvertures ou quoi que ce soit, s'il ou elle est là, il l'aura peut-être, sinon ce sera pour quelqu'un d'autre. Écrivez son nom sur un papier avec tout ce que vous laissez, et je ne répondrai à aucune question. »

Les gens étaient adossés au mur, et les femmes tenaient leurs ombrelles ouvertes par habitude, bien que le soleil fût derrière les nuages. Almaz trouva un endroit où s'accroupir pour observer les entrées et les sorties, après quoi elle ne bougea plus.

Une heure passa. J'avais mal aux pieds. Nous étions les seuls étrangers, et les gens nous témoignaient de la sympathie. Un homme, assistant à l'université, nous dit que son père avait été en prison bien des années auparavant. « J'étais petit, et je faisais en courant les cinq kilomètres qui séparaient la prison de la maison une fois par jour pour lui apporter à manger. Il était si maigre... mais chaque fois il me faisait d'abord manger et me faisait rapporter la moitié de la nourriture. Il savait que pour qu'il mange nous devions mourir de faim. Un jour, quand mon frère aîné et ma mère sont venus lui apporter son repas, ils ont entendu les paroles redoutées : "Plus besoin d'apporter à manger." C'est ainsi que nous avons appris la mort de mon père. Et vous savez pourquoi on a arrêté mon frère aujourd'hui ? Sans raison. C'est un honnête homme d'affaires. Mais c'est le fils de l'un de leurs anciens ennemis. Nous sommes les premiers suspects. Les anciens ennemis et les enfants des ennemis. Dieu sait pourquoi ils m'ont épargné. J'ai manifesté avec les étudiants. Mais ils ont pris mon frère à la place. Parce que c'est l'aîné. »

Bachelli alla en taxi au club Juventus pour voir s'il pourrait faire intervenir le consul d'Italie, après quoi il dut retourner à Missing. Car avec un médecin arrêté et sa femme qui attendait à la porte de la prison, tout reposait dorénavant sur ses épaules. Il pouvait s'occuper des affaires courantes et gérer les infirmières et Adam.

Shiva, Hema, l'infirmière en chef et moi retournâmes à la voiture afin de reposer nos pieds et de nous réchauffer, ce que nous fîmes en nous blotissant les uns contre les autres. Un quart d'heure plus tard, nous retournâmes à la porte, puis nous nous livrâmes à d'incessants allers et retours, ne nous résignant pas à partir.

Une fois le jour tombé, un homme – la tête, la bouche et le haut du torse recouverts d'un *shama* – arriva, juste comme nous sortions de la voiture. Sans ses bottes cirées et le fait qu'il venait de l'étroite ruelle sur le côté de la prison, il aurait pu passer pour un quidam rentrant chez lui. Il tenait à la main un pot fermé d'un couvercle recouvert d'un tissu – son déjeuner ou son dîner. Il fixa l'infirmière en chef. Il s'arrêta derrière la voiture, le dos à la route, comme s'il pissait.

« Ne vous retournez pas ! ordonna-t-il d'un ton dur, en amharique. Le médecin est ici.

— Il va bien ? murmura l'infirmière en chef.

Il hésita. Il a quelques bleus. Mais oui, il va bien.

— S'il vous plaît, je vous en supplie », intervint Hema. Je ne l'avais jamais entendue supplier de ma vie. « C'est mon mari. Qu'est-ce qui va se passer ? Est-ce qu'ils vont le relâcher ? Il n'a rien à voir avec tout ça… »

L'homme émit un sifflement. Une famille nombreuse passa. Enfin il dit : « Vous parler suffit à me faire accuser. Si je ne veux pas qu'il m'arrive quelque chose, il faut que je dénonce quelqu'un d'autre. Nous voilà devenus comme les animaux qui mangent leurs petits. Les temps sont durs. Si je vous parle, c'est parce que vous avez sauvé ma femme.

— Merci. Est-ce qu'il y a quelque chose qu'on peut faire pour vous ? pour lui…

— Pas ce soir. Soyez ici demain matin à dix heures. Non, un peu plus loin. Vous voyez ce lampadaire ? Apportez une couverture, de l'argent et un pot comme celui-ci. L'argent est pour lui. Rentrez chez vous maintenant. »

Je courus chercher Almaz, qui n'avait pas bougé, entourée de ses jupes volumineuses comme d'une tente de cirque, la tête et les épaules recouvertes de son *gabby* blanc, ne laissant voir que ses yeux. Elle refusa catégoriquement de partir. Elle voulait passer la nuit là et ne se laissa persuader par rien. Nous finîmes par la laisser à contrecœur, non sans l'avoir obligée à enfiler le chandail d'Hema sous son *gabby*.

Grâce au ciel, le téléphone était rétabli. L'infirmière en chef obtint que les ambassades de Grande-Bretagne et d'Inde envoient leurs émissaires dès le lendemain. Aucun membre de la famille royale n'accepta de parler avec eux. Si le propre fils de l'empereur était soupçonné, il en était de même pour ses nièces, ses neveux et ses petits-enfants. Nous entendîmes dire que le mécontentement grondait parmi les officiers subalternes de l'armée qui pensaient que leurs généraux s'étaient trompés en ne se joignant pas à la conjuration. Ces bruits devaient avoir quelque fondement car le jour même l'empereur approuva une augmentation de la solde de tous les officiers de l'armée. On disait que seule la rivalité et la jalousie sans bornes qui régnaient entre les officiers supérieurs de l'armée et de la garde impériale avaient sauvé Sa Majesté.

Ce soir-là, Shiva et moi dormîmes dans le lit d'Hema. L'oreiller sentait la brillantine de Ghosh. Ses livres étaient empilés sur la table de nuit avec un stylo glissé dans l'*Index des diagnostics différentiels* de French en lieu de marque-page, et ses lunettes posées en équilibre instable sur la couverture. En son absence, les petits rituels qui présidaient à son coucher (se regarder de profil en rentrant et ressortant le ventre avant de s'allonger en travers du lit pendant quelques minutes avec la tête renversée par-dessus le bord – ses manœuvres anti-gravité, comme il les appelait) prenaient d'un seul coup une singulière importance. « Encore un jour au paradis », ne manquait-il jamais de dire en posant la tête sur l'oreiller. Aujourd'hui, je comprenais ce qu'il voulait dire : qu'un jour sans malheur était un cadeau du ciel. Allongés tous trois, nous l'attendions comme s'il était allé à la cuisine et allait bientôt apparaître à la porte. Hema sanglotait. « Mon Dieu, je jure de ne plus jamais considérer la présence de cet homme comme allant de soi », déclara-t-elle soudain, et nous eûmes l'impression de l'avoir dit avec elle.

L'infirmière en chef, qui avait décidé de dormir dans notre lit, cria : « Hema, dors maintenant ! Les garçons, dites votre prière. Ne vous en faites pas. »

J'adressai ma prière à toutes les divinités rassemblées dans la chambre, de Muruga au Sacré-Cœur de Jésus.

Almaz revint à l'aube. Il n'y avait rien de neuf. « Mais je me suis levée chaque fois qu'une voiture sortait et entrait pour que le docteur puisse me voir au cas où il s'y trouverait. »

Hema et l'infirmière en chef iraient au rendez-vous à dix heures avec de la nourriture, des couvertures et de l'argent, avant de faire la tournée des ambassades et des membres de la famille royale. Hema nous persuada de rester à la maison. « Il faut que quelqu'un soit là au cas où Ghosh téléphonerait. » Rosina et Genet nous tiendraient compagnie. Almaz, après avoir pris un peu de pain et de thé, insista pour retourner à Kerchele avec Hema et l'infirmière en chef.

À midi, elles n'étaient toujours pas de retour. Shiva, Genet et moi fîmes des sandwichs sous le regard distrait de Rosina. Elle avait les yeux rouges et la voix enrouée. « Ne vous inquiétez pas, dit-elle. Tout ira bien pour Ghosh. » Ses paroles n'avaient rien de rassurant. Genet, pâle et étrangement apathique, me pressa la main.

Koochooloo était le genre de batârd qui se faisait rarement entendre. À Missing, aboyer sur les inconnus l'aurait occupé du matin au soir. Ainsi, lorsque nous entendîmes son aboiement, nous dressâmes l'oreille. Par la fenêtre du salon je vis un homme débraillé vêtu d'une veste d'uniforme monter l'allée et disparaître derrière la maison. Koochooloo, prise de frénésie, lâcha une volée de jappements assourdissants. Son message était : *Un homme très dangereux est à notre porte.*

Je me précipitai à la cuisine où Rosina, Genet et Shiva étaient déjà à la fenêtre. Koochooloo était juste en dessous, aboyant de plus belle. Elle s'avança, son cou disparaissant sous un collier de poils hérissés, montrant ses dents. L'homme ouvrit sa veste et tira un revolver de sa ceinture. Il ne portait ni ceinturon, ni étui, ni chemise, juste un gilet blanc. À la vue de l'arme, Koochooloo prit la fuite. Elle était courageuse, mais pas stupide.

« Je le connais, murmura Rosina. Zemui l'a amené en moto quelques fois. C'est un soldat. Il attendait à la porte dans l'espoir de voir arriver Zemui. Il n'arrêtait pas de le flatter. “La flatterie cache l'envie”, je lui disais. Il faisait semblant de ne pas le voir, ou il lui disait qu'il allait dans l'autre direction. »

Le soldat remit le revolver dans sa ceinture avant de se diriger vers la BMW, dont il caressa le siège.

« Vous voyez ! Qu'est-ce que je vous disais ? » fit Rosina.

« Sortez, s'il vous plaît ! cria-t-il en regardant dans notre direction. Je sais que vous êtes là.

— Restez ici », nous ordonna Rosina. Puis, prenant une grande inspiration, elle ajouta : « Non, ne restez pas ici. Sortez tous par la grande porte et courez à l'hôpital et restez avec W.W. jusqu'à ce que je vienne vous chercher. » Elle tira le verrou. « Refermez derrière moi », dit-elle avant se sortir.

Je ne sais pas pourquoi, au lieu de lui obéir, nous ouvrîmes tous trois simplement la porte et la suivîmes. Ce n'était pas du courage. Peut-être nous semblait-il plus dangereux de nous enfuir que de demeurer là avec la seule adulte sur laquelle nous pouvions compter.

Les yeux de l'intrus étaient injectés de sang, et on aurait dit qu'il avait dormi avec ses vêtements, mais il paraissait bien gaillard. La grosse veste de camouflage était assez grande pour l'avaler, et cependant ses bras sortaient des manches. Il n'avait pas de béret et on voyait un sillon noir et vertical au milieu de son front, comme si une couture avait rassemblé les deux moitiés de son visage. En dépit de sa moustache mitée, il semblait trop jeune pour son uniforme.

« Elle appartient, dit-il, ronronnant presque tandis qu'il caressait le réservoir de la moto, à... à l'armée maintenant. »

Rosina rabattit son shama noir sur ses cheveux, le geste d'une femme qui entre à l'église. Elle se tenait devant lui, silencieuse et obéissante.

« Tu m'as entendu, femme ? Elle appartient à l'armée.

— Je suppose que c'est vrai, dit-elle, les yeux baissés. Peut-être que l'armée viendra la chercher. » Son ton était respectueux, raison pour laquelle je mis quelques secondes à comprendre ce qu'elle disait. Je me demandai par la suite pourquoi elle avait choisi de le provoquer et de nous mettre en danger.

Le soldat cligna des yeux. Puis il s'exclama d'une voix aiguë : « L'armée c'est moi ! »

Il la prit par la main et la tira à lui.

« L'armée c'est moi.

— Oui. Ceci est la maison du docteur. Si vous prenez quelque chose, il faut le lui dire.

— Le docteur ? Il se mit à rire. Le docteur est en prison. Je le lui dirai quand je le verrai. Je lui demanderai pourquoi il a engagé une pute impertinente comme toi. On devrait te pendre pour avoir couché avec un traître. »

Rosina fixa le sol.

« Tu es sourde, femme ?

— Non, monsieur.

— Allez, dis-moi une bonne chose à propos de Zemui. Dis-moi !

— C'était le père de mon enfant », dit tout bas Rosina, refusant de le regarder au visage.

« Malheureusement pour cette bâtarde. Dis-moi juste encore une chose. Allez !

— Il a fait ce qu'on lui a dit. Il a essayé d'être un bon soldat, comme vous, monsieur.

— Un bon soldat, hein ? Comme moi ? » Il se tourna vers nous, comme s'il nous prenait à témoin de l'impudence de Rosina.

Puis, si rapidement qu'aucun de nous ne vit venir le coup, il la frappa du revers de la main. Ce fut un coup terrible, qui la fit chanceler. Elle se redressa aussitôt, pour se camper bien droite sur ses pieds, puis elle se cacha le visage de son shama. Je voyais le sang. Avec Shiva nous nous prîmes instinctivement la main.

Je sentais quelque chose couler sur mon menton. Je me demandai s'il l'avait remarqué mais il était occupé par la vilaine entaille qu'il avait à l'articulation du médius, où on distinguait quelque chose de blanc – du tendon, du muscle ou un bout de dent ?

« La diablesse ! Tu m'as coupé, espèce de pute édentée. »

Du coin de l'œil, je vis Genet bouger. Je connaissais bien l'expression qui animait son visage. Elle se jeta sur lui. Il leva le pied à la hauteur de sa poitrine, et la repoussa avant qu'elle ait pu l'approcher. Il sortit de nouveau son revolver, l'arma, et le pointa sur Rosina. « Si tu recommences, bâtarde, je tue ta mère. Tu as compris ? Tu veux être orpheline ? Et vous deux, dit-il, s'adressant à nous, ne vous mettez pas sur mon chemin. J'aurais droit à une décoration si je vous tuais tous maintenant. »

Nous reconnûmes tous le porte-clés en forme de carte du Congo qu'il tira de sa poche. Il n'y en avait qu'un seul dans notre monde, et il appartenait à Zemui.

Il faillit tomber en dégageant la moto de sa béquille. Après l'avoir enfourchée, il chercha le kick puis se mit en devoir de démarrer, mais la moto était en prise et elle fit un bond en avant qui faillit de nouveau le désarçonner. Il réussit à se remettre d'aplomb, jetant un coup d'œil pour voir si nous avions remarqué ce qui s'était passé.

Il donna de violents coups de pied dans le kick, tâchant de trouver le point mort. C'était un tel contraste avec Zemui qui effleurait à peine le levier de l'orteil et maniait la BMW comme si elle n'était pas plus lourde qu'une plume. Zemui amorçait les cylindres d'une lente caresse, suivie par un coup de pied nerveux, et le moteur s'éveillait en haletant. J'avais honte en pensant à Zemui qui était mort plutôt que de se rendre. Cela me donnait envie d'agir d'une manière en accord avec le véritable propriétaire de l'engin. Je pressai la main de Shiva. Il la pressa en retour et je compris que nous étions sur la même longueur d'onde.

Le soldat s'acharnait sur le kick comme s'il piétinait un ennemi, le visage empourpré, la sueur lui coulant du front. Je sentis une odeur d'essence. Il avait noyé le carburateur.

Il faisait froid et les rayons du soleil qui filtraient à travers les nuages rebondissaient sur les chromes de la moto. Il s'arrêta pour reprendre son souffle, enleva sa veste, qu'il jeta sur le siège derrière lui, puis secoua sa main blessée. C'était un petit type frêle et efflanqué. Il laissa échapper un grognement d'exaspération, où on percevait aussi l'humiliation provoquée par la résistance du moteur. Sa frustration devenait dangereuse.

« On va la pousser. Vous avez noyé le carburateur et on ne pourra plus la redémarrer que comme ça maintenant, dit Shiva.

— Une fois arrivé en bas de la colline, vous n'avez qu'à passer en première, poursuivis-je. Elle démarrera tout de suite. »

Il regarda par-dessus son épaule, surpris, comme s'il ignorait que nous savions parler, sa langue maternelle qui plus est.

« C'est comme ça qu'il la démarrait ? »

Il ne la noyait jamais, avais-je envie de dire.

« Chaque fois, répondis-je. Particulièrement quand ça faisait un moment qu'il ne l'avait pas utilisée. »

Il fronça les sourcils. « OK, aidez-moi à la pousser. » Il fourra plus profondément son arme derrière la boucle de sa ceinture. Il glissa la veste qu'il avait jetée sur le siège sous ses fesses.

Passée notre allée, la route gravillonnée menant aux urgences commençait à plat puis descendait, disparaissant derrière une bosse au-delà de laquelle on voyait les basses branches des arbres marquant la limite du mur d'enceinte. Ce n'est qu'à mi-chemin qu'on s'apercevait que la route tournait brusquement, bien avant la bosse, pour se diriger vers le carrefour qui menait aux urgences. « Poussez ! ordonna-t-il. Poussez, espèces de bâtards ! »

Ce que nous fîmes. Il nous aida en se penchant en avant et en avançant avec les pieds. Et voilà qu'il roulait, se léchant les lèvres, tout heureux. Puis la moto se mit à zigzaguer, le guidon faisant des embardées.

« Roulez droit ! » criai-je. Shiva/Marion poussait à l'unisson : un trot à trois jambes qui se mua bientôt en un sprint à quatre jambes.

« Pas de problème ! répondit-il, posant les pieds sur les pédales. Poussez !

— Mettez les gaz ! Ouvrez la valve ! cria Shiva.

— Quoi ? Oh, oui », dit-il, lâchant le guidon d'une main pour chercher le robinet sous le réservoir, tandis que filaient de précieuses secondes.

— De l'autre côté ! » criai-je.

Il changea de main. Il ne le trouverait jamais, ce qui n'avait pas d'importance, du fait qu'il y avait assez d'essence dans le carburateur pour faire au moins un kilomètre.

La moto avait pris de la vitesse, ses ressorts couinaient et ses garde-boue bringuebalaient ; son poids, conjugué à nos efforts, l'entraînait dans la pente. Le soldat avait quitté la route des yeux pour chercher le robinet. Lorsqu'il les releva, Shiva/Marion courait aussi vite qu'il pouvait, cherchant à profiter au maximum de la vitesse acquise par l'engin. Je voyais la main aux jointures blanches serrée sur la poignée des gaz, tandis que la gauche hésitait à poursuivre sa recherche ou à reprendre le guidon.

« Passez la première, vite ! criai-je, imprimant à la moto une dernière poussée désespérée.

— Pleins gaz ! » hurla Shiva.

Il fut lent à réagir, commençant à tourner à fond la poignée, puis il baissa les yeux pour appuyer sur la pédale des vitesses. Pendant l'instant où, passant en première, la moto se grippa et la roue arrière se bloqua, mon cœur s'arrêta de battre : nous avions échoué...

Et juste comme cette pensée me traversait l'esprit, la machine hoqueta et se mit à rugir, s'emballant comme si elle disait : *Je prends les choses en main, les gars.* Elle bondit en avant, la roue arrière nous crachant du gravier au visage, manquant de désarçonner son cavalier… qui s'accrocha alors désespérément, tournant à fond la manette au lieu de la lâcher.

Nous entendîmes un ululement et le vîmes foncer. Il n'avait que quelques mètres et quelques secondes pour négocier le virage avant la bosse. C'est un axiome de la conduite qu'il faut toujours regarder dans la direction où on veut aller et jamais ce qu'on essaie d'éviter. Son regard, j'en étais certain, était rivé sur le précipice qui s'approchait. La BMW poursuivit son chemin en rugissant, continuant d'accélérer. Je me précipitai sur sa trace.

La roue avant heurta le trottoir en béton et s'arrêta. La roue arrière vola dans l'air. Si elle n'avait pas été si lourde, la moto eût fait un saut périlleux. Mais ce fut le conducteur qui passa par-dessus le guidon, et son ululement se mua en un hurlement. Il décrivit un arc de cercle au-dessus de la bosse avant de retomber, sa chute arrêtée par le tronc d'un arbre. J'entendis un grand bruit sourd, un grognement involontaire provoqué par l'air chassé de ses poumons. Son cou se brisa tandis que son visage s'écrasait sur l'arbre. Il heurta le sol avant de rouler encore sur quelques mètres.

La BMW, après s'être tenue sur le nez, retomba à terre et sur le côté. Le moteur cala mais la roue arrière continua de tourner. Je n'avais jamais entendu un tel silence.

Je me précipitai. J'arrivai le premier. C'était ce que j'avais voulu, mais maintenant je le regrettais. Curieusement, il était conscient, étendu sur le dos, clignant des yeux, étourdi, le sang lui coulant dans les yeux, des narines et de la bouche. Il n'avait plus rien du soldat. Son expression était celle d'un enfant qui avait manqué son coup.

Son pied était tordu sous lui d'une manière qui me donna envie de vomir. Il gémissait, se tenant le ventre. Son visage était une bouillie sanglante. C'était un spectacle grotesque.

Ni son visage ni son pied ne semblaient le préoccuper autant que son ventre. « S'il vous plaît », dit-il. Il avait le souffle court et ses doigts s'agitaient sur sa ceinture.

Ses yeux me trouvèrent.

« S'il vous plaît. Enlevez-le. »

Pendant un instant j'oubliai ce qu'il avait fait à Zemui ou à Rosina et Genet, ou ce qu'il aurait fait à Ghosh. Je ne voyais plus que sa souffrance et je ressentais de la pitié.

En levant les yeux je vis Rosina, les lèvres enflées et fendues, une dent de devant en moins.

« S'il vous plaît… dit-il de nouveau, se tenant la poitrine. Enlevez ça. Pour l'amour de saint Gabriel, enlevez ça.

— Je suis désolé », dis-je.

Il ne cessait de se fouiller désespérément le ventre et alors je vis pourquoi. Il avait la crosse du pistolet enfoncée dans le corps – elle disparaissait presque sous ses côtes du côté gauche.

« Attention ! cria Rosina. Il essaie de sortir son arme. »

Je voulus répondre : « Non, la crosse lui a enfoncé les côtes. » En revanche je m'entendis lui dire : « Attendez. Je vais le sortir ! » Je refermai les mains autour de la crosse et tirai de toutes mes forces. Il hurla. L'arme ne bougeait pas. Je changeai de prise.

Je sentis comme un coup de sabot dans la main avant d'entendre le coup de feu.

Puis l'arme me glissa dans la main, comme si elle n'avait jamais été coincée là mais simplement posée sur son nombril.

Je sentis une odeur de tissu brûlé et de poudre. Je vis un trou rouge dans son ventre. Je vis la vie quitter ses yeux aussi facilement que quelques gouttes de rosée tombent d'un pétale de rose.

Je pris son pouls. C'était une variété que Ghosh ne m'avait pas montrée : l'absence de pouls.

Rosina envoya Genet chercher Gebrew.

Il arriva en courant. Il n'avait pas entendu le coup de feu. La maison était suffisamment éloignée et le bruit avait été si assourdi par le ventre du malheureux que le son n'avait pas porté.

« Vite. Quelqu'un pourrait venir à sa recherche, dit Rosina. Mais d'abord il faut enlever la moto. » À nous cinq nous la remîmes sur ses roues et parvînmes à la pousser jusqu'à la cabane à outils, juste après le tournant au bas de notre allée. Le réservoir était juste légèrement enfoncé. Nous la cachâmes sous les fagots, les piles de bibles, le chevalet et les autres vieilleries qui se trouvaient là.

En silence, nous retournâmes au cadavre. Gebrew et Shiva allèrent chercher la brouette et, avec l'aide de Rosina et de Genet, le déposèrent dans sa cavité rouillée. Appuyé à un arbre, je les regardai faire. Dans cette brouette, le soldat avait une de ces postures artificielles que seuls les morts parviennent à assumer. Conduits par Rosina, nous suivîmes le chemin qui longeait le mur de Missing jusqu'à la Terre à Noyade. L'ancienne fosse septique se trouvait là, profondément enfoncée dans le sol ; pendant des années elle avait débordé, avant d'être abandonnée. Avec l'aide du béton de l'USAID, de l'argent de la fondation Rockefeller et d'un entrepreneur grec prénommé Achille, une nouvelle fosse avait été construite. Mais les émanations de l'ancienne cuve avaient digéré le sol : une couche duveteuse de mousse trompait l'œil, car tout ce qui était plus lourd qu'un caillou coulait là inévitablement. L'odeur, constante, tenait le passant à distance. L'infirmière en chef l'avait fait entourer d'une clôture de fil de fer barbelé puis y avait fait planter une pancarte portant l'inscription

« TERRE À NOYADE », qui était la traduction en amharique la plus fidèle de « sables mouvants ».

L'odeur était puissante. Après avoir couché un poteau pour laisser passer la brouette, Rosina et Gebrew la poussèrent aussi loin qu'ils osèrent. Je fixais Shiva d'un œil noir. Il contemplait la scène, impassible. On aurait dit qu'il regardait des petits cireurs de chaussures – tout le contraire de ce que je ressentais. Ils allaient faire tomber le corps quand je m'écriai : « Non ! » Je saisis la main de Rosina, la forçant à reposer la brouette. Je tremblais et pleurais. « On ne peut pas faire ça. C'est mal. Rosina… Oh mon Dieu, qu'est-ce que j'ai fait… »

Rosina me donna une grande gifle. Shiva posa la main sur mon épaule, plus pour me retenir que pour me réconforter, me sembla-t-il. Rosina et Gebrew se saisirent à nouveau des bras de la brouette et firent glisser le corps.

Le sol mousseux ploya comme un matelas. Le visage de ce cadavre n'appartenait plus à l'homme qui nous avait terrorisés, c'était un visage pathétique, un visage humain, pas celui d'un monstre.

Quand le corps finit par disparaître, Rosina cracha dans sa direction. Elle se tourna vers moi, le visage déformé par la colère et la soif de sang. « Qu'est-ce que tu as ? Tu ne sais pas qu'il nous aurait tous tués rien que pour le plaisir ? S'il ne l'a pas fait c'est qu'il avait encore plus envie de voler la moto de Zemui. Tu ne peux être que fier de ce que tu as fait. »

Nous reprîmes en silence le chemin de la maison. Une fois dans la cuisine, Rosina se tourna vers nous, les mains sur les hanches. « Il n'y a que nous qui savons ce qui s'est passé, dit-elle. Personne d'autre ne doit savoir. Ni Hema. Ni Ghosh. Ni la Mère. Personne. Shiva, tu comprends ? Genet ? Gebrew ? »

Elle se tourna vers moi. « Et toi ? Marion ? »

Je regardai ma gouvernante. Avec son visage ensanglanté et sa dent en moins, je ne la reconnaissais plus. Je me préparai à mon tour à recevoir une admonestation. Mais elle vint me prendre dans ses bras. Je sentis son haleine brûlante dans mon oreille quand elle prononça ces mots : « Tu es si courageux. » C'était là ma consolation : tout allait bien entre Rosina et moi. Genet vint passer les bras autour de mes épaules.

Si me sentir stupide, anesthésié, incapable de voir plus loin que le bout de mes doigts tout rouges, mon cœur cognant et saignant pour la fille qui m'étreignait… si tout cela voulait dire être courageux – alors je suppose que j'étais courageux.

Chapitre 27

La réponse de la médecine

La pendaison semblait être le sort de quiconque avait été proche du général Mebratu. Ghosh avait jusqu'à présent été épargné par sa nationalité indienne, ainsi que par les prières de sa famille et de ses innombrables amis. Son emprisonnement fit plus que de faire basculer tout ce qui constituait mon univers : il fit disparaître tout ce que la vie avait signifié pour moi jusqu'à présent.

C'est pendant cette période désespérée que je me mis à penser à Thomas Stone. Avant le coup d'État je passais des mois entiers sans penser à lui. Comme je ne possédais pas de photo de lui et que j'ignorais qu'il avait écrit un manuel célèbre (j'appris plus tard qu'Hema avait donné ou fait disparaître tous les exemplaires disponibles à Missing), Thomas Stone était pour moi irréel, un fantôme, une idée… Il me semblait impossible que j'aie eu pour père un homme qui avait la peau aussi blanche que l'infirmière en chef. Une mère indienne était plus facile à imaginer.

Mais maintenant que le temps s'était arrêté, cet homme dont je ne pouvais me représenter le visage occupait mon esprit. J'étais son fils. C'est alors que je me sentis dans la plus grande détresse. Quand le soldat était venu voler la moto et aurait pu nous tuer, où était Stone ? Quand j'avais assassiné l'intrus – je continuais à penser ainsi – où était Stone ? Quand son masque mortuaire apparaissait derrière mes paupières la nuit, ou quand des mains glacées sortaient de l'ombre pour me saisir, où était Stone ? Par-dessus tout, alors qu'il fallait que je fasse sortir de prison le seul père que j'avais jamais eu, où était Stone ?

Dans ces jours terribles – cela faisait déjà deux semaines que tout avait commencé –, alors que nous allions et venions de la maison à la prison, à l'ambassade d'Inde, au ministère des Affaires étrangères, j'étais convaincu que si j'avais été un meilleur fils pour Ghosh, si j'avais été digne de lui, j'aurais pu lui épargner sa torture actuelle.

Peut-être n'était-il pas trop tard.

Je pouvais changer. Mais quelle forme devait prendre ce changement ?

J'attendais un signe.

Il arriva par une matinée venteuse où les nouvelles nous parvinrent de pendaisons récentes dans le Merkato. Je me dirigeai en hâte vers la porte principale, sans raison particulière : où que je fusse, j'étais prêt à être ailleurs. Sur mon chemin, une odeur mystérieuse et fruitée atteignit mes narines. Au même moment, une Citroën verte, flottant sur ses amortisseurs, ses roues arrière dissimulées par des pare-chocs ressemblant à des jupes, s'arrêta sous le portique des urgences. Deux jeunes hommes sortirent un gros monsieur affalé sur la banquette arrière et immédiatement l'odeur devint plus forte. Il avait le teint café au lait et les traits épais des membres de la famille royale, comme s'il avait été élevé à la crème et aux scones au lieu de l'*injera* et du *wot*. Il me paraissait dormir. Sa respiration était profonde, bruyante et chuintante, comme celle d'une locomotive essoufflée. À chaque exhalaison, il émanait de lui cette odeur douceâtre qui avait même une couleur : elle était rouge.

Je savais que j'avais déjà rencontré cette odeur. Où ? Quand ? Tandis qu'on l'emportait, je restai là à tâcher de résoudre cette énigme. tout en prenant conscience que j'étais là dans le genre de réflexion, d'étude du monde, que j'admirais tant chez Ghosh. Je me rappelai comment il avait mené cette expérience de colin-maillard pour valider ma capacité à trouver Genet à l'odeur.

Plus tard le Dr Bachelli m'apprit que cet homme était tombé dans un coma diabétique – dont l'odeur fruitée était caractéristique. Je me rendis au bureau de Ghosh – son ancien bungalow – et cherchai dans ses manuels ce qui avait trait aux cétones qui apparaissaient dans le sang, causant ainsi cette odeur. Ce qui m'amena à lire ce qui concernait l'insuline. Puis le pancréas, le diabète… Une chose en entraînait une autre. Ce fut peut-être la seule fois pendant ces deux semaines depuis que Ghosh était en prison que je fus capable de penser à autre chose. Je m'attendais à ce que les gros bouquins de Ghosh fussent illisibles, mais je découvris que les briques et le mortier de la médecine (contrairement, par exemple, à l'ingénierie) étaient les mots. On n'avait pas besoin d'autre chose que des mots enfilés les uns après les autres pour décrire une structure, pour expliquer comment elle fonctionnait, et pour expliquer ce qui n'allait pas. Les mots ne m'étaient pas familiers, mais je pouvais les chercher dans le dictionnaire médical et les noter pour les utiliser par la suite.

À peine deux jours plus tard, je rencontrai de nouveau cette odeur à la porte de Missing. Cette fois-ci, sa source était une vieille femme allongée sur le banc d'une charrette. Elle soupirait et respirait de la même manière, et même la forte odeur du cheval ne pouvait cacher cette exhalaison fruitée. « Acidose diabétique », dis-je à Adam, qui répondit que c'était possible. Les examens de sang et d'urine confirmèrent que j'avais raison.

La vie se poursuivit à Missing. Que nous ayons un ou quatre médecins, les patients continuaient d'arriver. Les actes simples – traiter les déshydratations d'enfants, les fièvres, les accouchements normaux – étaient affaire de routine. Mais pas question de pratiquer des opérations. Quand je ne traînais pas aux urgences avec Adam, j'allais me cacher dans l'ancien bungalow de Ghosh pour feuilleter des manuels. Le temps ne passait pas plus vite, pas plus que ne diminuait la crainte que j'éprouvais pour Ghosh, mais du moins avais-je l'impression d'avoir trouvé l'équivalent du dessin ou de la danse pour Shiva, une passion qui tenait les idées dérangeantes à l'écart. Mes intérêts me paraissaient plus sérieux que ceux de Shiva : j'avais découvert une ancestrale alchimie qui pourrait ouvrir les portes de la prison de Kerchele.

C'est durant cette terrible période où Ghosh était en prison, où Almaz faisait le guet à l'extérieur et où l'empereur se méfiait tellement de tous que Lulu devait renifler chaque bouchée de la nourriture de Sa Majesté, que s'éveilla mon cerveau olfactif, l'intelligence animale. Il avait toujours su reconnaître les odeurs et leurs variétés, mais dorénavant il était capable de mettre des étiquettes sur ce qu'il enregistrait. L'odeur de moisi d'ammoniac de l'insuffisance hépato-cellulaire allait avec des yeux jaunes et la saison des pluies. L'odeur de pain fraîchement cuit de la fièvre typhoïde avait cours toute l'année, accompagnée d'yeux inquiets d'un blanc de porcelaine. L'haleine fétide de l'abcès au poumon, l'odeur de raisin des Pseudomonas des brûlures infectées, la puanteur de vieille urine de l'insuffisance rénale aiguë, l'odeur de petite bière de la scrofule… la liste était très longue.

Un soir après le dîner, l'infirmière en chef sommeillait sur le canapé tandis que Shiva dessinait fiévreusement à la table. Hema, qui faisait les cent pas, s'arrêta près de mon fauteuil. C'était l'endroit préféré de Ghosh. J'avais les pieds posés sur un tabouret et des piles de livres à côté de moi. Je pense qu'elle comprenait que je gardais son espace. Par-dessus mon épaule, elle vit son manuel de gynécologie que j'avais ouvert, par le plus grand des hasards, sur une illustration d'une vulve déformée par un kyste géant de Bartholin. Je ne tentai pas de cacher ce que j'étais en train de regarder. Je sentis qu'Hema cherchait à trouver la réaction appropriée. Elle posa la main sur mes cheveux puis la fit glisser jusqu'à mon oreille, et je crus qu'elle allait pincer mon pavillon (j'avais appris que c'était ainsi qu'on appelait sa partie charnue). Je sentis son indécision. Elle caressa mon pavillon et me pressa l'épaule.

Quand elle s'éloigna, je sentis le poids du non-dit. Je voulais lui crier : « Ma ! Tu te trompes. » Mais comme elle gardait toujours ses pensées pour elle-même, j'apprenais à en faire autant. C'était cela, grandir : cache le cadavre, ne dévoile pas ton cœur, efforce-toi de percer les motivations d'autrui. Ils agissent exactement de même à ton égard.

J'étais sûr qu'Hema pensait que c'était un intérêt lascif pour l'anatomie féminine qui m'avait mené à cette page. Et tel était peut-être finalement le cas, mais il y avait aussi autre chose. M'aurait-elle cru si je lui avais dit que ces vieux livres moisis avec leurs dessins à l'encre et au crayon, leurs photographies granuleuses de parties du corps déformées et rendues grotesques par la maladie, contenaient pour moi une promesse particulière ? L'*Obstrétique* de Kelly et la *Génycologie* de Jeffcoate, et *L'Index du diagnostique différentiel* de French étaient (du moins dans mon esprit enfantin) des cartes de Missing, des guides pour parcourir le territoire où j'étais né. Où, sinon dans de tels livres ou dans la médecine, aurais-je pu trouver les clés pour comprendre notre destin monstrueux de matricides et de patrifuges ? Où aurais-je pu comprendre le besoin que j'avais eu (était-il homicide ? Cette question me tenait éveillé la nuit) de me débarrasser du soldat, suivi de celui de le tenir caché et de le confesser ? Peut-être la grande littérature contenait-elle des réponses. Mais j'avais découvert dans l'absence de Ghosh, dans les profondeurs de mon chagrin, que la réponse, toutes les réponses, l'explication du bien et du mal, se trouvaient dans la médecine. Je le croyais. J'étais persuadé que cette croyance était une condition de la libération de Ghosh.

La troisième semaine de l'incarcération de Ghosh, j'allai à la porte juste comme l'heure sonnait à Saint-Gabriel, signe pour Gebrew de laisser entrer les patients. La petite porte destinée aux piétons ne laissait passer qu'une personne à la fois. La vue de Gebrew dans son habit de prêtre empêchait le chaos et la bousculade.

« Tenez-vous correctement, pour l'amour de Dieu », dit Gebrew à deux hommes qui se poussaient mutuellement en passant le cadre de la porte tels des coureurs de cent mètres haie. Puis vint une femme qui l'enjamba avec précaution, comme si elle passait d'un bateau à quai. L'ordre régnait de nouveau : les patients faisaient la queue afin de pouvoir picorer dans le vide, telles des poules, les quatre points de la croix que Gebrew tenait à la main – une fois pour le Christ crucifié, une pour Marie, une autre pour tous les archanges et les saints, puis une dernière pour les quatre Vivants de l'Apocalypse – attendant ensuite que Gebrew leur en touche le front. Si les visiteurs craignaient la maladie et la mort, leur crainte de la damnation était encore plus grande.

Je regardai ces visages dont chacun constituait une énigme et dont aucun n'était semblable à l'autre. J'espérais que le suivant serait celui de Ghosh.

J'imaginais le jour où mon « vrai » père – Thomas Stone – passerait la porte. Je me voyais là. Je serais alors médecin, peut-être en vert, faisant une pause entre deux interventions, ou en blouse blanche avec une chemise et une cravate. Bien que n'ayant aucune photographie ni aucun souvenir de Stone, je le reconnaîtrais immédiatement.

Je savais ce que je lui dirais : *Vous arrivez bien trop tard. Nous avons fait nos vies sans vous.*

Chapitre 28

Le bon docteur

Il ne faisait pas encore jour lorsque je m'éveillai. Je courus à toutes jambes jusqu'à la pièce de l'autoclave. Voici la pensée qui m'avait éveillé : Et si sœur Marie Joseph Praise pouvait intercéder pour faire libérer Ghosh ? Mon « père » ne viendrait jamais, mais si ma mère naturelle attendait qu'on la prie ? J'espérai qu'elle ne m'en voudrait pas de ma longue absence auprès de sa chaise.

Assis, levant les yeux sur l'*Extase de sainte Thérèse* dont je ne voyais que quelques vagues contours du fait que je n'avais pas allumé la lumière, j'avais l'impression d'être dans un confessionnal, mais sans désir de me confesser. Je demeurai silencieux pendant une dizaine de minutes.

« Tu sais que très longtemps j'ai cru que les bébés venaient par deux », dis-je. Je faisais la conversation. Je ne voulais pas en venir à Ghosh ou au service que je lui demandais. « Les chiots de Koochooloo venaient par quatre ou six. À la ferme de Mulu nous avons vu une truie qui avait eu deux fois plus de porcelets.

« Nous sommes jumeaux identiques, mais en vérité nous ne sommes pas exactement identiques. Non, pas de la façon dont un billet de birr est identique à un autre en tout sauf son numéro de série. En fait, Shiva est mon reflet.

« Je suis droitier et il est gaucher. Le tourbillon au sommet de mon crâne est orienté à gauche. Celui de Shiva, à droite. »

Ma main monta à mon nez, encore une chose que je ne lui disais pas. Un mois avant le coup d'État, je m'étais battu avec Walid, qui se moquait de mon prénom (une cible facile). J'avais reçu une *testa* qui m'avait fait tomber. Certains prétendent que la *testa*, ou coup de tête, est un ancien art martial éthiopien, mais si tel est le cas, il n'y a pas de dojos ni de ceintures, rien qu'un grand nombre de nez cassés… La seule parade possible consiste à… baisser la tête ! Walid avait utilisé sa *testa* alors que je ne m'y attendais pas.

À mon grand étonnement, Shiva était venu à mon secours. S'il était extrêmement sensible à la douleur des animaux et des femmes enceintes, il ignorait celle des êtres humains, particulièrement quand il en était la cause. je l'avais regardé avec surprise défier Walid. La réponse de ce dernier avait été une nouvelle *testa*. Les os de leurs fronts s'étaient heurtés avec un bruit terrible. Quand je m'étais décidé à regarder, j'avais vu Shiva qui se tenait là comme si de rien n'était. Les plus petits étaient accourus tels des vautours attirés par la charogne, la chute d'une brute étant toujours une grande nouvelle. Walid était étendu sur le dos. Il s'était relevé et avait de nouveau tenté sa chance. Le bruit sourd de leurs deux têtes m'avait fait craindre le pire pour Shiva. Mais il avait à peine cillé, tandis que Walid, une grande plaie au crâne, avait perdu connaissance. Depuis lors il s'était fait très discret.

Ce soir-là, Shiva m'avait laissé examiner sa tête ; contrairement à moi, son vertex était légèrement bombé et ses os frontaux très épais et durs comme de l'acier. Ma topographie était différente. J'avais demandé à Ghosh comment cela était possible, et il avait avancé que les instruments qui avaient été appliqués sur le crâne de Shiva pouvaient être cause de cette guérison « exubérante ». Mais cela pouvait aussi être dû au fait que nous étions *conjoints*. Je n'avais pas osé demander ce que cela signifiait exactement.

Il y avait dans un folio de la bibliothèque du British Council des gravures représentant Chang et Eng de Siam, les célèbres frères siamois. Quelques pages plus loin il y avait un portrait de l'Indien Laloo, monstre qui s'était produit dans tous les cirques du monde : il était vêtu d'un pagne et on pouvait voir deux fesses et une paire de jambes sortir de sa poitrine. Le « jumeau parasite émergeant de sa poitrine » ne me semblait pas tant « émerger » de Laloo que plutôt rentrer en lui.

Quand j'avais pu détourner mes yeux des illustrations, chaque mot du texte avait été pour moi une révélation. J'avais appris que quand deux embryons se développaient en même temps dans la mère, le résultat était des jumeaux « fraternels » – ils ne se ressemblaient pas et pouvaient être de sexe opposé. Mais si un unique embryon se séparait au début de son développement en deux moitiés, il produisait des jumeaux identiques, comme moi et Shiva. Mais quand la séparation de l'ovule fertilisé en deux moitiés était incomplète, les deux moitiés demeuraient collées, ce qui donnait des jumeaux « conjoints », comme Chang et Eng, ou encore deux parties inégales, comme Laloo et son jumeau parasite.

« Savais-tu que Shiva et moi étions *craniopagus* ? Joints par la tête ? demandai-je à sœur Mary Joseph Praise. Il a fallu couper le lien à la naissance. Il saignait. »

J'observai un long silence, espérant qu'elle comprenait que c'était par respect. Il était égoïste de ma part de parler de nos naissances alors qu'elles coïncidaient avec sa mort. Il y eut un nouveau silence, plein de gêne.

« Est-ce que tu pourrais faire sortir Ghosh de prison, s'il te plaît ? »

Voilà, je l'avais dit.

J'attendis une réponse. Dans le silence qui suivit, je sentis la culpabilité et la honte me submerger. Je ne lui avais pas dit que j'avais arraché et emporté la page concernant Laloo. Je ne lui avais pas dit que j'avais tué le soldat et que je craignais d'en être terriblement puni un jour.

Il y avait encore autre chose que j'avais caché, quelque chose que je n'avais compris qu'après avoir vu les portraits de Chen et Eng, et de Laloo : le tube de chair entre Shiva et moi avait été coupé et avait disparu depuis longtemps… mais il n'avait pas réellement disparu, en fait, il continuait à nous relier. Cette image de Laloo était la représentation de ce que je pensais : il y avait des parties de moi qui étaient encore collées à Shiva, et des parties de Shiva qui vivaient encore en moi. J'étais relié à Shiva pour le meilleur et pour le pire. Le tube était encore là.

Qu'en serait-il si Shiva/Marion avait deux têtes collées l'une à l'autre, ou – imaginez cela – un seul tronc à deux cous ? Aurais-je voulu faire mon chemin – notre chemin – dans le monde de cette manière ? Ou aurais-je voulu que les médecins essaient de nous séparer à tout prix ?

Mais personne ne nous avait donné ce choix. Ils nous avaient séparés, ils avaient coupé la tige qui nous unissait. Qui pouvait dire que le fait que Shiva soit si différent, qu'il ait possédé un monde circonscrit et autonome qui ne demandait rien à personne, ne venait pas de cette séparation ? Et qui pouvait dire que mon agitation et mon sentiment d'incomplétude n'avaient pas cette séparation pour origine ? Quoi qu'il en soit, nous étions quand même un, unis l'un à l'autre, que cela nous plût ou pas.

Je quittai brusquement la pièce de l'autoclave, sans même un au revoir. Comment pouvais attendre de la sœur qu'elle m'aide alors je lui cachais tant de choses ?

Je ne méritais pas son intercession.

Je fus étonné quand, une heure plus tard, elle se produisit.

Elle prit la forme d'un mot sibyllin écrit sur une feuille d'ordonnance de l'hôpital russe. Elle parvint à Gebrew par l'intermédiaire de Teshome, son homologue aux portes de l'hôpital russe. Teshome dit qu'il la tenait d'un médecin russe qui lui avait fait jurer de ne pas révéler son identité. D'un côté, le médecin avait griffonné : *Ghosh va bien. Absolument aucun danger.* De l'autre, Ghosh avait tracé ces mots : *Les garçons, BANDEZ À FOND VOTRE COURAGE ! Remerciez Almaz et pas besoin d'attendre. Ma mère, s'il vous plaît, ne faites plus intercéder en ma faveur. Espère que la ravissante mariée renouvellera le contrat annuel. xxx Ghosh.*

Je retournai à la pièce de l'autoclave. Je me tins derrière la chaise tel un pénitent et remerciai sœur Mary Joseph Praise. Je lui dis tout, sans rien dissimuler. Je lui demandai de me pardonner… et de continuer à œuvrer pour la libération de Ghosh.

La force et la détermination dont Almaz avait fait preuve au cours de ces veillées nocturnes aux portes de la prison de Kerchele me la firent considérer d'un nouvel œil. Elle compensait par le caractère et la loyauté ce qui lui manquait d'éducation.

En revanche, j'avais perdu tout respect pour l'empereur. Même Almaz, fervente royaliste, voyait sa foi vaciller.

Personne ne croyait à l'implication de Ghosh dans le coup d'État. Le problème venait de ce que – dans son cas comme dans celui des centaines d'autres qui avaient été arrêtés – c'était Sa Majesté Hailé Sélassié qui prenait toutes les décisions. Sa Majesté refusait de déléguer et Sa Majesté ne se pressait pas.

Tous les après-midi nous allions à Kerchele porter l'unique repas que nous avions le droit d'apporter et récupérer le panier contenant le précédent. Les parents des autres détenus étaient devenus une famille pour nous. C'était également le meilleur endroit pour glaner les informations et les rumeurs plausibles. Nous apprîmes que l'empereur faisait une promenade matinale dans les jardins du palais, durant laquelle le ministère de la Sécurité, le ministre d'État, et le ministre de la Plume venaient le voir l'un après l'autre. Ils marchaient trois pas derrière lui et lui rapportaient les rumeurs et les événements des dernières vingt-quatre heures. Chacun craignait que son prédécesseur ne lui ait tendu un piège en mentionnant quelque chose qu'il omettrait de rapporter. Lulu, royal devin, pissait sur les chaussures de certaines personnes, sans que l'on sût si c'était ou pas une indication qu'on était soupçonné – c'était le genre de chose qu'on apprenait en étant envoyé à Kerchele.

Le lendemain, tout juste vingt-quatre heures après ma visite à sœur Mary Joseph Praise, nous fûmes autorisés à voir Ghosh.

La cour de la prison, avec sa pelouse et ses arbres gigantesques, ressemblait à une aire de pique-nique. Sous ce dais vert, les détenus avaient des allures d'arbrisseaux sans feuilles.

Je vis Ghosh immédiatement. Shiva et moi nous jetâmes dans ses bras. Je n'avais pas remarqué avant de me serrer contre lui qu'il avait le crâne rasé et que son visage était émacié. Ce que j'avais remarqué, par contre, c'est que j'avais cessé d'avoir mal à la poitrine pour la première fois depuis un mois. L'odeur de ses vêtements, de sa personne, était une odeur grossière et commune qui me causa de la peine, car elle témoignait de sa dégradation. Nous fîmes de la place pour permettre à Hema et à l'infirmière en chef de l'approcher, mais je gardai une main sur lui, craignant qu'il ne disparaisse. Certains hommes gagnent à perdre du poids, mais, sans ses bonnes joues et ses bajoues, Ghosh semblait diminué.

Almaz attendait à l'écart, le visage dissimulé sous le bord de son shama. Ghosh se libéra d'Hema et de l'infirmière en chef pour la rejoindre. Elle fit un profond salut et se pencha pour toucher ses pieds, mais Ghosh l'en empêcha en lui prenant les bras, la releva et lui baisa les mains avant de l'étreindre. Il lui dit qu'il avait été très heureux de la voir lui faire des signes chaque fois qu'il entrait et sortait dans les jeeps couvertes, même s'il savait qu'elle ne le voyait pas. Almaz, dont je n'avais encore jamais vu les dents, sourit d'une oreille à l'autre, tandis que les larmes coulaient sur son visage.

« La seule chose qui m'a fait souffrir, c'est que je m'inquiétais à votre sujet. Voyez-vous, je ne savais pas si Hema n'avait pas été emprisonnée elle aussi. Ni même la Mère. Quand j'ai vu Almaz qui tenait la photo de la famille j'ai compris qu'elle me disait que vous alliez bien. Almaz, tu as apaisé mon cœur. »

Aucun de nous ne savait jusqu'alors qu'Almaz avait emporté avec elle la photo encadrée de la famille et que, chaque fois qu'une voiture entrait ou sortait, elle se levait pour montrer la photo en souriant.

Les minutes passaient et nous pressâmes Ghosh de tout nous raconter. Je ne pense pas qu'il voulait nous inquiéter, mais il était incapable de mentir.

« La première nuit a été la pire. On m'a mis dans cette cage, dit-il en montrant une petite cabane basse qui ressemblait à une remise. C'est très petit, on ne peut pas se tenir debout. C'est là qu'on met les criminels de droit commun, les meurtriers, les vagabonds et les pickpockets. L'endroit est irrespirable : la nuit, ils ferment la porte et on manque d'air. Il y a un type, une brute, qui commande et qui décide de la place où chacun dort. Le seul coin où on peut avoir un peu d'air, c'est près de la porte, et il m'a laissé dormir là, en échange de ma montre. Je crois que je serais mort si j'y avais passé une autre nuit. On est allongé sur le sol dur et glacé, sans draps ni couvertures. Au lever du soleil, j'étais couvert de poux.

« Un commandant est venu du palais avec l'ordre de m'emmener à l'hôpital militaire et de me donner tout ce dont j'aurais besoin pour soigner le général Mebratu. L'empereur n'avait pas très confiance dans les médecins qui le soignaient. Quand ce commandant a vu où j'avais passé la nuit, que j'avais le visage tuméfié et que je boitais, il était furieux. Il m'a emmené à l'hôpital militaire, où j'ai pu me doucher, me débarrasser des poux et me changer.

« On m'a montré les radios du général et on m'a mené à lui. Et sur qui je tombe ? Slava ! Le Dr Yaroslav de l'hôpital russe. Slava tremblait beaucoup et paraissait en mauvais état. Quant à Mebratu, quand il n'était pas inconscient, il dormait profondément. Slava m'a appris que les médecins éthiopiens refusaient d'approcher le général, craignant d'être punis s'il mourait, ou soupçonnés de sympathie s'ils le guérissaient. "Slava, lui ai-je dis, dis-moi qu'il est sous sédatifs et qu'il n'était pas dans cet état la première fois que tu l'as vu." Slava m'a répondu que le général était parfaitement conscient, qu'il parlait et qu'il n'avait pas de faiblesse dans les mains ni dans les jambes quand il était arrivé. "J'étais contre les sédatifs", a-t-il expliqué. Slava était accompagné d'un autre médecin russe, une jeune femme, le Dr Yekaterina. Elle a déclaré qu'il avait besoin de sédatifs. "Il a une blessure à la tête. Il faut l'opérer", a-t-elle déclaré. Je lui ai répondu que les blessures à la tête n'avaient d'importance que parce que la tête contient le cerveau. Je lui ai signalé que cette balle n'était pas près du cerveau. "Comment appelez-vous ça ? a-t-elle dit en me montrant son œil. — Camarade, je lui ai répondu, j'appelle ça son orbite." Elle avait une piètre opinion de moi, et je n'appréciais pas le manque de respect qu'elle témoignait à Slava. Slava est peut-être alcoolique, mais il a été un pionnier en chirurgie orthopédique avant d'être envoyé en Éthiopie. Slava articule derrière son dos : "KGB !" J'appelle alors le médecin-major et je lui dis : "Quelles sont vos instructions concernant mon autorité ?" Il répond : "Vous donner tout ce dont vous avez besoin. Vous êtes le responsable. Ce sont les ordres directs de Sa Majesté. — Bien, je lui réponds, alors ramenez ce médecin à l'hôpital Balcha. Ne la laissez pas revenir. Il me faut du cognac médicinal, des sels... et deux lits dans cette pièce pour moi et Slava." J'ai administré au général Mebratu tous les antibiotiques disponibles et j'ai donné le cognac à Slava, qui a cessé de trembler. Puis Slava et moi nous avons débridé l'œil du général directement à son chevet et nous avons coupé ce qui pendait – c'était tout ce que nous pouvions faire. Le général n'a pas bougé. Je n'avais pas l'intention d'extraire la balle.

« Les deux nuits suivantes, j'ai eu Slava pour compagnon et j'ai dormi dans un lit normal. Il a fallu trois jours pour que les sédatifs communistes cessent de faire leur effet. J'ai demandé à Slava si par hasard on ne lui avait pas administré une dose de cheval... "Non, m'a-t-il répondu, mais il a été administré par une rosse qui s'appelle Yekaterina !"

« Quand le général Mebratu s'est réveillé, à part un léger mal de crâne et une voix nasale, il était en bon état. On ne m'a pas laissé rester et on a renvoyé Slava. C'est alors que je vous ai écrit ce mot. À mon retour en prison, on m'a mis dans une cellule avec de braves types. Ils m'emmenaient une ou deux fois par jour pour refaire les pansements, mais je ne pouvais pas échanger plus de quelques mots avec le général. »

J'avais déjà vu deux rats géants émerger d'une gouttière entre deux bâtiments. Ghosh nous cachait des choses, mais nous lui en cachions nous aussi.

À partir de ce jour, nous pûmes le voir deux fois par semaine. La seule question à présent était de savoir quand il serait libéré.

Un patient important de Ghosh, puis un autre, vinrent chercher certaines choses dont il avait besoin – un stylo, des livres, un document... Ils apportaient une prescription en latin pour une préparation et je les menai au préparateur, Adam.

En son absence, je compris quel genre de médecin était Ghosh. Ces membres de la famille royale, ces ministres ou ces diplomates n'étaient pas sérieusement malades, pas à mes yeux en tout cas. Ils n'avaient pas le pouvoir de faire sortir Ghosh, mais ils avaient le pouvoir d'entrer dans la prison pour le voir. Lui, rien qu'en regardant la couleur de leur conjonctivite ou de leur langue tout en leur prenant le pouls, parvenait à prononcer un diagnostic qui les rassurait. Il était plus que ce qu'on appelle aujourd'hui un « médecin de famille ».

Trois semaines après notre première visite, s'ouvrit le procès du général Mebratu destiné aux observateurs internationaux. Les comptes rendus parurent dans un journal clandestin ainsi que dans quelques journaux étrangers. Le général Mebratu, dont l'attitude fière n'avait rien de celle d'un repenti, refusa de se désavouer. Il fit grande impression sur ceux qui eurent le droit d'assister au procès. À la barre des témoins, il plaida pour la réforme agraire, celle de la Constitution, et pour l'abrogation des lois qui réduisaient les paysans à l'esclavage. Ceux qui s'étaient opposés à Mebratu se demandaient maintenant pourquoi ils l'avaient combattu. Nous entendîmes dire que de jeunes officiers complotaient pour le faire sortir de prison, mais que Mebratu s'y était opposé. La mort de ses soldats pesait sur sa conscience. Il fut condamné à la pendaison. Ses dernières paroles au procès furent : « Je vais aller dire aux autres que les graines que nous avons semées ont pris racine. »

Le soir du quarante-neuvième jour de la captivité de Ghosh, un taxi remonta notre allée et fit le tour de la maison. J'entendis Almaz crier et tâchai d'imaginer à quelle nouvelle calamité nous étions confrontés.

Notre Ghosh était là, qui sortait du taxi et regardait notre maison comme s'il ne l'avait jamais vue. Gebrew, qui était monté sur le marchepied, sauta à terre, applaudissant de joie, bondissant sur place. Genet et Rosina sortirent de leur chambre. Nous fîmes la ronde autour de Ghosh. L'air était plein de cris et des *lulululu* d'Almaz. Koochooloo aboyait et hurlait en remuant la queue, imitée à distance par les deux chiens anonymes.

Il était minuit quand nous nous couchâmes tous les quatre dans le même lit. C'était loin d'être confortable, et cependant jamais je ne dormis aussi bien. Me réveillant en pleine nuit, j'entendis le puissant ronflement de Ghosh : le son le plus rassurant sur terre.

Nous nous levâmes de bonne heure, toujours aussi joyeux. Au même moment, sans que nous le sachions, le général Mebratu, vétéran de Corée et du Congo, ancien élève de Sandhurst et de Fort Leavenworth, était mené à la mort.

Il fut pendu sur une place du Merkato, peut-être parce que c'était au Merkato que la manifestation des étudiants et le coup d'État avaient trouvé les encouragements les plus enthousiastes. Nous apprîmes plus tard que le bourreau était l'aide de camp de l'empereur, un homme que le général Mebratu connaissait depuis des années. On rapporta que le général Mebratu lui avait dit : « Si tu as jamais aimé un soldat, fais attention que le nœud glisse bien. » Une fois qu'il fut en place, et juste comme le camion allait démarrer, le général sauta, se précipitant dans le martyre.

La nouvelle nous parvint en fin de matinée. Ce soir-là, dans les villas, les casernes, et dans les maisons en *chikka*, les jeunes officiers qui étaient sortis de l'école militaire d'Holeta, ou du Harar, ou de l'école de l'Air à Debre Zeit se couchèrent en prévoyant de terminer ce qu'avait commencé le général Mebratu.

Chaque jour sa stature grandit, jusqu'à ce qu'il soit officiellement canonisé. Son portrait apparut sur des tracts, grossièrement dessiné dans le style des anciennes icônes éthiopiennes, abondamment colorié en jaune, vert et rouge. On y voyait un Christ noir flanqué d'un saint Jean-Baptiste noir et de notre général. Tous trois étaient auréolés de jaune, le Jourdain coulant à leurs pieds. La légende disait : *Car c'est de lui qu'a parlé Isaïe le prophète : voix de celui qui crie dans le désert. Préparez le chemin du Seigneur, rendez droits ses sentiers !*

Chapitre 29

LES PANTOUFLES D'ABU KASSEM

Deux jours après l'exécution du général, le personnel de l'hôpital, sous la conduite d'Adam et de W.W. Gonad, organisèrent une fête pour le retour de Ghosh. Ils achetèrent une vache, louèrent une tente et une cuisinière.

Adam égorgea la bête. Un garçon de salle amateur de *gored-gored* (cubes de viande crue trempés dans une sauce au poivre très relevée) découpa dans le flanc de la vache encore debout un énorme steak qui palpitait encore. Puis on suspendit la bête à un arbre, on la découpa, et on porta la viande sur une table dressée à l'extérieur pour l'apprêter.

Quand j'aperçus une jeep de l'armée en train de remonter notre allée, mon sang se glaça. Les cuisiniers s'immobilisèrent en voyant un officier en uniforme entrer dans notre bungalow. Je me dirigeai vers la maison tel un somnambule. J'étais à la porte quand l'officier sortit, accompagné de Ghosh et d'Hema. Shiva était à côté de moi.

« Les garçons, dit Ghosh. La moto, vous savez qui l'a prise ? » Ghosh, ignorant qu'il avait des raisons de s'inquiéter, était tout à fait calme.

Ma première réaction fut de soulagement : ils n'étaient pas venus pour Ghosh ! Puis, quand je réalisai pourquoi l'homme était là, je commençai à paniquer. Tous les cinq nous étions mis d'accord sur ce que nous devions dire. Un soldat était venu avec la clé. Il était parti avec la moto. Nous ne lui avions pas parlé. Nous avions répété l'histoire à Hema le jour où le soldat avait été porté disparu. Préoccupée qu'elle était par l'arrestation de Ghosh, elle n'y avait pas prêté attention.

J'allais parler lorsque je me mis à dévisager l'officier.

C'était l'intrus, le soldat, celui qui était venu prendre la moto.

C'était son visage. Le même front et les mêmes dents, sauf que son corps n'était pas si maigre et dégingandé. Son uniforme impeccable, avec le béret glissé sous l'épaulette, lui donnait l'air professionnel qui avait manqué à l'intrus. Je me sentis passer par toutes les couleurs.

Rosina et Genet apparurent à l'angle de la maison. La nouvelle avait circulé. On s'attroupait autour de nous.

« Un soldat est venu avec une clé et il est parti avec la moto », dit Shiva.

J'acquiesçai.

L'officier sourit. Il se pencha vers moi et dit poliment, en anglais. « Est-ce que tu te rappelles autre chose ? Quelque chose que tu ne me dis pas ? »

Ghosh l'interrompit. « Ah, voici Rosina, fit-il avant d'ajouter en amharique : Rosina, cet officier veut savoir ce qu'est devenue la moto de Zemui. »

Rosina s'inclina profondément. Je me rappelai sa politesse envers le voleur, et le choix de ses mots, qui avaient mis le feu aux poudres. J'espérai qu'elle se montrerait prudente.

« Oui, monsieur. J'étais avec les garçons quand il est arrivé… » Elle se tut et porta l'ourlet de son shama à sa bouche, les yeux écarquillés. « Excusez-moi, monsieur. L'homme… il vous ressemblait beaucoup. Quand j'ai vu votre visage… pardonnez-moi », sur quoi elle s'inclina de nouveau. « Il n'était… il n'était pas poli comme vous. Vêtu… pas comme vous.

— Nous sommes de la même mère, dit l'officier avec un sourire forcé. C'est vrai. Il me ressemble. Que portait-il ?

— Juste une veste d'uniforme. Pas de chemise. Un maillot de corps blanc dessous. Des bottines, un pantalon, dit Rosina.

— Il vous a semblé normal ?

— Il portait son arme là, dit-elle en désignant sa taille, pas dans son…

— Étui ? suggéra le frère.

— Oui. Il avait l'air… les yeux rouges. On aurait dit qu'il était…

— Ivre ? suggéra tout bas le frère. Vous lui avez demandé pourquoi il voulait la moto ?

— Sauf votre respect, monsieur, il était armé. Il avait l'air très en colère. Il avait la clé.

— Qu'est-ce qu'il vous a dit ?

— Il a dit… beaucoup de choses. Il a dit qu'il prenait la moto. Je n'ai rien répondu. » Elle déviait du scénario que nous avions répété, mais cela semblait fonctionner.

« Pourquoi ? Qu'est-ce qui s'est passé ? Qu'est devenue la moto ? » dit Shiva en anglais, le visage impassible. J'étais stupéfié par son sang-froid.

« Eh bien, c'est ce que nous ignorons », répondit l'officier. Son anglais était excellent et son expression s'était radoucie. « Il n'était pas censé prendre la moto. De toute façon l'armée ne lui aurait pas permis de la garder. » Il se tut, comme hésitant à en dire plus. Puis il s'adressa à Ghosh et à Hema : « On ne l'a pas revu depuis qu'il est venu ici. Je suis en poste à Dire Dawa et cela ne fait que deux semaines que j'ai appris qu'il avait déserté. Il a dit à une femme avec laquelle il avait une liaison qu'il allait chercher une moto. » Il se tourna vers Shiva et moi : « Alors, vous l'avez vu partir ?

— Je l'ai entendu », dis-je.

Il hocha la tête. « Docteur, vous permettez que je jette un rapide coup d'œil...

— Je vous en prie », répondit Ghosh.

Je sentis le ciel peser sur moi quand l'officier et son chauffeur firent le tour de la maison et descendirent l'allée. Étions-nous arrivés jusque-là pour nous voir renvoyés en enfer par ce soldat ? Genet me regardait avec colère tandis que Rosina, accroupie, se frottait les dents avec une branchette d'eucalyptus. Les deux hommes allèrent jusqu'à la bosse, puis prirent la direction du carrefour et disparurent. S'ils revenaient en passant par la cabane à outils, nous étions perdus. La moto était bien cachée, mais pas pour une personne déterminée à la trouver.

Après une éternité, ils réapparurent.

« Merci, docteur, dit l'officier en tendant la main à Ghosh. Je crains le pire. Le jour du retour de l'empereur, des soldats ont volé une grosse somme. Mon frère était parmi eux. C'est peut-être une bonne chose qu'il ait disparu. »

Une fois la Jeep partie, Ghosh nous considéra un instant. Il sentait qu'il y avait quelque chose qui clochait mais il ne posa pas de questions. Quand Hema et Ghosh rentrèrent à l'intérieur, j'allai vomir derrière la maison. Genet et Shiva me suivirent. Je les renvoyai d'un geste. Le système gastro-intestinal a son propre cerveau, sa propre conscience.

Sous la tente, les chaises pliantes étaient posées de guingois sur l'herbe épaisse. Bientôt les tables croulèrent sous les carafes de *tej* et les plateaux de nourriture. Mon plat préféré était le *kitfo* (de la viande grossièrement hachée avec du *kibe*, un beurre clarifié et épicé). Nous n'en avions jamais à la maison, mais, depuis que j'étais tout petit, j'en mangeais dans la chambre de Rosina ou la cabane de Gebrew. Aujourd'hui je n'avais pas d'appétit. L'*injera* était disposée sur la table, on aurait dit une pile de serviettes. Les plateaux ne cessaient d'arriver : boulettes, curry de viande, langue et rognons. Tout ce qui paissait à l'ombre des arbres ce matin n'avait pas traîné pour arriver sur la table. Le *gored-gored* était le plat qui avait le plus de succès.

Ghosh était assis dans un fauteuil sous un dais. Un par un, les infirmières, les élèves infirmières et les autres employés de Missing vinrent lui serrer la main et remercier les saints de lui avoir permis de survivre à cette épreuve. Rosina ne sortit pas de chez elle, mais je découvris Genet dans un coin de la tente. Je m'assis à côté d'elle. Vêtue de noir, chipotant avec ce qu'elle avait dans son assiette, elle ressemblait à une austère et distante cousine de la Genet que je connaissais. Elle n'avait presque pas quitté la maison depuis la mort de Zemui. Quand un garçon de salle vint l'embrasser sur la joue, elle ne fit pas attention à lui.

« Quand est-ce que tu retournes à l'école ? lui demandai-je. Quand est-ce que tu reviens manger avec nous ?

— On a tué mon père. Tu as oublié ? Je me fiche de l'école. (Puis elle me cria) Dis-moi la vérité. Tu l'as dit à Ghosh, n'est-ce pas ?

— Pas du tout !

— Mais tu y as pensé, n'est-ce pas ? Dis la vérité ! »

J'étais coincé. Quand j'avais senti les bras de Ghosh autour de moi cette première fois dans la cour de la prison, une confession était montée à mes lèvres. J'avais dû la ravaler.

« Depuis quand est-ce un crime de penser ? Ne me regarde pas comme ça », dis-je.

Elle prit son assiette et alla s'asseoir plus loin. Je voulais qu'elle ait plus confiance en moi (même si j'avais moi-même peu confiance en moi). J'étais triste de n'être plus pour elle le héros qui avait tué l'intrus.

En fin d'après-midi, on défit la tente, et les visiteurs arrivèrent à mesure que se propageait la nouvelle de la libération de Ghosh. Pour Evangeline et Mrs. Reddy, l'occasion était douce-amère car, si Ghosh était de retour, le général Mebratu était parti pour toujours. Evangeline n'arrêtait pas de dire « Si jeune… Si jeune pour n'être plus… » en se tamponnant les yeux, réconfortée par Mrs. Reddy qui attirait sa tête contre son ample poitrine. Elles avaient apporté un immense pot de poulet *biriani* et de la mangue macérée dans du vinaigre, préparation qu'adorait Ghosh. « C'est ta deuxième lune de miel, mon chou », déclara Evangeline à Ghosh, avec un clin d'œil à Hema. Adid, leur vieil ami, arriva avec trois poulets vivants attachés par les pattes qu'il confia à Almaz. Il enleva les plumes collées à la chemise blanche en polyester immaculée qu'il portait sur un ample *ma'awis* à carreaux qui lui descendait jusqu'aux sandales. Sur ses talons arriva Babu, le partenaire de bridge habituel de Mebratu, portant une bouteille de Pinch, l'alcool préféré du général. À la tombée de la nuit, on parla de sortir les cartes en souvenir du bon vieux temps. À chaque seconde, je m'attendais à voir arriver le général Mebratu conduit par Zemui.

On commençait à manquer d'air. J'ouvris les fenêtres des deux côtés. Ghosh alla dans la chambre enlever son chandail, accompagné d'Hema. Je les suivis et demeurai au pas de la porte. Ghosh alla se brosser les dents dans la salle de bains. C'était comme s'il ne se lassait pas de profiter de la nouveauté que représentait pour lui l'eau courante. Hema se regardait dans la psyché de la chambre.

J'entendis Ghosh qui déclarait : « Je me disais… que ça a été une bonne leçon pour nous. Peut-être qu'on devrait partir… avant le prochain coup d'État.

— Quoi ? Retourner en Inde ? répondit Hema.

— Non… Les garçons seraient obligés d'apprendre l'hindi ou le tamil en deuxième langue obligatoire. C'est trop tard. N'oublie pas pourquoi on est partis. »

Ils ignoraient que j'écoutais.

« Il y a beaucoup de professeurs indiens qui sont partis pour la Zambie, dit Hema.

— Ou l'Amérique ? Le pays de Cook ? dit-il en riant.

— L'Iran ? On dit qu'ils ont d'énormes besoins, tout comme ici. Mais eux ont des tonnes d'argent. »

La Zambie ? La Perse ? Plaisantaient-ils ? C'était de mon pays qu'ils parlaient, celui où j'étais né. Certes, il venait de prouver qu'il pouvait sombrer dans la violence et le chaos. Mais c'était quand même mon foyer. Ne serait-il pas pire d'être torturé dans un pays qui n'était pas le sien ?

Ça a été une bonne leçon.

Les paroles de Ghosh m'avaient frappé comme un coup en plein plexus : c'était mon pays, mais je me rendais compte que ce n'était pas celui d'Hema ni de Ghosh. Ils n'étaient pas nés ici. Je m'éclipsai.

Je sortis sur la pelouse. Je me rappelle l'air cette nuit-là, si vif qu'il aurait réveillé un mort. L'odeur d'un feu d'eucalyptus, de l'herbe mouillée, de fumier, du tabac, de l'air des marais, et le parfum de centaines de roses… telle était l'odeur de Missing. Non, c'était celle d'un continent.

Même si je n'avais pas été désiré, si ma naissance avait été un désastre, si j'étais le bâtard d'une religieuse déchue et d'un père en fuite, un garçon qui avait commis un meurtre de sang-froid et menti au frère de l'homme qu'il avait tué, ce sol riche en terreau qui nourrissait les roses de l'infirmière en chef était dans ma chair. Je prononçais Éthyo-pie comme un natif. Ceux qui sont nés dans un autre pays détachent les trois syllabes comme si c'était un nom composé, comme Sharm-el-Sheik, Dar-es-Salaam ou Rio de Janeiro. Les monts Entoto qui disparaissaient dans l'obscurité encadraient mon horizon. Si je partais, ces monts s'enfonceraient dans le sol, ils s'évanouiraient dans le néant. Ils avaient besoin de mon regard sur leurs pentes couvertes d'arbres, tout comme j'avais besoin d'eux pour être sûr d'être en vie. Le dais d'étoiles, cela aussi était mon droit de naissance. Un jardinier céleste semait des graines de *meskel* pour qu'à la fin de la saison des pluies les pâquerettes fleurissent en signe de bienvenue. Même la terre à noyade, les sables mouvants puants derrière Missing, qui avaient avalé un cheval, un chien, un homme et Dieu sait quoi d'autre, étaient miens aussi.

La lumière et l'obscurité.

Le général et l'empereur.

Le bien et le mal.

Toutes les possibilités étaient en moi, et elles exigeaient ma présence ici. Si je partais, que me resterait-il ?

À onze heures, Ghosh s'excusa auprès de ses hôtes et nous accompagna à notre chambre, suivi d'Hema.

Shiva dit : « Nous n'avons pas dormi dans ce lit depuis que tu es parti. »

Ghosh fut touché. Il s'allongea au centre, et nous nous blottîmes de chaque côté de lui. Hema s'assit au pied du lit.

« En prison, on éteignait à huit heures. Nous racontions chacun une histoire. C'était notre divertissement. Je racontais les contes que je vous lisais ici. Un de mes compagnons de cellule, un marchand nommé Tawfiq, nous racontait l'histoire d'Abu Kassem. »

C'était un conte bien connu des enfants dans toute l'Afrique : Abu Kassem, un marchand avare qui vivait à Bagdad, tenait à ses pantoufles éculées même si elles étaient des objets de moquerie. À la fin, même lui ne pouvait plus les voir. Mais chaque fois qu'il essayait de s'en débarrasser, un désastre se produisait : quand il les avait jetées par la fenêtre, elles étaient tombées sur la tête d'une femme enceinte qui avait fait une fausse couche, et Abu Kassem avait été mis en prison ; quand il les avait jetées dans le canal, elles avaient bouché le collecteur et provoqué une inondation, et Abu Kassem s'était retrouvé en prison…

« Un soir, après que Tawfiq eut terminé son histoire, un autre prisonnier, un vieil homme digne et silencieux, déclara : « Abu Kassem aurait mieux fait de construire une pièce spéciale pour ses pantoufles. Pourquoi essayer de les jeter ? Il n'y arrivera jamais. » Le vieil homme se mit à rire, et il sembla content d'avoir parlé. Cette nuit-là, il mourut dans son sommeil.

La nuit suivante, par respect pour lui, nous gardâmes le silence. Pas d'histoire. J'entendais les hommes pleurer dans l'obscurité. C'était toujours le moment le plus difficile pour moi. Ah, les garçons… J'imaginais que vous étiez contre moi, exactement comme ça, et je voyais le visage d'Hema en face de moi.

« La nuit suivante, nous étions impatients d'écouter la suite de l'histoire d'Abu Kassem. Nous avions tous la même interprétation. Le vieux avait raison. Les pantoufles signifiaient que tout ce que vous faites et touchez, toutes les graines que vous semez ou ne semez pas, font partie de votre destin… J'ai rencontré Hema au service des infections de l'hôpital de Madras, en Inde, ce qui m'a mené dans ce continent. Grâce à ça, j'ai reçu le plus beau cadeau de toute ma vie : être un père pour vous deux. À cause de ça, j'ai opéré le général Mebratu, qui est devenu mon ami. Parce qu'il était mon ami, je suis allé en prison. Parce que j'étais médecin, j'ai aidé à le sauver, et ils m'ont libéré. Parce que je l'ai sauvé, ils ont pu le pendre… Vous comprenez ce que je veux dire ? »

Je ne comprenais pas, mais il parlait avec une telle passion je n'allais pas l'arrêter.

« Je n'ai pas connu mon père, et j'ai pensé qu'il ne comptait pas pour moi. Ma sœur a tellement souffert de son absence que ça l'a aigrie, ce qui fait qu'elle n'est jamais satisfaite de rien. » Il soupira. « J'ai compensé son absence en accumulant du savoir, des talents, en recherchant l'approbation d'autrui. Ce que j'ai fini par comprendre à Kerchele, c'est que ni ma sœur ni moi n'avions compris que l'absence de notre père constituait nos pantoufles à nous. Pour commencer à vous débarrasser de vos pantoufles, il faut admettre qu'elles sont à vous, et si vous y arrivez, alors elles débarrasseront le plancher d'elles-mêmes. »

Je ne savais pas que le père de Ghosh était mort quand il était jeune. Il était comme nous, sans père, mais nous au moins, nous l'avions, lui. Peut-être son destin avait-il été pire que le nôtre.

Ghosh soupira. « J'espère qu'un jour vous verrez cela aussi clairement que je l'ai vu à Kerchele. La clé de votre bonheur est de posséder vos pantoufles, de posséder ce que vous êtes, votre propre apparence, votre famille, les talents que vous avez et ceux que vous n'avez pas. Si vous n'arrêtez pas de prétendre que vos pantoufles ne sont pas à vous, alors vous ne cesserez pas de chercher, vous mourrez amers, avec le sentiment que vous n'avez pas eu ce que vous méritiez. Car nos actions autant que nos omissions deviennent notre destin. »

Après le départ de Ghosh, je me demandai si le soldat était ma paire de pantoufles. Dans ce cas, elles étaient déjà revenues une fois en la personne de son frère. Quelle forme prendraient-elles la prochaine fois ?

Juste comme mes pensées m'arrivaient sous forme de séquences irrationnelles en prélude au sommeil, je sentis qu'on soulevait ma moustiquaire. Lorsque je la vis, elle était déjà assise sur ma poitrine, me clouant les bras au matelas.

J'aurais pu m'en libérer. Mais je ne le fis pas. J'aimais son corps sur le mien et la légère odeur de charbon de bois et d'encens qui imprégnait ses vêtements. Peut-être était-elle venue pour se faire pardonner sa grossièreté. Elle avait dû entrer par une des fenêtres ouvertes.

Dans la lumière provenant de l'entrée, je voyais son sourire figé.

« Alors, Marion ? Tu as parlé du voleur à Ghosh ?

— Si tu étais cachée ici, tu connais la réponse. »

Shiva, qui s'était réveillé, nous regarda avant de se retourner et de fermer les yeux.

« Tu as failli le dire à cet officier, son frère.

— Non. J'étais juste surpris…

— Nous pensons que tu l'as dit à Ghosh et Hema.

— Bien sûr que non. Je ne le ferais jamais.

— Pourquoi ?

— Tu sais pourquoi. Si ça se sait, je serai pendu.

— Non, on me pendra moi et ma mère, et tu en seras responsable.

— Je rêve de son visage.

— Moi aussi. Et je le tue toutes les nuits. J'aurais aimé le faire.

— C'était un accident.

— Si je l'avais tué, je n'aurais pas dit que c'était un accident. Si je l'avais tué, nous ne nous ferions pas de souci.

— C'est facile à dire parce que tu ne l'as pas tué.

— Ma mère pense que tu le diras. Nous nous faisons du souci à cause de toi.

— Quoi ? Eh bien, dis à Rosina de ne pas s'en faire.

— Un jour ça va s'ébruiter, et on nous tuera.

— OK, arrête ! Si tu sais que je parlerai, pourquoi me dire tout ça ? Descends maintenant. »

Elle se laissa retomber – son corps se trouva collé au mien. Son visage était au-dessus de moi, et pendant un instant je crus qu'elle allait m'embrasser, ce qui eût été très étrange dans le contexte de notre échange. J'observais ses yeux si proches des miens, le défaut dans l'iris droit, je sentais son souffle sur mon visage, agréable. Je voyais la dangereuse beauté qu'elle allait devenir. Je pensai à la dernière fois où nous nous étions trouvés si près l'un de l'autre. Dans l'office.

Ses pupilles se dilatèrent, ses paupières descendirent sur ses iris.

Je sentis quelque chose de chaud là où ses cuisses étaient sur les miennes, une chaleur qui s'étendait.

Je sentis un liquide qui trempait mon pyjama. L'air sous la moustiquaire s'emplit de l'odeur d'urine. Alors ses yeux devinrent blancs, et elle rejeta la tête en arrière. Elle frissonna. Son cou était ployé, les muscles tendus. Elle baissa les yeux une dernière fois. « C'est pour que tu n'oublies pas ta promesse. » Elle sauta à terre et disparut avant que je puisse songer à réagir. Je me redressai finalement, prêt à lui courir après pour la mettre en pièces.

Shiva me retint, soit par esprit de conciliation, soit pour la protéger, je n'aurais pu dire.

Il avait les yeux baissés et parvint à ne pas me regarder. Je tremblais de colère tandis que Shiva défaisait le lit. Mon pantalon de pyjama était trempé. Shiva avait été épargné. Il me fit couler un bain et me tint compagnie en silence, assis sur la commode. Nous n'échangeâmes pas une parole. Je mettais un pyjama propre quand Ghosh entra dans notre chambre.

« J'ai vu la lumière. Qu'est-ce qui s'est passé ?

— Un accident », répondis-je.

Shiva ne dit rien. L'odeur était aisément reconnaissable. J'avais honte. J'aurais pu dénoncer Genet mais ne le fis pas. J'ouvris la fenêtre pendant quelques minutes.

Ghosh essuya le matelas et nous aida à le retourner. Il apporta des draps et refit le lit. Je voyais bien qu'il était inquiet.

« Retourne voir tes invités, dis-je. Tout va bien. Vraiment.

— Mes garçons, mes garçons, » dit-il, assis sur le bord du lit. Je savais qu'il pensait que j'avais fait pipi au lit. « Je suis incapable d'imaginer ce que vous avez dû endurer. »

C'était vrai. Et nous ne pourrions probablement jamais savoir ce qu'il avait enduré non plus.

Il soupira. « Je ne vous quitterai plus jamais. »

Ma poitrine se serra à ces mots ; j'eus envie de les lui faire ravaler. Il avait parlé comme s'il était en son pouvoir de tout décider. Comme s'il avait tout oublié du destin et des pantoufles.

Chapitre 30

Mot pour mot

Soixante jours avaient passé depuis la mort de Zemui, et Genet était toujours confinée à la maison. Rosina, avec sa dent manquante, se montrait aussi sinistre et ombrageuse qu'un sanglier d'Abyssinie.

« Ça suffit, lui avait déclaré Gebrew à la Saint-Gabriel. Je vais fondre une croix pour te faire une dent en argent. Il est temps de sourire et de mettre du blanc dans tes vêtements. C'est la volonté de Dieu. Tu rends Son monde triste. Même l'épouse légitime de Zemui a quitté le deuil.

— Tu qualifies cette putain d'épouse ? hurla-t-elle à Gebrew. Chaque fois qu'un souffle de vent passe la porte, elle ouvre les cuisses. Ne me parle pas d'elle. » Le lendemain Rosina fit bouillir une bassine de teinture noire dans laquelle elle jeta tous les vêtements qui lui restaient ainsi qu'une bonne partie des vêtements d'école de Genet.

Quand Hema essaya de faire retourner Genet à LT&C, Rosina lui répliqua qu'elle était toujours en deuil.

Deux jours plus tard, un samedi, en entrant dans la cuisine, j'entendis un *lululu* de célébration qui parvenait de la chambre de Rosina. Je frappai. Rosina entrebâilla la porte, me regardant d'un œil de prédateur, une lame à la main.

« Tout va bien ?

— Très bien, merci », dit-elle avant de refermer la porte, mais pas avant que je n'aie vu Genet, une serviette sur le visage, et des chiffons ensanglantés par terre.

Je ne pus garder pour moi cette nouvelle. Je l'appris à Hema, qui alla frapper à la porte.

Rosina hésita. « Entrez, si c'est indispensable, dit-elle d'un ton bourru. Nous avons terminé. »

La chambre sentait les femmes cloîtrées, l'encens et quelque chose d'autre : le sang frais. On respirait avec difficulté. L'ampoule nue qui pendait au plafond était éteinte. « Ferme la porte ! me jeta Rosina.

— Laisse-la ouverte, Marion, répliqua Hema. Et allume la lumière. »

Une lame de rasoir, une lampe à alcool et un tissu ensanglanté étaient au chevet de Genet.

Elle était assise sagement, le visage entre les mains, les coudes posés sur les genoux. La posture d'un penseur, excepté les chiffons qu'elle tenait à chaque main.

Hema lui dégagea le visage, révélant deux entailles verticales, formant un 11, juste à l'extrémité de chaque sourcil. Quatre entailles en tout. Le sang qui en sortait était noir comme du goudron.

« Qui a fait ça ? » La voix d'Hema était aussi tranchante que le rasoir qui avait fait les entailles.

Genet répondit en anglais. « C'est moi qui lui ai demandé, Ma. »

Rosina jeta quelques mots de tigrinya à Genet. Je savais que cela voulait dire « Ferme-la ! »

Genet l'ignora. « C'est le signe de mon peuple, poursuivit-elle, la tribu de mon père. S'il avait été vivant, il aurait été très fier. »

Hema ouvrit la bouche comme si elle s'apprêtait à parler. Son expression s'adoucit légèrement. « Ton père n'est plus de ce monde, mon enfant. Par la grâce de Dieu, toi si. »

Rosina fronça les sourcils, n'appréciant pas beaucoup cet échange en anglais.

« Viens avec moi. Laisse-moi te soigner », dit Hema d'un ton radouci.

Je m'agenouillai à côté de Genet. « Tu viens avec nous, s'il te plaît ? »

Genet jeta un regard inquiet à sa mère, puis siffla : « Tu ne fais que me rendre les choses plus difficiles. J'ai voulu avoir ces marques autant qu'elle. Va-t'en, je t'en prie. »

Ghosh nous conseilla la patience. « Ce n'est pas notre fille.

— Tu as tort, Ghosh. Elle a mangé à notre table. Nous l'avons envoyée à l'école. Quand il lui arrive quelque chose nous ne pouvons pas dire : "Ce n'est pas notre fille." »

Je fus abasourdi d'entendre d'aussi nobles paroles. Mais si pour elle Genet était ma sœur, cela compliquait mes sentiments pour celle-ci…

Ghosh expliqua : « C'est juste pour éloigner le *buda*, le mauvais œil. Comme le *pottu* sur le front en Inde, ma chérie.

— Mon *pottu* s'enlève, mon chéri. Et ça ne me fait pas saigner. »

Une semaine plus tard, à leur retour de l'hôpital, Hema et Ghosh retrouvèrent les lamentations de Rosina, aussi bruyantes que d'habitude, les mêmes que celles qu'ils entendaient du matin au soir. Elle s'en prenait à son destin, à Dieu, à l'empereur, et elle maudissait Zemui de l'avoir quittée.

« Ça suffit, dit Hema. La pauvre petite va devenir folle, et nous allons la laisser faire ? »

Hema nous fit tous venir, Almaz, Gebrew, W.W., Ghosh, Shiva et moi. Nous poussâmes la porte de Rosina. Hema prit Genet par le bras et l'entraîna dans la maison, nous laissant calmer Rosina qui hurlait qu'on était en train d'enlever sa fille.

Hema entra avec Genet dans la salle de bains. Elle en ressortit pour aller chercher du lait et demander à Almaz de préparer des papayes avec du citron et du sucre. Puis Almaz disparut dans la chambre pour ne pas reparaître.

Une heure plus tard, Hema et Genet émergèrent bras dessus bras dessous. Genet portait un chemisier jaune à sequins et une jupe verte scintillante – costume de scène d'Hema. Elle avait les cheveux tirés et Hema lui avait maquillé les yeux au khôl. Genet se tenait droite, l'air ravie, avec un port de reine qu'on a libérée de ses fers pour lui rendre son trône. C'était ma reine, celle que je voulais à mes côtés ; j'étais si fier, si attiré par elle. Comment aurait-elle pu être ma sœur ? Le sari vert éclatant d'Hema se mariait parfaitement au teint de Genet. Nous vîmes Almaz se glisser sans faire de bruit vers la cuisine, les yeux faits, les lèvres rouges, les joues poudrées, d'immenses boucles d'oreilles se balançant de part et d'autre des traits puissants de son visage.

Nous nous empilâmes tous les cinq dans la voiture, Genet à l'arrière entre Shiva et moi. Au Merkato, Hema lui acheta des vêtements. C'était Noël, Diwali et Meskel tout à la fois.

Nous finîmes chez Enrico. Genet était assise en face de moi, me souriant tout en suçant sa glace. Si elle avait tout d'abord hésité à parler, son débit se faisait à présent de plus en plus rapide. Si, ainsi qu'Hema le prétendait, elle avait subi un lavage de cerveau, celui-ci était à présent sur le mode essorage…

Je choisis mon moment après avoir repéré les obstacles sous la table. Je l'aimais beaucoup, mais je n'avais pas oublié l'affront de sa visite dans mon lit deux semaines auparavant, et le présent humide qu'elle m'avait laissé. Je chérissais l'image d'elle dressée au-dessus de moi, un instant de beauté rare. Mais je voulais effacer la partie mouillée de mon souvenir.

Je lui donnai un féroce coup de la pointe de ma chaussure dans le tibia. Elle parvint à ne pas crier mais la douleur se lut sur son visage. « Qu'y a-t-il ? » demanda Ghosh.

Tout en essuyant les larmes qui lui étaient montées aux yeux, elle parvint à articuler : « J'ai mangé ma glace trop vite.

— Ah ! la migraine de la glace ! Un étrange phénomène. C'est quelque chose que nous devrions étudier, tu ne penses pas, Hema ? Est-ce un équivalent de la céphalée ? Tout le monde peut-il en souffrir ? Quelle est la durée moyenne ? Y a-t-il des complications ?

— Chéri, dit Hema en déposant un baiser sur sa joue, très rare marque d'affection dans un endroit public, j'ai enfin trouvé une chose que j'aimerais étudier avec toi. Je présume qu'il faudra manger beaucoup de glace ? »

Dans la voiture, Genet me montra le gros bleu qu'elle avait sur le tibia. « Tu as fini ? dit-elle tout bas.

— Non, c'était juste un round d'échauffement. Il faut que je te rende la monnaie de ta pièce.

— Tu vas abîmer mes nouveaux vêtements », dit-elle timidement en s'appuyant contre moi. Les scarifications qu'elle avait des deux côtés des sourcils étaient encore roses sur les bords. Si Hema les trouvait barbares, pour moi elles étaient belles. Je passai un bras autour des épaules de Genet. Shiva observait la scène, curieux de ce que j'allais faire. Ces entailles autour des yeux – placées là où les vieux ont des rides – lui donnaient l'air prématurément sage. Je sentis mon cœur battre à tout rompre, impuissant. Qui était cette beauté ? Pas ma petite sœur. Pas même ma meilleure amie. Parfois mon adversaire. Mais toujours l'amour de ma vie.

« Alors, dit-elle de nouveau, sérieusement, tu as fini de te venger ? »

Je soupirai. « Oui, j'ai fini.

— Bien », dit-elle. Elle saisit mon petit doigt qu'elle tordit et qu'elle aurait cassé si je ne le lui avais pas précipitamment retiré.

Genet dormit dans un lit dressé pour elle dans notre salon. Le lendemain matin, avant notre départ pour l'école, Hema fit venir Rosina. Shiva, Genet et moi nous pressâmes dans le couloir pour écouter. Je risquai un œil et vis Rosina qui se tenait devant Hema comme elle s'était tenue devant le soldat.

« Je veux te voir de retour à la cuisine pour aider Almaz. Et à partir de maintenant, dans la journée, la porte et la fenêtre de ta chambre restent ouvertes. Fais-y entrer la lumière et l'air. »

Si Rosina devait faire valoir ses droits sur sa fille, c'était le moment.

Nous retînmes notre souffle.

Elle ne dit pas un mot. Elle fit un bref salut et sortit.

Nous reprîmes la routine de l'école : les devoirs, puis ceux que nous donnait Hema – exercices d'écriture, discussion des affaires courantes, vocabulaire et comptes rendus de lecture. Cricket pour Shiva et moi, danse pour Shiva et Genet. Le soir, Gosh nous lançait souvent la balle sur le terrain improvisé de notre pelouse. Il possédait un toucher de balle délicat pour un homme de sa corpulence, et ce fut lui qui nous initia aux subtilités du maniement de la batte.

Cette année, Shiva était dispensé de devoirs, résultat des négociations d'Hema et Ghosh avec ses professeurs, au grand soulagement des deux parties. Shiva n'était pas obligé d'écrire une rédaction sur la bataille d'Hastings s'il n'en voyait pas l'utilité. Loomis Town & Country le laissait assister aux cours puisque ses frais de scolarité étaient payés et qu'il ne perturbait pas la classe. Shiva n'aimait pas le rituel de l'école. Les professeurs nous connaissaient et comprenaient Shiva autant qu'il était possible. Mais tout comme Mr. Bailey, nouvellement arrivé de Bristol, certains professeurs devaient découvrir Shiva par eux-mêmes. Bailey était le seul professeur, dans toute l'histoire de LT&C, à posséder une maîtrise, en conséquence de quoi il se sentait obligé de se montrer très exigeant. Les deux tiers de la classe échouèrent au premier problème de maths. « Un de vous a eu vingt sur vingt. Mais lui ou elle n'a pas inscrit son nom sur sa copie. Tous les autres ont été nuls. Soixante-six pour cent d'entre vous ont échoué ! s'exclama-t-il. Que pensez-vous de ce nombre ? Soixante-six ! »

Pour Shiva, les questions oratoires étaient un piège. Il ne posait jamais une question dont il connaissait la réponse. Shiva leva la main. Je me recroquevillai sur ma chaise. Le sourcil de Mr. Bailey se leva – comme si une chaise qu'il était parvenu à ignorer pendant quelques mois avait soudain donné l'illusion d'être vivante.

« Vous avez quelque chose à dire ?

— 66 est mon deuxième nombre préféré, dit Shiva.

— Puis-je savoir pourquoi ? demanda Bailey.

— Parce que si vous prenez les nombres qui peuvent diviser 66 et que vous les additionnez, vous obtenez un carré. »

Mr. Bailey ne put résister. Il écrivit 1, 2, 3, 6, 11, 22, 33 et 66 – tous les nombres qui entraient dans 66 – puis il en fit le total. Il obtint 144, et lui et Shiva s'exclamèrent : « Douze au carré !

— C'est ce qui fait que 66 est particulier, ajouta Shiva, la somme totale de leurs diviseurs est un carré.

— Pourriez-vous nous dire quel est votre nombre préféré ? fit Bailey d'une voix d'où tout sarcasme avait disparu. Puisque 66 est votre deuxième préféré ? »

Sans y avoir été invité, Shiva bondit au tableau et écrivit : 10, 213, 223.

Bailey réfléchit un long moment, rougissant légèrement. Puis il leva les mains dans un geste qui me parut féminin. « Et dites-moi pourquoi ce nombre nous intéresserait-il ?

— Les quatre premiers chiffres sont votre plaque d'immatriculation. » À voir la figure de Bailey, je ne pense pas qu'il le savait. « C'est une coïncidence, poursuivit Shiva. Ce nombre, poursuivit-il en tapotant le tableau de la craie, s'excitant pour autant qu'il se permettait de s'exciter, est le seul qui se décrive lui-même quand on le lit : "Un zéro, deux un, trois deux et deux trois !" » Puis mon frère laissa échapper un rire de ravissement, un son si rare que toute la classe demeura abasourdie. Il s'essuya les mains et retourna à sa place.

Ce fut la seule chose que je retins des mathématiques de cette année-là. Quant à l'écolier qui avait eu vingt sur vingt – qui qu'il fût, il avait dessiné une Véronique à la place de son nom.

Je méditai sur nos destins, particulièrement sur la bonne fortune qui permettait à mon frère de ne pas faire de devoirs. Je crois que je finis par comprendre. Puisque Shiva ne pouvait ou ne voulait pas faire ce qu'on lui demandait, on ne le lui demandait plus ; puisque je le pouvais, j'y étais obligé.

Shiva allait à la clinique de version chaque fois que nos horaires le permettaient. Il était parvenu à assister à une opération d'Hema, une césarienne, et maintenant il était mordu. *L'Anatomie* de Gray devint sa bible et il dessinait à un rythme effréné, jonchant le sol de notre chambre d'innombrables feuilles. Il ne se contentait plus de dessiner des pièces détachées de BMW ou des Véronique, mais la vulve et l'utérus avec les vaisseaux sanguins utérins. Afin de contrôler la prolifération de papier, Hema exigea qu'il dessine dans des carnets. On voyait rarement Shiva sans son Gray à la main.

Peut-être en réaction à Shiva, je cherchais la compagnie de Ghosh après l'école. Je connaissais ses lieux favoris : la salle d'opération n°3, les urgences, le service des opérés. Mon éducation clinique allait bon train. Parfois je l'assistais quand il faisait des vasectomies dans son ancien bungalow.

Un beau soir Genet et moi recopions une page des *Aphorismes* de Bickham avant de faire nos devoirs. Je levai le regard et fus surpris de voir des larmes brûlantes dans ses yeux. « Si "la vertu est sa propre récompense", dit-elle soudain, alors mon père devrait être vivant, non ? Et si "la vérité n'a pas besoin d'être déguisée", pourquoi doit-on dire que Sa Majesté n'est pas petite et que son affection pour son vilain chien est normale ? Tu sais qu'il a un domestique dont le seul travail consiste à porter trente oreillers de tailles différentes pour les poser sous les pieds de Sa Majesté afin qu'ils ne pendent pas dans le vide, quel que soit le trône sur lequel il est assis ?

— Allons, Genet, ne dis pas ça. À moins que tu ne veuilles te retrouver le cou autour d'une corde… » Même avant le coup d'État c'était une hérésie de tenir des propos négatifs sur Sa Majesté. On allait au gibet pour moins que cela. Après le coup d'État, il fallait faire dix fois plus attention.

« Je m'en moque. Je le déteste. Tu peux le dire à qui tu veux. » Elle disparut en coup de vent.

Le premier trimestre tirait à sa fin quand Rosina lâcha une bombe. Elle dit vouloir aller dans le Nord, à Asmara, le cœur de l'Érythrée. Elle voulait emmener Genet avec elle pour lui faire connaître sa famille et les parents de Zemui. Hema craignait qu'il ne revienne pas et elle recruta Almaz et Gebrew pour la persuader de renoncer à son projet, ou de partir seule, mais elle fut intraitable. C'est Genet qui résolut le problème. « Quoi qu'il arrive, déclara-t-elle à Hema, je reviendrai. Mais je veux voir ma famille. »

Quand le taxi qui les emmenait à la gare routière démarra, Genet nous fit de joyeux signes de la main. La perspective des trois jours de voyage l'avait à ce point excitée qu'elle avait été incapable de parler d'autre chose ; mais pour moi (et pour Hema), c'était un crève-cœur. Dans la nuit, le vent se leva, les feuilles bruissaient et voletaient, et au matin une bourrasque arriva, annonçant les longues pluies.

Maintenant que j'allais sur mes treize ans, je savais que pour l'infirmière en chef, pour Bachelli, pour Ghosh, et pour Missing en général, la saison des pluies signifiait la saison du croup, de la diphtérie et de la rougeole. Il n'y avait pas de pause dans le travail.

Un matin, comme je descendais à la porte, parapluie en main, je vis une femme monter la colline, des filets d'eau coulant de son parapluie. Elle paraissait effrayée. Je la reconnus ; elle travaillait dans un des bars qui occupaient les bâtiments en parpaing en face de Missing. Je la voyais certains matins, telle qu'elle était maintenant, avec son visage commun et sympathique, vêtue d'une simple jupe et d'un chemisier en coton. Mais je la voyais aussi la nuit, les cheveux frisés, parée de bijoux et de vêtements élégants, toute glamour.

Elle me demanda un renseignement. Elle s'appelait Tsige, appris-je plus tard. J'entendis la toux sourde, glottique, cornante, du bébé qu'elle portait sur le dos dans son shama. C'était un bruit qui ressemblait au cri du jars, raison pour laquelle j'ignorai les urgences et menai Tsige directement à la « salle du croup ». La salle du croup était à d'autres moments la « salle de la diarrhée et de la déshydratation ». Un banc courait le long des quatre murs, recouvert de feuilles de caoutchouc rouge. Des bouteilles de perfusion étaient suspendues à une tringle qui faisait le tour de la pièce à hauteur de tête. En un clin d'œil, Missing pouvait réanimer jusqu'à seize ou même vingt nourrissons alignés sur ce banc.

Les yeux du bébé étaient hermétiquement fermés, ses doigts serrés, les minuscules ongles translucides laissant des marques dans ses paumes. Il semblait respirer bien trop vite pour un enfant de quatre mois. L'infirmière trouva une veine dans le cuir chevelu et y inséra un goutte-à-goutte. Ghosh arriva et examina rapidement le petit bonhomme. Il me laissa écouter avec son stéthoscope : il semblait impossible qu'une si petite poitrine puisse contenir tant de couinements, sifflements, soufflements et râles. À gauche, le cœur battait si rapidement que je ne pouvais imaginer comment un tel rythme pouvait être soutenu. « Tu vois ces jambes arquées, le bombement du front ? dit Ghosh. Et le dessin de brioche du

Vendredi saint au sommet du crâne ? Ce sont les stigmates du rachitisme. »

J'avais appris au catéchisme qu'on appelait stigmates la marque des clous, les traces laissées par la couronne d'épines et l'entaille faite par la lance de Longinus dans la chair du Christ. Mais Ghosh utilisait le mot pour parler des symptômes visibles d'une maladie. Sur la Piazza, il m'avait montré les stigmates de la syphilis congénitale sur un garçon apathique accroupi sur le trottoir : « Nez en lorgnette, yeux vitreux, incisives en biseau… » J'appris dans un livre les autres stigmates de la syphilis : molaires en « bourse », tibias en forme de sabre, et surdité.

Tous les enfants semblaient appartenir à la même famille, car ils montraient tous les stigmates du rachitisme à divers degrés. Ils étaient ratatinés, avaient les yeux exorbités et de grands fronts.

Ghosh plaça l'enfant dans la tente à oxygène de fortune constituée d'un film en plastique. « Le croup après une rougeole, en plus de la malnutrition, et du rachitisme… me chuchota-t-il. C'est la cascade des catastrophes. »

Ghosh prit Tsige à part, lui expliquant ce qui se passait en un amharique dont la qualité me surprit. Il lui dit de continuer à allaiter, quoi qu'on lui dise. Quand elle lui rétorqua que l'enfant suçait à peine, il répondit : « Cela le réconfortera : il saura que vous êtes ici. Vous êtes une bonne mère. C'est difficile. » Tsige essaya d'embrasser la main de Ghosh, mais il s'y refusa.

« J'essaierai de revenir voir le bébé, dit-il en partant. Nous avons une vasectomie ce soir. Le docteur Cooper, de l'ambassade américaine, vient observer l'intervention. Veux-tu aller chercher un nécessaire stérilisé dans la salle d'opérations ? Et le brancher dans le stérilisateur qui est chez moi ? »

Je demeurai dans la salle du croup avec Tsige, parce que je sentais qu'elle était seule au monde. Le bébé n'allait pas mieux. Je pensais aux touristes qui entraient chez les fleuristes de Churchill Road, pensant y trouver des fleurs, pour découvrir qu'on vendait là des couronnes mortuaires. Puis ils voyaient les cercueils de la taille d'une boîte à chaussures destinés aux bébés.

Les larmes coulaient sur le visage de Tsige – elle avait bien conscience que son bébé était le plus malade de tous. Les autres mères l'évitaient comme si elle portait la poisse. Je pris sa main. Je réalisai, en cherchant comment la réconforter, que je n'avais pas besoin de mots. Quand le bébé commença à grogner à chaque respiration, Tsige se mit à pleurer sur mon épaule. J'aurais voulu que Genet fût là – elle ne pouvait pas être plus utile à Asmara qu'ici. Elle prétendait vouloir être médecin – pour une fille intelligente qui grandissait à Missing, peut-être cela semblait-il inévitable. Et pourtant Genet avait une aversion pour l'hôpital et ne s'intéressait pas à ce que faisaient Ghosh ou Hema. Même si elle avait été à Addis, je ne l'imaginais pas tenant compagnie à Tsige.

À trois heures de l'après-midi, l'enfant de Tsige mourut. Ce fut comme assister à une lente noyade. Cette minuscule poitrine finit par ne plus pouvoir soutenir l'effort de respirer.

Suivant les instructions, l'infirmière de garde courut sous la pluie jusqu'au bâtiment principal. Elle me fit signe de la suivre, mais je ne bougeai pas. Dans leur douleur, les parents avaient besoin d'un bouc émissaire, et ils se montraient parfois enclins à la violence, à vouloir faire payer ceux qui avaient essayé de les aider. Je savais que je n'avais rien à craindre de Tsige.

Une demi-heure plus tard, Tsige tenait le petit corps enveloppé d'un linceul, prêt à faire le grand voyage. Les autres mères finirent par se grouper autour d'elle. Elles tendaient les lèvres au ciel, les veines de leur cou saillant comme des cordes. *Lulululululu,* criaient-elles, espérant que leurs lamentations protégeraient leurs enfants.

J'accompagnai Tsige à la porte. Là, elle se tourna vers moi, les yeux emplis de douleur. Nous nous regardâmes pendant ce qui me parut un long moment. Elle s'inclina puis emporta son baluchon. J'étais très triste pour elle. La souffrance de son bébé avait pris fin, mais la sienne venait juste de commencer.

Le docteur Cooper arriva à huit heures ce soir-là, dans une voiture de l'ambassade, au moment même où le patient, un Polonais, garait sa Kombi.

Ghosh avait appris la vasectomie durant son internat, directement de Jhaver, qu'il décrivait comme le « maître des coupeurs de couilles, responsable de l'absence de millions d'êtres humains ». L'opération était nouvelle en Éthiopie, et de plus en plus d'expatriés venaient voir Ghosh pour qu'il pratique sur eux une intervention rare ou inconnue dans leurs pays.

« J'ai une proposition à vous faire, docteur Cooper. Je vous apprends la vasectomie, et une fois que vous saurez la faire, vous pourrez me rembourser en la pratiquant sur un patient important.

— Je le connais ? demanda Cooper.

— Vous l'avez en face de vous, répondit Ghosh. Donc vous voyez que j'ai intérêt à ce que vous soyez parfaitement entraîné. Mon assistant, Marion, m'aidera à évaluer vos capacités. Marion, pas un mot à Hema à propos de mes projets, s'il te plaît – ni vous non plus, Cooper. »

Cooper était coiffé en brosse et il avait des dents carrées qui se chevauchaient. Son accent américain perçant était compensé par sa prononciation traînante et ses manières décontractées et affables, comme s'il n'avait jamais connu un instant désagréable dans sa vie et s'attendait à ce qu'il en soit toujours ainsi.

« En voir une, en faire une, en enseigner une. *Raaaiyt*, mon pote ? dit Cooper.

— Absolument, répondit Ghosh. C'est facile à faire, mais il faut être très vigilant. D'abord les préliminaires. Je demande au patient de se faire un lavement le soir précédent, parce que rien ne les rend plus tendus que la constipation. Je recommande du lait chaud avec du miel dans une poche tenue à hauteur d'épaule.

— Ça marche ?

— Si ça marche ? Je vais vous dire : si le patient est en train de boire un whisky, ça lui aspirera le verre de la main.

— Pigé, dit Cooper.

— Je demande aussi au patient de prendre un bain chaud. Ça le relaxe. » Il ajouta à mi-voix : « Et c'est meilleur pour mon nez. »

Jusqu'alors le patient n'avait pas dit un mot. Ghosh m'avait appris que c'était un consultant à la Comission économique pour l'Afrique, un expert du contrôle des naissances qui se trouvait être le père de cinq filles. Il ne semblait pas gêné d'être ainsi le centre de l'attention.

« On ne peut pas terminer si on ne commence pas, alors mieux vaut s'y mettre, non ? Marion, le chauffage, s'il te plaît. » J'avais déjà allumé le chauffage électrique sous la table. « Voilà la première précaution à prendre. Si vous ne voulez pas que le scrotum se rétracte et que les couilles remontent jusque sous les bras, il faut qu'il fasse vraiment chaud. Le second point est la relaxation. Très important. Un barbiturique ou un narcotique peuvent s'avérer utiles. Je recommande trente centilitres de Johnny Walker, rouge ou noir. Cela m'est égal. Un merveilleux relaxant. Et bien sûr, on peut aussi en donner au patient. »

Le rire de Cooper sortit en roulant paresseusement de sa bouche, comme les grands bancs de nuages qui se déversaient des monts Entoto.

J'espérais que Cooper était attentif. J'avais déjà été témoin de la chose : une fois les parties du patient exposées, même quand il fait chaud dans la pièce, la peau du scrotum – le dartos – se ratatine et se contracte, et le muscle crémaster fait remonter les testicules. Ce n'est qu'après une bonne rasade de whisky, qui était servi alors (au patient) et pas avant, que le sac se déployait.

Les deux chirurgiens portaient des gants et Ghosh nettoya soigneusement le champ avant de le circonscrire avec des serviettes stériles. « Un autre conseil, docteur Cooper : même si c'est une opération simple, il ne faut pas que le sang coule. Savez-vous à quoi ressemble une *brinjal*, docteur Cooper ?

— Je ne crois pas, non, monsieur, répondit-il.

— Une *melanzana* ? une *berenjena* ? une aubergine ? »

Cooper comprit enfin.

« Eh bien, si vous ne contrôlez pas méticuleusement le saignement, vous aurez une aubergine. Ou deux. Et vous savez comment nous appelons cette complication, Cooper ? Nous l'appelons la foutue brinjal. Ce qui est aussi ce qu'on nous a donné à manger pendant cinq ans dans mon foyer d'étudiants. »

Je servis au patient son Johnny Walker, qu'il avala d'un trait.

J'adorais assister Ghosh. Depuis qu'il me traitait comme si j'étais assez grand pour apprendre et comprendre, je prenais mon rôle très au sérieux. J'étais très fier que Cooper fût témoin de la scène.

Ghosh, à la droite du patient, tâta de l'index et du pouce le sommet droit du scrotum, juste là où il se rattache au corps. « Vous sentez tous ces trucs qui ressemblent à des fils – les vaisseaux lymphatiques, les artères, les nerfs et tout le reste ? – eh bien, le canal déférent se trouve là-dedans, et avec un peu d'expérience on peut le distinguer de tous les autres fils. C'est, de toutes les structures tubulaires du corps, celle qui possède la capacité de dilatation la plus élevée, croyez-le ou pas. Le voilà. On dirait une sorte de fouet. Mettez votre doigt derrière le mien. »

Après avoir tâtonné, Cooper déclara : « Je l'ai. Le canal. D'ac.

— Maintenant, poussez-le vers l'avant du bout de l'index, fixez-le comme ça contre la peau de votre index pour qu'il ne glisse pas. »

Les instructions de Ghosh étaient semblables à celles qu'il me donnait quand je l'assistais. Il adorait enseigner, et avec Cooper il avait le genre d'étudiant qu'il méritait. S'il étonnait Cooper par son élocution policée, c'est qu'il l'avait exercée sur moi. La pratique et l'enseignement de la médecine étaient complètement liés pour Ghosh. Il souffrait quand il n'avait personne à instruire. Mais c'était rare. Il prenait plaisir à donner des leçons à des stagiaires, ou même à un membre de la famille, en fait à tous ceux qui lui tombaient sous la main.

« J'utilise de l'adrénaline avec mon anesthésique local pour réduire le saignement au maximum. Ne soyez pas avare. » Il injecta cinq millilitres de l'anesthésique dans le tissu que son index poussait en avant. « Moins que ça et il va avoir mal, et les couilles vont remonter sous les aisselles. Vous serez obligé d'aller chercher un chirurgien de la poitrine pour les faire redescendre. Maintenant... vous voyez comme mon index continue à maintenir le canal ? Je pratique une légère incision dans la peau du scrotum. Je continue à pousser sur le canal, pousser en avant... et... voilà ! Quand je le vois dans la plaie, je le saisis avec un Allis. »

Il sortit une petite longueur d'un tissu pâle et blanc qui ressemblait à un ver. « Je mets une pince ici et ici... et ensuite je coupe entre les pinces. J'enlève un segment de deux centimètres. Idéalement, il faut l'envoyer en pathologie. Comme ça, si sa femme tombe enceinte dans un an, vous pourrez montrer au patient le rapport de la pathologie et il saura que ce n'est pas parce que vous n'avez pas fait votre travail mais parce qu'un tiers a mieux fait le sien. Je ne le fais pas, pour la simple raison que je n'ai pas de pathologiste. Mais pendant un temps, il y avait un pathologiste à la clinique de l'ambassade américaine à Beyrouth. Quand je faisais des vasectomies pour le personnel américain, je lui envoyais les petits bouts que j'avais coupés. Il faisait la pathologie pour toutes les ambassades américaines en Afrique de l'Est et de l'Ouest. Il n'arrêtait pas de me renvoyer des rapports disant que mes spécimens étaient inadéquats : même s'il voyait du tissu uro-épithélial, il ne pouvait pas être sûr que c'était le canal. “C'est le canal, je lui écrivais chaque fois. Quel autre tissu uro-épithélial est-ce que j'aurais pu couper ? C'est bien le canal.” Mais il continuait à se plaindre. “Peux pas être certain. Pas assez de tissu.” Ça commençait à m'énerver. J'ai donc fini par lui envoyer une paire de couilles de bouc. Je les ai mises dans le formol et les lui ai envoyées par la valise diplomatique. Avec ce mot : “Il y a assez de tissu ?” Je n'ai plus jamais eu de problème avec lui. »

Cooper émit un braiement d'hilarité qui agita son masque.

« Maintenant, je suture les extrémités coupées avec du catgut. Et ensuite je dis au patient : “Pas de communication avec votre femme pendant les prochains quatre-vingt-dix jours.” »

Ghosh se tourna pour faire face au patient et répéta la phrase. Celui-ci hocha la tête. « D'accord, vous pouvez communiquer, dire “Bonjour, ma chérie” et tout ça, mais pas de rapports pendant trois mois. » Le patient grimaça. « OK, vous pouvez avoir des rapports, mais vous devez mettre un préservatif.

— Je pratique l'interruptus, dit le patient, parlant pour la première fois, avec un fort accent de l'Europe de l'Est.

— Quoi ? l'Interruptus ? Se retirer et prier ? Grand Dieu ! Pas étonnant que vous ayez cinq gosses ! C'est très élégant de votre part d'essayer de descendre du train avant le terminus, mais ce n'est pas fiable. Non, monsieur. Interrompez l'interruptus, à moins que vous vouliez atteindre la demi-douzaine cette année. » Le patient sembla gêné. « Vous savez comment on appelle les jeunes hommes qui pratiquent le coïtus interruptus ? » demanda Ghosh.

L'expert en population secoua la tête.

« Père, voilà comment on les appelle ! Papa. *Pappa. Padre.* Non, monsieur. J'ai pratiqué l'interruption pour vous. Donnez-moi trois mois, et vous pourrez dire à votre régulière qu'elle n'a pas à s'en faire parce que vous tirerez à blanc, et il n'y aura plus d'interruption, et vous pourrez rester pour le dessert, le café, et les cigares. »

Chapitre 31

LA DOMINATION DE LA CHAIR

En l'absence de Genet et Rosina, la maison paraissait vide. Genet me manquait terriblement. Hema et moi craignions de ne plus jamais la revoir. Elle avait promis d'appeler et d'écrire, mais trois semaines avaient passé et nous n'avions encore rien reçu. Cette année-là, nous étions en 1968, nous eûmes des pluies torrentielles. Le nil Bleu et l'Awash avaient débordé, causant des inondations. Le petit ruisseau gazouillant derrière Missing ressemblait à une rivière. À Addis, le peuple ne sortait plus, de sorte qu'à chaque accalmie montait une odeur d'humanité renfermée, de feu de bouse, et de vêtements qui refusaient de sécher. Le lierre grimpait aux gouttières à toute vitesse et trouvait des fissures dans les murs, tandis que les têtards se transformaient en grenouilles coassantes. Je n'ai jamais vu un enfant lever le visage au ciel pour attraper des gouttes de pluie avec la langue – pas dans ce pays où on vivait et respirait de l'eau.

Maintenant que Shiva et moi allions sur nos quatorze ans, je m'attendais constamment à ressentir un changement. J'essayais de m'occuper, mais je n'arrivais pas à penser à autre chose qu'à Genet et à ce qu'elle faisait à Asmara. J'espérais qu'elle était sur le chemin du retour, triste, et que je lui manquais. Sans Genet comme témoin, rien de ce que je faisais n'avait de sens.

Tard un mardi soir, je regardai Ghosh enlever une vessie dans la salle d'opération n° 3. Cela fait, nous allâmes en chirurgie voir Etien, un diplomate de Côte d'Ivoire, un homme que nous fréquentions, et qui s'était mis à souffrir soudain d'une obstruction intestinale. Ghosh avait trouvé un cancer du rectum qu'il avait été obligé d'opérer. C'était une intervention importante et difficile, et je savais que Ghosh était optimiste. Mais il avait été forcé de pratiquer une colostomie. « Etien est très déprimé, dit Ghosh. Pas par le cancer, mais par la colostomie. Il n'arrive pas à accepter l'idée que les selles sortent de lui par une ouverture dans son abdomen. »

Après l'avoir examiné, quand Ghosh déclara que la colostomie était magnifique, des larmes montèrent aux grands yeux d'Etien. Il se contenta de dire : « Qui va m'épouser maintenant ? »

Ghosh fut étonnamment ferme. « Etien, ce n'est pas la partie de ton corps que j'ai coupé qui se marie. Tu trouveras une femme qui t'aime, et tu lui expliqueras. Si elle t'aime pour toi-même, vous serez tous les deux contents que tu sois en vie. » L'expression de Ghosh se radoucit. « Etien, imagine que tous les humains sont nés avec l'anus sur le ventre et que c'est par là que sortent les selles de tout le monde. Puis imagine qu'on dise qu'on va t'opérer pour détourner ton intestin de sorte qu'il débouche derrière toi, entre tes fesses, dans un endroit invisible sinon dans un miroir et que tu atteins et nettoies avec difficulté… » Cela prit quelques secondes, mais alors Etien sourit. Il se tamponna les yeux. Il risqua un coup d'œil à sa colostomie. C'était un petit pas dans la bonne direction.

Ghosh avait encore un patient à voir. Il me dit de rentrer afin de ne pas être en retard pour le dîner.

La pluie se mit à tomber dru et je n'avais pas de parapluie. J'empruntai les passages protégés reliant la chirurgie aux urgences et les urgences au pavillon des hommes. Il me fallut tout de même courir à découvert et sauter par-dessus une flaque pour parvenir au quartier des infirmières, endroit que j'explorais rarement. Il paraissait désert. Si j'empruntais le long balcon et que je redescendais de l'autre côté… eh bien, je serais quand même trempé, mais je serais plus près de la maison de cinquante mètres avant d'avoir à courir sous la pluie. J'espérais que la femme d'Adam, la gardienne des vierges, avec sa grande croix autour du cou, ne me verrait pas – sinon elle allait me pourchasser.

J'entendis de la musique sortant de la chambre d'angle qui avait jadis été celle de ma mère. J'y étais entré quelques fois, mais tout comme pour sa tombe, ce n'était pas un endroit où je sentais sa présence. L'étrangeté de la musique et du rythme fut ce qui me poussa à m'approcher. Des guitares et des tambours en une cadence endiablée répétaient un refrain d'abord dans un registre, puis dans un autre. Dernièrement, un genre de musique éthiopienne avait adopté un son occidental, avec des cuivres, des caisses claires et un riff de guitare électrique qui remplaçaient les cordes assourdies du *krar* et le battement des mains. Mais ce n'était pas de la musique éthiopienne, et pas seulement parce que les paroles étaient en anglais (même s'il s'agissait là d'un anglais que je ne comprenais pas vraiment). C'était radicalement différent, comme une nouvelle couleur dans l'arc-en-ciel.

La porte était entrebâillée.

Elle était pieds nus au centre de la pièce, me tournant le dos. Une combinaison blanche découvrait ses épaules et descendait jusqu'à ses genoux. Sa tête se balançait de droite à gauche et toute la masse de ses longs cheveux, enduits de laque, semblait rivée à son crâne. Ses hanches étaient mues par la ligne de la basse, tandis que sa main droite levée suivait la mélodie. Sa main gauche devait être pressée contre son ventre, parce que son coude saillait comme l'anse d'une tasse à thé. La musique était entrée en elle ; elle lubrifiait ses jointures, ramollissait ses os et sa chair pour produire ce mouvement giratoire fluide et sensuel.

Elle se retourna. Ses yeux étaient clos et son visage levé. La lèvre inférieure était déformée, comme si elle s'était mal refermée après avoir été ouverte.

Je connaissais cette lèvre, ce visage légèrement grêlé, c'était le corps que je ne reconnaissais pas. Elle était demeurée indéfiniment stagiaire, jusqu'à ce que l'infirmière en chef, la prenant en pitié, lui confère le titre de stagiaire en chef, ce qui l'avait transformée. Elle n'était plus une étudiante perpétuelle, elle donnait des cours aux nouvelles stagiaires. Dans la salle de classe, avec les quelques manuels qu'elle savait par cœur, elle était capable à la fois de faire entrer les faits dans les têtes des stagiaires et de démontrer qu'il était possible de les y conserver, par la manière dont elle régurgitait son matériel, sans jamais regarder le texte.

Habituellement, elle portait haut sur son crâne un chignon si serré qu'il lui tirait les sourcils, et elle y posait sa coiffe d'infirmière comme si elle s'était renversé un cornet de glace sur la tête. Mis à part cette coiffure quelque peu osée, je l'avais toujours trouvée ordinaire. À l'école, je connaissais des filles qui n'étaient ni laides ni belles mais qui se trouvaient ou l'un ou l'autre, et cette conviction donnait corps à leur illusion. Heidi Enquist était superbe, mais hélas pas à ses propres yeux, de sorte qu'il lui manquait le mystère et l'allure de Rita Vartanian – laquelle, malgré son nez proéminent, parvenait à rendre Heidi jalouse.

La stagiaire était du genre d'Heidi. Je pense que c'est la raison pour laquelle elle s'emprisonnait volontairement dans un uniforme raide et empesé et adoptait une expression renfrognée pour aller avec. Elle n'avait d'autre identité que celle d'infirmière ; à ses propres yeux comme à ceux des autres, elle pensait n'être personne. Je la sentais toujours mal à l'aise avec nous. D'ailleurs, elle l'était avec tout le monde.

Et je comprenais soudain qu'elle n'était pas qu'une infirmière. Son uniforme cachait un corps plein de courbes, comme ceux que dessinait Shiva, et son corps bougeait d'une façon qui aurait rendu jalouse une danseuse du ventre.

Ses yeux étaient clos. Si elle m'avait vu, elle aurait sursauté, gênée, et probablement furieuse. J'allais m'en aller quand, à ma grande surprise, elle s'avança et me tira par la main, comme si une phrase de la chanson me demandait d'entrer dans la danse. Elle ferma la porte d'un coup de pied. La musique était plus forte et plus intense à l'intérieur de la chambre.

Elle me fit faire de petits pas en rythme, me dirigeant de droite et de gauche. Au début, j'étais gêné. J'avais envie de rire ou de dire quelque chose d'intelligent, comme aurait fait un adulte. Mais son expression et le rythme lancinant me donnèrent l'impression que faire autre chose que danser aurait été comme parler pendant la messe. Je me mis à me déplacer sans effort. Je l'imitais, mes épaules bougeant en sens inverse de mes hanches, mes mains dessinant des formes dans le vide. Le truc était de ne pas penser. J'avais l'impression que mon corps était segmenté, et que chaque segment répondait à l'appel d'un instrument particulier. C'était comme si nos pieds suivaient un trajet inévitable.

Juste comme j'étais parvenu à maîtriser les figures, elle m'attira à elle, ma joue contre son cou, ma poitrine contre ses seins, séparée d'eux par le plus fin des tissus. Je n'avais jamais dansé auparavant, certainement pas comme ça. J'inhalai l'odeur de son parfum et de sa sueur. Elle me pressa contre elle, me coupant le souffle, comme pour faire de nos deux corps un seul. Elle posa ma main sur son sacrum, et je la tins serrée. Nous n'avions pas cessé de bouger. C'était elle qui menait la danse.

J'anticipais chaque pas, ignorant d'où me venait ce savoir. Nous tournoyions, puis nous lancions d'un côté et de l'autre, tel un seul organisme. Je pensai à Genet. Enhardi, je me mis à guider et elle me suivit. Je me pressais contre la peau douce, à l'endroit où ses jambes se rejoignaient, seulement parce qu'elle aussi se pressait, enfonçant son bassin en moi. Le sang afflua à mon visage, mes bras, mon estomac, mon bas-ventre. Le monde avait disparu. J'étais engagé dans un dialogue compliqué avec elle.

La musique ne s'arrêtait pas, j'aurais voulu qu'elle ne s'arrête jamais, et juste comme je pensais cela, elle disparut. La voix traînante et paresseuse de l'annonceur contrastait avec les accents formels et tranchants de la BBC. « Eh bien, eh bien, dit-il. Voyez-vous ça. Hum… hmm », comme s'il nous avait vus. « Avez-vous jamais entendu quelque chose qui ressemble à ça ? C'est le rock de l'Afrique de l'Est. Les Big 14. Services des forces armées, Asmara. » C'était une radio dont j'ignorais l'existence. Je savais qu'il y avait une présence militaire américaine importante, un poste d'écoute, comme on l'appelait, à Kagnew, tout près d'Asmara. Qui eût cru que leurs programmes nous intéresseraient ?

Nous étions toujours pressés l'un contre l'autre, tenant le monde à distance. Elle me regardait dans les yeux, sans que je sache si elle allait pleurer ou rire. Tout ce que je savais, c'est que j'aurais pleuré avec elle, ou ri, ou me serais mis à quatre pattes pour imiter Koochooloo si elle me l'avait demandé.

« Tu es si belle », lui dis-je, me surprenant moi-même.

Elle eut un hoquet de surprise. On aurait dit que mes paroles pénétraient par vagues dans sa conscience. Avais-je dit ce qu'il ne fallait pas ? Ses lèvres tremblèrent, ses yeux brillèrent. C'était une expression de joie. J'avais dit ce qu'il fallait.

Elle baissa la tête, approcha cette lèvre dont la cicatrice froncée était encadrée de renflements. Sa bouche, tel un sceau, recouvrit la mienne. Une image stupide me vint à l'esprit ; celle de deux tuyaux d'arrosage qu'on branchait l'un à l'autre. Ce qui y coula n'était pas de l'eau, mais sa langue. Cette fois-ci, je la reçus avec avidité, contrairement à celle de Genet dans l'office. C'était terriblement excitant. Je posai une main derrière sa tête et pressai mon corps contre le sien ; je sentais que chaque atome de mon corps trouvait sa raison d'être.

Je me reculai pour la regarder et dire « tu es si belle », parce que c'était une phrase magique ; et je savais qu'il fallait que je la prononce souvent, mais seulement si je le pensais. Je ne sais pas combien de temps nous demeurâmes accouplés par la bouche, mais cela se fit naturellement, comme si nous rassasiions une faim. J'ignorais que j'avais en moi ce potentiel pour aller ainsi de l'avant. Je ne savais pas ce qui allait se passer, mais mon corps le savait. Je lui faisais confiance. J'étais prêt.

Soudain, elle recula. Elle me tint à bout de bras tout en s'asseyant au bord du lit. Elle pleurait. Il s'était passé une chose dont mon corps n'avait pas su m'informer. Ou peut-être existait-il une règle, une étiquette, que je n'avais pas observée. Je jetai un coup d'œil en direction de la porte, jaugeant la distance qui m'en séparait.

« Est-ce que tu pourras jamais me pardonner ? dit-elle. Ta mère n'aurait pas dû mourir. Peut-être que si j'avais dit à quelqu'un qu'elle était malade, on aurait pu la sauver. »

J'étais abasourdi. Je sentis mes cheveux se hérisser sur ma nuque. J'avais complètement oublié que nous étions dans la chambre de ma mère. Je n'aurais pas pu imaginer sœur Mary Joseph Praise ici, certainement pas avec un poster de Venise sur un mur, et sur un autre celui d'un chanteur blanc, le bassin collé à un pied de micro, le visage contorsionné par l'effort. Je reportai les yeux sur la stagiaire en chef.

« Je ne me suis pas rendu compte à quel point elle était malade. » Elle hoquetait à travers ses larmes, comme un bébé.

« Ça ne fait rien, dis-je, avec le sentiment que quelqu'un d'autre parlait par ma bouche.

— Dis-moi que tu me pardonnes.

— Je le ferai si tu arrêtes de pleurer. S'il te plaît.

— Dis-le.

— Je te pardonne. »

Cela ne fit que redoubler ses pleurs. On aurait pu l'entendre et je n'étais pas censé être dans cette chambre – pas plus que je ne l'étais de la faire pleurer.

« Je l'ai dit ! J'ai dit que je te pardonnais. Pourquoi est-ce que tu continues à pleurer ?

— Mais j'ai failli vous laisser mourir, toi et ton frère. Je devais vous aider à respirer quand vous êtes sortis. Je devais vous ranimer. Mais j'avais tout oublié. »

Quand j'avais pénétré dans cette chambre, j'étais à la dérive, habité par l'impression qu'une partie de moi me faisait défaut, à cause de l'absence de Genet. Puis j'avais tout oublié et j'avais trouvé le bonheur, non, l'extase, dans la danse, une évocation de ce que j'attendais de Genet. Et maintenant je me sentais de nouveau à la dérive, désorienté. Le paradis avait semblé si proche, et voilà que j'avançais à tâtons dans le brouillard. Elle saisit ma main et m'attira sur elle.

« Tu peux me faire ce que tu veux. Quand tu voudras » dit-elle, rejetant la tête en arrière pour me regarder.

Que voulait-elle dire ?

« Faire quoi ? demandai-je.

— Ce que tu veux. »

Elle me lâcha et se laissa retomber sur le matelas, bras et jambes écartés. Elle était prête. Pour tout ce que je voudrais faire.

Oui, il y avait quelque chose que je voulais faire. Si je pouvais disposer librement de son corps, je savais que j'allais le découvrir, d'instinct. J'avais bien une idée générale. Après tout, j'avais quatorze ans.

Elle me donnait le champ libre et je ne faisais rien.

Elle se tourna sur le ventre, me montrant ses fesses et me regardant par-dessus son épaule. Ses paupières étaient gonflées, son expression rêveuse, lointaine. Elle se retourna de nouveau, me faisant face. Elle se mit sur les coudes, découvrant sa poitrine presque jusqu'aux tétons. Elle suivit mon regard.

J'entendis des voix et des pas. Les autres infirmières et les stagiaires revenaient de dîner.

Je n'avais pas envie de m'en aller. Mais le monde avait fait intrusion. Mon hésitation et la confession qu'elle venait de me livrer nous perdirent.

« Je voudrais encore danser avec toi, dis-je dans un murmure.

— Tu peux… murmura-t-elle, mais comme si ce n'était pas la bonne réponse.

— Je veux vraiment faire… tout avec toi.

— Oui ! C'est ce que je veux moi aussi. » Elle était agenouillée sur le lit, s'animant, souriant à travers ses larmes. « Viens, dit-elle, tendant les bras.

— Mais pas maintenant. Je reviendrai un autre jour. » Je posai la main sur le bouton de la porte.

« Mais… mais pourquoi pas tout de suite ? » dit-elle, assez fort pour qu'on l'entende.

Je me hâtai de sortir, espérant qu'on ne trouverait rien d'anormal à ma visite si on me voyait.

La pluie n'avait pas diminué. Je la laissai me tomber sur la tête. Cela m'était égal, j'avais l'habitude de la pluie, et la confusion des sentiments qui m'agitait était si puissante qu'elle me donnait des ailes, c'était une révélation. En arrivant à la maison, j'étais trempé. Quand je vis la porte de la chambre de Rosina et Genet, j'aurais voulu que le cadenas ne s'y trouvât pas ; je demeurai devant cette porte close.

C'est à cet instant, tandis que les gouttes de pluie tambourinaient sur ma fontanelle, que je pris la décision d'épouser Genet. Oui, tel était mon destin. Ce que j'avais ressenti avec la stagiaire, je ne voulais le ressentir avec personne d'autre que Genet. Malgré toutes les tentations au-dehors, malgré les puissantes forces susceptibles de me faire oublier cette promesse, je voulais succomber à la tentation, mais avec une seule femme : Genet.

Si je l'épousais, je résoudrais tout. Cela empêcherait Rosina de partir ; cela ferait plaisir à Hema, Ghosh, et Rosina, dont nous serions les enfants. Je nous voyais avec nos propres enfants. Nous démolirions la chambre de bonne pour construire le pendant de la maison, avec un couloir entre les deux pour que nous vivions tous sous le même toit. Nous aurions une chambre, ou peut-être une suite, pour Shiva. Il serait heureux d'avoir Genet pour belle-sœur. Shiva n'étant pas attaché au passé, c'était à moi de préserver la famille, de nous maintenir unis.

J'entrai, tout dégoulinant d'eau. Je me déshabillai dans la salle de bains et me regardai dans le miroir, cherchant à voir ce qu'avait vu la stagiaire. J'étais grand pour mon âge, je faisais un mètre quatre-vingts et ma peau était claire. J'aurais pu passer pour un Méditerranéen. Mes iris étaient bruns – sans cette nuance de bleu que je voyais dans ceux de Shiva. J'avais l'air trop sérieux, particulièrement quand j'avais les cheveux mouillés – heureusement que dès qu'ils seraient secs mes boucles reprendraient leur droit, refusant de se laisser dompter plus longtemps. « Voilà ce que signifie parvenir à l'âge d'homme », pensai-je, les mains sur les hanches, me retournant pour admirer mes flancs et mes fesses.

Je me rhabillai et allai à la cuisine, inhalant les odeurs qui s'échappaient des casseroles. Je parvins à attraper un bout de viande avant qu'Almaz me tape sur la main. Elle me gronda, mais ses paroles furent douces à mon oreille, tout comme la musique parvenant du salon avec le rythme puissant d'un tabla, les battements des pieds d'Hema et Shiva frappant le sol, les instructions qu'elle lançait. J'entendis le bruit de ferraille du pare-chocs bringuebalant de la Volkwagen de Ghosh qui remontait l'allée. Je me sentais parfaitement heureux, j'avais l'impression d'être l'épicentre de notre famille – à qui ne manquaient que Genet et Rosina, qui n'allaient sûrement pas tarder, et alors nous serions au complet.

Je chassai de mon esprit ce qu'avait dit la stagiaire à propos de ce qu'elle avait fait – ou plutôt n'avait pas fait – pour ma mère. Il était inutile de s'appesantir sur la douleur du passé quand l'avenir pouvait promettre tant de félicité. Et mon père ? Non, il ne passerait jamais cette porte. Maintenant je le savais ; quoi que Thomas Stone possédât, où qu'il fût en ce moment, il n'avait aucune idée de ce qu'il avait perdu au change.

Chapitre 32

UN TEMPS POUR SEMER

Genet et Rosina revinrent deux jours avant la rentrée des classes. Elles arrivèrent accompagnées par le tapage et l'excitation provoqués par l'installation d'un cirque dans le Merkato. Leur taxi ployait sur ses amortisseurs, tant sa galerie et son coffre étaient chargés.

La première chose que je remarquai fut la dent en or de Rosina et le grand sourire qui l'accompagnait. Genet, elle aussi, était transformée, radieuse, vêtue d'une jupe en coton et d'un corsage ajusté traditionnels, un shama sur les épaules. Elle descendit avec des cris de joie, manquant de faire tomber Hema tant elle la serra fort dans ses bras. Puis elle se rua sur Ghosh, puis sur Shiva, sur Almaz, sur moi, avant de retourner dans les bras d'Hema. Rosina m'étreignit avec affection, mais elle retint plus longuement Shiva, ce qui me fit éprouver un élancement de jalousie. Je prenais alors soudain conscience de ce que je n'avais pas remarqué auparavant : elle préférait Shiva. Était-ce parce qu'elle m'avait vu dans l'office avec sa fille nue ? Ou avait-elle toujours eu un faible pour Shiva ? Et étais-je le seul à le remarquer ?

Ils parlaient tous ensemble à présent. Rosina, gardant un bras sur les épaules de Shiva, laissa Gebrew admirer sa dent en or.

« Genet, ma chérie, tes cheveux ! s'exclama Hema, les voyant nattés en rangs serrés comme ceux de sa mère, chaque mèche s'échappant d'un petit disque à l'arrière de son crâne. Tu les as coupés ?

— Je sais ! Tu aimes ? Et regarde mes mains », dit-elle. Ses paumes étaient orange de henné.

« Mais ils sont si… courts. Et tu t'es percé les oreilles ma chérie ! » fit Hema. Des créoles bleues lui pendaient des lobes. « Mon Dieu, poursuivit-elle en prenant Genet aux épaules, regarde-toi ! Tu as grandi et… forci.

— Tes nénés sont plus gros, déclara Shiva.

— Shiva ! s'écrièrent Hema et Ghosh en même temps.

— Désolé, dit-il, surpris par leur réaction. Je voulais dire que ses seins étaient plus gros.

— Shiva ! Ce ne sont pas des choses qu'on dit à une femme, le reprit Hema.

— Je ne peux pas le dire à un homme, répliqua Shiva d'un air impatient.

— Ça ne fait rien, Ma, dit Genet. Et c'est vrai. Je fais un B, si ce n'est un C ! » poursuivit-elle en regardant avec fierté ses seins qui pointaient comme des téléscopes.

Rosina comprit ce dont il était question. « *Stai zitto !* » fit-elle à sa fille, les doigts sur les lèvres, provoquant le rire d'Hema.

« Madame, dit Rosina à Hema en amharique, Je ne sais pas quoi faire de cette fille. Tous les garçons lui courent après. Est-ce qu'elle a assez de bon sens pour les décourager ? Non. Et regardez comme elle s'habille ! » Je fus peiné de percevoir une nuance de fierté dans sa voix.

« C'est juste que ces vêtements m'ont plu, lança Genet. Oh ! J'ai rapporté des cartes postales. *Dov'è la mia borsetta, Mama* ? Je veux vous les montrer. Oh, il est dans le taxi… Attends. » Elle passa la tête à l'intérieur du taxi, nous gratifiant de la vue de son slip. Rosina lui cria dessus en tigrinya, mais sans succès.

Genet nous tendit les cartes postales. « Ah, Asmara ! vous ne pouvez pas imaginer quelle belle ville les Italiens ont construite il y a si longtemps. Vous voyez ? » Il n'y avait pas de quoi se vanter d'avoir été colonisé si longtemps avant l'Éthiopie. Les étranges bâtiments colorés étaient tout en angles, comme des figures de géométrie.

Hema et Ghosh finirent pas rentrer à l'intérieur de la maison. Le taxi aida Gebrew à décharger des tabourets en bois et un nouveau lit pour la chambre de Rosina, en bois sombre sculpté, cadeau de son frère.

Je m'assis sur le lit, regardant Genet. J'avais l'impression que cela faisait des années qu'elle était partie. J'étais muet. « Alors, comment s'est passé ton hiver, Marion ? » Si je n'étais pas sûr de moi en sa présence, elle ignorait, elle, ce qu'était la timidité.

J'avais tant de choses à lui dire que, craignant de les oublier, je les avais mises par écrit. Mais j'étais embarrassé devant cette grande et belle fille – cette femme, devrais-je dire – assise à côté de moi, si érythréenne et si amoureuse de tout ce qui était italien. Les patients que j'avais vus, les livres que j'avais lus… rien de tout cela ne pouvait rivaliser avec Asmara.

« Oh rien, en fait, dis-je. Tu sais comment c'est ici pendant les longues pluies.

— C'est tout ? Rien ? Pas de films, pas d'aventures ? Et… les petites amies ? »

J'étais encore piqué au vif par la description que Rosina avait faite des garçons qui couraient après Genet à Asmara. C'était une trahison. Sûrement Genet avait sa part dans tout cela : quel garçon vous embêterait si vous lui disiez de se tirer ?

« Eh bien, dis-je, pour les petites amies je ne sais pas, mais… »

D'abord à contrecœur, je lui racontai ma visite à l'ancienne chambre de ma mère, mais je lui relatai l'affaire avec la stagiaire comme sans importance, me décrivant en participant indifférent. Cependant, plus j'avançais dans l'histoire, moins j'étais capable de soutenir ce ton.

Les yeux de Genet devinrent aussi ronds que ses boucles d'oreilles.

« Alors tu as couché avec elle ? demanda-t-elle.

— Non ! » m'exclamai-je.

Elle parut déçue, alors que je m'étais attendu à ce qu'elle soit jalouse.

« Bon Dieu, Marion, pourquoi tu ne l'as pas fait ? »

Je secouai la tête. « Parce que…

— Parce que quoi ? Crache le morceau, dit-elle en m'enfonçant un doigt dans les côtes, comme pour aider les mots à sortir. Qui est-ce que tu attends ? La reine d'Angleterre ? Elle est mariée, tu sais.

— Je ne l'ai pas fait parce que… je savais que ce serait merveilleux, plus que merveilleux. Je savais que ce serait fantastique…

— Qu'est-ce que c'est que ce genre d'explication ? fit-elle en roulant des yeux.

— Mais… je savais que je voulais que ma première fois soit avec toi. »

Voilà, je l'avais dit.

Genet me regarda pendant un moment qui me parut interminable, la bouche ouverte. Je me sentais vulnérable. Je retins mon souffle en espérant que ce qui sortirait de sa bouche ne serait pas une moquerie. Le ridicule m'aurait tué.

Elle se pencha en avant, le regard doux, avec sur le visage une expression aimante, et elle me prit le menton dans ses deux mains et le secoua de droite et de gauche comme si j'étais un petit bébé.

« *Ma che minchia* ? » demanda Rosina, les mains sur les hanches, nous interrompant grossièrement. Je ne m'étais pas aperçu qu'elle était rentrée dans la chambre.

Genet éclata de rire. Rosina ne trouvait pas cela drôle, mais Genet n'arrivait plus à retrouver son souffle, elle semblait quasi prête à défaillir. Rosina lui jeta un regard furieux, puis abandonna, marmonnant dans ses dents. Ce rire hystérique était nouveau chez Genet.

Quand elle put parler, elle m'expliqua : « "*Ma che minchia ?*" signifie "Qu'est-ce qui se passe, bordel", ce que je disais tout le temps à Asmara. Ce sont mes cousines qui me l'ont appris. Ma mère me menaçait de me gifler chaque fois que je le disais. Et maintenant, c'est elle qui le dit, tu peux le croire ?… Alors, Marion, *che minchia*, hein ? »

Quand nous dînions tous ensemble, Genet était avec nous, et Rosina et Almaz mangeaient dans la cuisine.

Nous avions pris l'habitude d'ouvrir la radio après dîner. Souvent, j'écoutais le Rock de l'Afrique jusqu'à minuit, heure de la fin des émissions. La musique parlait à mes sentiments. Dans la structure serrée d'un blues de douze mesures, ou dans les ballades obsédantes de Bob Dylan, une sorte d'ordre s'imposait. Shiva me tenait compagnie presque tous les soirs. La musique lui parlait, à lui aussi.

On entendit la voix du DJ : « Rock de l'Afrique de l'Est, AFRS Asmara, où tout le monde plane à un kilomètre de hauteur. C'est le samedi du Boone's Farm, ici à la base. Les premières caisses sont arrivées hier soir et, les gars, si vous les avez ratées, désolé de vous l'apprendre, mais il n'y en a plus. Maintenant, écoutons Bobby Vinton. *My Heart Belongs Only To You.* »

J'étais content de découvrir que Genet ignorait cette radio. Les cousines d'Asmara ne pouvaient pas être cool si elles ne se branchaient jamais sur cette fréquence.

La chanson suivante commença sans avoir été annoncée. Je bondis sur mes pieds. « C'est elle ! dis-je à Genet. C'est la chanson dont je t'ai parlé. »

Enfin, après toutes ces soirées passées à écouter la radio, pour la première fois, j'écoutais la chanson que j'avais entendue dans la chambre de la stagiaire.

Je me déhanchai et me tortillai, ignorant l'expression choquée d'Hema et les regards de Ghosh et de Genet. Ils devaient penser que j'étais fou. Ce n'était pas du tout mon habitude, mais j'étais incapable de m'arrêter, ou plus exactement je décidai de ne pas m'arrêter, et quelque chose me dit que c'était le bon jour.

Shiva se leva et se mit à danser avec moi d'une façon souple, soyeuse et si affinée qu'on aurait dit que tous les cours avec Hema n'avaient été qu'un échauffement pour cette chanson. Il n'en fallut pas plus à Genet pour se joindre à nous. Je tirai Hema de son fauteuil. Ghosh ne se fit pas prier. J'essayai d'attirer Rosina, mais elle et Almaz s'enfuirent à la cuisine. Tous les cinq nous dansâmes jusqu'à ce que la dernière note se soit tue.

Chuck Berry.

C'était le nom de l'artiste. La chanson était *Sweet Little Sixteen*, du moins à en croire l'annonceur.

Quand vint l'heure de se coucher, Genet annonça qu'elle allait dans la chambre de Rosina. Hema parut blessée. « Je vais tenir compagnie à ma mère, dit Genet. J'ai mon lit à moi maintenant. Nous étions six à coucher par terre à Asmara. Avoir un lit sera un vrai luxe. »

Le lendemain, je trouvai le 45-tours de Chuck Berry chez un marchand de disques de la Piazza. Je réalisai en regardant la pochette poussiéreuse que *Sweet Little Sixteen* avait été premier au hit-parade – mais en 1958 !

J'étais anéanti. Le monde entier avait entendu cette chanson plus d'une décennie avant que j'en connaisse l'existence. J'avais dansé dessus la nuit précédente comme un ignare, comme un paysan qui regarde bouche bée la chope de bière en néon au sommet de l'immeuble Olivetti.

La veille de la rentrée des classes, Hema et Ghosh nous emmenèrent au club grec pour la soirée de gala annuelle qui fêtait la fin de l'« hiver ». Genet me surprit en disant qu'elle restait pour préparer ses affaires. Elle, Rosina, Gebrew et Almaz allaient dîner dans la chambre de Rosina.

Le grand orchestre était composé de membres des orchestres de l'armée de terre, de l'air et de la garde impériale qui travaillaient au noir. Ils auraient pu jouer *Stardust*, *Begin the Beguine*, et *Tuxedo Junction* dans leur sommeil. Chuck Berry ne faisait pas partie de leur répertoire.

La communauté des expatriés, de retour de vacances, toute bronzée, était venue en force. Je vis Mr. et Mrs. G..., qui n'étaient pas vraiment mariés, et dont on disait qu'ils avaient abandonné leurs conjoints et enfants au Portugal pour vivre ensemble. Mr. J..., fringant célibataire originaire de Goa, qui avait fait un peu de prison pour malversation financière, était en pleine forme. Les nouveaux arrivants apprendraient bientôt leur rôle et découvriraient que le fait d'être étrangers constituait leur meilleur atout.

J'avais toujours cru que les expatriés représentaient ce que la culture et le style du monde « civilisé » avaient de meilleur. Mais je voyais aujourd'hui qu'ils étaient bien loin de Broadway, du West End ou de la Scala et qu'ils étaient probablement en retard d'une décennie, tout comme je l'avais été avec Chuck Berry. Je regardai les visages rouges et suants sur la piste de danse, l'éclat enfantin dans leurs yeux. Cela me rendit triste et impatient.

Shiva dansa d'abord avec Hema, puis avec des femmes qui venaient jouer au bridge chez nous, et ensuite avec toutes celles qui voulaient bien danser. Je n'avais soudain plus envie d'être ici. Je partis tôt, disant à Hema et Ghosh que j'allais prendre un taxi.

Tout en marchant en direction de la maison, je pensais à la stagiaire. Je l'avais évitée. Quand elle était avec ses élèves, elle m'ignorait, et quand elle me voyait avec Shiva, elle nous saluait sans commentaire. La première fois que je l'avais rencontrée seul, elle m'avait arrêté : « Comment ça va, Marion ? » m'avait-elle demandé. À ses yeux, j'avais vu que rien n'avait changé et que sa porte était toujours ouverte pour moi. « Tu te trompes, avais-je répondu. Je suis Shiva. » Elle ne m'avait plus jamais adressé la parole.

J'entendis le murmure de la radio dans la chambre de Rosina, mais la porte était close, et de toute façon je ne cherchais pas la compagnie.

J'allai seul au lit, avec mes pensées – je me sentais plus vieux que mes quatorze ans.

Je me réveillai au retour de Shiva. Je l'observai dans le miroir. Il était plus grand que je ne me voyais, et il avait les hanches étroites et le pas léger d'un danseur. Il enleva sa veste et sa chemise. Il portait la raie sur le côté en quittant la maison, mais à ce moment ses boucles épaisses étaient en désordre. Ses lèvres étaient pleines, presque féminines, et son visage avait quelque chose de rêveur et de prophétique. Une fois en sous-vêtements, il se regarda dans le miroir. Il leva un bras, et tendit l'autre de côté. Il s'imaginait qu'il était en train de danser avec une femme. Il fit une pirouette gracieuse et s'inclina.

« Tu t'es bien amusé ? » demandai-je.

Il demeura interdit. Ses bras restèrent là où ils étaient. Il me regarda dans le miroir, ce qui me donna la chair de poule. « On s'est tous amusés », dit-il d'une voix rauque que je ne reconnus pas.

Chapitre 33

UNE FORME DE FOLIE

Le taxi nous déposa, Shiva et moi, de l'autre côté de la rue face aux portes de Missing, devant les bâtiments en parpaing, tout juste quand les réverbères s'allumaient. À seize ans, j'étais capitaine, premier batteur et gardien de guichet de notre équipe de cricket, et Shiva batteur du milieu. Mon point fort en tant que premier batteur consistait à envoyer la balle le plus loin possible et tenter d'essuyer la première salve tout en démoralisant les lanceurs, tandis que Shiva avait le talent de défendre son guichet avec obstination, ancrant l'équipe, même s'il ne marquait pas beaucoup de points. Il faisait toujours nuit quand nous rentrions de l'entraînement.

Ce jour-là, j'aperçus une femme encadrée par le rideau de perles et se découpant en silhouette contre la lumière du bar, à l'extrémité du bâtiment le plus proche du souk d'Ali.

« Hé ! Attendez-moi ! » cria-t-elle. Portant une jupe serrée et des chaussures à hauts talons, elle traversa à tout petits pas la planche qui enjambait le caniveau. Elle se tenait les épaules pour se réchauffer, et son sourire réduisait ses yeux à des fentes.

« Dites donc, comme vous avez grandi ! Vous vous souvenez de moi ? » demanda-t-elle, son regard incertain passant de Shiva à moi. Un parfum de jasmin atteignit nos narines.

Après la mort de son bébé, j'avais vu Tsige bien des fois, mais seulement de loin. Elle avait porté le deuil pendant une année. Ce matin pluvieux où elle avait apporté son bébé à Missing, Tsige était ordinaire. Son visage était simple et candide, mais maintenant, grâce à l'eyeliner, au rouge à lèvres et à ses cheveux ondulés qui lui descendaient jusqu'aux épaules, elle était impressionnante.

Nous échangeâmes trois baisers sur la joue, comme des parents. « Euh… voici… je vous présente mon frère », dis-je.

« Vous travaillez ici ? demanda Shiva qui n'était jamais embarrassé avec les femmes.

— Non, plus maintenant, dit-elle. Je suis la patronne. Entrez, je vous en prie.

— Non… mais… merci, bafouillai-je. Notre mère nous attend.

— Pas du tout, dit Shiva.

— J'espère que ça ne vous embête pas que je vienne un autre jour, dis-je.

Quand vous voulez, vous êtes tous deux les bienvenus. »

Nous demeurâmes là, sans rien dire. Elle avait gardé ma main dans les siennes.

« Écoutez. Je sais que ça fait longtemps, mais je ne vous ai jamais remercié. Chaque fois que je vous vois j'ai envie de vous parler, mais je ne veux pas vous déranger, et j'ai honte… Aujourd'hui, en vous voyant passer là, si près, j'ai pensé que je pouvais le faire…

— Oh non ! répondis-je, c'est moi qui craignais que vous soyez en colère contre moi, contre nous. Je pensais que vous teniez peut-être Missing responsable de…

— Non, non, non ! C'est moi qui suis responsable. » Son regard se ternit. « Voilà ce qui arrive quand on écoute ces stupides vieilles avec leurs "donne-lui ça", "fais ceci"… Ce matin-là, j'ai regardé mon pauvre bébé, et j'ai réalisé que ces remèdes *habesha* lui avaient fait du mal. Quand votre père a examiné Teferi, j'ai compris qu'il aurait pu l'aider si j'étais venue plus tôt. J'ai fait une terrible erreur en attendant. Mais… »

Je demeurai silencieux, me rappelant sa tristesse et comment elle avait pleuré sur mon épaule.

« J'espère que Dieu me pardonnera. J'espère qu'il me donnera une autre chance. » Elle parlait sincèrement et son visage, qui ne cachait rien, reflétait ses sentiments. « Mais écoutez, voici ce que je voulais vous dire : que Dieu et les saints vous protègent et vous bénissent pour tout le temps que vous avez passé avec nous. Votre père est un si bon médecin… Vous allez devenir médecins ?

— Oui », dîmes-nous à l'unisson. C'était à peu près la seule chose que je pouvais dire avec certitude ces jours-ci, et c'était à peu près la seule chose sur laquelle nous semblions être d'accord, Shiva et moi.

Son visage s'éclaira de nouveau.

« Pourquoi est-ce qu'on n'est pas entrés ? demanda Shiva alors que nous nous dirigions vers notre bungalow. Elle habite probablement à l'arrière. Elle t'aurait laissé coucher avec elle.

— Qu'est-ce qui te fait penser que je dois coucher avec toutes les femmes que je rencontre ? répliquai-je avec plus d animosité que nécessaire. Je ne veux pas coucher avec elle. De plus, elle n'est pas mon genre.

— Peut-être plus maintenant. Mais elle sait y faire.

— Ce ne sont pas les occasions qui m'ont manqué, tu sais. C'est un choix. » Pour preuve de mes dires, je lui racontai mon aventure avec la stagiaire.

Shiva ne fit pas de commentaires et nous poursuivîmes notre chemin en silence. Il m'énervait. Je ne voulais pas penser ainsi à Tsige ; je ne voulais pas me représenter son doux visage et la façon dont elle était obligée de gagner sa vie. C'était douloureux à imaginer, et je préférais ne pas le faire. Mais Shiva n'avait pas de tels scrupules.

Il dit : « Un jour nous coucherons avec des femmes. Je pense qu'aujourd'hui vaut n'importe quel jour. » Il leva les yeux comme pour s'assurer que la disposition des étoiles était favorable à l'entreprise.

Je l'arrêtai et le saisis à la chemise. J'essayai de trouver des raisons à mon objection. Elles étaient faibles.

« Tu oublies Hema et Ghosh ? Tu crois que ça leur fera plaisir ? Les gens les admirent. Nous ne devons rien faire pour les embarrasser.

— Je pense que c'est inévitable, répondit Shiva. Eux aussi le font. Je suis sûr qu'ils…

Tais-toi ! » m'écriai-je. Quelle pensée dérangeante ! Mais pas pour Shiva.

Le mois de nos seize ans, ma voix se mit à muer. Mon visage était constellé de points noirs comme si j'avais avalé un sac de graines de moutarde. Mes vêtements se faisaient trop petits, trop serrés tous les trois ou quatre mois. Des poils apparaissaient dans des endroits bizarres. J'avais du mal à me concentrer à cause de pensées concernant le sexe opposé, particulièrement Genet. J'étais rassuré de voir les mêmes changements en Shiva, mais depuis notre conversation à propos de Tsige, je ne pouvais plus parler avec lui des désirs que je ressentais ou de la nécessité de les maîtriser qui allait avec, nécessité qui pour Shiva n'existait pas.

« La prison, avais-je entendu Ghosh dire en riant à Adid, est la meilleure chose pour un couple. Si tu ne peux pas y envoyer ton épouse, alors vas-y toi-même. Cela fait des merveilles. » Maintenant que je savais ce qu'ils faisaient, j'étais gêné, très gêné même.

En dépit de notre connaissance du corps humain dans le contexte de la maladie, Shiva et moi avions très longtemps ignoré les choses du sexe – mais peut-être étais-je le seul dans ce cas. J'étais bien loin de me douter que nos camarades éthiopiens, dans notre école et dans les écoles publiques, avaient fait leur initiation sexuelle avec une hôtesse de bar ou une bonne depuis longtemps. Ils n'avaient pas vécu mes années de confusion, passées à tâcher d'imaginer l'inimaginable.

Je me rappelle une histoire que mon copain de classe Gaby m'avait racontée quand j'avais douze ou treize ans, apprise d'un cousin émigré en Amérique, et que nous crûmes tous pendant longtemps. « Quand tu atterris à New York, lui avait-il dit, une magnifique blonde t'accoste dans l'aéroport. Son parfum te rend fou. De gros seins, une minijupe. Elle te présente à son frère. Ils te proposent de te faire visiter la ville dans leur décapotable et, bien sûr, pour ne pas être grossier, tu acceptes. Une fois partis, l'homme te dit : "On va aller à Malibu prendre un verre chez moi avant de t'emmener à Manhattan." Vous vous arrêtez devant une maison comme tu n'en as jamais vu. Une fois à l'intérieur, le type sort un flingue et te dit : "Si tu ne baises pas ma sœur, tu es mort." »

Bien des nuits je demeurai éveillé à rêver à ce conte horrible, tordu et magnifique, qui me donnait envie d'aller en Amérique rien que pour cela. *Mon frère, range ton arme, je baiserai ta sœur pour rien*, devint entre Gaby, moi et notre petite bande notre mot de passe secret, le signe de notre fraternité d'adolescents en rut, en plein bouillonnement sexuel. Même après que nous eussions réalisé que l'histoire était un absurde conte de fées, elle continua à nous ravir, et nous en répétions le refrain avec délectation.

Quelques semaines après notre rencontre avec Tsige devant le bar, je croisai la stagiaire qui se dirigeait vers la porte de Missing. Il fut impossible de lui échapper. Sa vue provoquait toujours en moi une certaine anxiété.

Elle était en compagnie de sa couvée d'élèves. Elle m'ignorait généralement en pareille situation. Mais ce jour-là elle sourit, et le sang lui monta au visage. Je lui souris en retour par politesse. Elle me fit un clin d'œil et s'approcha tandis que les filles poursuivaient leur chemin. « Merci, pour hier soir. J'espère que le sang ne t'a pas fait peur. Tu as été surpris ? Toutes ces années je t'ai attendu… Cela en valait la peine. » Elle m'effleura. « Quand est-ce que tu reviens ? Je compterai les jours. »

Elle rattrapa ses élèves d'un pas dansant, balançant tout ce qui pouvait se balancer, comme si Chuck Berry se pavanait derrière elle en jouant de la guitare. Elle s'adressa à moi par-dessus son épaule, projetant sa voix afin que tout le monde puisse entendre. « La prochaine fois, ne te débine pas comme ça, d'accord ? »

Je me précipitai à la maison. Dernièrement, surtout les week-ends, Shiva disparaissait souvent, mais je n'y avais pas prêté beaucoup d'attention. Je n'avais jamais imaginé ce qu'il faisait.

Shiva, Genet et Hema étaient à table, servis par Rosina. Ghosh était allé se laver. J'entraînai Shiva dans notre chambre.

« Elle t'a pris pour moi. » Je regrettai maintenant de lui avoir révélé mon histoire avec la stagiaire. « Pourquoi tu ne m'as pas demandé ? Je t'aurais interdit d'y aller. D'ailleurs, je l'ai fait. Qu'est-ce que tu lui as raconté ? Tu t'es fait passer pour moi ? »

Ma colère sidéra Shiva. « Non. J'ai été moi. J'ai juste frappé à la porte. Je n'ai rien dit. C'est elle qui a fait tout le reste.

— Bon Dieu ! Comme ça ? Tu as pris vos deux pucelages ?

— C'était ma première fois avec elle. Et qu'est-ce qui te rend si sûr d'elle, hein, frère aîné ? » Ses paroles furent comme un coup de poing dans le ventre. Je n'avais jamais entendu Shiva me parler de manière sarcastique – j'en fus sali et blessé. Il poursuivit sans que j'aie pu dire un mot : « De toute façon, ce n'est pas ma première fois. Je vais à la Piazza tous les dimanches.

— Quoi ? Combien de fois y es-tu allé ?

— Vingt et une. »

Je fus incapable de répondre. J'étais abasourdi, gêné, dégoûté et… terriblement envieux.

« La même femme ?

— Non, vingt et une femmes différentes. Vingt-deux si tu comptes la stagiaire. » Il était là, le menton en avant, s'appuyant nonchalamment d'un bras contre le mur.

Lorsque je pus parler, je lui demandai : « Ça ne t'embête pas de ne pas retourner voir la stagiaire ?

— Pourquoi ? Tu veux y aller ? »

Je sentais que je n'avais plus aucune autorité sur lui, aucune expérience crédible pouvant donner du poids à mes conseils. Je me sentais très fatigué. « Ça ne fait rien. Mais rends-moi un service. Si tu y retournes, tu lui dis qui tu es. Et après tu restes pour la tenir dans tes bras et lui murmurer des mots doux dans l'oreille. Dis-lui qu'elle est belle.

— Murmurer quoi ? Pourquoi ?

— Oublie.

— Marion, toutes les femmes sont belles », déclara Shiva. Je levai les yeux et vis qu'il parlait avec conviction et sans la moindre trace de sarcasme. Il n'était ni gêné ni triste, pas plus qu'il n'était en colère parce que je l'avais réprimandé. Dans ma vanité, je croyais connaître mon frère alors que je ne connaissais vraiment que ses rituels. Il adorait son *Anatomie* de Gray et l'emportait si souvent avec lui que ses doigts s'étaient imprimés en creux sur la couverture. Quand Ghosh lui en offrit une nouvelle édition, mon frère se sentit insulté, comme si Ghosh lui avait apporté un chiot trouvé dans la rue pour remplacer sa Koochooloo bien-aimée, qui était sur sa fin. Je connaissais les rituels de Shiva, mais pas la logique qui les soutenait. Shiva trouvait effectivement toutes les femmes belles – je l'avais vu la première fois que nous étions allés à la clinique de version. Il n'en ratait pas une et il avait tanné Hema jusqu'à ce qu'elle lui apprenne comment retourner les bébés. Son intérêt pour la clinique, l'obstétrique ou la gynécologie n'avait rien de lascif.

En ce qui me concernait, je me gardais pour une femme. Mon abstinence me semblait d'autant plus noble qu'elle était très difficile à observer. Mon célibat était un supplice, et je voulais qu'il impressionne Genet. Comment en aurait-il été autrement ?

Il avait été clair depuis ce samedi ensoleillé trois ans auparavant, quand Genet était revenue d'Asmara, qu'elle était en pleine puberté. Cet hiver-là, sa poussée de croissance allongea tout chez elle : les jambes, les doigts, même les cils. Ses paupières prirent un air ensommeillé, donnant à ses yeux l'air d'être encore plus espacés. Après son retour d'Asmara, elle avait commencé à rendre tout le monde fou dans la maison. D'après le manuel de pédiatrie de Nelson, les tétons et les poils pubiens étaient les premiers signes de la puberté chez les filles. Comme il était étrange que Nelson ait négligé le premier que j'aie remarqué, à savoir une mûre et entêtante odeur de sirène. Quand elle portait du parfum, les deux odeurs se mêlaient, me faisant tourner la tête. J'étais obsédé par une idée : lui déchirer ses vêtements pour aller boire à la source.

Les changements chez Genet galvanisaient Rosina – c'était clair pour moi. Hema et Rosina étaient alliées, unies par leur désir de la protéger des prédateurs masculins. Mais les deux mères n'étaient jamais assez protectrices à mon goût, et elles sabotaient leurs propres efforts en lui achetant des vêtements et des accessoires qui la rendaient plus attirante encore pour le sexe opposé. Les chiens de chasse – du moins c'est ainsi que je les voyais – ne pouvaient s'empêcher de venir renifler à notre porte et, qui plus est, Genet, de son propre aveu, était en chaleur.

Ce trimestre-là, un jeudi, Genet nous fit savoir qu'elle ne rentrerait pas avec nous en taxi. Elle reviendrait par ses propres moyens. Alors que Shiva et moi montions les derniers cinquante mètres de notre allée, une Mercedes-Benz noire aux formes élancées déposa Genet.

Shiva entra, mais je l'attendis.

« Ça ne me plaît pas que tu rentres avec Rudy », lui déclarai-je. C'était vraiment peu dire : en fait, cette voiture de luxe me faisait bouillir de jalousie. Le père de Rudy avait le monopole des salles de bains à Addis, et au lycée, à part son fils, il n'y avait pas plus de deux autres élèves à venir au volant d'une voiture. Ce qui me mettait le plus en rage, c'est que Rudy avait été un de mes meilleurs amis.

« On croirait entendre ma mère, répondit Genet, ignorant mon chagrin.

— Rudy est le prince héritier des chiottes. Tout ce qu'il veut, c'est coucher avec toi.

— Pas toi ? me demanda-t-elle en me fixant d'un air timide, la tête penchée de côté.

— Si. Mais je ne veux coucher qu'avec toi. Et je t'aime. C'est différent. »

Malgré ma timidité avec les femmes, je n'avais pas de difficultés à avouer mes sentiments à Genet. Je me demandais si ce n'était pas une erreur de montrer si clairement mon jeu, de donner à une femme superficielle un tel pouvoir sur moi, mais ma foi me disait qu'elle ne pouvait pas être superficielle, qu'un tel amour, un tel dévouement de ma part, lui conféreraient puissance et liberté.

« Tu veux bien le faire avec moi ? demanda-t-elle.

— Bien sûr. J'en rêve chaque nuit. Nous n'avons plus que trois ans à attendre pour nous marier. Et alors nous perdrons notre virginité ici », dis-je en sortant une photo pliée en huit que j'avais arrachée aux pages du *National Geographic*. C'était le Lake Palace à Udaipur, un hôtel d'un blanc éclatant posé au centre d'un lac d'un bleu parfait. « Je veux me marier en Inde », dis-je. Je me voyais en marié, chevauchant un éléphant, symbole du désir et de la frustration que j'avais réprimés – il ne me fallait pas moins qu'un éléphant (ou un jumbo-jet). Et Genet, splendide, couverte de bijoux et vêtue d'un sari jaune, entourée de fleurs de jasmin… Je voyais le moindre détail. J'avais même choisi son parfum : *Motiya Bela*, à base de jasmin. « Et voilà la suite nuptiale. » On voyait une chambre avec un lit géant et d'immenses portes-fenêtres ouvrant sur le lac. « Regarde la salle de bains avec la baignoire sur pieds et le bidet. » Le prince héritier des chiottes ne serait jamais à la hauteur.

Genet fut surprise et touchée par les photos et par le fait que je conservais la page dans mon portefeuille. Ma tigresse me regarda avec intérêt.

« Marion, tu as vraiment réfléchi à tout ça, n'est-ce pas ? »

Je décrivis les draps en soie blanche, la façon dont les rideaux en fin coton nous protégeraient le jour mais s'ouvriraient la nuit ainsi que les portes de la véranda. « Je recouvrirai le lit de pétales de rose, et quand je te déshabillerai, je lécherai et embrasserai chaque centimètre de ton corps, en commençant par les orteils… »

Elle gémit. Elle posa un doigt sur mes lèvres, faisant rouler ses prunelles sous ses paupières, me montrant sa gorge. « Mon Dieu, tu ferais mieux d'arrêter avant que je ne devienne folle. » Elle soupira. « Mais écoute, Marion, et si je te disais que je ne veux pas me marier ? Je ne veux pas attendre. Je veux être déflorée. Maintenant. Pas dans trois ans.

— Mais Hema ? Et ta mère ?

— Je ne veux pas que ce soient elles qui me déflorent. Je veux que ce soit toi.

— Ce n'est pas… »

Un éclat de rire, que je lui pardonnai parce qu'il me donna du courage. « Je sais ce que tu veux dire, idiot. Et si je n'ai pas ta capacité de résistance ? Un jour je veux le faire. Pas toi ? Juste pour en avoir terminé ! Juste pour savoir. » Elle soupira. « Si tu ne veux pas, peut-être que je devrais demander à Shiva ? Ou Rudy ?

— Pas au prince des chiottes. Et Shiva… eh bien, Shiva n'est plus puceau. Il l'a déjà fait. De plus, je croyais que tu m'aimais.

— Quoi ? » Elle battit des mains de ravissement et chercha Shiva des yeux. « Shiva ? » Elle sautait presque de joie. Elle avait éludé la question de son amour. Je songeai qu'elle était trop timide pour l'avouer. « Oh,

Shiva, Shiva ! Il faut qu'il nous donne tous les détails. Shiva n'est plus puceau, dis-tu ? Qu'est-ce qu'on attend, alors ?

— J'attends que toi et...

— Oh, arrête ! On dirait un roman à l'eau de rose. Tu parles comme une fille, bon Dieu ! Si tu veux être le premier, il faut te grouiller, Marion. » Elle paraissait sérieuse, pas trace d'humour sur son visage. « Sinon, j'en ai d'autres à l'esprit. Ton ami Gaby, oui, même le prince des chiottes, même si son haleine sent le fromage... » Elle partit d'un nouvel éclat de rire, jouissant de ma peine mais me montrant aussi qu'elle ne faisait que plaisanter, Dieu merci.

Je n'aurais pas pu en supporter davantage. Il était pénible d'avoir à l'entendre nommer d'autres soupirants. Je remarquai qu'elle tenait à la main des magazines de mode. « Qu'est-ce qui t'arrive ? » demandai-je. Maintenant j'étais en colère. Je me rappelais la fille qui faisait des prodiges en écriture et qui, après la mort de Zemui, avait lu avec voracité tout ce qu'Hema lui donnait. « Tu étais si... sérieuse », dis-je. Aujourd'hui, ses meilleures amies étaient deux magnifiques sœurs arméniennes. Toutes trois allaient passer leurs après-midi dans les boutiques ou au cinéma où elles étudiaient les vêtements et les poses de leurs idoles. Elles maintenaient les garçons dans l'expectative. Genet, naguère si brillante qu'elle avait sauté une année pour entrer dans notre classe, travaillait peu à présent, et ses notes en pâtissaient. « Que se passe-t-il, Genet ? Tu ne veux plus être médecin ?

— Si, exactement, je veux être médecin, dit-elle en s'approchant tout près. — Docteur, je voudrais que vous m'auscultiez. » Elle ouvrit les bras, le cartable dans une main, les magazines de mode dans l'autre. Elle s'approcha de moi, tout près, et avança les hanches jusqu'à me toucher. « J'ai mal là, docteur. »

C'est alors que Rosina apparut sur le seuil de la chambre comme un diable sorti de sa boîte. Son irruption soudaine était surprenante, et j'avoue qu'elle était comique, mais la façon dont Genet éclata de rire ne fut sûrement pas pour plaire à Rosina.

Avec un flot d'imprécations en tigrinya, émaillées d'*italinya*, Rosina se précipita sur nous. Genet évita sa mère en dansant autour de moi, rendue encore plus excitée par la poursuite. Je comprenais de temps à autre ce que disait Rosina et devinai son propos : *Où as-tu la tête ? Qu'est-ce que tu fricotais à l'instant ? Qui est ce garçon dans la voiture ? Tu ne sais pas qu'il ne veut qu'une seule chose ? Pourquoi est-ce que tu te colles à Marion comme si tu étais une hôtesse de bar ?* Chaque question arrachait un nouveau rire à Genet.

Rosina me regarda comme si c'était à moi de répondre de la conduite de sa fille. C'était la deuxième fois qu'elle nous surprenait dans une situation compromettante. Elle passa à l'amharique pour me questionner : « Pourquoi est-ce qu'elle n'est pas rentrée avec toi et Shiva ? Et qu'est-ce que vous étiez en train de faire ?

— Nous allons être médecins, tu ne sais pas, mère ? cria Genet en amharique, les larmes aux yeux, à peine capable de parler. Je lui apprenais comment examiner une femme ! »

L'indignation qui se peignit sur le visage de Rosina fut la récompense de Genet, et elle trouva cela si drôle qu'elle laissa tomber ses magazines et son cartable, et s'éloigna pliée en deux de rire pour rejoindre sa chambre. Nous la regardâmes glisser d'un pas léger en se tenant les côtes. Rosina se tourna vers moi, cachant sa confusion sous l'expression sévère qu'elle affectait pour nous gronder, Shiva et moi, quand nous avions fait des bêtises. Mais celle-ci paraissait d'autant plus artificielle du fait qu'avec mon mètre quatre-vingt-cinq je dépassais désormais ma gouvernante d'une bonne hauteur. « Qu'est-ce que tu as à dire pour ta défense, Marion ? »

Je baissai la tête, m'avançai de deux pas traînants vers elle. « Je voudrais dire… » commençai-je. Puis je saisis Rosina, la soulevai, et la fis tournoyer tandis qu'elle me bourrait les épaules de coups de poing. Je voudrais dire que je suis content de te voir. Et que je veux épouser ta fille !

— Lâche-moi. Lâche-moi ! »

Je la posai par terre et elle essaya de me donner une gifle que j'évitai d'un saut de côté.

« Tu es fou, tu sais ça ? s'exclama-t-elle, tâchant d'ajuster son chemisier, lissant sa jupe, déterminée à demeurer sérieuse à tout prix. Les mauvais esprits se sont emparés de vous tous, les enfants. » Elle ramassa le cartable et les magazines et partit sur les traces de Genet, criant pour qu'elle et moi l'entendîmes : « Attendez un peu, je vais aller prendre un bâton pour vous faire sortir les démons du corps !

— Rosina, pourquoi parler ainsi à ton futur gendre ? » criai-je.

Elle fit mine de se retourner pour me poursuivre, mais je pris la fuite.

« Folie ! Démence ! » lâcha-t-elle avant de s'éloigner en marmonnant.

En levant les yeux, je constatai que Shiva était en train de regarder derrière la baie vitrée. Le vent dans les eucalyptus produisit ce genre de bruissement sec qui vous faisait croire à une ondée ; mais le ciel était sans nuages. Je voyais Shiva qui m'observait, le visage empourpré. Nos yeux se rencontrèrent, et son expression suggérait qu'il avait ri, qu'il avait probablement tout vu et entendu ; j'admirai sa pose, une main dans la poche, les genoux raides, le poids sur une jambe – mon frère était élégant même quand il était immobile, qualité qu'il partageait avec Genet. Il souriait rarement, et il y avait dans la fixité de sa lèvre supérieure quelque chose de malicieux et de mauvais à la fois. Je fis un large sourire, ne voulant rien dissimuler. Je me sentais bien, content de moi. Mon frère lisait dans mes pensées. Il m'aimait, aimait Genet, et je les aimais tous deux.

Oui, Rosina avait raison, la folie hantait Missing, mais seul un fou aurait voulu être ailleurs.

Chapitre 34

Un temps pour récolter

Cet incident arrivait à un moment des plus inopportuns. C'était ma dernière année à LT&C et j'étais décidé à réussir mes examens. Ma motivation était simple : un magnifique hôpital couleur ivoire, cinq fois plus grand que Missing, avait été bâti sur une hauteur dominant Churchill Road, la poste et le lycée français. Ce devait être un centre hospitalier universitaire dont les professeurs, payés par le British Council, Swissaid et USAID, seraient des médecins à la retraite réputés, originaires de ces pays, qui viendraient enseigner à Addis pour de courtes périodes.

Ainsi donc, tandis que Rosina partait à la poursuite de Genet, chargée des magazines et des livres de classe qu'elle avait laissés tomber, bien décidée à continuer le combat, je ne perdis pas de temps. J'entrai, me lavai, puis ouvris mes livres sur la table de la salle à manger. Hema et Ghosh jouaient au bridge avec des amis dans l'ancien bungalow de ce dernier.

Je dînai tout en travaillant. Chaque minute comptait pour moi. J'avais calculé combien de jours, d'heures et de minutes restaient avant les examens de sortie. Si je voulais dormir, jouer au cricket et entrer à la faculté de médecine, je n'avais pas de temps à perdre.

Genet arriva une heure plus tard pour étudier avec moi. J'essayai de ne pas lever les yeux. Bientôt, Shiva nous rejoignit. Il posa sur la table les *Principes de gynécologie* de Jeffcoate, hérissés de signets. Plutôt que de lire les livres, Shiva les démontait et les digérait, en faisant des appendices de son propre corps.

Genet et moi devions obtenir d'excellentes notes si nous voulions entrer à la faculté. Genet, qui prétendait être tout aussi passionnée par la médecine que moi, ne me rejoignait pourtant souvent que bien plus tard à la table d'étude, qu'elle quittait aussi plus tôt. Il lui arrivait parfois de ne pas venir du tout. Deux soirs par semaine, j'allais en taxi prendre des cours de maths et de chimie organique chez Mr. Mammen. Genet m'accompagna une fois, et ne revint jamais, rebutée par la discipline de fer de notre professeur, dont je jugeais pour ma part l'aide inestimable. Les week-ends, je me retirais dans l'ancienne maison de Ghosh, pour permettre à celui-ci et à Hema d'écouter la radio et de recevoir sans avoir à s'inquiéter de me déranger. Si Genet avait toute liberté de me rejoindre, elle le faisait rarement.

Shiva n'avait pas nos soucis. Il avait tâché d'obtenir de ne plus aller du tout au lycée. Il voulait être l'assistant d'Hema – les diplômes ne signifiaient rien pour lui. Mais Hema avait été intraitable : s'il voulait travailler avec elle, il devait terminer l'année, même s'il ne passait pas les examens. Entre-temps, il apprenait tout seul tout ce qu'il pouvait concernant l'obstétrique et la gynécologie. J'entendis Hema et Ghosh dire qu'en ces deux matières il en savait plus que l'étudiant moyen de dernière année de médecine.

Shiva s'était approprié la cabane à outils où nous avions caché la moto. Farinachi lui avait appris la soudure, et c'est là qu'il gardait son fer et son équipement. Environ un mois plus tôt, j'étais passé et j'avais été surpris de découvrir que le mur du fond était dégagé et que la moto, le tas de bois, les sacs de jute et les piles de bibles avaient disparu.

« Je l'ai démontée », m'avait expliqué Shiva. Il m'avait montré la base de son lourd établi dont les piliers carrés en bois cachaient le moteur. Il avait enterré le cadre enveloppé dans une toile cirée et une bâche goudronnée sous la table. Le reste était rangé dans des contenants de tailles diverses, dont les plus petits étaient des boîtes d'allumettes et les plus grands les caisses empilées sur des étagères en métal.

« Raconte-moi, Shiva », murmura Genet de derrière son livre, *Les Éléments de chimie*. Elle avait tenu dix minutes avant de rompre le silence et ma concentration.

« Te raconter quoi ? demanda Shiva sans prendre la peine de baisser le ton.

— Ta première fois ! Quoi d'autre ? Pourquoi tu ne me l'as pas dit ? Marion vient juste de m'apprendre que tu n'étais plus puceau. »

J'avais été trop gêné et jaloux pour demander à Shiva les détails de son histoire ; pourtant, tout était d'une simplicité étonnante.

« Je suis allé à la Piazza. Dans la rue à côté de la boulangerie Massawa, tu sais, là où tu vois les rangées de chambres… avec une femme sur chaque pas de porte, et ces lumières de différentes couleurs…

— Comment tu as choisi ?

— Je n'ai pas choisi. J'ai poussé la première porte et c'est tout, dit-il en souriant et en retournant à son travail.

— Non, ce n'est pas tout ! » Elle lui arracha son livre. « Qu'est-ce qui s'est passé ensuite ? »

Je faisais semblant d'être dérangé, mais toutes les cellules de mon cerveau étaient en alerte. J'étais content que Genet ait pris sur elle de poser la question.

« J'ai demandé le prix. Elle a dit trente. J'ai dit que je n'avais que dix. Elle a dit OK. Elle s'est déshabillée et allongée sur le lit…

— Elle a enlevé tous ses vêtements ? » laissai-je échapper. Shiva leva les yeux, surpris.

« Sauf son chemisier, qu'elle a remonté.

— Un soutien-gorge ? Qu'est-ce qu'elle portait ? voulut savoir Genet.

— Un petit chandail, je crois. Un truc à manches courtes. Et une minijupe. Pas de bas ni de talons aiguilles. Pas de sous-vêtements. Pas de soutien-gorge. Elle a quitté ses chaussures, laissé tomber sa jupe, soulevé son chemisier, et puis elle s'est allongée.

— Oh ! mon Dieu ! Continue ! fit Genet.

— Je me suis déshabillé. J'étais prêt. Je lui ai dit que c'était ma première fois. Elle a dit : “Que Dieu nous vienne en aide !” J'ai répondu que je ne pensais pas que nous ayons besoin de l'aide de Dieu. Je me suis allongé sur elle, elle m'a aidé à…

— Ça lui a fait mal ? Est-ce que tu étais…

— Dur ? Oui. Non, je ne crois pas que ça lui ait fait mal. Tu sais, le vagin possède des parois qui sont extensibles, elles peuvent laisser passer la tête d'un bébé…

— OK, OK, fit Genet. Et après ?

— Elle a commencé à bouger pour me montrer jusqu'à ce que je comprenne. Je l'ai fait jusqu'à avoir une réaction éjaculatoire.

— Une quoi ? demanda Genet.

— La contraction du canal et des vésicules séminales qui mélangent leur liquide avec les sécrétions prostatiques…

— Il a joui », expliquai-je. J'avais appris le mot dans un petit livre crasseux écrit par un certain T.N. Raman, auteur de romans à l'eau de rose. Mon camarade de classe, Satish, rapportait ces petits livres de ses vacances à Bombay. T.N. Raman était responsable de tout ce que les écoliers indiens apprenaient (ou croyaient apprendre) sur le sexe.

« Oh… et après ? demanda Genet.

— Eh bien, je me suis levé, je me suis habillé et je suis parti.

— Ça t'a fait mal ? demandai-je.

— Pas de douleur. » À voir son expression empreinte de sérieux, on aurait dit qu'il racontait comment il avait mangé une glace chez Enrico.

« C'est tout ? s'étonna Genet. Et après tu l'as payée ?

— Non, j'ai payé d'abord.

— Qu'est-ce qu'elle a dit quand tu es parti ? »

Shiva réfléchit. « Elle a dit qu'elle aimait mon corps et qu'elle aimait ma peau. Que la prochaine fois on le ferait… en levrette !

— Qu'est-ce que ça veut dire "en levrette" ?

— Je ne savais pas. J'ai dit : "Pourquoi attendre la prochaine fois ? Montre-moi tout de suite."

— Tu avais de l'argent ?

— C'est ce qu'elle a demandé. "Tu as de l'argent ?" Mais je n'en avais pas. Mais elle m'a quand même laissé faire. Par-derrière, c'est ce qu'elle appelait en levrette. Cette fois-ci je crois qu'elle a… explosé.

— Mon Dieu ! fit Genet en soupirant et en se laissant glisser sur sa chaise, le visage empourpré. Qu'est-ce que tu as ? Marion ? Où est-ce que tu vas ? »

Je m'étais levé. L'odeur qu'exhalait Genet était suffocante, elle arrivait par vagues de chaleur rose qui troublaient l'air ambiant.

« Ce que j'ai ? » Je n'étais pas aussi contrarié que j'en avais l'air, pourtant je répondis : « Comment est-ce que tu veux que je travaille, dis-moi ? Je ne peux pas croire que tu me poses une question pareille. »

Ce que j'avais, c'est que j'étais terriblement excité par l'histoire de Shiva et par le regard provocant de Genet dont le corps était à portée de main, exhalant l'odeur de femelle en chaleur, consentante, qui plus est. Si je ne partais pas, j'allais moi aussi exploser dans mon pantalon. Il fallait que je disparaisse. Je fourrai mes notes de biologie dans ma veste.

Rosina, que j'avais trouvée presque à la porte de la cuisine, s'intéressait maintenant de près au fourneau. Même si elle n'avait pas écouté et n'avait pas non plus d'odorat, elle avait certainement vu le nuage rose qui dérivait vers la salle à manger. Elle évita mon regard. Avec Genet qui était décidée à se conduire de manière provocante et Rosina qui était tout aussi décidée à réagir, la mère et la fille n'échappaient pas à la confrontation – et il était impossible de dire laquelle des deux avait engagé le combat. D'une certaine manière, Rosina était mon alliée, du fait qu'elle protégeait Genet pour moi. Mais j'étais contrarié de la voir s'immiscer ainsi.

« Je vais au souk, dis-je d'un ton bourru.

— Mais tu viens juste de te mettre au travail, Marion. »

Je lui lançai un regard noir, la défiant de se mettre sur mon chemin.

Je pris mon temps. J'achetai un Coca que je finis par donner à Gebrew. Je m'assis dans sa guérite. Je ne voulais pas rentrer avant que mon esprit et mon corps n'eussent recouvré leur calme. Je fus aidé par Gebrew, qui me confia les frasques d'un de ses neveux.

Je finis par souhaiter la bonne nuit à Gebrew et pris le chemin du retour. Quand je bifurquai au carrefour pour prendre la route de notre bungalow, je vis qu'il y avait de la lumière dans la cabane à outils. Shiva y travaillait souvent jusque tard dans la nuit.

Chaque fois que j'empruntais ce chemin dans l'obscurité, j'appréhendais le moment d'arriver à l'endroit où le soldat avait pris son envol. Une fissure dans le béton du trottoir y commémorait l'instant où la roue avant de la BMW s'y était encastrée.

Les troncs d'arbres grinçaient et soupiraient. Le bruit des feuilles, qui évoquait celui d'une main fouillant dans un tas de pièces de monnaie, était sinistre. Après toutes ces années passées à l'imaginer, j'aurais presque été soulagé de le voir surgir devant moi. Apparemment, Shiva n'éprouvait pas de telles angoisses, lui qui passait ses soirées dans le cabanon. Le temps ne m'avait pas allégé du poids du drame qui s'était déroulé ici. Et même si j'avais apprivoisé ma peur, je comprenais pourquoi certaines personnes pouvaient avouer un meurtre des années après l'avoir perpétré : c'était pour elles la seule manière de cesser de se torturer. Je me dépêchai de laisser ce tournant derrière moi.

J'entendis de la musique provenant de la radio que Shiva gardait dans la cabane.

Je venais de la dépasser et avais presque atteint la maison quand je vis une silhouette descendre la pente d'un pas décidé. Dans l'obscurité, je perçus un marmonnement. J'avais le cœur au bord des lèvres, mais le fait que la voix fût celle d'une femme m'évita de céder à la panique. Je ne reconnus Rosina qu'au moment où elle arriva sur moi. Où allait-elle à cette heure ? Elle s'approcha encore, scrutant mes traits comme elle le faisait pour nous reconnaître l'un et l'autre. Puis, avant que je comprenne ce qui se passait, elle me gifla et se rua sur moi, me distribuant une série de calottes tout en me tirant les cheveux de la main gauche.

« Je t'avais prévenu ! hurla-t-elle.

— Rosina, de quoi est-ce que tu parles ? » dis-je, me recroquevillant sous les coups.

Cela ne fit qu'attiser sa colère. Je suppose que j'aurais pu aisément la maîtriser, ou m'enfuir, mais j'étais trop surpris pour réagir. Elle me gifla de nouveau.

« Je vous laisse seuls cinq minutes, et voilà ce qui se passe ! Pas bête de faire semblant d'aller au souk et elle aux toilettes. »

Quand je lui demandai de s'expliquer, elle m'envoya un nouveau coup que j'évitai et qui m'atteignit derrière la tête.

« J'ai attendu, dit-elle. Je t'ai accordé le bénéfice du doute. Puis je suis partie à ta recherche. Je l'ai vue remonter. Tu l'as envoyée en premier, n'est-ce pas ? Et qu'est-ce qui va se passer si elle tombe enceinte ? me siffla-t-elle à l'oreille. Cela veut dire qu'elle sera fille mère comme moi. Tous cet anglais et ces livres de classe n'y feront rien.

— Mais Rosina, je n'ai pas…

— Ne me mens pas mon petit. Tu n'as jamais été un bon menteur. Je vous ai vus vous regarder. J'aurais dû l'enfermer à ce moment-là. »

Je la fixai en silence.

« Tu veux une preuve ? C'est ça ? » hurla-t-elle. Elle tira quelque chose de sa poche qu'elle me jeta à la figure. Une culotte. « Son sang… et ta semence. » Dans le noir je ne voyais rien. Mais je sentis le sang, l'odeur de Genet… et je sentis l'odeur du sperme. C'était le mien. Je reconnus mon odeur d'amidon. Personne n'avait cette odeur.

Personne à part mon frère jumeau.

Je n'avais ni le cœur ni l'énergie de faire autre chose que me mettre au lit. Je me sentais meurtri. Seul. Shiva vint se coucher bien plus tard. J'attendis de voir s'il avait quelque chose à dire, mais il finit par s'endormir. En Éthiopie, on employait jadis une méthode pour confondre les coupables, appelée la *lebashai* : on droguait un petit garçon et on l'emmenait sur le lieu du crime pour qu'il désigne le coupable. Malheureusement, le doigt tremblant du devin halluciné désignait bien souvent un innocent qui était alors lapidé ou noyé. Bien que la *lebashai* eût alors légalement été interdite, on l'employait encore à la campagne. Voilà ce que je ressentais : accusé à tort, et incapable de me défendre.

Mais ce que je pouvais faire, c'était me venger. Le coupable dormait à côté de moi. J'aurais pu tuer Shiva cette nuit-là. J'y songeai. Je décidai que cela ne résoudrait rien. Mon univers était déjà anéanti. Mes bras étaient morts, mon cerveau vide. Mon amour n'était plus qu'une dérision de l'amour, une foireuse mascarade. Je n'avais plus ni raison ni désir de faire quoi que ce soit.

Le lendemain, Genet n'alla pas à l'école. Avec la permission accordée à contrecœur par Hema, Shiva se rendit à Akaki avec Farinachi qui voulait lui montrer les gigantesques métiers de l'usine de textile, où il devait changer la pièce d'une machine à teindre.

Je restai au lit. Quand Hema vint me voir, je lui dis que je ne me sentais pas bien et que je n'irais pas à l'école. Elle prit mon pouls, examina ma gorge. Elle semblait perplexe. Quand elle essaya d'en savoir plus, je déclarai que j'irais en classe. C'était préférable que d'avoir à répondre à ses questions.

Je ne me rappelle rien de cette journée au lycée. Même si Ghosh et Hema savaient que quelque chose s'était passé, ils n'avaient aucune idée de ce que cela pouvait être. La porte et la fenêtre de la chambre de Rosina demeuraient fermées, et ils entendaient Rosina vitupérer à grands cris.

Ce soir-là, Hema nous apprit que trois parents de Rosina – une femme et deux hommes – lui rendaient visite. Elle me pressa de lui dire ce qui se passait. Je ne pouvais croire qu'elle l'ignorait et que Rosina ne le lui avait pas appris. Il semblait que personne n'avait parlé. J'étais sûr que Rosina m'accuserait auprès d'Hema et je ne pouvais pas comprendre pourquoi elle ne l'avait pas déjà fait. Si Hema avait parlé à Shiva, je suppose qu'elle aurait découvert la vérité. Mais personne ne pensa à lui poser de questions.

Comme nous finissions de dîner Shiva revint, ravi de son excursion à Akaki. Ni Genet ni Rosina n'étaient présentes. Almaz déclara que la fille et la mère se querellaient et que les parents de Rosina étaient venus servir de médiateurs.

Hema se leva pour aller voir ce qui se passait, mais Ghosh la retint. « Quoi que ce soit, si tu t'en mêles tu ne feras que compliquer les choses. » Shiva ne dit rien, se contentant de manger.

Je n'avais pas de mérite à garder le silence, ne pensant pas que quiconque pût croire ma version de l'histoire. C'était à mon frère et à Genet de me sauver – s'ils le voulaient. Je scrutai le visage de Shiva ; il ne laissait paraître en rien qu'il était conscient de la calamité dont il était la cause. Pas la moindre indication.

Ce soir-là j'annonçai à Shiva que j'allais m'installer dans l'ancienne maison de Ghosh. C'était là que je dormirais et que je travaillerais. « Je veux être seul », dis-je, sans le regarder.

Il ne répondit pas. Ç'allait être la première fois dans nos vies que nous n'occuperions pas le même lit. S'il restait encore quelques filaments de jaune d'œuf et de chair pour retenir l'un à l'autre nos œufs séparés, j'étais en train d'y porter le bistouri.

Le samedi matin, quand j'arrivai à la table du petit déjeuner, il me sembla que Shiva n'avait pas mieux dormi que moi. Ensuite il se rendit chez Farinachi, et pour ma part j'allais regagner ma chambre quand Almaz fit irruption dans la salle à manger. « Je crois que vous feriez bien de venir, madame », dit-elle à Hema.

Elle ouvrit la marche en direction de la chambre de bonne, suivie par Hema, Ghosh et moi-même.

Rosina était assise dans un coin de la pièce sans lumière, maussade, sur la défensive et cependant inquiète. Genet était allongée sur son lit, le visage tout blanc, le front emperlé de sueur, les yeux ouverts, mais le regard vague et terne. Il émanait de la pièce une odeur de fièvre, puissante et aigre.

« Qu'est-ce qui s'est passé ici ? » demanda Hema. Mais Rosina ne voulut pas répondre et évita le regard d'Hema. Almaz ouvrit la lumière et se déplaça pour me bloquer la vue avant de soulever la couverture.

« Ouvre la fenêtre, Marion, me demanda Ghosh avant de s'approcher.

— Mon Dieu ! » s'exclama Hema. Genet gémit de douleur. Hema saisit Rosina aux épaules. « C'est toi ? C'est toi qui as… cette pauvre fille ? » S'étranglant de colère, Hema la secoua. Mais Rosina refusait toujours de lever la tête. « Espèce d'imbécile ! dit Hema. Oh, mon Dieu, mon Dieu, mon Dieu ! Pourquoi ? » Dans le regard d'Hema se lisaient la folie, l'incrédulité et la violence. Je crus qu'elle allait étrangler Rosina. Elle se contenta de la repousser. « Tu l'as probablement tuée, Rosina, tu sais ça ? » Les larmes coulaient sur le menton de Rosina, mais elle restait enfermée dans son mutisme.

Ghosh prit Genet dans ses bras et elle poussa un gémissement sinistre quand il la souleva. « La voiture ! », lança Ghosh, et Almaz courut à la porte, suivie d'Hema. Je restai un instant sur le seuil. Ma gouvernante était dans la même attitude qu'à notre entrée. Je me rappelai le jour où elle avait pris un rasoir pour scarifier le visage de Genet, son expression de défi et de fierté. Mais maintenant je voyais la honte et la peur sur son visage.

Comme je courais vers la voiture, Hema se retourna et me fit face. « Je crois que tu as quelque chose à voir avec ça, Marion. Je ne suis pas idiote ! »

Elle s'assit sur le siège du passager et claqua la portière. La voiture s'éloigna, conduite par Ghosh, Almaz avec Genet dans ses bras à l'arrière. Je m'engageai en courant dans notre allée, pris par derrière la cabane à outils et le pré et les rattrapai comme ils entraient aux urgences.

On perfusa Genet avant de l'emmener dans la salle d'opération n° 3, où Hema l'examina plus attentivement. Quand Hema ressortit, elle était secouée, mais plus calme, animée d'une colère froide. Elle s'adressa à Ghosh et à l'infirmière en chef sans se soucier de ma présence. « Vous pouvez croire que Rosina a payé pour faire exciser la pauvre petite ? Et ils n'ont pas seulement coupé le clitoris, mais aussi les petites lèvres et ils les ont suturées ! Grand Dieu, vous imaginez la douleur ? J'ai enlevé les fils. La blessure est terriblement infectée. Maintenant, c'est à la grâce de Dieu. »

On installa Genet dans l'unique chambre réservée aux VIP. Ghosh m'avait un jour dit que c'était celle que le général Mebratu avait occupée suite à son opération, peu après notre naissance.

Je m'assis sur une chaise à son chevet. Genet me pressa la main, je ne sus pas si c'était de manière consciente ou par réflexe. Je la gardai dans les miennes.

Hema était assise en face de moi dans un fauteuil, les coudes sur les genoux, la tête dans les mains. Nous n'avions rien à nous dire. J'étais aussi en colère contre elle qu'elle l'était contre moi.

Elle leva la tête et dit : « Les gens qui ont fait ça devraient aller en prison. » Ce n'était pas la première fois qu'elle avait à soigner une femme dans l'état de Genet. Elle était probablement parmi les meilleurs spécialistes au monde du traitement des excisions infectées. Son visage exprimait une amertume que je ne lui avais jamais vue.

Le soir tombait quand Genet ouvrit les yeux. Elle me vit et essaya de parler. Je lui demandai si elle voulait de l'eau et elle hocha la tête. Je lui mis une paille dans la bouche. Elle regarda pour voir si nous étions seuls.

« Je suis désolée, Marion, murmura-t-elle, les yeux noyés de larmes.

— Ne parle pas, dis-je. Tout va bien. » Ce n'était pas vrai, mais ce sont les paroles qui me vinrent aux lèvres.

« Je… j'aurais dû attendre », dit-elle.

Et pourquoi tu ne l'as pas fait, avais-je envie de dire. *Je n'ai eu ni le plaisir ni l'honneur d'être ton premier amant, et c'est moi qu'on accuse.*

L'effort qu'elle fit pour bouger lui arracha un gémissement. Elle se lécha les lèvres et je lui donnai à boire.

« Ma mère pense que c'est toi. » Sa voix était faible.

Je hochai la tête sans rien dire.

« Quand je lui ai dit que c'était Shiva, elle m'a giflée ; elle m'a donné des coups de pied et m'a traitée de menteuse. Elle ne me croyait pas. Elle pense que Shiva est puceau. » Elle essaya de rire, mais grimaça de douleur avant d'être prise d'une quinte de toux. Quand elle put parler de nouveau, elle dit : « Écoute, j'ai fait promettre à ma mère de ne rien dire à Hema. »

Je ne pus réprimer un ricanement sarcastique. « Eh bien, ne t'inquiète pas. Elle le lui dira. Elle est probablement en train de le faire à l'instant même.

— Non. Nous sommes d'accord.

— Qu'est-ce que tu veux dire ?

— J'ai accepté de lui laisser me faire ça, si… si elle ne disait rien. Elle ne doit pas dire un mot. Pas un mot à Hema. Et rien contre toi non plus. »

Je m'affalai sur ma chaise en entendant ces paroles. Genet se laissait exciser avec une lame non stérilisée, et c'était seulement pour me protéger ? De sorte que c'était moi qui en étais responsable ? C'était si absurde que j'avais envie de rire, mais je me rendis compte que j'en étais incapable : la culpabilité s'était installée en moi, comme si elle savait que là était son foyer et qu'elle y serait bien accueillie.

Shiva arriva le soir, les traits pâles et tirés. « Tiens, assieds-toi là », dis-je avant qu'il puisse ouvrir la bouche. Je n'étais pas sûr de ma réaction en sa présence et j'avais besoin de repos. « Reste avec elle jusqu'à mon retour. Tiens-lui la main. Elle s'agite quand je la lâche. » Je ne pouvais pas lui en dire plus pour l'instant. J'avais dépassé le stade de la colère, et lui celui de la douleur.

La fièvre dura trois jours. Je demeurai à son chevet jour et nuit. Hema, Ghosh et l'infirmière en chef allaient et venaient.

Le troisième jour, Genet cessa d'uriner. Ghosh, très inquiet, faisait lui-même les prises de sang, et Shiva ou moi nous courions au labo où nous aidions W.W. à aligner les réactifs et les tubes et à mesurer le taux d'urée qui ne cessait de monter.

Genet n'était jamais complètement inconsciente. Elle sommeillait et connaissait des périodes de confusion où on l'entendait gémir. Une fois, elle appela sa mère, mais Rosina n'était pas là. Almaz m'apprit qu'elle refusait de quitter sa chambre, ce qui était probablement une bonne chose. L'atmosphère de la chambre d'hôpital était suffisamment tendue comme ça pour risquer une confrontation entre elle et Hema. Elle finit par éprouver une terrible soif.

Le sixième jour, les reins de Genet commencèrent à produire de l'urine, dont la quantité alla en augmentant. Ghosh doubla puis tripla le volume des perfusions et l'encouragea à boire pour compenser la perte de liquide. « Il faut espérer que cela signifie que ses reins sont en train de se remettre, dit-il. C'est juste qu'ils ne sont pas capables de bien concentrer l'urine. »

Un matin, je me réveillai et vis son visage ; à la texture de sa peau, au relâchement autour du front, je sus qu'elle allait s'en sortir. Elle avait toujours été maigre, et la maladie l'avait consumée jusqu'aux os. Elle reprenait des couleurs, l'épée suspendue au-dessus de sa tête avait disparu. Mes épaules commencèrent à se dénouer.

Cet après-midi-là, j'allai dans ma chambre chez Ghosh et sombrai en un profond sommeil. Ce n'est qu'à mon réveil que je pensai à Shiva. Comprenait-il qu'il avait brisé mes rêves ? Voyait-il à quel point il avait blessé Genet et nous tous ? Je voulais le lui faire comprendre. Mais comment m'y prendre autrement qu'en le bourrant de coups de poing jusqu'à ce qu'il souffre autant que je souffrais ? Je haïssais mon frère. Plus personne n'y pouvait rien.

Personne sinon Genet.

Une fois qu'elle m'avait eu révélé le marché passé avec Rosina, Genet, un peu plus tard dans la nuit, avait repris difficilement conscience afin de murmurer : « Marion, punis-moi, mais pas Shiva. Renvoie-moi, mais laisse Shiva tranquille.

— Pourquoi ? Il n'en est pas question. Pourquoi l'épargner ?

— Marion, c'est moi qui ai poussé Shiva à faire ce qu'il a fait ce soir-là avec moi. Je le lui ai demandé. » Ses paroles m'atteignirent comme des coups de poing dans les reins. « Tu sais comme Shiva est différent... Il ne pense pas du tout comme toi. Crois-moi, si je ne le lui avais pas demandé, il aurait continué à lire son livre et je ne serais pas là. »

La première nuit à l'hôpital – parce que je pensais que cette nuit-là serait peut-être sa dernière –, j'avais promis à contrecœur à Genet de ne rien faire contre Shiva. Je n'avais pas dit à Hema ce qui s'était passé, la laissant imaginer ce que j'avais fait.

Et si j'ai tenu parole c'est tout simplement parce que j'avais appris quelque chose sur moi et Genet pendant qu'elle luttait pour rester en vie. J'avais été très près de la perdre, et cela m'avait aidé à comprendre que, en dépit de tout, je ne voulais pas qu'elle meure. Je ne lui pardonnerais peut-être jamais, mais je continuais à l'aimer.

C'est moi qui portai Genet de la voiture à la maison. Personne n'y fit d'objection, et si tel n'avait pas été le cas, j'aurais tenu bon. Ma veille incessante au chevet de Genet m'avait valu l'assentiment d'Hema.

Rosina me regarda entrer dans la cuisine avec Genet depuis le seuil de sa chambre. Genet ne jeta pas un regard dans sa direction. C'était comme si sa mère et la chambre dans laquelle elle avait passé toute sa vie avaient cessé d'exister. Rosina resta là, implorant son pardon du regard. Mais la rancœur d'un enfant est infinie, elle peut durer toute une vie.

Je portai Genet dans notre ancienne chambre, celle de Shiva, et qui serait dorénavant la sienne.

Shiva et moi dormirions chez Ghosh, moi dans la chambre, lui dans le salon.

Une demi-heure plus tard, quand j'allai chercher les vêtements de Genet, Rosina s'était enfermée et refusait de m'ouvrir. En pesant contre la porte je sentis qu'elle l'avait barricadée ou qu'elle s'y appuyait. Un silence particulier alourdissait l'atmosphère. J'allai à la fenêtre. Les volets étaient fermés, toutefois, avec l'aide d'Almaz, je parvins à faire céder les minces lamelles. Rosina avait bloqué la fenêtre avec l'armoire de sa chambre. Je montai sur le rebord et tentai vainement de la repousser. Je regardai par-dessus et ce que je vis me fis agir aussitôt : je pris appui sur le cadre de la fenêtre pour pouvoir renverser l'armoire en la poussant des deux pieds – je ne songeai aucunement à son contenu. Elle heurta le sol avec un bruit effroyable, tandis que les éclats de bois, de verre et de faïence volaient dans la pièce. Tout le monde accourut.

Je voyais parfaitement maintenant. Nous voyions tous. Hema, Ghosh, Shiva étaient derrière moi, et même Genet, qui s'était traînée jusque-là.

Je me rappelle la scène avec une précision mathématique, mais il n'y a pas d'angle dans la *Géométrie* de Carr ou dans tout autre manuel qui décrive exactement l'inclinaison de ce cou. Et aucune pilule de la pharmacopée qui puisse effacer ce souvenir. Pendue à une poutre, la tête rabattue sur la colonne vertébrale, la bouche ouverte et la langue pendant comme si elle avait été arrachée de sa gorge, c'est ainsi que nous découvrîmes Rosina.

Chapitre 35

D'UNE FIÈVRE À L'AUTRE

Les murs en pierre moussue et la porte massive de l'Empress Menen School lui donnaient l'allure d'une vieille forteresse. Avec ses chaussettes blanches, son chemisier bleu clair, sa jupe bleu marine, et sans bandeau, barrettes ni boucles d'oreilles, Genet se fondait parfaitement à la masse des filles. Son seul bijou était la croix de sainte Brigitte qu'elle portait au cou. Elle ne voulait pas se faire remarquer. Son ancien moi plein de vivacité était mort avec le cadavre que nous avions dépendu et enterré dans le cimetière de Gulele.

Je pris l'habitude de venir voir Genet tous les samedis soir. Elle se trouvait juste au-dessus du palais où le général Mebratu (accompagné de Zemui) avait pris des otages et essayé de changer le pays.

Genet aurait pu revenir à la maison pour les week-ends, mais Missing lui évoquait de pénibles souvenirs. Elle disait qu'elle était heureuse à Empress Menen. Les professeurs indiens étaient stricts mais excellents. Protégée de la société et de nous, elle travaillait très dur.

Nous fîmes ensemble l'année préparatoire à l'université puis, l'année suivante, nous entrâmes à la faculté de médecine. Maintenant qu'elle ne portait plus l'uniforme, elle demeurait réservée et discrète dans sa tenue et son comportement. Chaque fois que je venais rendre visite à Genet au foyer Mekane Yesus face à l'université, je priais pour que ce fût le jour où la porte verrouillée de son cœur s'ouvrirait, et qu'il me fût donné de voir des traces de l'ancienne Genet. Elle me remerciait pour les provisions envoyées par Almaz et Hema, mais la barrière qu'elle avait érigée autour d'elle ne tombait pas.

Je continuais à l'aimer.

J'aurais préféré qu'il en allât différemment.

Nous entrâmes à la faculté de médecine Hailé Sélassié Ier en 1974 – nous appartenions à la troisième promotion. Genet et moi fûmes désignés pour faire équipe en dissection, ce qui fut une chance pour elle. Un autre n'aurait pas supporté ses fréquentes absences et son refus de faire sa part de travail. Je ne pensais pas qu'elle était paresseuse. Il y avait une bonne raison à sa conduite : elle couvait quelque chose, et pour une fois je ne savais pas quoi.

Nos professeurs de sciences fondamentales – des Anglais, des Suisses et quelques Éthiopiens qui avaient fait leurs études à l'université américaine de Beyrouth et leur doctorat en Angleterre ou en Amérique – étaient excellents. Il y avait un Indien : notre Ghosh. Il n'était là ni maître assistant, ni maître de conférences, ni chef de clinique auxiliaire (un poste honoraire non rétribué), mais professeur de médecine et professeur de chirurgie auxiliaire.

Je ne crois pas qu'aucun de nous, y compris Hema, eût alors conscience de la quantité de savoir accumulé par Ghosh durant ses vingt-huit années passées en Éthiopie. Mais ce n'était pas le cas de Sir Ian Hill, le doyen de la nouvelle faculté. Ghosh avait publié quarante et un articles et le chapitre d'un manuel portait son nom. Son intérêt pour les maladies sexuellement transmissibles l'avait amené à faire des recherches sur la borréliose, dont il était le spécialiste mondial, parce que la forme de cette maladie transmise par les poux était endémique en Éthiopie et parce que personne ne l'avait observée de plus près.

J'avais appris l'existence de la borréliose quand, alors que j'étais encore au lycée, Ali, le propriétaire du souk situé en face de Missing, m'avait amené son frère, Saleem, pour que je le fasse soigner. Saleem était brûlant de fièvre et il délirait. Ghosh m'avait par la suite expliqué que le cas de Saleem était typique. Il était arrivé à Addis-Abeba avec tous ses biens dans un baluchon. Ali lui avait trouvé une place de docker aux entrepôts du Merkato où, mousson ou pas, il déchargeait les sacs. La nuit, il dormait côte à côte avec dix autres hommes dans un asile de nuit. À la saison des pluies, on lavait rarement les vêtements, qui mettaient des jours à sécher. Les conditions de vie de Saleem, si elles n'étaient pas faites pour les humains, étaient idéales pour les poux. En se grattant, il devait avoir écrasé un pou dont le sang avait pénétré dans son corps par l'égratignure ; et Saleem qui venait de la campagne n'était pas immunisé contre cette maladie urbaine.

Il avait suffi à notre préparateur borgne, Adam, de se pencher sur le malade à demi inconscient et incapable de se tenir debout ou assis pour faire le diagnostic.

Des années plus tard, Ghosh m'avait montré la correspondance qu'il avait entretenue avec le directeur du *New England Journal of Medecine*, lequel se préparait à publier la série d'articles qu'il avait écrits sur la borréliose. Le directeur trouvait que « Le signe d'Adam » était une formule prétentieuse. Ghosh défendit l'honneur de son préparateur qui n'avait pas fait d'études, au risque de se voir refuser la publication dans cet organe prestigieux.

> Cher M. Giles
>
> [...] En Éthiopie nous qualifions la hernie de « sous le genou » ou de « au-dessous du genou » plutôt que de « directe » ou « indirecte ». Il s'agit d'un autre ordre de grandeur, monsieur. Dans notre salle des urgences, nous avons souvent jusqu'à cinq patients prostrés sur le sol, atteints de fièvre. Le clinicien s'interroge : Est-ce la malaria ? Est-ce la typhoïde ? Ou est-ce la borréliose ? Il n'y a pas de boutons pour nous aider (les « boutons roses » de la typhoïde sont invisibles sur notre population), bien que je vous accorde que la typhoïde se signale par une bronchite et un ralentissement du pouls et que les malades de la malaria souffrent souvent d'hypertrophie de la rate. Ce serait négligence de ma part que de publier un article sur la borréliose sans fournir au clinicien un moyen pratique de faire son diagnostic, particulièrement là où il est difficile de pratiquer des examens de sérum ou de sang. Il suffit au clinicien de saisir la cuisse du patient et de presser le quadriceps, le presser fortement, ce qui fera sursauter les malades atteints de la borréliose, du fait de l'inflammation et du ramollissement du muscle, qui sont un des effets de cette maladie ; non seulement c'est un bon outil diagnostique, mais il ferait se lever un Lazare. Ce signe ayant été découvert par Adam, il mérite le nom de « signe d'Adam ».

Je pourrais témoigner de cela : Saleem hurla et bondit sur ses pieds. Le directeur répondit. Il était satisfait des révisions apportées par Ghosh, mais « le signe d'Adam » posait toujours problème. Ghosh tint bon.

> Cher M. Giles
>
> ... il existe un signe de Chvostek, de Boa, de Courvoisier, de Quincke – pas de limites apparemment à la capacité que les Blancs ont de donner leur nom aux choses. Il me semble que le monde est prêt à honorer d'un nom un humble préparateur qui a vu plus de cas de borréliose d'un seul œil que vous ou moi n'en verrons de nos deux.

Ghosh, qui travaillait dans un obscur hôpital d'Afrique, loin des cercles académiques, eut gain de cause ; l'article fut publié dans la prestigieuse revue, ce qui lui valut sans doute l'invitation à rédiger un chapitre des *Principes de médecine interne* d'Harrison, la bible des étudiants en médecine. Et maintenant, il était professeur. Hema offrit à notre nouveau professeur deux magnifiques costumes rayés, un noir et un bleu, ainsi qu'une veste en tweed avec des coudes en cuir, indispensable accessoire de tout « professeur » anglo-saxon qui se respecte. C'est lui qui eut l'idée du nœud papillon. En tout, particulièrement quand cela ne coûtait pas grand-chose et ne faisait de mal à personne, Ghosh était son propre maître. Le nœud papillon signifiait au monde combien il était heureux de vivre et honorait sa profession, qu'il appelait « mon activité romantique et passionnée ». La façon dont Ghosh pratiquait sa profession, la façon dont il menait sa vie ne faisaient qu'un.

Chapitre 36

SIGNES PRONOSTIQUES

La vie est pleine de signes. Le truc, c'est de savoir comment les lire. Ghosh appelait cela l'heuristique, une méthode pour résoudre un problème pour lequel il n'y a pas de formule.

> Ciel rouge le matin, attention au grain.
> Pus quelque part et pus nulle part, c'est du pus dans l'estomac.
> Quand les plaquettes s'en vont c'est le lupus qui vient.
> Méfiez-vous d'un homme qui a un œil de verre et un gros foie…

Aux consultations, Ghosh remarquait une jeune femme essoufflée, aux joues rouges malgré sa pâleur. Il soupçonnait un rétrécissement mitral, bien qu'il eût été en peine d'expliquer exactement pourquoi. Il cherchait le faible murmure grondant de la sténose mitrale, un murmure diabolique qu'on entendait seulement, comme il disait, « quand on sait qu'il est là », et qui n'était audible qu'en appliquant légèrement le stéthoscope sur l'apex du cœur après exercice.

J'avais développé ma propre heuristique, mon mélange de raison, d'intuition, d'étude de la physionomie et d'utilisation de l'odorat. Cela ne se trouvait dans aucun livre. Le soldat qui avait essayé de voler la moto avait une odeur au moment de sa mort, de même que Rosina, et les deux odeurs étaient identiques : elles signifiaient la mort soudaine.

Mais je ne fis pas suffisamment confiance à mon nez, ainsi que j'aurais dû le faire, quand il reçut de Ghosh des signaux qui me rendirent nerveux. Je mis cela sur le compte de sa nouvelle activité de professeur, un effet secondaire de ses nouveaux costumes et de son nouvel environnement. Quand j'étais en sa présence, il était facile de se rassurer. Il avait toujours été optimiste, plein de joie de vivre. Et il était à présent encore plus jovial, il était au meilleur de lui-même. Si, comme il le proclamait, les trois buts dans la vie étaient « Aimer, Apprendre, et Enseigner », il avait parfaitement réussi.

Le jour anniversaire du mariage d'Hema et de Ghosh, je me levai à quatre heures du matin pour travailler. Deux heures plus tard, je me rendis à la maison principale. Shiva avait repris notre chambre d'enfants. Il faisait encore nuit. Je voulais entrer dans la chambre de Shiva pour voir si une chemise qui me manquait avait été lavée et accrochée dans sa penderie. J'entrai quand Almaz arriva. Je la serrai dans mes bras et attendis qu'elle fît le signe de la croix sur mon front en murmurant une prière.

Hema dormait encore. La porte de la salle de bains qui donnait dans le couloir était ouverte, de la vapeur en sortait. Ghosh était debout devant le lavabo, une serviette autour de la taille, s'appuyant lourdement au rebord. Il était tôt pour lui. Je me demandai pourquoi il se trouvait dans cette salle de bains. Pour ne pas réveiller Hema ? J'avais entendu son souffle laborieux avant de le voir, et avant qu'il m'ait vu, assurément. L'effort que lui avait demandé sa toilette l'avait essoufflé. Dans son reflet, dans le miroir, je pus l'apercevoir la garde baissée. Et je lus sur son visage une terrible fatigue, ainsi que de la tristesse et de l'appréhension. Puis il me vit. Lorsqu'il se retourna, il avait remis le masque de jovialité dont il s'était défait un moment dans cette salle de bains, masque sur lequel il n'y avait pas un pli.

« Qu'est-ce qui se passe ? » demandai-je. Mon cœur battait la chamade. L'odeur était là. Je devais la mettre en rapport avec ce que je venais de voir.

« Rien. Ça fait peur, non ? » Il s'arrêta pour reprendre sa respiration. « Ma charmante épouse dort comme un ange. Je suis terriblement fier de mes fils… ce soir, je vais emmener ma femme danser et je lui demanderai de renouveler notre contrat de mariage pour un an. La seule chose qui cloche, c'est qu'un pécheur tel que moi ne mérite pas de telles bénédictions. »

Hema sortit dans le couloir, chassant le sommeil d'un mouvement de cheveux. Ghosh me jeta un regard inquiet.

Il se retourna vers le miroir et s'aspergea d'eau de Cologne en sifflotant. Ses yeux me suppliaient de ne pas faire peur à Hema – l'air était vibrant de staccatos ponctués de silences… Je pris ma chemise et m'en allai.

J'avais un cours important, tôt ce matin-là. Mais je suivis mon instinct, mon flair. Après m'être habillé, je me cachai derrière la cabane à outils de Shiva. Bientôt la Volkswagen de Ghosh sortit du brouillard. Je la suivis à pied.

J'entrai aux urgences à temps pour le voir pénétrer dans le bureau de l'infirmière en chef. Non seulement elle était présente à cette heure matinale, mais elle semblait attendre. Je demeurai là à me demander ce que cela signifiait quand Adam apparut, portant une bouteille de sang. La porte du bureau s'ouvrit pour le laisser passer. Il émergea quelques instants plus tard, les mains vides. Il fut surpris de me voir et essaya de fermer la porte derrière lui, mais j'avais déjà un pied dans la pièce.

Ghosh était allongé sur une chaise longue, les pieds en l'air, un oreiller sous la tête, souriant. Le vieux phono de l'infirmière en chef jouait un choral de Bach. L'infirmière en chef était penchée sur son bras, occupée à fixer avec une bande adhésive l'aiguille de la transfusion. Ils levèrent les yeux, pensant que c'était peut-être Adam qui venait chercher quelque chose.

Les lèvres de Ghosh bougèrent.

« Fils, tu sais que…

— Ne te fatigue pas à me mentir », fis-je.

Il regarda l'infirmière en chef comme s'il cherchait une réponse sur son visage. Elle soupira. « C'est le destin, Ghosh. J'ai toujours pensé que Marion devait être au courant. »

Je n'oublierai jamais l'immobilité ni l'hésitation mêlées d'un soupçon de ce que je n'avais encore jamais vu auparavant sur le visage de Ghosh : la duplicité. Puis il se résigna et son regard se fit lointain. Pendant un instant, je vis le monde à travers ses yeux, son intellect, dans un regard circulaire qui englobait Hippocrate, Pavlov, Freud, Marie Curie, la découverte de la streptomycine et de la pénicilline, les groupes sanguins de Landsteiner, une vision qui rappelait le service des infections où il avait fait la cour à Hema, et la salle d'opération n° 3 où il régnait malgré lui, une vision qui récapitulait notre naissance et se projetait vers l'avenir, regardait au-delà de sa vie jusqu'à la fin de la mienne et plus loin encore. Alors, et alors seulement, son regard se fixa sur l'instant, sur un moment où l'amour était si palpable entre père et fils que la pensée qu'il pût avoir une fin, et que ce souvenir fût son propre héritage, était inacceptable.

« Très bien Marion, mon clinicien en herbe. Que penses-tu que ça puisse être ? » Il adorait la méthode socratique. Seulement, cette fois-ci, c'était lui le patient et c'était mon heuristique qu'il invoquait.

J'avais déjà remarqué sa pâleur, refusant de la prendre en compte, et soudain je me rappelai avoir vu des bleus sur ses bras et ses jambes les mois précédents – des bleus pour lesquels il avait toujours une explication. Était-ce juste une semaine auparavant que je l'avais vu se couper le doigt avec un papier ? La coupure avait saigné. Quand je l'avais recroisé quelques heures plus tard, elle continuait à saigner. Comment avais-je fait pour oublier ça ? Me revinrent aussi à la mémoire les heures qu'il avait passées exposé aux radiations de la vieille Koot, l'ancienne machine à radiographier que, en dépit des protestations unanimes, il avait utilisée jusqu'à ce que Missing en achète enfin une nouvelle. La Koot avait été brisée à coups de masse et ses débris jetés dans la terre à noyade pour tenir compagnie au soldat tout en rendant ses os fluorescents.

« Un cancer du sang ? Une leucémie ? » dis-je, détestant le son de ces horribles mots sur mes lèvres. La maladie de Ghosh ne naquit, ne prit vie pour moi qu'au moment où je la nommai… Son visage s'illumina, il se tourna vers l'infirmière en chef, leva les sourcils. « Vous pouvez croire une chose pareille, ma mère ? Mon fils, le clinicien. »

Puis sa voix perdit son exubérance, aussi radicalement que les feuilles tombent de l'arbre après une gelée. Et c'est sans aucune feinte qu'il déclara :

« Quoi qu'il arrive, Marion, il ne faut pas qu'Hema le sache. J'ai envoyé des diapos il y a environ deux ans par l'intermédiaire d'Eli Harris au docteur Maxwell Wintrobe de Salt Lake City. C'est un hématologue fabuleux. J'adore son manuel. Il m'a répondu personnellement. J'ai une sorte de volcan en activité qui n'arrête pas de gronder et de cracher. Pas tout à fait une leucémie, mais quelque chose d'approchant. Ça s'appelle une métaplasie myéloïde, poursuivit-il, prononçant soigneusement le mot comme si c'était une chose délicate, finement ciselée. Rappelle-toi ce mot, Marion. C'est une maladie intéressante. Il me reste encore beaucoup d'années, c'est sûr. Le seul symptôme gênant que je doive supporter, c'est l'anémie. Ces transfusions, c'est un peu comme de changer l'huile d'une voiture. Je vais danser ce soir avec Hema. C'est notre grand jour, tu sais ! J'avais besoin d'un coup de fouet.

— Pourquoi tu ne le dis pas à Ma ? Pourquoi tu ne me l'as pas dit ? »

Ghosh secoua la tête. « Hema deviendra folle… Elle, il ne faut pas, ce n'est pas possible… Ne me regarde pas comme ça, mon fils, je ne joue pas les héros, je te jure.

— Alors je ne comprends pas.

— Tu ignorais mon diagnostic ces deux dernières années, n'est-ce pas ? Si tu l'avais su, cela aurait changé tes relations avec moi. Tu ne crois pas ? » Il fit un grand sourire et m'ébouriffa les cheveux. « Tu sais ce qui m'a donné le plus grand plaisir dans ma vie ? C'est notre maison, sa vie si normale, mes réveils toujours les mêmes, les bruits d'Almaz dans la cuisine, mon travail. Mes cours, mes visites avec les élèves. Vous voir toi et Shiva au dîner, et la nuit venue d'aller dormir avec ma femme. » Il s'arrêta là, silencieux pendant un long moment tandis qu'il pensait à Hema. « Je veux que mes journées continuent d'être comme ça. Je ne veux pas que tout le monde cesse d'être normal. Tu vois ce que je veux dire ? Voir tout cela gâché. » Il sourit. « Si jamais les choses tournent mal, je le dirai à ta maman. Je te le jure. »

Il posa sur moi un regard attentif. « Tu garderas le secret ? S'il te plaît ? C'est tout ce que je te demande. Comme un cadeau, si tu préfères. Donne-moi autant de jours normaux que je peux en avoir. Et il ne faut pas le dire non plus à ton frère. C'est peut-être ce qui sera le plus dur pour toi. Je sais que vous avez eu un… différend. Mais tu comprends Shiva mieux que personne. Je sais que tu l'aimes assez pour faire en sorte que cette nouvelle ne l'atteigne pas prématurément. »

Je lui donnai ma parole.

Je me rappelle peu de chose des cinq mois suivants, sinon que je compris le bien-fondé du silence de Ghosh. Maintenant que je savais, il était impossible de remonter le temps ou d'effacer ce savoir. C'était comme si nous étions de nouveau en prison, et, d'une certaine façon, tel était le cas pour moi. Je lus tout ce que je trouvai sur la métaplasie myéloïde (comme je détestais ce nom qu'il adorait !). Sa moelle épinière était intacte à l'époque où j'eus connaissance de son diagnostic. Puis la maladie devint plus active, le volcan se mit à gronder, déversant sa lave, crachant ses gaz sulfureux...

Je passai dorénavant autant de temps que possible avec Ghosh. J'avais besoin de toute la sagesse qu'il pouvait me transmettre. Tous les fils devraient consigner chacune des paroles que leurs pères ont à leur dire. J'essayai. Pourquoi avait-il fallu qu'il tombe malade pour que je prenne vraiment conscience de la valeur du temps que je passais avec lui ? Il semble que nous autres humains soyons obligés de réapprendre la leçon à chaque génération. Après quoi nous écrivons des épîtres et jouons les prosélytes auprès de nos amis en les secouant par les épaules pour les exhorter : « Saisis l'occasion ! Ce qui compte c'est l'instant ! » Seulement, pour nombre d'entre nous, hélas, il est difficile de revenir en arrière, de réparer nos erreurs : nous ne pouvons rien changer, ce qui est fait est fait... Seuls quelques heureux tels que Ghosh ne se retrouvent jamais dans ce genre de situation, car ils n'ont rien à réparer. Il n'y avait pas une occasion, pas un instant que Gosh eût échoué à saisir.

De temps à autre, il me faisait un grand sourire accompagné d'un clin d'œil. Il m'apprenait comment mourir, tout comme il m'avait appris à vivre.

Shiva et Hema poursuivaient leurs chemins dans l'ignorance de l'état de Ghosh. Ils étaient pris par leurs occupations. Shiva, avec toute la persuasion dont il était capable, avait réussi à convaincre Hema de soigner les patientes atteintes de fistule vésico-vaginale, ou « fistule » pour faire court. Du fait qu'elle était difficile à guérir, ce n'était pas une affection à laquelle Hema (ni aucun chirurgien) aimait avoir affaire.

Je suis aujourd'hui en mesure de comprendre en quoi cette toute jeune fille que nous avions vue il y a longtemps de cela – celle qui était venue accompagnée par son père, courbant la tête de honte, dégouttant d'urine à chaque pas, portant avec elle son odeur indescriptible – a eu une influence si déterminante sur la vie de Shiva.

Sans que nous le sachions, Hema l'avait opérée à trois reprises, ne le faisant avec succès que la dernière fois. Nous n'avions pas vu l'enfant quitter Missing, toutefois Hema nous avait assuré qu'elle était guérie et qu'elle était partie contente, mais que les blessures psychiques ne guériraient jamais. À l'époque nous ne comprenions pas ce dont elle souffrait. Mais désormais Shiva et moi savions : elle avait probablement été mariée à un homme en âge d'être son père, et cela peut-être même avant d'être une adolescente. La douloureuse consommation de son mariage (plus traumatisante si l'excision avait laissé un tissu cicatriciel à l'entrée du vagin) devait l'avoir terrifiée. Même si elle était trop jeune pour lier cet acte au fait de tomber enceinte, elle n'avait pas tardé à l'être. Quand les douleurs avaient commencé, les os du bassin (rendu plus étroit encore par le rachitisme) n'avaient pas pu laisser passer la tête du bébé. Dans un pays développé, ou dans une grande ville, on aurait pu lui faire une césarienne dès le début des contractions. Mais dans un village perdu, sans l'aide de quiconque, sa belle-mère exceptée, elle avait souffert pendant des jours, son utérus faisant l'impossible mais ne réussissant qu'à pousser la tête du bébé contre la vessie et le col de l'utérus, écrasant ces tissus contre le bassin. L'enfant n'avait pas tardé à mourir, et la mère l'aurait suivi (d'une rupture de l'utérus ou d'une infection suivie de septicémie) si sa famille, fait exceptionnel, ne l'avait amenée à un dispensaire où on avait retiré le fœtus en écrasant le crâne avant d'extraire le reste.

Durant sa convalescence, les tissus morts et gangrenés du vagin avaient fini par tomber, laissant un trou entre vessie et vagin. Au lieu de passer de la vessie à l'urètre pour sortir sous le clitoris, l'urine coulait directement et de manière continue dans le vagin puis le long de ses cuisses, de sorte que les vêtements de la malheureuse étaient continuellement trempés. La vessie s'était rapidement infectée, c'est ainsi que son urine dégageait une odeur nauséabonde. Ses lèvres et ses cuisses ne tardèrent pas à macérer et à exsuder du pus. C'est sans doute alors que son mari l'avait répudiée et que son père était venu à son secours.

La fistule est connue depuis l'Antiquité. Mais ce n'est pas avant 1849 qu'à Montgomery, en Alabama, le docteur Marion Sims, mon homonyme, pratiqua pour la première fois l'opération de la fistule vaginale. Ses premières patientes furent Anarcha, Netsy et Lucy, trois esclaves qui avaient été rejetées par leurs familles et leurs propriétaires à cause de leur état, et qu'il opéra avec, dit-on, leur consentement. Si l'éther venait d'être découvert, son usage n'était pas encore largement répandu, de sorte que les opérées étaient conscientes. Sims sutura le trou béant entre la vessie et le vagin avec des fils de soie et pensa les avoir guéries. Mais, une semaine plus tard, il découvrit le long de ses sutures des ouvertures de la taille d'un trou d'épingle qui laissaient passer l'urine. Il réessaya. Il opéra Anarcha à environ trente reprises, et, tirant parti de chacun de ses échecs, il modifia sa technique jusqu'à ce qu'elle réussisse.

Quand Hema avait opéré la fille que nous avions vue, elle avait utilisé la technique de Marion Sims. Elle avait commencé à insérer un cathéter dans la vessie par l'urètre afin de détourner l'urine de la fistule et pour permettre aux tissus humides qui macéraient de sécher et de guérir. Une semaine plus tard, elle avait opéré le vagin à l'aide de la cuillère courbée en étain inventée par le chirurgien de l'Alabama – le spéculum de Sims, ainsi que nous l'appelons aujourd'hui. Il lui avait fallu disséquer soigneusement les bords de la fistule, tâchant de trouver ce qui avait été les fines couches des parois puis de la face interne de la vessie, et pour finir du vagin. Une fois les bords nettoyés, elle avait recousu, couche après couche. Sims, après de nombreux échecs, avait fait faire par un joaillier un fin fil d'argent qui lui avait permis d'éviter les réactions inflammatoires des tissus qui en étaient la cause. Hema avait utilisé du catgut chromé.

Au cours d'un dîner, un mois après que j'eus appris que Ghosh était malade, Hema nous annonça qu'elle et Shiva avaient pratiqué quinze interventions successives sans une rechute. « Je dois cela à Shiva, dit-elle. Il m'a convaincue de prendre du temps pour préparer les femmes. De sorte que maintenant nous leur donnons des œufs, de la viande, du lait et des vitamines pendant deux semaines après les avoir hospitalisées. Nous les traitons aux antibiotiques jusqu'à ce que l'urine soit clarifiée et leur enduisons les cuisses et la vulve de pâte d'oxyde de zinc. C'est Shiva qui a eu l'idée de les débarrasser de leurs vers et de soigner leur anémie causée par la carence en fer avant de les opérer. On les fait aussi marcher pour muscler leurs jambes. » Elle regarda Shiva avec fierté. « À ma grande surprise, je dois dire qu'il a mieux compris leurs besoins que je n'y étais parvenue après des années. Comme l'idée de la gymnastique…

— On ne peut pas les faire marcher après l'opération si elles ne marchaient déjà pas avant ! » l'interrompit Shiva.

Sur quatre patientes, la cavité dans la vessie était si importante, et les bords si abîmés et racornis, qu'il s'était avéré impossible de la refermer. Hema et Shiva avaient alors eu l'idée de découvrir un étroit mais épais « steak » de chair sous les lèvres et d'en soulever une partie pour boucher la fistule.

« L'infirmière en chef a un donateur qui ne veut financer que la chirurgie de la fistule, dit Shiva. On reçoit mille dollars américains par mois. » J'éprouvai de la difficulté à le regarder, et encore plus à le féliciter.

Je cessai de me tracasser au sujet de Genet. J'étais trop distrait par la maladie de Ghosh pour me soucier de ce qu'elle avait raté deux des quatre matières de la première année et soit ainsi obligée de redoubler les deux semestres. Elle s'ennuyait. Elle avait perdu son désir, perdu de vue son but, si elle en avait jamais eu un. Il suffisait d'une semaine sans étudier et sans assister aux cours pour se mettre irrémédiablement en retard, tant le rythme de la première année était soutenu.

Au milieu de ma deuxième année, j'appris que Genet avait encore raté quelques séances d'anatomie. Je me sentis alors obligé d'aller la voir.

La porte de sa chambre au foyer Mekane Yesus était ouverte. Son visiteur me tournait le dos. Aucun des deux ne me vit d'abord. Genet partageait sa chambre avec une fille qui s'était absentée. La petite pièce jadis si bien rangée était maintenant en désordre. Il y avait là un lit superposé et une petite table. Tant qu'il avait vécu, Genet avait fait semblant de ne pas aimer Zemui. Son père courageux et loyal était mort sous une grêle de balles, et maintenant elle avait sa photo collée au plafond, à quelques centimètres de son visage lorsqu'elle était allongée.

Je reconnus son visiteur à son allure grossière : c'était un agitateur, il initiait des pétitions pour obtenir des réformes des programmes ou pour faire virer un surveillant impopulaire. Mais il était d'abord érythréen, comme Genet. La libération de l'Érythrée représentait sans doute la plus chère des causes qu'il défendait, mais c'était celle qu'il devait garder secrète. Il parlait à Genet en tigrinya, cependant j'entendis quelques mots d'anglais : « hégémonie » et « prolétariat ». Il s'arrêta en plein milieu d'une phrase quand il sentit ma présence au seuil de la porte. Ses yeux bovins me jetèrent un regard qui signifiait : *Tu ne seras jamais des nôtres.*

Je pris soin de parler à Genet en amharique, pour montrer à son invité que je le parlais mieux que lui. Il lui murmura quelque chose en tigrinya avant de s'en aller.

« Qui sont ces extrémistes avec qui tu es liée, Genet ?

— Quels extrémistes ? Je fréquente juste des Érythréens.

— La police secrète a des indics à cet étage, dis-je. Ils penseront que tu appartiens au Front populaire de libération de l'Érythrée. »

Elle haussa les épaules. « Sais-tu que le FPLE est en train de faire de grands progrès, Marion ? Mais comment le saurais-tu ? Ce n'est pas dans l'*Ethiopian Herald*. Cela dit, je doute que tu sois venu parler de politique, n'est-ce pas ? »

Par le passé j'aurais pu être blessé par son attitude. « Hema te salue. Et Ghosh dit qu'il aimerait t'avoir à dîner un de ces soirs... Genet, tes dissections m'inquiètent. Il n'y a personne pour faire ton travail au labo cette année. Si tu n'y vas pas, tu échoueras, quoi qu'il arrive. Allez, Genet ! »

Son expression, si intéressée et animée tant que son camarade avait été là, était devenue maussade.

« Merci », dit-elle d'une voix glaciale.

J'avais une terrible envie de la faire sortir d'elle-même... de lui apprendre que Ghosh était malade. Et cependant je restai là, sous le charme de sa présence qui me faisait sans cesse la rechercher. J'étais encore amoureux, quoi qu'elle fasse, même s'il était tout de même clair que nos vies étaient en train de prendre des directions différentes.

Pendant ma dernière année d'études, alors que j'étais en stage de chirurgie, le volcan de Ghosh fit éruption. Un soir, en rentrant, je vis sur le visage d'Hema qu'elle savait. Je me préparai à recevoir ses réprimandes, mais elle se contenta de me prendre dans ses bras.

Ghosh avait vomi du sang et abondamment saigné du nez. Il avait vainement essayé de le cacher, et, à cette heure, il était en train de se reposer dans la chambre. Je passai jeter un œil et retournai m'asseoir en face d'Hema à la table de la salle à manger. Almaz, les yeux rouges, m'apporta du thé.

« Je suppose que je préfère qu'il ne m'ait rien dit », déclara-t-elle. Je voyais à ses paupières gonflées qu'elle avait passé l'après-midi à pleurer. « De toute façon il n'y avait rien à faire. Ça m'a permis de profiter du meilleur de lui. Des jours si parfaits, sans rien savoir de tout ça. » Elle tripota la bague en diamant qu'elle portait au doigt, il la lui avait offerte la dernière fois qu'ils avaient renouvelé leurs vœux annuels. « Si j'avais su… peut-être qu'on aurait pu aller en Amérique. Je lui en ai parlé. Il a dit qu'il préférait être ici. Me voir le matin à son réveil, il ne désire rien de plus ! *Ayoh*, il est tellement romantique, même maintenant. C'est drôle, mais il y a quelques mois, je me suis dit que tout allait si bien que quelque chose devait arriver. J'avais les signes sous les yeux. Mais je n'y faisais pas attention.

— Moi non plus », dis-je.

Je trouvai Almaz en pleurs dans la cuisine, et Gebrew, les larmes aux yeux, sa petite bible en main, lui récitant des versets, tout en se balançant, pour la consoler. Quand il me vit, il déclara : « Nous allons jeûner pour lui. Nous n'avons pas assez prié. »

Almaz hocha la tête, et bien qu'elle m'ait laissé la prendre dans mes bras pour tâcher de la rassurer, elle semblait bouleversée. « C'est vrai. C'est pour ça qu'une telle chose nous arrive. »

Je demandai à Gebrew s'il avait vu Shiva. Il me répondit qu'il était parti toute la journée, mais que, s'il était de retour, il devait se trouver dans son atelier. Il m'y accompagna.

« Tu portes toujours ton rouleau ? » me demanda-t-il, parlant de la fine bande de cuir de chèvre sur laquelle il avait dessiné un œil, une étoile à huit branches et une reine, et copié un verset de la Bible. Il l'avait roulée finement et l'avait insérée dans une douille vide, puis il y avait gravé une croix et mon nom.

« Oui, il ne me quitte pas, dis-je, ce qui était vrai en quelque sorte puisque je gardais ce phylactère dans ma sacoche.

— J'aurais dû en faire un pour le docteur Ghosh et peut-être alors que ça ne serait pas arrivé. »

Je m'étonnai de la foi de mon ami. L'archevêque d'Addis-Abeba faisait des prêtres par centaines. Pour l'Église orthodoxe d'Éthiopie, plus il y avait de prêtres, mieux cela valait.

Mais ces innombrables prêtres posaient problème pour les personnes pieuses telles qu'Almaz. On comptait en effet parmi eux quelques ivrognes et des parasites pour qui la prêtrise était un moyen d'éviter de mourir de faim tout en satisfaisant leurs autres appétits. Certains prêtres dépravés, parmi les pires, tendaient leur croix aux femmes, les obligeant à s'arrêter pour en baiser les quatre pointes. Un beau jour, je la trouvai agitée, les vêtements en désordre. Elle me raconta qu'elle avait dû repousser les avances d'un prêtre à coups de parapluie avant que des passants ne viennent à son aide et le corrigent. « Marion, le jour de ma mort, va au Merkato me chercher deux prêtres, me dit-elle alors. Comme ça, je pourrai mourir avec un voleur de chaque côté, comme le Christ. »

Mais Gebrew était différent. Almaz était sûre que Dieu approuvait Gebrew. Il passait des heures le nez enfoui dans ses livres de prières, appuyé sur sa *makaturia*, son bâton de prière, faisant cliqueter les grains de son chapelet entre ses doigts. Même quand il quittait ses vêtements sacerdotaux pour couper l'herbe, faire des courses, remplir ses fonctions de gardien et de concierge, il gardait son turban et ses lèvres ne cessaient de bouger. « S'il te plaît, fais un rouleau pour Ghosh, lui dis-je. Aie confiance. Peut-être qu'il n'est pas trop tard. »

Shiva venait de revenir. Cela faisait des lustres que je n'étais pas allé dans cette cabane à outils, et je n'étais pas préparé au fouillis que j'y trouvai. Des pièces de moteur et de dynamo jonchaient le sol. Le plus étroit des sentiers menait à l'endroit où se tenaient son réservoir, son matériel de soudure avec tous ses bouts de ferraille. Shiva avait couvert les murs et le plafond d'un échafaudage en acier où étaient accrochés des filets métalliques contenant ses outils. Il était assis à son bureau, caché derrière une montagne de livres et de papiers. Je me frayai un chemin jusqu'à lui et constatai qu'il était en train de dessiner une sorte de châssis destiné d'après lui à maintenir les patientes dans une position commode pour l'opération de la fistule. Il posa son crayon et attendit. Il ignorait ce qui venait de se passer dans le bungalow. Je lui révélai la vérité à propos de Ghosh.

Il écouta sans rien dire. À part une certaine pâleur, ses traits ne laissèrent rien paraître. Il ferma les yeux. Il était monté dans son arbre et avait tiré l'échelle après lui. Il ne me posa aucune question. J'attendis. Je compris que même cette nouvelle ne pouvait abattre le mur qui nous séparait.

J'avais besoin de lui. J'avais été seul à porter le secret de Ghosh et maintenant j'étais prêt à partager le fardeau. J'avais besoin de sa force pour les jours à venir, mais je ne voulais pas l'admettre. Que pensait Shiva ? Ressentait-il quelque chose ? Je m'en allai bientôt, dégoûté par son attitude, convaincu de ne pas pouvoir compter sur lui.

Mais Shiva me surprit. Cette nuit-là et les deux suivantes, il dormit devant la porte de la chambre de Ghosh et Hema, enveloppé d'une seule couverture. C'était sa façon d'exprimer son amour pour Ghosh, de rester près de lui. Ghosh fut ému aux larmes de découvrir Shiva le lendemain matin. Quand Hema m'apprit ce qui s'était passé, je sentis que la gangue autour de mon cœur se brisait. La quatrième nuit, alors que l'état de

Ghosh empirait, je décidai de quitter son ancien bungalow pour retourner dans le lit que je partageais jadis avec Shiva. Je convainquis celui-ci de ne plus dormir par terre. Nous dormîmes chacun à un bout du matelas, nous levant à plusieurs reprises pour aller voir Ghosh. Au matin, nos têtes se touchaient.

Shiva et moi avions le même groupe sanguin que Ghosh. Avec l'aide d'Adam, j'avais mis du sang en réserve. C'était au tour de Shiva de donner le sien. Mais le sang ne suffisait plus, et les transfusions avaient provoqué une dangereuse montée du taux de fer. Les plaquettes de Ghosh ne fonctionnaient pas ; ses gencives ainsi que ses intestins saignaient. Il s'affaiblissait progressivement.

Il ne voulait pas aller à l'hôpital. Bientôt, l'anémie provoqua des essoufflements et il ne put même plus resté allongé. Il dut quitter le lit conjugal qu'il avait occupé pendant plus de vingt ans pour s'installer dans son fauteuil préféré, dans le salon, les jambes posées sur un tabouret.

Calmement, systématiquement, il prit le temps de voir tous ceux qu'il aimait. Il fit venir Babu, Adid, Evangeline et Mrs. Reddy, ainsi que les autres joueurs de bridge. Je les entendais qui riaient et évoquaient leurs souvenirs, lesquels n'étaient pas toujours drôles. Les membres de son équipe de cricket arrivèrent en blanc pour faire honneur à leur capitaine. Ils le régalèrent de récits exagérés de ses exploits passés.

Puis arriva le moment où il dut respirer avec un masque à oxygène négligemment posé sur son menton. Ce fut mon tour d'avoir une conversation avec Ghosh. J'avais redouté ce moment, résistant à ses implications.

« Tu m'évites, Marion, dit-il. Il faut pourtant qu'on commence, on ne peut pas finir si on ne commence pas, non ? »

Je n'aurais jamais deviné ce qu'il allait me dire.

« Je ne veux pas que tu te sentes responsable de toute la famille. L'infirmière en chef, même si elle vieillit, est solide et pleine de ressources. Je te dis ça parce que je veux que tu fasses une brillante carrière. Ne te sens pas obligé de rester ici pour Shiva, Hema ou l'infirmière en chef. Ni pour Genet », ajouta-t-il, fronçant légèrement les sourcils en prononçant son nom. Il se pencha pour me prendre la main afin de s'assurer que je comprenais à quel point il parlait sérieusement. « J'ai tellement voulu aller en Amérique… Toutes ces années, j'ai lu le Harrison et les autres manuels… et les choses qu'ils accomplissent, les examens qu'ils font faire… C'est comme de lire de la fiction, tu comprends ? L'argent n'a pas d'importance. C'est un menu sans les prix. Mais si tu vas là-bas, ce ne sera pas de la fiction. Ce sera la réalité. » Son regard se fit rêveur.

« C'est nous qui t'en avons empêché, n'est-ce pas ? murmurai-je. Shiva et moi ? Notre naissance ?

— Ne dis pas de bêtises. Tu me vois abandonnant tout ça ? » dit-il en désignant d'un mouvement du bras la famille, Missing, ce bungalow dont il avait fait un foyer. J'ai été béni. Mon trait de génie a été de comprendre, il y a bien longtemps de ça, que l'argent ne suffirait pas à me rendre heureux. Ou peut-être est-ce mon excuse pour ne pas vous laisser une grande fortune ! J'aurais évidemment gagné plus d'argent si tel avait été mon but. Mais s'il y a quelque chose que je n'ai pas, ce sont les regrets. Mes patients importants regrettent souvent tant de choses sur leur lit de mort. Ils regrettent l'amertume qu'ils vont laisser dans le cœur des gens. Ils réalisent que ni l'argent, ni la messe, ni le panégyrique, ni le cortège funèbre, ne peuvent effacer ce qu'un homme mauvais laisse après lui.

Bien sûr, toi et moi avons vu d'innombrables morts parmi les pauvres. Leur seul regret est certainement d'être nés pauvres, et d'avoir souffert de la naissance à la mort. Tu sais, dans le livre de Job, Job dit à Dieu quelque chose comme : "Tu aurais dû me porter directement du ventre à la tombe ! Pourquoi la partie entre les deux, pourquoi la vie, si c'était juste pour souffrir ?" Pour les pauvres, la mort marque au moins la fin de la souffrance. » Il rit comme si ce qu'il venait de dire l'amusait. Sa main monta automatiquement à la poche de son pyjama, puis à son oreille à la recherche d'un crayon, car l'ancien Ghosh aurait noté ce mot. Mais il n'y avait pas de crayon et plus besoin de noter quoi que ce soit.

« Je n'ai pas souffert. Enfin, si, peut-être brièvement. Quand ma chère Hema m'a obligé à lui courir après pendant des années. Ça, c'était de la souffrance ! » Son sourire dit que c'était un genre de souffrance qu'il n'aurait pas échangée pour la gloire ou la fortune.

« Shiva sera heureux avec Hema. Hema a besoin de lui pour la tenir occupée. Son premier mouvement sera de retourner en Inde ; elle va en faire toute une histoire. Mais ça n'arrivera pas, Shiva refusera. Elle restera donc à Addis. Ce que je suis en train de te dire, c'est que ce n'est pas ton problème. Tu comprends ? »

Je hochai la tête, sans grande conviction.

« J'ai un petit regret, dit-il. Mais tu ne peux rien y faire. C'est à propos de ton père.

— Tu es le seul père que j'ai jamais eu, m'empressai-je de répondre. J'aurais voulu que Thomas Stone ait cette leucémie à ta place. Ça ne m'aurait rien fait du tout qu'il meure ! »

Il attendit avant de répondre, la gorge serrée. « Marion, pour moi c'est la chose la plus importante au monde que tu me considères comme ton père. Je ne pourrais pas être plus fier de toi, de ce que tu es devenu. Mais si je parle de Thomas Stone, c'est pour des raisons égoïstes. Comme je te l'ai dit, c'est un de mes regrets.

« Vois-tu, j'ai été un de ses amis proches, pour autant que ton père ait été capable d'avoir des amis. Il faut que tu t'imagines comment les choses étaient à l'époque : il était le seul autre médecin, ici à Missing, et nous n'avions rien en commun, lui et moi, du moins c'est ce que je pensais, quand nous nous sommes connus. Mais j'ai découvert qu'il aimait la médecine de la même façon que moi. Il s'y vouait totalement. Sa passion pour la médecine… c'était comme s'il venait d'une autre planète, *ma* planète. Il y avait quelque chose de spécial entre nous. »

Ses yeux se portèrent vers la fenêtre, comme à la recherche de ses souvenirs. J'attendis. Il finit par se retourner vers moi et me pressa la main.

« Marion, ton père a été profondément blessé par quelque chose, Dieu sait quoi. Ses parents sont morts quand il était tout petit. Nous n'avons jamais parlé de ce genre de choses. Mais ici, auprès de nous tous, et travaillant aux côtés de sœur Mary Joseph Praise, il se sentait protégé. Il était aussi heureux qu'un homme peut l'être. J'avais une attitude protectrice à son égard. Il connaissait bien la chirurgie, mais il ne comprenait pas grand-chose à la vie.

— Tu veux dire qu'il était comme Shiva ? »

Il réfléchit un moment. « Non. Très différent. Shiva est satisfait de ce que la vie lui réserve ! Regarde-le. Shiva n'a besoin ni d'amitié, ni d'appui, ni d'approbation – Shiva vit dans l'instant. Thomas Stone n'était pas ainsi ; il avait les mêmes besoins que nous autres. Seulement il avait peur. Il refusait de satisfaire ses besoins, de même qu'il refusait son passé.

— Il avait peur de quoi ? » Je trouvais tout cela difficile à croire. « L'infirmière en chef m'a dit un jour qu'il jetait ses instruments quand il était énervé, qu'il avait un sacré caractère et que rien ne lui faisait peur.

— Oh, en ce qui concerne la chirurgie, certainement. Mais même ça, ce n'est peut-être pas entièrement vrai. Un bon chirurgien doit avoir peur, et c'était un bon chirurgien, le meilleur, il n'était donc jamais imprudent, il savait avoir peur quand il le fallait. Il a bien fait quelques erreurs de jugement, mais ce n'était qu'un homme après tout... Mais en ce qui concernait les relations humaines il était… terrifié. Il craignait d'être blessé s'il devenait proche de quelqu'un. Ou peut-être de blesser l'autre. »

Je tentais de résister à ce portrait de Stone qui était si différent de ce que je m'étais inventé pendant toutes ces années. Je finis par demander : « Qu'est-ce que tu veux de moi ?

— Maintenant que mon heure est arrivée, Marion… je veux que Thomas Stone sache que malgré ce qui s'est passé, je me suis toujours considéré comme son ami.

— Pourqu est-ce que tu ne lui écris pas ?

— Je ne peux pas. Je n'ai jamais pu. Hema ne lui a pas pardonné d'être parti. D'un côté, elle était contente qu'il parte – elle vous a voulus dès votre naissance –, et d'un autre, elle n'a jamais pu lui pardonner sa fuite. Ensuite elle a toujours vécu dans la terreur qu'il revienne vous chercher. J'ai dû lui promettre, lui jurer, que je ne lui écrirais jamais ni n'essaierais de communiquer avec lui. » Il me regarda, et dit avec fierté. « J'ai tenu parole, Marion.

— Bien. Je suis content. »

Plus jeune, j'aurais voulu tout savoir sur Thomas Stone. J'avais fantasmé sur son retour. Mais aujourd'hui, sans vraiment savoir pour quelle raison, je regimbais à suivre Gosh.

Il poursuivit. « Pourtant, je m'attendais à ce que Stone me contacte. Mais à mesure que les années passaient, j'ai été déçu qu'il ne le fasse pas. Marion, il a honte et il pense que je ne veux pas le voir. Que je le déteste.

— Comment le sais-tu ?

— Je n'ai aucun moyen de le savoir avec certitude. Je soupçonne qu'il se considère obligé de vivre comme un animal solitaire. Appelle ça de l'intuition clinique si tu veux. La vérité est qu'il a certainement mieux valu pour vous vivre avec nous qu'avec lui. Même s'il avait fait de son mieux, je ne pense pas qu'il aurait créé ce que nous avons là : une famille. Donc je ne veux pas que tu détestes cet homme. La croix qu'il porte est très lourde.

— Pourquoi me dire ça maintenant ? demandai-je. J'ai cessé de penser à lui à partir du moment où tu es sorti de prison. Il n'a jamais été là quand j'ai eu besoin de lui. Pourquoi est-ce que je devrais perdre mon temps à penser à lui ?

— Pour moi. Je te l'ai dit, c'est pour moi. Mon unique regret. Ça ne te concerne pas. Mais toi seul peux m'aider. »

Je ne dis rien.

« Laisse-moi voir si je peux t'expliquer… » Il leva les yeux au plafond pendant quelques secondes. « Marion, ma vie aura quelque chose d'incomplet si je ne lui fais pas savoir que je le considère toujours comme un frère. » Ses yeux se mouillèrent. « Et quelles que soient ses raisons pour avoir gardé le silence pendant toutes ces années, je continue à… l'aimer. Je ne peux pas le voir, je ne peux pas lui dire cela. Mais toi, tu peux. Fais-le, sans faire de peine à Hema. Fais-le pour moi. Complète ce qui est incomplet.

— Tu vas dire ça à Shiva ?

— Si je dis à Shiva que c'est ma dernière volonté, il le fera. Mais Shiva ne saura peut-être pas comment le faire, comment… le guérir. Cela demande plus que de faire passer un message. » Il hésita. « En parlant de Shiva : ce qu'il faut aussi que je te dise à propos de lui c'est que, quoi qu'il t'ait fait, je te demande de lui pardonner. »

J'étais abasourdi. Avait-il décidé à l'avance de me dire ça ou cette idée lui était-elle venue sur l'instant ? Je ne pensais pas que Ghosh connaissait la profondeur de ma blessure, l'amertume que je ressentais envers Shiva, mais je l'avais sous-estimé. Toutefois, ce qui s'était passé entre moi et Shiva n'était pas un sujet que je voulais aborder avec Ghosh ; c'était trop douloureux, trop personnel.

« Je ferai de mon mieux pour Thomas Stone. Pour toi. Mais je n'arrive pas à croire que c'est ce que tu veux. Tu oublies que c'est l'homme qui est responsable de la mort de ma mère… La mort d'une religieuse. Une religieuse qu'il avait mise enceinte. Après quoi il a abandonné ses enfants. Et, jusqu'à maintenant, personne ne semble savoir comment tout ça est arrivé. »

À mesure que ma voix s'élevait et tremblait, Ghosh ne cessa de me fixer en silence, jusqu'à ce que mes épaules s'affaissent et que je craque.

Je ferais ce qu'il m'avait demandé.

Quand la fin arriva, une semaine plus tard, il était toujours dans ce fauteuil, entouré de nous tous, Shiva et moi lui tenant la main gauche, l'infirmière en chef la droite. Almaz, que son jeûne rigoureux avait extrêmement amaigrie, était accroupie derrière le fauteuil, la main sur son épaule. Hema était assise sur le bras du fauteuil, pour que Ghosh puisse poser sa tête contre sa poitrine. Genet était introuvable. Elle n'était pas au foyer où on avait envoyé Gebrew la chercher en taxi. Ce dernier se tenait à côté d'Almaz, en prière.

Ghosh avait de la peine à respirer, mais Hema lui avait donné de la morphine. Il lui avait appris cela, dit-elle : la morphine « déconnecte la tête du cerveau », de sorte que même s'il continuait à avoir de la peine à respirer, l'anxiété avait disparu.

Soudain, il ouvrit les yeux, surpris. Il regarda Hema, puis nous. Il sourit et referma les yeux. J'aime à penser que, dans ce dernier regard, il vit un tableau de sa famille, sa vraie chair et son vrai sang, parce que notre sang était maintenant dans ses veines. J'aime à penser qu'en nous voyant il sentit que sa mission la plus importante était accomplie.

Et c'est ainsi qu'il passa de cette vie à la suivante, sans cérémonie, avec la simplicité qui était la sienne, sans peur, ouvrant les yeux une dernière fois pour s'assurer que nous allions bien avant de poursuivre son chemin.

Quand sa poitrine cessa de bouger, ma douleur était mêlée de soulagement : depuis des jours j'avais calqué ma respiration sur la sienne. Je savais qu'Hema ressentait la même chose tandis qu'elle posait la tête sur la sienne et pleurait, le gardant dans ses bras.

Avec la mort de Ghosh, le mot de « perte » acquit pour moi une signification nouvelle. J'avais perdu ma mère et mon père naturels, perdu le général, perdu Zemui, perdu Rosina. Mais je ne connus vraiment la perte que quand je perdis Ghosh. La main qui me caressait la tête pour m'endormir, les lèvres qui trompetaient des chansons pour enfants, les doigts qui guidaient les miens pour percuter une poitrine, pour palper un foie ou une rate, le cœur qui avec tendresse m'apprenait à comprendre le cœur des autres, étaient maintenant immobiles.

À l'instant de sa mort, je sentis le poids des responsabilités passer de ses épaules aux miennes. Il m'y avait préparé. Je me rappelai qu'il m'avait conseillé de porter ce poids avec légèreté. Il m'avait transmis le caducée, il voulait que je sois un plus grand médecin que lui et que je transmette le même savoir à mes enfants et à leurs enfants, formant ainsi une chaîne. « Je ne briserai pas la chaîne », dis-je, dans l'espoir que Ghosh m'entende.

Je savais que Freud avait écrit qu'on ne devient un homme que le jour de la mort de son père.

Quand Ghosh mourut, je cessai d'être un fils.

J'étais un homme.

Chapitre 37

L'EXODE

Quand je quittai l'Éthiopie, deux ans après la mort de Ghosh, cela n'avait rien à voir avec les dernières volontés de celui-ci. Je n'allais pas trouver Thomas Stone pour le guérir de sa peine. C'était parce que l'empereur avait été déposé par une rébellion militaire. Le « comité » des forces armées qui avait pris le pouvoir était dirigé par un sergent, un homme du nom de Mengistu, qui entre-temps était vite devenu ce dictateur fou capable de faire passer Staline pour un ange.

Je finis par partir le mercredi 10 janvier 1979, le jour où la nouvelle se répandit dans la ville aussi vite que la grippe que quatre guérilleros érythréens avaient détourné un Boeing 707 des Ethiopian Airlines qu'ils avaient fait atterrir à Khartoum, au Soudan. L'un des quatre était Genet. Le matin même, c'était encore une étudiante en médecine (même si elle avait trois années de retard) ; le soir, elle était devenue une combattante de la libération.

J'étais enfin médecin, je finissais mon dernier stage d'internat. J'avais fait trois mois en médecine interne, en chirurgie, en obstétrique et en gynécologie, et il ne me restait plus que trois mois à faire en pédiatrie.

Au début de la soirée, Hema parvint à me joindre au téléphone. Elle avait appris la nouvelle au sujet de Genet.

« Marion, reviens tout de suite à la maison. »

Le ton de sa voix figea l'air autour de moi.

« Ma, ça va ? On ne peut rien faire pour l'aider. Ils vont peut-être venir nous voir. Tu es sa tutrice. »

Depuis la mort de Ghosh, je m'étais rapproché d'Hema. Elle me demandait mon avis, et j'essayais de passer du temps avec elle. Je sentais là la main de Ghosh.

« Marion, mon chéri, ce n'est pas à propos de Genet… Adid vient d'appeler. La police secrète cherche un complice du nom de Marion Praise Stone. Ils sont peut-être tout proches. »

La source d'Adid était un musulman qui travaillait à la sécurité et qui avait un faible pour Missing. La compagne de chambre de Genet, un petit brin de fille dont je suis persuadé qu'elle ne savait rien du complot, avait craché mon nom une heure après le détournement. Les gens sont capables de dire n'importe quoi quand on leur arrache les ongles.

Des visions de Ghosh, la tête rasée, dans la cour de la prison de Kerchele, me traversèrent l'esprit en un éclair. Mais l'ancienne Kerchele avait des airs de country club, comparée à ce qu'elle était maintenant : une école de torture surpeuplée, une boucherie où les ennemis de l'État trouvaient la mort. Des corps entiers, ou en morceaux, étaient déposés tous les soirs en divers endroits de la ville, programme d'art public macabre destiné à éduquer et édifier la population. *Portrait de l'artiste en homme mort. Femme sans tête désignant Orion. Traître tenant sa tête dans ses mains. Cadavre avec son pénis dans la bouche.* Le message général était clair : Si tu essaies de nous doubler, tu es mort.

Le sergent-président, barbare grossier, n'avait qu'un point commun avec l'empereur : il ne lâcherait jamais l'Érythrée. Il avait lancé une grande offensive, bombardant des villages où les rebelles se mêlaient aux civils, faisant le siège de la patrie des Érythréens. Mais évidemment cela ne servait qu'à donner une nouvelle énergie au Front de libération populaire de l'Érythrée.

Les tribus Oromo avaient demandé leur indépendance. Les Tigres, eux, qui parlaient une langue similaire à celle des Érythréens, avaient formé leur propre front de libération. Les royalistes, qui croyaient en l'empereur et à la monarchie, avaient posé des bombes dans les édifices administratifs de la capitale. Les étudiants, jadis soutien du « comité » militaire, étaient à présent divisés entre ceux qui demandaient la démocratie et ceux qui pensaient que la seule solution était un marxisme à l'albanaise. La Somalie voisine avait décidé que le temps était venu de faire valoir ses droits sur le territoire disputé dans le désert d'Ogaden, dont même les vautours ne voulaient pas. Qui a dit qu'il est facile d'être dictateur ? Le sergent-président avait du pain sur la planche.

Sans dire un mot à personne, je sortis discrètement par l'arrière de l'hôpital pédiatrique éthiopo-suédois, laissant ma voiture à sa place. Je rentrai en taxi. Je n'arrivais pas à croire ce qui se passait. Qu'avait fait Genet ? Le détournement était un coup médiatique. La BBC ne manquerait pas d'en parler. Cela créerait des ennuis au sergent-président, qui s'en créait déjà suffisamment tout seul, sans l'aide de Genet. Même si son action ne m'avait pas mis en danger, j'aurais été contre le détournement. Ethiopian Airlines était un symbole de notre fierté nationale. Le service et les pilotes étaient appréciés par les étrangers. Les vols qui partaient de Rome, Londres, Francfort, Nairobi, Le Caire et Bombay pour Addis favorisaient le tourisme. Sans compter que les vols nationaux faisaient une boucle quotidienne qui permettait de quitter le Hilton d'Addis-Abeba le matin, de visiter les vieux châteaux de Gondar, les obélisques d'Axum, les églises creusées dans le roc de Lalibela, et d'être de retour au bar de l'hôtel à temps pour l'entrée de ces dames parfumées aux accents de *Walk... Don't Run* interprété par les Velvet Ashantis.

Cela faisait des années que Ethiopian Airlines était la cible du FLPE. Mais même au temps de l'empereur, des as de la sécurité déguisés en passagers avaient assuré une sécurité quasi parfaite – jusqu'au vol de Genet. À la première tentative, les deux agents de la sécurité avaient descendu cinq des pirates aussi facilement qu'on dégomme des boîtes de conserve à dix pas. Ils avaient maîtrisé le sixième, et le septième s'était enfermé dans les toilettes où il avait fait exploser une grenade. Le pilote était parvenu à poser son avion sans gouvernail et avec un grand trou à l'arrière du fuselage. L'auteur de la deuxième tentative s'était retrouvé attaché sur un siège de première, bâillonné avec des serviettes, avant d'avoir la gorge tranchée.

Cet après-midi de janvier, Genet et ses camarades s'étaient emparés de l'avion sans coup férir. On disait qu'ils avaient des complices à l'intérieur. Peut-être que les hommes de la sécurité avaient retourné leur veste.

À bord du taxi qui traversait le Merkato, je considérai les lieux que j'avais connus toute ma vie. Était-il possible que ce fût la dernière fois que je passais par ici, la dernière fois que je sentais le houblon de la brasserie Saint-George ? Une femme portant ses cheveux tressés en sillons à la mode érythréenne fit signe à mon taxi. « Lideta, s'il te plaît, dit-elle.

— Lideta ? demanda le chauffeur. Pourquoi est-ce que tu ne prends pas un avion, ma poule ? » La surprise puis la colère se peignirent sur ses traits. Elle ne prit pas la peine de répondre. Elle se contenta de se détourner.

« Ces salopards auront intérêt à se faire tout petits ce soir, me dit le chauffeur. Regardez. » Il désigna de la main les piétons de chaque côté de la route. « Ils sont partout. » À Addis-Abeba, on comptait des milliers d'Érythréens comme la stagiaire en chef ou Genet. Ils étaient administrateurs, professeurs, étudiants, fonctionnaires, officiers, cadres dans les télécommunications, les eaux, la santé, auxquels s'ajoutaient des myriades de petites gens. « Ils boivent notre lait et mangent notre pain. Mais chez eux ce soir, inutile de préciser qu'ils vont tuer le mouton. »

Depuis que les militaires avaient pris le pouvoir, beaucoup d'Érythréens de ma connaissance, parmi lesquels des médecins et des étudiants en médecine, avaient rejoint le Front populaire de libération de l'Érythrée.

Aux dernières nouvelles, le sergent-président se retrouvait en difficulté dans le nord de l'Éthiopie, autour d'Asmara : les guérilleros érythréens tendaient des embuscades nocturnes aux convois militaires et disparaissaient le jour venu. J'avais vu de mauvaises photos de ces combattants. Ces hommes chaussés de sandales, vêtus d'un short et d'une chemise kaki, étaient animés de l'audace, de la conviction et de la passion des patriotes qui se battent contre leurs occupants. Les conscrits éthiopiens dans leurs Jeeps et leurs tanks, alourdis par leurs casques, leurs rangers, leurs vestes et leurs armes, étaient confinés aux routes principales. Comment pouvaient-ils trouver un ennemi invisible, dans un pays dont ils ne parlaient pas la langue et où ils ne pouvaient distinguer les sympathisants des guérilleros ?

Comme mon taxi approchait de Missing, je vis Tsige sortir de sa Fiat 850 devant son bar. Elle avait prospéré ces dernières années, achetant le commerce voisin pour en faire un restaurant et engagé des filles comme serveuses. Deux baby-foot et une télévision neuve faisaient de son bar l'égal des meilleurs de la Piazza. Tsige possédait un taxi, et la dernière fois que je lui avais parlé elle en cherchait un second. Elle n'oubliait jamais de m'encourager, de me dire à quel point elle était fière de moi et qu'elle priait pour moi tous les jours. En voyant sa jolie jambe gainée d'un bas émerger de la voiture, j'eus grande envie de m'arrêter pour lui dire adieu, mais c'était impossible. C'était son pays à elle aussi, et je souhaitai que, contrairement à moi, elle n'ait jamais à le fuir.

La porte principale de Missing était grande ouverte, signal convenu avec Hema pour m'indiquer que la voie était libre.

Quand vous n'avez que quelques minutes pour quitter la maison dans laquelle vous avez passé vingt-cinq années de votre vie, qu'emportez-vous ?

Hema avait mis mes diplômes, mes certificats, mon passeport, quelques vêtements, de l'argent, du pain, du fromage et de l'eau dans un grand sac à bandoulière Air India où je fourrai une cassette des deux versions de *Tizita*, la lente et la rapide. J'enfilai plusieurs couches de vêtements contre le froid et me chaussai de baskets. Je songeai à emporter les *Principes de médecine interne* d'Harrison, ou les *Principes de chirurgie* de Schwartz, mais comme chaque livre pesait dans les trois kilos, je m'abstins.

Nous partîmes à pied en direction du mur latéral de Missing, mais je voulus d'abord passer devant le bosquet où Ghosh et sœur Mary Joseph Praise étaient enterrés. Je tenais Hema par les épaules. Shiva soutenait l'infirmière en chef. Almaz et Gebrew étaient partis devant. Je sentais Hema qui tremblait.

Devant sa tombe, je pris congé de Ghosh. J'imaginai comme il aurait essayé de me remonter le moral, de me présenter le bon côté des choses – *Tu as toujours voulu voyager ! Voilà ta chance. Fais attention ! Le voyage ouvre l'esprit et relâche les intestins…* Je baisai la stèle en marbre et me détournai. Je ne m'arrêtai pas devant la tombe de ma mère. Si je voulais lui dire adieu, ce n'était pas l'endroit. Cela faisait plus de deux ans que je n'étais pas entré dans la salle de l'autoclave. Je sentis un pincement de culpabilité, mais il était trop tard maintenant pour y aller.

Devant le mur, Hema me prit dans ses bras. Elle posa la tête sur ma poitrine, incapable de parler, laissant libre cours à ses larmes, ce que je ne l'avais vue faire qu'à la mort de Ghosh.

L'infirmière, véritable roc de foi dans les moments de crise, m'embrassa sur le front et dit simplement : « Va avec Dieu. » Almaz et Gebrew me donnèrent leur bénédiction. Almaz me donna deux œufs durs dans un fichu et Gebrew un petit rouleau que je devais avaler pour qu'il me protège, ce que je fis.

Si mes yeux étaient secs, c'était parce que je n'arrivais pas à croire ce qui était en train de se passer. À la vue du petit groupe qui m'avait accompagné, je ressentis une véritable haine pour Genet. Peut-être que les Érythréens d'Addis tuaient le mouton ce soir et buvaient à sa santé, mais j'aurais voulu qu'elle voie cette photo de notre famille à l'instant où nous étions obligés de nous séparer à cause d'elle.

Il était temps de dire adieu à Shiva. J'avais oublié ce que c'était que de le tenir dans mes bras, de nous sentir deux moitiés d'un seul être. Depuis la mutilation de Genet, nous avions dormi séparément, excepté la brève période qui avait précédé la mort de Ghosh. Une fois celui-ci disparu, j'avais réintégré son ancienne maison, laissant notre chambre d'enfants à Shiva. Ce n'est qu'en cet instant que je ressentis la sévérité de la pénitence que je nous avais infligée. Nos bras, tels des aimants, refusaient de se séparer.

Je me reculai pour regarder son visage. J'y vis de l'incrédulité et une tristesse sans fond. Je me sentis étrangement flatté et satisfait de la réaction que je provoquais en lui. Je n'avais vu cette expression que deux fois auparavant sur son visage : le jour de l'arrestation de Ghosh, et le jour de son décès. Elle signifiait que notre séparation était une sorte de mort. Et s'il en était ainsi pour lui, il en était de même, ou il en aurait dû en être de même, pour moi.

Il y avait une époque, bien lointaine, me semblait-il, où nous lisions dans nos pensées. Je me demandai s'il lisait les miennes. J'avais reculé le moment de notre réconciliation, mais je n'en sentais plus la nécessité. Maintenant, mon esprit s'exprimait.

Shiva, vois-tu comment la défloration de Genet, un fait biologique pour toi, a été cause de tout ceci ? Elle a poussé Rosina au suicide, et éloigné Genet de nous. Elle a mené à cet instant, où je hais la femme que j'avais voulu épouser. Et dire qu'Hema pense toujours ce c'est moi qui ai provoqué tous ces bouleversements...

Vois-tu à quel point tu m'as trahi ?

Cet adieu revient à retrancher mon corps du tien.

Je t'aime comme je m'aime – c'est inévitable.

Mais je ne peux pas te pardonner. Peut-être avec le temps, et seulement parce que c'était le souhait de Ghosh. Avec le temps, Shiva, mais pas maintenant.

Nous étions au pied de l'échelle que Gebrew avait placée contre le mur est.

Shiva me tendit un sac en toile. Bien que je ne visse rien dans l'obscurité, je crus reconnaître la forme et la couleur de son exemplaire écorné de l'*Anatomie* de Gray, accompagné d'un autre gros volume tout neuf. J'allais protester, mais je me mordis la langue. En me donnant son Gray, Shiva sacrifiait une partie de lui-même, le bien le plus précieux qu'on pouvait emporter avec soi.

« Merci, Shiva », dis-je, espérant qu'il ne prendrait pas cela pour un sarcasme. J'avais maintenant deux sacs au lieu d'un seul.

Gebrew posa des sacs de jute sur les tessons de bouteille qui défendaient le faîte du mur. Je le franchis. De l'autre côté se trouvait la route que j'avais toujours vue depuis la fenêtre de ma chambre mais jamais explorée. C'était une vision que je trouvais pastorale, idyllique, cette route qui disparaissait dans la brume et les montagnes pour mener à un pays sans soucis. Ce soir, elle me parut sinistre.

« Au revoir », dis-je une dernière fois, m'appuyant de la main contre ce mur humide, exosquelette vivant et respirant de Missing. De l'autre côté, un chœur de voix chères, qui étaient le cœur battant de Missing, me répondit, me souhaitant bon voyage.

À cent mètres de là, un camion m'attendait. Le chauffeur m'aida à monter sur le plateau. Je me glissai sous la bâche qui recouvrait le chargement de pneus usagés où Adid m'avait préparé de l'eau, des biscuits et des couvertures. Il avait organisé ma fuite, mais sous l'égide du Front populaire de libération de l'Érythrée. Si on voulait quitter l'Éthiopie par le nord, et si on était prêt à payer, c'était la voie qu'on empruntait dorénavant.

Mieux vaut ne pas s'étendre sur les sept heures du trajet glacé et cahotant qui me mena jusqu'à Dessie. Après une nuit passée dans un lit dans un entrepôt à Dessie, et une deuxième nuit à Mekele, nous atteignîmes le troisième jour Asmara, le cœur de l'Érythrée. La ville que Genet avait tant aimée était occupée. L'armée éthiopienne faisait étalage de sa force avec des tanks et des véhicules blindés à chaque carrefour, et en dressant des barrages partout. Nous n'étions jamais fouillés, du fait que les papiers du chauffeur spécifiaient que les pneus étaient destinés à l'armée.

On me mena à une jolie petite maison entourée de bougainvillées où je devais attendre de pouvoir quitter Asmara. Il n'y avait rien d'autre qu'un matelas par terre. Il m'était interdit de sortir dans le jardin. Je pensais passer là une ou deux nuits, mais je dus patienter deux semaines. Mon guide érythréen, Luke, m'apportait à manger une fois par jour. Il était plus jeune que moi, parlait peu, et avait étudié à l'université d'Addis avant d'entrer dans la résistance. Il m'exhortait à marcher autant que possible pour me muscler les jambes. « Ce sont les roues du FLPE », disait-il en se tapotant les cuisses avec un sourire.

je découvris deux surprises dans mon maigre bagage. Ce que j'avais pris pour une planche en carton au fond du sac Air India que m'avait préparé Hema était une photo encadrée. C'était la gravure de sainte Thérèse que sœur Mary Joseph Praise avait punaisée dans la pièce de l'autoclave. Une note collée sur le verre apportait cette explication :

> Ghosh l'a fait encadrer le dernier mois de sa vie. Dans son testament, il a écrit que si tu quittais le pays, il voulait que tu l'emportes avec toi. Marion, puisque je ne peux pas t'accompagner, que Ghosh, sœur Mary et sainte Thérèse veillent sur toi.

Je caressai le cadre que les mains de Ghosh devaient avoir touché. Je me demandai pourquoi il avait pris tant de peine, mais j'étais content. C'était mon talisman. Je n'étais pas allé dire adieu à ma mère dans la pièce de l'autoclave, mais il se révélait que je n'en avais pas eu besoin, puisqu'elle venait avec moi.

La deuxième surprise était le volume qui se trouvait avec la précieuse *Anatomie* de Gray. C'était le livre de Thomas Stone : le *Petit manuel pratique de chirurgie tropicale*. J'en ignorais l'existence. J'appris plus tard qu'il avait été épuisé quelques années après notre naissance. Je tournai les pages avec curiosité, me demandant pourquoi je ne l'avais jamais vu et comment Shiva avait pu entrer en sa possession. Et puis, soudain, sur trois quarts d'une page, une photo me fixait avec un léger sourire aux lèvres : *Thomas Stone, MBBS, FRCS*. Je dus fermer le livre. Je me levai et bus lentement un grand verre d'eau. Je voulais reprendre mes esprits et le regarder à ma guise. Quand je l'ouvris de nouveau, je remarquai les doigts, neuf, au lieu de dix. Je devais admettre qu'il ressemblait à Shiva, et donc à moi, avec ses yeux profondément enfoncés et son regard. Nos mâchoires n'étaient pas aussi carrées et nos fronts étaient plus larges. Je me demandai pourquoi Shiva me l'avait mis entre les mains.

Le livre semblait tout neuf, comme s'il avait été à peine ouvert. Un signet placé à la première page portait les mots : *Avec les compliments de l'éditeur*. Le signet était resté si longtemps entre les pages que, quand je le retirai, il révéla un pâle rectangle.

Au dos du signet il était écrit :

> 19 septembre 1954
>
> La seconde édition. Le paquet m'a été adressé, mais je suis sûre que c'est à vous que l'éditeur le destine. Félicitations. Vous trouverez aussi une lettre que je vous ai écrite. Lisez-la tout de suite, je vous prie.
>
> SMJP

Ma mère avait écrit ce mot un jour avant notre naissance et sa mort. Son écriture bien lisible, les lettres égales, avaient encore quelque chose de l'innocence de l'écolière. Depuis combien de temps Shiva avait-il ce livre et ce signet ? Pourquoi me les donner ? Pour que j'aie quelque chose de ma mère ?

Afin de me maintenir en forme, je faisais les cent pas avec le sac contenant les livres sur le dos. Pendant ces deux semaines, j'eus le temps de lire le manuel de Stone. Au début je le trouvai daté. Mais il avait une manière de communiquer son expérience chirurgicale dans le contexte des principes scientifiques qui en rendait la lecture facile. Je regardai souvent le signet, relisant les mots de ma mère. Qu'y avait-il dans la lettre qu'elle avait envoyée à Stone ? Qu'avait-elle à lui dire, un jour avant que nous autres, ses jumeaux identiques, n'arrivions au monde ? Je copiai son écriture, imitant les déliés.

Un beau jour, en m'apportant à manger, Luke m'annonça que nous partirions dans la soirée. Je fis mes bagages pour la dernière fois. Je ne pouvais abandonner aucun de mes deux livres, même si mon sac était déjà très lourd.

Nous partîmes après le couvre-feu. « C'est pour ça qu'on a attendu, me dit Luke, désignant le ciel du doigt. C'est mieux quand il n'y a pas de lune. »

Après avoir emprunté d'étroits sentiers entre les maisons puis avoir longé des fossés d'irrigation, nous nous trouvâmes bientôt dans la campagne. Nous traversâmes des champs dans la nuit noire. Au loin, je sentais la présence des collines. Au bout d'une heure, mon sac commença à me faire mal à l'épaule, même si je changeais souvent de position. Luke insista pour transférer une partie de son contenu dans son sac à dos. Il parut choqué à la vue des livres, mais ne dit rien. Il se chargea du Gray.

Nous marchâmes pendant des heures ne nous arrêtant qu'une seule fois. Enfin nous commençâmes à gravir les collines. Aux environs de quatre heures trente, un sifflement discret nous révéla la présence d'une troupe de onze résistants qui apparurent bientôt. Ils nous saluèrent à leur manière, qui consistait à nous serrer la main tout en heurtant leurs épaules contre les nôtres à plusieurs reprises en disant « *Kaela-hai* » ou « *Salaam* ». Il y avait trois femmes, coiffées à l'Afro comme les hommes. J'eus un choc en reconnaissant l'un d'eux : c'était le boutefeu, l'étudiant aux yeux bovins que j'avais vu dans la chambre de Genet. Ce jour-là, il s'était empressé de sortir avec un air dédaigneux. Aujourd'hui, en me reconnaissant, il me fit un large sourire de travers. Il serra ma main dans les siennes. Il s'appelait Tsahai.

Les combattants étaient épuisés et leurs jambes blanches de poussière, mais ils ne laissaient pas échapper la moindre plainte. Ils portaient un canon en pièces détachées.

Tsahai vint vers moi. « C'est plein de protéines », me dit-il en me tendant une ration de leur fabrication qui avait goût de carton. Tout en parlant, il frottait son genou droit, qui me parut enflé. S'il lui faisait mal il n'en dit rien.

Nous évitâmes de parler de Genet. Il m'apprit qu'ils avaient tendu une embuscade à une patrouille, quelques heures plus tôt. « Ils ne sortent pas souvent la nuit. Ils ont peur de l'obscurité. Ils n'ont pas envie de se battre, ni envie d'être là. Leur moral est très mauvais. Quand on a tiré sur le véhicule de tête, les soldats se sont contentés de sauter à terre sans tirer pour courir à couvert. On était en surplomb des deux côtés. Ils ont immédiatement crié qu'ils se rendaient, même si leur officier leur ordonnait de se battre. On leur a pris leurs uniformes et on les a renvoyés à pied à leur garnison. »

Tsahai et ses camarades avaient siphonné l'essence des camions avant de cacher l'unique véhicule dont ils n'avaient pas vidé le réservoir, chargé des uniformes, des armes et des munitions, en attendant de venir le chercher. La plus belle prise était le canon et les obus qu'ils portaient avec eux.

Nous prîmes la route quinze minutes plus tard. Avant le jour, nous parvînmes à un petit bunker bien caché creusé à flanc de colline. Je ne me croyais pas capable de marcher aussi longtemps. J'avais été stimulé par le fait que mes compagnons de route portaient une charge cinq fois plus lourde que la mienne sans un murmure de protestation.

Luke et moi-même restâmes dans le bunker tandis que les autres, pressés de remonter le canon, se portèrent plus avant, risquant d'être surpris par le jour et repérés par les Mig.

Je dormis jusqu'à ce que Luke me réveille. J'avais l'impression qu'un mur m'était tombé sur les jambes. « Prends ça, me dit Luke, me tendant deux pilules et un gobelet de thé. C'est notre antalgique maison, du paracétamol fabriqué dans notre propre pharmacie. »

J'étais trop fatigué pour faire autre chose qu'avaler. Il me donna encore un peu de pain, et je me rendormis. À mon réveil, j'avais moins mal, mais j'étais si raide que j'avais de la peine à me lever. Je repris deux autres pilules.

À la tombée du jour, cinq combattants arrivèrent pour nous escorter. L'un d'eux avait une jambe partiellement atrophiée – je reconnus les séquelles de la polio. À le voir marcher gauchement en utilisant son fusil pour s'équilibrer, il m'était impossible de penser à mes petits désagréments.

La seconde marche fut moitié moins longue que la première ; mes jambes se délièrent progressivement. Nous arrivâmes bien avant l'aube au pied de collines broussailleuses. Un étroit sentier menait à des grottes disséminées dans la colline, dont les ouvertures étaient ingénieusement camouflées. L'entrée de la nôtre, étayée par des madriers, se trouvait entièrement cachée par la végétation et les rochers. Par une rampe en bois, nous descendîmes en pente raide jusqu'à une salle où, après avoir enlevé mes chaussures, je m'endormis sur une paillasse qui me sembla le comble du confort. À mon réveil, tard dans l'après-midi, Luke me fit faire le tour de la base, qui était vide, les combattants étant engagés dans une opération de grande envergure. Si j'étais de nouveau raide, je me sentais bien.

Je suppose que j'aurais dû admirer ces hommes capables de voltiger dans la poussière telles des simulies. J'aurais dû m'émerveiller de leur ingéniosité, leur capacité à fabriquer leur propre fluide intraveineux, leurs propres sulfamide, pénicilline et comprimés de paracétamol à l'aide d'une presse à bras. Ces grottes abritaient une salle d'opération, une fabrique de prothèses, un hôpital et une école. Le degré de sophistication de ces installations était d'autant plus impressionnant qu'elles étaient spartiates. La discipline parfaite et le fait que les tâches ménagères et la garde des enfants fussent mises sur le même rang que les autres activités me convainquirent qu'ils finiraient par conquérir leur liberté.

Une combattante se reposait devant le bunker. Le soleil qui filtrait à travers les feuilles de l'acacia formait une mosaïque de lumière changeante sur son visage et le fusil posé sur ses genoux. Elle chantonnait tout en surveillant le ciel à travers ses jumelles à la recherche des Mig pilotés par les « conseillers » russes et cubains. Le soutien que l'Amérique avait apporté à l'empereur avait été retiré au régime de Mengistu, mettant fin à la vente d'armes et de pièces de rechange. Le bloc de l'Est s'était empressé de combler le vide.

La jeune femme, qui avait à peu près notre âge, me rappela Genet par la manière dont elle se tenait, l'aisance avec laquelle elle habitait son corps ; en dépit de l'arme meurtrière qu'elle tenait entre ses mains, ses mouvements paraissaient délicats. Elle n'était pas maquillée, et ses pieds poussiéreux étaient calleux. À sa vue, je remerciai le ciel que le rêve de vie avec Genet que j'avais si longtemps bercé tout seul se fût enfui pour toujours. La lune de miel à Udaipur, notre petit bungalow à Missing où nous aurions élevé nos enfants tout en travaillant côte à côte à l'hôpital… tout cela n'aurait pas lieu. Je ne voulais plus jamais la voir. Et je ne la verrais probablement plus jamais. Elle devait être à Khartoum, à récolter les lauriers de son audacieuse opération. Elle non plus ne pourrait plus retourner à Addis. Bientôt elle rejoindrait ces combattants, vivrait dans ces bunkers, et se battrait à leurs côtés. J'espérai qu'alors je serais parti depuis longtemps. Je regrettais d'être dans son camp, et plus encore d'avoir à compter sur l'aide de ses camarades.

Cette nuit-là je me réveillai au bruit des Mig qui passaient au-dessus de nous et d'un bombardement lointain, mais suffisamment proche pour que son grondement nous parvienne avec le son plus assourdi des canons.

Luke m'apprit qu'une attaque importante venait d'avoir lieu sur un dépôt de carburant et de munitions, à laquelle avaient participé Tsahai et le groupe que nous avions rencontré la première nuit. Ils étaient entrés avec un camion volé. Une fois à l'intérieur, ils avaient déposé leurs charges, mais ceux qui se trouvaient à l'extérieur avaient été surpris par un convoi de renfort qui les avait attaqués par-derrière. L'opération ne s'était pas déroulée exactement comme prévu. Il y avait eu neuf morts, dont Tsahai, et un grand nombre de blessés. Les pertes des Éthiopiens s'avéraient beaucoup plus importantes et le dépôt de carburant avait été partiellement détruit. Les blessés arriveraient en début de matinée.

Je fus réveillé par des voix, des gémissements et des cris de douleur, accompagnés du bruit d'une intense activité. Luke me mena au service de chirurgie.

« Salut, Marion », dit une voix. Je me retournai et vis Solomon, que j'avais connu à la faculté. Il avait rejoint la résistance dès la fin de son internat. Je me rappelais un garçon rondouillard. L'homme qui était devant moi avait les joues creuses et était sec comme un coup de trique.

Je le suivis, courbé en deux dans un tunnel le long duquel des civières étaient rangées par paires de sorte que les blessés les plus graves étaient au bout, à proximité du bloc dont l'entrée était masquée par un rideau en toile.

Les blessures étaient affreuses. Un homme à peine conscient murmurait des instructions à l'oreille d'un ami penché au-dessus de lui, qui les notait fiévreusement. À des crochets fixés aux parois de la grotte pendaient des bouteilles de fluide intraveineux et de sang. Les assistants étaient accroupis à côté des civières.

Solomon m'expliqua s'être rapproché du champ de bataille pour cette mission. « D'ordinaire, je reste ici. On réanime sur le terrain. Fluide intraveineux, contrôle du saignement, antibiotiques, et même un peu de chirurgie. On est capables de prévenir les chocs traumatiques tout comme les Américains au Vietnam. Mais on n'a pas leurs hélicoptères. » Il se frappa les cuisses. « Voilà nos hélicoptères. Nous transportons nos blessés sur leurs civières. » Il jeta un regard circulaire. « Cet homme là-bas a besoin d'être intubé, dit-il en le désignant d'un mouvement de tête. Occupe-t'en, s'il te plaît. Tumsghi va t'aider. Moi je vais au bloc. Ce camarade ne peut pas attendre. » Il désigna un soldat livide allongé près du rideau avec une compresse sanglante sur l'abdomen, haletant, à peine conscient.

Mon patient murmura « *Salaam* » quand je m'accroupis à côté de lui. La balle avait pénétré dans le triceps puis la poitrine, et avait miraculeusement épargné les artères principales, le cœur et la colonne vertébrale. Le son que rendait sa poitrine à hauteur du téton droit était sourd, à l'opposé du bruit creux et résonant du côté gauche. Le sang s'était accumulé autour du poumon dans la cavité pleurale, comprimant le poumon droit contre le gauche et le cœur dans l'espace confiné de la poitrine. Juste sous son aisselle droite, j'injectai de la lidocaïne pour anesthésier la peau, puis l'arête de la côte avant d'aller plus profond dans la plèvre pratiquer une incision d'un centimètre avec le bistouri. J'y introduisis un clamp fermé jusqu'à ce que je le sente percer la plèvre. J'introduisis mon doigt ganté dans le trou, que j'agrandis pour laisser passer le tube – un simple tuyau en caoutchouc ouvert aux deux bouts. Tsumghi introduisit l'autre extrémité dans une bouteille contenant de l'eau, de sorte qu'elle demeure sous le niveau de l'eau. Cette poche de drainage de fortune empêchait l'air de retourner dans le poumon. Il sortait déjà un sang noir, et la respiration du patient s'améliora. Celui-ci dit quelque chose en tigrinya et retira son masque à oxygène. Tumsghi me traduisit : « Il demande que tu donnes son oxygène à quelqu'un d'autre. »

Je rejoignis Solomon au bloc à temps pour voir son patient qu'on descendait de table. Sa poitrine était immobile. Il y eut environ cinq secondes de silence. Une des femmes, refoulant ses larmes, s'agenouilla pour couvrir son visage.

« Il y a des choses qui nous dépassent, dit doucement Solomon. Il avait une lacération du foie. J'ai essayé des points de capiton, mais il avait aussi une perforation de la veine cave inférieure, là où elle passe derrière le foie. Elle n'arrêtait pas de saigner. Je ne pouvais pas arrêter le sang à moins de clamper la veine cave inférieure, ce qui l'aurait tué. Tu te rappelles que le professeur Asrat disait que les blessures à la veine cave au-delà du foie sont pour le chirurgien des occasions de rencontrer Dieu ? Il disait des choses comme ça que je ne comprenais pas. Je les comprends, aujourd'hui. »

Le patient suivant avait une blessure au ventre. Solomon mit de l'ordre dans ce qui me paraissait un désordre aussi impossible que souillé. Il sortit l'intestin grêle, identifia plusieurs perforations qu'il recousit. La rate, perforée, fut enlevée. Le sigmoïde avait une déchirure dont il coupa le lambeau avant de pratiquer une double colostomie pour joindre les deux ouvertures à la peau. Nous irriguâmes vigoureusement l'abdomen, laissâmes les drains en place, et vérifiâmes que nous avions bien enlevé toutes les éponges. Le champ semblait incroyablement net, comparé à l'état dans lequel il était quand nous avions commencé. Solomon devait avoir lu dans mes pensées. Il leva la main pour me montrer ses doigts boudinés et ses pouces en marteau. « Je voulais être psychiatre. » Pendant les huit heures que je passai en sa compagnie, c'est la seule fois que je le vis sourire sous son masque.

Nous procédâmes à cinq amputations. Les deux dernières opérations consistaient à forer des trous dans le crâne de deux patients comateux à l'aide d'une perceuse de menuisier modifiée. Dans le premier cas, nous parvînmes à évacuer le sang de sous la dure-mère, où il s'était accumulé et pesait sur le cerveau. L'autre patient, dont les pupilles étaient fixes et dilatées, agonisait. Nos efforts furent sans effet. L'hémorragie était trop profonde dans le cerveau.

Deux jours plus tard, je pris congé de Solomon. Il avait des cernes noirs sous les yeux et on aurait dit qu'il était prêt à s'écrouler. Il me déclara : « Bonne chance. Ce n'est pas ton combat. Moi aussi je m'en irais, si j'étais à ta place. Raconte ce que tu as vu ici. »

Ce n'est pas ton combat. Je ruminai cette phrase tout en me dirigeant vers la frontière en compagnie des deux combattants qui m'escortaient. Que voulait dire Solomon ? Croyait-il que j'étais du côté éthiopien, du côté des occupants ? Non, je pense qu'il me considérait comme un expatrié, quelqu'un qui n'avait pas de parti à prendre. Même si j'étais né sur la même propriété que Genet, même si je parlais amharique comme un Éthiopien et même si j'étais allé à la faculté avec lui, pour Solomon j'étais un *ferengi* – un étranger. Peut-être avait-il raison, même si j'avais du mal à l'admettre. Si j'étais un Éthiopien patriote, je serais entré dans la résistance et me serais joint aux royalistes ou à un des autres mouvements qui essayaient de renverser le sergent Mengistu. Si j'aimais mon pays, n'aurais-je pas été prêt à mourir pour lui ?

Nous passâmes la frontière soudanaise en fin de journée. Je pris un bus pour Port Soudan, puis un avion pour Karthoum. Là, je pus appeler un numéro que m'avait donné Adid pour faire savoir à Hema que j'étais en sécurité. Les deux jours passés dans le chaudron de Karthoum me semblèrent deux années, mais enfin je m'envolai pour le Kenya.

À Nairobi, Mr. Eli Harris, dont l'église à Houston avait été le pilier qui avait supporté Missing pendant des années, et que l'infirmière en chef avait contacté par câble, m'avait trouvé une chambre dans une clinique de la mission. Je trouvai le travail dans cette petite clinique de jour difficile, du fait que bien des choses se perdaient dans la traduction. Je consacrai mon temps libre à étudier pour les examens que je devais passer afin de poursuivre mes études en Amérique.

Nairobi était luxuriante et verte comme Addis-Abeba, avec l'herbe qui poussait entre les pavés comme si la jungle bouillonnait sous la ville, prête à prendre le relais. À côté de Nairobi, Addis était une petite ville de province. Le mérite en revenait aux Anglais, qui continuaient d'y vivre en nombre, ainsi que les Indiens. Dans certains quartiers de Nairobi on se serait cru à Baroda ou Ahmedabad avec dix magasins de saris par rue, des boutiques de *chat* partout, l'air chargé de l'odeur âcre du masala et les gens qui ne parlaient que le gujarati.

Je commençai par passer mes soirées dans les bars à noyer mon chagrin et à écouter de la benga et de la soukous. Les rythmes congolais et brésiliens jazzy étaient entraînants et pleins d'optimisme, mais quand je revenais dans ma chambre, plein de bière, ma mélancolie se faisait encore pire. La musique mise à part, la culture kenyane n'avait pas d'attrait pour moi. C'était ma faute. Je résistais à ce pays. Thomas Stone était venu à

Nairobi après avoir fui l'Éthiopie et ses démons. C'était encore une raison pour que je n'aie pas envie d'y rester.

Tous les mardis soir, j'appelais Hema à un numéro de téléphone différent. La situation ne s'arrangeait pas, me disait-elle. Si je revenais je serais toujours en danger.

Je restai donc dans ma chambre, consacrant chaque minute de mon temps à étudier. Je passai les examens d'équivalence américains deux mois plus tard et me rendis immédiatement à l'ambassade pour obtenir mon visa. Encore une fois Harris me facilita les choses.

Je me sentais dans mon droit : si mon pays était prêt à me mettre à la torture, s'il ne voulait pas de mes services en tant que médecin, alors je reniais mon pays. Mais à la vérité je savais déjà que je ne retournerais pas en Éthiopie, même si tout redevenait soudain rose.

Je voulais quitter d'Afrique.

Je commençais à penser que Genet m'avait rendu service après tout.

Quatrième partie

L'intellect de l'homme est forcé de choisir
Entre la perfection de la vie et celle de l'œuvre,
Et s'il prend la seconde, il doit refuser
Une maison au ciel pour rager dans l'obscurité.
William Yeats, *Le Choix.*

Chapitre 38

Bienvenue en Amérique

Le capitaine Getachew Sélassié– aucun lien avec l'empereur – pilotait le 707 d'East African Airways dans lequel je quittai Nairobi. J'entendis sa voix calme pendant la brève nuit. J'éprouvais un respect nouveau pour son métier, qui le rapprochait plus de Dieu qu'aucun curé. C'était le premier des trois pilotes qui me firent traverser neuf fuseaux horaires.

Rome.

Londres.

New York.

Le rituel de l'immigration et de la collecte des bagages à Kennedy Airport fut si rapide que je me demandai si je ne l'avais pas raté. Où étaient les soldats en armes ? Les chiens ? Les longues queues ? Les fouilles ? Où se trouvaient les tables où on ouvrait votre valise pour en découper la doublure au couteau ? Je traversai des couloirs en marbre, montai et descendis des escalators et pénétrai dans un hall caverneux qui, malgré le contenu de deux avions qui venaient de débarquer, paraissait à moitié vide. Il n'y avait personne pour nous guider.

Avant que d'en avoir pris conscience, j'étais sorti de l'incubateur stérile et silencieux de la douane. Les portes automatiques se fermèrent derrière moi comme pour me protéger de la contamination du monde cacophonique, tenu à distance par une barrière métallique.

Une Ghanéenne, dont la robe et le turban à fleurs lui donnaient l'air d'une reine quand elle était montée dans l'avion à Nairobi, passa la douane après moi. Nous étions tous deux épuisés, hébétés, non préparés à l'océan de visages qui nous scrutaient. Nous demeurâmes là, tenant maladroitement les enveloppes en kraft contenant nos radios (exigées par les douanes, mais qu'elles ne regardaient jamais), la poitrine barrée par les courroies de nos bagages, ouvrant de grands yeux tels les animaux débarquant de l'Arche.

La première chose qui me frappa, c'est que les gens étaient de toutes les couleurs et de toutes les formes, au lieu de l'océan de visages blancs auquel je m'étais attendu. Leurs regards lubriques et inquisiteurs nous effleuraient. Dans le feu croisé de nouvelles odeurs surprenantes, je détectai la peur de la Ghanéenne. Elle se pressait contre moi. Des hommes en noir tenaient des pancartes sur lesquels des noms étaient inscrits. Leurs regards ternes leur donnaient l'allure d'acheteurs ; on eût dit qu'ils étaient en train de prendre la mesure du bassin de la Ghanéenne et d'évaluer l'espace entre ses deuxième et troisième orteils, dont chacun sait qu'il est la seule mesure fiable de fécondité. Je me représentai des Noirs enchaînés franchissant en titubant la passerelle d'un navire négrier tandis que des centaines de paires d'yeux examinaient leurs flancs, leurs biceps, cherchant sur leur peau les pustules du pian, cette syphilis de l'Ancien Monde. Quant à moi, je n'étais personne, sinon son eunuque… Elle était si agitée qu'elle laissa tomber son sac.

C'est en me penchant pour le ramasser que j'aperçus la pancarte dans les mains d'un homme au teint bistre et aux yeux bruns. Il la tenait à hauteur de la taille, comme s'il ne voulait pas être confondu par les porteurs de pancartes en livrée. Sa chemise kaki tombait sur un large pantalon blanc. Des sandales marron chaussant des pieds nus complétaient sa tenue. Les lettres de sa pancarte formaient quelque chose comme *MARVIN* ou *MARMEN* ou encore *MARTIN*. Le second mot était *STONE*.

« Stone ?… Marion Stone ? » lui demandai-je.

Il me toisa des pieds à la tête avant de détourner le regard comme si je ne méritais pas une réponse. La Ghanéenne vit enfin ceux qui l'attendaient, poussa un cri et se précipita vers eux.

« Excusez-moi, dis-je, me plaçant dans le champ de vision de l'homme. Je suis Marion Stone. Vous êtes envoyé par Notre-Dame du Perpétuel-Secours ?

— Marion est fille ! fit-il d'une voix gutturale et brusque.

— Eh bien, pas celui que vous avez devant vous, dis-je. Je porte le nom de Marion Sims, le célèbre gynécologue. »

Il y avait (d'après l'Encyclopaedia Britannica) une statue de Marion Sims à Central Park, au coin de la 103e Rue et de la Cinquième Avenue. Apparemment, elle faisait office de tête de station de taxis. Si Sims avait débuté sa carrière en Alabama, son succès l'avait amené à New York, où il avait fondé l'hôpital pour femmes, avant un hôpital destiné à soigner les cancers, qui prit ensuite le nom de Memorial Sloan-Kettering.

« Gynécologie devrait être une femme ! grinça-t-il, comme si j'avais violé une règle fondamentale.

— Oh, ce n'était pas le cas de Sims, et le mien non plus.

— Vous êtes pas gynécologue ?

— Non, je voulais dire que je ne suis pas une femme. Et, non, je ne suis pas gynécologue. »

Il était perdu. « *Kis oomak* », finit-il par dire. Je savais assez d'arabe pour comprendre qu'il venait d'évoquer un terme de gynécologie qui faisait référence à ma mère.

Les chauffeurs en costume noir menaient les passagers à de longues voitures noires, mais mon homme me mena à un grand taxi jaune. Bientôt nous quittâmes Kennedy Airport en direction du Bronx. Nous rejoignîmes, à une vitesse que je jugeai dangereuse, une autoroute et le flot des véhicules lancés à toute allure. « Marion, le voyage t'a abîmé les tympans », songeai-je, tant le silence dans ce taxi me paraissait irréel. En Afrique, les voitures ne marchaient pas à l'essence, mais au klaxon. Pas ici : les voitures se faufilaient en silence, comme un banc de poissons. Je n'entendais que le chuintement du caoutchouc sur le béton et l'asphalte.

Superorganisme. Un biologiste a inventé ce terme pour nos colonies géantes de fourmis africaines, avançant que la conscience et l'intelligence ne résidaient pas dans la fourmi individuelle mais dans le cerveau de la fourmi collective. La ligne de feux de position rouges qui s'étendait jusqu'à l'horizon tandis que le jour se levait autour de nous me fit penser à ce terme. L'ordre et l'intention doivent résider ailleurs que dans chaque véhicule. Ce matin-là j'entendis le bourdonnement, la respiration du superorganisme. C'est un son, me semble-t-il, auquel seul le nouvel immigrant est sensible, et encore pas longtemps. À peine avais-je appris à dire « Un pastrami-seigle-gruyère sans laitue » que ce son avait disparu. Il faisait partie de ce que l'esprit considère comme le silence. J'avais intégré le superorganisme.

La silhouette de cette ville si célèbre – les deux points d'exclamation jumeaux à une extrémité, le joujou de King Kong au milieu – m'était familière. Charles Bronson, Gene Hackman, Clint Eastwood, l'Empire et l'Adowa s'étaient occupés de me la faire connaître. Mon orgueil m'avait fait croire que de tels films suffisaient à me rendre l'Amérique familière. Mais l'orgueil dont j'étais désormais le témoin était celui de l'Amérique, et c'était l'orgueil de l'échelle. Je le voyais dans les ponts en acier qui enjambaient le fleuve ; je le voyais dans les autoroutes qui se chevauchaient tels des vers emmêlés. L'orgueil était dans le compteur de vitesse de mon taxi, plus grand que le volant, comme si Dali s'était emparé du cadran rond pour lui tirer les oreilles. L'orgueil était dans l'aiguille qui indiquait maintenant cent dix kilomètres heure, une vitesse inimaginable dans notre fidèle Volkswagen – même si elle avait pu trouver une route qui lui aurait permis de se lancer dans une telle tentative…

Quelle langue humaine peut rendre l'impression que vous ressentez devant cet étalage de lumière et de puissance de l'acier ? Vous avez tout simplement l'impression de rétrécir et de sombrer, et vous prenez conscience – une conscience aiguë – de l'insuffisance de l'être en présence de ce superorganisme. D'un seul coup, c'était comme si rien de ce que j'avais jamais fait dans ma vie n'avait compté avant ce moment-là. Comme si mon existence passée se révélait avoir été un gâchis, un geste au ralenti, du fait que ce que je jugeais rare et précieux était en fait abondant et bon marché, et que ce qui avait été pour moi aussi rapide que le progrès se révélait être d'une lenteur glaciale.

L'observateur, le vieil archiviste, le chroniqueur des événements fit son apparition dans ce taxi. Les aiguilles de ma pendule devinrent élastiques tandis que j'imprimais ces sensations dans ma mémoire. *Tu dois te rappeler cela.* C'était tout ce que je possédais, tout ce que j'avais jamais possédé, la seule monnaie, la seule preuve que j'étais en vie.

La mémoire.

J'étais seul dans le fond du taxi de Mr. K.L. Hamid, ma valise à côté de moi, et une cloison en plexiglas éraflé entre nous. Deux étrangers isolés et distants, dans une voiture si spacieuse que cinq humains et deux moutons auraient pu se tenir sur la banquette arrière.

J'avais les muscles crispés par la vitesse… Et peur de voir soudain apparaître un enfant occupé à faire sécher des bouses de vache sur le tarmac, ou encore de voir surgir la vache ou la chèvre qui ne pouvaient manquer de s'y aventurer. Mais je ne vis aucun animal, aucun homme ; enfin si : dans les voitures.

La tête d'Hamid ronde comme une balle était couverte de boucles brunes serrées ; sur le permis plastifié vissé près du compteur, il avait l'air surpris. On voyait le blanc de ses yeux. J'en déduis que la photo avait été prise le jour où il était arrivé en Amérique, le jour où il avait vu et ressenti ce que je voyais et ressentais aujourd'hui.

C'est pour cette raison que je fus si blessé par la grossièreté d'Hamid. Il refusait de regarder de mon côté. Peut-être que pour qui conduit un taxi depuis longtemps le passager devient un objet défini par sa destination et rien d'autre, tout comme (si on n'y prend garde) les patients peuvent devenir le « diabétique dans le lit n°2» ou « l'infarctus du myocarde dans le lit n°3».

Hamid pensait-il que s'il me regardait j'allais lui demander de me rassurer ? Pensait-il que je voudrais qu'il m'explique tout ce que je voyais pour calmer mes frayeurs ? Il aurait eu raison.

Et je me dis alors que le silence d'Hamid devait être instructif, une sorte d'admonestation, l'avertissement bienveillant de celui qui est arrivé dans un bateau précédent : « Toi là-bas ! Indépendance et élasticité. Voilà ce dont a besoin le nouvel immigrant. Ne te laisse pas abuser par toute cette activité. N'évoque pas le superorganisme. Non, non. On fonctionne seul en Amérique. Commence tout de suite. » Tel était son message. Telle était la raison de sa grossièreté. « Trouve ta colonne vertébrale ou fais-toi dévorer tout cru. »

Je souris, calmé, laissant défiler le paysage. J'étais exalté par la découverte de cette vérité. Je frappai le siège du plat de la main. J'exprimai mes pensées.

« Oui, Hamid. Bande à fond ton courage », dis-je tout haut, invoquant Ghosh, qui n'avait jamais vu ce que je voyais, n'avait jamais entendu le son du superorganisme. Avec quelle joie il aurait vécu cela !

Hamid sursauta au son de ma voix. Il me jeta un coup d'œil dans le rétroviseur, puis détourna le regard, avant de me regarder de nouveau. Le premier contact visuel... C'était la première fois qu'il semblait réaliser qu'il transportait quelque chose d'autre qu'un sac de pommes de terre.

« Merci, Hamid ! m'exclamai-je.

— Quoi ? Qu'est-ce que vous dire ?

— J'ai dit : merci.

— Non, avant ça !

— Oh, ça... C'est dans *Macbeth*, dis-je en me penchant en avant, avide de faire la conversation. Lady Macbeth, en fait. Mon père nous disait ça tout le temps. "Bande à fond ton courage". »

Il observa un instant de silence, son regard allant et venant de la route au rétroviseur.

« Vous m'insultez ?

— Pardon ? Non. Non ! Je parlais tout seul. C'est comme si...

— Bande ? Bande toi-même », fit-il.

J'ouvris tout grand la bouche. Était-il possible d'être si complètement incompris ? Son visage dans le rétroviseur le disait sans ambages. Je me redressai et secouai la tête en signe de résignation. Je ne pus m'empêcher de rire. Penser que Ghosh – ou lady Macbeth – pouvait être à ce point mal interprété...

Hamid continuait à me lancer des regards mauvais. Je lui fis un clin d'œil. Je le vis ouvrir la boîte à gants. Il sortit un revolver. Il le brandit, me montrant ses différents aspects à travers le plexiglas sale, comme s'il essayait de me le fourguer, ou de me prouver que c'était bien une arme et pas un jouet en plastique, ce dont il avait tout l'air.

« Vous croyez que je plaisante ? » fit-il, une énergie mauvaise se peignant sur son visage, comme si l'objet qu'il tenait en main faisait de lui non pas un plaisantin mais un philosophe.

Je n'avais pas l'intention de mettre de l'huile sur le feu. Je ne me considère pas comme quelqu'un de téméraire ou de courageux. Mais je trouvais ce petit revolver pathétique et je ne croyais tout simplement pas, en vérité j'étais certain, qu'il ne pourrait en faire usage. C'était hilarant. Les armes, je connaissais. J'avais fait un cratère dans le ventre d'un homme avec un revolver qui avait deux fois cette taille. J'avais enterré l'arme et son propriétaire dans un marais (dont chaque nuit il menaçait toujours de sortir). Il y avait seulement quatre mois j'avais opéré des hommes blessés par balle. Son pistolet à bouchon, aujourd'hui, dans le contexte de l'Amérique, où les conducteurs tenaient leur droite, où les douaniers n'ouvraient jamais vos valises, avait l'air d'un accessoire de théâtre, d'une énorme blague. Est-ce que je n'aurais pas pu avoir un vrai chauffeur américain, ou au moins un flingue que l'inspecteur Harry n'aurait pas eu honte de brandir ? Pourquoi m'être enfui d'Addis, échappé d'Asmara, sorti de Khartoum et avoir abandonné Nairobi, pour me retrouver dans une situation pareille ?

Le fait d'être l'aîné vous rend très patient. Mais il arrive un moment où, après avoir montré de la bonne volonté un nombre incalculable de fois, vous vous dites : *Au diable la patience ! Qu'ils souffrent de cette vision du monde déformée !* Votre boulot est de vous préserver, pas de descendre dans le trou des petits minables. C'est un soulagement quand vous en arrivez à ce point, à la limite de l'absurde, parce qu'alors vous êtes libre, vous savez que vous ne leur devez rien. J'avais atteint ce point avec Hamid. Mon corps était secoué d'une hilarité que la fatigue, le jet lag et la désorientation contribuaient à exacerber au point qu'Hamid dut penser que j'étais fou et qu'il était préférable de ne pas me provoquer. Toujours est-il qu'il me laissa tranquille.

Les grilles en fer forgé de Notre-Dame du Perpétuel-Secours étaient grandes ouvertes. J'avais rendez-vous à dix heures avec le docteur Abramovitz, chef du service de chirurgie. Après quoi j'avais l'intention de prendre un autre taxi pour le Queens et de chercher un hôtel dans lequel me reposer de mon voyage. Dans les jours qui venaient j'avais une série d'entretiens dans le Queens, à Jersey City, Newark et Coney Island.

Un homme en bleu avec LOUIS brodé sur la poitrine s'approcha juste à l'instant où le taxi d'Hamid repassait la grille.

« Lou Pomeranz, concierge en chef de Notre-Dame du Perpétuel-Secours », dit-il en me serrant la main. Un paquet de Salem sortait de sa poche de poitrine. C'était un véritable colosse. « Vous jouez au cricket ?

— Oui.

— Batteur ou lanceur ?

— Gardien de guichet et premier batteur. » C'était l'héritage que Ghosh m'avait laissé.

« Formidable ! Bienvenue à Notre-Dame. J'espère que vous serez content ici », dit Mr. Pomeranz. Il me tendit une liasse de feuillets. « Voici votre contrat. Je vais vous montrer les chambres des internes et vous signerez là-bas. La clé argentée est celle de la porte. La dorée est celle de votre chambre. Voici votre badge temporaire. Une fois que le service du personnel aura pris votre photo, vous aurez un badge permanent. »

Il partit avec ma valise et je le suivis. « Mais… » dis-je, tâchant de me débarrasser de ce que j'avais dans les mains pour prendre la lettre qui se trouvait dans la poche de ma veste. Je la lui montrai. « Je ne voudrais pas vous induire en erreur. Je ne suis ici que pour avoir un entretien avec le docteur Abramovitz.

— Popsy ? » Il gloussa. « Non ! Popsy ne fait pas passer d'entretien. Vous voyez la signature ? » Il tapota ma lettre comme si c'était un bout de bois. « En fait, c'est l'écriture de sœur Magda. » Il me lança un regard et me fit un grand sourire. « Un entretien ? Oubliez. Le taxi était prépayé. Sinon ça coûte une fortune. Vous êtes embauché. Je vous ai donné le contrat, non ? *Zêtembauché !* »

Je ne savais que dire. C'était Mr. Eli Harris des baptistes de Houston qui m'avait suggéré de faire des demandes dans des hôpitaux de New York et du New Jersey pour être pris comme interne en chirurgie. Eli Harris savait très bien ce qu'il faisait, parce que dès que j'avais envoyé ma lettre, un télégramme de Popsy (ou peut-être de sœur Magda) était arrivé à Nairobi, m'invitant à venir passer un entretien. Une lettre et une brochure avaient suivi. Chacun des hôpitaux suggérés par Harris avait répondu rapidement.

« Mr. Pomeranz, vous êtes sûr que je suis embauché ? Il doit y avoir de la concurrence pour entrer. Je suis sûr qu'il y a beaucoup d'étudiants en médecine américains qui font des demandes ? »

Louis s'arrêta pour me regarder. Il se mit à rire. « Ha ! Elle est bien bonne, doc. Des étudiants en médecine américains ? Je n'ai aucune idée de ce à quoi ils ressemblent. »

Nous fîmes le tour d'une fontaine à sec zébrée de chiures de pigeons. Elle ressemblait à celle qui était décrite dans la brochure, mais le monsignore en bronze aux traits aussi usés que ceux du Sphinx qui trônait au centre penchait dangereusement en avant. La barre de fer qui allait du bord du bassin à sa ceinture pour l'empêcher de tomber n'était pas mentionnée non plus. On aurait dit qu'il se servait comme d'une cane de son phallus miraculeusement long.

« Mr. Pomeranz…

— Je sais. On dirait sa bite, dit-il en respirant bruyamment. On va s'en occuper bientôt.

— Ce n'est pas ce que je…

— Appelez-moi Louis.

— Louis… vous êtes sûr de vous ? C'est bien à moi que vous devez avoir affaire ? Moi Marion ? Marion Stone ? »

Il s'arrêta. « Doc, jetez un œil au contrat, d'ac ? »

Mon nom s'y trouvait bien.

« Si c'est bien votre nom, c'est vous que nous attendons. »

Une pensée assombrit son visage. « Vous avez bien passé votre CEME, hein ? »

J'avais effectivement passé l'examen de la CEME, la Commission des étudiants en médecine étrangers, qui avait établi que j'avais les connaissances et les diplômes requis pour poursuivre mes études de troisième cycle en Amérique.

« Oui, je l'ai passé.

— Alors quel est le problème ? Attendez un peu… Ne me dites pas que ces salopards de Coney Island ou de Jersey vous ont contacté ? Ils vous ont envoyé un contrat ? Fils de putes ! Je dis toujours à sœur Magda de le faire. Envoyer un contrat les yeux fermés. Le taxi était son idée, mais ça ne suffit pas. » Il se rapprocha de moi. « Doc, ces hôpitaux sont horribles. » Louis était essoufflé, ses narines dilatées. Ses yeux chassieux se fermèrent à demi. « Je vais vous dire, reprit-il. Je vais vous donner la chambre du coin. Elle a un petit balcon. Qu'est-ce que vous en dites ?

— Non, non, voyez-vous…

— C'est les gens du Lincoln-Misericordia ? Harlem ? Newark ? Vous faites le tour avant de vous décider ?

— Non, je vous assure…

— Écoutez, doc, ne jouons pas aux plus malins. Dites-moi si oui ou non vous voulez faire votre internat ici ? » Il avait les mains sur les hanches et sa poitrine montait et descendait lourdement.

« Non, je veux dire oui… J'ai effectivement des rendez-vous dans d'autres endroits… C'est mon premier arrêt ici. Mais franchement… je pensais que ce serait difficile d'obtenir un internat… J'aimerais beaucoup… Oui !

— Bien ! Alors signez ce foutu contrat, pour l'amour de Marie ! Et je ne suis même pas catholique ! »

Je signai, debout devant le bassin.

« Bienvenu à Notre-Dame, docteur », dit Louis, soulagé, prenant mon contrat et me serrant la main. Il désigna d'un geste ample les bâtiments qui nous entouraient. « C'est le seul endroit où j'aie jamais travaillé. Mon premier boulot au sortir de l'armée… et probablement mon dernier. J'en ai vu des comme vous. Oh ouais ! De Bombay, Poona, Jaipur, Ahmedabad, Karachi, et de bien d'autres endroits. Jamais eu un d'Afrique. Je pensais que vous auriez une autre tête. Laissez-moi vous dire, on les a fait bosser. Mais ils nous ont donné ce qu'ils avaient de meilleur. Ils ont beaucoup appris ici. Je les aime tous. J'aime leur cuisine. Ma passion du cricket, elle vient d'eux. J'en suis fou. Écoutez, le base-ball, c'est rien à côté du cricket. Les gars sont là-bas maintenant, dit-il en désignant les murs. En train de se faire du blé dans le Kentucky ou le Dakota du Sud – partout où on a besoin de médecins. Le docteur Singh m'a envoyé un billet d'avion pour venir assister au mariage de sa fille à El Paso. Chaque fois qu'il est à New York, il vient me voir. On a une équipe des anciens qui joue contre nous tous les ans. Ils nous ont offert un nouveau terrain et des filets. Ils arrivent dans des bagnoles magnifiques. Je leur dis : "Ne prenez pas de grands airs avec moi. Je me rappelle l'époque où vous saviez que dalle. Je me rappelle quand on ne comprenait rien de ce que vous baragouiniez. Et maintenant regardez ce que vous êtes devenus !" »

J'étais impressionné par ce que je voyais de Notre-Dame du Perpétuel-Secours. L'hôpital formait un L. Le bâtiment principal, haut de six étages, donnait sur la rue ; toutefois un mur de séparation l'isolait du trottoir. Le petit bâtiment était plus récent et n'avait que trois étages, avec un hélicoptère posé sur la terrasse. Le toit en tuiles du bâtiment ancien s'affaissait entre les cheminées tandis que les étages du milieu dépassaient de l'aplomb comme des poignées d'amour. La grille décorative qui se trouvait sous les avant-toits avait viré au vert bilieux, et des traces de corrosion coulaient, tel du mascara, parallèlement aux gouttières le long des briques. Une gargouille solitaire saillait d'un côté de l'entrée, sa jumelle de l'autre côté ayant été réduite à un petit morceau sans tête. Mais pour moi, à peine débarqué d'Afrique, ce n'étaient pas des signes de décrépitude, rien que la poussière de l'histoire.

« C'est magnifique, dis-je à Mr. Pomeranz.

— C'est peu de chose, mais c'est chez nous », répliqua-t-il, posant sur le bâtiment un regard où perçait l'affection.

Indubitablement, il y avait d'autres hôpitaux plus neufs et plus grands, du moins si on en croyait leurs brochures. Mais on ne pouvait pas se fier à une brochure, comme j'étais en train de le découvrir.

À cinquante mètres à droite de l'hôpital se trouvait la maison à un étage qui abritait le personnel. Sur la porte vitrée de l'entrée, on avait collé une feuille de papier réglé sur lequel était écrit au feutre noir :

> **Inde-Australie, 2nd Test à Brisbane**
> **Retransmission par câble dans la chambre de B.C. Gandhi**
> (Les Pakistanais, les Sri Lankais, les Bangladais et les habitants des Caraïbes sont les bienvenus, mais si vous encouragez l'Australie, la direction se réserve le droit de vous éjecter.)
> **Vendredi 11 juillet 1980 à 19 h**
> (10 $ par personne et apportez un plat non végétarien, je répète, non végétarien.
> S'il ne bougeait pas avant d'avoir été cuit, nous n'en voulons pas ! ! !
> Entrée gratuite pour les dames seules et chaise fournie.
> Si vous amenez votre épouse 10 $ de plus et apportez votre chaise.)
>
> Dr B.C. Gandhinesan
> Capitaine de l'équipe de Notre-Dame,
> Responsable du cricket, Notre-Dame du Perpétuel-Secours

Dans l'entrée, je sentis la coriandre, le cumin, bref, les odeurs familières de la cuisine d'Almaz. Dans l'escalier, je humai la marque d'encens qu'Hema allumait chaque matin. Au premier étage, j'entendis le léger bourdonnement de *Suprabhatam* chanté par M.S. Subbulakshmi et le tintement d'une clochette, comme si quelqu'un était en train de faire sa *puja*. Je ressentis un pincement de nostalgie. Nous nous arrêtâmes pour que Mr. Pomeranz reprenne son souffle. « Il a fallu mettre des ventilateurs industriels dans les hottes des cuisinières. Obligé ! Quand ils se mettent à faire leur masala, laisse tomber ! »

Un grand et bel Indien aux longs cheveux encore mouillés descendit l'escalier quatre à quatre. Il avait de grandes dents solides, un sourire engageant, et un after-shave qui sentait tout simplement merveilleusement bon. (J'appris plus tard que c'était Brut.)

« B.C. Gandhinesan, dit-il en me tendant la main.

— Marion Stone.

— Excellent. Appelle-moi B.C. ou Gandhi, répondit-il en me serrant la main. Ou appelle-moi capitaine. Tu…

— Gardien de guichet, annonça Pomeranz d'une voix triomphante. Et premier batteur. »

B.C se frappa le front et recula en titubant. « Dieu est grand ! Merveilleux ! Tu peux garder le guichet pour un lanceur rapide ? Vraiment rapide ?

— C'est ceux que je préfère.

— Fabuleux ! J'ai un internat de quatre ans. Je serai chef de clinique assistant l'année prochaine en remplacement de Deepak. Je suis aussi capitaine de l'équipe de Notre-Dame, qui a gagné deux années de suite le trophée interhôpitaux. Jusqu'à ce que ces *chutyas* d'un hôpital que je ne nommerai pas fassent venir un batteur d'Hyderabad l'année dernière. Un joueur de niveau international. Il m'a fait perdre beaucoup d'argent. Il m'a fallu une année pour payer mes dettes.

— Des salopards, dit Louis, la mine renfrognée, faisant sans doute allusion à l'autre équipe. Ils auraient dû être disqualifiés.

— Il s'est révélé que leur vedette est bien un batteur mais pas vraiment médecin, dit B.C. Ce pédé était un expert de la photocopie. Mais sur le papier, selon les statuts de New York, il était médecin quand on a joué, Lou. C'est comme ça qu'on n'a pas récupéré notre argent.

— Enculés, dit Louis. Ils nous ont baisés.

— Cette année, nous avons notre arme secrète à nous, me déclara B.C., passant un bras autour des épaules de Louis dans un geste de consolation. Je suis allé à Trinidad avec un de nos anciens pour le recruter. Tu vas bientôt le rencontrer. Nestor. Un grand type solide. Un mètre quatre-vingt-quinze. Lanceur rapide, lanceur de balles neuves, qui met beaucoup d'effet et vise le batteur. Mais aucun de nous n'est capable de garder le guichet contre lui, il est trop rapide. Maintenant, avec toi, nous allons tuer ces *chutyas*, et nous allons remporter le trophée. Va te reposer, Marion. Nous te verrons à l'entraînement dans vingt-quatre heures. »

Chapitre 39

Le remède à ta maladie

« Le patient est prêt. Qu'est-ce qu'on attend ? Qui l'opère ? demanda le docteur Ronaldo.

— Moi », dis-je.

Ronaldo tourna un cadran sur le chariot d'anesthésie, comme si cette nouvelle exigeait un changement dans le mélange gazeux.

« C'est Deepak qui me supervise », dis-je, mais Ronaldo m'ignora.

L'instrumentiste, sœur Ruth, occupée à ouvrir son plateau, secoua la tête. « Je crains que non. Popsy vient d'appeler. Il veut opérer. Marion, tu ferais bien de venir de mon côté.

— Popsy ! Dieu nous aide ! gémit le docteur Ronaldo, se donnant une claque sur la joue. Décrochez l'horloge. Appelez ma femme, dites-lui que je serai en retard pour dîner. »

Je sentis le parfum du Brut, puis l'odeur d'une Winston, et quelques secondes plus tard, B.C. Gandhi était à côté de moi. Il avait dû tirer une dernière bouffée dans les vestiaires.

« Je sais. J'ai entendu, dit-il avant que je puisse ouvrir la bouche. Je suis en train de faire une vésicule biliaire à côté. Écoute, Marion. Au cas où Deepak n'arrive pas avant Popsy, ton boulot consiste à contaminer le vieux dès qu'il prend le bistouri.

— Quoi ? Comment ?

— Je ne sais pas. Gratte-toi le derrière et touche son gant. Tu es intelligent. Tu trouveras bien. Il faut juste que tu l'empêches d'opérer, OK ? » Sur ce, il disparut.

« Il est sérieux ? », demandai-je en me tournant vers Ronaldo.

« Gandhi n'est jamais sérieux. Mais il a raison. Contamine-le. »

Je me tournai vers sœur Ruth, espérant qu'elle m'aiderait.

« Priez pour l'intercession de Notre-Dame, dit-elle. Et contaminez-le. »

Je vivais la douzième semaine de mon internat en chirurgie à Notre-Dame du Perpétuel-Secours.

Je ne m'étais pas douté que le trajet en voiture de trente minutes qui m'avait mené de l'aéroport au Bronx serait la seule vision de l'Amérique que j'aurais pendant trois mois.

Après juste une semaine à l'hôpital, j'avais l'impression d'avoir quitté l'Amérique pour un autre pays. Mon pays était une contrée de lumières fluorescentes où la nuit et le jour étaient semblables, et dont plus de la moitié des habitants parlaient l'espagnol. Quand ils parlaient l'anglais, ce n'était pas celui auquel je m'étais attendu dans la patrie de George Washington et Abraham Lincoln. Les descendants des passagers du *Mayflower* n'étaient pas arrivés jusqu'ici.

Ces trois mois à Notre-Dame du Perpétuel-Secours avaient passé comme un éclair. Nous manquions cruellement de personnel, en regard de la norme des hôpitaux de l'Amérique du Nord, mais de toute façon je ne connaissais pas la norme. À Missing, il n'y avait tout au plus que trois ou quatre médecins, ici nous étions trois fois plus nombreux rien qu'en chirurgie. Mais ici, à Notre-Dame du Perpétuel-Secours, nous avions beaucoup plus de patients : nous devions maintenir une foule de patients en vie sous respirateur dans le service de soins intensifs, nous devions faire un nombre inimaginable d'examens et faire aussi tant et tant de paperasse – cela n'avait rien à voir avec Missing, où Ghosh ou Hema griffonnaient rarement plus que quelques mots sibyllins dans le registre, laissant le reste aux infirmières. J'appris que ces longues voitures silencieuses, ces salons flottants sur roues, causaient de monstrueuses blessures quand elles avaient un accident. Les ambulanciers nous amenaient les victimes avant que les pneus de l'épave aient cessé de tourner. Ils sauvaient des gens que nous n'avions jamais vus à Missing, parce que personne n'aurait essayé de les amener à l'hôpital. Ici, pour les policiers, les pompiers ou les médecins, un homme ne pouvait jamais être considéré comme perdu d'avance.

À Notre-Dame, nous étions de nuit un jour sur deux. Je n'avais pas le temps d'avoir le mal du pays. Habituellement, ma journée commençait tôt le matin par des tournées avec mon chef d'équipe, B.C. Gandhi. Après quoi mon équipe se joignait aux autres pour faire la tournée officielle avec Deepak Jesudass, le chef de clinique assistant. Les mardis et vendredis, jours d'opération, nous autres internes de première année étions responsables des services et des urgences. Nous travaillions jusqu'en début de soirée. Quand j'étais de garde, je travaillais toute la nuit, m'occupant des urgences en plus de mes patients et de ceux des internes qui n'étaient pas en service. Il était rare de pouvoir dormir. Je n'essayais même pas. Le lendemain nous travaillions jusqu'au début de l'après-midi. J'occupais mes soirées libres tout simplement en m'écroulant sur mon lit. Une nuit que nous étions sonnés par le manque de sommeil, mon chef d'équipe,

B.C. Gandhi, me demanda : « Est-ce que tu sais quel est le désavantage d'être de garde une nuit sur deux ? » Je secouai la tête. Il sourit et déclara : « On rate la moitié des patients intéressants. »

L'emploi du temps était brutal, inhumain, épuisant.

J'adorais.

À minuit, quand les couloirs se vidaient, il y avait des endroits dans l'hôpital où les lumières baissaient et où je voyais des traces de la gloire enfuie de Notre-Dame du Perpétuel-Secours. On la voyait dans le filigrane doré au-dessus des portes, les hauts plafonds de l'ancienne aile de la maternité, dans le sol en marbre du hall de l'administration, et la coupole en bois taché de la chapelle. Jadis la fierté d'une riche communauté catholique, puis d'une communauté petite-bourgeoise juive, Notre-Dame du Perpétuel-Secours avait connu le sort du quartier, elle était devenue pauvre en secours aux pauvres. B.C. Gandhi m'expliqua : « En Amérique, les pauvres sont les plus malades. Les pauvres ne peuvent pas se payer les soins préventifs ni une assurance-maladie, ils ne voient donc pas les médecins. Et ils arrivent dans un état avancé.

— Qui paie pour eux, alors ? demandai-je.

— Le gouvernement paie avec Medicaid et Medicare, c'est-à-dire tes impôts.

— Comment pouvons-nous nous offrir un hélicoptère et une plate-forme si nous sommes si pauvres ? » La plate-forme d'atterrissage au sommet de la partie la plus récente de Notre-Dame, avec ses lumières bleues clignotantes et l'hélicoptère rutilant qui allait et venait, semblait déplacée ici.

« *Salah*, tu ignores notre titre de gloire ? Notre industrie n°1 ? Parfois, j'oublie que tu viens de débarquer ! Mon vieux, cette plate-forme a été payée par des hôpitaux qui sont à l'opposé du nôtre. L'hélicoptère est à eux en réalité, pas à nous. Les hôpitaux riches. Ceux qui soignent les riches, les assurés. Même si certains soignent les pauvres, ils ont un grand CHU ou une clientèle privée qui paie. C'est la façon noble de "s'occuper des pauvres".

— Et notre façon à nous ?

— Honteuse. Le travail des intouchables. Ces hôpitaux riches qui bordent toute la côte Est se sont cotisés pour payer notre plate-forme afin de pouvoir se poser ici. Pourquoi ? Parce que nous sommes à l'ère de l'ischémie ! Vois-tu, ce que nous avons ici dans notre quartier, c'est une abondance d'armes à feu, les "Noirs en colère", les "Latinos en colère", et en fait les "Hommes en colère" de toutes sortes, sans parler des "Femmes jalouses". L'homme de la rue a plus de chance de se trimballer avec un flingue qu'avec un stylo. Ra-ta-ta-ta-ta… Et nous nous retrouvons avec trop de patients JBPD – Juste Bons pour les Pièces Détachées. Jeunes, qui seraient autrement en pleine santé, mais en état de mort cérébrale. Cœur, foie et tout ce que tu veux, en parfait état. Garantis de fonctionner bien après que ta queue sera en berne. Des organes magnifiques. Parfaits pour la greffe. Des greffes que nous ne pouvons pas réaliser. Mais nous pouvons les maintenir en vie jusqu'à ce que les vautours arrivent. Ils prennent l'organe qui les intéresse et se font la malle. La prochaine fois que tu entendras le *whup-whup-whup*, ne pense pas à des pales d'hélicoptère. Pense *paysa*, blé, *dinero* ! Une greffe du cœur coûte, quoi ? un demi-million de dollars ? Des reins, cent mille ou plus ?

— C'est ce qu'ils nous payent ?

— Nous ? Ils ne nous donnent pas une thune ! C'est ce qu'ils *gagnent*. Ils viennent, découpent et prennent, nous font un doigt d'honneur, et s'en vont dans leur hélico en nous plantant là sur nos chameaux. La prochaine fois que tu entendras un hélicoptère, viens voir à quoi les maîtres de la médecine, les sahibs, ressemblent. »

Je les avais effectivement vus, une ou deux fois, la poitrine de leurs blouses blanches blasonnée des mêmes écussons aux couleurs vives (écussons de facultés de médecine) que ceux qui ornaient les glaciaires, les igloos sur roulettes et l'hélicoptère. J'avais vu sur leurs visages le même genre de fatigue que la mienne, mais la leur paraissait plus noble, sans que je sache pourquoi.

Le docteur Ronaldo croisa et décroisa les bras, regardant la pendule, puis la porte. Toujours pas de Popsy. J'arrangeai les serviettes stériles en un rectangle parfait, le portail de l'abdomen de Hugh Walters Jr.

Mr. Walters, un monsieur grisonnant, était arrivé aux urgences la semaine passée. Cette nuit-là, les civières pleines de blessés avaient envahi les couloirs. L'odeur de l'alcool sortait des poumons, des pores et des sécrétions d'un nombre d'hommes et de femmes suffisant pour qu'on ait l'impression de travailler dans un bar. Il y avait deux hommes soûls qui vomissaient du sang et rivalisaient à qui ferait le plus de bruit. Quand Mr. Walters arriva, lui aussi vomissant du sang, je crus à tort qu'ils faisaient partie de la même famille – la famille des alcooliques atteint de cirrhose. Je supposais que le saignement provenant des varices en forme de ver qui prospéraient dans l'estomac était dû aux lésions du foie. Au cours des vingt-quatre heures suivantes, j'insérai un gastroscope dans la gorge de chacun de ces trois patients pour regarder dans leur estomac. Contrairement aux deux autres, celui de Mr. Walters ne présentait ni la couleur rouge violacé des gastrites alcooliques ni ces varices pouvant suggérer la cirrhose. Je vis en revanche qu'il avait un gros ulcère à l'estomac, et que celui-ci saignait. Je fis une biopsie.

Quelques heures après l'endoscopie, Mr. Walters m'assura de nouveau d'une voix basse et digne que l'alcool n'avait jamais touché ses lèvres, et cette fois-ci je le crus. C'était un prêtre, qui exerçait comme professeur de collège. Je m'en voulus de l'avoir mis dans le même sac que les deux autres. Nous commençâmes une thérapie intense en vue de soigner son ulcère.

Je découvris que Mr. Walters connaissait mon pays de naissance. « J'ai regardé les funérailles de Kennedy à la télé. C'était votre empereur, Hailé Sélassié, qu'on remarquait le plus. C'était le plus petit mais aussi le plus grand. Le seul empereur. Il était au premier rang des dignitaires qui marchaient derrière le cercueil. Il m'a rendu fier d'être noir. » Mr. Walters prononça ce mot en lui donnant du poids et de la substance.

Il lisait le *New York Times* tous les jours. Avec la Bible, il était toujours à son chevet. « Je n'ai jamais pu me payer d'études supérieures. J'ai suivi des cours du soir d'instruction religieuse. Je dis à mes élèves : "Si vous lisez le journal chaque jour pendant un an, vous posséderez le vocabulaire d'un doctorant et vous en saurez plus que n'importe quel licencié. Je vous le garantis."

— Ils vous écoutent ? »

Il leva un doigt. « Chaque année il y en a un, dit-il avec un large sourire. Mais ça vaut le coup. Même Jésus n'en a eu que douze. J'essaie d'en avoir un par an. »

Malgré les antiacides et les anti-H2, l'ulcère de Mr. Walters continuait à saigner. Ses selles avaient toujours la consistance et la couleur du goudron, signe indubitable d'acidité gastrique. Cinq jours après son hospitalisation, notre troupe s'était rassemblée à son chevet pendant la tournée du soir.

Deepak Jesudass, notre chef d'équipe, s'assit sur le bord du lit de Mr. Walters. « Mr. Walters, il faut qu'on vous opère demain. Votre ulcère continue à saigner. Il ne montre aucun signe d'amélioration. » Il dessina sur un bout de papier à quoi ressemblait une gastrectomie partielle – la suppression de la zone de son estomac qui produisait de l'acide. J'admirai le calme et le soin avec lesquels Deepak s'expliquait, la façon dont il donnait aux patients l'impression d'être le centre de son attention et qu'il avait tout son temps à leur consacrer. Plus que tout, j'admirai son merveilleux accent, très british, qui paraissait doublement exotique du fait qu'il était originaire de l'Asie du Sud. C'était dû au fait qu'il avait longtemps vécu en Angleterre. Deepak inspirait confiance à ses patients.

Tandis que Deepak parlait, B.C. Gandhi me regardait en roulant les yeux. Il me rappelait ainsi quelque chose qu'il m'avait dit la nuit dernière : « Tu peux être un crétin, mais si tu as l'accent qu'il faut, tu te trouveras invité à la télé et le présentateur rira à toutes tes blagues. »

B.C. faisait le zouave, mais dans des sitcoms que j'avais entrevues dans des chambres de patients, j'avais eu l'occasion de voir un maître d'hôtel noir mais très british au service d'une famille noire, un Anglais excentrique qui était voisin d'une riche famille noire dans l'Upper East Side de Manhattan, et une riche veuve anglaise affublée d'une jolie gouvernante de Brooklyn.

Mr. Walters avait bu chacune des paroles de Deepak. Il répondit : « J'ai confiance en vous. Sans vous tous, il n'y aurait pas de médecins, ici. Et puis, j'ai aussi confiance en lui », dit-il en désignant le plafond.

Le jour de l'opération, je me levai à quatre heures trente pour revoir toutes les étapes de l'opération dans mon *Atlas chirurgical* de Zollinger. Deepak m'avait dit que c'était *mon* patient, que je me tiendrais à droite et qu'il serait mon assistant. J'étais excité et nerveux. Ce serait la première fois que j'allais travailler directement avec le chef de clinique assistant.

Mais Popsy avait ruiné nos projets. Je me tenais à la gauche du patient en attendant le légendaire docteur Abramovitz. Je ne l'avais encore jamais vu. Aucun signe de Deepak.

Et soudain Popsy était là, la tête dangereusement proche des lampes. Son visage était profondément ridé, et dans ses yeux bleus pleins de bonté, ses pupilles cernées de gris avaient quelque chose d'enfantin. Son masque lui montait jusque sous le nez, dont les narines laissaient passer de longs poils blancs. Il tendit sa main gantée. Sœur Ruth hésita, me jetant un coup d'œil avant de poser le bistouri dans sa paume.

Popsy émit un son de gorge. Le bistouri trembla dans ses doigts. Sœur Ruth me donna un petit coup de coude. Avant que j'aie rien pu faire, Popsy avait pratiqué son incision. Elle était hardie, très hardie. Je tamponnais et clampais les petits vaisseaux, et quand Popsy ne faisait pas mine de les suturer, je le faisais à sa place. Quand il se saisit du forceps, il n'arriva pas à attraper le péritoine.

Et ce pour une bonne raison. Son incision avait entamé l'aponévrose et le péritoine. Une matière liquide, qui semblait fort provenir de l'estomac, envahit la blessure. Ronaldo regarda par-dessus l'écran de l'anesthésie et ses sourcils disparurent sous son calot.

Popsy essaya de nouveau, mais le forceps lui glissa des doigts et heurta bruyamment le sol. Il leva la main. « J'ai touché le côté de la table… » Il me regardait, comme si j'allais le contredire. « Je me suis contaminé.

— Effectivement, monsieur, se hâta de dire sœur Ruth, me voyant muet.

— Effectivement, monsieur », dit Ronaldo.

Mais Popsy continuait à me fixer.

« Oui, monsieur, bafouillai-je.

— Continuez », dit-il. Il quitta la pièce en traînant les pieds.

« Popsy, qu'as-tu fait ? » murmura Deepak sous son masque tandis qu'il sortait la boucle abîmée de l'intestin grêle. J'étais toujours du côté gauche de la table. « On dit qu'il y a des vieux chirurgiens et des chirurgiens hardis, mais pas de vieux chirurgiens hardis. Mais celui qui a dit ça n'a jamais rencontré Popsy. Heureusement, c'est une petite déchirure facile à suturer.

— J'ai essayé de… bafouillai-je.

— Nous avons un plus gros problème », dit Deepak en désignant ce qui ressemblait à une petite bernacle à la surface de l'intestin. Soudain, j'en vis une autre, puis une autre, et toute une série, et cela même sur la couche de graisse qui recouvrait l'intestin. Et le foie était déformé par trois grosseurs inquiétantes qui lui donnaient l'air d'une tête d'hippopotame.

« Pauvre homme ! dit Deepak. Tâtez son estomac. » La paroi était dure comme de la pierre. « Marion, vous avez fait une biopsie de l'ulcère avec l'endoscopie, non ?

— Oui. D'après les résultats, il était bénin, dis-je.

— Mais il s'agissait bien d'un gros ulcère sur la grande courbure ?

— Oui.

— Et quels ulcères de l'estomac ont le plus de chance d'être malins ?

— Ceux qui sont sur la grande courbure.

— Vous avez donc soupçonné qu'il pouvait être malin, non ? Vous avez regardé les diapos avec le pathologiste ?

— Non, monsieur, dis-je en baissant les yeux.

— Je vois. Vous avez fait confiance au pathologiste pour qu'il interprète les biopsies pour vous ? »

Je ne dis rien.

Deepak n'avait pas haussé la voix. Il aurait pu être en train de parler du temps qu'il fait. Le docteur Ronaldo ne pouvait pas l'entendre.

Deepak explora le bassin, parcourut avec ses doigts les endroits que nous ne pouvions voir. Enfin il dit, presque dans un murmure : « Marion, quand c'est *votre* patient et que vous basez votre intervention sur une biopsie, pensez à toujours regarder les diapos avec le pathologiste. Particulièrement si le résultat n'est pas ce que vous attendiez. Ne vous fiez pas au rapport. »

Je me sentais très coupable envers Mr. Walters. J'aurais pu lui éviter cette opération, lui éviter Popsy. Rétrospectivement, les résultats des examens des fonctions hépatiques de Mr. Walters étaient douteux, et cela aurait dû m'alerter.

Deepak reboucha le trou dans l'intestin. Heureusement, il n'y en avait qu'un. Il cousit l'ulcère qui se remettrait bientôt à saigner. Nous nettoyâmes la cavité abdominale à l'aide de plusieurs litres de solution saline.

« OK, venez de ce côté, Marion. Je veux que vous refermiez. »

Je travaillai sans interruption sous son regard perçant.

« Arrêtez », dit-il soudain. Il coupa le nœud que je venais de faire. « Je sais que vous avez probablement fait beaucoup de chirurgie en Afrique. Mais on n'atteint pas la perfection par la pratique si la pratique est mauvaise. Laissez-moi vous poser une question, Marion… Vous voulez être un bon chirurgien ? »

Je hochai la tête.

« La réponse n'est pas forcément oui. Posez la question à sœur Ruth. Depuis que je suis ici, je n'ai pas posé cette question à beaucoup de gens. » Je sentais mes oreilles qui rougissaient. « Ils ont dit oui, mais certains auraient pu dire non. Ils ne se connaissaient pas eux-mêmes. Voyez-vous, vous pouvez être un mauvais chirurgien, ce qui généralement vous fera gagner plus d'argent. Marion, je dois vous demander de nouveau : vous voulez vraiment être un bon chirurgien ? »

Je levai la tête.

« Je suppose que je devrais demander ce que cela implique ?

— Bien. Vous devriez effectivement le demander. Pour être un bon chirurgien, vous devez vous engager à être un bon chirurgien. C'est aussi simple que ça. Vous devez être méticuleux dans les petites choses, pas juste au bloc, mais au-dehors. Un bon chirurgien voudrait refaire ce nœud. Vous allez faire des milliers de nœuds dans votre vie. Si vous faites chaque nœud aussi bien qu'il est humainement possible, vous aurez moins de problèmes. Je veux voir la même tension de chaque côté. Vous n'avez pas envie que Mr. Walters souffre d'une rupture de l'abdomen quand il va avoir des gonflements post-opératoires ? Ce nœud, bien fait, peut lui permettre de rentrer chez lui pour mettre de l'ordre dans ses affaires. Mal fait, il pourrait le garder à l'hôpital à cause d'une suite de complications, et cela jusqu'à ce qu'il finisse par mourir. En chirurgie, les grandes choses dépendent des petites choses. »

Cet après-midi-là, nous allâmes voir le docteur Ramuna, la pathologiste, dans son bureau encombré. Elle découvrit un cancer dans l'une des biopsies faites dix jours avant. Le docteur Ramuna, une femme dure, avait une façon de faire la moue qui me rappelait Hema. Toutefois, le fait d'avoir raté le cancer la première fois ne la démonta pas. Elle me montra le tas branlant de plateaux de diapositives en carton à côté de son microscope… les biopsies en attente. « Je fais le travail de quatre pathologistes. Mais je ne suis ici qu'à mi-temps. Notre-Dame ne peut pas se payer un pathologiste à plein temps. Mais ils ne me donnent pas moitié moins de travail ! Je ne peux pas passer le temps nécessaire sur chaque spécimen. Bien sûr que je l'ai manqué ! Personne ne vient regarder les diapos avec moi, sauf vous, Deepak. Ils appellent. "Vous avez regardé ce spécimen ? — Si c'est important pour vous, venez, je leur dis. Donnez-moi de bonnes informations cliniques et je pourrai mieux interpréter ce que je vois." »

Je surveillai Mr. Walters. Passant par son nez, nous avions introduit dans son estomac un tube relié à un aspirateur. Le tube le faisait souffrir et il parlait à peine.

Je l'enlevai le troisième jour après l'opération. Il s'assit, sourit pour la première fois, inspirant profondément par le nez.

« Ce tube est une invention diabolique. Je n'en voudrais pas pour tout l'argent d'Hailé Sélassié. »

Je pris moi aussi une grande inspiration. Je m'assis sur le bord de son lit. Je lui pris la main. « Mr. Walters, je crains que nous n'ayons pas de bonnes nouvelles. Nous avons trouvé quelque chose que nous ne nous attendions pas à trouver dans votre ventre. » C'était la première fois en Amérique que je devais révéler à un patient qu'il souffrait d'une maladie mortelle, et j'avais l'impression de ne l'avoir jamais fait. Comme si en Éthiopie, et même à Nairobi, les gens s'attendaient à ce que toutes les maladies, même bénignes ou imaginaires, soient mortelles ; ils s'attendaient à la mort. En Afrique, on annonçait plutôt qu'on avait tenu la mort en échec. Les choses qu'on ne pouvait pas faire, les maladies qu'on ne pouvait pas guérir, on n'en parlait pas. Je ne me rappelle pas qu'il y ait eu un équivalent du mot "pronostic" en amharique, et jamais je n'avais essayé d'évoquer à un patient la possibilité de vivre encore cinq ans ou de quoi que ce soit de ce genre. En Amérique, je découvrais que la mort ou son éventualité étaient toujours une surprise, comme si nous nous croyions immortels, et que la mort n'était qu'une option.

L'expression de Mr. Walters passa de la joie d'avoir été libéré du tube à la surprise, puis à la tristesse. Une larme solitaire coula sur sa joue. Mes yeux s'embuèrent. Mon bip se mit à sonner mais je l'ignorai.

Je ne pense pas qu'on puisse être médecin sans que la maladie du patient qu'on a en face de soi ne vous renvoie à vous-même. Comment aurais-je pris le genre de nouvelle que je venais d'annoncer à Mr. Walters ?

Après quelques minutes, il s'essuya le visage avec sa manche. Un sourire fit craqueler ses traits. Il me tapota la main.

« La mort est le remède à toutes les maladies, non ? Personne n'est prêt à recevoir pareille nouvelle. J'ai soixante-cinq ans, je suis vieux. J'ai eu une bonne vie. J'ai envie d'aller retrouver mon Seigneur et Sauveur. » Une lueur malicieuse s'alluma dans son œil. « Mais pas tout de suite », ajouta-t-il en levant un doigt et en émettant un rire lent qui avait la régularité d'un métronome : *heh-heh-heh*…

Je me surpris à sourire avec lui.

« Nous en voulons toujours plus, *he-he-he*, fit-il. Ce n'est pas vrai, docteur Stone ? Seigneur, j'arrive. Mais pas tout de suite. Je reste encore un peu ici. Continue, Seigneur. Je te rattraperai. »

J'admirais Mr. Walters. Je voulais apprendre à être comme lui, posséder son rythme régulier, avoir ce tempo intérieur.

« Voyez-vous, jeune docteur Marion, c'est ce qui fait de nous des hommes. Nous en voulons toujours plus. » Il me serra la main. On aurait dit que c'était lui qui me consolait, que j'étais venu m'asseoir sur son lit en quête de réconfort, de courage et de confiance. « Allez-y maintenant, je sais que vous êtes occupé. Tout va très bien. Très bien. Il faut juste que je réfléchisse un peu à tout ça. »

Je le quittai tout sourires, comme si je venais de lui faire le plus beau cadeau qu'un homme puisse faire à un autre.

Chapitre 40

Sel et poivre

Au sortir de la chambre de Mr. Walters, j'allai m'asseoir sur le banc à l'extérieur du bâtiment du personnel. Comme il était injuste pour Mr. Walters que ce jour le plus sombre fût aussi exceptionnellement beau ! Les arbres de Notre-Dame prenaient des couleurs que je n'avais jamais vues en Afrique. Je savais que leurs feuilles réhausseraient bientôt le sol d'un éclatant tapis où se mêleraient le rouge, l'orange et le jaune, et qui craquerait sous les pieds en exhalant une odeur sèche et sucrée.

Les rires et les cris qui provenaient du patio de notre bâtiment me semblaient sacrilèges. B.C. Gandhi l'avait baptisé « Notre-Maîtresse de la Fornication-Perpétuelle ». Il y avait des jours où j'avais l'impression d'être à Sodome.

Quand il commença à faire froid, je rentrai. J'aperçus le feu de bois ronflant dans le brasero en fonte du patio, et l'odeur du tabac et de quelque chose de plus fort me monta aux narines. Nestor, notre lanceur de Trinidad et mon condisciple, avait un jardin potager à l'arrière du bâtiment. L'été de notre arrivée, il avait planté du curry, des tomates, de la sauge et… du cannabis.

Au-delà du potager, le champ descendait jusqu'à un mur de brique surmonté de fils de fer barbelés. Il nous séparait d'un lotissement que les autorités avaient nommé Amitié il y avait vingt ans de cela. À présent tout le monde l'appelait Le Cuirassé. La nuit, nous entendions des coups de feu et nous pouvions distinguer des étoiles filantes, messagères de la terre au ciel.

Le lundi, nous étions invités à dîner par les infirmières. Mais aujourd'hui c'était à nous de les recevoir. Je me mêlai au groupe.

« Comment ça s'est passé ? » demanda B.C. en posant son bras sur mes épaules. Je lui fis part de ma conversation avec Mr. Walters.

B.C. écouta en silence, avant de déclarer : « Quel homme formidable ! Quel courage ! Tu sais, tu as eu de la chance avec Mr. Walters, d'autant qu'il n'a pas de boulette de crasse. Qu'est-ce que c'est qu'une boulette de crasse ? La concrétion dure et puante qui se forme dans le nombril. Un patient qui a quatre boulettes de crasse est souvent alcoolique. Il a fait une ou deux crises cardiaques. Il bat sa femme. Il a été blessé par balle deux ou trois fois. Il a le diabète. La fonction rénale est limite. Si tu fais une FGO sur un Trois-A, devine ce qui se passe ? »

Une « FGO » était une « Foutue Grosse Opération » et un « triple A » un anévrisme de l'aorte abdominale. B.C. adorait utiliser et inventer des abréviations.

« Et un Quatre-Boulettes… je suppose qu'il se tire très mal d'une grosse opération ? suggérai-je.

— Non ! Tout au contraire. Vois-tu, il a déjà prouvé sa capacité à survivre. Crises cardiaques, attaques d'apoplexie, coups de couteau, chutes d'immeuble… son protoplasme est élastique. Plein de vaisseaux collatéraux, de mécanismes de remplacement. Il sort en valsant de la salle de réanimation, pète la première nuit, pisse par terre en essayant d'aller aux cabinets, et s'en tire très bien malgré le bourbon que la famille passe en douce pour donner du goût aux glaçons, qui sont la seule chose qu'il est censé avaler.

Ceux qu'il faut surveiller, ce sont les Zéro ou Une-Boulette. Ce sont tes prêcheurs ou tes médecins. Des hommes comme Walters. Ils mènent des vies honnêtes et saines, restent mariés à la même femme, élèvent leurs enfants, vont à l'église le dimanche, surveillent leur pression artérielle, ne mangent pas de glaces. Tu fais une FGO sur un Trois-A et tu te retrouves en train de DTMCP. »

Descendre un Torrent de Merde en Canot sans Pagaie.

« Dès que l'anesthésiste approche le masque de son visage, ton zéro-boulette a une crise cardiaque sur sa foutue table. Si tu arrives à opérer, les reins tombent en carafe ou la blessure se rouvre. Ou ils pètent un plomb, et avant que tu aies pu appeler l'équipe de Freud, ils ont sauté par la fenêtre. Donc, tu vois, Mr. Walters a eu de la chance. »

Deepak aspira une bouffée du joint de la taille d'un cigare que lui avait passé Nestor. Il me le tendit. « Tiens, dit-il en retenant la fumée dans ses poumons et en parlant d'une voix pincée. Le problème c'est… que vivre sainement te tuera, mon ami. »

Le cannabis ne fit rien pour soulager ma fatigue ; bientôt je sentis mon visage et mon corps se liquéfier. Je levai les yeux sur le ciel au-dessus du Cuirassé. Les sons – cris joyeux, hurlements, pulsations d'une radiocassette poussée à fond, bruit d'un ballon de basket heurtant le cercle métallique du panier, couinement de pneus – faisaient une symphonie assortie aux dessins en clair-obscur qui ornaient le mur de brique. C'était comme si la faculté m'avait été donnée de voir à l'intérieur du cuirassé et d'observer les vies des centaines d'Américains qui habitaient là, des familles que nous soignions. J'avais l'impression d'être un visionnaire.

« Est-ce que ce n'est pas bizarre, dis-je, après un long moment, tâchant de donner à ma question un tour qui ne la rendrait pas stupide, est-ce que ce n'est pas bizarre que… qu'ici… nous soyons tous des médecins étrangers ?

— Tu veux dire indiens ? dit Gandhi. Tu es à demi indien, mais heureusement pour toi, c'est la bonne moitié. Même Nestor a un père indien, c'est juste qu'il l'ignore. »

Nestor jeta une capsule de bouteille à Gandhi.

« Oui, eh bien, est-ce que ce n'est pas bizarre, poursuivis-je, que ce côté-ci du mur il y ait un hôpital plein de médecins indiens et que de l'autre côté se trouvent les patients qu'ils soignent ? Des patients américains, mais pas représentatifs de…

— Tu veux dire des patients noirs, *man*, dit Nestor de sa voix à l'accent mélodieux. Et tu veux dire des Portoricains.

— Oui… mais ce que je veux dire c'est où sont les autres patients américains ? Et de même, où sont les autres médecins américains ?

— Tu veux dire où sont les patients blancs ? Et où sont les médecins blancs, *man* ?

— Oui, c'est exactement ça !

— Écoute, Marion, dit Gandhi. Tu veux dire que tu n'avais rien remarqué jusqu'à maintenant ?

— Non… je veux dire, si. Ne sois pas bête. Mais ma question est : Est-ce que tous les hôpitaux en Amérique sont comme ça ?

— Mon Dieu, Marion ! Tu comprends, n'est-ce pas, pourquoi tu es ici et pas au Mass General ?

— Parce que… je ne l'ai pas demandé.

Je n'étais pas préparé à l'hilarité qui accueillit mes paroles. Juste au moment ou je pensais être on ne peut plus sérieux.

Nestor se leva et sautilla sur place. Il psalmodia : « Il ne l'a pas demandé ! Il ne l'a pas demandé ! » Le cannabis facilitait probablement leurs rires hystériques, mais il ne m'aidait pas. Je me levai, en colère.

Gandhi me saisit le bras. « Marion, assieds-toi. Bien sûr que tu n'as pas fait ta demande, dit-il d'un air conciliant. Tu ne voulais pas perdre ton temps avec le Massasuchetts General Hospital. »

Je ne comprenais toujours pas.

« Tu vois, dit-il, prenant un poivrier et une salière et les mettant côte à côte. — Ce poivrier est notre genre d'hôpital. Appelle ça un…

— … un trou à merde, compléta Nestor.

— Non, non, appelons ça un hôpital Ellis Island. De tels hôpitaux se trouvent toujours dans des endroits où vivent des pauvres. Le quartier est dangereux. Et ces hôpitaux n'abritent pas un centre hospitalier universitaire. Compris ? Maintenant, prends ce poivrier. C'est un hôpital

Mayflower, un hôpital-vedette, le CHU d'une grande faculté. Tous les étudiants et les internes portent de super blouses blanches avec des écussons SUPER MÉDECIN MAYFLOWER. Même s'ils soignent les pauvres, c'est honorable, comme la coopération, tu comprends ? Tous les étudiants en médecine américains rêvent de faire leur internat dans un hôpital Mayflower. Leur pire cauchemar est de se retrouver dans un hôpital Ellis Island. Voilà le problème : qui va travailler dans un hôpital comme le nôtre, dans un quartier dangereux, sans CHU, sans prestige ? Quelle que soit la somme que l'hôpital ou le gouvernement soient prêts à payer, ils ne trouveront pas des médecins à plein-temps pour travailler ici.

« Medicare a donc décidé de payer des hôpitaux comme le nôtre pour qu'ils proposent des programmes de formation destinés aux internes, pigé ? C'est du gagnant-gagnant, comme on dit : l'hôpital fait soigner les patients par les internes vingt-quatre heures sur vingt-quatre, des gens comme nous qui habitons sur place, et dont les émoluments sont infiniment inférieurs à ce que l'hôpital paierait s'il avait des médecins à plein temps. Et Medicare procure des soins aux pauvres.

« Mais avec cette combine, Medicare a créé un nouveau problème. Où trouver les internes pour occuper tous ces nouveaux postes ? Il y a beaucoup plus de postes d'internes qu'il n'y a d'étudiants en médecine en Amérique. Les étudiants américains ont le choix, et permets-moi de te dire qu'ils ne veulent pas être internes ici. Pas quand ils peuvent aller dans un hôpital Mayflower. Donc, chaque année, Notre-Dame et tous les autres hôpitaux Ellis Island cherchent des internes étrangers. Tu es l'un parmi les centaines de migrants annuels qui permettent aux hôpitaux tels que le nôtre de continuer à fonctionner. »

B.C. se carra dans son fauteuil. « Ce dont l'Amérique a besoin, le monde le lui fournira. De la cocaïne ? La Colombie est prête. Manque de main-d'œuvre dans l'agriculture ? Dieu merci, le Mexique est là. Des joueurs de base-ball ? Vive la Dominique ! Besoin d'internes ? Inde, Philippines, *zindabad* ! »

Je me sentais stupide de n'avoir pas compris avant. « Alors, les hôpitaux où je devais passer des entretiens, dis-je. À Coney Island, dans le Queens…

— Tous des hôpitaux Ellis Island. Où tout le personnel est étranger ainsi que la plupart des médecins. Certains sont même entièrement indiens. D'autres ont un parfum plus iranien. D'autres sont complètement pakistanais ou philippins. C'est le pouvoir du bouche-à-oreille. Tu amènes ton cousin qui amène son copain de fac et ainsi de suite. Et quand nous avons terminé notre formation ici, où allons-nous, Marion ? »

Je secouai la tête. Je ne savais pas.

« N'importe où. Voilà la réponse. Nous allons dans les petites villes qui ont besoin de nous, les trous du cul du monde. Le genre d'endroits où les médecins américains ne veulent pas aller.

— Et pourquoi ?

— Parce que, *salah*, dans ces villages il n'y a pas d'orchestre symphonique ! Pas de culture ! Pas d'équipe de base-ball ! Comment un médecin américain pourrait-il vivre là-bas ?

— C'est là que tu vas aller, B.C. ? Dans une petite ville ? lui demandai-je.

— Tu plaisantes ? Tu crois que je vais vivre sans orchestre symphonique ? Sans les Mets ou les Yankees ? Non, monsieur. Gandhi reste à New York. Je suis né et j'ai été élevé à Bombay, et qu'est-ce que New York sinon une version light de Bombay ? J'aurai mon cabinet sur Park Avenue. Vois-tu, il y a une pénurie de soins sur Park Avenue. Les habitantes du quartier souffrent parce que leur poitrine est trop petite, à moins que ce soit parce que leur nez est trop gros, ou encore parce qu'elles ont un pneu autour de la taille. Qui va les soigner ?

— Toi ?

— Exactement, les amis. Attendez, mesdames ! Gandhi arrive. B.C. va vous les faire plus gros, ou plus petits, au choix, plus doux, plus mignons, tout ce que vous voudrez, mais toujours mieux. »

Il leva son verre de bière. « Un toast ! Mesdames et Messieurs ! *Qu'aucun Américain ne s'aventure jamais hors de ce monde sans avoir un médecin étranger à ses côtés* »

Chapitre 41

Un nœud à la fois

Un après-midi, au cours de mon neuvième mois à Notre-Dame du Perpétuel Secours, comme nous nous dirigions vers le bloc, un huissier vint remettre des documents officiels à Deepak Jesudass. Il les prit sans rien dire, et nous allâmes opérer. Bien après minuit, comme nous étions en train de fumer dans le vestiaire, il sourit et me dit : « N'importe qui d'autre m'aurait demandé ce qu'étaient ces papiers.

— Vous me le direz si ça me concerne », répondis-je.

Quand je fis sa connaissance, Deepak avait environ trente-sept ans, un visage juvénile et des épaules de petit garçon que démentaient les poches sous ses yeux et ses cheveux grisonnants. Si vous nous aviez vus, tous ensemble dans la cafétéria, vous auriez pensé que c'était lui le chef de clinique, parce qu'il avait le physique du rôle. Aujourd'hui, quand je repense à ma période de formation, je ressens la dette que j'ai envers ce petit homme noiraud, ce chirurgien modeste que le monde ne célébrera sans doute jamais. Dans la salle d'opération, Deepak était patient, énergique, brillant, créatif, appliqué, et décidé – un véritable artisan.

« Ne bégaye pas avec ce porte-aiguilles. » « De l'autodiscipline avec ces mains, Marion. Fais chaque chose d'un coup, pas de mouvement inutile. » Quand j'appris à croiser les mains comme il me le montrait pour obtenir une tension égale des deux côtés du nœud, un nouveau problème apparut : « Garde les coudes serrés, à moins de vouloir t'envoler. » Je refis plus de nœuds que je n'en fis tant que je travaillai avec lui. Je défaisais des lignes de suture entières, recommençant jusqu'à ce qu'il soit satisfait. Je faisais plus attention à la lumière et à l'exposition. « Travailler dans le noir est bon pour les taupes. Nous sommes chirurgiens. » Ses conseils allaient parfois à l'encontre de l'intuition. « Quand tu conduis, tu regardes pour voir où tu vas, mais quand tu fais une incision, tu regardes pour voir où tu as été. »

Deepak était originaire de Mysore, dans le sud de l'Inde. Cette nuit-là, dans le vestiaire, il me raconta quelque chose qu'il n'a, je pense, confié à personne d'autre à Notre-Dame. À sa sortie de la faculté, sa famille avait hâtivement arrangé un mariage avec une Indienne née en Angleterre, qui habitait Birmingham et dont les parents avaient conclu ce mariage contre son gré parce qu'ils n'aimaient pas ses fréquentations. Elle était arrivée quelques jours avant le mariage avec sa famille et était repartie le lendemain, parce qu'elle allait à l'université. Deepak avait mis six mois à obtenir son visa pour aller la retrouver chez ses parents. Elle se montrait gênée dès qu'il ouvrait la bouche. Elle ne le laissait pas approcher, que ce fût en public ou en privé. Il s'en était allé après quelques semaines et avait trouvé un poste d'interne en Écosse. Au bout d'une année, il avait pu choisir une spécialité. Il avait passé le difficile examen pour devenir Fellow du Royal College of Surgeons, et voir les lettres magiques, FRCS, accolées à son nom.

« J'aurais pu retourner à Mysore. Avec FRCS sur ma plaque, j'aurais eu beaucoup de succès. Mais je m'imaginais les gens qui étaient venus à mon mariage. Je ne pouvais pas me retrouver face à eux... j'en étais incapable. »

L'étape suivante aurait dû consister à trouver un poste de « consultant » dans un hôpital. « Il n'y en a pas beaucoup. Il faut qu'il y en ait un qui meure pour que la place se libère. » Après six ans d'assistanat à faire toutes les urgences, Deepak décida de partir en Amérique.

« Cela signifie recommencer de zéro, parce qu'ici la formation reçue ailleurs ne compte pas. À mon âge, et après toutes ces années de formation, je me demandais si j'en avais encore le courage. »

Le système de formation américain était différent. Après une première année, puis quatre années d'internat (la dernière en tant que chef de clinique) avec des responsabilités de plus en plus importantes, on était habilité à passer l'examen qui donnait droit au titre de chirurgien certifié par le conseil de l'ordre, on devenait un "consultant".

« J'ai fait ma première année dans un hôpital prestigieux à Philadelphie. J'ai travaillé dur pour eux... » Il ferma les yeux et secoua la tête. « Quand mon père est mort, je ne l'ai même pas dit. Je n'ai même pas essayé de prendre un jour de congé. J'ai eu le droit de redoubler ma première année, même si je travaillais à un niveau bien supérieur, et qu'ils m'utilisaient comme si j'étais chef de clinique assistant. Mais ils m'ont jeté après la troisième année. Un de mes professeurs qui jouait au cricket avec moi en a été tellement scandalisé qu'il a démissionné.

« J'aurais pu me spécialiser en urologie ou en chirurgie plastique. C'est ce que font souvent ceux qui se font jeter à ce stade. Beaucoup d'internes étrangers abandonnent, ou finissent par choisir la psychiatrie ou autre chose. Le batteur de mon équipe m'a fait entrer dans un autre hôpital, cette fois-ci à Chicago, avec l'assurance d'une promotion si j'acceptais de redoubler ma troisième année. J'y ai travaillé encore plus dur… et me suis de nouveau fait éjecter. » L'incrédulité qui se peignit sur mon visage le fit rire. « Mais c'est dans ma nature d'être pessimiste. D'aimer la chirurgie pour la chirurgie. Cela dit, j'ai eu de la chance. Un des médecins de l'hôpital a pris des risques pour moi. Il a appelé Popsy et m'a fait envoyer ici en tant qu'interne de quatrième année. Ce qui est drôle – et merveilleux – avec l'Amérique, c'est qu'à côté de tous ceux qui vous mettent des bâtons dans les roues, il y a toujours un ange dont l'humanité rachète tous les autres. J'ai eu ma part d'anges. Popsy est l'un d'eux. »

Popsy avait nommé Deepak chef de clinique assistant du jour au lendemain, mais seulement pour deux ans. Deepak était dans sa dernière année quand j'étais arrivé.

« Donc, vous aurez terminé le jour où je finirai ma première année ? »

Son silence m'inquiéta.

Il secoua lentement la tête.

« Aujourd'hui, on nous a appris l'arrivée prochaine des responsables du programme de formation des internes. Si ce qu'ils voient ne leur plaît pas, ils peuvent annuler le programme. Nous avons trop peu d'internes. Et trop peu de chefs de clinique, et de professeurs à tous les niveaux, pour le volume de patients.

— Comment est-ce arrivé ?

— La compétition fait monter les enchères. Nous avons eu de la chance de vous avoir, toi, Nestor et Rahul. Nous avons besoin de plus d'internes, de plus de professeurs à temps complet. Popsy n'a plus la même influence pour attirer de bons professeurs. Pour l'instant, seuls les références et la carrière universitaire de Popsy nous permettent d'avoir un programme de formation. Sur le papier, Popsy vaut de l'or. Si Popsy s'en va, ou si on apprend qu'il souffre de démence précoce, le château de cartes s'écroule. »

Je dus sembler préoccupé car il ajouta : « Ne t'inquiète pas. Tu trouveras une autre place et ton année sera validée.

— C'est pour ça que l'huissier est venu vous donner ces papiers ?

— Oh, ça, c'est ma prétendue épouse. Elle croit que je gagne beaucoup d'argent et elle me demande une pension alimentaire. Mon avocat m'a dit que je n'avais pas à m'inquiéter. Je ne lui dois rien.

— Et vous, Deepak ? Qu'est-ce que vous allez faire si on supprime le programme ?

— Je ne sais pas, Marion. Je ne peux plus continuer comme ça à assister quelqu'un qui est mon supérieur mais qui fait un travail de boucher et n'a pas assez de jugeote pour me demander de l'aider. Peut-être que je travaillerai ici ; sœur Magda me dit que l'hôpital continuera à m'employer. J'habiterai ici, tout comme Popsy. J'opérerai. Pour l'hôpital, cela ne fait aucune différence si j'ai mon titre ou pas, surtout si on supprime le programme de l'internat. Notre-Dame a besoin d'un chirurgien. Je serai un second Popsy. Crois-le ou pas, Popsy, avant sa dépression, était un excellent chirurgien. Plus important encore, c'était un homme bien, absolument indifférent à la couleur de la peau. »

Après l'opération de Mr. Walters, Deepak avait fait savoir qu'il n'était plus question que Popsy opère.

« Est-ce qu'on peut faire quelque chose pour les empêcher de supprimer le programme ? lui demandai-je.

— Prier », dit-il.

Chapitre 42

LES LIENS DU SANG

Je priai, mais sans résultat. Deux mois avant la fin de ma première année (et donc aussi avant la fin de l'internat de Deepak), notre programme fut mis en sursis. Je m'inquiétais de mon sort, car je risquais en plus que mon année ne soit pas validée. J'étais désolé pour Deepak, qui avait été si près de terminer son année de chef de clinique assistant. Mais jusqu'à ce qu'on examine notre appel, et que l'ordre de nous supprimer finisse par tomber, il n'y avait rien à faire que de continuer à travailler.

Un vendredi soir, je fus appelé aux urgences, où j'arrivai en même temps que l'ambulance. Les infirmiers sortirent le brancard, baissèrent les roues et se mirent à le pousser à toute vitesse comme si c'était un bélier. Les portes en verre s'ouvrirent juste à temps. Pour moi, de telles actions constituaient des petits miracles quotidiens d'efficacité, en contraste total avec ce que j'avais vu en Afrique. Je trottai à côté de la civière. L'habitude n'empêchait pas la poussée d'adrénaline.

« Accident de la circulation, il respirait à peine quand on l'a emporté, me dit l'un des infirmiers qui poussaient la civière. Il a brûlé un feu rouge et une camionnette lui est rentrée dedans côté conducteur. Pas de ceinture… il est passé par le pare-brise. Et ensuite, si vous pouvez le croire, sa voiture qui continuait à faire des tête-à-queue lui est rentrée dedans. Je ne blague pas, il y a des témoins. Il a atterri sur la chaussée. Pas de blessure visible au cou. La cheville droite est en bouillie… des contusions à la poitrine et au ventre. » L'homme était un beau Noir, élégant, qui n'avait pas plus de vingt ans.

Les ambulanciers l'avaient mis sous deux perfusions de solution de chlorure de sodium. Ils lui avaient fait une prise de sang et avaient donné les tubes aux capuchons rouge, bleu et lavande au technicien de laboratoire qui commencerait à taper sur son clavier avant même que nous ayons découpé les vêtements du patient.

« Mais ça n'est pas fini, poursuivit le conducteur de l'ambulance. S'il a grillé un feu c'est qu'il était en train d'échanger des coups de feu avec des gangsters. L'un d'eux a reçu une balle dans la tête. Il y a une ambulance qui arrive avec lui. Ne vous en faites pas… il n'y a pas d'urgence : il a fallu ramasser son cerveau à la petite cuillère. C'est ce type, dit-il en désignant le patient, qui a tiré. »

La boîte crânienne était intacte, mais il était inconscient. La raie qui séparait ses cheveux courts était aussi droite que si elle avait été faite avec une règle. C'est une de ces choses étranges qu'on remarque dans ces moments-là. Ses pupilles réagissaient bien à la lumière, indice (rudimentaire mais rassurant) que son cerveau n'était pas endommagé. Son pouls était extrêmement faible. Le moniteur indiquait cent soixante battements à la minute.

Une infirmière nous annonça la pression : « Huit, zéro. » Quelques secondes plus tard elle dit : « Cinq, zéro. »

Les perfusions coulaient, le sang allait arriver. Il avait un hématome sur les côtes inférieures droites. Le ventre était tendu et il semblait gonfler à vue d'œil.

« Pas de pression, annonça l'infirmière juste quand le manipulateur arrivait avec sa radio.

— Pas le temps. Il est en train de se vider de son sang, dis-je. On l'emmène au bloc. C'est sa seule chance. »

Personne ne bougea.

« Maintenant ! m'écriai-je, donnant une poussée à la civière. Appelez mon équipe, mettez-la au courant. »

Au bloc, je ne pris que quinze secondes pour me laver les mains tandis que le docteur Ronaldo, l'anesthésiste, ajustait le tube trachéal. Il me regarda en secouant la tête. J'enfilai mes gants tout en inspectant ce que m'avait préparé l'instrumentiste.

« Oubliez les éponges. Apportez des paquets de compresses. Ouvrez-les. On n'a pas le temps de les déplier. Il va y avoir beaucoup de sang. Il va falloir de grandes bassines pour les caillots. »

Le ventre du patient était à présent encore plus tendu qu'il ne l'avait été au rez-de-chaussée.

Ronaldo, me lançant un regard de crocodile par-dessus son masque, haussa les épaules quand je le regardai pour qu'il me donne le signal.

« Prépare-toi, lui dis-je, parce que quand je vais ouvrir, la pression va s'effondrer.

— Quelle pression ? rétorqua-t-il. Il n'y en a pas. »

Pour l'instant, le sang répandu dans le ventre comprimait le vaisseau qui saignait – où qu'il se trouvât. Mais à l'instant où j'allais ouvrir le ventre, le geyser se réveillerait. J'empilai des compresses. Je versai de la Bétadine sur la peau, l'essuyai, dis une prière, et incisai.

Le sang sortit, se déversa de la blessure comme une vague déferlante. Malgré toutes les compresses, malgré mon aspirateur qui suçait avidement, le sang passa par-dessus les draps, coula sur la table et se déversa au sol. Je le sentis qui transperçait ma blouse, sur mes cuisses, dans mes chaussettes, avec mes pieds qui pataugeaient dans mes chaussures.

« Plus de compresses ! » J'avais essayé de prévenir les infirmières, mais nous n'étions pas prêts pour ce torrent.

Je tendis la main, faisant surgir une nouvelle vague de sang, tandis que je saisissais l'intestin grêle. À deux mains, je sortis les anneaux et les posai sur une serviette à côté de l'incision. En quelques secondes, j'avais efficacement éviscéré le patient.

Deepak apparut face à moi, récuré et prêt. Je joignis les mains et me reculai pour faire le tour de la table, mais il secoua la tête.

« Restez là », dit-il. Il prit un rétracteur et souleva le diaphragme pour que je puisse voir en dessous.

J'entourai le foie puis la rate de compresses. Je ramassai les gros caillots qui restaient dans la cavité abdominale. Je plaçai d'autres compresses dans l'abdomen et le bassin, jusqu'à ce que tout soit bien calé. Le sang s'était arrêté de couler.

Nous pouvions nous arrêter pour reprendre notre souffle.

« On compense la perte de sang ? demandai-je à Ronaldo.

— On ne pourra jamais », répondit-il. Il haussa les épaules sous mon regard insistant. Il désigna du menton ses cadrans, comme pour signifier que les choses n'étaient pas pires qu'au début – ce que j'avais espéré.

Je me mis à enlever soigneusement les compresses, en commençant par les endroits où le vaisseau qui saignait avait le plus de chance de se trouver. Le bassin était propre – rien. J'enlevai la compresse qui entourait la rate. Si le ventre du patient avait été une pièce, on aurait pu imaginé que les meubles – les structures centrales les plus amovibles – avaient été enlevés pour que nous puissions avoir une bonne vue du fond. De cette façon, si une aorte déchirée ou ses bronches avaient saigné, alors ce mur du fond de l'abdomen, autrement dit le rétropéritoine, aurait laissé apparaître un vilain gonflement, un hématome. Mais là non plus, il n'y avait rien.

J'avais la prémonition que nous trouverions le vaisseau qui saignait derrière le foie. Un endroit plein d'ombres, difficile à voir et à soigner. C'était là que la veine cave inférieure, la plus grosse veine du corps, rapportait le sang aux membres inférieurs et au tronc, passant à travers et derrière le foie en direction du cœur. Et justement, en traversant le foie, elle recueillait au passage les veines hépatiques épaisses, courtes et tendues qui drainaient cet organe.

Je découvris le foie. Rien.

Je le tirai doucement, pour regarder sa face cachée.

Un brutal jaillissement de sang emplit la coupe vide de l'abdomen. Je me hâtai de remettre le foie en place, et le pompage s'arrêta. Tout allait bien tant qu'on ne touchait pas au foie. Comment Solomon, quand il opérait dans la brousse, avait-il appelé cela ? *La blessure dans laquelle le chirurgien voit Dieu* ?

« OK, dit Deepak, n'y touchons pas.

— Qu'est-ce qu'on fait maintenant ?

— Le sang coule de l'incision et de toutes les piqûres d'intraveineuses sans coaguler. » Deepak parlait bas et il fallut me pencher pour l'entendre. « C'est inévitable avec un tel traumatisme. On les ouvre, on leur injecte des fluides, et la température du corps tombe... On a dilué le système de coagulation qui ne fonctionne plus. Mettons des compresses autour du foie et sortons. Mettez-le en soins intensifs pour qu'on le réchauffe. Et qu'on lui donne du plasma et du sang. Dans quelques heures, s'il est vivant, s'il est plus stable, on reviendra. »

J'entourai le foie et remis l'intestin grêle en place. Au lieu de suturer l'incision, nous utilisâmes des pinces à linge pour rapprocher les lèvres.

« Les équipes de transplantation vont venir récupérer les cornées, le cœur, les poumons, le foie et les reins de l'homme qu'il a tué », dit Deepak.

Dans le service des soins intensifs, deux heures plus tard, le saignement des piqûres avait cessé. Le fouillis de trépieds et de machines autour du lit rendait difficile l'approche de Shane Johnson Jr. – tel était son nom. Sa famille se trouvait dans la salle d'attente, tâchant de comprendre l'incompréhensible. Le plasma, le sang chauffé et les fluides avaient redonné à Junior une pression sanguine enregistrable et une température respectable. Il était vivant, mais à peine.

« OK, fit Deepak après avoir examiné le patient et en regardant la pendule. Allons jeter un second coup d'œil. »

Cette fois-ci nous étions dans le plus petit bloc. Ronaldo était toujours sombre. Le visage et les membres de Junior étaient gonflés, ses capillaires rejetaient ce qu'on y avait mis. Mais il fallait continuer à injecter des fluides pour conserver une pression sanguine. C'était comme de remplir un seau plein de trous.

Deepak insista pour que je retourne me placer à la droite du patient. Il fallut quelques secondes pour retirer les draps, essuyer la peau et ouvrir les pinces à linge. J'enlevai les compresses.

Deepak guida mes doigts jusqu'au pédoncule de vaisseaux qui pénétraient dans le foie. « OK, dit-il. Appuie ici. » C'était la manœuvre de Pringle. Je pressai, empêchant le sang d'entrer dans le foie, tandis que Deepak enlevait la dernière compresse et soulevait l'organe. Le sang gicla immédiatement, transformant le champ sec et propre en un sanglant fatras.

« OK, tu peux lâcher, dit-il en reposant le foie. C'est ce que je craignais. La veine cave est déchirée. C'est pourquoi, même avec la manœuvre de Pringle, elle continue à saigner. »

Chez certains, la veine cave inférieure presse à peine sur la partie postérieure du foie. Chez notre patient, la veine cave était emmaillotée par le foie comme un cochon dans une couverture. Quand Junior avait volé dans les airs avant de heurter la chaussée, le déplacement de son foie avait arraché les veines courtes qui s'ancraient dans la veine cave, produisant une déchirure irrégulière.

Deepak demanda une suture sur un long porte-aiguille. À son signal, je tirai le foie et il essaya d'enfoncer l'aiguille dans une extrémité de la déchirure. Mais avant même qu'il ait pu la distinguer, le champ baignait dans le sang.

« Mon Dieu, murmurai-je, violant la règle fondamentale qui veut qu'on se taise quand on assiste, comment peut-on réparer ça !? »

Deepak répondit : « Oh, c'est facile de réparer la veine cave, c'est juste que le foie se trouve sur le chemin. » Il me fallut une seconde pour réaliser que c'était le genre d'humour que Deepak se permettait pendant une opération.

Il conserva le silence un bon moment, presque en transe, et j'essayai de ne pas faire le moindre bruit. Enfin, tel un prêtre terminant sa prière, il bougea. « OK, dit-il. Ça va être long. Changeons de côté. »

Je n'étais pas préparé à ce qui suivit. Je ne pouvais qu'admirer et être une seconde paire de mains aussi bonne que possible. Deepak essuya la poitrine de Junior, puis pratiqua une incision verticale au-dessus du sternum avant d'y insérer une scie électrique. L'odeur de chair et d'os brûlé flottait dans l'air. Puis la poitrine s'ouvrit soudain en deux comme une valise trop bourrée.

Je ne lui demandai pas ce qu'il faisait. Il ne me l'expliqua pas. Jusqu'alors, ma contribution à la chirurgie de la poitrine avait consisté à drainer les poumons ou, rarement, à regarder Deepak pratiquer l'ablation d'un lobe cancéreux. Trois fois pendant mon internat, nous avions ouvert une poitrine pour recoudre une blessure par lame au cœur. Un des trois opérés avait survécu. C'était une des raisons des carences de notre programme, une des raisons pour lesquelles on le supprimait : nous devions envoyer une grande partie des opérations du thorax, sans parler de celles d'urologie et de chirurgie plastique, à d'autres hôpitaux.

Le cœur de Junior, une masse charnue rayée de jaune recouverte par le sac péricardique, était exposé, pompant ainsi qu'il l'avait fait pendant sa petite vingtaine d'années d'existence. Il n'avait jamais été plus en danger. Deepak ouvrit le péricarde.

J'étais conscient de l'activité dans la salle d'opération derrière moi et dans la partie des instruments qui était en commun. À un moment, regardant autour de moi, je vis derrière les trois fenêtres des visages blancs massés autour de l'autre table d'opération.

Deepak pratiqua une suture en cordon de bourse autour de l'atrium droit, la cavité supérieure du cœur qui recevait le sang de la veine cave. Il prit un tube thoracique dans lequel il perça des trous à l'aide de ciseaux. Puis il fit une entaille dans l'atrium du cœur, au centre de sa suture. Il introduisit ensuite son tube dans l'atrium, utilisant la suture pour resserrer le tissu autour du tube, qu'il poussa à travers l'orifice de la veine cave et jusque là où se trouvait notre problème.

« Dis-moi quand il atteindra le niveau des veines rénales », dit-il.

Je vis la veine cave inférieure se distendre comme un tuyau d'arrosage qui se remplit d'eau. « Maintenant, soufflai-je.

— Le tube fait office de stent pour la veine cave inférieure, dit Deepak, se penchant pour regarder en dessous. C'est aussi un pontage rudimentaire pour permettre au sang du torse de retourner au cœur pendant que nous opérons. Maintenant... voyons si nous pouvons réparer ça. »

Il ajusta le plafonnier. Quand je soulevai le foie, le saignement était beaucoup moins important qu'auparavant, et, qui plus est, la déchirure de la veine était visible sur le fond du tube. Deepak saisit un bord de la déchirure à l'aide d'un forceps long et y piqua l'aiguille courbe, saisit l'autre bord pour y enfoncer cette dernière, l'en ressortir, et finalement faire un nœud. Je reposai le foie. C'était un processus laborieux : soulever, saisir, passer l'aiguille, éponger, nouer, soulager le foie de la traction.

Juste comme nous allions terminer, je sentis quelqu'un dans mon dos. Deepak leva les yeux mais ne dit rien.

« C'est un shunt de Shrock, fils ? » La voix était polie, et dénotait la conscience que si le moment était délicat pour intervenir, son propriétaire possédait néanmoins l'autorité nécessaire que lui donnait le droit de poser cette question.

Deepak leva de nouveau les yeux avant de revenir à sa tâche. « Oui, monsieur, dit-il.

— Quelle était la taille de la déchirure ? »

Deepak souleva le foie et ajusta le plafonnier pour que le visiteur puisse voir. « Elle faisait les trois quarts du tour de la veine. » Le tube qu'il avait enfoncé à partir du cœur dans la veine cave et qui la traversait lui faisait une très jolie attelle interne. La réparation qu'avait faite Deepak était magnifique à voir, comme toute restauration de l'ordre après le chaos.

« Très impressionnant », dit la voix. Elle n'exprimait aucune nuance de sarcasme, rien que l'admiration non feinte. Je me reculai pour que le visiteur puisse mieux voir. Il se pencha. « Très, très bien. Je mettrais du gel mousse autour de la partie à vif du foie. Vous aviez l'intention de laisser des drains ?

— Oui, monsieur.

— Je suppose que vous êtes le chirurgien ? demanda la voix.

— Non, je suis le chef de clinique assistant. Je m'appelle Deepak.

— Où est votre chef de clinique ? »

Deepak regarda son interlocuteur dans les yeux sans rien dire.

« Je comprends. Personne ne se lève pour ce genre de chose. Vous le voyez ? »

Comme en réponse, Ronaldo émit un grognement et se retourna vers ses cadrans, feignant le désintérêt. Le visiteur regarda du côté de Ronaldo et sembla sur le point de lui arracher la tête à coups de dents, mais il se rappela que ce n'était pas son bloc et se ravisa.

« Et combien de shunts de Shrock avez-vous déjà pratiqués, Deepak ?

— C'est mon sixième.

— Vraiment ? En combien de temps ?

— En deux ans ici. Malheureusement nous voyons beaucoup de traumas.

— C'est malheureux, oui. Mais heureux pour nous. Nous ne sommes pas ingrats… Mais quand même, six Shrock, vous avez dit ? Remarquable. Comment s'en sont-ils tirés ?

— L'un est mort, mais une semaine après l'opération. Il marchait, mangeait. Probablement une embolie pulmonaire.

— Vous avez fait une autopsie ?

— Partielle. La famille nous a permis de rouvrir le ventre. La veine cave semblait bien. Nous avons pris des photos.

— Et les autres ?

— Le second, le troisième et le cinquième sont vivants et en bonne santé, six mois après l'opération. Le quatrième est mort sur la table alors que je venais d'ouvrir le cœur.

— Vous comptez celui-là ?

— Il le faut bien. “L'intention de traiter”…ça compte.

— C'est bien. Vous avez raison. La plupart des chirurgiens ne le feraient pas. Et votre sixième ?

— C'est lui.

— Bien. Eh bien, c'est mieux que moi. J'en ai fait quatre en six ans. Tous sont morts. Deux sur la table, deux si rapidement après l'opération que c'est comme s'ils étaient morts sur la table. Ce n'étaient pas des traumas comme celui-ci. Pour les deux autres, c'étaient des déchirements dus à une tentative d'ablation d'une masse cancéreuse adhérente. Vous devriez écrire un article sur votre expérience. »

Deepak s'éclaircit la gorge. « Sauf votre respect, monsieur… je l'ai déjà fait. Personne n'est prêt à publier un rapport qui vient de Notre-Dame.

— Foutaises ! Quel est votre nom complet ?

— Deepak Jesudass, monsieur.Voici mon interne…

— Je vais vous dire. Décrivez cette opération et ajoutez-la à votre série et ensuite donnez-moi votre article à lire. S'il est bon, je le ferai publier. Je l'enverrai au directeur de l'*American Journal of Surgery.* Je reviendrai voir comment se porte votre patient. Bonne chance. À propos, je m'appelle…

— Je sais qui vous êtes, monsieur. Merci. »

Le visiteur s'en allait quand Deepak demanda : « Monsieur. Si vous… Non, ça ne fait rien.

— Qu'est-ce qu'il y a, mon vieux ? J'ai un organe qui devrait déjà être dans l'hélico. Je me suis juste arrêté pour admirer votre travail.

— Si vous nous montriez comment prélever le foie… nous pourrions commencer pour vous faire gagner du temps. »

J'essayai de me retourner, en vain, du fait que je tenais un rétracteur.

« Je ne fais confiance à personne, dit la voix. C'est pourquoi je le fais moi-même. Mes chefs de clinique assistants n'ont pas la capacité… Ils sont intelligents, mais ils n'ont pas le volume que vous avez dans un endroit pareil.

— Nous avons le volume. Et ils nous suppriment.

— Quoi ? J'avais vaguement entendu parler de ça. J'ai entendu dire que… Popsy… C'est vrai ? »

Deepak se contenta de hocher la tête.

« C'est votre cinquième année ? demanda la voix.

— Septième. Huitième. Dixième. Ça dépend de la façon dont on compte, monsieur. » Il passa sous silence ses années en Angleterre.

Ce qui n'empêcha pas l'homme de dire : « J'ai entendu une inflexion écossaise. Vous étiez en Écosse ? Vous avez passé votre FRCS ?

— Oui.

— Glasgow ?

— Édimbourg. J'ai travaillé à Fife et dans les environs », dit Deepak.

Il y eut un profond silence. L'homme derrière moi n'avait pas bougé. Il semblait réfléchir à ce qu'il venait d'entendre.

« Qu'est-ce que vous allez faire s'ils suppriment le programme ? »

Deepak baissa les yeux. « Je continuerai à travailler. Probablement ici. J'aime la chirurgie… »

Après une éternité, la voix demanda « Deepak Jesudass, avec un J ? » avant d'épeler le nom. « Ça s'écrit bien comme ça ? Venez me voir à Boston, docteur Jesudass. Nous vous paierons le déplacement. Je m'arrangerai pour que vous veniez dans mon labo de vivisection. Nous vous donnerons du travail. Si quelqu'un peut prélever pour moi, c'est probablement vous. Quand vous viendrez, je vous ferai faire le grand tour. Il faut que je file maintenant. Beau travail, Deepak ! »

Nous entendîmes la porte battre derrière lui.

Nous reprîmes le travail en silence. Enfin, Deepak remarqua : « Il a entendu mon nom rien qu'une fois… et il a été capable de le répéter. » Deepak avait terminé. Il était en train de fermer maintenant, aussi soigneusement et efficacement qu'il avait ouvert. Il demanda du gel mousse à l'instrumentiste. « Depuis que je suis ici, personne n'a été capable de se rappeler mon nom quand on me présentait. Personne n'en a pris la peine. Ils nous considèrent comme des membres d'un certain genre humain, pas comme des individus. »

Ses épaules étaient plus droites, ses yeux brillants. Je n'avais jamais vu mon chef de clinique assistant comme ça. J'étais content pour lui, et fier.

« Qui était-ce ? demandai-je, incapable de contenir ma curiosité.

— Tu me diras que je suis vieux jeu, fit-il, mais j'ai toujours cru que le travail finirait par payer. Ma version des *Béatitudes.* Fais ce qu'il faut, supporte l'injustice, l'égoïsme, reste fidèle à toi-même… un jour tout finit par marcher. Bien sûr, je ne sais pas si les gens qui t'ont fait du tort souffrent ou reçoivent ce qu'ils méritent. Je ne crois pas que ça marche dans ce sens-là. Mais je pense sincèrement qu'un jour tu es récompensé.

— Vous le connaissiez ? » demandai-je à nouveau.

Deepak éluda ma question et se tourna vers l'infirmière perfusionniste.

« Ils sont venus pour le foie ou le cœur ?

— Le foie. Une autre équipe a pris le cœur et s'est sauvée en courant. »

Deepak sourit et se retourna vers moi. « Marion, je ne suis pas sûr à cent pour cent, à cause de son masque. Si j'avais vu ses doigts, je n'aurais pas eu de doute. Mais j'ai mon idée. Tu viens de faire la connaissance de l'un des plus grands chirurgiens du foie au monde, un pionnier de la greffe du foie.

— Comment s'appelle-t-il ?

— Thomas Stone. »

Chapitre 43

TABLES RONDES

Je crois aux trous noirs. Je crois que lorsque l'univers se videra dans le néant, le passé et l'avenir se mêleront dans l'ultime tourbillon autour du trou de l'évier. Je crois que c'est ainsi que Thomas Stone s'est matérialisé dans ma vie. Si ce n'est pas l'explication, alors je dois invoquer un Dieu désintéressé qui nous laisse nous débrouiller, sans jamais causer ni empêcher tornades ni miasmes putrides, mais un Dieu qui de temps à autre va mettre le doigt dans les rayons de la roue afin qu'un père qui a mis un continent entre lui et ses fils se retrouve dans la même pièce que l'un d'eux.

Quand j'étais enfant, Thomas Stone, ou du moins son idée, me manquait. Bien des matins, je l'ai attendu à la porte de Missing. Aujourd'hui, je trouvais que cette attente avait été nécessaire pour que je puisse durcir et sécher, tout comme le saule de la batte de cricket doit sécher pour être prête à une vie de coups. Telle était la leçon que j'avais reçue à la porte de Missing : ni le monde ni ton père ne te doivent rien.

Je n'avais pas oublié ce que Ghosh m'avait demandé. Disons seulement que je l'avais mis de côté. Je ne me sentais pas coupable : je n'avais jamais eu le temps de me mettre à la recherche de Thomas Stone et de plus, où qu'il se trouvât, je n'avais pas le sentiment que j'étais dans la même Amérique que lui. Je vivais sur une île, un protectorat, un territoire que l'Amérique ne reconnaissait que de nom. D'abord le manuel de mon père avait été mon lien avec sœur Mary Joseph Praise : je voyais sa main dans les dessins et je gardais dans mon portefeuille le signet sur lequel elle avait écrit. Mais à la lecture du volume que j'avais emporté d'Addis au Soudan et au Kenya puis en Amérique, je m'étais pris de respect pour l'auteur, bien qu'à contrecœur. J'avais découvert Thomas Stone dans le texte, tout comme il avait dû s'être découvert lui-même dans la discipline qui consistait à prendre des notes au milieu de la maladie et de la pauvreté, surmontant sa fatigue pour remplir des carnets de ses observations. J'étais convaincu que c'était l'accumulation de ces notes qu'il avait rassemblées pour faire un manuel. En faisant cela, il avait incarné son savoir.

Mais quand cet auteur, qui était celui de mon ADN, s'était tenu dans mon dos, c'était la chair qui s'était incarnée, la chair de ma chair, avec une odeur que j'aurais dû reconnaître comme parente de la mienne et une voix qui était mon héritage. Quand il s'était penché sur le ventre du patient pour regarder notre travail, avait incliné la tête sur les vertèbres atlas et axis comme ceci, avait serré les bras contre sa poitrine avec ses omoplates qui saillaient, s'était fait tout petit pour ne pas contaminer notre champ – tous ses mouvements étaient l'exact reflet des miens.

Nul doute que Thomas Stone avait ressenti quelque bouleversement dans l'univers, raison pour laquelle il était apparu dans notre bloc. J'avoue que quand j'ignorais qui il était, je ne sentais rien : pas d'aura, pas de picotement, rien d'autre que la fierté pour le miracle accompli par Deepak avec son tube en plastique et la rare habilité de ses mains, une habileté que l'inconnu avait appréciée. Quand j'appris que notre visiteur était Thomas Stone, je n'étais pas préparé. Ma première réaction aurait-elle dû être la colère ? L'indignation ? J'avais raté ma chance de réagir en sa présence. Mais maintenant, pour la première fois depuis l'enfance, je voulais faire plus que de contempler son portrait aux neuf doigts. Je voulais en savoir plus sur le chirurgien en chair et en os qui s'était tenu à côté de moi.

Au cours des jours suivants, je cherchais Thomas Stone dans L'*Index Medicus* de notre bibliothèque, descendant un par un les gros volumes, à commencer par celui de 1954, année de ma naissance. Je voulais savoir ce qu'avait publié Stone après le Manuel ; je voulais voir quelles contributions avaient été siennes après qu'il eut quitté les tropiques. Notre bibliothèque était petite, mais Popsy avait fait don de sa collection de revues médicales des années cinquante. Je trouvai la plupart des articles recensés dans l'*Index Medicus*.

Je reportai dans mon carnet les étapes de la carrière scientifique de Thomas Stone telles qu'elles étaient reflétées par ses publications. En Amérique, il s'était intéressé à la chirurgie du foie, et sa carrière était indissociable de l'histoire de la transplantation – laquelle avait été inspirée par l'idée audacieuse de prendre un organe à Pierre pour sauver la vie de Paul. Bien sûr, elle avait commencé bien avant Stone, avec sir Peter Medawar et sir Macfarlane Burnet dans les années 40, qui nous avaient montré comment le système immunitaire fait la différence entre le « soi » et les tissus étrangers pour les rejeter et les détruire. Deux mois avant notre naissance, Thomas Stone avait publié une lettre au directeur du *British Medical Journal* décrivant l'extraordinaire longueur et la surabondance du colon chez de nombreux Éthiopiens, raison dont il pensait qu'elle expliquait pourquoi il se vrille si facilement sur lui-même, provoquant cet accident appelé volvulus sigmoïde. En 1967, quand à l'hôpital Groote Schurr du Cap, Christian Barnard avait remplacé le cœur malade de Lewis Washkansky par le cœur de la jeune Denise Dravall, morte dans un accident de la circulation, mon père, qui était alors à Boston, s'était intéressé à la résection du foie. Sa question était : combien fallait-il laisser de foie pour que le patient continue à vivre ?

Un autre Thomas, du nom de Starzl, était à la pointe de la greffe en Amérique. C'est au Colorado que Starzl avait réalisé les premières greffes de foie humain en 1963 et 1964, mais aucun patient n'avait survécu. Thomas Stone, de Boston, avait lui aussi essayé en 1965, mais il avait échoué. Malgré les résistances croissantes, Starzl n'avait pas abandonné. Il avait réussi la première greffe du foie en 1967. Bientôt d'autres, dont Thomas Stone, avaient réédité le même exploit. Le risque était encore très grand, mais grâce au détournement du sang de la veine porte dans la veine cave inférieure durant la longue opération, ou à l'utilisation de la « solution de l'université du Winsconsin » pour conserver les greffons, les résultats s'étaient améliorés. Le problème n'était plus technique, bien que cela fût techniquement l'opération le plus difficile qui soit, l'équivalent de l'exécution de la *Rhapsodie sur un thème de Paganini* de Rachmaninov, excepté qu'il n'était pas question de rater une note ni une mesure. L'opération durait dix heures, parfois vingt. Starzl avait montré que c'était possible. Les deux nouveaux obstacles étaient l'insuffisance de greffons, et bien sûr le rejet de ceux-ci par le système immunitaire.

En 1980, année de mon internat, Starzl, s'était intéressé de plus en plus au rejet et à un nouvel agent prometteur mis au point par l'équipe de sir Roy Calne de Cambridge, la cyclosporine.

Thomas Stone avait choisi une approche différente : il s'était concentré sur le problème du déficit d'organes et avait cherché une solution (considérée par la plupart comme une impasse) qui consistait à enlever une partie du foie d'un parent sain pour le donner à un enfant au foie déficient. Ses expériences sur les chiens avaient montré que le foie repoussait pour compenser la perte, tandis que le greffon n'était pas rejeté. Mais chez le donneur apparaissaient des complications telles qu'épanchement de la bile et caillots dans l'artère hépatique, sans compter que l'opération mettait sa vie en jeu du fait que le foie, contrairement aux reins, est unique. Encore plus prometteuses et immédiatement utilisables avaient été ses expériences sur des cellules hépatiques animales, qui consistaient à les débarrasser des antigènes de surface, qui permettaient aux cellules humaines de les reconnaître, pour ensuite les cultiver en plaques sur une membrane afin de les utiliser comme une sorte de foie artificiel – une solution du type dialyse.

Cette découverte de l'un des épisodes les plus exaltants de l'histoire de la médecine américaine me passionna.

Dans notre unité de soins intensifs, Junior était le centre de l'attention. Il était sous sédatifs puissants : ses globes oculaires roulaient sous ses paupières closes. Il souffrait du syndrome de détresse respiratoire aiguë, également appelé poumon de Da Nang (reconnu chez les GI qui avaient été réanimés sur le champ de bataille) et d'insuffisance rénale aiguë. D'après les règles de B.C. Gandhi, si vous aviez plus de sept tubes dans le corps, vous étiez comme mort. Mais un par un, à mesure que passaient les semaines, les tubes disparurent et son état s'améliora. Il avait besoin de soins méticuleux et Deepak et moi étudions de près ses organigrammes, anticipant ses besoins et réglant les problèmes à mesure qu'ils survenaient. J.R., ainsi que l'appelaient ses parents, quitta l' USI pour une chambre après quarante-deux jours. Une semaine plus tard, un sourire timide aux lèvres, il sortit sans aide sous les applaudissements de membres de l'USI et du service des urgences qui lui faisaient une haie d'honneur. Qu'il ait ou non tué quelqu'un, les témoins ayant tous disparu et la police ne s'intéressant plus à lui, J.R. rentrait chez lui. Je crois que c'est la vue de J.R. sortant de l'hôpital qui me mit sur la voie de la chirurgie traumatique. Ce genre de guérison était certes exceptionnelle, mais pas tant que ça finalement, particulièrement chez les sujets jeunes et en bonne santé, et les efforts héroïques qui avaient mené à cette guérison valaient la peine d'être imités. L'esprit était fragile et inconstant, mais le corps résistant.

En tant qu'internes, nous avions le droit d'assister à une conférence nationale, tous frais payés. Je choisis une conférence sur la greffe du foie qui se tenait en mai à Boston. J'arrivai par un beau jour de printemps. Le centre-ville correspondait point par point à toutes les idées que j'avais de l'Amérique à l'époque coloniale, et je me sentis immergé dans l'histoire, sentiment bien différent que celui que m'inspirait mon quartier du Bronx. Je me dis que c'était une coïncidence que la conférence se tienne à Boston, à quelques pas de là où Stone travaillait. Je me dis aussi que je n'étais pas venu pour rencontrer Thomas Stone, mais pour écouter l'intervenant principal, Thomas Starzl. Pour ce qui était de l'intervention de Stone – je ne savais pas encore si j'y assisterais.

Le matin de la conférence, je ne pouvais plus me mentir. Je la séchai et me rendis à six rues de là jusqu'à l'hôpital dans lequel Thomas Stone avait travaillé toutes ces années. Après avoir passé presque un an dans ma tenue de chirurgien, avec mon costume et ma cravate, je me sentais déguisé.

« Envoyez-les à La Mecque », était l'expression que nous employions quand nous dirigions des patients vers des établissements qui offraient des soins que Notre-Dame du Perpétuel-Secours était incapable de dispenser. Pour tous les médecins américains, La Mecque désignait un des grands hôpitaux de référence – j'avais même vu le terme employé dans des envois publiés dans des revues médicales. J'étais en train de me rendre à La Mecque.

« La Mecque » était une tour flambant neuve aux formes bizarres, et aussi étincelante que si elle avait été en platine. C'était le genre de bâtiment que les architectes se battent pour construire. Du point de vue du patient, il ne paraissait pas accueillant. La tour cachait l'ancien hôpital en brique, dont l'architecture, en harmonie avec le paysage urbain environnant, semblait plus authentique.

« Bonjour, monsieur », me dit un jeune homme vêtu d'une veste violette. Je lui lançai un regard furieux, croyant qu'il se moquait de moi. Puis je réalisai qu'il était là, en compagnie de deux autres personnes, pour garer les voitures et aider les patients en fauteuil roulant.

Les portes à tambour ouvraient sur un atrium aux murs de verre, qui abritaient un arbre sous un plafond d'une hauteur de trois étages au moins. Un piano de concert, entouré de fauteuils en daim et de lampes, jouait tout seul, mû par un mécanisme mystérieux. Au-delà, un filet d'eau coulait doucement sur une plaque de granite. J'aperçus un peu plus loin une réception où un des trois concierges leva les yeux sur moi, souriant d'un air serviable. Je suivis la ligne bleue au sol jusqu'aux ascenseurs de la tour A, qui me menèrent jusqu'au service de chirurgie au dix-huitième étage, tout comme il avait dit (je m'étais abstenu de répondre à son « bonne journée ! »). J'avais du mal à croire que je me trouvais dans un hôpital.

Quand je sortis de l'ascenseur, je me retrouvai en compagnie de cinq hommes et d'une femme de mon âge, vêtus de costumes sombres, portant tout comme moi un badge de visiteur sur la poitrine. « On est censé attendre ici », m'expliqua gentiment la femme.

C'est alors qu'un jeune homme s'approcha, une blouse blanche passée sur sa tenue bleue. « Désolé d'être en retard, dit-il d'un air pas du tout désolé. Bienvenue au service de chirurgie. Je m'appelle Matthew. » Il nous fit un grand sourire. « Bon Dieu, il y a un an, j'étais à votre place, j'allais passer mon entrevue d'internat. Comme le temps passe ! J'adore votre costume ! OK, nous avons vingt minutes avant la conférence hebdomadaire d'analyse et de prévention des erreurs et incidents médicaux. Je vais vous faire faire un tour rapide du service de chirurgie. Après la conférence, vous déjeunerez avec l'équipe puis vous aurez vos entrevues et ensuite le grand tour de l'hôpital. Je vous quitterai une fois que je vous aurai menés à la salle de conférence. Un de mes patients va y être étudié. Il va falloir que j'aille me préparer. »

J'avais passé un an à Notre-Dame du Secours Perpétuel et je n'avais reçu aucune recrue potentielle. En fait, je n'avais jamais vu personne venir pour une entrevue. À La Mecque, cela se passait toutes les semaines. Je suivis le groupe.

Les chambres individuelles des médecins de garde avaient une télévision au mur, un réfrigérateur, un joli bureau et une salle de bains. Puis Matthew nous montra la « petite » salle de conférences où les équipes de chirurgie se réunissaient tous les matins. On aurait dit la salle de réunion d'un conseil d'administration avec ses fauteuils à haut dossier tout autour de la longue table. Des portraits à l'huile des chefs de service précédents, véritable Who's who de la chirurgie, étaient alignés sur les murs.

« Regardez ça », dit Matthew en poussant un bouton. Des stores descendirent de derrière les rideaux pour obscurcir la pièce tandis qu'un projecteur sortait de ce qui ressemblait à une table basse. Constance, la femme de notre groupe, leva les yeux au ciel, comme si elle trouvait cela vulgaire.

Quand nous arrivâmes à l'auditorium où devait se tenir la conférence, Mathhew s'excusa. « Il faut que je me mette en civil. Le docteur Stone est très exigeant là-dessus. Il n'aime pas qu'on porte la tenue pendant les visites. »

L'auditorium était une version réduite du cinéma Adowa de Addis ; les sièges, recouverts d'un tissu beige doux au toucher, étaient toutefois plus confortables. Le sol en pente permettait d'avoir une vue excellente depuis le fond, et c'est là que s'assirent les candidats à l'internat. Une série de panneaux lumineux mobiles destinés à visionner les radios occupait un côté du mur derrière le podium. Un interne y affichait des radios, appuyant sur une pédale pour faire avancer les panneaux.

Constance s'assit à côté de moi. Un groupe d'étudiants en médecine vêtus de blouses blanches courtes nous rejoignit au fond. J'avais oublié qu'il existait des étudiants en médecine. Comme il aurait été agréable d'avoir quelqu'un en dessous de moi dans la chaîne alimentaire à Notre-Dame du Perpétuel Secours. Les chefs de clinique assistants portaient des blouses longues, et leurs expressions n'étaient pas aussi décontractées que celles des étudiants. Les chefs de clinique, qui portaient les blouses les plus longues, entrèrent les derniers.

Nous autres postulants avions l'air de pingouins à une convention d'ours polaires dans nos costumes sombres. De tout le temps que j'avais passé à Notre-Dame, je n'avais vu pareille assemblée. Deepak nous réunissait régulièrement pour des leçons, mais on sentait une tradition dans cette pièce, une façon de faire qui n'avait pas changé depuis des décennies.

« Tu viens de quelle faculté » ? » me demanda Constance. Je l'avais entendue dire qu'elle était à Boston, mais je ne savais pas où.

« Je suis allé à la faculté en Éthiopie », répondis-je. Si elle avait alors pu changer de place, elle l'aurait probablement fait.

Thomas Stone ne regarda pas la salle en entrant. Il savait que nous étions là. Il était plus grand qu'il ne m'avait semblé la première fois que je l'avais vu au bloc, presque aussi grand que Shiva ou moi. Le silence se fit. Il avait les mains dans les poches de sa blouse blanche. La façon dont il se glissa dans son siège ainsi que l'aisance et la fluidité de ce mouvement me rappelèrent Shiva. Il était seul au premier rang. J'étais loin derrière lui mais sur le côté, de sorte que je voyais son profil. C'était la première fois que je regardais vraiment mon père. J'avais chaud. Il était impossible de poser sur lui un regard objectif. Mon esprit galopait, mon cœur cognait ; j'avais peur de trahir ma présence. Je détournai les yeux et essayai de me calmer. Quand je regardai de nouveau, Stone lisait une feuille qu'il tenait en main – il était difficile de voir qu'il lui manquait un doigt. Ses cheveux étaient très gris aux tempes, mais toujours brun foncé sur le dessus. Ses muscles masséters ressortaient, soulignant sa mâchoire, comme s'il avait l'habitude de serrer les dents. L'orbite que je voyais faisait une cavité sombre dans son visage. Je remarquai qu'il ne bougeait quasiment pas la tête.

Je ne peux pas vous dire grand-chose à propos de la conférence. Tandis que je regardais Thomas Stone, assis à côté de la dédaigneuse Constance, une mèche brûlait lentement en moi et j'étais sur le point d'exploser. J'allais casser les fauteuils, activer les sprinklers du plafond, hurler des obscénités, et troubler la paix de cette réunion. Au moment où la rage atteignit son comble, je dus m'agripper aux bras de mon fauteuil. Puis elle disparut peu à peu.

« C'est ma faute », me dit Thomas Stone, se tournant vers moi. Pendant un moment, je crus qu'il m'avait entendu. Matthew, notre escorte, qui présentait le cas, avait dû essuyer de violentes critiques émises de divers points de la salle. Comme ni son professeur ni son chef de clinique assistant n'étaient venus à son secours, il avait dû se défendre seul.

Tout le monde se tut quand Thomas Stone se leva.

« Oui, c'est ma faute. Sans aucun doute on peut mieux faire d'un point de vue chirurgical. Je suis en train d'installer deux caméras vidéo dans les blocs des urgences. Je veux que vous regardiez la vidéo après chaque urgence importante. Est-ce que nous étions bien placés ? Est-ce que nous avons fait trois pas pour prendre un tube endotrachéal quand il aurait dû être à portée de main ? Est-ce que quelqu'un a dû demander quelque chose qui aurait dû être là ? Est-ce que nous nous sommes distraits mutuellement en parlant ? Qui n'avait pas besoin d'être là ? Y a-t-il un meilleur moyen de s'y prendre ? C'est un défi de tous les jours. » Il sortit une feuille de sa poche et la déplia.

« J'assume également la responsabilité pour ce qui est écrit dans cette lettre. »

Les années passées en Amérique avaient un peu effacé son accent anglais, mais il n'avait pas pris pour autant les inflexions discordantes de l'accent américain. Le jour où il avait parlé à Deepak par-dessus mon épaule au bloc de Notre-Dame, je n'avais pas entendu d'accent particulier.

« Cette lettre a été écrite par la mère du patient décédé. Je veux m'assurer que cela ne se reproduira plus. Voici qui est écrit : « *Docteur Stone, je ne me remettrai jamais de la mort de mon fils, mais peut-être avec le temps sera-t-elle moins douloureuse. Mais je ne peux pas oublier une image, une image qui aurait pu être différente. Avant qu'on ne me demande très grossièrement de quitter la pièce, je dois vous dire que j'avais vu que mon fils était terrifié et qu'il n'y avait personne pour le rassurer. La seule personne qui a essayé de le faire était une infirmière. Elle a pris la main de mon fils et lui a dit : "Ne vous inquiétez pas, tout ira bien." Sinon tout le monde l'a ignoré. Il eût été préférable qu'il ait été inconscient. Certes, les médecins s'affairaient sur son corps. Ils avaient des choses importantes à faire. Ils ne s'occupaient que de sa poitrine et de son ventre. Pas du petit garçon qui avait peur. Oui, c'était un homme, mais à un moment pareil, il était redevenu un petit garçon. Je n'ai pas vu le moindre signe de chaleur humaine. Mon fils et moi étions gênants. Votre équipe aurait préféré que je ne sois pas là et que mon fils se taise. Ce qu'ils ont fini par obtenir. Docteur Stone, en tant que chef de service, étant peut-être père vous-même, ne trouvez-vous pas que votre personnel doive réconforter le patient ? Celui-ci ne se porterait-il pas mieux s'il était moins anxieux et effrayé ? Le dernier souvenir conscient de mon fils aura été des gens qui l'ignoraient. Mon dernier souvenir de lui sera celui de mon petit garçon regardant avec terreur sa mère qu'on fait sortir. C'est cette image que je conserverai jusque sur mon lit de mort. Le fait que les gens étaient attentifs à son corps ne compense pas le fait qu'ils ignoraient sa personne.* »

Thomas Stone plia la lettre, qu'il rangea dans sa poche de poitrine. Il y eut un bruissement dans l'auditorium, un murmure, un déplacement gêné du poids des corps. Je sentis dans la pièce une volonté d'ignorer la lettre, de se moquer de son contenu, mais l'attitude de Stone forçait à réprimer cette envie. Il se tenait debout là, silencieux, regardant au dehors, comme s'il était en train de considérer le contexte de la lettre, inconscient de son public. Personne ne parla. Tandis que la situation s'éternisait, même les plus petits bruits disparurent jusqu'à ce qu'on n'entendît plus que l'air conditionné. L'expression de Thomas Stone était pensive et certainement pas irritée. Puis, comme s'il se réveillait, il chercha une réaction dans la salle, pour voir si la lettre avait touché une corde sensible. Les moqueurs durent reconsidérer leur attitude.

Quand il parla enfin, ce fut d'une voix calme et ferme qui forçait l'attention. Il posa une question.

Il connaissait la réponse parce qu'elle était dans son livre, un livre que j'avais lu attentivement et plus d'une fois pendant mon voyage en Éthiopie et durant mon séjour au Kenya.

« Quel traitement d'urgence est administré par l'oreille ? »

Sur les deux cents personnes présentes dans la salle, je pensais qu'il devait y en avoir sûrement une cinquantaine qui connaissait la réponse.

Personne ne parla.

Il attendit. La gêne se fit palpable. Je sentais Constance qui se raidissait à côté de moi.

Thomas Stone écarta les pieds et mit les mains derrière son dos. Il semblait prêt à rester là toute la journée. Il haussa les sourcils. Il attendait. Les étudiants assis à ma gauche avaient trop peur pour bouger un cil.

Stone me regarda, surpris de voir quelqu'un réagir dans le rang des costumes sombres. Je laissai son regard vriller le mien. C'était la deuxième fois qu'il avait conscience de ma présence au monde. Cette fois-ci, je n'avais eu qu'à lever la main.

« Oui ? dit-il. Dites-moi, je vous prie, quel traitement d'urgence est administré par l'oreille ? »

Tous les yeux étaient sur moi. Je n'étais pas pressé. Pas du tout.

Puis ma vue se brouilla comme je pensais à Ghosh et au sacrifice qu'il avait fait pour nous. Bien qu'il soit mort de leucémie, j'avais l'impression qu'il avait donné sa vie pour que nous ayons la nôtre. Quand il était mort, c'était comme si un deuxième cordon ombilical avait été coupé. Je pensai à Hema, veuve, qui travaillait maintenant seule avec Shiva à Missing, qui m'écrivait qu'elle avait le cœur brisé de ne pas m'avoir auprès d'elle et me demandait de lui pardonner de me m'avoir pas donné l'amour et l'attention que je méritais. Pendant toutes ces années, Thomas Stone n'avait probablement jamais raté une conférence d'analyse et de prévention des erreurs et incidents médicaux, n'avait pas eu une journée gâchée par la pensée de Shiva ou de moi. Je songeai à l'infirmière en chef, qui portait Missing sur ses épaules, marraine active et aimante, phare et ancre pour nous, et je pensai à Gebrew, Almaz, et Rosina, qui étaient venus remplir le vide créé par l'absence de cet homme.

Comme il était injuste que Thomas Stone soit récompensé de nous avoir égoïstement abandonnés par le fait de présider cette assemblée et de susciter le respect, la crainte et l'admiration des Constance et de ses pairs, et de tous les autres occupants de cette salle. Sûrement, il n'était pas possible d'être un bon médecin et un mauvais être humain… sûrement… les lois humaines, sinon divines, ne le permettaient pas.

Je rencontrai son regard et ne cillai pas. « Des paroles de réconfort », dis-je à mon père.

Les années passées se tenaient comprimées entre nous comme par des serre-livres. Les spectateurs, ne sachant si ma réponse était la bonne, nous regardaient alternativement. Mais personne d'autre n'existait pour moi, et il en allait de même pour lui.

« Merci, dit-il d'une voix altérée. Des paroles de réconfort. »

Il quitta la pièce, mais, en atteignant la porte, il tourna la tête pour me regarder.

Je trouvai son adresse par accident. J'aurais pensé qu'il habitait un élégant immeuble de l'autre côté du fleuve. Mais au pied de la tour A, alors que je me dirigeais vers la porte en verre qui menait au dehors, je vis Thomas Stone entrer dans l'immeuble qui se trouvait juste en face, accueilli par un portier. J'attendis. Quelques minutes plus tard, il ressortit, sans sa blouse blanche et tenant à la main une boîte jaune et noire, un carrousel pour diapos. Il se rendait à la conférence sur les greffes. Je lui laissai une demi-heure avant d'aller voir le portier. Je lui montrai mon badge. « Je suis Marion Stone. Le docteur Stone a oublié des diapos dont il a besoin pour son exposé. Il m'a envoyé les chercher. »

Il allait me poser des questions, mettre mes dires en doute, quand il pencha la tête de côté. « Vous êtes parent ?

— Je suis son fils.

— Mais bien sûr ! » s'exclama-t-il, s'approchant pour me regarder dans les yeux – pensant probablement que c'était là que se lisait la ressemblance. Il fit un grand sourire, comme si cette nouvelle lui donnait raison. Comme si mon existence conférait à Stone une dimension humaine, une qualité qui le rachetait.

« Mais bien sûr ! » Il se frappa la cuisse de contentement. « Et il ne nous en a rien dit pendant tout ce temps.

— Il ne l'a su que l'année dernière, dis-je avec un clin d'œil.

— Doux Jésus. Ça alors ! »

Je souris et regardai ma montre.

« Vous savez où c'est ? me demanda-t-il.

— Quatrième ?

— Quatre cent neuf. »

J'ouvris la porte à l'aide de mon canif et le genre de techniques chirurgicales de fortune que seul un B.C. Gandhi peut vous apprendre.

Une grande table de travail, sorte de table de dessinateur, occupait presque tout le living, avec deux tables de chaque côté qui formaient un U. Il y avait des papiers soigneusement empilés sur ces deux tables. Des rayonnages pleins de livres et de papiers couvraient trois murs. Ils n'étaient pas là pour l'œil mais pour la commodité.

La cafetière dans la cuisine était pleine de poussière. La cuisinière semblait n'avoir jamais été utilisée. Sur le comptoir, un toaster était recouvert de miettes de pain. Le réfrigérateur contenait un carton de jus d'orange, une plaquette de beurre et un demi-pain.

Les rideaux de la chambre étaient tirés. Il n'y avait ni livres ni papiers. Seulement un lit de camp, avec une couverture soigneusement repliée au pied.

Une unique photo encadrée ornait le manteau de la cheminée au-dessus de l'âtre électrique. Le retoucheur avait donné aux sujets qui avaient été immortalisés dans la pose de la Vierge à l'Enfant, une peau d'albâtre. Le garçon, qui avait dans les trois ans, était installé sur les genoux de la femme qui devait être ma grand-mère – à qui, je me rendis compte alors, je n'avais jamais pensé.

À côté se trouvait un cylindre de verre, plein d'un liquide trouble.

J'étais entré dans l'intention de… de faire des dégâts.

Cette photo me fit changer d'avis.

J'entrouvris tous les placards de la cuisine. J'ouvris la porte du four, les deux côtés du réfrigérateur. J'ouvris le carton de jus. J'ouvris les placards de la salle de bains. Je dévissai le tube dentifrice, la bouteille de shampooing et un soin pour cheveux en posant soigneusement les bouchons à côté ; j'ouvris tout ce qui pouvait l'être. Je laissai ouverte la penderie, la commode, le classeur, la bouteille d'encre, les flacons de médicaments. J'ouvris les fenêtres.

Au milieu de son bureau je posai le signet sur lequel sœur Mary Joseph Praise avait écrit :

> 19 septembre 1954
>
> La seconde édition. Le paquet m'a été adressé. Mais je suis sûre que c'est à vous que l'éditeur le destine. Félicitations. Vous trouverez aussi une lettre que je vous ai écrite. Lisez-la tout de suite je vous prie.
>
> SMJP

J'étais sûr qu'il avait la lettre dont parlait ma mère. Où était-elle, cette lettre ? Et que disait-elle ? Je fus tenté de mettre l'appartement sens dessus dessous pour la trouver mais ç'aurait été gâcher ma création.

J'ouvris le bocal de formol, sortis son doigt, l'égouttai et le posai à côté du marque-page. Je contemplai mon œuvre. Je changeai d'avis pour le doigt. Je le remis dans le bocal, que je rebouchai, et le pris avec moi. Ce n'était que justice. Après tout, je lui avais abandonné quelque chose que je possédais.

En partant je laissai la porte ouverte.

Chapitre 44

COMMENCER AU COMMENCEMENT

C'est deux semaines plus tard, un dimanche, que j'entendis frapper à ma porte. Nous avions battu nos rivaux de Coney Island dans un match limité à une journée sur leur terrain, et nous avions remporté la coupe interhôpitaux. Au cours d'une fantastique série de lancers, Nestor avait éliminé six batteurs sur vingt-cinq courses dont quatre grâce à moi qui avais attrapé la balle très en arrière du guichet. Je m'étais éclipsé des festivités qui se tenaient dans la chambre de B.C. Gandhi. En dépit de mon gant mes doigts me faisaient mal, ainsi que mes genoux, et je voulais me coucher tôt.

« Entrez ! » dis-je.

Il jeta un coup d'œil circulaire, se repérant. S'il avait vu l'ombre de mon lit, il ne m'avait pas vu parce qu'il avait tourné le regard en direction de la lumière qui passait sous la porte de la salle de bains. Puis vers le rideau de la fenêtre. Quand il regarda de nouveau de mon côté j'étais en train de m'asseoir. Il sursauta.

Il ferma la porte et resta là. Les secondes passaient et il ne semblait pas pressé de parler. Je devais lui reconnaître ceci : il avait retrouvé ma trace, il avait deviné. Peut-être qu'il avait eu conscience de ma présence au bloc le jour où il avait regardé par-dessus mon épaule. Peut-être avait-il vu sur mon visage les traits de ma mère ou les siens, dans l'auditorium, quand j'avais répondu à sa question. Comme cela devait être bizarre de découvrir un fils que vous n'avez jamais vu et auquel vous n'avez jamais pensé avant qu'il n'apparaisse à une conférence d'analyse et de prévention des erreurs et incidents médicaux et qu'il donne un nouveau sens à cette activité.

« Vous devriez vous asseoir », dis-je. Je ne lui proposai pas d'allumer la lumière.

Il y avait une chaise de l'autre côté de mon lit. Il s'y dirigea rapidement, tel un aveugle qui préfère risquer de heurter quelque chose plutôt que de paraître hésiter ou demander de l'aide. Il s'assit brutalement.

Je ne pensais pas qu'il pouvait voir mon visage. Je contemplai le sien. Tandis que ses yeux s'ajustaient, il regarda mes affaires. J'avais plus de choses que lui si on ne compte pas les livres. Je le vis s'attarder sur la gravure encadrée de l'*Extase de sainte Thérèse* – il avait dû reconnaître immédiatement d'où elle venait. Oh oui, et le doigt dans le bocal ! Il savait qu'il ne s'était pas trompé de chambre.

Les minutes passèrent. Il était dix heures.

« Ça vous ennuie si je fume ? finit-il par dire.

— Vous ne fumez pas. » Je n'avais pas senti la fumée de cigarette dans son appartement. Rien que son odeur, que mes narines retrouvaient.

« Si, maintenant… Et vous, quand avez-vous commencé ? »

Son odorat était excellent. Je pris mon temps pour répondre.

« Depuis que je suis arrivé ici. Ça fait partie de l'enseignement de la chirurgie. Allez-y. »

Il fouilla dans la poche de sa chemise et sortit deux cigarettes. Je pensai à Ali dans son petit souk, le seul commerce que je connaissais où on pouvait acheter des cigarettes à l'unité. En Amérique on les achetait par cartouches ou par camions.

Il me tendit une cigarette. Je la regardai. Il allait retirer sa main quand je la pris. Il alluma son briquet et se leva pour venir à ma rencontre alors que je posais les pieds par terre.

Ses mains en coupe, sépulcre à neuf doigts, protégèrent la flamme. Je me penchai et aspirai jusqu'à ce que l'extrémité de ma cigarette rougeoie.

Merci, père.

Je me rassis sur le lit. Il trouva un vieux gobelet en polystyrène à portée de main. Je tirai une première bouffée destinée à estimer la qualité de sa cigarette. C'était une Rothmans, un souvenir de ses années en Éthiopie ou, de peur que j'oublie, de ses années en Angleterre. C'était aussi ce que nous fumions à Notre-Dame, grâce à B.C. Gandhi, qui achetait des cartouches à très bas prix dans Canal Street.

La fumée dessinait des formes sinueuses dans le rai de lumière qui sortait de sous la porte de la salle de bains. Je me rappelai notre cuisine à Missing et la façon dont les atomes de poussière qui dansaient dans le soleil matinal formaient leur propre galaxie. Dans mon enfance, cette vision m'avait fait entrevoir la complexité merveilleuse et effrayante de l'univers, et comprendre que plus on regarde de près plus on voit de choses, et que la seule limite est notre imagination.

« Je ne vous demande pas de comprendre », dit-il, et pendant un instant je crus qu'il parlait des atomes de poussière. Le son de sa voix m'irrita. *Qui vous a permis de parler ? dans ma chambre ?*

« Alors n'en parlons pas. »

Un nouveau silence.

Il craqua le premier. « Ça vous plaît la chirurgie ? »

Avais-je vraiment envie de lui répondre ? En lui répondant, concédais-je quelque chose ?

« Est- ce que j'aime la chirurgie ? Hmm... J'ai de la chance d'avoir Deepak. Il se donne beaucoup de mal pour m'apprendre les éléments de base, les bonnes habitudes. Je crois que c'est très important... » Je me tus. J'avais l'impression d'en avoir trop dit. J'avais détecté dans mon ton un besoin d'être approuvé par lui, d'être reconnu – c'était la dernière chose que je voulais. Je pensai à Ghosh qui était devenu chirurgien par accident à cause de son départ. Il n'avait eu personne pour lui apprendre. Ah, Ghosh ! La dernière volonté de Ghosh...

« Je connais certains des professeurs de Deepak », dit Stone, interrompant le fil de ma pensée. Le message de Ghosh pouvait attendre. Ce n'était pas le moment. Je n'étais pas d'humeur pour ça.

« Ah, vraiment ?

— Je me suis renseigné sur lui. Vous avez de la chance.

— Mais Deepak, lui n'a pas de chance. Il va encore se faire baiser. Nous tous, d'ailleurs.

— Peut-être pas », dit-il.

Je ne poursuivis pas. *Pas de faveurs, s'il vous plaît.* Je ne voulais rien de lui. Il s'agita sur son siège, mais pas parce qu'il était mal à l'aise. Il retenait quelque chose, qu'il attendait que je lui demande. Je n'allais pas lui donner ce plaisir.

« J'ai eu un Deepak dans ma vie, dit-il. Il suffit d'un. Le mien était un docteur Brauthwaite. Un homme droit. Je l'apprécie plus aujourd'hui qu'alors. Malgré lui, après toutes ces années, je trouve extraordinairement difficile de... »

Les mots avaient séché sur sa langue. C'était pour lui un tel effort, une épreuve physique de s'entretenir avec autrui. Je me doutais que ce n'était pas le genre d'homme à parler ainsi. Partager ses pensées intimes était quelque chose dont il n'avait pas l'habitude. Pas même avec lui-même. Je lui laissai tout le temps.

« Quoi ? Qu'est-ce que vous trouvez extraordinairement difficile de... quoi ? »

J'aurais dû lui dire de partir au lieu de faire la conversation, de lui tendre la perche, même.

« Je trouve difficile d'opérer. Particulièrement la chirurgie transgenre. J'ai des angoisses. » Il parlait lentement, sortant les mots un par un. « Personne ne sait. Même si on fait une hernie ou une hydrocèle... en fait plus l'opération est simple, plus il y a de chances que ça m'arrive... je suis obligé de compulser l'anatomie chirurgicale, reprendre toutes les étapes dans un manuel d'opération, bien que je n'en aie pas besoin. J'ai une peur terrible d'avoir oublié. Ou d'avoir un trou... Parfois je vomis.

Je me sens mal, j'ai la tête qui tourne. Ça ne m'est jamais passé. J'ai même songé à arrêter la chirurgie. C'est pire si c'est quelqu'un que je connais, un employé de l'hôpital amène sa mère... »

Je pensai à l'atlas d'anatomie chirurgicale que j'avais vu dans son appartement, un gros folio, et à côté un gros atlas d'anatomie descriptive et fonctionnelle, tous deux ouverts sur son bureau comme si c'était la dernière chose qu'il regardait avant de partir.

« Et le jour où je... le jour de la conférence ?

— Exactement. Tôt ce matin-là j'avais à faire une simple excision d'une grosseur, et si la biopsie était positive, une mammectomie avec dissection du ganglion lymphatique. J'en ai fait des centaines. Peut-être plus. Mais c'était une de nos infirmières. Quelqu'un qui avait confiance en moi.

— Et qu'est-ce qui s'est passé ?

— Quand je suis entré au bloc j'avais l'impression que j'allais m'évanouir. Personne ne sait, bien sûr. Le masque aide. Mais dès que je commence à inciser, ça disparaît totalement. Et je me sens stupide d'avoir été si angoissé. Ridicule. Ça n'arrivera plus jamais, je me dis. Mais si.

— Ça ne vous est jamais arrivé en Éthiopie ?

Il secoua la tête. « Je pense que c'est parce que je savais que j'étais le seul choix qu'avaient les patients. Il n'y en avait pas d'autre. Deux autres chirurgiens dans toute la ville. Ici, il y en a tant...

— Ou peut-être que ces vies n'étaient pas aussi précieuses. Des indigènes, non ? Quelle importance ? De toute façon l'alternative était la mort, alors pourquoi s'en faire ? Exactement comme vous venez prendre des organes à nos patients de Notre-Dame. »

Il tressaillit. Je compris que personne ne lui parlait jamais ainsi. Nous n'avions pas établi de règles. Si cela ne lui plaisait pas, il pouvait toujours partir. Il était venu à Notre-Dame. Ce n'était pas La Mecque.

Il pinça les lèvres. « Je ne m'attends pas à ce que vous compreniez », dit-il.

Je savais qu'il ne parlait pas de ses angoisses.

Il tapota ses poches. Il ne trouva pas ce qu'il cherchait. Il resta là en clignant des yeux, attendant que la punition se poursuive.

Il s'affaissa sur sa chaise. Il avait croisé les jambes et passé le pied sous un mollet, comme un sarment de vigne. « Voyez-vous... *Mar-ion*... » Il n'était pas habitué à dire mon nom. « Je... ce n'est pas comme si la logique pouvait tout expliquer. »

Il décroisa les jambes et se pencha en avant. « Je ne peux pas vous donner une explication nette de la raison... pour laquelle j'ai fait ce que j'ai fait, parce que je ne le comprends pas moi-même. Même après toutes ces années... »

De quoi parlait-il ? J'avais aligné mes couteaux, mes lances et mes massues n'étaient pas loin. Je songeai à toutes sortes de choses intelligentes à dire : *Économisez votre souffle*. Ou : *Je comprends très bien. Vous avez fait le choix le plus difficile : vous vous êtes tiré. Qu'y a-t-il d'autre à comprendre ?* Mais peut-être faisait-il allusion au fait d'avoir engrossé ma mère.

« Ghosh disait que vous ne saviez pas comment c'était arrivé. Que c'était un mystère pour vous.

— Oui ! » dit-il, soulagé. Mais alors je sentis qu'il rougissait. « Il a dit ça ? Oui, c'est ça.

— Comme Joseph ? Qui n'a pas idée de comment Marie a eu son bébé ? Des bébés, dans votre cas.

— Oui. » Il croisa les jambes.

« Peut-être que vous pensez que vous n'êtes pas mon père.

— Non, ce n'est pas ça. Je suis votre père. Je...

— Non, vous ne l'êtes pas ! C'est Ghosh qui est mon père. C'est lui qui m'a élevé. Il m'a tout appris, depuis monter à bicyclette jusqu'à jouer au cricket. C'est lui qui m'a inculqué l'amour de la médecine. C'est lui qui m'a élevé avec Shiva. Je suis ici grâce à Ghosh. C'est le plus grand homme qui ait jamais vécu. »

J'avais tendu le piège. Mais c'est moi qui fus pris.

« Vécu... ? demanda-t-il, se penchant en avant.

— Ghosh est mort. »

Ses traits virèrent au gris, puis au blanc.

Je le laissai ruminer cette nouvelle. Je suis sûr qu'il voulait savoir comment, pourquoi, mais il ne pouvait pas le demander. La nouvelle l'avait pris au dépourvu et plongé dans la tristesse, c'était visible. Bien. J'étais touché. Mais je n'avais pas terminé de le corriger. J'étais impressionné par le fait que non seulement il supportait mes mauvais traitements, mais qu'il en redemandait.

« Donc vous voilà tiré d'affaire, dis-je. J'ai eu un père. »

Il soupira. « Je ne m'attends pas à ce que vous compreniez, dit-il de nouveau.

— Dites-moi quand même.

— Par où commencer ?

— "Commencez au commencement, dit le roi d'un ton grave, et continuez jusqu'à ce que vous arriviez à la fin, ensuite arrêtez-vous."

— Vous savez qui a dit ça ? »

Je m'amusais. Le fameux Thomas Stone se faisant cuisiner, avalant une dose de sa propre potion. Certes, il était capable de réciter les branches de la carotide externe ou les bords du foramen de Winslow, mais connaissait-il son Lewis Carrol ? Connaissait-il son *Alice au pays des merveilles* ?

Sa réponse me surprit. Elle était fausse mais il avait raison.

« Ghosh », dit-il, avant de lâcher un grand soupir.

Chapitre 45

UNE QUESTION DE TEMPS

Quand il était enfant, Thomas Stone avait un jour demandé au *maali* – le jardinier – d'où venaient les enfants. Le *maali*, un homme à la peau sombre, aux yeux ternes et à l'haleine rendue acide par l'arack de la soirée précédente, répondit : « Tu es venu avec la marée du soir, bien sûr ! C'est moi qui t'ai trouvé. Tu étais gras et rose avec une unique nageoire et sans écailles. On dit qu'il n'y a des poissons pareils qu'à Ceylan, mais tu étais là. J'ai failli te manger, mais je n'avais pas faim. J'ai coupé la nageoire avec cette faucille que tu vois là et je t'ai apporté à ta mère.

— Je ne te crois pas. Ma mère et moi avons dû venir ensemble de la mer. Nous étions un seul gros poisson. J'étais dans son ventre et j'en suis sorti », déclara le petit garçon en s'éloignant. Le *maali* était capable de faire sortir des roses de terre là où ses voisins échouaient. Mais Hilda Stone l'aurait renvoyé pour avoir raconté de telles histoires à son fils unique.

La maison du petit garçon était juste au-delà des remparts du fort Saint-George à Madras, en Inde. La flèche de Sainte-Marie sortait de derrière les fortifications inachevées. Il jouait dans son cimetière pittoresque et bien entretenu où plus de cinq générations d'hommes, de femmes et de bébés anglais étaient enterrées, morts de la typhoïde, de la malaria, du *kala azar*, rarement de vieillesse.

Le fort Saint-George avait été le premier bastion de la compagnie des Indes occidentales. Sainte-Marie, bâtie en 1860, avait été la première église anglicane en Inde (mais pas la première église, qui était celle que l'apôtre saint Thomas avait bâtie en 54 après J.-C., après avoir débarqué sur la côte du Kerala) À l'intérieur, une plaque commémorait le mariage de lord Clive et une autre celle du gouverneur Elihu Yale, qui avait plus tard fondé une université en Amérique. Mais le petit garçon n'avait jamais vu de plaque commémorant le mariage d'Hilda Masters, de Fife, préceptrice et gouvernante, de Justifus Stone, fonctionnaire de l'Empire britannique, son aîné de presque deux décennies.

Thomas pensait que tous les enfants grandissaient comme lui – en vue de l'océan Indien, dans le bruit effrayant des vagues qui s'écrasaient autour du fort Saint-George. Et il croyait que tous les pères étaient comme le sien, se cognant dans les meubles et faisant des bruits inquiétants la nuit.

La voix puissante de Justifus Kaye Stone venait de haut, et sa moustache en brosse tenait à distance les petits garçons. Les collecteurs de district étaient des demi-dieux parmi les fonctionnaires, avec des secrétaires et des péons qui tournaient autour d'eux comme des mouches autour des mangues trop mûres. Les collecteurs partaient en tournée pendant plusieurs semaines, tenant leur cour dans chaque ville. Quand Justifus Stone était chez lui, il n'était d'une certaine manière pas là en dépit de sa présence bruyante. Thomas comprenait (à la façon des enfants) que Justifus était un homme centré sur lui-même qui négligeait sa femme. Peut-être est-ce la raison pour laquelle Hilda se tourna vers la religion. Imaginer les souffrances du Christ lui permettait de vivre les siennes.

Heureux les doux.

Heureux les artisans de la paix.

Heureuse la jeune gouvernante qui épouse un collecteur dans l'espoir d'éclaircir sa peau jaunie par la quinine et de guérir son goût pour le gin et les femmes du cru, car le royaume des cieux est à elle.

La bénédiction d'Hilda lui vint sous la forme de son garçon aux yeux bleus et aux cheveux blonds filasses qu'elle gardait presque toujours dans ses bras, même quand il fut en âge de marcher.

L'aya du petit garçon, Sebestie, n'avait rien d'autre à faire que de se joindre à leurs jeux, puisque c'était Hilda qui servait de monture à Thomas quand il jouait à Jim Corbett, le grand chasseur de fauves, et la nounou qui faisait l'éléphant le transportant jusqu'à l'affût du tigre. Hilda dessinait des guichets à la craie rouge sur les murs blanchis à la chaux et lui lançait des balles de tennis. Elle lui chantait des cantiques et l'éventait quand il faisait trop humide pour s'endormir. La clarté de sa voix pareille à celle des cloches faisait lever la tête des lézards qui sommeillaient sur le mur. Ses cheveux bruns, partagés par une raie au milieu, tombaient d'une tête conique. Quelques efforts qu'elle fît pour le contenir, un halo de cheveux frisottés encadrait son visage.

En pleine nuit, il tendait la main et elle était là. Mais les nuits où Justifus Stone se trouvait à la maison, le petit garçon dormait mal, craignant pour sa mère car c'étaient les seules fois où elle quittait son lit. Il montait la garde avec sa batte de cricket derrière la porte de la chambre conjugale, prêt à entrer si les bruits ne cessaient pas. Mais le silence finissait toujours par arriver et ce n'est qu'alors qu'il retournait dans sa chambre. Le matin, quand il ouvrait les yeux, elle était de retour dans son lit, le regardant à travers sa frange.

Tous les enfants devraient avoir une mère d'une humeur aussi égale. Les rares plaisirs de sa mère se manifestaient avec une telle douceur que leur effet durait longtemps. Thomas vivait pour contenter sa mère et il le faisait consciencieusement. C'était comme si tous deux savaient, bien qu'ils n'aient pas pu le savoir, que la vie était courte et les instants fugitifs…

Il avait huit ans quand Hilda dut quitter le chœur de Sainte-Marie. Une toux, qui au commencement rappelait le lointain bruit du canon, en vint bientôt à évoquer des clous secoués dans un sac en papier. Le docteur Winthrop, un homme trop bien habillé qui ne s'exprimait que sous forme de sentences, déclara que la mère et le fils devaient être séparés, pour « le bien de l'enfant. »

Le petit garçon entendait les quintes nocturnes de sa mère depuis la chambre voisine et se couvrait les oreilles avec les oreillers. « La consomption sans aucun doute », annonça le docteur Winthrop un jour à Thomas, utilisant un mot délicat pour tuberculose tandis qu'il rangeait son stéthoscope et son thermomètre. « La phtisie est devenue sèche. » Il parla au petit garçon comme à un collègue et lui serra la main avec gravité. Quand guérirait-elle ? « Repos, diète et hydrothérapie », dit le médecin. « Parfois, disons souvent, elle devient dormante. Après tout, ça ne tient pas à nous, n'est-ce pas, Mr. Stone ? » Quand Thomas demanda : « S'il vous plaît, monsieur, à qui est-ce que ça tient ? », Winthrop leva les yeux au plafond. Ce ne fut que plus tard que le petit garçon comprit que le médecin ne parlait pas de Justifus, dont le pas lourd faisait trembler le lustre, mais de Dieu.

Un matin, Thomas se réveilla d'un rêve peuplé de voitures à cheval et le tonnerre des sabots résonnait encore dans sa tête. Il découvrit que dans la nuit, sa mère avait craché du sang, beaucoup de sang, et qu'on avait appelé Winthrop. On l'avait emmenée, sans la laisser baiser le front de son fils. Elle était partie pour Coimbatore et de là, le petit train l'avait conduite dans la montagne jusqu'à une station située juste sous Ooty. Le docteur Ross avait bâti un sanatorium dans les collines de Nilgiri sur le modèle du fameux lac Saranac de Trudeau dans l'État de New York. Avec leurs vérandas spacieuses et leurs lits à roulettes les pavillons blancs qui entouraient l'hôpital formaient des répliques de ceux de Saranac.

Thomas s'endormait en larmes sur la poitrine osseuse de Sebestie. Il en voulait à Hilda d'être tombée malade, d'avoir encouragé une intimité qui rendait la séparation insupportable. Il n'était pas comme ses camarades de classe qui préféraient leurs ayas à leurs parents et se moquaient des longues séparations. Du jour au lendemain, Sebestie devint une mère de substitution, mais Thomas hésitait à lui donner son amour, car elle aussi pouvait bien disparaître.

Avant d'aller en classe, Thomas se rendait à Sainte-Marie où il récitait cinquante Notre Père et Je vous salue Marie et faisait de même au retour. Il était si souvent à genoux qu'il avait des cals sous les rotules. Avec de la ficelle, il s'attacha autour du cou le lourd crucifix qu'il avait détaché du mur de la chambre de sa mère, le cachant sous son uniforme d'écolier, où il lui irritait la peau du sternum tandis que la corde lui rentrait dans le cou. N'ayant pas de premier né, de bélier ni de brebis, il sacrifia sa batte de cricket Don Bradman, qu'il brisa sur la pierre où on frottait le linge. Il jeûna jusqu'à ce que la tête lui tourne. Il s'entailla l'avant-bras avec un rasoir et répandit le sang sur l'autel qu'il avait dressé dans sa chambre à l'attention de la Vierge Marie. Sebestie l'emmena au temple de Mambalam et même au petit temple derrière leur maison. Si cela tenait à Dieu, celui-ci ne semblait pas entendre.

Entre-temps son père ne ratait pas une étape de son circuit : Vellore, Madurai, Tuticorin et tout ce qui était entre ces villes. Quand Justifus Stone revenait à la maison, il avait à peine le temps d'enlever son casque colonial et de défaire ses valises avant de repartir. Justifus avait surnommé son fils l'archevêque de Canterbury, et si c'étaient là des paroles de réconfort, elles ne faisaient rien pour réconforter Thomas. Il parlait à son fils de la même façon qu'il s'adressait aux foules. La nuit, Thomas entendait ses pas désordonnés, tels ceux d'un géant marchant dans une chambre aux dimensions lilliputiennes où il se heurtait à tous meubles, les faisant tomber. C'était un soulagement quand Justifus repartait.

Une année passa durant laquelle Thomas vécu sans parents dans la grande maison, avec Sebestie, Durai (la cuisinière), le *maali*, Sethuma (qui lavait le linge et les sols en carrelage), et une intouchable qui venait une fois par semaine nettoyer les toilettes : c'était sa famille.

Le jour de Noël, père et fils dînèrent ensemble ; le secrétaire de son père, Andrew Forthergill, était leur seul invité. « Eh bien, quelle fête ! Ravi de vous avoir tous. Magnifique repas, magnifique... Mangez, mangez ! » Tout cela dit alors qu'ils n'étaient que trois à table... avec Durai qui attendait derrière la porte de la cuisine. « On ne peut pas leur laisser tout quand même. Il y a de l'argent à faire dans le coin. De la corde, vous savez, ou de la sparterie. Nous l'avons bien mérité, et pardieu, nous l'aurons » et il continuait, s'arrêtant à peine pour avaler, avec des miettes de pain qui jaillissaient de ses lèvres. Fothergill tentait vaillamment de relier les pensées de Justifus, de donner aux remarques décousues de son supérieur une cohérence, un fil signifiant. Justifus commença à se frotter une cuisse, puis l'autre, remuant sur sa chaise, jetant des regards irrités par terre comme si le chien était à ses pieds alors qu'il était interdit de maison quand Justifus était là. Lorsqu'on servit le pudding, il se grattait si furieusement les jambes que Thomas fut obligé de demander ce qui se passait.

« J'ai du poil sur les jambes, mon garçon. Ça m'empêche de sentir. Une vraie saleté. » Son père se leva avec peine, manquant de renverser la table. Il sortit en titubant, se tenant au buffet et au mur, ses pieds collant au plancher comme des aimants. Thomas se rappela le regard de consolation que lui jeta Fothergill quand il le raccompagna à la porte.

Le 20 janvier

Mon fils chéri,

J'ai eu 36.7, 37,2, 37.8, 37.3 Je n'ai pas compté le 38.6 parce que je n'y ai pas cru. Le matin on roule nos lits sur la véranda et on les rentre le soir. On sort et on rentre. Je n'ai même pas le droit d'aller aux toilettes. REPOS TOTAL AU LIT, bien que l'énorme effort que cela demande semble contredire l'idée de repos. J'ai du mal à croire que sur cette véranda, avec la brume et l'air si froid, un corps puisse générer une température de plus de 36 degrés. Pas étonnant qu'on nous appelle des animaux à sang chaud.

Elle avait entouré une tache sur la page qu'elle avait légendée ainsi : *Mes larmes, car je pleure pour toi, mon garçon chéri.* Dans chaque lettre, Hilda lui disait qu'il devait être courageux et patient.

Le temps pour Thomas n'était plus divisé en jours, nuits, ou saisons. Le temps était un manque continuel de sa mère.

Ils disent que je n'ai pas fait beaucoup de progrès mais que je devrais être contente que mon état n'ait pas empiré...

Il allait à l'école. Elle l'exhortait à prier, lui disait qu'elle priait toutes les heures et que Dieu écoutait et que la prière était toujours exaucée. Il priait constamment, convaincu qu'à tout le moins les prières la gardaient en vie.

Je sais que Dieu n'a pas voulu que nous soyons séparés, et que bientôt il nous réunira.

Un jour, Thomas trouva son oreiller mouillé au réveil. Quand Sebestie alluma la lumière, il y avait la marque de la bête : de fines gouttelettes de sang qui faisaient un dessin étrangement beau. Sebestie pleura, mais il était aux anges. Il savait que cela signifiait qu'il allait revoir sa mère. Pourquoi n'y avait-il pas pensé plus tôt ?

Deux porteurs de civière pieds nus dans une tenue d'un blanc immaculé l'attendaient à la descente du train à Ooty. Ils l'emmenèrent directement au pavillon d'Hilda. Il monta sur son étroit lit et se blottit dans ses bras. Il avait onze ans. « Ta venue est le pire et le plus beau cadeau qu'on puisse me faire », dit-elle.

Grise, la peau sur les os, elle était l'ombre de la mère qu'il avait connue. Sa gaieté avait disparu, mais elle n'aurait pas trouvé d'écho dans ce fils dégingandé dont les yeux étaient hantés et cernés de rides de souci. Ils se tenaient assis côte à côte sur la véranda de leur pavillon, les doigts entrecroisés comme des racines séchées. Au petit matin ils regardaient les cueilleurs de thé glisser sur le sentier, les pieds cachés par la brume, leurs paniers crissant à chaque pas. Pendant la journée, seules les infirmières interrompaient leur solitude pour prendre leur température, leur apporter le repas de midi et les médicaments. À la tombée du jour, quand ils voyaient les cueilleurs de thé repasser, il était temps de dormir.

Comme Hilda n'avait pas de souffle, c'était lui qui lui faisait la lecture. Elle pleurait de fierté à voir comme il était précoce. Les fauteuils à assise cannée étaient pourvus de grands accoudoirs et d'une écritoire du même teck. C'est là qu'ils s'écrivaient des lettres qu'ils mettaient dans des enveloppes avant de les fermer. Après le déjeuner, ils échangeaient leurs enveloppes, les ouvraient, et lisaient leurs lettres. Ils priaient au moins trois fois par jour. Même par les froids les plus mordants, ils demeuraient dehors, emmaillotés.

Au début, l'altitude faisait tourner la tête à Thomas. Il reprit des forces. Sa toux diminua. Mais rien – ni le bon air, ni le lait, la viande et les œufs, ni les toniques qu'on lui faisait prendre – ne guérissaient Hilda. Sa toux mua, faisant entendre un son à mi-chemin entre le gloussement de l'oie et le bêlement de la brebis. Thomas remarqua qu'elle avait une grosseur extrêmement douloureuse sur le sternum qui gonflait son chemisier. Il n'osait pas lui en parler et faisait attention de n'y pas poser la tête. Une fois, il l'entrevit pendant qu'elle se déshabillait. Elle était de la taille d'un œuf de rouge-gorge, mais en plus foncé. Il pensa que c'était la consomption, la phtisie, le bacille tuberculeux, le bacille de Koch, la tuberculose, le mycobactérium – quel que fût son nom, c'était l'ennemi qui mûrissait en elle.

Un soir qu'ils étaient côte à côte dans les lits qu'ils avaient rapprochés, et qu'il lui lisait son missel, elle laissa échapper une exclamation de surprise. Il regarda la phrase pour voir s'il avait oublié un mot puis leva les yeux et vit le sang qui s'étalait sur sa chemise blanche comme si elle avait été touchée par une balle.

Aussi longtemps qu'il vivrait il se rappellerait qu'en cet horrible instant où elle avait pris conscience qu'elle était en train de mourir, tandis que ses yeux cherchaient les siens, sa première pensée, son unique pensée avait été qu'elle abandonnait son fils.

Pendant une seconde, Thomas fut paralysé. Puis il sauta hors du lit et releva la chemise imbibée de sang. Un geyser rouge jaillit de sa poitrine pour s'élever en arc de cercle avant de retomber à terre. Le phénomène se produisit la seconde suivante. Puis de nouveau. Une obscène fontaine de sang, rythmée par les battements de son cœur, ne cessait de frapper le plafond, l'aspergeant, ainsi que le lit et le visage de sa mère, trempant les pages du livre.

Il recula d'horreur devant ce spectacle monstrueux, cette éruption qui peignait en rouge tout ce qui l'entourait. Quand il lui vint à l'esprit d'essayer de le contenir à l'aide des draps, le jet perdait déjà de la hauteur, comme si le réservoir était vide. Hilda gisait dans son sang, le visage d'une blancheur de porcelaine moucheté d'écarlate. Elle était morte.

Thomas tint sa tête contre sa poitrine, ses larmes coulant sur son visage. Quand le docteur Ross arriva, une blouse blanche passée sur son pyjama, il déclara à Thomas : « C'était inévitable. Cela fait plus d'un an que l'anévrisme menace. Ce n'était qu'une question de temps. » Il rassura Thomas en lui disant que le sang n'était pas contagieux – cette pensée ne lui était pas venue à l'esprit.

Seul, véritablement seul, Thomas fut pris de fièvre puis de toux. Il refusa d'aller à l'infirmerie, le pavillon était la dernière chose qui le reliait à sa mère. Il se laissa tout de même emmener pour qu'on lui fasse une radiographie. Quelques instants après, il vit Muthukrishnan arriver avec l'appareil à pneumothorax dans sa boîte en bois ciré qu'il poussait sur une charrette à bras. Muthu s'accroupit sur le balcon et, après s'être essuyé le visage avec une serviette, il ouvrit les côtés de la belle boîte et se mit à déballer les grandes bouteilles, les manomètres et les tubes. Le docteur Ross, lequel avait lui-même jadis souffert de la tuberculose, arriva bientôt sur son vélo. « La radio n'était pas bonne, mon garçon. Pas bonne du tout », dit Ross.

C'est juste une question de temps, pensa Thomas. Il avait hâte de rejoindre sa mère.

Il ne cilla pas quand l'aiguille s'enfonça entre ses côtes dans l'espace pleural qui bordait le poumon, un espace qui était normalement vide, lui expliqua le docteur Ros. « Maintenant nous mesurons les pressions. » Il manœuvra l'aiguille tandis que Muthu montait et descendait les bouteilles sur ses indications. « C'est un pneumothorax artificiel. Une façon recherchée de dire que nous introduisons de l'air dans ce vide qui borde ta poitrine pour affaisser la partie infectée du poumon, mon garçon. Les bactéries de Koch ont besoin d'oxygène et nous n'allons pas leur en donner, n'est-ce pas ? »

Du tréfonds de sa maladie, Thomas pensa que ce raisonnement était illogique. Et mon oxygène à moi, docteur Ross ? Mais il se tut.

Pendant vingt-quatre heures, Thomas dut rester couché sur le ventre. Muthu rendait de fréquentes visites au malade, qui fut soudain pris de fièvre et de frissons. Le pneumothorax artificiel avait introduit d'autres bactéries dans la cavité pleurale. Il entendit la voix lointaine de Ross qui disait : « L'empyème, mon garçon. C'est comme ça qu'on appelle l'inflammation suppurative de l'espace pleural, le fait que le pus s'accumule autour du poumon. Ça ne m'arrive pas souvent, mais ça arrive. Je suis désolé. Malheureusement, le pus est trop épais pour qu'on puisse l'aspirer avec une aiguille. »

On l'emmena dans une pièce carrelée pourvue de hautes fenêtres. Elle était vide à l'exception d'une étroite table centrale, au-dessus de laquelle était suspendu un immense plafonnier qui ressemblait à un œil d'insecte géant. Cet endroit hors du monde, sorte d'espace consacré mais néanmoins séculaire, fit grande impression sur l'enfant.

Ross entailla la peau, sous anesthésie locale, juste à côté du téton gauche avant de découvrir trois côtes adjacentes et d'en découper de courts segments pour découvrir la cavité, et empêcher le pus de s'accumuler. Malgré l'anesthésie, par moments Thomas souffrait atrocement.

Quand il put parler, il demanda : « Est-ce que le fait de pratiquer une ouverture ne va pas détruire le vide dans l'espace pleural ? Est-ce que ça ne va pas causer un appel d'air qui va affaisser tout le poumon ?

— Brillante question mon garçon, fit Ross, ravi. Normalement, il devrait s'affaisser. Mais l'infection, l'empyème, a durci l'enveloppe de ton poumon, l'a rendue épaisse et résistante, comme une croûte. »

Pendant une semaine, le pus s'écoula dans une compresse de gaze posée sur le trou. Quand il ne fit plus que goutter, Ross bourra la plaie de gaze, pour la « cicatriser par seconde intention ». Pendant qu'on changeait le pansement, Thomas étudiait son cratère à l'aide d'un miroir, éprouvant une fierté perverse à observer ses productions et les changements quotidiens à mesure que son corps se réparait.

Ross était un petit homme jovial au visage le plus rond et le moins remarquable qui soit, doté de courtes jambes de jockey. Il réchauffait toujours son stéthoscope dans ses mains grassouillettes avant que le métal n'entre en contact avec la peau de Thomas. Il percuta sa poitrine, la sondant minutieusement. Il enleva la gaze et inspecta le cratère. « Tu vois le fond rouge avec ces sortes de petits cailloux, Thomas. Nous appelons ça du tissu granuleux. Il va combler lentement la blessure et permettre à la peau de se reformer par-dessus. » Et c'est exactement ce qui se passa. Il se mit à croître de manière excessive, formant à la surface une sorte de fraise que Ross définit comme un « bourgeon charnu exubérant » et qu'il brûla en le frottant avec un cristal de sulfate de cuivre.

Un beau jour il apporta à Thomas l'*Immunité dans les maladies infectieuses* de Metchnikoff ainsi que *Les Principes et la Pratique de la médecine* d'Osler. La lecture du Metchnikoff était ardue, mais Thomas aima les dessins représentant les globules blancs dévorant les bactéries. Osler était étonnamment lisible.

Pendant cette période de sa vie qui n'était qu'un prélude à la mort, Thomas découvrit qu'il attendait avec impatience les visites quotidiennes de Ross, tout en se gardant de laisser croître son affection pour le petit homme, qui risquait de provoquer sa perte. « Je ne vais nulle part, mon garçon », lui déclara le docteur un beau jour. « Et puisque tu es là, pourquoi est-ce que tu ne viens pas faire les visites avec nous ? » Il quitta la chambre sans attendre la réponse de Thomas.

Quand Ross le déclara guéri, cela faisait un an et demi que Thomas était au sanatorium. Pas une seule fois son père n'était venu le voir. Forthergill en revanche vint lui vendre visite à deux reprises, lui disant que Justifus Stone était trop malade pour se déplacer. Thomas demanda à Ross de quelle maladie souffrait son père. « Ce n'est pas la tuberculose, c'est autre chose, répondit le médecin.

— Ça a à voir avec ses jambes ? »

Ross ébouriffa les cheveux de Thomas. « Un drôle de truc, mon garçon. C'est bien malheureux. Il est alité. Tu apprendras tout ça à la faculté », dit-il.

C'était la première fois que Ross avait parlé de « faculté ». Thomas ne put contrôler les palpitations de son cœur, comme si la porte de la cave à charbon qu'il était s'était ouverte, apportant la lumière, promettant un avenir alors qu'il n'en avait vu aucun jusqu'alors.

Ross, qui était devenu le tuteur légal de Thomas, décida qu'il devait aller en pension en Angleterre. Thomas ne songea même pas à aller rendre visite à son père à l'infirmerie de Madras avant de s'embarquer.

Deux trimestres s'étaient écoulés quand Thomas reçut une lettre de Ross lui annonçant la mort de Justifus. Son modeste héritage lui permettrait de terminer ses études et d'entrer à la faculté.

Pour Ross, il paraissait inévitable que Thomas entrât en faculté de médecine. Thomas n'avait pas de raison de résister. Jusqu'alors la vie l'avait convaincu de son aptitude à deux choses : la maladie et la souffrance.

À la faculté d'Édimbourg, il s'immergea dans l'étude, où il découvrit la stabilité qui jusqu'alors lui avait fait défaut. Il n'avait pas besoin de lever le nez de ses livres, aucun désir d'aller ailleurs qu'en cours et en travaux pratiques. Quand ses yeux étaient fatigués, il se rendait à l'infirmerie en espérant qu'on ne le jetterait pas dehors. Il s'y lia avec un interne chef de salle et, bien avant que ses condisciples puissent eux-mêmes accéder aux patients, il put examiner les cas les plus intéressants.

Le surnom de « rôdeur » que lui avaient donné les garçons de salle de l'hôpital ne gênait pas Thomas. Dans le chaos organisé de l'hôpital, dans le labyrinthe des couloirs et dans la puanteur et le confinement de ses murs, il trouvait à la fois l'ordre et le refuge. Un foyer. La détresse et la souffrance étaient ses parents les plus proches.

Il y avait là un alcoolique du nom de Jones, qui ressemblait étrangement à son père. Thomas prit conscience que c'était le teint cireux, le gonflement des parotides, la perte du tiers extérieur des sourcils et le gonflement des paupières provoqué par l'alcoolisme qui donnaient aux deux hommes une même apparence léonine. Maintenant qu'il était entraîné à voir, il rapprocha les signes dont il se rappelait : les paumes rouges, la galaxie de capillaires sur les joues et le cou, la poitrine de femme et l'absence de poils aux aisselles. Son père souffrait de cirrhose. Probablement était-ce cela que Ross avait qualifié de « drôle de truc ».

C'est par un soir glacial que, dans la bibliothèque, la dernière pièce du puzzle se mit en place. Thomas ferma brutalement son livre, faisant sursauter Mrs. Pincus, la bibliothécaire. Le jeune homme, qui vivait pratiquement dans le bureau le plus éloigné de la cheminée, se précipita soudain au dehors sous la neige fondue, tête nue, l'air égaré.

Thomas négocia le long couloir menant à sa chambre dans le noir. Marcher dans le noir est une chose que son père n'aurait pas pu faire. Les signaux provenant des orteils, de la hanche et du genou apprenaient à Thomas où il se trouvait dans l'espace, mais chez Justifus Stone, ces messages restaient bloqués dans sa moelle épinière. La démarche lourde et hésitante de son père, qui empirait le soir quand il ne voyait plus où il posait les pieds, était due à la syphilis de la moelle épinière, ou *tabes dorsalis*. Aucun enfant n'aurait pu savoir cela.

La conversation décousue, les vantardises, les délires de grandeur… c'était la syphilis du cerveau, pas seulement de la moelle épinière.

Une fois dans sa chambre, Thomas se déshabilla devant la glace de la penderie. Avec un miroir à main, il examina chaque centimètre de sa peau. Pas de syphilides. Pas de gomme sur sa peau. Il écouta son cœur mais n'entendit rien d'inhabituel. Il n'avait pas hérité de la syphilis congénitale. Mais il réalisa que sa peur était absurde parce que la syphilis congénitale aurait dû lui venir à travers le placenta, elle serait venue de sa mère. Absurde de se faire du souci ! Ce que sa mère avait eu, c'était la tuberculose. Pure comme la Vierge, sa mère n'aurait jamais pu avoir…

Il laissa échapper un cri soudain, l'angoisse d'un enfant à qui on enlève sa dernière illusion. Il avait fini par comprendre.

Ç'avait été tout le temps sous son nez. La tuberculose ne causait pas des anévrismes tels que celui qui avait tué sa mère. « Mère. Pauvre mère ! » s'écria-t-il, la pleurant de nouveau. Le désir effréné de son père avait tué Hilda. Elle aurait pu guérir de la tuberculose, mais elle ignorait probablement qu'elle avait la syphilis jusqu'à ce qu'un anévrisme fleurît et se mît à percer un chemin douloureux à travers son sternum quand elle était au sanatorium. Ross avait dû lui dire ce que c'était. Elle savait. À ce stade, ni l'arsphénamine ni la pénicilline, s'il y en avait eu, n'auraient été d'aucune utilité.

Quand Thomas Stone acheta un cadavre en dernière année en médecine, cette entreprise inouïe ne surprit personne. Il avait l'intention de réaliser une seconde dissection complète, il cherchait à maîtriser le corps humain.

« Est-ce que Stone est là ? » était une question qu'on posait souvent aux urgences, parce cet étudiant était plus assidu qu'Hogan ou que les autres garçons de salle, toujours prêt à recoudre une lacération, à introduire un tube stomacal ou à courir à la banque du sang. C'était le plus heureux des hommes quand on lui demandait de se stériliser les mains pour tenir un rétracteur pendant une opération d'urgence.

Un soir, le docteur Braithwaite, chirurgien chef et président du jury du Royal College of Surgeons, vint voir un patient qui avait reçu un coup de couteau en haut de l'abdomen. Braithwaite était célèbre pour avoir inventé une nouvelle opération du cancer de l'œsophage, bien connue pour sa difficulté. Le patient, ivre et terrifié, lançait des jurons et se débattait. Braithwaite, un homme râblé aux cheveux argentés, portait un costume trois-pièces de la même nuance de bleu que ses yeux ; il écarta les garçons de salle qui retenaient le patient et posa doucement la main sur son épaule en lui disant : « Ne vous inquiétez pas. Tout ira bien. » Il ne retira pas sa main, et le patient, voyant cet élégant médecin, se calma jusqu'à la fin du bref entretien ; ensuite de quoi Braithwaite l'examina avec rapidité et efficacité. Puis il s'adressa à son patient comme s'il était un pair, quelqu'un qu'il aurait pu rencontrer le soir même à son club. « Je suis heureux de vous apprendre que le couteau a épargné vos vaisseaux sanguins les plus importants. Je suis sûr que vous vous en tirerez très bien, donc je ne veux pas que vous vous inquiétiez. Je vais opérer pour réparer ce qui est coupé ou déchiré. Nous allons vous emmener dans la salle d'opération maintenant. Tout ira bien. » Le patient docile tendit une main crasseuse pour exprimer sa gratitude au médecin.

Une fois hors de portée d'oreille du patient, Braithwaite demanda aux chefs de clinique et aux chefs de salle qui l'entouraient : « Quel traitement d'urgence est administré par l'oreille ? »

C'était une vieille scie, particulièrement à Édimbourg. Cependant on ne connaissait plus les vieilles scies, ce qui faisait grand peine à Braithwaite. Pour lui, c'était le signe du laisser-aller de la nouvelle génération des jeunes recrues, et il était triste qu'il n'y en eût qu'un seul, un étudiant qui plus est, à connaître la réponse.

« Des paroles de réconfort, monsieur.

— Très bien. Vous pouvez venir m'assister dans mon opération, si vous voulez, Mr…

— Stone, monsieur. Thomas Stone. »

Pendant l'opération, Braithwaite vit que Thomas savait se faire discret. Quand le chirurgien lui demanda de couper une ligature, Stone glissa ses ciseaux à ras du nœud puis les tourna à quarante-cinq degrés pour ne pas mettre le nœud en danger avant de couper. En vérité, Stone comprenait si clairement son rôle que quand le chef de clinique arriva, Braithwaite le congédia d'un geste de la main.

Il désigna une veine qui courait sur le pylore. Il demanda à Thomas ce que c'était.

« La veine pylorique de Mayo, monsieur… » dit Thomas, qui semblait s'apprêter à poursuivre. Braithwaite attendit, mais Thomas avait terminé.

« Oui, c'est ainsi qu'on l'appelle, bien que je pense que cette veine était là bien avant que Mayo ne la découvre, vous ne croyez pas ? Pourquoi pensez-vous qu'il a pris la peine de la nommer ?

— Je pense que c'était une façon pratique de faire la différence entre la région pré-pylorique et la région pylorique quand on opère un enfant de la sténose du pylore.

— C'est juste, dit Braithwaite. On devrait l'appeler veine pré-pylorique en fait.

— Cela serait préférable, monsieur. Parce que certains auteurs désignent la veine gastrique droite du nom de veine pylorique. Ce qui est source de confusion.

— Effectivement, Stone », répliqua Braithwaite, surpris que cet étudiant ait relevé une chose que même des chirurgiens s'intéressant spécialement à l'estomac auraient pu ne pas savoir. « S'il faut lui donner un nom, on peut l'appeler la veine de Mayo, ou encore la veine de Laterjet, ce qui semble être la même chose, mais l'important est de ne pas la qualifier de pylorique. »

Braithwaite attaqua ensuite des questions plus difficiles, mais il fut tout de même surpris par les connaissances en anatomie chirurgicale du jeune homme.

Il laissa Thomas recoudre la peau et fut content de le voir utiliser ses deux mains et prendre son temps. Il y avait encore place pour des progrès, mais c'était visiblement un étudiant qui avait passé de nombreuses heures à faire des nœuds à une main et à deux mains. Stone avait eu le bon sens de s'appliquer à faire un nœud à deux mains plutôt que d'étaler son savoir-faire avec les nœuds à une main.

Le lendemain matin, Braithwaite trouva Stone endormi dans un fauteuil au chevet du patient dans la salle de réveil, après y avoir passé toute la nuit. Il ne le réveilla pas.

À la fin de l'année, après ses derniers examens, quand Thomas fut nommé au poste envié de chef de salle de Braithwaite, Shawn Grogan, un étudiant brillant aux relations influentes trouva le courage de demander à Braithwaite ce qu'il aurait dû faire pour avoir la place de Stone.

« C'est très simple, Grogan, répondit Braithwaite. Il suffit de connaître son anatomie sur le bout du doigt, de ne jamais quitter l'hôpital et de préférer la chirurgie au sommeil, aux femmes, et au grog. » Grogan était devenu pathologiste et un professeur célèbre ; célèbre également pour sa corpulence.

Pendant la guerre, Thomas travailla avec Braithwaite dans un hôpital de campagne en Europe. En 1946, il retourna en Écosse, devint chef de clinique assistant puis chef de clinique. Il avait sauté l'enfance pour passer directement à la médecine.

Ross vint rendre visite à Thomas et lui dit à quel point il était fier de lui. « Tu me consoles de ne m'être pas marié. Ce n'était pas par choix, d'ailleurs. “La perfection de la vie ou de l'œuvre”, je n'ai pas pu aspirer aux deux. J'espère que tu ne feras pas cette erreur. »

Ross voulait passer sa retraite près du sanatorium, pour jouer au rami tous les soirs au club Ooty, lire tous les livres qu'il n'avait pas eu le loisir de lire, et apprendre à jouer au golf avec les officiers retraités qui vivaient là. Mais au moment venu, un cancer se déclara dans le bon poumon de Ross. Thomas revint immédiatement en Inde. Il resta avec Ross pendant les six derniers mois durant lesquels le cancer se développa dans le cerveau du docteur. Ross mourut paisiblement, veillé par Thomas et le fidèle Muthu, vieux et gris, ainsi que par les nombreux infirmiers et assistants qui avaient travaillé avec lui.

Indiens et Européens vinrent d'aussi loin que Bombay et Calcutta pour lui rendre un dernier hommage. Ross fut enterré dans le même cimetière que ses patients. « Ce sont des héros, tous autant qu'ils sont, ceux qui dorment dans ce cimetière, déclara le révérend Duncan devant la tombe. Mais il n'y a pas de plus grand héros, d'homme plus humble, et de meilleur serviteur de Dieu que George Edwin Ross qui soit enterré ici. »

Thomas entra comme chirurgien consultant dans l'hôpital général de Madras. Mais après l'indépendance, en 1947, les choses changèrent. Les Indiens ne voyaient pas d'un bon œil les Anglais qui voulaient rester, même s'ils étaient nombreux à le faire. Thomas savait qu'il lui fallait partir. Si l'Inde avait été son pays, ce ne l'était plus. Et c'est ainsi, en réponse à une petite annonce que l'infirmière en chef avait mise dans le *Lancet*, qu'il embarqua pour Aden sur le *Calangute*. C'est sur ce bateau que sœur Mary Joseph Praise lui tomba littéralement dans les bras et entra dans sa vie.

Thomas Stone pensait qu'il y avait en lui des germes de dureté, de trahison, d'égoïsme et de violence. Après tout, il était le fils de son père. Il pensait que les seules vertus qu'il avait héritées étaient celles de sa profession, et qu'elles étaient transmises par les livres et l'apprentissage. La seule souffrance qui l'intéressait était celle de la chair. Il avait trouvé le remède à la douleur causée par la perte de sa mère et il l'avait trouvé en lui-même. Ross se méprenait, du moins, c'est ce que Thomas pensait : la perfection de la vie dépendait de la perfection de l'œuvre. Thomas se rappelait les paroles de sir William Osler :

Le maître-mot est le Travail, un petit mot, certes, mais lourd de conséquences importantes si vous savez l'inscrire sur les tablettes de votre cœur, et en ceindre vos fronts.

« Le maître-mot est le Travail. » Stone en avait ceint son front. Il l'avait écrit sur les tablettes de son cœur. Il se réveillait avec lui et combattait le sommeil pour lui. Le travail était son pain, son eau, sa femme, son enfant, sa politique et sa religion. Il pensait que le travail était son salut, jusqu'au jour où il se trouva à Notre-Dame du Perpétuel-Secours dans la chambre d'un enfant qu'il avait abandonné ; ce n'est qu'alors qu'il avoua à son fils à quel point le travail n'avait pas tenu ses promesses.

Chapitre 46

CHAMBRE AVEC VUE

C'est à ce moment qu'il se tut. Dans le silence qui suivit, il me sembla qu'il réfléchissait à ce qu'il allait me dire. Quand il se remit à parler, je crus au début qu'il allait sauté ses années à Missing, éludé l'existence de ma mère, et j'allais l'interrompre de manière grossière, ce que heureusement je ne fis pas, car ce qui suivit la concernait...

Les chênes et les érables derrière la fenêtre de sa chambre deviennent des hommes qui divaguent avec des flammes qui leur sortent de la tête. Il ferme les yeux, mais le cauchemar se poursuit derrière ses paupières. Ses nerfs sont des câbles lancinants sous sa peau qui envoient des décharges électriques dans ses muscles. Il tremble tellement que quand il porte un verre d'eau à ses lèvres, il en a renversé presque tout le contenu avant de pouvoir en boire une gorgée. Il vomit sans cesse et il a l'impression que la paroi de son estomac est aussi lisse et brillante que celle d'une casserole en cuivre. Mais l'envie de courir a disparu. Il a mis un ou peut-être deux océans entre lui et l'endroit qu'il fuit.

Eli Harris et un autre homme, un médecin peut-être, à en voir son détachement, posent une petite bouteille d'élixir parégorique sur sa table de chevet. Au début, Thomas ne la remarque pas, imaginant que cette odeur bizarre de graines d'anis et de camphre est une hallucination. Mais une fois qu'il l'a vue il en boit le contenu comme si c'était la rédemption même. L'odeur d'antiseptique emplit la pièce en même temps qu'elle charge son haleine. C'est le peu d'opium contenu dans l'élixir qui le réconforte, du moins c'est ce qu'il se dit. Ça ne peut pas être la base d'alcool de la teinture. Il en a fini avec l'alcool.

Les deux seules femmes qu'il a aimées sont mortes, et bien que de nombreuses années les séparent, les deux morts se sont superposées dans sa pensée. C'est ce qui lui a fait perdre l'esprit. Il a fui. Il a couru sans savoir vers où ni depuis où. Maintenant il a couru suffisamment loin. Il n'a pas de souvenir de la façon dont il est arrivé dans le New Jersey, sinon qu'il a un bienfaiteur, Eli Harris.

Une semaine passe, mesurée non pas en jours, mais en sueurs froides et en terreurs nocturnes. Il faut deux semaines avant que l'agitation et les tremblements cessent, et que les vilains petits invertébrés commencent à battre en retraite. Ils sont restés sur sa peau et au bord de ses draps pendant si longtemps... détalant à l'autre bout de son champ de vision quand il se tournait pour les regarder. Et voilà qu'ils retournent enfin dans le monde souterrain d'où ils sont venus.

Il y a du pain et du fromage à côté de son lit, posés sur un journal vieux de deux jours. La bouteille d'élixir est vide. On a rempli une carafe d'eau. Quand enfin il sent qu'il peut mettre son fauteuil devant la fenêtre, les feuilles sont passées du orange carotte au rouge brique puis à l'écarlate, en faisant se succéder toutes les nuances qui les séparent, une palette bien au-delà de l'imagination de n'importe quel peintre. Il reste assis là comme une statue, heureux de pouvoir rester dans cette position, de voir les choses pour ce qu'elles sont. Les feuilles tombent en spirale, en une chute unique qui ne se répétera jamais. Ces milliers de voyageuses laissent leur trace invisible dans l'air.

Un matin, il se sent assez solide pour descendre. Un moineau sautille sur le plancher voilé de la véranda, le vernis s'écaillant sous ses pattes. Stone voit le chaton roux qui progresse centimètre par centimètre en direction de la glycine, ses omoplates glissant tels des pistons sous son poil. Il se demande s'il est en train d'halluciner. Les yeux fixes du chaton sont rivés sur leur proie. L'oiseau penche la tête comme une coquette pour considérer l'homme et l'animal.

Juste alors que la tension devient intenable pour Thomas, le chaton bondit, mais le moineau saute sans difficulté sur la balustrade. Thomas sent quelque chose craquer à l'intérieur de lui, le libérant de la torpeur qui raidissait ses mouvements et ralentissait ses pensées. Il a émergé dans un monde où le destin d'un moineau et celui d'un homme peuvent se décider en un clin d'œil de chat, telle est la véritable mesure du temps.

Il connaît le plafond de sa chambre mieux que son corps. Il a étudié le moulage, avec ses cannelures décoratives d'égales profondeur et largeur. Il reconnaît là le travail de l'artisan. Plus tard, un amateur malhabile a subdivisé la maison à l'aide de cloisons en contreplaqué et de portes préfabriquées. Mais la touche du maître reste visible.

Au début, il attribue le curieux phénomène à l'élixir parégorique, mais il se poursuit bien après que la bouteille est vide : tel un projectionniste, il regarde sa vie défiler sur l'écran du plafond ou parfois sur la lumière qui joue sur sa fenêtre. Il ne peut contrôler ni le contenu ni l'ordre des bobines. Mais il est capable d'observer d'un œil froid, de séparer les émotions des événements et de juger l'acteur qui joue son rôle.

Une tempête d'hiver précoce arrive sur Ocean City et atteint l'intérieur des terres dans l'après-midi, faisant tomber d'abord une pluie glaciale qui crépite sur la vitre, puis une neige si lourde qu'elle pèse sur ses cils. Elle recouvre le nord du New Jersey d'une couche de douze à quinze centimètres d'épaisseur en autant d'heures. Elle ferme les routes, les aéroports, les écoles, et tous les commerces, mais il ne sait rien de tout cela quand il rentre dans sa chambre. De la glace se forme sur sa fenêtre, laissant un étroit prisme au travers duquel il a le loisir de considérer un monde immobile et fantomatique. C'est ce soir-là qu'il est témoin d'une scène de sa vie qui lui donne envie d'en finir. Il est assis sur son lit, regardant par l'étroit espace laissé libre sur la fenêtre gelée. Son esprit est immobile et silencieux comme le paysage. La seule chose qui bouge est le flux et le reflux de sa respiration, et même cela semble cesser.

Puis soudain, il ressent une accélération, comme si l'usure des cellules de son cerveau venait de mettre au jour une des lacunes de sa mémoire.

Ce qui émerge de cette soirée d'hiver est un souvenir net, coloré et précis de sœur Mary Joseph Praise.

Il est simplement l'observateur, un homme en train de regarder un oiseau, sans voir le chat tapi dans la glycine. Voici ce qu'il voit, ce qu'il se rappelle :

Addis-Abeba.

L'hôpital de Missing.

Le travail.

Il se voit faisant ses tournées, écrivant, se forçant à dormir, coulant des jours remplis et satisfaisants. Les semaines et les mois passent. Le maître-mot : le travail. Et tout à coup la machinerie se grippe…

(Il préfère appeler cela sa « période de blanc » plutôt que sa « dépression ».)

Cela commence toujours pareil. Il se réveille soudain dans sa chambre, terrorisé, incapable de respirer, comme s'il allait mourir, comme si le souffle suivant allait provoquer l'explosion. Bien qu'il soit éveillé, les tentacules du cauchemar ne le lâchent pas ; cet état se manifeste par une terrifiante distorsion de l'espace. Sa chambre commence à rapetisser. Son stylo, la poignée de la porte, son oreiller – tous ces objets ordinaires qui en temps normal se font oublier – se mettent à grandir. Ils deviennent colossaux et menacent de l'empaler, de l'étouffer. Il n'a aucun contrôle sur son état. Il ne peut le faire cesser ni en s'asseyant ni en bougeant. Il n'est alors ni enfant ni homme, n'a aucune idée de l'endroit où il se trouve, ignore quelle scène il est en train de revivre, mais il est terrifié.

L'alcool n'est pas un antidote. Il ne délivre pas du sortilège, il atténue seulement la terreur. Et il en paie le prix : au lieu de se tenir à cheval entre l'éveil et le cauchemar, il bascule dans celui-ci. Il erre dans un monde d'objets familiers transformés en symboles ; il traverse des scènes de son enfance, il traverse les portes de l'enfer. Il entend un dialogue ininterrompu, sorte de commentaire de match de cricket à la radio. Telle est la toile de fond de ses terreurs nocturnes en Éthiopie. La voix du commentateur est indistincte ; parfois elle ressemble à la sienne. Avec l'alcool, il déjoue ses peurs mais pas sa douleur. Lui qui ne pleure jamais sanglote comme un enfant. Il voit Ghosh – probablement le vrai Ghosh, pas en rêve – debout devant lui, l'air inquiet, ses lèvres remuent mais les paroles sont noyées dans le commentaire.

Puis elle est là. Il n'entend pas ce qu'elle dit mais sa présence est rassurante et finalement elle seule reste pour le veiller. Elle devait dormir quand on l'a appelée, parce qu'elle porte un foulard et une robe de chambre. Elle le tient contre elle quand arrive une nouvelle vague de larmes et elle pleure avec lui. En tâchant de le sauver de son cauchemar, elle s'y laisse prendre. (Chaque fois qu'il se rappelle cela, quelque chose se réveille en lui.) Quand ils travaillent ensemble, ils partagent une intimité autour d'un troisième corps allongé entre eux, inconscient, nu et exposé. Mais il y a une différence énorme entre pleurer dans ses bras et effleurer sa manche ou heurter son front pendant une opération. Séparés qu'ils sont par une table d'opération pendant tant d'heures tous les jours, quand elle le serre contre elle, l'absence de la table, du masque ou des gants, est saisissante. Il a l'impression d'être un nouveau-né posé sur le ventre nu de sa mère. Elle lui murmure à l'oreille. Que dit-elle ? Comme il aimerait se rappeler. Cela semble improvisé, ce n'est pas une prière. Elle parvient à émousser la voix du commentateur.

Il se rappelle son chemisier mouillé de ses larmes – non, de *leurs* larmes.

Il se rappelle qu'il s'accroche à elle, pressant son visage contre sa poitrine, puis qu'il dort, se réveille, s'accroche, pleure, se rendort. Elle lui demande encore et encore : « Qu'est-ce qu'il y a ? » Pendant des heures, des jours, qui sait combien de temps, elle reste avec lui tandis qu'il lutte pour la vie, pris par la tempête qui fait rage, qui le malmène, tâchant de l'arracher à son étreinte.

Il se rappelle une accalmie, un silence surprenant. Son chemisier s'est ouvert.

Tel un chirurgien travaillant à dégager un plan tissulaire sous l'incision, il force la blouse à s'ouvrir et, peut-être s'aide-t-il de son nez et de ses joues. Les tétons de la sœur se dressent sur leurs aéroles semblables à des pièces de monnaie et maintenant toute sa poitrine s'échappe de son chemisier pour venir à la rencontre de ses lèvres. Son visage doit refléter le sien car il y voit de la peur mêlée au désir.

Elle se tient au-dessus de lui, nue, ses seins généreux et rassurants, des larmes de soulagement sur leurs visages, leurs baisers se dévorant pour rattraper le temps perdu. Puis il est au-dessus d'elle, et elle le regarde comme s'il était le Sauveur. Quand il la pénètre, il s'ancre dans sa bonté, une bonté et une innocence qu'il a perdues si jeune, loin desquelles il a été entraîné et que dans cet instant, il jure de ne plus jamais abandonner.

Assis sur son lit dans sa petite chambre, avec le monde réduit au silence sous son dais de neige, son cœur galope, une dangereuse tachycardie, sa chemise est trempée de sueur malgré le froid. Une douleur sourde gît sous son sternum. Comme il voudrait pouvoir se rappeler le goût exact de ses lèvres, de ses seins...

Mais il se rappelle ceci (et il espère que cette image n'est pas inventée) : il se rappelle comment il se perd en elle, se couvrant de son corps comme d'un doux manteau. Elle s'étend sur lui comme la nuit sur un pré. En jouissant ensemble ils exorcisent leurs démons, et son cri ponctue ses gémissements étouffés. L'ordre est restauré. Le monde a retrouvé ses proportions. Le sommeil vient comme une bénédiction.

Telle est sa malédiction (et il sanglote en se frappant le crâne) : quand il se réveille de ses accès d'inconscience, il ressent seulement une perturbation dans l'espace, une lacune dans le temps, une gêne et une honte profondes qui empêchent tout souvenir, mais qu'il ne peut soulager qu'en se jetant de nouveau dans le travail. Il a oblitéré ce qui précède.

Comme il est cruel que la mémoire lui revienne dans une tempête de neige si longtemps après sa mort. Comme il est cruel d'avoir cette vision fugitive et fragmentée à travers une fenêtre recouverte de givre pour ensuite se demander si elle est réelle ou si elle est due à l'effet de l'alcool sur son cerveau. Il a enfin reconstitué ce souvenir comme on rassemble les fragments d'une relique brisée. Mais il doute encore. Il ne la verra jamais plus clairement qu'ici, au 529 Maple Street. Plus tard, quand il l'évoquera, il se demandera s'il ne le déforme pas, ne l'embellit pas du fait que chacune de ses tentatives pour se le rappeler crée un nouveau souvenir, une nouvelle impression qui vient recouvrir le précédent. Il craint qu'il ne se brise à force de manipulations.

« Tu m'as sauvé la vie, dit-il tout haut à sœur Mary Joseph Praise. Et ma bêtise, mon indécision, ma panique, t'ont fait perdre la tienne. » Bien qu'il soit trop tard pour le faire, il sait qu'il faut que cela soit dit, et bien qu'il ne soit pas croyant, il espère qu'elle écoute. « Je ne peux pas aimer un autre être plus que je ne t'aime. » Ce qu'il ne se résout pas à mentionner, ce sont les enfants, il craint de ne pouvoir faire encore moins pour eux que pour sœur Mary Joseph Praise. Ils existent, deux garçons, des jumeaux, il le sait, il s'en souvient, dans un univers encore plus éloigné que celui dans lequel se trouve leur mère.

Mais il est trop tard pour dire tout cela à sœur Mary Joseph Praise. Même ce magnifique souvenir érotique n'est pas capable de l'exciter ni de l'emplir de joie. Au contraire, quand il évoque la nudité de sa maîtresse, sa propre turgescence, le mélange de leurs corps, il est pris d'une violente jalousie, comme si c'était un autre qui chevauchait la femme qu'il aime, une *illusion des sens*[1]. *C'est moi, mais ce n'est pas moi.* Ses coups de rein, les sombres triangles de ses clavicules, les creux et les fossettes au bas de son dos ne font que prédire la mort et la destruction. Ce sont les augures d'une fin terrible car ce plaisir charnel sera la perte de Mary, bien que, contrairement à lui qui contemple la scène, elle ne le sache pas encore. Son châtiment est bien pire : il est condamné à vivre.

1. En français dans le texte.

Chapitre 47

LETTRES MANQUANTES

Thomas Stone resta dans ma chambre jusqu'à minuit passé. À un moment il se fondit dans l'ombre tandis que sa voix emplissait mon espace comme si c'était la première fois que des paroles étaient prononcées ici. Je ne l'interrompis pas. J'oubliai sa présence. J'habitais son histoire, allumant un cierge dans l'église Sainte-Marie de Fort-George à Madras, souffrant les rigueurs de l'éducation anglaise, voyant la mémoire faire surgir du passé une vision de Mary. Et si des visions peuvent apparaître aux pèlerins à Fatima, Lourdes ou Guadalupe, qui étais-je pour douter qu'une vision profane de ma mère ne lui était pas apparue sur une vitre givrée, tout comme je l'avais vue et sentie dans la pièce à l'autoclave quand j'étais petit ? Sa voix me mena dans un passé qui précédait ma naissance mais qui était encore mien, tout comme la couleur de mes yeux ou la longueur de mon index.

Ce n'est que lorsqu'il se tut que je repris conscience de l'existence de Thomas Stone. Je vis un homme envoûté par son propre récit, un charmeur de serpent dont le serpent est devenu son turban. Le silence qui suivit fut terrible.

Thomas Stone sauva notre programme de formation.

Il le fit en rattachant Notre-Dame du Perpétuel-Secours à La Mecque. Il lui suffit d'apposer sa signature au bas d'une lettre. Mais Notre-Dame du Perpétuel-Secours n'était affiliée à La Mecque que sur le papier. La Mecque envoyait quatre étudiants et deux chefs de clinique assistants passer un mois chez nous. « Un safari pour regarder les indigènes s'entretuer et profiter de l'occasion pour aller voir quelques spectacles à Broadway », selon les termes de B.C. Gandhi. Et chacun de nous avait la possibilité d'aller passer un mois à Boston.

J'entamai ma deuxième année d'internat. La conséquence la plus importante de notre affiliation à La Mecque fut qu'elle permit à Deepak, le « Juif errant de la chirurgie » (ainsi que l'appelait B.C.) d'en finir. Il était maintenant chirurgien en titre et aurait pu s'installer où il voulait, mais il préféra rester à Notre-Dame du Perpétuel-Secours avec le titre de responsable de l'enseignement de la chirurgie. Il fut également nommé professeur assistant à La Mecque. Je ne l'avais jamais vu plus heureux. Thomas Stone tint parole et fit publier l'étude de Deepak sur les blessures de la veine cave dans l'*American Journal of Surgery*. Cet article devint un classique auquel tout le monde se référait lorsqu'il s'agissait des blessures au foie. Bien qu'il touchât un salaire de professeur, il continua d'habiter avec nous. La main-d'œuvre supplémentaire fournie par les stagiaires de La Mecque nous soulagea d'une partie du travail et permit à Deepak de dormir plus. Il en profita aussi pour étudier les effets de différentes interruptions de l'afflux sanguin sur des foies de vaches et de cochons dans un local inoccupé au sous-sol.

Il n'était plus nécessaire de cacher la démence dont souffrait Popsy. Il put errer sans danger en tenue de chirurgien avec un masque pendu au cou. Il ne semblait pas se formaliser d'être empêché d'entrer au bloc ou de quitter l'hôpital. Il lui arrivait d'arrêter les gens pour leur déclarer : « Je me suis contaminé. »

Tard un vendredi soir, quelques mois après la visite de Thomas Stone, j'entendis frapper à ma porte. Mon père était là, hésitant, gêné, incertain de la réception qui lui serait faite.

Sa longue confession avait changé beaucoup de choses. Il avait été plus facile pour moi de lui en vouloir, de saccager son appartement et de violer son espace avant d'avoir entendu son histoire. Aujourd'hui, sa présence m'embarrassait et je ne l'invitai pas à entrer.

« Je ne peux pas rester, mais je me demandais… je voudrais savoir si… vous voudriez bien venir dîner avec moi dans un restaurant éthiopien à Manhattan demain, samedi ?… Voilà l'adresse… aux environs de sept heures ? »

C'était la dernière chose à laquelle je m'attendais de sa part. S'il m'avait invité à aller au Met, ou à dîner au Waldorf-Astoria, j'aurais décliné sans aucune hésitation. Mais quand il prononça les mots « dans un restaurant éthiopien », l'évocation du goût amer de l'*injera* et d'un *wot* bien épicé me fit saliver et m'empêcha de répondre. Je hochai la tête, bien que je n'eusse aucune envie de me retrouver en sa compagnie. Même si nous avions encore des choses à régler.

En sortant du métro à Greenwich Village, je vis Thomas Stone qui attendait devant le Meskerem. Même si cela faisait plus de vingt ans qu'il vivait en Amérique, il détonnait ici, dans cette rue. Il ne semblait pas s'intéresser au menu affiché à l'entrée et il ne remarqua pas les étudiants qui sortaient d'un bâtiment de l'université de New York, portant des instruments de musique rangés dans leurs housses, et dont la coiffure, les vêtements et les multiples piercings qui ornaient leurs oreilles tranchaient sur l'apparence des autres passants. Mon apparition le soulagea visiblement.

La salle du Meskerem, avec ses rideaux rouges et ses murs qui évoquaient l'intérieur d'une *chikka*, était petite. L'arôme des grains de café grillés au charbon de bois et l'odeur poivrée du *berbere* me transportèrent à des lieues de Manhattan. Nous nous assîmes à une table en rotin sur des tabourets à trois pieds en bois brut. Le long miroir derrière Thomas Stone me permettait de voir à la fois l'arrière de son crâne et les gens qui entraient et sortaient du restaurant. Les affiches punaisées au mur – les châteaux de Gondar, une femme du Tigré au sourire éclatant, un gros plan d'un prêtre éthiopien tout ridé et une vue arienne de Churchill Road – proclamaient toutes en lettres majuscules : TREIZE MOIS DE SOLEIL. Tous les restaurants éthiopiens que je visitais par la suite en Amérique s'en remettaient aux mêmes calendriers des Ethiopian Airlines pour leur décoration.

La serveuse, une petite Amhara aux yeux vifs, nous apporta les menus. Elle s'appelait Anna. Elle faillit laisser tomber son crayon quand je lui déclarai en amharique que j'avais apporté mon couteau et que j'avais si faim que si elle me confiait où on gardait la vache j'allais aussitôt aller me couper mon bifteck moi-même. Quand elle nous apporta la nourriture sur un plateau circulaire mon père parut surpris, comme s'il avait oublié que nous mangerions avec nos doigts dans un plat commun. À son grand désarroi, Anna (qui venait du quartier de Kebena, non loin de Missing) me donna la *gursha*, c'est-à-dire qu'elle arracha un bout d'*injera* qu'elle trempa dans le curry et me le mit dans la bouche. Stone se leva en hâte et demanda où étaient les toilettes pour ne pas avoir à subir le même traitement.

« Que saint Gabriel soit béni, fit Anna en le regardant s'éloigner. J'ai fait peur à votre ami avec nos coutumes.

— Il devrait savoir. Il a vécu à Addis pendant sept ans.

— Non ! Vraiment ?

— Ne lui ne veuillez pas.

— Ce n'est rien, dit-elle en souriant. Je connais ce genre de *ferengi*. Ils ont passé des années là-bas mais ils nous regardent comme si nous n'étions pas là. Mais ne vous en faites pas, vous êtes sympathique pour deux et vous êtes plus joli garçon que lui... »

J'aurais pu prendre sa défense, dire que c'était mon père. Je souris. Je suis sûr que je rougis. Je ne dis rien.

Il mangea du bout des lèvres. Évidemment, vint le moment où, parmi les chansons qui passaient en boucle, on entendit *Tizita*. Je le regardai pour voir si cela signifiait quelque chose pour lui. Il ne réagit pas.

On remarque un indigène au fait qu'il ne se salit pas les doigts en mangeant. On utilise l'*injera* comme des pincettes pour prendre la nourriture. Les ongles de Stone étaient tout rouges.

La voix de Tilahoun, l'atmosphère de cocon et l'encens firent remonter les souvenirs comme des bulles à la surface de l'eau. J'évoquai les matins de Missing où la brume avait la consistance d'un troisième élément entre la terre et le ciel avant de disparaître avec la montée du soleil. Me revinrent à la mémoire les chansons de Rosina, les psalmodies de Gebrew et le mamelon magique d'Almaz. Je vis Hema et Ghosh, plus jeunes, partant au travail et nous faisant signe à la fenêtre de la cuisine. Je vis ces jours heureux, brillants comme une pièce neuve, scintillants sous le soleil.

« Vous avez l'intention de faire vos quatre années d'internat à Notre-Dame ? » me demanda soudain Thomas Stone, me tirant de ma rêverie. « Si vous voulez venir à Boston… » Belle perspicacité. Juste comme j'étais prêt à parler du passé, il s'enquérait de mon avenir.

« Je ne veux pas quitter Notre-Dame. C'est l'équivalent de Missing. Je ne voulais pas quitter Missing ni Addis, mais j'y ai été obligé. Maintenant je ne veux pas quitter Notre-Dame. »

Un autre m'aurait demandé pourquoi j'avais été obligé de quitter Missing. C'était ma faute – s'il avait posé la question, je n'aurais peut-être pas répondu. Et peut-être le savait-il.

En débarrassant, Anna demanda en anglais à Thomas Stone s'il avait aimé la cuisine.

« C'était bon », dit-il, lui jetant à peine un coup d'œil. Il rougit sous nos regards. « Merci », ajouta-t-il, comme s'il espérait ainsi se débarrasser de sa présence. Elle sortit deux lingettes qu'elle posa sur la table.

Je lui dis : « Sincèrement, c'était bon, mais le *wot* aurait pu être plus épicé.

— Sûrement, répondit-elle en amharique, légèrement surprise par ma critique, mais les gens comme lui ne pourraient pas en manger. Et en plus nous utilisons du beurre local, aussi, même si nous l'épicions plus, il n'aurait pas le même goût que chez nous. Il n'y a que des gens comme vous qui font la différence.

— Vous voulez dire qu'il n'y a nulle part où on puisse trouver de la vraie cuisine *habesha* ? Avec tous ces Éthiopiens à New York ? »

Elle secoua la tête. « Pas ici. Mais si vous allez à Boston, allez à La Reine de Saba, à Roxbury. C'est un endroit célèbre. C'est comme notre ambassade. Au premier, il y a une épicerie, et en bas, c'est le restaurant. Eux ils ont du vrai beurre éthiopien que leur apportent les gens des Ethiopian Airlines. Tous les taxis éthiopiens vont manger là-bas. Vous n'y verrez que des Éthiopiens. »

Thomas Stone nous avait observé d'un air indifférent. Après le départ d'Anna, il mit la main à sa poche. Pour prendre son portefeuille, pensai-je. Mais il en tira le signet que j'avais laissé dans sa chambre, celui sur lequel sœur Mary Joseph Praise lui avait écrit.

Je séchai soigneusement mes mains avant de le prendre. Je réalisai qu'il m'avait manqué. Pour moi, il n'aurait pas dû se trouver sur une table en osier mais dans un coffre. Ç'avait été mon talisman pendant ma fuite dont Stone ne savait rien. Je lus les dernières lignes : *Vous trouverez aussi une lettre que je vous ai écrite. Lisez-la tout de suite je vous prie. SMJP.* Je levai les yeux.

Thomas Stone s'agita sur son siège. Il déglutit en se penchant sur la table.

« Marion. Ce signet... était dans le livre, je suppose ?

— Oui. J'ai le livre. »

Il se raidit, ses mains prises sous ses cuisses comme s'il était parcouru d'un courant électrique. « Est-ce que vous pourriez... Est-ce que je peux vous demander. Est-ce que vous avez... Est-ce qu'il y avait une lettre ? »

Il semblait désemparé, assis si bas, comme s'il se trouvait sur une chaise d'école maternelle, les genoux sous le menton.

« Je pensais que c'était vous qui l'aviez, dis-je.

— Non ! s'écria-t-il avec une telle spontanéité qu'il attira l'attention d'Anna.

— Je suis désolé, dis-je, bien que je ne fusse pas sûr de quoi. Je pensais que vous aviez pris la lettre avec vous en partant. Que vous aviez laissé le livre avec le signet. »

Ses traits, pleins d'espoir l'instant précédent, s'affaissèrent.

« Je n'ai presque rien pris, dit-il. J'ai quitté Missing avec les vêtements que j'avais sur le dos et une ou deux choses du bureau. Je ne suis jamais revenu.

— Je sais », dis-je.

Il eut un mouvement de recul en entendant ces mots. Pas étonnant qu'il ait été si peu enclin à m'interroger sur mon passé. Il n'y a pas de lame qui perce mieux le cœur que les mots bien choisis d'un fils méprisant. Mais était-ce ainsi qu'il me voyait ? Comme un fils ? « Mais vous avez pris le doigt, poursuivis-je.

— Oui... c'est tout ce que j'ai pris. Il était dans sa chambre. J'y suis retourné. » Il leva les yeux.

« Je suis désolé. J'aurais bien voulu avoir la lettre.

— Et le signet ? Comment l'avez-vous eu ? »

Je soupirai. Anna nous apporta le café. Le temps d'avaler le contenu d'une petite tasse dépourvue d'anse allait être un peu court pour lui raconter ma vie. « J'ai dû quitter l'Éthiopie en hâte. Les autorités me cherchaient....c'est une longue histoire. Ils pensaient que j'étais mêlé au détournement d'un avion des Éthiopian Airlines. Ils me prenaient pour un sympathisant de la cause de l'Érythrée. Ridicule, non ? Vous vous rappelez Rosina, notre bonne ? Un des pirates était sa fille, Genet. Rosina est morte, à propos. Elle s'est pendue. »

C'était plus qu'il n'en pouvait digérer.

« Rosina et Genet... repris-je. Bref, j'avais une heure pour quitter la ville. J'ai dit adieu à Hema, l'infirmière en chef, à Gebrew, à Almaz et à

Shiva, mon frère… » Je me tus. J'avais fait mouche. « Shiva, votre autre fils… ? »

Stone avala. Tout cela était au-dessus de ses forces. Et cependant il fallait qu'il sache.

« Mon… fils, lâcha-t-il d'une voix hésitante.

— Votre fils. Vous voulez voir à qui il ressemble ? » Il hocha la tête, s'attendant à ce que je sorte une photo de mon portefeuille. « Regardez le miroir derrière vous. »

Il hésita comme s'il pensait que je lui faisais une blague. Mais il finit par se retourner et nos yeux se rencontrèrent à la surface du miroir, dans une proximité à laquelle je ne m'attendais pas. « Shiva et moi sommes le reflet l'un de l'autre.

— Comment est-il ? » demanda-t-il sans se retourner.

Je soupirai. Je secouai la tête. Je baissai les yeux. Il se retourna vers moi.

— Shiva… est très différent. Un génie, je dirais. Mais pas de la manière habituelle. Il ne supportait pas l'école. Il n'a jamais passé un examen. Pas parce qu'il ne savait pas, mais parce qu'il n'a jamais compris la nécessité de se plier aux conventions. Mais il sait plus de médecine, certainement plus de gynécologie, que moi. Il travaille avec Hema. Il opère les fistules. C'est un chirurgien brillant. C'est Hema qui lui a tout appris. Il n'est pas allé à la faculté. » Rien de tout cela n'aurait été difficile à savoir pour Stone s'il avait été intéressé. Et voilà qu'il l'était.

« J'étais très proche de Shiva quand nous étions petits. »

Stone ne cilla pas. Je ne pouvais pas lui apprendre les détails de ce qui était arrivé par la suite. Je n'en avais jamais parlé à personne. Seuls Genet et Shiva connaissaient la vérité.

« Elle et Shiva m'ont fait quelque chose que je ne peux pas leur pardonner…

— Quelque chose qui a à voir avec le détournement ?

— Non, non. C'est arrivé bien avant. Quoi qu'il en soit je lui en ai beaucoup voulu et je lui en veux toujours. Mais c'est mon frère, mon jumeau, et quand j'ai eu une heure pour partir, quand le moment est venu de dire adieu à Shiva, eh bien, ça a été très douloureux pour nous deux. » Soudain je me sentis lutter pour garder mon sang-froid. Il était terriblement important pour moi de ne pas pleurer devant Thomas Stone. Je me pinçai l'intérieur de la cuisse. « Quand je lui ai dit adieu, il m'a donné deux livres. L'un d'eux était l'*Anatomie* de Gray. C'était son bien le plus précieux. Il ne le lâchait jamais.

Et le second était votre livre, avec le signet à l'intérieur. Je ne savais pas comment il l'avait eu, ni depuis combien de temps il le détenait. Je ne savais même pas que vous aviez écrit un livre. Il n'avait pratiquement pas été ouvert. Je ne pense pas que Shiva l'ait lu, certainement pas comme il dévorait son Gray. Il a probablement lu le signet. Mais il faut connaître Shiva… Ni signet ni la lettre dont il était question ne l'auraient intéressé.

Shiva vit dans l'instant. Je ne sais pas comment il a eu le livre ni pourquoi il a voulu me le donner. »

Stone conserva le silence, les yeux fixés sur la table vide, comme si elle représentait tout ce qu'il ne savait pas sur son passé, notre passé. Son regard était si douloureux qu'il me perça. « Je peux le lui demander », avançai-je. J'avais autant envie de savoir que Thomas Stone. « Je vais le lui demander », conclus-je.

Thomas Stone était ailleurs. Quand il leva les yeux, je compris la profondeur de sa douleur. Je la vis dans l'assombrissement de son iris, bien que cette délicate structure ne fût pas censée changer de couleur. Je vis que l'aura quasi mythique de ce chirurgien de renom – avec sa résolution, son dévouement, son habileté légendaires – n'était que de surface. Ce personnage était quelque chose qu'il avait fabriqué pour se protéger. Mais ce qu'il avait créé l'enfermait telle une prison. Chaque fois qu'il quittait le domaine professionnel pour le domaine personnel, il savait à quoi s'attendre : la douleur.

D'une voix vieillie et fatiguée il dit : « Je croyais que c'était vous qui l'aviez, et vous que c'était moi…

— Que croyez-vous qu'il y a dans cette lettre ?

— J'aimerais savoir, dit-il. Je donnerais mon bras droit…

Cela faisait quelques mois que je connaissais Thomas Stone. La colère que je m'étais senti obligé de ressentir s'était calmée. L'histoire de son enfance, la mort de sa mère… tout cela aurait suffi à lui donner l'absolution, mais je ne pensais pas que j'étais prêt à le faire. Je n'avais pas pardonné Shiva, alors pourquoi pardonner Thomas Stone ? Même si je l'avais fait, il y avait en moi quelque chose de pervers qui refusait de le lui faire savoir. Toutefois j'avais réglé mes comptes avec lui.

« Il faut que je vous dise quelque chose », fis-je. Je n'aurais jamais pensé que j'aurais honte devant cet homme. « Quelque chose que Ghosh m'a chargé de vous dire. » À l'époque, le vœu de Ghosh m'avait semblé irrationnel. Mais à voir ce visage dur aux traits taillés à la serpe, je compris enfin pourquoi Ghosh avait voulu que je contacte Stone. Ghosh connaissait Thomas, mais il avait surestimé ma maturité.

« Ghosh m'a fait promettre de réaliser sa dernière volonté. Mais je ne l'ai pas fait. Je l'ai ignorée. J'espère que vous et lui me pardonnerez. Il m'a déclaré que sa vie serait incomplète tant que je ne l'aurais pas fait… Il voulait que je vous retrouve. Pour vous faire savoir qu'il vous considérait comme son frère. »

Ce fut difficile à la fois parce que je me rappelais la respiration pénible de Ghosh, chacun de ses mots, et parce que je voyais maintenant l'effet que ces mots avaient sur Thomas Stone. À part sa mère, et le docteur Ross, qui lui avait exprimé son amour ? Sœur Mary Joseph Praise peut-être, mais le lui avait-elle jamais dit, et dans ce cas, avait-il entendu ?

« Ghosh était déçu que vous ne l'ayez jamais contacté. Mais il voulait que vous sachiez que quelles que soient les raisons de ce long silence, il ne vous en voulait pas. » Pour Ghosh, c'était la honte qui avait empêché Thomas de revenir sur son passé. Et il avait raison, parce que c'était la honte qui colorait son visage en ce moment.

« Je suis désolé », dit-il. Je ne sais pas s'il s'adressait à moi ou à Ghosh, ou à l'univers. Ce n'était pas suffisant, mais il était temps.

S'il y avait d'autres personnes à ce moment dans le restaurant, je n'en avais pas conscience. S'il y avait de la musique, je ne l'entendais plus.

J'étudiai mon père comme j'aurais étudié un spécimen : je vis le sourire qui cherchait en vain à trouver une prise sur son visage, puis l'expression égarée et traquée qui lui succéda. Je remerciai la providence de nous avoir épargné d'être élevés par un tel homme. Dieu merci, il ne nous avait pas emmené avec lui. Malgré tout ce que j'avais souffert, je n'aurais jamais échangé mon passé à Missing pour une vie à Boston avec lui. J'aurais dû le remercier d'avoir quitté l'Éthiopie. L'amour qu'il avait ressenti pour sœur Mary Joseph Praise était arrivé trop tard. Elle était le mystère, le grand regret qu'il emporterait dans sa tombe – et il ne regretterait rien plus que d'ignorer ce que contenait cette lettre.

« Je vais écrire à Shiva pour la lettre », dis-je

Je suppose que je comprenais pourquoi Thomas Stone ne laissait pas les gens s'approcher de lui. Après la trahison de Genet, je n'avais jamais plus voulu ressentir des sentiments aussi forts pour une autre femme. À moins d'avoir une garantie écrite. J'avais fait la connaissance d'une étudiante de La Mecque, une sainte comparée à mon premier amour. Elle était bonne, généreuse, belle, et paraissait se transcender, comme si son existence passait après son intérêt pour le monde et ce qui s'y trouvait, moi inclus. Sans doute ma réaction aussi tardive que muette avait-elle dû l'éloigner de moi, et compromettre toute chance d'un avenir avec elle. Me sentais-je triste ? Oui. Et stupide ? Oui. Mais je me sentais aussi soulagé. En la perdant, je la protégeais d'elle et de moi. J'avais cela en commun avec l'homme assis en face de moi. Je pensai à une montre qui s'était arrêtée, et qui marquait l'heure juste deux fois par jour. Il paya. Nous nous levâmes. Nous restâmes un moment à la porte du restaurant, les mains dans nos poches. J'attendis.

« Ne dites pas d'un homme qu'il est heureux avant qu'il ait rendu son dernier souffle », déclara-t-il alors. Avant que je puisse décider si c'était un sourire ou une expression de tristesse qui se peignait sur son visage, il me fit un signe de tête et s'éloigna.

Chapitre 48

CINQ DOIGTS

Juste après minuit, le premier dimanche de chaque mois, je téléphonais à Hema. À Addis, c'était lundi et il était sept heures du matin. Le tarif était moins cher à cette heure, mais comme Almaz, Gebrew et parfois l'infirmière en chef parlaient avant Hema, l'appel pouvait tout de même se faire long et coûteux. Depuis qu'Hema avait accouché la femme de Mengistu – pardon, du camarade Mengistu –, nous n'avions pas à nous inquiéter d'être écoutés par la police secrète, d'autant qu'ils étaient occupés par des ennemis bien plus réels. Mengistu Hailé Mariam, Soutien de Marie, Secrétaire général du Conseil des paysans et ouvriers, président du Conseil militaire de l'Éthiopie socialiste, président à vie des Forces armées des peuples démocratiques d'Éthiopie, commandant en chef du Bureau de la lutte armée contre l'agression impérialiste au Tigré et en Érythrée, avait adopté un marxisme de style albanais. Les riches, la classe moyenne et même les pauvres avaient vu leurs maisons et leurs terres confisquées. Mais les services qui lui étaient rendus, et plus encore ceux rendus à sa femme, n'étaient pas oubliés. Les médicaments et les fournitures destinés à Missing n'étaient pas retenus en douane et il n'y avait pas de pattes à graisser.

En composant le numéro d'Hema ce dimanche je me représentai ma famille les yeux rivés sur la pendule, une tasse de café à la main, attendant l'appel venant d'un continent qu'aucun d'eux n'avait jamais vu. Almaz décrocha, avec Gebrew à côté d'elle, tous deux soudain timides et gênés. Leur conversation consistait en *Endemenneh ? Dehna-ne-woy ?* « Comment vas-tu. Tu vas bien alors ? » répétés, jusqu'à ce que mes parrain et marraine fussent assurés que leur *lij*, leur enfant, se portait comme il faut. Ils m'assuraient qu'ils priaient et jeûnaient pour moi. « Priez pour que nous nous voyions bientôt et que Dieu prenne soin de vous et de votre santé », répondais-je. Contrairement à eux, l'infirmière en chef était aussi bavarde que spontanée, comme si nous venions de nous rencontrer dans le couloir devant son bureau.

J'avais annoncé à Hema que j'avais vu Thomas Stone. Elle ne fit pas de commentaire mais elle avait probablement souri en apprenant que je m'étais introduit par effraction dans son appartement. Je ne lui avais rien caché. Pour elle, Thomas Stone ne constituait plus la menace qu'elle voyait en lui à l'époque où nous étions mineurs. Quand je lui avais dit que j'avais posé le signet sur son bureau en guise de carte de visite, son silence m'apprit qu'elle ignorait que Shiva possédait un exemplaire du *Petit manuel de chirurgie tropicale*. J'en conclus, et la chose me fut par la suite confirmée par l'infirmière en chef, qu'Hema avait fait tout son possible pour faire disparaître tous les exemplaires. Elle n'avait pas voulu que Shiva et moi le voyions, et encore moins sa photo.

« J'ai dîné avec Thomas Stone, Ma, dis-je quand elle prit l'écouteur. J'ai mangé de l'*injera* pour la première fois depuis plus d'un an. » Je compris à son silence qu'elle était fâchée d'apprendre que Ghosh m'avait chargé d'un message pour Stone. Quand je lui en révélai la teneur je l'entendis qui se mouchait bruyamment. Le message en disait plus sur Ghosh et son altruisme que sur Thomas Stone. Quand je lui demandai si elle avait eu connaissance du signet ou d'une lettre l'accompagnant elle me répondit que non.

« Peut-être que Shiva sait, dis-je. Tu me le passes ? »

Je l'entendis qui l'appelait, comme je l'avais si souvent entendu faire depuis notre plus tendre enfance. À la réponse de Shiva, je compris qu'il se trouvait dans notre chambre d'enfants. En attendant, j'entendis Hema qui demandait à l'infirmière en chef si elle savait quelque chose à propos d'un signet. Son « Non ! » sonore m'apprit que tel n'était pas le cas.

Shiva n'avait jamais aimé parler au téléphone. Il allait bien, les opérations de la fistule se passaient très bien, et non, il ignorait tout d'une lettre.

« Tu te rappelles le signet, Shiva, et la référence à une lettre ? demandai-je.

— Oui.

— Mais tu dis qu'il n'y avait pas de lettre dans le livre ?

— Pas de lettre.

— Comment tu as eu le livre, Shiva ?

— C'est Ghosh qui me l'a donné.

— Quand ?

— Quand il était mourant. Il m'a parlé de beaucoup de choses, dont le livre. Il m'a dit qu'il l'avait pris dans la chambre de Thomas Stone le jour de notre naissance. Il l'avait gardé. Il voulait que je l'aie.

— C'était la première fois que tu voyais le livre ou une photo de Thomas Stone ?

— Oui.

— Est-ce que Ghosh t'a parlé d'une lettre de sœur Mary – notre mère – à Stone ?

— Non.

— Il t'a dit pourquoi il voulait que tu aies le livre ?

— Non.

— Quand tu as découvert le signet, tu lui as demandé s'il savait quelque chose à propos de la lettre ?

— Non. »

Je soupirai. J'aurais pu m'en tenir là mais je songeai qu'il valait peut-être mieux poursuivre. Aussi lui demandai-je : « Pourquoi ?

— S'il avait voulu que j'aie la lettre, il me l'aurait donnée.

— Pourquoi tu m'as donné le livre, Shiva ?

— Je voulais que tu l'aies. »

Il n'y avait pas d'agacement dans la voix de Shiva. Son ton n'avait pas changé. Je me demandai s'il avait décelé l'irritation qui était dans la mienne. Quoi qu'il en fût, Shiva avait raison : soit il n'y avait pas de lettre, soit Ghosh l'avait détruite.

J'allais lui dire au revoir. Je ne pouvais pas m'attendre à ce que mon frère me demande comment j'allais. Mais il me surprit en disant : « Comment sont vos salles d'opération ? » Il voulait avoir des précisions sur leur disposition, savoir où se trouvaient l'autoclave et les vestiaires, et s'il y avait un lavabo à l'extérieur de chaque chambre, ou si nous nous préparions tous dans la même salle. Je lui fournis les détails demandés. Puis il me surprit de nouveau. « Quand est-ce que tu rentres, Marion ?

— Eh bien, Shiva… J'ai encore quatre ans d'internat. »

Était-ce sa façon de s'excuser de tout ce qui s'était passé ? De me dire que je lui manquais ? Attendais-je cela de lui ? Je n'en étais pas sûr, c'est pourquoi j'ajoutai : « Je ne sais pas si je peux venir, mais si oui, j'aimerais bien venir dans un an… Pourquoi tu ne viens pas me voir ?

— Je pourrais voir vos salles d'opérations ?

— Bien sûr. Ici on les appelle des blocs. Mais je peux t'arranger une visite.

— OK. Je vais venir. »

Hema reprit l'appareil. Elle était d'humeur causante, elle n'avait pas envie de me lâcher. À écouter sa voix aux intonations mélodieuses, je me retrouvai à l'heure de Missing, comme si, assis sous le portrait de Nehru, je voyais en face de moi la photo de Ghosh qui symbolisait l'endroit où il avait passé tant d'heures à écouter le Grunding.

Lorsque je raccrochai, je fus saisi par le désespoir : j'étais de retour dans le Bronx et mes murs étaient nus excepté l'*Extase de sainte Thérèse*. Mon biper, silencieux jusqu'alors, se mit à sonner. J'y répondis, reprenant le collier. De fait, j'étais satisfait de mon esclavage, du travail ininterrompu, des problèmes qui me maintenaient dans le présent, de l'immersion dans le sang, le pus, et les larmes ; fluides où se dissolvaient toutes les traces du moi. En me tuant à la tâche, je me sentais intégré, je me sentais *américain*, et j'avais rarement le temps de penser à la maison. Et puis je téléphonerai de nouveau à Missing dans quatre semaines. Ces appels étaient-ils aussi pénibles pour Hema que pour moi ? Je n'aurais pu le dire.

Dans sa lettre suivante, Hema m'apprenait qu'elle avait demandé à Bachelli, Almaz et même W.W. Gonad s'ils savaient si Ghosh ou la sœur avaient laissé une lettre, mais en vain. Pour obtenir son visa, Shiva devait apporter la preuve qu'il n'avait pas de dettes en Éthiopie et surtout si je n'avais pas, moi, des dettes dont il serait responsable. Elle allait lui rappeler de s'en occuper. C'était une façon de me laisser entendre que Shiva n'avait plus envie de venir.

J'écrivis à Thomas Stone pour lui dire que la lettre de sœur Mary Joseph Praise demeurait un mystère. Il ne m'envoya pas de lettre de remerciement.

Les quatre années suivantes, je vis Thomas Stone quand il venait présider des réunions ou faire des visites avec les internes. Il était impressionnant, ainsi que je m'en doutais, magistral, sérieux et maître de son sujet. Il possédait le genre de perspective que ne confèrent que l'étude minutieuse de la littérature chirurgicale et une longue pratique. Je préférais de beaucoup le fréquenter ainsi plutôt que de dîner avec lui. Peut-être en était-il de même pour lui, car il ne me contacta jamais de nouveau.

J'allai à Boston pour trois stages d'un mois chacun en chirurgie esthétique, urologie et greffe. Le travail était si prenant que j'en oubliais l'appréhension que j'avais de me trouver dans sa proximité. Je travaillai avec lui pendant mon dernier stage, qui fut plus chargé que j'aurais pu l'imaginer. Il me proposa une fois d'aller dîner, mais je déclinai son invitation car mon travail dans le service de soins intensifs aux transplantés ne me libérait pas avant neuf heures, même quand je n'étais pas de garde. Je crois qu'il en fut soulagé.

En 1986, j'avais terminé ma dernière et cinquième année d'internat, et je restai en tant qu'assistant de Deepak tout en me préparant à passer mon examen de fin d'études. J'avais fini par admirer le long et difficile système américain de formation des chirurgiens – plus facile à accepter une fois qu'on en avait quasiment fini. Je me sentais techniquement compétent pour pratiquer les principales interventions de chirurgie générale, et je connaissais mes limites. Il n'y avait pas grand-chose que je n'avais pas vu à Notre-Dame. Plus important, j'accordais une place prépondérante au fait de s'occuper des patients avant et après l'opération, dans les unités de soins intensifs.

C'est aussi en 1986 que mon frère devint célèbre. C'est Deepak qui me montra le grand article dans le *New York Times.* Quel choc ce fut de voir la photo de Shiva, d'y voir mon reflet, mais avec les cheveux plus courts, presque ras, et sans le gris qui avait envahi complètement mes pattes et mes tempes. L'image suscita aussitôt en moi l'amertume et le souvenir de la douleur que m'avait causée sa trahison. Et également de l'envie. Shiva avait pris la première et unique fille que j'avais aimée et l'avait gâtée à ma place. Maintenant il faisait les gros titres dans mon domaine, dans mon journal. Alors que j'avais suivi toutes les règles en faisant de mon mieux tandis qu'il les avait toutes ignorées. Un Dieu équitable aurait-il permis pareille chose ? Je dois avouer qu'il me fallut du temps pour lire l'article.

D'après le *Times*, Shiva était l'expert mondial et le premier défenseur des femmes atteintes de fistule vaginale. C'était lui le génie derrière la campagne de prévention de l'OMS qui « dépassait de beaucoup les approches occidentales de ces problèmes ». Le *Times* reproduisait l'affiche en couleurs « LES CINQ ERREURS QUI PROVOQUENT LA FISTULE » qui montrait une main aux cinq doigts écartés tenant dans la paume une femme visiblement abattue – le modèle était-il la stagiaire en chef ?

L'affiche avait été distribuée dans toute l'Afrique et l'Asie et imprimée en quarante langues. On apprit aux sages-femmes des villages à compter les « cinq erreurs » sur les doigts de la main. La première était de se marier trop jeune. La seconde, de ne pas se soumettre à des soins prénataux. La troisième, d'attendre trop longtemps – alors que la tête du bébé est coincée à mi-chemin dans le vagin où elle produit les dégâts habituels – pour reconnaître la nécessité de pratiquer une césarienne. La quatrième, le trop petit nombre de dispensaires où la pratiquer. Et, lorsque la mère survivait (ce qui n'était jamais le cas du bébé), la dernière était due au mari et à la belle famille qui chassaient la femme à cause de l'odeur qu'elle dégageait. Le suicide était la conclusion habituelle de telles histoires.

« Les femmes souffrant de la fistule finissent par trouver le chemin de Shiva Praise Stone, poursuivait l'article. Elles font le trajet en bus, aussi loin qu'elles peuvent avant de se faire éjecter par les autres passagers. Elles finissent le voyage à pied, à dos d'âne. Elles arrivent souvent avec un papier à la main sur lequel est écrit simplement en amharique : "*MISSING*" ou "*HÔPITAL DE LA FISTULE*" ou "*OPÉRATION DE LA TAILLE*". »

Shiva Stone n'était pas médecin, « mais un profane habile, initié dans ce domaine par sa mère gynécologue ».

Je demandai à Hema de féliciter Shiva de ma part. « Ma, ajoutai-je, ils auraient dû parler plus de toi. Sans toi, Shiva ne ferait pas ce qu'il fait.

— Non, Marion. Tout le mérite lui revient. Je n'ai jamais aimé faire des opérations de la fistule. Il faut quelqu'un d'aussi obstiné que Shiva. Cela exige une attention constante avant, pendant et après l'opération.

Tu devrais voir les heures et les heures qu'il passe à réfléchir à chaque cas, à anticiper chaque problème. Il est capable de voir la fistule en trois dimensions. » Shiva avait fabriqué de nouveaux instruments dans son atelier et avait inventé de nouvelles techniques. L'article parlait des difficultés qu'avait l'infirmière en chef à trouver des fonds, ce qui avait déclenché une cascade de dons. Elle projetait de construire un bâtiment consacré aux femmes qui souffraient de la fistule. « Cela fait des années que Shiva a fait dessiner les plans. Il sera en V avec les ailes qui convergeront sur la salle d'opération n° 3. » Laquelle devait être entièrement refaite, avec deux blocs et un espace commun avec les lavabos au milieu.

Tard cette nuit-là, je relis l'article du *Times* avec une sensation de vide dans le ventre. L'admiration éhontée de la journaliste était évidente et on sentait qu'elle avait abandonné sa réserve et la neutralité habituelle de son ton, du fait qu'elle avait été touchée par l'homme encore plus que par le sujet. Elle terminait en citant mon frère : « Ce que je fais est simple. Je bouche les trous », déclara Shiva Praise Stone.

Oui, mais tu en fais aussi, Shiva.

Moi aussi j'eus mon succès, même s'il fut plus discret : je réussis mon écrit. Quelques mois plus tard, je passai l'oral à l'hôtel Copley Plaza, à Boston. Après une heure et demie éreintante, mes deux examinateurs me libérèrent. Je savais que je m'en étais bien tiré.

C'était une journée magnifique. Le monolithe de pierre grise de l'Église de la Science chrétienne se dressait avec sérénité sur le ciel bleu au bout d'un long plan d'eau réfléchissant. Pendant cinq ans, j'étais demeuré nuit et jour à l'hôpital, sans voir le ciel, sans sentir le soleil sur mon visage. J'éprouvai le besoin de me jeter tout habillé à l'eau, ou de laisser échapper un cri de victoire. Je me contentai d'un cornet de glace que je dégustai assis au bord de l'eau.

Mon intention était d'aller reprendre la navette pour New York. Mais voyant que mon chauffeur était si évidemment éthiopien, et après l'avoir salué dans notre langue, j'eus une autre idée. Oui, bien sûr, il connaissait La Reine de Saba à Roxbury et ce serait un honneur pour lui de m'y emmener.

« Je m'appelle Mesfin, dit-il en m'adressant un grand sourire dans le rétroviseur. Qui êtes-vous, qu'est-ce que vous faites ?

— Je m'appelle Stone », dis-je en bouclant ma ceinture, bien que je ne fusse pas inquiet : rien de mauvais ne pouvait m'arriver ce jour-là. « Je suis chirurgien. »

Chapitre 49

Le coup de la reine

Il y avait une décharge au coin de la rue, entourée de hauts murs et de barbelés, qui rappelait beaucoup la prison de Kerchele. Derrière la grille, on voyait un gros chien qui dormait attaché à une chaîne. Puis venait une série de terrains vagues où les cendres et la suie délimitaient le contour de ce qui y avait été. Mesfin semblait se diriger vers l'unique maison, au bout de la rue, ayant survécu au fléau qui avait anéanti les autres. Son allée commençait au milieu de la chaussée, comme si la machine avait été à court d'asphalte, laissant la propriétaire prendre alors les choses en main. La maison à deux niveaux était recouverte de bardeaux jaunes. Les marches, les rampes, les colonnes, les portes, les planchers et même les gouttières étaient peints du même jaune canari. Une pile d'enjoliveurs (non peints) soutenait un coin affaissé de la véranda. Il y avait quatre taxis garés devant la maison, tous jaunes.

L'odeur de miel fermenté provoqua une réaction pavlovienne dans mes papilles. Un Somali à l'air renfermé nous accueillit à la porte et nous fit descendre les six marches menant à la salle à manger. Nous y trouvâmes une demi-douzaine d'hommes assis sur des bancs devant des tables de pique-nique, avec de la place pour une douzaine de plus. Le plancher était jonché d'herbe fraîchement coupée, tout comme dans une maison ou un restaurant à Addis.

Nous nous lavâmes les mains et prîmes place. Aussitôt une femme bien en chair arriva. Elle s'inclina, nous souhaita la bonne santé et posa devant nous une carafe d'eau et deux petites thermos d'un *tej* doré. Mesfin m'apprit qu'elle s'appelait Tayitu. Derrière elle, une femme plus jeune apporta un plateau d'*injera* sur lequel se trouvaient à profusion agneau, lentilles et poulet.

« Vous voyez ? me dit Mesfin en regardant sa montre. Je peux manger ici plus rapidement que je fais le plein. Et en plus, c'est moins cher. » Je me jetai sur la nourriture comme si je n'avais pas mangé depuis des semaines. La serveuse qui m'avait parlé de La Reine de Saba avait raison. Ce n'était pas du chiqué.

Je vis par une fenêtre de côté ouvrant sur une cour en pente une Corvette blanche qui se garait. De jolis pieds couleur café au lait, chaussés de talons hauts et aux ongles vernis d'une couleur que B.C. avait baptisé « rouge baise-moi » émergèrent. Un chevreau arriva de nulle part et se mit à gambader autour de ces pieds élégants.

Bientôt une ravissante Éthiopienne descendit l'escalier avec précaution afin de ne pas abîmer ses talons. Elle dit par-dessus son épaule au Somali : « Pourquoi est-ce que cet imbécile lâche le chevreau à cette heure ? Un de ces jours je vais l'écraser. » Ses cheveux d'un brun doré arboraient des mèches rouges et étaient coupés dans un style désinvolte et asymétrique qui laissait voir son cou. Elle portait un blazer marron à rayures tennis sur un chemisier blanc et une jupe de la même couleur.

La Reine, car c'était elle, sans l'ombre d'un doute, nous salua d'un signe de tête tout en poursuivant son chemin en direction d'un bureau qui jouxtait la cuisine. Elle s'arrêta brutalement. Elle se retourna comme si elle avait été frappée d'une vision pour me fixer. Est-ce que je paraissais à ce point déplacé avec mon costume et ma cravate défaite ? Dans l'enceinte de Notre-Dame du Perpétuel-Secours toutes les tribus d'Abraham étaient représentées et je ne me sentais pas plus étranger que mes patients ou le personnel. À la façon dont j'attirais son attention et celle des autres personnes présentes, je me sentis de nouveau comme un *ferengi*.

« Dieu et Son fils soient loués », dit la Reine, les mains sur les joues. Elle repoussa ses lunettes de soleil sur son front, révélant des yeux écarquillés par la surprise. Je regardai derrière moi. Parlait-elle à quelqu'un d'autre ? Ses traits passèrent de l'ébahissement à la joie, laissant voir des dents parfaites d'un blanc éclatant. « Mon enfant, tu ne me reconnais pas ? » dit-elle en s'approchant, précédée par le parfum de son essence de roses.

Je me levai, toujours confus.

« Je prie pour toi tous les jours, dit-elle en amharique. Ne me dis pas que j'ai changé à ce point ? »

Je la dépassais d'une tête. Je demeurai muet. La première fois que nous nous étions rencontrés, c'était une mère et moi un petit garçon.

« Tsige ? » finis-je par articuler.

Elle s'avança pour m'embrasser avant de me tenir à bout de bras pour mieux m'examiner puis m'attira de nouveau à elle pour m'embrasser encore et encore. « Mon Dieu, Sainte Vierge et tous les saints, comment vas-tu ? C'est toi ? *Endemennenh ? Dehna ne woy* ? “Comment vas-tu ? C'est vraiment toi ?” Dieu soit loué, tu es là… »

Après ces six années passées en Amérique, ce n'est qu'à ce moment, dans cette maison jaune, dans ses bras, de l'herbe sous les pieds, que je me sentis enfin à l'aise dans ce pays : je baissais la garde, les muscles de mon ventre et de mon cou acceptaient de se relâcher. J'étais en présence de quelqu'un de mon passé, de ma rue, quelqu'un pour qui j'avais toujours ressenti affection et attachement. J'embrassai ses joues aussi vigoureusement qu'elle les miennes. Qui cesserait le premier ? Pas moi.

Tayitu passa le nez à la porte de la cuisine. Les deux autres femmes se penchèrent par-dessus la rampe de l'escalier. Les clients s'arrêtèrent de manger pour nous regarder. C'étaient des personnes déplacées tout comme nous, et ils ne comprenaient que trop bien ce genre d'effusions.

« Qu'est-ce que tu fais ici ? demanda Tsigre. Ne me dis pas que tu es venu me voir ?

— Je suis venu manger. Je ne savais pas ! Ça fait six ans que je vis à New York. Je suis ici juste pour la journée. Je suis médecin maintenant. Chirurgien.

— Chirurgien ! » Elle recula, le souffle coupé, portant les mains à son cœur. Puis elle baisa mes poignets l'un après l'autre. « Un chirurgien. Comme c'est bien, mon petit ! » Elle se tourna vers notre public et elle poursuivit d'un ton de chantre, toujours en amharique : « Écoutez, tas d'incroyants, quand c'était un petit garçon et que mon bébé était en train de mourir, qui m'a amené au bon endroit dans l'hôpital ? Lui. Et qui est resté avec moi pendant que mon bébé luttait pour la vie ? Lui encore. C'était le seul qui était à mes côtés quand mon petit bébé est mort. Il n'y avait personne d'autre avec moi, si seulement vous saviez... » Les larmes coulaient sur son visage et en une seconde l'humeur du restaurant passa de la joie causée par la réunion à une tristesse profonde, comme si ces deux émotions devaient toujours être invariablement liées. J'entendis les hommes qui émettaient des gloussements et des *tsk* de sympathie ; Tayitu se mouchait et tamponnait son bon œil, tandis que les deux autres femmes pleuraient sans retenue. Tsige, tête baissée, muette, demeura un instant terrassée par la douleur. Elle finit par redresser les épaules, sourit bravement et déclara : « Je n'ai jamais oublié sa bonté. Même aujourd'hui, avant de m'endormir, après avoir prié pour l'âme de mon bébé, je prie pour ce garçon. J'habitais en face de chez lui. Je l'ai vu grandir, devenir un homme, aller à la faculté. Aujourd'hui il est chirurgien. Tayitu, redonne leur argent à tous les clients. Aujourd'hui est un jour de fête. Notre frère est revenu. Dites-moi, hommes de peu de foi, il y en a-t-il un parmi vous qui ait besoin d'une autre preuve de l'existence de Dieu ? » Ses yeux étincelaient comme des diamants ; elle tendit les paumes vers le plafond.

J'allai donner à chaque personne présente une poignée de main solennelle.

Nous étions assis sur le canapé d'un salon au premier. Elle avait enlevé ses talons hauts et glissé les pieds sous elle. Sans lâcher ma main, elle touchait souvent ma joue pour signifier combien elle était heureuse de me voir.

J'avais l'intention de retourner à New York cet après-midi, mais Tsige voulut absolument renvoyer Mesfin. « Tu prendras un autre vol, dit-elle.

— Tu es sûre que je peux trouver un taxi ici ? » demandai-je, feignant le sérieux.

Après un instant elle rejeta la tête en arrière et partit d'un grand éclat de rire. « Tu vois que tu as changé ! Tu étais si timide. »

Par la fenêtre je vis six ou sept chevreaux dans un grand enclos au-delà duquel il y avait un poulailler. Un garçon à l'air rêveur avec une longue tête étroite, assis, caressait un chevreau. « C'est mon cousin, m'apprit Tsige. On voit les marques de forceps sur son crâne. Il a des problèmes. Mais il adore s'occuper des animaux. Tu devrais venir ici quand on fête le Meskel le jour de Meskerem. On tue les chèvres et les poulets dehors. En plus des taxis tu verras des voitures de police. Ils viennent des commissariats de Roxbury et du Sud pour manger. »

Tsige avait quitté Addis quelques mois après moi. Elle avait un client, un caporal, qui voulait l'épouser. « Ce n'était personne. Mais pendant la révolution même les simples soldats avaient du pouvoir. » Après avoir rejeté sa demande, elle s'était retrouvée accusée d'activités impérialistes et avait été jetée en prison. « J'ai réussi à acheter ma liberté après deux semaines. Pendant que j'étais à Kerchele on m'a confisqué ma maison. Le caporal est venu me rendre visite en prétendant qu'il n'avait rien à voir avec l'arrestation. Et que si je l'épousais nous récupérerions tout. Le pays était dirigé par des chiens comme lui. J'avais de l'argent caché. Je suis partie sans regarder derrière moi.

« À Khartoum, j'ai attendu un mois pour obtenir l'asile politique à l'ambassade américaine. Je travaillais chez les Hankins, des Anglais. Ils étaient très gentils. J'ai appris l'anglais en m'occupant des enfants. C'est la seule bonne chose que j'ai prise de Khartoum. Le climat de Boston ne me gêne pas parce que chaque jour de froid me rappelle comme c'est bon de ne plus être à là-bas.

« J'ai travaillé dur ici, Marion. J'ai été caissière dans un Quick-Mart. Il m'est souvent arrivé de faire huit heures de suite. Et en plus je travaillais dans un parking cinq nuits par semaine. J'ai économisé comme une folle. Je suis devenue la première Éthiopienne à conduire un taxi à Boston. J'ai appris la ville. J'ai trouvé du travail pour des Éthiopiens. Magasinier, gardien de parking, taxi, ou vendeuse dans une boutique d'hôtel. J'ai prêté de l'argent à intérêt à des Éthiopiens. Tayitu travaillait pour moi au bar à Addis, alors, quand elle est venue, j'ai loué cette maison. Elle a fait la cuisine. Et puis j'ai acheté la maison. Maintenant, mon Dieu, il y a beaucoup à faire : moudre le *tef*, faire l'*injera*, nettoyer les poulets, faire le *wot*, balayer… Il faut trois ou quatre personnes. Les Éthiopiens arrivent à ma porte comme des agneaux nouveau-nés, avec toute leur fortune dans un baluchon et leurs radiographies à la main. J'essaie de les aider. »

« Tu es vraiment la reine de Saba. »

Elle eut un sourire malicieux. Elle passa à l'anglais, que je l'entendais parler pour la première fois. « Marion, tu sais ce que j'étais obligée de faire pour nourrir mon bébé à Addis. Après, au Soudan, je me suis retrouvée encore plus bas que ça : je n'étais pas mieux qu'une *bariya* », dit-elle, employant le mot d'argot qui signifie « esclave ». « En Amérique on dit qu'on peut devenir ce que l'on veut. Je l'ai cru. J'ai travaillé dur. Donc quand on dit que je suis la reine de Saba, je pense que, oui, effectivement, je suis passée de *bariya* à reine. »

Je racontai à Tsige que je l'avais vue descendre de sa Fiat 850 le jour où j'avais dû quitter Addis. « Aujourd'hui, qu'est-ce que je vois avant de voir ton visage ? Tes jambes magnifiques qui sortent d'une voiture. La dernière vision de toi à Addis a été aussi tes belles jambes qui sortaient d'une voiture. J'ai voulu te dire au revoir alors, mais je n'ai pas pu. »

Elle rit et, gênée, tira sur sa jupe. « Je sais que tu as disparu juste après Genet, dit-elle. Personne ne mettait en doute le fait que tu aies été lié au détournement d'avion.

— On a vraiment cru que j'étais un guérillero érythréen ? »

Elle haussa les épaules. « Pas moi. Mais quand j'ai vu Genet, elle ne m'a rien dit non plus. »

J'étais surpris. « Comment as-tu pu voir Genet ? Elle est partie le même jour que moi. C'est pour ça que j'ai dû m'enfuir… Tu l'as vue à Khartoum ?

— Non, Marion. Je l'ai vue ici.

— Tu as vu Genet en Amérique ?

— Je l'ai vue ici. Dans cette maison… Oh, mon Dieu ! Tu ne savais pas ? »

Je sentis l'air quitter mes poumons. Un gouffre s'ouvrit sous mes pieds. « Genet ? Elle ne se bat plus avec les Érythréens ?

— Non, non, non. Elle est venue en Amérique en tant que réfugiée, comme nous tous. Quelqu'un l'a amenée ici. Elle tenait son bébé dans ses bras. Elle a d'abord fait semblant de ne pas me reconnaître. J'ai dû lui rafraîchir la mémoire. » Les traits de Tsige se durcirent. « Tu sais, Marion, une fois que nous arrivons ici, nous sommes tous pareils. Qu'on soit érythréen, amhara, oromo, grosse légume, *bariya*, ce que tu étais à Addis ne signifie plus rien rien. En Amérique tu recommences à zéro. Ceux qui s'en tirent le mieux sont ceux qui n'étaient personne là-bas. Mais Genet est venue avec l'idée qu'elle était spéciale, pas comme nous autres…

— Quand était-ce ?

— Il y a deux, trois ans peut-être. Elle m'a dit qu'elle avait perdu contact avec toi. Qu'elle ne savait pas où tu étais allé. On aurait dit qu'elle ignorait que tu t'étais échappé d'Addis.

— Quoi ? Elle mentait ! Ce sont les Érythréens qui m'ont aidé à m'échapper. C'était leur star… leur grande héroïne. Elle devait savoir.

— Peut-être qu'elle ne me faisait pas confiance, Marion. Je ne la connaissais pas comme je te connaissais ; je ne lui ai jamais parlé. Les gens changent, tu sais. Quand tu quittes ton pays, tu es comme une plante qui a été déracinée. Certains deviennent durs, ils n'arrivent plus à refleurir. Je me rappelle qu'elle m'a dit être tombée malade. Elle en avait assez de se battre, aussi, je crois. Elle a accouché. Des femmes qu'elle connaissait à New York lui ont trouvé un travail et lui ont proposé de s'occuper du bébé. Je n'ai pas eu besoin de l'aider.

— Mon Dieu ! » m'exclamai-je en me laissant tomber au fond du canapé. J'étais content de ne pas l'avoir su avant, d'avoir ignoré qu'elle était à New York. « Elle est toujours là ?

— Non. » Tsige hésita, comme si elle n'était pas sûre de pouvoir me dire le reste. « Il y a eu beaucoup de rumeurs. Ce que j'ai entendu, c'est que… c'est qu'elle a rencontré un homme et… qu'ils se sont mariés. Quelque chose s'est passé. Elle a failli le tuer. Je ne sais pas exactement pourquoi ni comment. Tout ce que je sais c'est qu'elle est en prison. Elle a fait adopter son bébé… » Je ne pus cacher ma surprise. « Je suis désolée. Je pensais que tu savais tout cela… Je pourrais me renseigner pour savoir si elle est toujours en prison.

— Non ! » Je secouai la tête. « Tu ne comprends pas. Je ne veux plus jamais la voir », dis-je. *Si je veux la voir c'est pour lui cracher au visage*, songeai-je.

« Mais c'est ta sœur…

— Non ! Ne dis pas ça », fis-je d'un ton coupant.

Nous gardâmes le silence. Si Tsige était surprise par ma réaction, je ne pouvais pas l'en blâmer. Je dus attendre quelques minutes que l'émotion retombe.

« Tsige, dis-je enfin en lui prenant la main. Excuse-moi. Il faut que je t'explique. Vois-tu, Genet n'était pas ma sœur. C'était l'amour de ma vie. »

Tsige parut choquée. « Tu étais amoureux de ta sœur ?

— Ce n'est pas ma sœur !

— Excuse-moi. Bien sûr.

— Qu'est-ce que ça peut faire, Tsige ? Qu'elle soit ou non ma sœur, j'étais amoureux d'elle. Je ne pouvais pas changer mes sentiments pour elle. Nous devions nous marier après nos études de médecine…

— Que s'est-il passé ?

— Mon propre frère m'a trahi. Elle m'a trahi. » C'était terriblement difficile à dire. « Ils ont fait les oreillers », poursuivis-je, utilisant une expression amharique.

Je réalisai que je venais de révéler à Tsige ce que je n'avais jamais dit à personne, pas même à Hema. J'avais failli le dire à Thomas Stone au restaurant, mais je ne l'avais pas fait. Ma confession était une formidable délivrance. Je n'omis rien – mon accusation, la mutilation de Genet, la mort de Rosina, la suspicion d'Hema à mon égard. En six ans passés à Notre-Dame du Perpétuel-Secours, avec tous les amis que je m'étais fait – Deepak, B.C. et d'autres étudiants – je n'avais jamais raconté cela à personne.

Tsige avait la main sur la bouche, me fixant avec surprise et empathie. Après un moment, elle retira sa main et secoua la tête avec tristesse. « Ton frère a voulu coucher avec moi », m'avoua-t-elle. Elle sourit en voyant ma mâchoire tomber. « Eh oui. Vous étiez jeunes alors, quatorze ou quinze ans. Mais pas trop pourtant. Shiva a été très direct : "Combien pour coucher avec toi ?" »

Elle rit au souvenir de l'audace de mon frère en regardant par la fenêtre tandis que son esprit évoquait ce lointain passé.

« Il l'a fait ? » finis-je par dire, avec la gorge si sèche que les mots auraient pu mettre le feu au *tej* que j'avais dans l'estomac. Elle n'avait pas idée de l'importance de sa réponse pour moi.

« Il a fait quoi ?

— Couché avec toi ?

— Oh, que tu es mignon. Non ! » Elle me pinça la joue. « Tu devrais voir ton expression. Non, non ! » Je laissai sortir l'air que je retenais. « Tu ne sais pas que si ç'avait été toi, ç'aurait été différent ? Si tu avais demandé… J'ai toujours une dette envers toi, Marion. Toujours. »

J'étais sûr que je rougissais. Genet avait disparu de mon esprit aussi vite qu'elle venait d'y apparaître. « Tu ne me dois rien, Tsige. Et excuse-moi, mais je n'aurais jamais dû te demander ça. C'est personnel, ce sont tes affaires.

— Marion, tu dois avoir des tas de petites amies. Chirurgien à New York ! Combien d'infirmières partagent ton oreiller, hein ? Où vas-tu ? Pourquoi tu te lèves ? Qu'est-ce qu'il y a ?

— Tsige, il est tard, il vaudrait mieux… »

Elle m'attira avec une telle fermeté que je faillis m'asseoir sur elle. Elle me serra contre elle. L'odeur de son corps et de son parfum était montée à mes narines. Mon regard était rivé à sa poitrine, son menton, ses seins. J'avais pensé à elle de nombreuses nuits dans ma chambre de Notre-Dame du Perpétuel-Secours, sans jamais imaginer que je puisse vraiment la toucher. J'étais chirurgien, mais à ce moment j'étais redevenu un adolescent boutonneux.

« Comme tu rougis ! Ça va ? Oh, par la Sainte Vierge, saint Gabriel et tous les saints… tu es toujours puceau, n'est-ce pas ? »

Je hochai la tête d'un air timide.

« Pourquoi est-ce que tu pleures ? » lui demandai-je.

Elle se contenta de secouer la tête, me regardant tout en s'essuyant les yeux. Enfin, tenant mes joues dans ses mains, elle déclara : « Je pleure parce que c'est trop beau.

— Ce n'est pas beau, Tsige, c'est stupide.

— Non, non… fit-elle.

— Je m'étais gardé pour Genet. Oui, je sais… ridicule ! Mais quand elle et Shiva ont… je me suis jeté dans les études. Le pire est que je continuais à l'aimer. Ce qui n'était pas le cas de Shiva. Moi je l'aimais. Je me suis senti responsable quand elle a failli mourir. Tu peux croire ça ? C'est Shiva qui a couché avec elle et c'est moi qui me suis senti responsable ? Puis, quand elle et ses amis ont volé cet avion, elle m'a trahi de nouveau. Elle ne s'est absolument pas inquiétée de ce qui pourrait m'arriver à moi – ni à Shiva, d'ailleurs. Mais au moins à ce moment, le jour où j'ai quitté l'Éthiopie, j'ai été libéré d'elle. Quand je suis arrivé ici, j'ai essayé de l'oublier. J'espérais qu'elle était morte dans cette stupide guerre – sa foutue guerre. Aujourd'hui j'apprends que non. Peut-être que je devrais partir, Tsige. Aller au Brésil. Ou en Inde. Je ne veux pas être sur le même continent que cette femme.

— Arrête, Marion. Ne dis pas de bêtises. Combien de *tej* as-tu bus ? C'est un grand pays et tu es un grand garçon. Oublie-la ! Regarde où tu es et regarde où elle est. Elle est en prison, bon Dieu ! » Elle me toucha les cheveux avant de m'attirer sur sa poitrine. « Tu es le genre d'homme dont les femmes rêvent. »

J'étais excité. Il n'y avait rien que je puisse lui cacher, même si je l'avais voulu. Ni ma honte, ni mes secrets, ni ma gêne. »

Elle m'embrassa sur les lèvres, d'abord un bref effleurement d'exploration, puis un long baiser appuyé. Je sentais l'adrénaline qui montait en moi, les réserves de testostérone inutilisée qui annonçaient qu'elles étaient prêtes. *Alors c'est maintenant que ça va arriver*, pensai-je. *Le jour où je deviens chirurgien. Comme ça tombe bien.* Je tendis les mains vers elle.

Elle soupira et se recula, me repoussant et remettant de l'ordre dans sa coiffure. Elle avait l'air sérieux, comme un médecin qui prononce un diagnostic après un examen détaillé.

« Attends, mon Marion. Tu t'es gardé pendant toutes ces années. Ce n'est pas rien. Je veux que tu t'en ailles. Une fois que tu auras réfléchi, si tu as toujours envie de moi, je serai là. Tu pourras revenir ici ou on pourra aller quelque part, faire un voyage. Ou je pourrai venir à New York et nous prendrons une magnifique chambre d'hôtel. » Elle lit la déception sur mon visage, le rejet. « Ne sois pas triste. Je fais cela par amour pour toi. Quand on possède un bien si précieux, il faut réfléchir avant de le donner. Je te comprendrai si tu ne me le donnes pas. Si tu me choisis, je serai honorée, et je t'honorerai. Maintenant, je vais t'appeler un taxi. Va, tu es adorable. Va avec Dieu. Il n'y en a pas deux comme toi. »

C'est bien ma vie ! pensai-je tandis que le taxi se traînait dans les embouteillages et le tunnel menant à Logan Airport. J'ai extirpé le cancer de mon passé ; j'ai parcouru les hauts plateaux, je suis descendu dans le désert, j'ai traversé les océans et j'ai planté mes pieds dans une nouvelle terre ; j'ai appris, payé mon dû et je viens de devenir maître de mon navire. Mais quand je baisse les yeux pourquoi est-ce que je vois les vieilles pantoufles pleines de taches et de boue que j'avais enterrées au commencement de mon voyage encore à mes pieds ?

Chapitre 50

Couper la virilité

Maintenant que j'avais un salaire de chirurgien spécialiste, j'achetai un duplex au bout d'une rangée d'autres duplex identiques dans le Queens. Le toit au-dessus d'une des lucarnes était arqué comme un sourcil et il jetait un regard de propriétaire sur un terrain vague envahi par les mauvaises herbes et les érables. En été, je mettais mes pots de jasmin dans le petit patio et je faisais pousser des salades dans un minuscule jardin. En hiver, je rentrais mes pots de fleurs tandis que les structures en fil de fer vides me rappelaient les succulentes tomates rouge sang que la terre avait produites. Je repeignis les murs, réparai des bardeaux, j'installai des étagères. Déraciné de l'Afrique, je satisfaisais un instinct de nidification. J'avais trouvé ma version du bonheur en Amérique. Six ans avaient passé, et bien que j'eusse dû aller en Éthiopie, je n'arrivais jamais à me libérer.

Un jour, alors que je sortais de chez un marchand de glaces, je croisai une Noire de grande taille élégamment vêtue, dont le manteau en cuir dansait au-dessus des chevilles. Tandis que je lui tenais la porte, je fus saisi d'une puissante inquiétude. Elle se retourna pour me regarder avec un sourire. Un autre soir, tandis que je traversais Manhattan au volant de ma voiture, au retour d'une conférence dans le New Jersey, une prostituée attira mon regard alors qu'elle sortait de dessous un auvent près de Holland Tunnel. Les phares des voitures et les reflets dans les flaques d'eau l'éclairaient d'une lueur spectrale. Elle me montra ses seins. Ou je le crus. Je ressentis de nouveau cette inquiétude, comme si je humais l'odeur du feu sans pouvoir deviner d'où elle venait. Je fis le tour du pâté de maison, mais elle avait disparu.

Une fois rentré, je me préparai pour le travail du lendemain. J'aurais pu me mettre à mon compte après mes cinq ans d'internat, de même que j'aurais pu aller dans un autre hôpital. Mais je me sentais lié à Notre-

Dame. Et maintenant, les hôpitaux militaires Brooke à San Antonio et Walter Reed à Washington nous envoyaient quelques-uns de leurs internes. En temps de paix, nous leur procurions ce qui était le plus proche d'une zone de combats, un endroit où ils pouvaient exercer leurs capacités. J'étais le chef du service de traumatologie. Nous avions plus d'argent et de personnel. Je n'avais aucune raison d'être malheureux. Mais ce soir-là, assis devant ma cheminée, je me sentais agité, comme si je risquais d'être pris de paralysie si je ne prenais pas certaines mesures.

Ce week-end, je décidai que ma vie avait besoin d'une dimension autre que le travail. Je regardai les pages spectacles et culture du *Times*. Je me forçai à sortir le samedi et de nouveau le dimanche.

Le vendredi suivant, en rentrant du travail, je posai ma serviette et le courrier dans la bibliothèque. Dans la cuisine, j'allumai la bougie, mis la table et réchauffai la dernière portion d'un poulet cuisiné dimanche dernier selon une recette du *Times*.

On frappa à la porte.

Je paniquai.

Avais-je un invité que j'avais oublié ? À part Deepak qui était venu une fois, personne n'était jamais entré ici. Était-ce que Tsige avait décidé de prendre les choses en main, puisque je ne l'avais pas appelée ? J'avais décroché le téléphone une douzaine de fois sans avoir le courage d'aller plus loin. Où était-ce Thomas Stone ? Je ne lui avais pas donné mon adresse, mais il aurait pu facilement l'avoir par Deepak.

Je regardai par l'œilleton.

Dans cette image convexe je vis des yeux, un nez, des pommettes, des lèvres… mon cerveau essaya de jongler avec ces parties pour reconstituer un visage et un nom.

Ce n'était ni Stone, ni Deepak, ni Tsige.

Il ne m'était pas possible de me tromper sur l'identité de cette personne.

Elle se tourna et descendit les deux marches.

J'aurais pu la laisser partir.

J'ouvris la porte. Elle était immobile, le corps face à la rue, le visage tourné vers la porte. Elle était plus grande que dans mon souvenir, ou peut-être était-ce qu'elle était plus mince. Elle me regarda puis baissa les yeux sur un point proche de mon coude gauche. Cela me permit de la considérer à loisir, de décider ou non de lui claquer la porte au nez.

Ses cheveux étaient raides et ternes, sans rubans ni nœuds, à peine peignés. Les pommettes étaient intactes, plus proéminentes que jamais, comme pour mieux soutenir ces yeux en amande qui étaient ce qu'elle avait de plus beau. Bien que ce fût l'été, elle portait un long manteau en laine ceinturé à la taille et elle se serrait les bras comme si elle avait froid.

Elle se tenait immobile, comme un petit animal surpris sur le terrain d'un prédateur, paralysé et incapable de bouger.

Je descendis les marches. Je tendis la main pour lui faire relever la tête. Ses prunelles et ses paupières se refermèrent d'un coup, tout comme les yeux des poupées avec lesquelles elle jouait. Sa peau était froide au toucher. Les scarifications verticales au coin de ses yeux étaient devenues des rides, même si je me rappelais comme si c'était hier le jour où la lame de Rosina leur avait donné naissance et le sang séché qui les recouvrait. Je lui remontai le menton encore plus haut. Son regard évitait toujours le mien. Je voulais qu'elle voie mes cicatrices : la première, infligée par sa trahison avec Shiva, et la seconde, causée par le fait qu'elle était devenue plus érythréenne que tous les Érythréens en participant au détournement d'avion qui m'avait obligé à fuir mon pays. Je voulais qu'elle voie ma rage sous mon calme apparent. Qu'elle sente le sang sourdre dans mes muscles. Qu'elle voie la façon dont mes doigts se recourbaient, démangés par l'envie de saisir sa trachée. C'était une chance qu'elle n'ait pas levé les yeux car si elle avait seulement cillé, j'aurais mordu sa jugulaire, je l'aurais dévorée, os, dents et cheveux, sans rien laisser sur le trottoir.

Je la pris par le coude et la fis entrer. Elle s'avança comme si elle montait à l'échafaud. Tandis que je fermais la porte, elle demeura enracinée au paillasson. Je la menai à la salle à manger que j'avais transformée en bibliothèque et la fis asseoir sur le canapé. Elle se percha sur le bord. Je la regardai, elle ne bougea pas. Puis elle fut prise par une quinte de toux qui dura une quinzaine de secondes. Elle porta un mouchoir en papier froissé à ses lèvres. Je la regardai un long moment et j'allais me mettre à parler quand la toux la prit de nouveau.

J'allai à la cuisine lui faire du thé, attendant que l'eau boue, la tête appuyée contre le réfrigérateur. Pourquoi est-ce que je faisais ça ? Il y a quelques minutes je voulais la tuer et voilà que je lui préparais du thé...

Elle n'avait pas changé de position. Quand elle me prit la tasse des mains, je vis que ses ongles étaient sans vernis et cassés et que sa peau était toute ridée, comme celle des blanchisseuses. Elle baissa une manche, changea la tasse de main, et répéta la manœuvre avec l'autre, afin de cacher ses mains. Les larmes se mirent à couler sur son visage tandis qu'une grimace tirait ses lèvres.

J'avais espéré que mon cœur serait devenu insensible face à de telles manifestations.

« Excuse-moi. Je travaille dans une cuisine, murmura-t-elle.

— Après tout ce que tu m'as fait, tu t'excuses pour l'état de tes mains ? »

Elle se contenta de ciller sans rien dire.

« Comment tu m'as trouvé ?

— C'est Tsige qui m'a envoyée.

— Pourquoi ?

— Je l'ai appelée en sortant de prison. J'avais besoin… d'aide.

— Elle ne t'a pas dit que je ne voulais pas te voir ?

— Si. Mais elle voulait que je te voie avant de m'aider. » Elle me regarda pour la première fois. « Et j'avais envie de te voir.

— Pourquoi ?

— Pour te demander pardon. » Elle détourna le regard après quelques secondes.

« C'est quelque chose que tu as appris en prison ? À éviter les regards ? »

Elle rit, et à cet instant je me demandai si, après tout ce qu'elle avait vu et fait, elle était au-delà de la colère. Elle dit : « J'ai pris un coup de couteau pour avoir regardé quelqu'un. » D'un mouvement du menton elle désigna son côté gauche. « On m'a enlevé la rate.

— Où tu étais en prison ?

— À Albany.

— Et maintenant ?

— Je suis en liberté surveillée. Je dois voir mon contrôleur judiciaire toutes les semaines. »

Elle reposa sa tasse.

« Qu'est-ce que Tsige t'a dit d'autre ? »

— Que tu étais chirurgien. » Elle jeta un regard circulaire à la bibliothèque, aux rayonnages pleins de livres avant d'ajouter : « Et que tu te débrouillais bien.

— Je suis ici uniquement parce que j'ai été obligé de fuir. Obligé de partir en pleine nuit comme un voleur. Tu sais qui m'a fait ça ? Et à Hema ? Pour qui tu étais comme une fille… »

Elle se balança d'avant en arrière. « Continue, dit-elle en redressant le dos. Je l'ai mérité.

— Tu joues toujours les martyres ? On m'a dit que tu avais embarqué avec un pistolet caché dans tes cheveux. Une coiffure afro ! Tu étais l'Angela Davis de la cause érythréenne, c'est ça ? »

Elle secoua la tête. Après un long moment elle dit : « Je ne sais pas ce que j'étais. Je ne sais pas qui j'étais. Celle que j'étais pensait qu'elle devait faire quelque chose de grand. » Elle cracha ce dernier mot. « Quelque chose de spectaculaire. Pour Zemui. Pour moi. Ils m'ont assuré qu'il ne t'arriverait rien à toi et à ta famille. Après le détournement, j'ai réalisé à quel point c'était stupide. Il n'y avait rien là de grand. C'est moi qui étais une grande idiote, c'est tout. »

Elle but son thé et se leva. « Pardonne-moi, si tu peux. Tu méritais mieux.

— Tais-toi et assieds-toi », fis-je. Elle obéit. « Tu crois que ça suffit ? Tu dis pardon et tu t'en vas ? »

Elle secoua la tête.

« Tu as eu un enfant ? demandai-je. Un enfant de la guerre…

— Les contraceptifs qu'on nous donnait n'étaient pas efficaces.

— Pourquoi tu es allée en prison ?

— Je dois tout te dire ? »

Elle se remit à tousser. Une fois la quinte passée, elle frissonna, bien qu'il fît très chaud et que je transpirais.

« Qu'est-ce qui est arrivé à ton bébé ? »

Ses traits s'affaissèrent. Ses lèvres avancèrent. Ses épaules se secouèrent. « On m'a pris mon bébé. On l'a fait adopter. Je maudis l'homme qui est responsable de ça. Qu'il soit maudit. Elle leva les yeux vers moi. « J'étais une bonne mère, Marion...

— Une bonne mère ! m'exclamai-je en éclatant de rire. Si tu étais une bonne mère tu serais peut-être enceinte de mon enfant à l'heure qu'il est. »

Elle sourit à travers ses larmes comme si je plaisantais – comme si elle venait juste de se rappeler mon rêve de nous marier et de peupler Missing de nos enfants. Puis elle se mit à trembler, et au début je pensai qu'elle pleurait ou qu'elle riait, mais j'entendis ses dents claquer. J'avais répété mon texte dans ma tête en quittant Asmara et tout au long du chemin qui m'avait mené au Soudan. Je l'avais répété bien des fois depuis. J'imaginais chacune des excuses qu'elle avancerait si jamais je la rencontrais. Mes reparties étaient prêtes. Mais cet adversaire tremblant et muet n'était pas ce à quoi je m'étais attendu. Je lui pris le pouls. Cent quarante. Sa peau, glacée il y a quelques instants, était brûlante.

« Il... faut... que je parte, dit-elle, se levant en chancelant.

— Non, tu vas rester. »

Il était évident qu'elle n'allait pas bien. Je lui donnai trois aspirines, la menai à la salle de bains et fis couler la douche. Une fois qu'elle fut bouillante, je l'aidai à se déshabiller. Si plus tôt je l'avais vue comme un animal dans la tanière du prédateur, maintenant j'avais l'impression d'être un père en train de déshabiller son enfant. Une fois qu'elle fut sous la douche, je mis ses dessous et son chemisier à laver. Je l'aidai à sortir de la douche. On aurait dit que ses jambes étaient en verre. Je la séchai et la fis asseoir sur le bord du lit. Je lui mis un de mes pyjamas d'hiver et la bordai. Je lui fis manger un peu de poulet et boire encore du thé. Je frictionnai sa gorge, sa poitrine et la plante de ses pieds avec du Vicks, tout comme faisait Hema avec nous. Elle dormait lorsque je lui enfilai des chaussettes en laine.

Que ressentais-je ? C'était une victoire à la Pyrrhus : le thermomètre que je lui mis sous l'aisselle marquait trente-neuf cinq. Pendant qu'elle dormait, je mis ses vêtements mouillés dans le sèche-linge et son jean dans la machine. Je rangeai le poulet. Puis j'allai lire dans la bibliothèque. Peut-être sommeillai-je. Bien plus tard, j'entendis le bruit de la chasse d'eau. Elle était sur le lit, les draps rejetés, elle avait enlevé le pyjama et les chaussettes et elle s'essuyait le front avec un gant, drapée dans une serviette. Sa fièvre était tombée. Elle se poussa pour me faire de la place.

« Tu veux que je m'en aille ? » demanda-t-elle.

Avec cette question, je sentis qu'elle prenait le contrôle de la situation parce qu'il n'y avait qu'une réponse possible : « Tu dors ici.

— Je suis brûlante », dit-elle.

Je me mis en caleçon et T-shirt dans la salle de bains, pris une couverture dans la penderie et me dirigeai vers la bibliothèque.

« Reste avec moi... demanda-t-elle. S'il te plaît. »

Je n'avais pas préparé de réponse à ça.

J'entrai dans le lit. J'allais éteindre la lumière quand elle dit : « Laisse allumé, je t'en prie. »

À peine m'étais-je allongé qu'elle se pressa contre moi. Elle sentait mon déodorant, mon shampooing, et le Vicks. Elle me souleva le bras et se blottit dans le creux de mon épaule, son corps moite contre le mien. Elle me toucha le visage du bout des doigts, comme si elle craignait que je la morde. Je me rappelai cette nuit si lointaine où je l'avais trouvée nue dans l'office.

« Qu'est-ce que c'est que ce bruit ? dit-elle en sursautant.

— C'est le minuteur du sèche-linge. J'ai lavé tes affaires. »

Je l'entendis renifler. Puis sangloter. « Tu méritais mieux, dit-elle en levant les yeux.

— Oui, c'est vrai. »

Je la fixai, me rappelant la petite tache dans l'iris droit, et la bouffée de gris autour, là où avait pénétré une étincelle. Oui, elle était toujours là, plus sombre maintenant, comme un défaut de naissance. Je suivis du doigt le contour de ses lèvres. De son nez. Elle ferma les paupières sous mon toucher. Les larmes coulaient en dessous. Elle eut un sourire de l'époque de l'innocence. Je retirai la main. Elle ouvrit les paupières, les yeux brillants. Elle embrassa mes lèvres avec hésitation.

Non, je n'avais pas oublié. À cet instant c'était plus contre le passage du temps que contre elle que j'étais en colère. Le temps m'avait volé tant de merveilleuses illusions, bien trop tôt. Mais en ce moment j'avais besoin de l'illusion qu'elle était à moi.

Elle m'embrassa de nouveau, et je goûtai le sel de ses larmes. Avait-elle de la peine pour moi ? Je ne l'aurais pas supporté. Soudain j'étais sur elle, arrachant le drap, sa serviette, avec des gestes maladroits mais décidés. De surprise, les muscles de son cou se tendirent comme des câbles. Je lui saisis la tête et l'embrassai.

« Attends, murmura-t-elle. Tu ne devrais pas... ? »

Mais j'étais déjà en elle.

Elle grimaça.

« Je ne devrais pas quoi, Genet ? » dis-je en arquant les reins, mon bassin possédant un savoir intrinsèque des mouvements nécessaires.

« C'est la première fois pour moi… parvins-je à dire. Je ne peux pas savoir ce que je devrais ou ne devrais pas faire… »

Ses pupilles se dilatèrent. Était-elle contente ?

Maintenant elle savait.

Maintenant elle savait qu'il y avait des gens dans ce monde qui tenaient leurs promesses. Ghosh, à qui elle n'avait jamais eu le temps de rendre visite avant sa mort, était de ceux-là. Je voulais qu'elle ait honte, qu'elle soit terrifiée d'apprendre cela. Après, je restai sur elle.

« Ma première fois, Genet… dis-je tout bas. Ne crois pas que c'est parce que je t'attendais. C'est parce que tu as foutu ma vie en l'air. Tu aurais pu compter sur moi. Et qu'as-tu fait ? Tu as tout bousillé. Je voulais te faire une belle vie. Vraiment je ne comprends pas, Genet. Tu avais Hema, tu avais Ghosh. Tu avais Missing. Tu avais moi qui t'aimais plus que tu ne t'aimeras jamais toi-même. »

Elle pleurait sous moi. Après un long moment, elle caressa doucement ma tête, essaya de m'embrasser. Elle dit : « Il faut que j'aille aux toilettes. »

Je l'ignorai. J'étais de nouveau excité. Je me remis à bouger en elle.

« S'il te plaît, Marion… » dit-elle.

Sans sortir d'elle, je roulai sur le dos tout en la tenant de sorte qu'elle se retrouvât sur moi, ses seins me surplombant.

« Tu as envie de pisser ? Vas-y, dis-je, le souffle court. Tu l'as déjà fait. »

Je saisis ses épaules et la tirai à moi avec force. Je sentis sa fièvre, et l'odeur du sang, du sexe et de l'urine. Je jouis de nouveau.

Puis je la lâchai. Je la laissai glisser.

Lorsque je me réveillai tard, le dimanche matin, je la retrouvai de nouveau blottie au creux de mon bras, me regardant. Je la pris de nouveau – je ne pouvais m'imaginer comment j'avais pu me priver si longtemps de ce plaisir.

Quand je me réveillai, il était deux heures de l'après-midi et je l'entendis dans la cuisine. J'allai aux toilettes. C'est en revenant au lit que je vis le sang sur les draps. Je défis le lit et mis les draps dans la machine à laver.

Elle apporta deux tasses de café et les restes du poulet. Elle avait de nouveau de la fièvre. La robe de chambre ne lui tenait pas assez chaud, elle claquait des dents et était prise de quintes de toux sèche. Je lui enlevai sa tasse de café des mains. Sa robe de chambre s'ouvrit. Elle me regarda refaire le lit.

« Excuse-moi, dit-elle. Je saigne à cause des cicatrices… Je saigne toujours quand… j'ai des rapports. C'est le cadeau de Rosina. Pour que je pense toujours à elle quand…

— Ça te fait mal ?

— Au début. Et si ça fait longtemps que je n'en ai pas eu.

« Et cette fièvre, tu es comme ça depuis combien de temps ? Tu as fait des radios ?

— Ça ira, fit-elle. C'est un mauvais rhume. J'espère que je ne te l'ai pas passé. J'ai pris de l'Advil que j'ai trouvé dans la pharmacie.

— Genet, tu devrais…

— Vraiment, ça va, docteur.

— Dis-moi pourquoi tu es allée en prison.

Son sourire disparut. Elle secoua la tête. « Je t'en prie, Marion. »

Je sus alors que c'était une histoire qui ne me ferait pas de bien. Je sus qu'il fallait que je la connaisse. Plus tard, alors que nous étions assis dans la bibliothèque, j'insistai.

C'était un intellectuel, un agitateur, un Érythréen qui comme elle avait quitté la cause. Je ne révélerai pas son nom – c'est assez pénible comme ça. Il suffit de dire qu'il avait gagné le cœur de son bébé (le père de l'enfant était mort au combat). Puis il gagna son cœur – tout cela à New York, après son arrivée. Pour elle, la vie venait de commencer. Ils se marièrent. Et un an plus tard elle attendait son enfant. Elle commença à soupçonner qu'il la trompait. Elle découvrit l'adresse de la femme, l'appartement où ils se retrouvaient. Elle s'y introduisit et se cacha dans la penderie où elle attendit une demi-journée l'arrivée du couple, en fin d'après-midi. Quand son mari et sa maîtresse blanche se retrouvèrent sur le lit à faire l'amour avec de bruyants efforts, elle hésita à révéler sa présence.

« Marion, dit-elle, quand je me suis retrouvée dans ce placard avec les ceintures de cette femme dans des paniers comme des serpents à mes pieds, tout m'est revenu. Tout ce que j'avais subi depuis la mort de Zemui jusqu'à cet instant.

« Je suis venue en Amérique et qu'ai-je fait ? Pour la première fois de ma vie, pour la personne que le méritait le moins, j'avais donné tout mon amour. Je l'aimais – comment tu as dit ? – plus que je ne m'aimais moi-même. J'avais tout abandonné pour ce bon à rien. Je me suis dit que si j'essayais de me venger, je devais être prête à perdre la vie. Il n'y a jamais eu qu'un homme dans ma vie digne de ce sacrifice, et c'était toi, Marion. J'étais trop bête pour m'en rendre compte quand j'étais jeune. Trop bête.

« Il n'en était pas digne, mais je ne pouvais plus reculer. Vois-tu, avec cet amour, ça m'avait repris, ce désir de grandeur. Je croyais qu'il était destiné à la grandeur en tant qu'universitaire, en tant qu'intellectuel, et que ma grandeur consistait à être à ses côtés.

« Pour la première fois je comprenais qui était le prolétariat. C'était moi, ç'avait toujours été moi, et maintenant j'avais besoin d'agir pour le prolétariat. J'avais mon rasoir à lame à la main.

« Je me suis mise à chanter de ma voix la plus douce. Je les voyais, mais eux ne pouvaient pas me voir.

« J'ai ouvert la porte du placard avec une idée : lui couper sa virilité, la lui couper comme une tige de henné. Tu ne peux faire ça que quand tu as aimé si complètement que tu n'as rien gardé et qu'il ne reste plus rien de toi – que tout a été utilisé. Tu comprends ? » Je ne comprenais que trop bien. « Sinon, il aurait fallu que je dise : *Prends-le et garde-le. Bon débarras*. Au lieu de quoi je leur ai sauté dessus.

« Je les ai blessés, mais pas autant que j'aurais voulu. Ils se sont enfuis. J'ai attendu la police. J'avais l'impression d'avoir enlevé des menottes que j'avais toujours eues aux mains. Je venais de trouver la grandeur que j'avais cherchée. J'étais libre à l'instant où ma liberté prenait fin. »

Elle vit mon expression et sourit.

« Genet est morte en prison, Marion. Genet n'est plus. Quand on te prend ton enfant, tu meurs, et si l'enfant qui grandit en toi meurt, tu meurs aussi. Tout ce qui importait a disparu, et je suis donc morte. »

Il y avait une toute petite partie de moi qui avait envie de dire : « Mais tu m'as moi, Genet. » Mais pour une fois, je pensai à moi et je me sauvai.

J'éprouvais pour elle une compassion que je n'avais pas éprouvée auparavant ; c'était un sentiment meilleur que l'amour, parce qu'il me libérait d'elle. *Marion*, me dis-je, *elle a trouvé sa grandeur, enfin, dans la souffrance. Une fois qu'on a la grandeur, que vouloir de plus* ?

Chapitre 51

Le choix du diable

Rétrospectivement, je fais remonter les débuts de ma maladie ce dimanche matin à l'instant cristallin du réveil dans une maison silencieuse où j'étais seul et de laquelle elle était partie. Quarante-trois jours plus tard, le premier frisson de nausée arriva, un tsunami, comme si un Vésuve lointain s'était effondré dans la mer. Puis un brouillard ancien, une brume d'Entoto pleine de formes changeantes et de bruits d'animaux descendit sur moi ; et au quarante-neuvième jour j'avais perdu conscience.

Comme il est remarquable qu'une vie puisse tenir à une si petite chose que la décision d'ouvrir ou non une porte. J'avais fait entrer Genet un vendredi. Elle était ressortie deux jours plus tard sans un au revoir, et plus rien ne serait jamais pareil. Elle avait laissé un médaillon à quatre branches au milieu de la table de la salle à manger, à mon intention, supposai-je. Cette croix de sainte Brigitte qu'elle portait au cou avait appartenu à son père, à qui elle avait été donnée par un soldat canadien nommé Darwin.

L'histoire de son ex-mari ne me lâchait pas, telle une mauvaise grippe. J'avais voulu la connaître. J'avais découvert que Genet était capable d'un amour désintéressé – mais pas pour moi. Cependant, avec elle, j'avais trouvé un équilibre momentané, ou son illusion, comme si nous étions de nouveau des enfants jouant au papa, à la maman et au docteur.

Tous les soirs en quittant le travail, je me dépêchais de rentrer, espérant la trouver m'attendant sur le seuil. Le cœur me manquait quand je voyais le post-it jaune que je lui avais laissé derrière la porte grillagée, lui disant qu'elle trouverait la clé chez mon gentil voisin, Holmes, et qu'elle pourrait faire comme chez elle. Une fois entré, je me sentais obligé de retirer le papier pour vérifier si j'avais bien écrit dessus. Je dois avouer que j'avais même laissé un bout de crayon à côté de la porte au cas où elle aurait eu envie de répondre.

Le vendredi, une semaine après que je lui eus ouvert la porte, la vue de ce carré jaune me hurla IMBÉCILE ! Le crayon déclara même IMBÉCILE DE PREMIÈRE CATÉGORIE. Je déchirai le papier et jetai le bout de crayon dans le caniveau.

Je n'en voulais pas à Genet. Au moins elle était fidèle à elle-même. C'était après moi que j'en avais parce que je continuais à l'aimer, ou du moins, je continuais à aimer le rêve de notre union. Mes sentiments étaient déraisonnables, irrationnels, et je ne pouvais pas les changer. Je souffrais.

Ce soir-là, dans ma bibliothèque, après avoir bu plus de Pinch en quatre heures qu'en un an, je repensai à notre dernier dialogue. Elle était lovée dans le fauteuil dans lequel j'étais assis à présent, vêtue de la robe de chambre que je portais. Je lui avais apporté du thé – une habitude stupide à quoi on reconnaît les imbéciles.

« Marion, avait-elle dit, l'appartement de ton père à Boston, comme tu me l'as décrit… il ressemble beaucoup au tien. » Elle avait parcouru mes rayonnages avec toute ma petite collection éclectique.

« Ne sois pas ridicule, répondis-je. J'ai fait cette bibliothèque moi-même. La moitié des livres n'ont rien à voir avec la chirurgie. La chirurgie n'est pas ma vie. »

Elle n'était pas d'accord. Nous gardâmes le silence. Je vis son regard voltiger au-dessus du tapis entre nous. Il y avait un intrus assis nu sur ces fibres synthétiques, un homme noir et muet avec des coupures de rasoir sur le corps. Sa présence jetait un froid sur notre conversation.

Quand je lui annonçai que j'allais me coucher, elle dit qu'elle arrivait. Elle sourit. Je ne la crus pas. Je songeai que je ne la verrais jamais plus. Mais j'avais tort. Elle me rejoignit. Nous fîmes l'amour, tendrement, lentement. J'avais alors pensé qu'elle allait rester, alors que c'étaient ses adieux qu'elle me faisait.

Deux semaines après son départ, je me sentais mal à l'aise dans ma maison. Ma bibliothèque m'oppressait. Je sortis mon dîner, un paquet enveloppé de papier d'argent marqué de ma main – *vendredi* –, le dernier que j'avais cuisiné, congelé et enveloppé avec d'autres bien des week-ends auparavant. Maintenant, je comprenais que cette manière de mettre en ordre ces plats congelés dans mon freezer était le signe du véritable chaos qui se trouvait dans ma tête.

Dieu merci il y avait mon gentil voisin, Sonny Holmes. Il m'entendit pousser des cris de rage et me cogner la tête contre le frigidaire. Sonny Homes était doté d'une curiosité inhérente, honnête et bien américaine, qui allait avec son âge (il avait dépassé les soixante-dix ans) et qui n'essayait pas de se cacher. Il avait vu entrer ma visiteuse – événement extrêmement rare –, avait entendu le bruit de nos ébats suivi d'un long silence.

« Il faut aller voir une entreprise de sécurité », déclara-t-il, établissant un rapide diagnostic avant même que j'eusse terminé mon récit. Sonny croyait en l'ennéagramme, classification des personnes en types de personnalité inventée par les Jésuites. Il était Un, c'est-à-dire volontaire et nanti d'une grande confiance en soi. Il m'avait fiché comme un Trois ou un Quatre ou était-ce un Deux ? Quoi qu'il en fût, c'était un nombre qui ne s'entendait pas avec les Un.

« Il faut que j'aille quoi ? demandai-je.

— Engager un détective privé.

— Pourquoi, Sonny ? Je ne veux plus jamais la voir.

— Peut-être. Mais il faut que tu saches. Si elle est en prison ou à l'hôpital ? Et si elle essaie désespérément de revenir sans pouvoir le faire ? »

Un motif noble, un Deux n'avait pas besoin de plus pour poursuivre une obsession. Je mordis à l'hameçon.

Les « Enquêtes de la côte Est » se révélèrent être un jeune homme blond et consciencieux nommé Appleby, et fils de l'ex-belle-sœur d'Homes. Appelby découvrit rapidement que Genet n'était pas retournée dans son centre de réadaptation. Elle n'était pas retournée au restaurant où elle faisait la plonge. Elle n'était pas allée voir son contrôleur judiciaire et elle n'avait pas appelé Tsige. Il apprit même qu'on avait découvert en prison qu'elle avait la tuberculose. Elle avait commencé à se soigner mais ne s'était pas présentée au médecin qui devait la suivre après sa libération. Sa toux, la fièvre, c'était sa tuberculose qui revenait. La mauvaise nouvelle était que si elle se matérialisait jamais, je n'étais que troisième sur la liste après le ministère de la Santé et son contrôleur judiciaire. Elle retournerait droit en prison. La source d'Appleby en prison pouvait se procurer son dossier médical et Appleby me dit qu'il avait pris la liberté de donner le feu vert à son informateur. Je ne voulais pas violer sa confidentialité. « Savoir c'est pouvoir, dans ce genre de situation », ajouta Appleby, ce qui emporta mon adhésion. Quiconque citait une citation chère à Ghosh était digne de confiance. « Vous payez pour savoir, ajouta-t-il, et je pense que nous sommes obligés d'en savoir plus.

— Et puis après ? » demandai-je à Appleby. Ma question ne concernait pas le fait d'avoir été exposé à la tuberculose. Ça, je pouvais m'en occuper.

Appleby évita mon regard. Ses joues et le bout de son nez étaient couverts de veinules prêtes à rougir à la moindre provocation. Il souffrait d'*acne rosacea*, à ne pas confondre avec la commune *acne vulgaris*, le fléau de tant d'adolescents. Le nez d'Appleby serait un jour bordeaux et bulbeux et ses joues d'un rouge pareil à celui de la viande. Sa timidité serait accentuée du fait que les gens penseraient que son apparence était due à la boisson. Ainsi je connaissais son avenir tandis que je le payais pour qu'il m'apprenne le mien.

« Eh bien, docteur Stone… dit-il en s'éclaircissant la voix alors que son nez commençait à rougir, indice évident que ce qu'il avait à dire n'était pas agréable. Sans vouloir vous offenser, je vous conseillerais de compter vos petites cuillères, de faire un inventaire de vos biens pour vous assurer qu'il ne manque rien. »

Je lui jetai un long regard. « Mais, Mr. Appleby, la seule chose qui m'importe est précisément ce qui me manque.

— Oui, bien sûr », dit-il.

La compassion qui perçait dans sa voix m'apprit qu'il avait ressenti ce que je ressentais. Nous sommes légion dans ce cas.

Parmi les événements des semaines suivantes, je me revois allant répondre au téléphone en pleine nuit. Le combiné en main, j'étais perdu, ne sachant si j'étais à Notre-Dame ou à Missing. J'étais de garde chez moi. Je n'arrivais pas à comprendre ce que voulait l'interne qui était à l'autre bout de la ligne, ce qui arrive souvent durant les premières secondes d'une conversation téléphonique à pareille heure. Cependant, en l'occurrence, la brume qui occupait mon cerveau refusait de se dissiper. Je débranchai le téléphone. Le lendemain matin, j'avais la tête claire, mais mon corps refusait de se lever. La seule idée de la nourriture me donnait envie de vomir. Je me retournai et me rendormis.

Peut-être ce même jour, peut-être quelques jours plus tard, un homme se tenait au bord de mon lit. Il me prit me pouls, dit mon nom. C'était mon ancien chef de clinique et aujourd'hui mon collègue à Notre-Dame, Deepak Jesudass. Je m'accrochai désespérément à sa main en lui demandant de ne pas me quitter – je devais avoir conscience de la gravité de mon état.

« Je ne pars pas, dit-il, je vais juste tirer les rideaux. »

Je me rappelle lui avoir raconté tout ce que je savais des résultats de l'enquête pendant qu'il m'examinait. Il ne m'interrompit que pour me demander de regarder mes pieds ou de faire « Ah ! ». Il me demanda si j'avais un stéthoscope. Je répondis : « Tu plaisantes ? Je suis chirurgien », et nous nous mîmes à rire, un son étrange qui n'avait jamais résonné entre ces murs. Je poussai un « aïe ! » quand il palpa mon côté droit juste sous les côtes. Je trouvai cela bizarre. Je l'entendis qui murmurait au téléphone. Je ne lâchai pas sa main de tout ce temps.

Trois hommes dont le visage ne m'était pas inconnu arrivèrent avec une civière. Ils m'enveloppèrent dans une couette en flanelle et me transportèrent dans leur ambulance. Je me rappelle avoir voulu dire quelque chose à propos de la beauté, de la grâce inhérente à leurs mouvements, et de la sensation incroyable d'être comme un bébé kangourou dans la poche de sa mère. Je m'excusai d'avoir ignoré leur compétence durant toutes ces années.

Deepak monta dans l'ambulance avec moi puis il resta à côté de mon chariot quand nous entrâmes dans l'hôpital, traversâmes les couloirs et prîmes l'ascenseur – où tous me considéraient d'un air surpris et consterné. Il me fit pénétrer dans le service de soins intensifs de Notre-Dame du Perpétuel-Secours. Sous les violentes lumières fluorescentes mes yeux et ma peau étaient jaunes. Chaque piqûre me faisait saigner abondamment. Les infirmières essayèrent, mais trop tard, de me cacher l'urine à la sinistre couleur thé qui emplissait mon sac. Pour la première fois, j'eus très, très peur.

Mon œdème cérébral me donnait terriblement sommeil. Je gardai suffisamment conscience pour réussir à demander à Deepak de s'approcher. « Quoi qu'il arrive, lui murmurai-je, ne m'emmenez pas autre part. Si je dois mourir et que je ne peux pas mourir à Missing, je veux mourir ici. »

À un moment je vis Thomas Stone venir à mon chevet et poser sur moi, non pas un regard de clinicien mais, celui, pétrifié, que je connaissais si bien, d'un père pour son enfant malade. C'est à peu près à ce moment que je perdis connaissance.

J'appris plus tard que le télégramme envoyé à Hema était ainsi rédigé : VENEZ IMMÉDIATEMENT STOP MARION GRAVEMENT MALADE STOP THOMAS STONE STOP P.S. N'ATTENDEZ PAS – ce qu'elle fit. Hema se fit payer de retour le service qu'elle avait rendu au « camarade président à vie », qui ne comprit que trop bien le besoin qu'elle avait d'aller au chevet de son fils. L'ambassade américaine délivra immédiatement les visas, et à la fin de la journée, Hema et Shiva s'envolèrent pour Francfort via Le Caire. Puis, toujours sur Lufthansa, ils traversèrent l'atlantique. Plus d'une fois Hema sortit le télégramme, scrutant les lettres, espérant y découvrir une anagramme qui lui rendrait espoir. Au-dessus du Groenland, elle dit à Shiva : « Peut-être qu'il signifie que c'est Thomas Stone qui est proche de la mort, pas Marion. »

Shiva répondit avec une certitude absolue : « Non, Ma. C'est Marion. Je le sens. »

À dix heures du soir, heure de New York, une femme aux cheveux grisonnants vêtue d'un sari marron, au beau visage malgré ses cernes noirs, et un grand jeune homme qui était évidemment son fils et mon jumeau identique, firent leur entrée dans l'unité de soins intensifs.

Ils ralentirent le pas à l'approche de mon box vitré, voyageurs fatigués débarqués du Vieux Monde, clignant des yeux dans la lumière aveuglante d'une chambre d'hôpital new-yorkais. Je me trouvais là, le fils qui était allé aux États-Unis pour faire des études supérieures et pratiquer la médecine américaine – la luxueuse, dispendieuse, lucrative et incroyablement efficace médecine américaine… si différente par le style et la substance de ce qu'ils faisaient à Missing. Sauf que maintenant il devait leur apparaître que la médecine américaine s'était retournée contre moi comme le tigre contre son dompteur, si bien que je me retrouvais amarré à un respirateur bleu-gris, relié aux écrans des consoles placées derrière mon lit, comateux et bourré de tubes en plastique, de cathéters et de fils. Il y en avait même un tout raide qui me sortait du cerveau comme un clou.

Ils virent Thomas Stone assis du côté de la fenêtre, la tête maladroitement posée sur le rail de sécurité du lit, les yeux fermés comme s'il dormait. Au cours des soixante-douze heures qui s'étaient écoulées depuis qu'il avait envoyé le télégramme, mon état s'était aggravé. Thomas Stone ouvrit les yeux, soudain conscient de leur présence. Il se leva, débraillé, raide, et comme rétréci par la position qu'il avait dû garder pendant toutes ces heures. Des rides d'anxiété s'étaient creusées autour de ses yeux et son visage était tiré et pâle sous sa tignasse blanche. Il semblait tendu mais soulagé.

La dernière fois que les deux vieux collègues et combattants s'étaient vus, c'était dans une salle d'accouchement, quelques secondes après ma naissance et la mort de notre mère. C'est également la dernière fois que Stone avait vu Shiva : dans la salle d'opération n° 3, tenu serré dans les bras d'Hema.

La table de chevet et le respirateur empêchaient d'approcher directement du lit. Elle fit le tour du côté de Thomas, les yeux fixés sur moi.

« Il est “gravement malade” de quoi, Thomas ? » fit-elle, citant les deux mots du télégramme qui l'avaient le plus frustrée. Son ton était professionnel, comme si elle demandait des nouvelles d'un patient à un collègue, ce qui lui permettait de paraître calme alors qu'elle tremblait à l'intérieur.

« C'est un coma hépatique », répondit Thomas de la même manière, heureux qu'elle ait choisi le langage de la maladie, recours qui permettait à leur fils d'être réduit à un diagnostic. « Il a une hépatite fulminante. Le taux d'ammoniac est très élevé et le foie fonctionne à peine.

— C'est dû à quoi ?

— Une hépatite virale. L'hépatite B. »

Stone abaissa le rail et tous deux se tinrent au-dessus de moi. Hema alla chercher derrière son dos l'extrémité du pan de son sari qui passait par-dessus l'épaule et le porta à sa bouche.

« Il semble anémié, pas seulement ictérique, parvint-elle enfin à dire, s'en tenant à l'idiome de la médecine pour décrire ma pâleur et mon teint jaune. Quel est son taux d'hémoglobine ?

— Neuf, après quatre unités de sang. Il saigne de l'intestin. Il manque de plaquettes et il n'a plus de facteurs de coagulation. La bilirubine est à douze et sa créatinine est à quatre alors qu'elle était à trois hier… »

« Qu'est-ce que c'est que ça, s'il vous plaît ? » demanda Shiva en désignant mon crâne. Il se tenait de l'autre côté du lit, face à Thomas Stone.

« Un appareil de mesure de la pression intracrânienne. On l'introduit dans le canal épendymaire. Il souffre d'un œdème cérébral. On lui donne du mannitol et on règle le ventilateur pour empêcher la pression d'augmenter. »

Shiva parut septique. « Ça traverse le crâne et le cerveau avant de pénétrer dans le canal juste pour mesurer ? Ça ne traite rien ? »

Thomas Stone hocha la tête.

« Comment ça a commencé ? » demanda Hema.

Tandis que Thomas Stone narrait la suite des événements, Shiva poussa la table de chevet pour se glisser entre le respirateur et le lit. Il abaissa le rail. Avec les mouvements lents et efficaces d'un contorsionniste, il se glissa sous les tubes et les fils. Deepak entra à temps pour voir Shiva allongé à côté de moi, la tête contre la mienne. Sa présence semblait à la fois précaire et complètement naturelle. Deepak ne put que considérer la scène, notant toutefois que ma pression intracrânienne, qui n'avait fait que monter depuis trois jours, était en train de baisser.

À peine Deepak s'était-il présenté que Vinu Mehta, le gastro-entérologue, apparut à la porte, essoufflé d'avoir monté les escaliers. Vinu avait été interne en même temps que moi à Notre-Dame. Après s'être spécialisé en gastro-entérologie, il s'était établi à Westchester mais, même s'il gagnait beaucoup plus là-bas, il avait préféré revenir à Notre-Dame.

« Vinu Mehta, madame le docteur », dit-il en joignant les paumes pour un *namaste* avant de prendre la main d'Hema dans les siennes. « Et ce doit être Shiva, dit-il, nullement décontenancé de le voir dans mon lit. Je sais cela uniquement parce que je suis certain que l'autre est Marion. » Il se retourna vers Hema. « Quel choc cela doit être, madame. Pour tout le monde ici, aussi. Notre univers est sens dessus dessous ! Marion est l'un des nôtres. » Ce passage soudain à la langue des sentiments fit trembler les lèvres d'Hema.

Un regard à Vinu suffisait à s'assurer que les histoires qu'on racontait selon lesquelles il allait faire les courses des patients qu'il renvoyait chez eux étaient probablement vraies. Je l'avais vu prolonger le séjour d'une malade pour la protéger d'un mari violent. Il était le meilleur ami de tous et me faisait régulièrement des gâteaux et des petits-fours. Je lui envoyais toujours une carte le jour de la fête des mères, ce qui lui faisait le plus grand plaisir.

« On m'a appelé à la minute où Marion est arrivé, docteur, poursuivit Vinu. L'hépatologie, le foie, c'est mon terrain. Il y a énormément d'hépatites B par ici. Beaucoup de porteurs, des drogués, et des gens qui l'attrapent de leur mère à la naissance – c'est très fréquent chez les immigrants d'Extrême-Orient. Madame, nous voyons des cirrhoses asymptomatiques à n'en plus finir et même des cancers du foie provoqués par ce virus. Mais l'hépatite fulminante sévère ? Je n'en ai vu que deux exemples dans toute ma carrière.

— Vinu, dites-moi la vérité, fit Hema, s'adressant du ton sévère d'une mère indienne à ce jeune médecin qui n'était que trop prêt à jouer les neveux. Mon fils boit-il ? »

C'était une question pertinente après tout. Cela faisait plus de sept ans que je ne l'avais pas vue. Elle savait que c'était dans mes gênes. Que connaissait-elle vraiment de celui que j'étais devenu ?

« Madame, catégoriquement, non ! s'exclama Vinu. Non, non. Vous avez là une perle de fils. »

L'expression sévère d'Hema s'adoucit.

« Bien que, madame, poursuivit-il, au cours des dernières semaines… ne le prenez pas mal… d'après son voisin, Marion avait des problèmes et buvait. »

Deepak avait trouvé chez moi une ordonnance pour de l'isoniazide, un médicament utilisé dans la prévention de la tuberculose. Ce médicament était également connu pour causer de sévères inflammations du foie. C'est pourquoi généralement on vérifiait le taux d'enzymes dans le foie deux semaines après le début du traitement.

« Mon hypothèse, madame, est que Marion-*bhaiya* a pris de l'isoniazide sans consulter personne. L'ordonnance est vieille d'un mois. Il ne s'est probablement pas fait faire d'examen sanguin, comme il aurait dû le faire. Pauvre garçon, c'est un chirurgien, après tout. Qu'est-ce qu'il sait de ces questions délicates ? Si seulement il m'avait consulté ! J'aurais été honoré de m'occuper de lui. Après tout, Marion-*bhaiya* m'a opéré de ma hernie avec beaucoup d'amour.

« Quoi qu'il en soit, madame, je suis allé moi-même à Manhattan, à Mount Sinai, pour ramener le meilleur spécialiste du foie, qui a été mon professeur. Je lui ai dit : "Monsieur, la question n'est pas une maladie du foie, la question c'est que c'est mon frère." Il est d'accord sur le fait que l'alcool et l'isoniazide peuvent avoir joué un rôle, mais il ne fait pas de doute que nous avons affaire avant tout et surtout à une hépatite B. »

« Quel est le pronostic ? demanda Hema. Quelqu'un peut-il me le dire ? » C'était la première chose que voulait connaître une mère. « Il va se rétablir ? »

Vinu regarda Deepak et Thomas Stone, mais aucun des deux ne voulut prendre la parole. Après tout, c'était la spécialité de Vinu.

« Dites-moi juste s'il va vivre, lâcha Hema.

— C'est indubitablement très grave », répondit Vinu, et le fait qu'il retenait ses larmes fut plus éloquent que tout.

« Allons ! fit Hema, se tournant vers Thomas Stone puis Deepak. C'est une hépatite. Je connais l'hépatite. Nous voyons les ravages qu'elle fait en Afrique. Mais… ici, en Amérique ! Dans ce pays riche, dans ce luxueux hôpital (elle désigna des deux mains les machines), vous pouvez sûrement faire mieux que vous tordre les mains et dire que c'est très grave. »

Ils devaient avoir tiqué en entendant le mot « luxueux ». Comparé aux services de soins intensifs des hôpitaux richement dotés comme celui de Stone à Boston, le nôtre était réduit à sa plus simple expression.

« Nous avons tout essayé, madame, dit calmement Deepak. Échange de plasma. Tout ce qu'on peut faire au monde pour cette maladie, nous sommes en train de le faire ici. »

Hema parut septique.

« Sans compter la prière, madame, ajouta Vinu. Cela fait deux jours maintenant que les sœurs se relaient pour prier sans cesse. Sincèrement, nous avons besoin de ce genre de miracle. »

Shiva n'avait pas perdu un mot de la conversation.

Les yeux baissés sur ma forme inconsciente, Hema me caressa la main en secouant la tête.

Vinu les convainquit de gagner la chambre qu'on avait préparée pour eux dans le bâtiment du personnel où les attendait un dîner léger de chapattis accompagnés de dal. Hema était trop fatiguée pour protester.

Le lendemain matin, elle apparut vêtue d'un sari orange, semblant à la fois reposée et avoir vieilli de plusieurs années pendant la nuit.

Thomas Stone était exactement là où elle l'avait laissé. Il regarda derrière elle quand elle apparut à la porte, comme s'il s'attendait à voir Shiva, mais celui-ci n'était pas là.

Elle s'approcha de mon lit, impatiente de me voir dans la lumière du jour. La nuit précédente elle avait trouvé tout cela trop irréel, comme si ce n'était pas moi qui occupais ce lit mais une extension de cette machinerie bruyante qui avait pris forme humaine. À présent, elle me voyait, scrutant le mouvement de respiration de ma poitrine, mes yeux bouffis, mes lèvres distendues par le tube. C'était vrai. Incapable de se contrôler, elle se mit à pleurer silencieusement, oubliant la présence de Thomas Stone, ou ne s'en souciant pas. Elle ne prit conscience de lui que quand il lui tendit un mouchoir. Elle le lui arracha, comme s'il avait été lent à le lui proposer.

« On dirait que tout ça arrive à cause de moi », dit-elle. Elle se moucha. « Je sais que ça semble égoïste, mais perdre Ghosh et maintenant voir Marion comme ça... Vous ne comprenez pas, c'est comme si je les avais abandonnés, que j'avais laissé ça arriver à Marion. »

Si elle s'était tournée, elle aurait pu voir Thomas Stone remuer, serrer ses tempes entre ses doigts, comme s'il essayait de s'effacer. Il parla d'une voix rauque. « Vous, vous et Ghosh vous ne les avez jamais abandonnés. Moi si. Je vous ai tous abandonnés. »

Eh bien voilà, devait avoir pensé Hema. C'était à la fois l'excuse et le remerciement qu'elle attendait depuis si longtemps, et le plus drôle est qu'à cet instant précis, elle s'en moquait. Ça n'avait plus d'importance. Elle ne le regarda même pas.

Shiva entra, et s'il vit Thomas Stone, il fit comme s'il n'était pas là. Il n'avait d'yeux que pour moi, son frère.

« Où étais-tu ? demanda Hema. Tu as dormi ?

— Dans la bibliothèque. J'ai fait un somme. » Shiva me regarda, puis il observa les réglages du respirateur et lut les étiquettes sur les poches qui étaient accrochées au-dessus de mon lit.

« Il y a une chose que je n'ai pas demandée à Vinu, dit Hema à Stone. Comment Marion a-t-il attrapé l'hépatite B ? »

Thomas secoua la tête pour dire qu'il l'ignorait. Mais comme elle ne regardait pas dans sa direction, il fut obligé de parler. « Ça a probablement dû se produire pendant une opération. Il a dû s'écorcher. C'est un accident du travail chez les chirurgiens.

— On peut aussi l'attraper pendant un rapport sexuel », dit Shiva en s'adressant à Thomas Stone. Celui-ci bégaya que c'était juste. Hema lança un regard furieux à Shiva, une main sur la hanche. Elle n'eut pas l'occasion de parler, car Shiva avait encore quelque chose à dire. « Genet est allée voir Marion, Ma. Il y a six semaines. Elle était malade. Elle est restée deux nuits avant de disparaître.

— Genet... fit Hema.

— Il y a deux personnes dans la salle d'attente que tu devrais voir. Une Éthiopienne qui s'appelle Tsige qui habitait autrefois en face de Missing. Ghosh a soigné son bébé il y a longtemps. Marion l'a retrouvée à Boston. L'autre est Mr. Holmes, le voisin de Marion. Ils veulent te parler. »

Au milieu de la matinée, Hema connaissait toute l'histoire. Genet avait la tuberculose. Mais le dossier médical de la prison déniché par Appelby avait révélé des faits inconnus jusqu'alors : Genet était porteuse chronique de l'hépatite B. D'après les hypothèses du médecin, elle avait pu l'attraper par une aiguille mal stérilisée, une transfusion ou un tatouage quand elle était en Érythrée. Elle pouvait également l'avoir acquise sexuellement. Genet avait abondamment saigné quand nous avions fait l'amour et j'avais été généreusement exposé à son sang et par conséquent au virus. La période d'incubation de l'hépatite B coïncidait avec l'hypothèse de Shiva : six semaines s'étaient écoulées entre sa visite et les premiers symptômes.

Hema faisait les cent pas tout en maudissant Genet et en déplorant ma stupidité – m'être laissé approcher par elle après tout ce qu'elle m'avait fait souffrir ! Si Genet était arrivée à ce moment-là, j'aurais craint pour sa vie.

Quand Deepak et Vinu vinrent faire leur tournée dans l'après-midi, ils nous communiquèrent les résultats des analyses : mes reins ne fonctionnaient pas, mon foie, source naturelle des facteurs de coagulation, n'en produisait aucun. S'il restait des cellules du foie viables, elles ne montraient aucun signe de guérison. Il n'y avait pas une seule bonne nouvelle.

Ils se retirèrent, suivis par Shiva. Thomas Stone et Hema restèrent, silencieux, de part et d'autre de mon corps immobile. Maintenant ce serait une veille jusqu'à la fin. Il n'y avait pas d'espoir. Les médecins qu'ils étaient ne le savaient que trop bien, mais ils auraient préféré n'avoir pas à le vérifier par l'expérience.

À midi, le lendemain, une infirmière bipa Deepak et Vinu pour leur demander d'assister à une réunion de la famille Stone. En entrant ils trouvèrent Hema et Shiva assis en face de Thomas Stone dans la petite salle de réunion.

Hema, défaite, la tête dans les mains et les coudes sur la table, leva les yeux sur les deux jeunes médecins en blouse blanche, les pairs de son fils. « Vous vouliez nous voir ? » fit-elle d'un ton impatient à Vinu et Deepak.

Ce dernier parut surpris. « Ce n'est pas moi qui ai organisé cette réunion. » Il se tourna vers Vinu, qui secoua la tête.

« C'est moi », dit Shiva. Il avait une pile de photocopies devant lui ainsi qu'un bloc-notes aux pages couvertes de son écriture minutieuse. Hema remarqua dans sa voix une autorité, un sens de l'action, de l'urgence et de l'initiative dont personne d'autre n'avait été capable de faire preuve face à ce pronostic terrible. « J'ai organisé la réunion pour vous parler d'une greffe du foie. »

Deepak, qui avait du mal à s'adresser à Shiva plutôt qu'à Hema, répliqua : « Nous y avons déjà pensé, Shiva. En fait, le docteur Stone et moi avons parlé de transférer Marion à La Me... je veux dire à l'hôpital général de Boston, l'hôpital du docteur Stone. Son équipe est celle qui réalise le plus de greffes de toute la côte Est. Mais nous y avons renoncé pour deux raisons : la première est qu'on sait que les greffes échouent quand le foie est détruit par une hépatite B fulminante. Même si nous trouvions un foie du bon groupe sanguin et de la bonne taille et que nous réussissions la greffe, nous serions obligés d'utiliser des doses massives de stéroïdes et autres agents pour empêcher le système immunitaire de rejeter le nouveau foie. Cela donnerait un nouveau champ d'action au virus de l'hépatite B et le nouveau foie serait détruit et nous nous retrouverions au point où nous en sommes aujourd'hui.

— Oui, je sais, dit Shiva. Mais se passerait-il si le greffon correspondait parfaitement ? Pas juste le même groupe sanguin mais les six antigènes HLA et les autres antigènes que vous ne mesurez même pas... si tout correspondait ? Alors il n'y aurait pas besoin d'agents immunosuppresseurs ? Juste ? Pas un seul. Pas de stéroïdes, pas de cyclosporine, rien. Vous seriez d'accord ?

— Théoriquement oui, mais... fit Deepak.

— Un greffon parfait est ce que vous auriez si vous preniez mon foie, dit Shiva. Son corps le reconnaîtrait comme le sien propre, absolument pas comme étranger. »

Pendant quelques secondes le silence fut total dans cette pièce où l'air semblait soudain manquer. Voyant l'expression d'Hema, Shiva se hâta d'expliquer : « Il ne s'agirait que d'une partie de mon foie, Ma. De m'en laisser suffisamment et de juste prélever un lobe pour le donner à Marion.

— Shiva… » Elle allait s'excuser pour Shiva (ce n'était pas le domaine de celui-ci, ni le sien, d'ailleurs). Mais elle changea d'avis. Elle connaissait bien sa ténacité dans des situations que d'autres médecins jugeaient impossibles. « Mais, Shiva, est-ce que ça a déjà été fait une greffe partielle du foie ? »

Shiva lui glissa un article. « Il date de l'année dernière. C'est un article de Deepak Jesusdass et Thomas Stone sur les perspectives d'une greffe de foie d'un donneur vivant. Ça n'a pas été fait sur des humains, Ma, mais avant de parler, lis les lignes que j'ai soulignées page trois. C'est écrit : *Techniquement, le succès sur presque cent chiens et la capacité à maintenir le receveur en vie et à ne pas mettre en danger celle du donneur suggèrent que nous sommes prêts à faire l'opération sur des humains. Les risques courus par un donneur sain présentent un obstacle éthique significatif, mais nous pensons que le manque critique d'organes nous pousse à avancer. Le temps est venu. La greffe d'organes de donneur vivant réglera à la fois le problème de pénurie d'organes et celui des foies endommagés du fait du temps qu'il a fallu pour obtenir le consentement, pour le prélever et le mettre là où il en est besoin. La greffe d'organes de donneurs vivants est l'étape suivante aussi inévitable que nécessaire.* »

Shiva ne lisait pas, il citait mot pour mot, de mémoire. Cela ne surprit pas Hema, mais les autres médecins présents à la table en furent abasourdis. Hema se sentit fière de Shiva. Cela lui rappela combien, souvent, elle trouvait naturelle la prodigieuse mémoire visuelle de son fils. Elle savait qu'il était capable de reproduire la page à l'identique, sans oublier la ponctuation, le numéro de la page et les marques d'agrafes et les bavures de la photocopie.

Shiva, sentant qu'il avait rassuré Hema pour l'instant, s'adressa aux deux chirurgiens, Thomas Stone et Deepak : « Puis-je vous rappeler que la première greffe du rein réussie par Joseph Murray l'a été grâce au don d'un jumeau à son frère ? »

Deepak prit la parole, Stone paraissant être en état de choc. « Shiva, nous disons aussi dans l'article qu'il y a des implications éthiques et légales… »

Shiva l'interrompit. « Oui, je sais. Mais vous avez également écrit : *Il est très probable que les premiers donneurs seront père, mère, frère ou sœur, du fait qu'en l'occurrence le donneur n'agit pas par intérêt et qu'il prend le risque en connaissance de cause.* »

Deepak et Stone avaient l'air de deux accusés dont l'alibi vient d'être détruit par un témoin inattendu. Le procureur n'avait plus qu'à donner le coup de grâce.

Mais l'attaque vint d'un autre côté. Hema prit la parole : « Thomas, dites-moi la vérité : ces quatre derniers jours, étant donné que c'est votre spécialité (elle tapota la feuille du bout de ses doigts réunis), en voyant Shiva allongé à côté de son jumeau, l'idée ne vous a jamais traversé l'esprit ? »

Si elle s'attendait à ce qu'il se trémousse et qu'il s'étrangle, elle allait être surprise : Stone la regarda droit dans les yeux pendant quelques secondes, puis il fit un signe de tête presque imperceptible. « J'ai pensé aux jumeaux Murray, oui. J'y ai pensé. Mais ensuite, à l'idée de tous les risques… j'y ai renoncé. C'est beaucoup, beaucoup plus difficile que d'enlever un rein. Ça n'a jamais été fait.

— Moi je n'y ai jamais pensé, dit Vinu Mehta tout bas. Madame, j'aurais dû y penser. Shiva, merci. Sur tout autre patient souffrant d'une grave hépatite B, une greffe du foie ne ferait qu'alimenter le virus. Mais avec un foie parfaitement identique… Bien sûr, Shiva, la question qui se pose est le risque que vous encourez. »

Mon frère était prêt, et il parla sans regarder ses notes, s'adressant principalement à Thomas Stone, même si c'était Vinu qui avait posé la question. « Votre estimation, docteur Stone, basée sur l'ablation d'un lobe ou plus sur des patients souffrant d'un traumatisme du foie, est que le risque de mort devrait être de moins de cinq pour cent pour moi, le donneur. Le risque de complications sérieuses, telles qu'épanchement de bile et hémorragie, ne devrait pas être d'après vous de plus de vingt pour cent pour un donneur sain. » Shiva poussa une feuille en direction de Deepak et Thomas Stone. « Je me suis fait faire une prise de sang hier soir. Toutes mes fonctions hépatiques sont normales. Comme vous pouvez le constater, je ne souffre pas de l'hépatite B ni de rien de ce genre. Je ne bois pas et n'ai jamais pris de médicaments qui pourraient être nuisibles pour le foie. » Shiva attendit la réponse de Stone.

« Vous connaissez notre article mieux que nous, répondit-il. Malheureusement, ce ne sont que des estimations, une pure supposition. » Il posa les mains sur la table. « Nous ne savons pas si cela pourrait vraiment marcher sur des humains.

— Et si nous échouons, ajouta Deeapk d'une voix douce, Thomas Stone ayant terminé, nous vous perdons, vous qui êtes entré ici en parfaite santé, et nous perdons Marion. Sans parler du fait que nous ne pouvons nous appuyer sur rien et que cela pourrait être la fin de nos carrières. Même si nous réussissions, nous serions durement critiqués. »

S'ils croyaient en avoir fini avec Shiva, ils ne connaissaient pas mon frère. Hema redécouvrait son fils. « Je comprends votre résistance. Je n'aurais pas grande estime de vous si vous aviez immédiatement accepté. Cependant, si vous pouvez vraiment faire cette opération et si elle a une chance raisonnable, même de dix pour cent, de sauver la vie de Marion, et moins de dix pour cent de chance de mettre fin à ma vie, et si vous décidez de ne pas la faire, alors pour moi, vous aurez trahi Marion, trahi

Hema et moi, trahi la médecine et vous vous serez trahis vous-mêmes. Vous aurez trahi mon frère non seulement en tant que médecin, mais en tant qu'ami… et en tant que père. Si vous faites l'opération et que vous réussissez, non seulement vous sauverez mon frère, mais vous aurez fait avancer la chirurgie d'une décennie. *L'heure est venue.* » Il fixa son père et Deepak dans les yeux. « Vous n'aurez peut-être plus jamais une occasion pareille. Si vos rivaux de Pittsburg étaient dans la même situation, que feraient-ils ? Vous ne croyez pas qu'ils essayeraient ? »

L'accusation se tut. Un long silence s'installa. C'était au tour de l'autre côté de la table de répondre.

« Sans doute, finit par murmurer Stone, comme s'il se parlait à lui-même. Mais ce ne seraient pas leurs fils qu'ils opéreraient. Je suis désolé, Shiva, je ne peux pas m'imaginer une chose pareille. » Il se recula et posa les mains sur les bras du fauteuil comme s'il se préparait à se lever.

« Thomas Stone ! » La voix d'Hema, aussi coupante qu'un bistouri Bard-Parker le cloua à son siège. « Une fois déjà je vous ai demandé quelque chose. C'était à propos de ces garçons. À l'époque, vous les avez abandonnés. Mais cette fois-ci, si vous les abandonnez, ni moi ni Ghosh ne pourrons les aider. » Stone pâlit. Il se rassit. La voix d'Hema se brisa. « Thomas, croyez-vous que je voudrais faire courir à Shiva un risque qu'il ne pourrait pas surmonter ? Pensez-vous que je désire perdre mes enfants ? »

Une fois qu'elle se fut reprise et mouchée bruyamment, elle poursuivit : « Thomas, je vous supplie de vous sortir de la tête l'idée que ce sont vos enfants. Vous êtes devant un problème de chirurgie et vous êtes dans la meilleure position possible pour les aider, précisément parce qu'ils n'ont jamais été vos enfants. Ils ne vous ont jamais empêché de rien faire, ils n'ont jamais ralenti vos recherches, votre carrière. » Il n'y avait pas de rancœur dans sa voix. « Docteur Stone, ce sont mes fils à moi. Je les ai reçus en cadeau. La douleur, si douleur il doit y avoir, est toute pour moi – elle est inséparable du cadeau. Je suis leur mère. Je vous supplie d'écouter ce que je vous dis. Cela n'a rien à voir avec vos fils. Prenez votre décision en pensant à ce que vous devez faire pour votre patient. »

Après une éternité, Deepak attira à lui le bloc de Shiva et découvrit une page vierge. Il ouvrit son stylo et dit à Shiva : « Dites-moi, pourquoi êtes-vous prêt à courir un tel risque ? »

Shiva, pour une fois, n'avait pas de réponse toute prête. Il ferma les yeux et mit ses mains devant, comme s'il ne voulait plus voir les visages de ses interlocuteurs. Cela inquiéta Héma. Quand il rouvrit les yeux, pour la première fois depuis son arrivée, il semblait triste. Il dit : « Marion a toujours cru que je ne regardais jamais en arrière. Il a toujours pensé que je n'agissais jamais que pour moi. Il avait raison. En voyant que mon frère allait peut-être mourir, j'ai regardé en arrière. J'ai eu des regrets.

« Si j'étais mourant, s'il y avait une chance qu'il puisse me sauver, Marion vous aurait poussé à opérer. C'est comme ça qu'il était. Je n'ai jamais compris avant, parce que c'est irrationnel. Mais je comprends aujourd'hui. » Il jeta un regard à Hema avant de poursuivre.

« Je n'avais pas de raison de penser à tout cela jusqu'à ce que j'arrive ici. À son chevet… j'ai réalisé que quand quelque chose lui arrive, ça m'arrive à moi aussi. Si je m'aime, je l'aime, car nous sommes un. Voilà pourquoi le risque en vaut la peine pour moi. Je suis le seul qui soit absolument identique à lui. Je veux le faire. Je ne pourrais pas vivre avec moi-même si je ne le faisais pas, et je pense que vous ne pourriez pas vivre avec vous-mêmes si vous n'essayiez pas. C'est mon destin. Mon privilège. Et le vôtre. »

Hema, qui s'était retenue jusqu'alors, attira Shiva pour lui poser un baiser sur le front.

Deepak, le stylo en l'air, n'avait pas encore écrit un mot ; il le posa.

À cet instant, il devint évident qu'ils allaient tenter ce qui n'avait jamais été tenté.

Shiva demanda à Deepak : « Vous avez dit qu'il y avait une autre raison pour laquelle vous aviez écarté l'idée de la greffe dès le départ. Quelle est-elle ? »

Il répondit : « Avant qu'il ne perde conscience, Marion m'a fait promettre de ne pas le transférer. Cet hôpital représentait beaucoup de choses pour lui. C'était plus qu'un endroit où les étudiants étrangers tels que nous venaient se perfectionner. Cet hôpital nous a accueillis quand les autres ne l'ont pas fait. C'est notre maison. »

Hema soupira et laissa tomber la tête dans ses mains. Après tout le chemin qu'ils avaient fait, un autre obstacle surgissait encore.

« Nous pouvons le faire ici », dit tout bas Thomas Stone. Il avait écouté Shiva sans bouger un muscle, et ses yeux bleus et fixes étaient maintenant brillants et animés. Il repoussa sa chaise et se leva d'un air décidé. « La chirurgie est la chirurgie… Nous pouvons le faire ici aussi bien qu'ailleurs si nous avons les instruments et le personnel. Heureusement, l'expert mondial de l'opération du foie est assis à côté de moi », dit-il en posant la main sur l'épaule de Deepak. « Et les instruments, dont il a conçu une grande partie, sont également ici et devront être stérilisés immédiatement. Nous avons beaucoup de choses à préparer. Hema, si à quelque moment vous ou Shiva changez d'avis, il vous suffit de le dire. Shiva, s'il vous plaît, ne mangez ni ne buvez plus rien à partir de dorénavant. »

Comme il passait derrière la chaise de Shiva, il saisit l'épaule de mon frère qu'il pressa fortement avant de disparaître.

Chapitre 52

UNE PAIRE D'ORGANES QUI NE VONT PAS PAR PAIRE

Un hélicoptère de l'hôpital général de Boston se posa sur la plate-forme de Notre-Dame du Perpétuel-Secours pendant la nuit. Il apportait des instruments spéciaux et le personnel indispensable rodé à l'opération de la greffe du foie. Le couloir du service de chirurgie, habituellement désert excepté une civière vide et un générateur de rayons X portable garé à côté d'un technicien occupé à fumer une cigarette, ressemblait à présent au QG d'un bataillon se préparant à une longue campagne. On avait mis deux grands tableaux noirs, l'un intitulé DONNEUR et l'autre RECEVEUR, sur lesquels était écrite la liste des tâches à accomplir, chacune avec sa case à cocher. L'équipe de Notre-Dame du Perpétuel-Secours dirigée par Deepak serait chargée du donneur, et l'équipe de l'hôpital général de Boston dirigée par Thomas Stone s'occuperait de moi. L'équipe de Notre-Dame porterait des tenues bleues, tandis que l'autre serait en blanc et, pour plus de sûreté, la première arborerait un grand D (pour « donneur ») inscrit au marqueur noir sur leurs calottes et leurs blouses, et la seconde un grand R (pour « receveur »). Une même puissante montée d'adrénaline soudait ces deux équipes, Thomas Stone et Deepak Jesudass les fédérerant, chacun assistant l'autre.

Une répétition générale s'était tenue à minuit avec de faux patients dans chaque bloc ; elle avait révélé quelques écueils à éviter : l'anesthésie de Boston n'était pas encore familiarisée avec l'environnement de Notre-Dame et il fallait nommer un « chef de piste » dont la mission serait de tout chronométrer, de synchroniser les activités des deux équipes – ce chef de piste serait la seule personne autorisée à transmettre et, plus important encore, à noter, tous les messages d'une équipe à l'autre. On allait apporter deux autres tableaux noirs, avec la liste des tâches, qu'on placerait dans chaque bloc. L'activité de Notre-Dame du Perpétuel-

Secours fut suspendue et les urgences furent dirigées sur les hôpitaux proches. À quatre heures du matin, tout était prêt.

Thomas Stone vomit dans le vestiaire des chirurgiens, ce que l'équipe de Notre-Dame prit pour un mauvais signe. Celle de Boston la rassura en l'assurant qu'un Stone pâle et transpirant était au contraire un excellent présage (bien qu'en vérité elle ne l'ait jamais vu aussi pâle et faible – il était allongé sur un banc, une bassine à côté de lui.)

Avec un personnel médical aussi nombreux (venant de surcroît de deux hôpitaux), il avait été difficile de garder le secret, aussi deux équipes de télévision stationnaient-elles devant Notre-Dame. L'heure de boucler l'édition des journaux du matin était passée, ce qui permettait aux rédacteurs en chef d'attendre l'issue de cette greffe historique avant de s'engager à donner leur point de vue sur ses conséquences éthiques.

L'idée d'être en train d'écrire l'histoire ou d'opérer en secret était la dernière chose que les deux chirurgiens avaient à l'esprit. Deepak, assis sur un banc séparé par une rangée de casiers de celui où Stone souffrait, essayait de se distraire des bruits émis par son collègue en consultant un ouvrage de chirurgie du foie.

À 4 h 22, Shiva reçut une injection de diazepame puis de penthotal et un tube fut inséré dans sa trachée. L'opération du donneur avait commencé et, selon les estimations de Thomas Stone et de Deepak, elle devait durer entre quatre et six heures.

Si le cœur est un véritable cabotin, un organe espiègle, lunatique et extraverti qui gambade dans la poitrine, le foie, lui, situé sous le diaphragme, constitue une sorte de tableau figuratif, impassible et silencieux. Le foie produit de la bile, sans laquelle les graisses ne peuvent être digérées, et il emmagasine le surplus de glucose sous la forme de glycogène. En silence et sans ostentation, il désintoxique les médicaments et les produits chimiques, il fabrique des protéines pour la coagulation et le transport, et il débarrasse le corps de l'ammoniac, déchet du métabolisme.

La surface lisse et brillante du foie peut paraître monotone et sans intérêt et, excepté un sillon médian qui le divise (délimitant à droite un grand lobe, à gauche un plus petit), elle est unie. Il est surprenant d'entendre les chirurgiens se référer à ses huit « segments » anatomiques, comme s'ils étaient distincts, comme s'il s'agissait de quartiers d'orange. Essayez seulement de les séparer et vous obtiendrez des surfaces suintantes de sang et de bile et un patient tout à fait… mort. Mais l'idée de segments permet tout de même au chirurgien de définir des parties du foie semi-autonomes, qu'on pourrait considérer comme des sous-usines dans l'usine, alimentées en sang et en bile.

Quatre familles de vaisseaux entrent et sortent du foie. Tout d'abord la veine porte, par laquelle arrive tout le sang veineux de l'intestin, qui, après un repas, est riche en graisses et autres nutriments que l'usine va traiter. L'artère hépatique apporte le sang du cœur, riche en oxygène, via l'aorte. Les veines hépatiques ont pour tâche de rapporter au cœur le sang qui a été filtré par le foie via la veine cave inférieure. La bile sécrétée par chacune des cellules du foie est recueillie dans de minuscules vaisseaux biliaires qui confluent en un canal hépatique commun, lequel finit par aboutir au duodénum. L'excès de bile s'emmagasine dans la vésicule biliaire, qui n'est rien de plus qu'une ramification en forme de ballon du canal hépatique. À l'instar de son voisin, chaste et discret, la vésicule biliaire se cache juste sous le surplomb du foie.

Deepak, qui se tenait à droite, pratiqua l'incision. La première étape consistait à enlever la vésicule biliaire de Shiva. Puis, reportant son attention sur le faisceau de vaisseaux qui pénètrent dans le foie (la *porta hepatis*), il dégagea la veine hépatique droite, puis la branche droite de la veine porte et le canal biliaire droit. Pour libérer le lobe droit, il dut également inciser le tissu hépatique pour sectionner les veines hépatiques là où elles rejoignent la veine cave – la face cachée du foie, l'endroit où le chirurgien pourrait « voir Dieu » au cas où elle saignerait. Quand on procède à l'ablation d'un lobe cancéreux, il est possible de contrôler le saignement en pratiquant la manœuvre de Pringle, c'est-à-dire en étranglant le faisceau de vaisseaux de la *porta hepatis*. Mais la chose était impossible à Deepak, car cette opération aurait compromis la fonction du lobe qu'ils enlevaient, l'étouffant à moitié avant de me le donner. Il existe maintenant des « dissecteurs » à ultrasons et même à fréquence radio qui permettent d'inciser le foie avec plus de facilité et moins de saignement. Mais Deepak, assisté de Thomas Stone, dut se résoudre à utiliser les clamps et ses doigts pour pénétrer dans le tissu hépatique tout en évitant les vaisseaux ou les canaux hépatiques principaux. Deepak était inquiet : pour la première fois depuis qu'ils collaboraient, l'esprit de Thomas Stone semblait vagabonder. Il était bien loin de se douter que Stone luttait pour repousser l'image et le souvenir de ses vains efforts pour sauver sœur Mary Joseph Praise, et de ses dangereuses tentatives pour écraser le crâne du bébé.

L'opération du donneur se passa sans anicroche. À 9 heures, j'étais transporté au bloc et à 9 h 30, juste comme le lobe de Shiva se détachait, l'équipe de l'hôpital général de Boston, sans Thomas Stone, fit une longue incision au centre de mon torse, sous ma cage thoracique, au-dessus de mon nombril. On commença à dégager mon foie, sectionnant ses ligaments et tout ce qui le soutenait.

Thomas Stone posa le lobe droit de Shiva sur une table où, avec des gestes qui étaient plus fermes que son esprit, il injecta de la « solution de l'université du Wisconsin » par la veine porte. Entre-temps, Deepak s'assurait qu'il n'y avait pas d'épanchement de bile sur la surface à vif de ce qui restait du foie de Shiva, qui était principalement son lobe gauche.

Il vérifia qu'il n'y avait plus de vaisseaux qui saignaient et fit deux fois le décompte des instruments et des éponges avant de refermer. Dans un mois, son foie aurait retrouvé sa taille originelle.

Stone et Deepak changèrent de blouses et de gants et s'attaquèrent à l'ablation complète de mon foie. Du fait que mes fonctions de coagulation étaient affaiblies, il y avait beaucoup de petits vaisseaux qui saignaient, particulièrement là où mon foie avait été séparé du diaphragme, ce qui exigeait une grande quantité de sang et de plaquettes. Ils identifièrent et préservèrent soigneusement mon canal hépatique, mon artère hépatique et ma veine cave. Il était une heure de l'après-midi quand mon compagnon de deux kilos deux cent cinquante grammes, que j'avais abrité toutes ces années sous ma cage thoracique, me quitta, laissant un vide artificiel sous le dôme de mon diaphragme.

Le raccordement du foie de Shiva, ou plus exactement de son lobe droit, était un processus laborieux. Il fallait contrôler le saignement afin que Stone, assisté par Deepak, puisse y voir clair pour suturer l'artère à l'artère, le canal au canal, et la veine cave à la veine cave. Tous deux portaient des lampes frontales et des lunettes grossissantes, bien utiles pour réaliser des sutures fines comme un cheveu à l'aide de ciseaux et de porte-aiguilles conçus pour la microchirurgie. Un des avantages de la décision prise par Deepak de me donner le lobe droit de Shiva était que celui-ci trouvait naturellement sa place sous le dôme de mon diaphragme et que son hile – l'endroit où pénétraient les vaisseaux – était orienté plus naturellement vers la veine cave. Cela facilita de beaucoup la tâche des chirurgiens.

Les membres de l'équipe arborant un D sur leurs calotes et leurs blouses emmenèrent Shiva en salle de réveil et allèrent attendre dans les vestiaires. Subitement, leur humeur s'assombrit, maintenant qu'ils ne pouvaient plus rien faire, la tension devenait presque insupportable.

Hema, en compagnie de Vinu, observait la pendule de la salle d'attente. Si, au début, le bavardage de son compagnon l'avait distraite, à présent, il ne l'empêchait pas de penser à Ghosh et de se demander s'il lui aurait reproché de laisser Shiva prendre un tel risque. *Un tiens vaut mieux… L'herbe est plus verte…* il aurait eu une maxime toute prête.

Le chef de piste appela Hema. Il lui faisait un compte-rendu par téléphone à chaque étape de l'opération. Celle-ci avait sursauté à chaque sonnerie, imaginant chaque fois le pire, alors qu'il lui annonçait qu'on avait commencé ou que les vaisseaux du système porte avaient été isolés… Il l'appelait cette fois pour lui faire part de la seule nouvelle qu'elle voulait entendre : l'opération de Shiva était terminée. Bientôt elle se trouva au chevet de Shiva, réveillé mais groggy et grimaçant de douleur. Étourdie de soulagement, elle caressait les cheveux de son fils et se disait qu'où qu'il fût, et quelque forme qu'ait pris sa réincarnation, Ghosh, lui aussi, devait être soulagé.

Dès que Shiva ouvrit les yeux, son regard posa une question muette à laquelle Hema répondit aussitôt : « Oui. Ils sont en train de greffer Marion en ce moment. Deepak a dit que ton lobe était magnifique. »

Elle n'eut pas le droit de rester longtemps. Au lieu de retourner à la salle d'attente, elle décida de se rendre à la chapelle de l'hôpital. Cette dernière n'était éclairée que par une unique fenêtre en verre dépoli, aussi, une fois la lourde porte refermée derrière elle, elle dut se diriger à tâtons jusqu'à un banc. Elle se couvrit la tête avec le pan de son sari. Alors que son regard s'ajustait à la pénombre, elle eut la frayeur de sa vie à la vue d'une silhouette agenouillée devant l'autel. Une apparition ! Puis elle se rappela que les sœurs faisaient une chaîne de prières pour Marion et que la vigile ininterrompue avait lieu précisément ici. Tandis que son pouls se calmait, Hema s'appuya au dossier et observa la tête voilée, le scapulaire qui tombait, raide, sur les plis de la tunique. Elle prit conscience qu'en importunant tous les dieux possibles et imaginables, elle avait négligé d'en appeler à sœur Mary Joseph Praise. Cette idée causa en elle une panique aussi stupide que violente, qui lui fit monter le sang au cou. *Oh, par pitié, ne punis pas mon fils à cause de moi !* Elle se tordait les mains, au supplice. *Pardonne-moi, ma sœur, mais si seulement tu savais à quel point ça a été difficile pour moi, et s'il n'est pas trop tard, je t'en prie, veille sur Marion.*

Elle sentit la réponse aussi nettement que si une voix avait parlé à son oreille ou qu'une main s'était posée sur son épaule : la soudaine décontraction de son front et le calme qui envahit sa poitrine lui apprirent qu'elle avait été entendue. *Merci, merci*, dit Hema. *Je te promets de te tenir au courant.*

Elle retourna dans la salle d'attente, épuisée ; elle n'arrivait pas à comprendre que Stone et Deepak pussent encore tenir debout. De là où elle était l'univers semblait principalement composé de ciel et de béton – seul le soleil en train de se coucher lui rappelait qu'elle était sur terre. Cet endroit était si étrange… et pourtant c'était ce que son fils avait eu sous les yeux pendant ces six dernières années.

À 7 heures du soir, Thomas Stone arriva. Il hocha la tête et sourit, une expression si inhabituelle chez lui qu'elle comprit que tout s'était bien passé. Ils demeurèrent silencieux tandis que les larmes coulaient sur les joues d'Hema. En regardant le visage de Stone, marqué par le port prolongé des lunettes grossissantes et de la lampe frontale, elle réalisa avec un sursaut de surprise à quel point il avait vieilli, à quel point tous deux avaient vieilli. Elle dut aussi se rendre à l'évidence qu'ils partageaient ensemble autre chose (même si c'était bien la seule autre chose qu'ils pussent partager) : tous deux étaient toujours là après toutes ces années, et leurs fils (les siens, et ceux de Stone aussi, elle devait bien l'admettre) étaient tous deux en vie.

Thomas Stone s'assit ou plutôt s'écroula dans le canapé, et il ne protesta pas quand elle l'obligea à prendre un jus de fruit et un sandwich sortis de la glacière portable de Vinu. Puis il but une bouteille d'eau entière et en entama une seconde avant qu'il paraisse reprendre vie. Son visage émacié sembla se remplir. « Techniquement, tout s'est bien passé, dit-il. Le nouveau foie de Marion, l'ancien lobe de Shiva, faisait déjà de la bile avant même qu'on ait terminé l'anastomose. » Il sourit de nouveau, une timide torsion du coin des lèvres, et c'est avec de la fierté dans la voix qu'il déclara que la bile était un excellent signe.

« On a eu une frayeur, ajouta-t-il. Il y a eu un moment où la pression sanguine de Marion est tombée brutalement sans raison apparente. On avait tout ce qu'il fallait de liquides et de sang mais son cœur continuait à battre à cent quatre-vingts pulsations par minute. On a transfusé, essayé tout ce qu'on a pu… et tout aussi soudain, la pression est remontée. » Elle allait lui demander à quel moment précis cela s'était passé mais se ravisa, parce qu'elle le savait. Elle ferma les yeux et remercia la sœur pour son intercession. Quand elle les ouvrit, elle vit Stone qui la regardait comme s'il avait compris. Elle se sentait si proche de lui, si reconnaissante. Elle ne pouvait pas aller jusqu'à le prendre dans ses bras, mais elle lui saisit la main.

« Bien, il faut que j'y aille, fit-il enfin. La situation de Marion continuera d'être critique vu l'état dans lequel il était quand on l'a opéré. Mais au moins il a un foie qui fonctionne. Ses reins pas encore, et il a besoin de la dialyse, mais je suppose que c'est juste un syndrome hépatorénal que le nouveau foie va faire disparaître. » Il ne lui précisa pas qu'au moment où les choses allaient mal tourner, il avait regardé au plafond et demandé non pas à Dieu ni aux araignées, mais à sœur Mary Joseph Praise, qu'elle le rachète d'une vie d'erreurs.

L'hôpital était en liesse, tout d'abord parce que l'un des siens – qui avait frôlé la mort de près – était toujours en vie, et ensuite parce que Notre-Dame venait d'entrer dans l'histoire. Hema et Vinu assistèrent au premier rang à la messe d'action de grâce dans une chapelle si pleine qu'une partie de l'assistance dut rester dans le cloître.

Les véhicules des médias – nationaux et internationaux – étaient alignés devant Notre-Dame du Perpétuel-Secours. C'était la première fois qu'un foie n'était pas prélevé sur un mort en sursis, un sujet dans un coma dépassé. Un donneur vivant – jumeau identique qui avait donné la moitié de son foie à son frère – voilà qui constituait un scoop ! Les médias n'avaient pas compris que cette première était surtout significative en ce qui concernait les enfants nés avec une atrésie biliaire congénitale, autrement dit un défaut des canaux hépatiques. Vu la rareté des organes provenant des accidentés et encore plus des enfants, l'importance de la voie ouverte par Stone et Deepak, qui permettait qu'un parent puisse donner son foie pour sauver son enfant, était capitale.

Le deuxième jour, à force de fureter, les journalistes avaient fait le rapprochement entre Shiva le donneur et Shiva le fameux chirurgien de la fistule qui avait déclaré : « mon métier est de boucher des trous » ; et le troisième, ils avaient donné à Thomas le surnom de « père absent ». Découvrir l'histoire de sœur Mary Joseph Praise n'était probablement plus qu'une question de temps ; enfin, il faudrait quand même que l'un d'eux fasse le voyage jusqu'à Addis-Abeba...

Je me réveillai au cinquième jour. Je me rappelle que ma première impression fut que j'étais en train de remonter à la surface de l'océan, les yeux encore pleins d'eau, avec un tuba dans la bouche et quelque chose dans la gorge qui m'empêchait de parler. Comme je parvenais à la surface, je compris que j'étais encore dans le service des soins intensifs de Notre-Dame du Perpétuel-Secours, mais je n'entendais rien de ce qu'on disait. Je vis Hema et Stone et je cherchai Shiva du regard. Il avait décidé de ne pas quitter Addis, pensai-je, et je fus déçu.

Douze heures plus tard, en fin de soirée du cinquième jour (même si le service des soins intensifs était constamment plongé dans la pénombre), je fis surface pour de bon, soulagé de voir Hema, et de ne pas avoir imaginé sa présence.

Elle resta à mon côté, me tenant la main. J'avais soif de son toucher, craignant de retomber dans l'abîme où tout était noir et dont on ne pouvait espérer revenir. Mais je ne cessais de retomber dans un sommeil léger. Le jour succéda à la nuit, apportant avec lui un regain d'activité dans notre chambre.

Le septième jour, je demeurai éveillé assez longtemps pour qu'Hema m'apprenne que la moitié du foie de Shiva était en moi. Si généralement on répète ce qu'on dit aux malades de peur qu'ils n'aient entendu que la moitié des paroles qu'on leur a adressées, Hema dut le faire au moins dix fois et ce n'est que lorsqu'elle me montra le *Times*, avec la photo de Shiva et moi, que je la crus.

« Shiva est en train de se rétablir, dit-elle. Il va bien. Mais tu as fait une pneumonie et tu as de l'eau autour du poumon droit. C'est pour ça que tu es encore sous respirateur. Mais ça va mieux et Deepak dit que demain on te l'enlèvera. Ton nouveau foie fonctionne bien, et tes reins ont repris du poil de la bête. » Ce n'était pas les retrouvailles que j'avais imaginées avec Hema, mais la joie et le soulagement que je lisais sur son visage n'avaient pas de prix pour moi.

Ce même jour je revis pour la première fois Deepak et Stone. Mes sentiments étaient embrouillés. Je savais que j'étais censé éprouver de la gratitude. Parfois il m'arrive de penser que nous autres chirurgiens portons des masques pour cacher nos désirs et camoufler l'envie que nous avons de profaner le corps d'autrui. Seule la garantie de l'amnésie, le fait que le patient ne se rappellera rien d'autre que les dernières paroles de l'anesthésiste, nous permet d'être chirurgiens. Ceux qui avaient exercé cette violence organisée sur mon corps se tenaient devant moi. On n'aurait pas cru que ces deux hommes timides et modestes aient pu avoir l'ambition et l'orgueil démesuré qui leur avaient permis de risquer la vie de Shiva pour la mienne. C'est la seule fois que je fus content d'avoir ce vilain tube dans la gorge et entre mes cordes vocales, parce ce que je leur aurais déclaré en guise de remerciement : *C'est une bonne chose que Shiva s'en soit tiré, parce que sinon je vous aurais botté les fesses !*

La fois suivante où je m'éveillai, j'avais oublié que j'avais un tube et, tâchant de parler, je crus que j'étais en train de m'étouffer. Mes mouvements désordonnés produits par la panique firent sonner l'alarme du respirateur et j'eus soudain affreusement peur que l'infirmière, pensant que je « résistais au respirateur », ne me fasse une intraveineuse de curare. Cette substance, découverte sur les flèches empoisonnées des Indiens d'Amazonie, paralyse tous les muscles, vous laissant comme quasi mort, afin de vous empêcher d'entraver le fonctionnement du respirateur. Et si par malheur on ne vous donne pas un puissant sédatif avec, vous pouvez vous réveiller, mais vous êtes alors incapable de bouger le petit doigt ni même de cligner un œil. L'idée de me retrouver dans cet état d'enfermement m'avait toujours horrifié, même si j'avais allégrement fait prendre du curare (avec un sédatif) à des centaines de patients. Quelle sale situation pour un médecin de prendre le rôle du patient : il en sait trop !

Avec l'aide d'Hema, sa voix apaisante, je fis de mon mieux pour me calmer, laisser la machine m'insuffler de l'air, et l'infirmière repartit. Quand je me sentis mieux j'écrivis : *Comment va Shiva ?*

Elle n'eut pas à répondre, parce que juste alors mon autre moitié fit son entrée, précédée de Thomas Stone.

Mon frère, que je n'avais pas vu depuis sept ans, avait un air défait qui ne correspondait pas du tout à la photo du *Times*. Je fus pris de vertige en voyant mon reflet se mouvoir indépendamment de moi. Vêtu d'une chemise de nuit de l'hôpital, il avait la main posée avec précaution sur son ventre tandis que l'autre poussait devant lui le trépied de l'intraveineuse qu'il utilisait comme une canne. Habituellement il ne riait pas, et la plupart des blagues ne lui faisaient aucun effet, mais quand il me vit, il sourit comme le singe qui a enfermé le gardien dans sa cage.

Espèce de singe, aurais-je voulu lui dire, et je saisis sa main avec avidité. *Tu devrais rire plus souvent. Tu vois comme ça te lisse le front et te recolle les oreilles* ? Je sentis quelque chose qui coulait le long de mes tempes, et vis que ses yeux eux aussi étaient emplis de larmes. Je pressai ses doigts, un code destiné à signifier ce que j'avais dans le cœur. Il hocha la tête pour me dire *Pas besoin de parler*. Il se pencha en avant avec précaution et je me demandai ce qu'il préparait. Sûrement pas un baiser... Il pressa son crâne contre le mien. C'était un acte si inattendu, et surprenant, qui me ramenait dans une secousse à l'époque de notre enfance, la plus douce des *testas*, que je me mis à rire avant de m'arrêter bien vite à cause de l'horrible tube qui me grattait l'intérieur de la gorge.

Je désignai le ventre de Shiva. Il releva sa chemise et je vis la partie de l'incision qui n'était pas cachée par la compresse traversée par le drain. Je haussai les sourcils pour demander s'il avait mal. Il répondit : *Seulement quand je respire,* et nous nous mîmes tous deux à rire avant d'être interrompus par la douleur. Étonné, Stone assistait à ce dialogue silencieux, une expression étrange sur le visage.

J'étais loin de me douter que la convalescence de Shiva avait été compliquée par une infection de la bile qu'il avait fallu traiter aux antibiotiques. Ni qu'un caillot s'était formé dans la veine du bras droit par lequel on le transfusait. Il était sous antiagrégant et le caillot se résorbait.

Je tins longtemps sa main, heureux de le regarder, de le remercier à l'aide de mes doigts, mais il ne cessait de repousser mes remerciements d'un haussement d'épaules. Je saisis mon stylo et Hema avança mon bloc sur lequel j'écrivis : *Nul n'a plus d'amour que celui-ci...*

Il ne me laissa pas terminer. Il arrêta mon stylo. Il dit : *Tu aurais fait la même chose.* Je n'en étais pas sûr. Mais il hocha la tête. *Bien sûr que si.*

Ce soir-là, Deepak draina le liquide qui entourait mon poumon droit et mon souffle se développa dans cette direction. Puis il m'enleva ce maudit tube. Mes premiers mots furent : « Merci », et une fois que la vilaine machine bleue eut quitté la pièce, je tombai dans un sommeil profond.

Le lendemain apporta sa fournée de miracles : pouvoir me tourner pour regarder par la fenêtre et voir le ciel, être capable de dire « Aïe ! » quand le mouvement tirait sur mon incision. Hema n'était pas là. Le service des soins intensifs était silencieux. Mon infirmière, Amelia, était exceptionnellement gaie. J'en déduisis qu'il était encore tôt dans la matinée. « On a une radio à faire au rez-de-chaussée », me dit-elle en me libérant de mes liens et en abaissant les roulettes de mon lit.

On me fit un scanner qui, bizarrement, était de la tête et pas du ventre. Ce devait être une erreur. Mais non, l'ordonnance avait été rédigée par Deepak en ces termes : « scanner de la tête avec et sans contraste. »

À midi, toujours pas signe d'Hema, ni de Stone ou de Shiva. Amelia me dit qu'ils n'allaient pas tarder.

Le kiné m'aida à me lever. J'avais l'impression d'avoir des bâtonnets de glace à la place des jambes. Je fis quelques pas avec son aide avant de m'asseoir dans le fauteuil, épuisé, avec la tête qui me tournait comme si j'avais couru un marathon. Après le déjeuner je fis encore quelques pas et parvins même à pisser debout. Les infirmières m'aidèrent à me recoucher. Lorsque j'y repensai plus tard, elles avaient l'air soulagées de me quitter.

Il était deux heures de l'après-midi quand Thomas Stone apparut à la porte de ma chambre. Il avait des cernes noirs sous les yeux. Il s'assit machinalement au bord du lit. Il me toucha la main. Il ouvrit la bouche.

« Attendez, fis-je. Ne parlez pas tout de suite. » Je regardai les nuages, de lointaines cheminées d'usines. Le monde était encore intact, mais je savais qu'une fois qu'il aurait parlé, il n'en serait plus ainsi.

« OK, dis-je. Qu'est-ce qui est arrivé à Shiva ?

— Il a eu une hémorragie cérébrale massive, répondit-il d'une voix enrouée. C'est arrivé hier soir, environ une heure après que nous vous ayons quitté. Hema était avec lui. Soudain il s'est pris la tête... et, quelques secondes plus tard, il était... inconscient.

— Il est mort ? »

Thomas Stone secoua la tête. « Il souffre d'une malformation artério-veineuse, un angiome caverneux, un enchevêtrement de vaisseaux sanguins dans le cortex. Il l'a probablement toujours eu... Il était sous anticoagulants à cause du caillot qu'il avait dans le bras... On devait les arrêter dans une semaine.

— Où est-il ?

— Ici. Aux soins intensifs. Sous respirateur. Deux neurochirurgiens l'ont vu. » Il secoua la tête. « Il est impossible d'évacuer le sang. Ils pensent que c'est trop tard. Et qu'il est dans un coma dépassé. »

Je ne fis pas vraiment attention aux paroles qui suivirent. Je me rappelle juste qu'il avait ajouté que mon scanner montrait un écheveau de vaisseaux sanguins similaire mais plus petit, et qui ne saignait pas, un miracle, je suppose, puisque je saignais de partout avant que ne reçoive le foie de Shiva.

Quelques minutes plus tard, Hema, Deepak et Vinu entrèrent. Je compris alors qu'on avait envoyé Stone pour m'apprendre la nouvelle.

Pauvre Hema ! J'aurais dû essayer de la réconforter, mais j'étais trop plein de douleur et de culpabilité. Je me sentais horriblement fatigué. Tous s'assirent autour de mon lit. Hema, penchée en avant, pleurait, la tête sur ma cuisse. J'avais envie qu'ils me laissent. Je fermai les yeux un instant. Je fus réveillé par l'entrée d'une infirmière qui venait arrêter les bips d'une des seringues électriques. La pièce était vide. Je lui demandai de m'aider à aller aux toilettes, après quoi je m'assis dans le fauteuil. J'avais besoin de retrouver des forces.

Quand je me réveillai, Thomas Stone était à mes côtés. « Il n'arrive pas à respirer tout seul et il n'y a pas de réflexes pupillaires, ni aucun autre », dit-il en réponse à ma question muette. « Il est dans un coma dépassé maintenant. »

Je dis que je voulais le voir.

Mon père me roula au bout du couloir où se trouvait la chambre de Shiva. Hema était là, les yeux bouffis et rouges et, quand elle se tourna vers moi, je me sentis honteux d'être en vie, honteux d'être la cause de sa douleur.

Shiva semblait dormir. C'était à lui d'avoir la pique qui lui sortait du crâne – l'appareil de mesure de la pression intracrânienne. La sonde endotrachéale lui déformait les lèvres, donnant à son menton une position artificielle. Le mouvement imprimé à sa poitrine par le respirateur me fournit un endroit où poser le regard et toute une série de *si* se mirent à sortir au même rythme : *Si* je n'étais pas venu en Amérique… *Si* je n'avais pas vu Tsige… *Si* je n'avais pas ouvert la porte à Genet… *Si*…

Hema me ramena à ma chambre et m'aida à me recoucher.

Une fois que je fus dans mon lit, je lui déclarai : « Il aurait mieux valu que toi et Shiva m'enterriez. Maintenant tu serais sur le chemin du retour en compagnie de ton fils favori. »

C'était une chose stupide et grossière à dire, un besoin primaire et chargé d'angoisse de la blesser afin d'atténuer ma douleur et ma culpabilité. Mais si je m'attendais à ce qu'elle réplique, elle ne le fit pas. Il y a un point au-delà duquel la douleur excède les capacités humaines à s'émouvoir et qui fait qu'on est bizarrement tranquille, c'est ce point qu'elle avait atteint.

« Marion, je sais que tu crois que je préférais Shiva… Et peut-être que c'était vrai. Je ne peux rien dire sinon que je suis désolée. Une mère aime également ses enfants… mais parfois un enfant a besoin de plus d'aide, de plus d'attention pour se débrouiller dans le monde. C'était le cas de Shiva.

« Marion, je dois te faire des excuses pour autre chose encore. Je croyais que c'était toi qui étais responsable de la mutilation de Genet et de tout ce qui a suivi. Je t'en ai voulu. À notre arrivée ici, Shiva m'a tout dit. Mon fils, j'espère que tu pourras me pardonner. Je suis une mère stupide. »

Cette nouvelle me laissa muet. Que s'était-il passé d'autre pendant que j'étais inconscient ?

Une sirène s'approcha. Une ambulance arrivait à Notre-Dame.

« Ils veulent débrancher le respirateur de Shiva, dit Hema. Je ne peux pas l'accepter. Tant qu'il respire, même si c'est le respirateur qui respire à sa place, pour moi il est vivant. »

Le lendemain matin, après que l'infirmière m'eut assis sous la douche et aidé à prendre mon premier bain, je mis une chemise propre et la priai de m'emmener jusqu'à la chambre de Shiva.

« Arrêtez-vous », lui demandai-je, avant que nous fûmes parvenus à la porte. J'avais vu dans l'entrebâillement que Thomas Stone était assis à son chevet, juste comme il avait veillé au mien, à ce qu'on m'avait dit. Il avait les doigts posés sur le pouls de Shiva. Sa main s'attarda bien après qu'il eut fini de compter les pulsations. Je me demandai à quoi il pensait. Je le regardai dix bonnes minutes avant qu'il se lève, les yeux rouges, l'air égaré. Il ne me vit pas, ayant pris la direction opposée.

Je fis rouler ma chaise à sa suite. « Docteur Stone ! », dis-je. De toutes les fibres de mon être j'avais envie de crier : *Père !*

Il s'approcha. « Docteur Stone, répétai-je. Est-ce qu'on ne peut pas démêler les vaisseaux et évacuer son caillot ? Et même si l'opération rate, on n'aura rien perdu, puisque c'est sa seule chance. »

Il songea un moment.

« Fils, ils disent que le tissu est… désolé pour l'expression… de la consistance du papier toilette mouillé. Du sang mêlé à du cerveau. La pression est telle, qu'il suffirait de le toucher pour aggraver l'hémorragie. »

Je ne pouvais pas accepter une telle chose. « Et vous, vous ne pouvez pas le faire ? Vous et Deepak. Vous avez déjà fait des trépanations. J'ai déjà fait des trépanations. Qu'est-ce qu'il y a à perdre ? Donnons-lui cette chance ! »

Il attendit assez longtemps pour que je comprenne de moi-même l'ineptie de ma proposition. Il posa la main sur mon épaule. Il me parla avec douceur, comme à un jeune collègue, pas à son fils. « Marion, rappelez-vous le onzième commandement, dit-il. Tu n'opéreras pas le jour de la mort d'un patient. »

Stone m'apporta le scanner de Shiva dans ma chambre. La vision de l'énorme tache blanche qui s'étendait aux deux hémisphères et jusqu'aux ventricules fut un choc pour moi. Cette tache (qui représente la présence du sang sur les scanners) compressait le cerveau à l'intérieur des confins rigides du crâne. C'est alors que je compris qu'il n'y avait pas d'espoir.

À cause de l'anévrisme, Shiva ne pouvait pas donner son cœur ni ses reins, de crainte que ces organes puissent en être également affectés.

Hema ne voulut pas assister au débranchement du respirateur. Je demandai à demeurer seul avec Siva quand il mourrait.

Hema lui dit adieu.

J'étais à l'extérieur quand Vinu l'aida à sortir de la chambre. C'était à fendre le cœur de voir ma mère, la tête couverte de son sari, les épaules affaissées, quitter son enfant qui respirait encore. Elle devait avoir l'impression de l'abandonner. Tous les yeux de l'assemblée étaient sur elle, et aucuns n'étaient sec en la regardant se diriger vers la salle de recueillement dans son sari étincelant.

Deepak m'aida à monter dans le lit de Shiva. Il était huit heures du soir. Je m'allongeai à côté de lui. On avait tout enlevé excepté le tube trachéal et l'intraveineuse. Deepak décolla le tissu adhésif qui retenait le tube à la joue de Shiva. Puis, à mon signe, il injecta de la morphine dans la canule de l'intraveineuse. S'il y avait encore une partie du cerveau de Shiva qui était en vie, nous ne voulions pas qu'il souffre, qu'il ait peur ou qu'il suffoque. Deepak arrêta le respirateur, fit taire son ululement immédiat de protestation, retira le tube endotrachéal de la bouche de Shiva et quitta la pièce.

Je restai allongé là, la tête contre celle de Shiva, un doigt sur le pouls de sa carotide. Son corps était chaud. Il ne respira pas une seule fois après qu'on lui eut enlevé le tube. L'expression de son visage ne changea pas. Son pouls demeura régulier pendant une minute avant de s'arrêter comme s'il venait de réaliser que ses compagnons de toute une vie – les poumons – l'avaient lâché. Son cœur se mit à battre plus vite, devint faible, puis, avec une dernière pulsation, s'arrêta. Je pensai à Ghosh. De tous ces types de pouls, celui-ci était le plus rare et le plus commun, une qualité duelle que tous possèdent : la potentielle et l'absente.

Je fermai les yeux et me collai contre Shiva. Je serrai dans mes bras, son crâne contre le mien, mouillé de mes larmes. Je me sentais physiquement vulnérable d'une manière que je n'avais jamais éprouvée quand nous étions sur deux continents différents, comme si par sa mort ma propre biologie venait d'être transformée. La chaleur quittait rapidement son corps.

Je berçai Shiva, mon crâne calé contre le sien, me rappelant que si longtemps il avait été incapable de s'endormir autrement. Je ne voulais pas quitter ce lit, le désespoir m'avait envahi. Chang et Eng étaient décédés à quelques heures l'un de l'autre, le jumeau vivant ayant refusé d'être séparé du mort. Je le comprenais très bien. Que Deepak m'injecte une dose de morphine mortelle, laisse ma vie finir ainsi, que ma respiration cesse, que mon pouls faiblisse et disparaisse. Que mon frère et moi quittions le monde dans une étreinte identique à celle qui nous avait unis quand nous avions commencé à vivre dans le ventre de notre mère.

Je pensai à Shiva recevant le télégramme, me rejoignant, risquant sa vie pour me sauver. Aurais-je fait la même chose pour lui ? Peut-être que lorsqu'il m'avait vu, il avait ressenti la même chose que moi maintenant : ce qui s'était passé entre nous n'avait pas d'importance, la vie ne vaudrait pas la peine d'être vécue et finirait bientôt si quelque chose arrivait à l'autre.

Son corps continuait à perdre de la chaleur dans mes bras comme s'il l'emportait avec lui, la siphonnait. Je me rappelai le jour où nous avions monté la colline en courant, nous relayant pour porter aux urgences un enfant sans vie et glacé, suivis par ses parents. Maintenant c'était lui l'enfant sans vie.

Les minutes passèrent.

Finalement, ce fut la rude froideur de la peau de Shiva, la terrible séparation qu'elle traçait entre les vivants et les morts, la désarticulation de notre union, qui me força à une nouvelle manière de comprendre, de nous considérer à la lumière d'une attrition aussi rapide, et voici ce que j'en conclus :

Shiva et moi étions un seul être : Shiva/Marion.

Même quand nous étions séparés par un océan, même quand nous croyions être deux, nous étions Shiva/Marion.

Il était le roué et j'étais le quasi puceau, il était le génie qui apprenait sans effort tandis que je suais sang et eau pour le même résultat ; il était le célèbre chirurgien de la fistule et je n'étais qu'un chirurgien traumatologue parmi d'autres. Si nous avions échangé nos rôles cela n'aurait strictement rien changé à l'ordre de l'univers.

Le destin et Genet avaient conspiré à détruire mon foie, mais Shiva avait eu son rôle dans le destin de Genet, et par conséquent le mien. Chacune de nos actions se révélait être dépendante de l'autre. Mais ensuite, grâce à une opération brillante et hardie pour réaliser une nouvelle répartition de nos organes, Shiva/Marion s'était réajusté. Quatre jambes, quatre bras, quatre reins et ainsi de suite, mais au lieu de deux foies, nous étions descendus à un. Puis le karma et la malchance nous avaient porté encore plus loin, nous avaient obligé à d'autres concessions : nous avions perdu du terrain de son côté, quelques organes étaient morts. OK – presque tout était mort de son côté, mais nous avions encore la moitié de son foie, qui allait à merveille. Ce que nous devions faire à présent, c'était d'économiser encore, séparer encore en deux ce qui restait : aux grands maux les grands remèdes : deux jambes suffisaient, et de même pour les yeux, les reins. Nous fonctionnerions avec un demi-foie, un cœur, un pancréas, deux bras... mais nous serions toujours Shiva/Marion.

Shiva vit en moi.

Vous pouvez dire que c'est une bizarre construction de l'esprit que j'ai échafaudée pour continuer à vivre... Mais elle m'a permis de continuer à vivre. Elle m'a réconforté. Elle a séché mes larmes, m'a aidé à détacher mes bras et mes jambes du corps dont nous étions en train de nous dépouiller. Dans le silence sinistre de cette chambre bourrée de machines toutes silencieuses, les stores baissés, et son cadavre glacé à mon côté, je sentis que c'était Shiva qui me guidait. Il avait réchappé au naufrage et il me disait de penser ainsi, et c'était tout à fait dans sa logique. *Un à la naissance, brutalement séparés, nous voici un à nouveau.*

Ils m'attendaient à la porte, *comme des vampires qui vous accueillent en enfer*, me dis-je. Mais ils ne pouvaient pas savoir ce qui venait de se passer, aussi je ne leur en voulus pas. Ils agissaient avec les meilleures intentions du monde. Thomas Stone, Deepak, Vinu et un grand nombre d'infirmières et d'aides-soignants – mes amis, ma famille de Notre-Dame avant d'être ceux qui m'avaient soigné. Je serrai toutes les mains et les remerciai pour nous deux. Je pense qu'ils vous diraient que j'étais calme, bien différent de ce à quoi ils s'attendaient. Je gardai Thomas Stone pour la fin. Après lui avoir serré la main, je suivis un instinct irrationnel – celui de Shiva, je pense, certainement pas le mien – qui me dit de l'étreindre, non pour prendre mais pour donner. Pour qu'il sache qu'en tant que père il se révélait qu'il avait fait ce qu'il devait ; il vivait en nous et nous vivions grâce à sa compétence. La façon dont il s'accrocha à moi comme s'il était en train de se noyer m'apprit que j'avais fait le bon choix, ou que Shiva l'avait fait, aussi étrange que cela fût.

Je me dirigeai lentement vers notre salle de recueillement, une appellation mal choisie pour un endroit où l'on apprenait les mauvaises nouvelles, où se trouvaient des fauteuils, une table, un canapé, une grande baie vitrée, une croix au mur, mais pas de télé ni de magazines, rien qu'une solide porte capitonnée. Combien de fois avais-je fait ce chemin en tant que chirurgien traumatologue ? Bien souvent j'avais hésité devant le seuil, conscient de la dévastation que la nouvelle que j'apportais allait causer. Avais-je honoré les sentiments et la dignité de ceux qui attendaient dans cette pièce, les parents, les frères et sœurs, conjoints et enfants, même si ce que j'avais à dire brisait tous leurs espoirs ? Je me rappelais chacune de ces rencontres, chaque visage qui s'était tourné vers la porte, reflétant l'expectative ou l'appréhension au moment où je l'avais ouverte.

Hema, les mains croisées devant elle, regardait par la fenêtre les lumières du lotissement du Cuirassé qui jouxtait le bâtiment du personnel, et la silhouette lointaine du pont au-delà. Elle me tournait le dos. Elle vit mon reflet dans la vitre, mais contrairement à chacune des personnes qui m'avaient attendu dans cette pièce, elle ne se retourna pas. Je m'arrêtai, tenant la porte ouverte. Je vis ses yeux s'agrandir, ses sourcils se lever. Elle soutint longuement mon regard. Son visage marquait la surprise… comme si elle ne voyait pas la personne qu'elle s'attendait à voir.

« Nous voici, Ma », dis-je.

Elle pencha la tête. Elle porta une main à son menton, les doigts rassemblés et posés de manière contemplative sur sa joue en une attitude exagérée. Elle regarda mon visage, mon reflet, tout comme une paysanne surprise en train de tirer l'eau du puits et qui doit maintenant deviner les desseins de l'avatar de haute taille qui se tient derrière elle, un sourire aux lèvres.

Puis, au ralenti, comme si tout cela était une danse, et que nous fussions tous deux des danseurs, elle se retourna pour me faire face.

Je m'approchai. « Nous voici, Ma, dis-je à nouveau, lui tendant les mains. Nous pouvons rentrer maintenant. »

Cela avait dû lui sembler une chose très étrange à dire, et même la chose à ne pas dire. Vivre purement dans l'ici et maintenant, regarder en avant mais jamais dans le passé – c'était du Shiva tout craché. « Nous voici », avais-je dit.

Elle vint dans mes bras.

Je la serrai fort.

Chapitre 53

ELLE VIENT

Par un beau matin, tout juste deux semaines après le transfert de Shiva, Hema et moi prîmes congé de Notre-Dame du Perpétuel-Secours. Thomas Stone insista pour nous accompagner. Nous sortîmes dans un air si vif que j'avais l'impression qu'il suffisait de tousser ou d'éternuer pour le briser comme du verre. La façade en brique de Notre-Dame du Perpétuel-Secours scintillait de rosée quand nous fîmes nos adieux. La récente exposition médiatique de l'hôpital lui avait valu des fonds spéciaux de la ville et avait permis de faire des réparations urgentes. En conséquence de quoi le monsignore au centre du bassin n'était plus de travers et il avait été débarrassé de son support ainsi que de sa croûte de fiente. Nettoyé et ingambe, il semblait à la fois émasculé et étranger à l'endroit où j'avais passé les sept dernières années de ma vie.

Notre taxi traversa le pont Whitestone en direction de Kennedy Airport. Le soleil venait à peine de se lever et pourtant l'autoroute était bondée de voitures. Leurs conducteurs solitaires étaient isolés les uns des autres par des parois de métal fin comme du papier à cigarette qui à ces vitesses n'offraient que l'illusion de la protection. Nous nous engageâmes dans le trafic tels des soldats à la parade rejoignant la formation. Hema jetait au dehors des regards méditatifs pareils à ceux que j'avais eus sept ans auparavant. Je me demandai si elle entendait le bourdonnement de l'hyperconscience, le superorganisme qui empêchait tout cela de sombrer dans le chaos.

L'année 1986 avait été désastreuse pour notre famille. Hema pensait que cela avait à voir avec le chiffre, qui contenait le 1 de la naissance et le 8 du destin. 1986 avait commencé avec l'explosion de la navette Challenger le vingt-huitième jour du premier mois. Puis la tragédie de Tchernobyl avait eu lieu exactement quatre-vingt-huit jours après le désastre de Challenger. À cette échelle, la mort d'un jumeau – le 18 du mois – comptait à peine.

Il y eut une autre mort huit jours plus tard qui nous toucha : Holmes, mon voisin, vint nous apprendre en compagnie d'Appelby, le détective, que Genet était décédée à l'infirmerie de la prison de Galveston, juste quand je commençais à reprendre des forces. Son fils avait été adopté par une famille texane et elle était allée le chercher. Elle avait vécu de la mendicité dans une cabane en carton à quelques rues de la digue. Elle avait été ramassée par la police alors qu'elle n'était presque plus qu'un squelette – elle ne survécut que deux jours. On pensait qu'elle était morte d'une insuffisance surrénalienne causée par la tuberculose. Mais moi je savais qu'elle était morte d'avoir poursuivi la « grandeur », morte de n'avoir pas su la reconnaître chaque fois qu'elle avait été à sa portée. Elle n'avait pas été capable de comprendre qu'il fallait travailler pour l'obtenir ou la conserver. J'ai honte de dire que je me sentis soulagé à cette nouvelle. Seule sa mort pouvait m'assurer que nous ne continuerions pas de nous déchirer pour le restant de nos jours.

Dans le hall des départs internationaux j'entendais des bribes de bengali, d'arabe, et de tagalog. Un homme en partance pour Lagos se plaignait dans un pidgin grinçant que la British Airways c'étaient des voleurs parce qu'il n'était pas possible qu'il ait une surcharge de deux kilos. Dans cet environnement, sans sa blouse blanche ou sa tenue verte, Thomas Stone avait l'air d'un nouvel arrivant.

« Vous reviendrez, Marion ? » me demanda-t-il quand il fut temps de se dire adieu.

Je savais seulement que je voulais être aux côtés d'Hema quand elle enterrerait les cendres de Shiva au côté des restes de Ghosh et de sœur Mary Joseph Praise. La grotte jouxtant le mur de Missing, à portée d'oreille du petit ruisseau, se transformait rapidement en caveau de famille. Je revenais aussi pour voir l'infirmière en chef, Almaz et Gebrew. Je savais que ma présence serait une consolation pour eux. À part ça, je n'avais pas beaucoup pensé à mon avenir.

« Bien sûr que je reviendrai, dis-je. J'ai toujours ma maison, la voiture, le travail…

— Faites attention à ce que vous mangez et buvez… » dit-il. C'était sa façon de me confier son ouvrage.

Je me sentais mieux que bien. Les greffés devaient se battre pour empêcher leur corps de rejeter l'organe qui leur avait sauvé la vie. La cortisone qu'ils prenaient pouvait provoquer cataracte, diabète, fracture de la hanche et autres effets secondaires. Moi, j'avais la chance de n'avoir pas à avaler une seule pilule. Je n'avais pas mal si on excepte les élancements sous mes côtes que je jugeais plus prometteurs que douloureux puisqu'ils étaient le signe que le demi-foie de Shiva se développait pour occuper complètement son nouveau foyer.

« Et vous ? » Je n'avais pas encore trouvé le moyen de m'adresser de manière confortable à mon père. C'était « docteur Stone » à l'hôpital, et rien en dehors. « Il y a un boulot qui vous attend à votre retour ? » plaisantai-je. Il n'avait pas mis les pieds à Boston depuis que j'étais tombé malade.

Son lent sourire ne fit qu'exagérer la tristesse de son visage. Il avait fait de la mort de Shiva une affaire personnelle, comme si le destin ne lui avait pas pardonné d'avoir jadis essayé de le supprimer, de sorte que lorsqu'il l'avait opéré, sa première intention l'avait trahi.

Mon père ne me serra pas la main. Notre unique étreinte après la mort de Shiva valait pour la vie. Nous nous séparâmes sur un signe de tête.

Mais Hema prit la main de Thomas Stone dans les siennes. J'avais raté leur réunion à mon chevet. Aujourd'hui je jetais sur eux le regard plein de curiosité d'un enfant.

« Thomas, arrêtez ça immédiatement ! dit Hema, le grondant à cause de son expression mélancolique. Vous avez fait tout ce que vous pouviez, vous m'entendez ? Vous avez agi de votre mieux pour vos fils. Personne au monde n'aurait été capable de faire ce que vous avez fait. Thomas, si Ghosh était ici, il dirait la même chose. Il aurait été si fier de vous, et il aurait dit : "Poursuivez votre travail, c'est très important." » Elle lâcha sa main après l'avoir tapotée une dernière fois avant de tourner les talons.

Comme notre avion virait au-dessus de Queens pour se diriger vers le large, je songeai aux mots d'adieu d'Hema à Stone. C'était sa façon de s'excuser de l'avoir considéré comme un monstre pendant toutes ces années. Elle le quittait soulagée.

Des problèmes techniques survenus à l'escale de Rome ayant retardé le départ de notre vol de quatorze heures, une idée me vint. Bientôt Hema et moi nous trouvions de nouveau dans un taxi sur une autoroute, mais cette fois-ci nous nous dirigions vers le centre de Rome. Nous étions comme des enfants qui font l'école buissonnière.

Hema n'avait pas été difficile à convaincre. Nous descendîmes à l'Hassler, le meilleur hôtel de Rome, m'avait-on dit. C'était un magnifique bâtiment qui donnait sur la place d'Espagne. Depuis le toit au coucher du soleil on voyait le dôme de Saint-Pierre qui se détachait sur le ciel rougeoyant.

Chaque matin nous allions faire un petit tour. Nous retournions à l'hôtel pour déjeuner et faire une longue sieste. Le soir nous flânions dans les rues et les ruelles autour de la place d'Espagne. Nous finissions par nous asseoir à une terrasse pour dîner. « Tout cela nous est si familier, non ? me dit Hema. Ces menus tapés à la machine et ronéotés, *minestrone pasta fagioli*, les serveurs en chemise blanche, pantalon noir, tablier blanc… » Je savais ce qu'elle voulait dire. Les Italiens avaient importé tout cela en Éthiopie, jusqu'aux parasols ouverts au-dessus des petites tables rondes en formica. Le visage d'Hema était plus serein que je ne l'avais jamais vu depuis que j'avais ouvert les yeux sur lui en reprenant conscience. « J'aurais aimé que Ghosh soit avec nous. Comme il aurait été content », fit-elle en souriant.

Le quatrième matin le concierge nous persuada de prendre un guide de l'hôtel. Que voulions-nous voir ? Nous lui répondîmes : « Surprenez-nous, menez-nous hors des sentiers battus dans des endroits où il n'y a pas trop à marcher et où il n'y a pas de queues. »

Nous commençâmes par Santa Maria della Vittoria, à dix minutes en voiture de l'hôtel. C'était une petite église de quartier, donnant sur la rue, avec les voitures qui passaient devant sa façade élaborée qu'on aurait dite plaquée sur une simple boîte en pierre. Notre guide nous apprit qu'elle avait été bâtie environ en 1624, d'abord dédiée à saint Paul et plus tard à la Vierge Marie. L'intérieur, avec une courte nef sous une voûte basse, était minuscule comparé à Saint-Pierre. Sur le côté, des colonnes corinthiennes aplaties contre les murs encadraient trois chapelles pas plus grandes que des niches, comportant pourtant une balustrade et un présentoir où brûlaient des cierges. Comme nous arrivions au bout de la nef, notre guide se tourna vers la gauche et tendit le doigt. « Voici la fameuse chapelle Cornaro », dit-il.

Il fallut quelques secondes à mes yeux pour transmettre la vision à mon cerveau, et encore plus de temps pour que celui-ci croie à ce qu'il voyait. La sculpture en marbre bleu flottant devant moi était L'*Extase de sainte Thérèse*, du Bernin. J'avais envie de faire taire mon guide pour dire : *Arrêtez, je connais cette sculpture.* Or, en vérité, ce que j'en connaissais n'était qu'une reproduction trouvée sur un calendrier que ma mère avait punaisée au mur de la pièce à l'autoclave. Elle y avait passé peut-être trente ans avant que Ghosh ne la décroche pour la faire encadrer à mon intention afin de la protéger. Cette reproduction était tout pour moi et pourtant elle n'avait jamais paru à son aise sur mes murs en Amérique, où elle avait l'air d'un souvenir bon marché pour touriste. Je l'avais emportée avec moi dans l'intention de la remettre là où je savais qu'elle se sentirait à sa place, la pièce à l'autoclave.

Je regardai Hema. Son visage était radieux. Elle comprenait. Quelle providence nous avait amenés jusqu'ici ? Sûrement, c'était une façon qu'avait Ghosh de manifester sa présence, car c'était le genre d'homme sur lequel on pouvait compter pour savoir que L'*Extase de sainte Thérèse* du Bernin se trouvait à quelques minutes de notre hôtel, même s'il n'avait jamais été à Rome. C'est lui qui nous avait amenés ici, non pour voir sainte Thérèse en marbre, mais pour voir sœur Mary Joseph Praise en chair et en os, telle que je la voyais. *Je suis venu, mère.*

Nous allumâmes chacun un cierge. Hema se mit à genoux, la flamme jetant sur son visage une lumière tremblotante. Ses lèvres remuaient. Elle croyait à tous les dieux, et à la réincarnation ainsi qu'à la résurrection – elle ne voyait pas de contradiction en ces domaines. Comme j'admirais la manière dont elle exprimait sa foi sans aucune espèce de gêne. Une hindoue faisant brûler un cierge à une carmélite dans une église catholique.

Moi aussi je m'agenouillai. Je m'adressai à Dieu, à sœur Mary Joseph Praise, à Shiva et à Ghosh – tous ceux qui étaient avec moi en chair et en esprit. *Merci pour avoir fait que je vive et que je puisse voir ce rêve de marbre.* Je ressentis une immense paix, le sentiment qu'en venant ici j'avais bouclé la boucle et que maintenant le flot qui avait été retenu jusqu'alors était libéré, et que je pouvais me reposer. Si le terme d'extase signifie l'intrusion soudaine du sacré dans le quotidien, alors je venais d'en connaître une.

Ma mère avait parlé.

Ce que je ne savais pas alors c'est qu'elle avait encore d'autres choses à dire.

Chapitre 54

LES FEUX DU FOYER

Nous atterrîmes au crépuscule. Cela faisait sept ans que j'avais quitté Addis. Les bâtiments blancs de Missing semblaient arrondis aux coins, usés mais non restaurés, comme s'ils avaient été trouvés lors de fouilles archéologiques.

Quand le taxi passa devant le cabanon de Shiva, je demandai au chauffeur de me laisser descendre. Je dis à Hema de continuer sans moi et que je voulais faire le reste du chemin à pied.

Je restai à écouter dans le silence. Le bruissement sec des feuilles ressemblait à celui que fait une main d'enfant qui plonge dans un tas de pièces de monnaie. Ce son n'était plus menaçant pour moi. Je trouvai le bord de trottoir enfoncé qui avait arrêté la moto, mais pas son cavalier. Je portai le regard plus bas vers les arbres et les ombres où il était tombé. L'endroit ne me faisait plus peur. Tous les fantômes avaient disparu. Le prix qu'ils exigeaient avait été payé. Je n'avais plus rien à donner, et rien à craindre. Je regardai par-dessus les arbres en direction de la ville. Le ciel était la toile d'un peintre fou, comme si à mi-chemin l'artiste avait abandonné le bleu pour éclabousser la palette d'ocre, de violet et de noir. La ville illuminée était çà et là obscurcie par de grandes bouffées de brume qui brouillaient ma vue, pareilles à la fumée de nombreuses petites batailles.

Je remontai en direction de la maison, avec des milliers de souvenirs de Shiva et moi courant à trois jambes pour ne pas être en retard au dîner, de nous deux avec Genet revenant de l'école, de Zemui arrivant sur sa moto avant de faire les derniers cent mètres à pied. Plus loin je voyais des silhouettes groupées devant notre taxi, et Hema. Puis l'infirmière en chef, Gebrew, Almaz se séparèrent du véhicule, se détachant sur les dernières braises du ciel, m'attendant.

Cela faisait juste trois jours que j'étais de retour quand l'infirmière en chef me fit appeler aux urgences. Une petite fille qui avait reçu un coup de corne dans l'abdomen se vidait de son sang sous nos yeux. L'enfant serait morte si on avait essayé de l'emmener ailleurs. Je la portai immédiatement à la salle d'opération n° 3 et découvris l'hémorragie. Ce qui suivit – enlever les parties de l'intestin endommagées, nettoyer la cavité péritonéale, pratiquer une colostomie, n'était rien qu'ordinaire, mais son effet sur moi ne le fut pas. Je sentis que j'étais sur une terre consacrée, à la place que Thomas Stone, Ghosh et Shiva avaient occupée, bistouri en main. L'opération achevée, quand je me tournai pour partir, repoussant du pied le seau et les fils qui étaient par terre, je levai les yeux et je vis Shiva dans la vitre qui séparait la salle n° 3 de sa sœur toute neuve, la salle n° 4. Cette vision me coupa le souffle. Je me rappelai les premiers mots de Shiva quand l'exécution des chiots de Koochooloo lui fit rompre le silence. *Et toi, tu oublierais si quelqu'un me tue moi ou Marion ?*

Non, Shiva, nous ne t'oublierons jamais, dis-je à mon reflet. En disant cela je crois que je décidai de mon avenir.

Parmi les affaires de Shiva je trouvai dans sa chambre une clé attachée à un porte-clés en forme de Congo. Il y avait dans son cabanon une moto à l'allure étrange, avec de gros pare-chocs rouge vif, un réservoir en forme de larme, des guidons pareils à des cornes de vache et de magnifiques roues chromées. Hema m'apprit que Shiva l'avait achetée d'occasion quelques années auparavant et qu'il n'arrêtait pas de bricoler dessus. Il ne sortait avec que la nuit, quand il n'y avait pas de circulation. Le moteur en forme de pis me paraissait familier, et son sourd grondement quand je le démarrai révéla sa véritable identité.

J'opérais trois jours par semaine, et quand mon billet de retour vint à expiration, je ne fis rien.

Le foie de Shiva fonctionnait magnifiquement en moi année après année, aidé par les injections d'immunoglobuline contre l'hépatite B. Le virus devint à ce point latent que mes examens finirent pas montrer que je n'étais plus porteur et que je ne pouvais donc infecter personne. L'infirmière en chef prétendait que c'était un miracle, et je devais lui donner raison.

En 1991, cinq ans après mon retour, debout à la porte de Missing, tout comme lorsque j'étais enfant, je vis passer les forces du Front de libération populaire du Tigré et d'autres combattants de la liberté qui se dirigeaient vers la ville. Ils portaient les mêmes chemises, shorts et sandales pratiques que les guérilleros que j'avais vus en Érythrée, la poitrine barrée de cartouchières, le fusil à la main. Ils ne défilaient pas en rang, mais leurs visages reflétaient la discipline et la confiance de ceux qui ont foi en leur cause. Il n'y eut ni pillages ni destructions. Le seul pillage fut perpétré par le camarade-président à vie, qui vida les caisses du Trésor et prit la fuite avec son butin au Zimbabwe, où un autre pillard, Mugabe, lui donna asile. Mengistu était un personnage méprisé, une plaie de la nation, un homme dont personne jusqu'à ce jour ne peut rien trouver de bon à dire. Almaz déclara que les âmes de tous ceux qu'il avait assassinés étaient rassemblées dans un stade, attendant de lui offrir une réception lorsqu'il passerait là en chemin pour son voyage pour l'enfer.

Tous les soirs j'allais voir l'infirmière en chef avant de me coucher. Elle était toute tremblante et courbée par l'âge, mais son amour de la vie n'avait pas changé. Nous buvions une tasse de cacao. Dans le fond on entendait son seul 33-tours – Bach – qui passait sur le petit gramophone que je lui avais offert. Elle ne se lassait jamais du *Gloria* qui pour moi était inséparable d'elle. Son regard se perdait dans le lointain et elle souriait comme si elle avait toujours su que je reviendrais dans le pays que j'avais renié naguère. L'infirmière en chef espérait être appelée par Dieu soit pendant qu'elle priait, soit pendant qu'elle dormait, et Il l'exauça. Ce fut en 1991, quelques mois après la fuite du président à vie. Je la trouvai dans son fauteuil, alors que le disque tournait encore sur le gramophone. Le matin précédent elle supervisait la plantation d'une nouvelle rose, la *Rosa rubignosa Shiva*, qu'elle avait fait enregistrer à la Royal Society. Je crus voir la ville entière, riches et pauvres mêlés, à ses funérailles. Almaz dit que les sentiers du ciel étaient pavés des âmes de ceux qui étaient reconnaissants à l'infirmière en chef, et qu'elle trônait à côté de Marie.

Almaz et Gebrew étaient à la retraite et confortablement installés dans de nouvelles chambres construites pour eux, libres de passer le temps comme bon leur semblait. Je suppose que je n'aurais pas été surpris qu'ils le passent en jeûnes et en prières.

L'institut Shiva Stone pour le traitement de la fistule, avec Hema à sa tête, prit de l'importance en même temps qu'augmentaient ses fonds. Hema travaillait tous les jours et de jeunes gynécologues, originaires d'Éthiopie mais aussi de toute l'Afrique, venaient apprendre et reprendre le flambeau. La stagiaire en chef, à qui j'avais rendu visite dans sa chambre tant d'années auparavant, était devenue une assistante habile sous la tutelle de Shiva et aujourd'hui, encouragée par Hema, elle était elle-même chirurgienne, bien adaptée à l'enseignement des ieunes médecins qui venaient apprendre à traiter cette maladie. Je voulus absolument savoir son prénom et elle finit par me dire que c'était Naeema. Mais elle ne l'utilisait jamais ; même pour elle-même, elle était devenue « la stagiaire en chef ».

En classant les papiers de l'infirmière en chef, je découvris que le donateur anonyme qui aidait modestement depuis tant d'années le travail entamé par Shiva n'était autre que Thomas Stone. Maintenant il travaillait à attirer des fonds pour Missing.

Je dus attendre 2004 pour que le message de sœur Mary Joseph Praise me parvienne enfin. C'était juste après le nouvel an du calendrier occidental, époque où les mimosas qui entouraient les bâtiments des consultations avaient fait éclore leurs fleurs violettes et jaunes et où Missing baignait dans l'odeur de la vanille.

J'étais allé dans la pièce à l'autoclave entre deux opérations. Le cadre de L'*Extase de sainte Thérèse* était légèrement de travers. En le redressant, je vis que le crochet tenait mal, et, en prenant le cadre pour raffermir le crochet, je remarquai que le carton du dos s'était décollé dans un coin. La pièce était toujours humide à cause de l'autoclave, ce qui avait apparemment affaibli la colle. En essayant de recoller le carton j'aperçus une fine feuille de papier (genre papier bible) à travers laquelle transparaissaient des lignes tracées à l'encre bleue.

Je la sortis.

Je retombai en arrière dans mon fauteuil. Mes mains ne tremblent jamais, mais je ne sais pas pourquoi, ce délicat bout de papier frémissait légèrement.

La feuille semblait décolorée par l'âge, presque transparente, sur le point de tomber en poussière. Comme Ghosh, j'eus un instant pour décider de lire ou non une lettre qui ne m'était pas destinée. J'étais sûr que c'était la lettre que ma mère avait écrite juste avant ma naissance. C'était donc Ghosh qui l'avait. Elle m'avait été transmise quand j'avais eu vingt-cinq ans. Je l'avais emportée en Amérique, puis l'avais rapportée ici. Pendant vingt-cinq ans j'avais ignoré qu'elle était en ma possession. Jusqu'à ce jour. « Quand est-ce que tu viens, Maman ? » demandais-je quand j'étais petit en regardant la reproduction. Elle était enfin venue.

Chapitre 55

La lettre

Le 19 septembre

Cher Thomas,

La nuit dernière, Dieu m'a ordonné de vous confesser ce que je n'ai confessé à personne, pas même à Dieu. Il y a des années, à Aden, je me suis détournée de Dieu alors qu'Il s'était détourné de moi. Une chose m'est arrivée qui ne devrait arriver à aucune femme. Je n'ai pas pu pardonner à l'homme qui m'a fait du mal. Je n'ai pas pu pardonner à Dieu. La mort aurait été préférable à ce que j'ai enduré. Mais je suis venue ici, à Missing. Je suis venue en habit de religieuse pour cacher mon amertume et ma honte au monde.

Il est écrit dans Jérémie 17 : « Le cœur est rusé plus que tout, et pervers, qui peut le pénétrer ? » Je suis venue en Éthiopie par ruse.

Mais notre travail m'a changée. J'aurais voulu être votre assistante jusqu'à mon dernier souffle. Aujourd'hui, les choses ont de nouveau changé.

Il y a quelques mois, vous étiez comme possédé, et j'ai essayé de vous réconforter. Maintenant je suis enceinte. Vous n'avez rien à vous reprocher.

Il a été difficile de cacher mon corps à l'infirmière en chef et aux autres. Bien souvent j'ai songé à vous le dire. Je n'en ai jamais trouvé le moyen. Mais maintenant j'ai peur. Je n'ai pas beaucoup de temps. La nuit dernière les mouvements se sont amplifiés. Cela m'a fait penser : et si Thomas veut que je reste ? Je ne devrais pas quitter Missing comme je suis venue, en me cachant et par ruse. C'est pourquoi je vous écris.

Je dois fuir Missing pour vous épargner ma honte tout comme j'y suis venue pour cacher ma honte. Si vous venez me voir après avoir lu cette lettre, je saurai que vous souhaitez que je reste avec vous. Mais quoi que vous fassiez, mon amour sera toujours le même.

Mary

Il me fallut une concentration énorme pour terminer ma dernière opération – une vagotomie et une gastro-jéjunostomie de routine pour un ulcère du duodénum – sans laisser mon esprit vagabonder. Enfin, la lettre à la main, je retournai chez moi comme si je n'avais jamais emprunté ce sentier.

Elle l'aimait. Elle l'aimait tant qu'elle était venue le retrouver en quittant Aden. Les taches de sang avec lesquelles elle était venue à Missing m'avaient appris ce qu'elle n'avait pas pu dire. Elle était allée retrouver le médecin – l'homme – qu'elle avait rencontré sur ce bateau. Et puis, des années plus tard, elle l'avait aimé au point qu'elle avait été prête à le quitter. Puis elle avait attendu qu'il vienne, ou pas.

Mais Thomas Stone n'était pas venu. Il était évident qu'elle avait eu conscience de son entrée. Quand il l'avait prise dans ses bras, l'avait portée, avait couru avec elle, elle avait dû interpréter comme des déclarations d'amour chacune des larmes qui tombaient de ses yeux sur son visage. Il n'était pas venu à cause de la lettre : il ne l'avait pas reçue. Il était venu parce qu'une partie de lui savait ce qu'il avait fait, et ce qu'il avait à faire : une partie de lui savait ce qu'il ressentait.

Je me représentai Ghosh, après la mort de ma mère, entrant dans la chambre de Thomas Stone, à sa recherche. Il devait avoir vu sur son bureau le nouvel exemplaire du manuel avec le signet et, dessus, peut-être bien en évidence, cette lettre. Thomas Stone n'avait jamais vu le livre ni la lettre parce que la nuit précédente il avait dormi dans le fauteuil de son bureau, comme souvent, et parce qu'après la mort de ma mère il n'était pas retourné à sa chambre. Pourquoi Ghosh ne s'était-il pas contenté d'envoyer la lettre directement à Thomas Stone ? Thomas ne lui avait pas écrit, et n'avait communiqué d'aucune manière. Pour commencer, Ghosh n'avait pas d'adresse. Mais avec les années, il aurait probablement pu la trouver. Après tout, Eli Harris l'avait toujours connue. Mais peut-être qu'alors Ghosh était blessé par le silence de Stone, par le fait qu'il ait voulu oublier son vieil ami et le laisser s'occuper de ses enfants tandis qu'il fuyait le passé. Avec le temps, Ghosh avait peut-être réfléchi à l'effet que la lettre ferait sur Stone. Peut-être ne serait-ce pas un service à lui rendre que de la lui envoyer. Cela aurait pu précipiter une nouvelle fusion nucléaire ou, ainsi qu'Hema l'avait toujours craint, l'aurait incité à venir réclamer les enfants. Et peut-être Stone n'aurait-il pas compris – ou cru – ce que disait cette lettre.

Puis, la mort venant, cette lettre avait dû lui peser sur la conscience. Et si son contenu pouvait sauver Stone, soulager son cœur ? Et si elle l'incitait à remplir, même tardivement, son devoir envers ses enfants ? Alors le ressentiment que Ghosh pouvait avoir contre Stone, s'il en avait jamais eu, avait disparu.

Donc Ghosh avait fini par donner le manuel à Shiva et la lettre à moi, mais cachée. Je m'émerveillai qu'un mourant ait eu la prévoyance de dissimuler une lettre dans un cadre. C'était l'abandonner au destin – comme cela ressemblait à Ghosh ! Quand trouverais-je Thomas Stone ?

Quand trouverais-je la lettre ? Et si je la trouvais, donnerais-je la lettre à son destinataire ? Ghosh me laissait faire comme bon me semblerait. Cela aussi, c'est l'amour. Cela faisait plus d'un quart de siècle qu'il était mort et il continuait à m'apprendre à quel point la confiance ne peut provenir que du véritable amour.

« Shiva », dis-je en levant les yeux au ciel, où les étoiles se préparaient à leur spectacle nocturne tandis que je me rappelais la nuit où j'avais quitté Missing en hâte, et où Shiva m'avait confié le livre de mon père – le *Petit manuel*, avec le signet dedans. Les quelques mots qu'y avait écrits ma mère avaient été les seuls indices de l'existence d'une lettre. Jadis, au téléphone, je lui avais demandé : « Shiva, pourquoi m'as-tu donné le livre ? » Il ne savait pas. « Je voulais que tu l'aies », était tout ce qu'il avait pu dire. Le monde change de direction à chaque action ou omission, que nous en ayons conscience ou non.

De retour chez moi, je m'assis, posai la lettre sur mes genoux et d'une main tremblante je composai le numéro de Thomas Stone. Mon père, qui avait dépassé les quatre-vingts ans, était maintenant professeur honoraire. Deepak disait que sa vue baissait mais que ses mains étaient encore si bonnes qu'il aurait pu opérer dans le noir. Si jadis Thomas Stone avait dû sa célébrité au *Petit manuel de chirurgie tropicale*, il était aujourd'hui célèbre pour avoir été l'auteur d'une première dans le domaine de la greffe. J'étais la preuve que l'opération était efficace, mais la mort de Shiva était la preuve qu'elle comportait des risques. Les chirurgiens du monde entier avaient appris à pratiquer l'intervention et de nombreux enfants nés avec un système de drainage de la bile déficient avaient été sauvés par le don d'une partie du foie de leur père ou de leur mère.

J'entendis dans l'écouteur le silence qui plane au-dessus de la Terre, puis dans cet éther, la sonnerie du téléphone aux sommations aiguës, si brusques et efficaces, comparées aux indolents clics analogiques et aux grossiers grelots de notre téléphone local. J'imaginai le combiné en train de carillonner dans l'appartement dans lequel j'étais entré un jour et avais laissé une boîte de sardines ouverte pour que Thomas Stone sache que son fils avait fait son apparition dans son monde.

Je pensai à ma mère en train d'écrire cette lettre, avec toute sa vie compressée sur une seule face de ce papier. Elle l'avait probablement déposée, avec le livre et le signet, en fin d'après-midi, quand elle avait été prise par les douleurs. Dans la nuit elle était progressivement entrée en état de choc, et le jour suivant elle était morte. Mais pas avant que Thomas Stone ne fût venu à elle. C'était le signe qu'elle avait attendu. Il avait agi comme il fallait et pourtant il l'avait ignoré pendant un demi-siècle.

Thomas Stone répondit après la première sonnerie. Je me demandai s'il était parfaitement réveillé même si c'était le milieu de la nuit à Boston.

« Oui ? » La voix de mon père était vive et alerte, comme s'il s'attendait à cette intrusion, comme s'il était prêt à apprendre qu'un trauma ou une hémorragie cérébrale massive avait libéré un organe, ou qu'un enfant venait de naître avec une atrésie biliaire, ce qui arrivait une fois sur dix mille, et avait besoin d'un greffe du foie. La voix que j'entendis était celle de quelqu'un qui consacrait toute l'habileté et l'expérience qu'il avait dans ses neuf doigts à secourir ses semblables et qui transmettait cet héritage à une autre génération d'internes – c'était ce pour quoi il était né ; il ne savait rien faire d'autre. « Stone à l'appareil », dit-il, d'une voix qui me sembla toute proche, comme s'il était à côté de moi, comme si rien ne séparait nos deux mondes.

Remerciements

Ceci est une œuvre de fiction, et tous les personnages sont imaginaires, tout comme l'hôpital Missing. Certains personnages historiques, tels que l'empereur Hailé Sélassié et le dictateur Mengistu, sont réels. Une tentative de coup d'État a eu lieu en Éthiopie, mais cinq ans plus tôt que celui que je décris. Je me suis librement inspiré de ces chefs pour les personnages du colonel et de son frère. Les détails de leur capture et les paroles prononcées par le colonel au cours de son procès sont tirés des ouvrages suivants : *Ethiopia : A New Political History,* de Richard Greenfield ; *Ethiopia at bay : A Personal Account of the Haile Selassie Years.* Pour le contexte, je me suis appuyé sur les travaux de Richard Pankhurst, et le livre d'Edmond J. Keller *Revolutionary Ethiopia : From Empire to People's Republic.* Un médecin éminent nommé John Delly a été tué par un pillard, mais son dialogue avec l'infirmière en chef est imaginé. L'Ibis et les autres bars sont des inventions, de même que l'école LT&C. Toute ressemblance avec ma merveilleuse école (où Mr. Robbs et Mr. Thames m'ont encouragé à écrire) serait fortuite.

Les sources, les livres et les personnes cités ci-après ont été d'une aide inestimable : la scène de la naissance et les expressions d' « asphyxie blanche » et « dans l'obscurité du ventre de notre mère » sont inspirées, tout comme l'idée du récipient en cuivre, par *The Life of an Egyptian Doctor,* les merveilleux mémoires du grand obstétricien et chirurgien de la fistule, le regretté Naguib Mahfouz. L'essai de Nergesh Tejani décrivant ses expériences en Afrique avec les cliniques de version et la fistule, ainsi que notre correspondance, m'ont été très précieux. J'ai consulté les travaux publiés par le Dr. Reginald et Catherine Hamlin, pionniers de la chirurgie de la fistule. Je les ai fréquentés durant mes études et ai suivi leurs travaux avec attention. Récemment, j'ai eu l'opportunité de visiter l'« *Hospital by the River* », qui est aussi le titre des magnifiques mémoires de Catherine Hamlin. Les chirurgiens de la fistule décrits dans mon livre n'ont aucun rapport avec les Hamlin. Feu Sir Ian Hill était en réalité le doyen de la faculté de médecine et si j'utilise son nom et celui de Braithwaite, c'est en hommage à deux hommes qui m'ont fait confiance. Les tentatives de détournements d'avions de l'Ethiopian Airlines durant les années soixante et soixante-dix sont des faits historiques. L'un des pirates qui périt avec ses compagnons était une de mes condisciples à la faculté, de même que l'actuel premier ministre du gouvernement éthiopien, Meles Zenawi, qui s'engagea dans la résistance et finit par prendre la tête des forces qui renversèrent Mengitsu. L'héroïsme des agents de la sécurité et l'incroyable habileté des pilotes sont tout à fait réels. Ethiopian Arlines demeure, pour moi, la plus sûre et la meilleure des compagnies d'aviation internationales que j'aie empruntées, sans parler de l'hospitalité et du dévouement de son personnel de bord. La fièvre récurrente à poux a été étudiée par feu Peter Perine et feu Charles Leithead, et j'ai eu le plaisir d'examiner des patients en leur compagnie quand j'étais étudiant.

J'ai tiré les informations concernant Thérèse d'Avila et la statue du Bernin du livre de Cathleen Madwick, *Teresa of Avila : The Progress of a Soul.* Même après avoir vu l'original à Rome, sa description demeure à mes yeux particulièrement éclairante. Toutes les citations de sainte Thérèse, ainsi que ses pensées concernant la foi et la grâce, l'idée du Miserere récité par sœur Mary Joseph Praise à sa mort et l'odeur inexplicable sont également tirées de cette œuvre. L'expression « roucoulements célestes » est de H.M. Stutfiel tel que cité par Medwick.

Le vers « Je te dois la vision du matin » est tiré du poème de W.S. Merwin *To the Surgeon Kevin Lin*, initialement publié par le *New Yorker.* Une édition limitée de ce poème, due aux soins de Carole Campbell chez Ninja Press et signée par William Merwin, est encadrée dans mon bureau. J'ai une grande dette envers Ethan Canin, médecin, écrivain et ami, pour m'avoir invité au Festival des Écrivains où j'ai fait la connaissance de Reva Tooley et des personnes remarquables qui s'y retrouvent.

La phrase : « son nez était aussi pointu qu'un crayon » est tirée de *Henry V* et témoigne à mon sens du talent de Shakespeare pour l'observation clinique telle que je la décris dans « *The Thypoid State Revisited* », dans l'*American Journal of Medecine* (79/370 ; 1985).

Mes propres impressions d'Aden et des chiqueurs de khat ont été étayées par les descriptions extrêmement vivantes faites par Eric Hansen dans son merveilleux livre : *Motoring with Mohammed : Journeys to Yemen and the Red Sea,* ainsi que par *Eating the Flowers of Paradise : One Man's Journey Through Ethiopia and Yemen,* de Kevin Rushby. La femme portant le brasero à charbon sur la tête et les gens transportés à brouette sont tirés du livre d'Hansen.

J'ai trouvé ma documentation sur l'occupation italienne, la description de Aweyde et de nombreux aspects du conflit italo-éthiopien, y compris le désir de vaincre par n'importe quel moyen – *Qualsiasi mezzo* – dans le merveilleux ouvrage de Paul Theroux, *Dark Star Safari : Overland from Cairo to Capetown,* sans parler de nombreuses autres sources.

Biss Carnochan m'a montré une ancienne édition de son *Golden Legends : Images of Abyssinia, Samuel Johnson to Bob Marley* et m'a aidé à comprendre la manière dont les Européens se faisaient une idée de l'Éthiopie.

Moi-même et d'innombrables étudiants en médecine du Commonwealth admirions la *Short Practice of Surgery* de Bailey et Love. Le manuel de Stone est basé sur celui-ci, le wombat et l'histoire de l'appendice en sont tirés. Étudiant, j'étais impressionné par la photo de Bailey avec ses neuf doigts. Hormis cela, le personnage de Stone n'a aucun rapport avec Hamilton Bailey, qui n'a jamais pratiqué qu'en Angleterre.

« Il fallait prendre la bonne décision pour ne pas faire une nouvelle faute. C'était souvent la deuxième erreur faite à la hâte pour corriger la première qui était fatale au patient » et « L'argent couvre les fautes du riche. Mais c'est la terre qui couvre les fautes du chirurgien » sont tirés de *Aphorisms and Quotations for the Surgeon* de Moshe Schein. Pour ces idées et bien d'autres concernant la chirurgie, je suis redevable à Moshe, chirurgien atypique, brillant professeur, auteur de plusieurs merveilleux manuels de chirurgie, essayiste et ami. Non seulement il a lu les premiers jets, mais il m'a fait connaître la communauté des chirurgiens sur SURGINET. J'ai tiré de leurs rêveries plaisir, connaissances et idées, en particulier les détails sur la vasectomie, qui ont donné lieu à une série d'échanges mémorables. Karen Kwong a partagé avec moi ses expériences (et celles de son mari, Marty) en tant que chirurgien traumatologue, et elle fut une lectrice attentive du manuscrit tant au début qu'à la fin. Ses long emails éloquents me furent précieux et je ne pourrai jamais lui témoigner assez de reconnaissance et d'admiration. Merci également à Ed Salztein, Jack Peacock, Stuart Levitz, et Franz Theard. J'ai fait la connaissance de Thomas Starzl quand j'étais chef de clinique dans le Tennessee et j'ai depuis repris contact avec lui. C'est véritablement un chirurgien d'exception et sa première de la greffe du foie n'est pas fictive ; je le cite dans le livre. Thomas Stone est son contemporain de fiction. Francisco Cigarroa, président de l'University of Texas Health Science Center de San Antonio eut l'amabilité de me laisser assister à une greffe du foie qu'il pratiquait sur un enfant. L'équipe remarquable qui, à San Antonio, sous la direction de Glenn Halff, donne l'impression que la greffe du foie est une opération de routine, fait partie de l'héritage de Starzl – jusqu'il y a peu, il était juste de dire que tous les chirurgiens qui pratiquaient la greffe du foie avaient été formés par Starzl ou quelqu'un qu'il avait formé.

« La Naissance, la Copulation la Mort / Voilà les seuls faits qui comptent : Je suis né, et une fois suffit », est une citation partielle du *Sweeney Agonistes* de T.S. Eliot.

« C'est s'illusionner, en vérité, que de penser que la vie est tragique, car la vie est uniformément pire que tragique » est tirée de *The King and the Corpse*, de Henrich Zimmer, publié par John Campbell, tout comme « Nos actions autant que nos omissions deviennent notre destin. »

« Ils voyaient dans la peste un moyen sûr envoyé par Dieu de gagner la vie éternelle » est tirée de *La Peste* de Camus.

Je suis particulièrement reconnaissant à feu Ryszard Kapuscinski de m'avoir fait découvrir une ville et un pays que je croyais bien connaître. Les détails sur la cour de l'empereur, le palais, la fondation des services de santé, le personnage d'Amhara, l'escorte de motocyclistes, le ministre de la Plume, et les intrigues de palais, étaient des choses connues et parfois même vues par la plupart des habitants de la capitale, mais le talent particulier de Kapuscinski a été de nous les rendre plus visibles dans son extraordinaire ouvrage, *The Emperor.*

« Le serpent est encore assez retors pour se faufiler dans le trou » est une paraphrase de l'un des poèmes bhakti figurant dans l'anthologie publiée par feu A.K. Ramanujam, *Speaking of Siva.*

Je remercie Fred de Sam Lazaro et Eliam Rao ainsi que l'incomparable sœur Maud pour leurs informations concernant les Carmélites. À ma connaissance il n'existe pas de couvent de Carmélites à Egmore.

Les détails sur le Rock de l'Afrique de l'Est et le service des forces armées d'Asmara ont été trouvés sur htpp :/www.kagnewstation.com/.

Pour les scènes de la fuite d'Asmara, je remercie Naynesh Kamani, mon condisciple à la faculté, qui est l'auteur de cette marche héroïque. Il a lu le manuscrit et m'a suggéré bien des corrections et des ajouts. J'ai été grandement influencé par le merveilleux roman de Thomas Kenneafy, *To Asmara,* dans lequel il décrit les camps des guerilleros érythréens qu'il a visités. Il demeure un chantre du peuple érythréen. Je dois dire que j'ai une égale affection pour L'Éthiopie et l'Érythrée et que j'ai des amis chers dans les deux pays.

« Comme si je lui avais fait le plus grand cadeau qu'un homme puisse donner à un autre » est une paraphrase d'un vers d'un poème de Raymond Carver *What the Doctor Said*, publié dans le recueil *New Path to the Waterfall.*

Pour les scènes au sanatorium, je dois beaucoup à *The Discourse of Disease : Patient Writing at the 'University of Tuberculosis'*, de Jean Mason, que j'ai eu la chance d'entendre à la conférence de psychanalyse et de médecine narrative de l'université de Floride à Gainsville, en 2002.

« Que nul aristocrate anglais ne s'aventure dans ce monde sans un médecin écossais, tout comme je suis sûr qu'aucun n'y entre » est un toast attribué à William Hunter aîné. Je l'ai mis, légèrement changé, dans la bouche de B.C. Gandhi.

« On ne peut pas dire d'un homme qu'il est heureux avant sa mort » sont les paroles de Solon à Crésus, le riche roi de Lydie, selon Hérodote.

Sir William cita ces mots en apprenant la mort de son fils bien-aimé, Revere, dans les Flandres.

Le manuel destiné aux infirmières dans lequel est décrit le bon sens médical est une refonte de l'un des manuels d'Osler.

Pour l'information sur les maladies psychosomatiques des Éthiopiens, je suis redevable à mon ami Rick Hodes, interne, écrivain et homme admirable. Sa vie en Éthiopie est un roman à elle toute seule.

Merci à Thomas « Appu » Oomen pour ses incroyables souvenirs d'Addis et du coup d'État à l'époque où il y fut écolier et plus tard journaliste.

Dans un e-mail de Yhannes Kifle qu'Appu m'a transmis, j'ai trouvé de précieuses informations sur Kerchele. Mes parents, George et Mariam Verghese, ont partagé leurs souvenirs, et j'ai tiré profit des notes considérables rédigées par ma mère à mon intention. C'est à eux que je dédie ce livre.

Je suis reconnaissant à l'extraordinaire conseil d'administration de San Antonio qui nous a permis de bâtir un Centre pour les Sciences Humaines en Médecine, mais encore plus reconnaissant pour les amitiés que j'ai liées avec ses membres. Steve Wartman, mon partenaire de tennis et ami, m'a fait venir à San Antonio à l'époque où il était doyen. Edith McAllister a été mon professeur, mon entraîneur, mon inspirateur, et celle qui a compris mieux que personne le besoin que j'avais d'avoir du temps à moi, même si cela devait signifier mon départ. Mon ambition est de me réincarner en elle. Pour Marvin et Ellie Forland et pour Judy McCarter, les mots ne peuvent rendre justice à l'aide et l'amour qu'ils m'ont prodigués. Pour moi, le plus grand honneur fut d'être titulaire d'une chaire qui porte le nom de Marvin et d'une autre qui porte celui de Joaquin Cigarroa (tous deux internes accomplis). Judy demeure ma conseillère et ma conscience. Mon admiration pour sa sagesse ne fait que croître au cours des ans. Merci à UTHSCA, à la famille Cigarroa élargie, Bill Henrich, Robert Clark, Jan Patterson, Ray Faber, Tom Mayes, Somayaji Ramamurthy, Doborah Kaercher, le regretté David Sherman, et bien d'autres qui en ont fait un merveilleux lieu de travail. Je remercie aussi l'université de Texas Tech à El Paso où cette œuvre a vu le jour. Le Dr. Erika Brady du département d'Ethnologie de l'université de Western Kentucky s'est révélée une experte infaillible en des domaines allant d'Alpha Omega Alpha à Religio Medici en passant par des détails sur les prières et le vêtement. Je suis également reconnaissant à Michele Stanush qui m'a aidé dans mes recherches.

Mes frères du mercredi matin (Randy Townsend, Baker Duncan, Olivier Nadal, Drew Cauthorn, Guy Bodine, et particulièrement Jack Willome) et leurs épouses (et surtout toi, Dee !) m'ont prodigué amour et confiance et tenu pour responsable de mes actes. « Il n'y a pas plus grand amour… »

Tom Rozanski, voisin, collègue et urologue, m'a conseillé pour la scène de la vasectomie ainsi que sur d'autres points de chirurgie, ce dont je lui suis très reconnaissant. Rajender Reddy et Gabe Garcia m'ont aidé à résoudre les problèmes liés à l'hépatite B.

Anand et Madhu Karnad, mes plus chers et vieux amis, ont lu et entendu de nombreux passages de ce livre ainsi que de mes précédents. Ils m'ont apporté amour et soutien et continuent de le faire, et je sais que, où qu'ils se trouvent, j'ai un foyer.

Je suis reconnaissant à John Irving pour m'avoir accordé son amitié depuis toutes ces années. J'ai infiniment appris de lui, que ce soit par sa correspondance ou par ses œuvres.

Le Dr. Ralph Horwitz, directeur du département médecine à Stanford, a créé un foyer pour moi. Je lui suis reconnaissant pour sa vision ainsi que pour son amitié et celle de Sally. Je remercie mon frère, George, et sa femme, Ann, et les Kailath, ainsi qu'Helen Bing, pour m'avoir fait connaître les charmes de Stanford bien avant que je songe à m'y installer.

Ma délicieuse épouse, Sylvia, a passé de longues heures à reporter les corrections que je faisais sur manuscrit, et cela plusieurs fois au fil des ans. Elle, plus que quiconque, ainsi que Tristan, Jacob et Steve ont supporté mes absences et m'ont soutenu au cours des hauts et bas qui ont émaillé la rédaction de ce livre. *Gracias, mi amor ; con los años que me quedan…*

Mary Evans, mon agent, a vendu ma première nouvelle au *New Yorker* avant que nous ne soyons rencontrés, et elle a gardé confiance en moi depuis cette époque et cette année 1991 dans l'Iowa. Son discernement et ses sages conseils ont fait de moi un écrivain, et son amitié un homme meilleur. Robin Desser a contribué à mon premier livre, et ce fut un privilège de pouvoir travailler avec elle sur celui-ci. Robin a suivi ce livre à travers ses nombreuses versions et a passé d'innombrables heures avec lui et avec moi. L'affabilité, la passion, l'humilité et l'extraordinaire compétence avec lesquelles elle exerce son métier sont des qualités qu'elle partage avec les médecins que j'admire le plus. Mes remerciements vont aussi à Sarah Rothbard, sa merveilleuse assistante.

Je remercie enfin Sonny Mehta pour l'enthousiasme qu'il a exprimé pour cette histoire et pour son soutien indéfectible.

Si la médecine est une maîtresse exigeante, elle est fidèle, généreuse et sincère. Elle m'accorde le privilège de voir des patients et d'enseigner à des étudiants, ce en quoi elle donne du sens à tout ce que je fais. À l'instar de Ghosh, au début de chaque année, je lui renouvelle mon serment : Je jure par Apollon, Esculape, Hygée et Panacée de lui être fidèle, car elle est la source de tout…

Abraham Verghese

Stanford, Californie, juin 2008

TABLE

Mise en page par Méta-systems
Roubaix (59100)

CET OUVRAGE
A ÉTÉ ACHEVÉ D'IMPRIMER
SUR ROTO-PAGE
PAR L'IMPRIMERIE FLOCH
À MAYENNE EN FÉVRIER 2010

N° d'édition : L.01ELHN000202.N001. N° d'impression : 75882
Dépôt légal : avril 2010
Imprimé en France